你不会消失

Unfading Lover

上

江天鸿 著

北京联合出版公司
Beijing United Publishing Co.,Ltd.

图书在版编目（CIP）数据

你不会消失：全二册 / 江天鸿著 . -- 北京：北京联合出版公司，
2017.3（2023.3 重印）

ISBN 978-7-5502-9272-7

Ⅰ.① 你… Ⅱ.① 江… Ⅲ.① 长篇小说—中国—当代
Ⅳ.① I247.5

中国版本图书馆 CIP 数据核字 (2016) 第 293252 号

你不会消失

作　者：江天鸿
出 品 人：赵红仕
责任编辑：徐　鹏
封面设计：吴黛君

北京联合出版公司出版
（北京市西城区德外大街83号楼9层 100088）
北京新华先锋出版科技有限公司发行
大厂回族自治县德诚印务有限公司印刷　新华书店经销
字数343千字　620毫米×889毫米　1/16　36印张
2017年3月第1版　2023年3月第3次印刷
ISBN 978-7-5502-9272-7
定价：69.00元（全二册）

Unfading

Lover

你 不 会 消 失

引子

一　谷雨　终因情重负美人
Guyu　Disappointed beauty

005　1 她是一件寄存品

040　2 爱情所能覆盖的一切

083　3 探戈，灵与肉的共舞

123　4 陪着我长长的夜到尽头

二　小七　爱极翻成无不舍
Xiaoqi　Fading love

165　1 百花岛

206　2 地狱上空的一朵烟花

266　3 黑暗中的一条蛇

332　4 命如磷火

365　5 燃烧一万里的海洋说爱你

C O N T E N T S

三　周家花园　多少前尘旧梦中
Chou's garden　Chaos in fog

422　1 一手握着苹果，一手握着命运

476　2 在白桥无尽的永夜里

515　3 决战即将来临

544　4 你在哪里，我就在哪里

567　5 （尾声）百花深处有相逢

Unfading

Lover

你　不　会　消　失

你在哪里，

我就在哪里。

2005 年，秋，江洲。

空气热起来了，猎猎的江风里带了焦灼味，越来越多的人向着江边跑去，有的打着电话，有的只顾叫着："起火了，起火了！"那里本矗立着一座孤零零的废旧仓库，此时半边浓烟直冲向天，上下几面窗子里开始透出火光，连江边那丛矮矮的荆棘都成了亮扑扑的一团火刺猬。

警车从远处呼啸而来，尚未近前，一个年轻女子跟跟跄跄从仓库里跑了出来，她衣衫不整，头发蓬乱，脸上熏黑了几道，仓皇四顾，苗条的身子不停地抖着。人群里两个男人冲了来，一把将她抱住。

"谷雨！你怎么样？受伤了吗？"冲在前面的中年男人急急地问着她。

年轻女子恍若不闻，她带着哭音说："小宝！小宝还在里面！小七去找他了……"

另一个年轻男人听了这话，立刻转身要往火场里冲，自然是冲不进去的，他被几个消防员拦住了。

谷雨揪住年轻男人，声音破碎得不成调："是小七，小七来救我和小宝！她打伤了战烈！霍思垣，你怎么会让她一个人来！"

救护车也开来了，工作人员开始在人群外拉线，几十个人站在线外看热闹，连附近的九曲桥上也站满了人。

救火龙开始往仓库上扫射，藏蓝的夜空亮起白花花的一道白虹，像无数的飞虫轰然扑去。人群里时不时地发出惊呼声，有人议论，这是绑架，还好有人报了警。

"那怎么又着了火？"旁边人问。

"要不想趁火打劫，要不趁乱想逃呗。"

谷雨仍挣扎着，带着哭声又喊："小宝！小七！"她身边的中年男人紧紧抱着她。几个医护人员将她扶上担架，撤离现场进行检查。

人们忽然齐声高喊，仓库二层的一面窗户豁然破开了，破碎的玻璃片片落下，是被人奋力砸开的。一个年轻女子出现在窗里，看不清面容，只见身形修长，长发被破窗而入的气流刮得凌乱。她伸出胳膊将窗框边缘的玻璃碎片扫清，动作非常利落。她肩头耸动，肩上竟停着一只大鸟。

"鹰！鹰！"有人叫道。那鹰远远望去轮廓威严，收起的翅缘苍劲有力，在一片火烟中岿然不动。

年轻女子破开窗户向下看了看，便有人喊："跳不得！"

这窗户离地甚高，女子手里不知拽着个什么，几下就撕裂了，接着脱下外衣，人们才看清，她手边还有个幼童，是个男孩儿。她将外套包住孩子，手不停，将刚撕出的绳结扎紧，牢牢拴在孩子腰上，另一端从那只鹰的嘴中一直拴到背上，口中呼哨一声，那只鹰飞了起来，停在她面前。她双手把着绳子，缓缓将那缚在一起的孩子和鹰一点点送下去。

底下的人们已经看愣了，这年轻女子身处险境，自身难保，竟不知害怕似的，还如此冷静行事。只见那鹰高高飞起，又徐徐降落，楼很高，不等到地面绳子已到尽头，她手一松，包着孩子的衣包便扑入了江边那一丛矮灌木里，才有人恍然叫道："快救孩子！"

窗前的女子似乎笑了笑，她的长发被江风掀动着，身子晃了一下，身后已有火烟冒起。

警车一辆一辆地开来，瞬间围满了穿着制服的公安。人们再去看那神秘的女子，她已不见了。

库门大开，有消防员进入，少顷，穿着制服的人抬出担架，担架上是个中年人，他半边脸鲜血淋漓，不知死活。警察手里的步话机呜呜响着，似乎这伤者便是那个绑架嫌疑人——战烈。围观的人们纷纷后退，又再度向前拥去。

刚才的孩子小宝已被救起，此时被送到那叫谷雨的女子身边。她刚刚被检查过，擦净了手、脸上的熏黑。只见她眉目姣好，相当美丽，只是脸白得像纸。她紧紧将孩子抱在怀中，又转头看向仓库，已是半边都在火中："小七呢？小七呢！她出来没有？"

最后从火里出来的消防队长说："里面没人了。"

"不可能！小七还在里面啊！"谷雨声音完全裂了，她一下跃起来，身体摇晃着，往前栽倒，身边的男人扶住她："思垣去找她了，这仓库也许还有出口，霍思垣去找她了！"

谷雨像已失去了理智，她凄厉得像个女鬼，护士和警员一起围着她，她兀自不放手，将人家衣服揪成一团："她明明就在里面，你们怎么会找不到她！"身边的男人将她扳开，死死抱住她："既然火里没人，她也许早走了！思垣会找到她！你放心，她不会死的！"

旁边的小宝却哇一声哭了："我要小七姑姑！"

谷雨回身抱住小宝，她自己却像片落叶一样瘫软下去，眼中的亮光也黯淡了："小七姑姑不会死的，她是属猫的，猫有九条命，她不会死的……"

人越聚越多，眼看着火势已不可遏制，一片嘈杂里仍是小宝那撕心裂肺之声，叫着小七。远远的江面却仍是波澜不惊，一层雾正徐徐铺开，渔船微弱的灯火点在船头，宁静而无际的天穹上，几盏孔明灯正冉冉飘远。

你

不

会

消

失

Unfading

Lover

谷雨　终因情重负美人

1　她是一件寄存品

　　一片黑沉沉的海，无边无际。一片末日般的宁静里，两个人影鬼魅般地从一艘船上无声无息地跳下来，他们的裤管卷起，一前一后踩着海滩行走，沉稳而谨慎，是长年在船上生活的人特有的脚步。天上一颗星也没有，天际的微光照出海面微弱的起伏，没有人影，没有指示灯，唯一的亮是海浪边际那一道白线，随着浪涛声进进退退。两人手中抬着一只皮袋，皮袋微微下沉，里面装着东西，他们小心翼翼地抬着，穿过不停歇的风声与浪声，走进一间海边仓库。

　　仓库很粗陋，库顶有明显破损，以木料与帆布勉强撑持，木料四壁熏黑。这里不久前刚经历过一次火灾，虽经过潦草的修补，但损坏痕迹仍是处处显现。

　　仓库门口已经等着一个壮实的男人，四十来岁，方脸平头，体形魁梧，汗衫的袖口卷起，凸出结实的肌肉。他将抬着皮袋的两个船夫接进去，轻巧地掩上了门。

　　两个船夫将皮袋轻轻地放在地上，说："上面吩咐了，这是寄存物品。存在佟哥这里，请佟哥多费心。不能碰，不能伤，不能丢。"

　　叫佟哥的壮实男人点着头："自家人说什么客气话，就叫我佟子！都是老板娘的人，规矩都懂。"

一个船夫说："验验货吧。"他俯下身，将皮袋口拉开。

一具蜷缩着的人体露了出来。

佟子心里一凛，他刚才看着皮袋的形状就猜到了里面是个活人，但还是吃了一惊。皮袋里的人一头黑色长发，呼吸微弱，搭在皮袋一侧的一只胳膊白得宛若透明。

这黉夜而来的"寄存物"，竟是一个昏迷不醒的姑娘。

船夫将皮袋一拉到底，她整个人便呈现在了佟哥眼前——相当年轻的女孩儿，昏暗的灯光下依稀可见脸容娇俏，手脚纤秀。她闭着双眼，胸口微弱起伏，静静地躺在黑沉沉的皮袋里，像被暗黑海藻缠住的一条人鱼。

佟子感到自己咽了一口口水。

"药的分量不重，天亮一定会醒。"船夫兀自不放心地交代，"她要是闹，别跟她讲太多，老板娘专门交代了，不能打，不能吓唬，绝不能碰！"

"明白。"佟子忙说，"就当她是个物件儿，不是个活人。"

"吃住都不能亏待，她要是想散心就让她到处走走。"船夫又说。

佟子答应着，心里却犯疑，虽然来这里的人都不问为什么，但接的活儿从没有这样的。这女孩儿这样娇贵，又不像是得罪了老大的意思。但他不敢多问，老板娘的脾气他很清楚，手下人虽多，但一样事只交代一个人，其余人互不干涉。即使已交代了的事情，也是走一步看一步，从不把前因后果说明。

两个船夫离开了，和来时一样悄无声息。佟子有些为难，看了看皮袋里的女孩儿，她仍未醒，身上穿的一件纱衬衫又湿又脏，皱成一团。虽蜷缩着，但仍能看出动人曲线。炭一般黑的长发纷乱地贴在脸上、脖子上、肩上，衬着下面裸露出的皮肤，像墨色树枝下的雪一般触目惊心。

佟子伸出手去，想替她拉平衣服，却触手冰凉，这女孩儿像雪一样冷。碰触到佟子的手，她微微呻吟了一声。

佟子收回了手，想了半天，拿起仓库里的电话拨了个号码。

他得力的手下老三应命来了，老三跟了佟子多年，类似的情景见过不少。还有个黑脸膛、神情木讷的汉子跟在后面。佟子对那个黑脸的汉子说："大新，你人老实，做事不会错。这样东西，送东边那小屋去，托你妈妈来照顾几天。"他转向那两个手下："还有，你俩守在外面，别吓到她。"

大新面无表情地点了点头。老三犹豫地说："东边小屋？那里原来是……那个人住的。那个人……走了以后屋里还没收拾过。"

"先送那里！那地方清静！还有，跟你们讲了不许再提那个人！怎么又提！"佟子忽然发怒了，他转了一圈，又摆摆手，"我把话说在前面，你们别看这姑娘是个鲜货就想打她主意，谁也不能动她，她是寄存在这里的，丢了就是死！碰了也是死！"

"谷雨？"江洲市某派出所，接待处的警员是个二十来岁的姑娘，她坐在电脑前打量着面前来报案的人，"你说失踪的人叫谷雨？是你的女朋友？"

来报案的男人四十来岁，方脸阔腮，一点儿微须，穿圆领衫和长裤，是一个颇有魅力的大叔。他坐在警察对面，事情虽然急迫，态度却还算从容。

"是我的未婚妻，我不是江洲人，我跟她在白桥认识，然后订了婚。去年她来江洲办事，遭遇到一起绑架案……"

"对了！我就觉得这名字熟悉！就是去年那大火绑架案里的。"女警员一拍头说，然后细细端详韩默愈递来的照片，"你未婚妻是个美人啊。"她"啪啪"地记录着，又打量了一番韩默愈。

韩默愈不由得皱起眉头，谷雨是个美人，谁见了都这么说。谷雨在白桥上略略一站，周围便是一片自发的闪光灯。别人看他的目光都带着艳羡和疑问。他似乎是不够格去拥有这个尤物的，他已不年轻，貌不惊人，也不是有钱人，谷雨为什么会和他在一起？就像眼前这穿制服的年轻姑娘，眼里也有疑惑。

女警员虽然年纪不大，但经验也颇有了一些，知道一个大活人突然失踪，里面一定大有文章。她想，那个谷雨年轻美丽，这个姓韩的虽然人不错，但难免乏味，两人分开数月，难保里面不出点儿事。

她开始从电脑里调资料，利索地敲打着键盘："嗯……去年11月的江洲仓库大火事件……被绑架的就是谷雨和她儿子……儿子是你的吗？"

"不是。小宝是谷雨跟她之前的丈夫生的。"韩默愈老实作答。

"嗯……主犯战烈是落网了，但这案子还没结啊……"女警员看着网页，"那个叫小七的女孩儿在大火里失踪了，还没有找到……"她边看边想，蹙起两道长眉，"谷雨的证词里说小七是去救她的？敢只身一人去绑架犯的窝里救人，这个小七很不寻常啊。"

韩默愈应了一声，他并不想把事情再扯到小七身上去。

女警员脸色凝重起来，叫韩默愈把事情再详细讲一遍。谷雨半年间接连失踪两次，如果这次也跟上回的绑架案有关，那背后潜藏的危险不可小觑。

韩默愈说，从去年11月后，因为最好的朋友小七失踪，谷雨心情低落，便一直留在江洲。他因为房子和生意都在白桥，所以先回白桥料理，跟谷雨已有数月未见。近两个月来谷雨的电话越来渐少，近几日竟完全失了联系。作为未婚夫，他不能再等下去，于是前来江洲寻找。

女警员思忖着，问："你俩感情怎么样？你找她在江洲的朋友问过吗？"

韩默愈脸色又沉了一下，他到江洲后确实已经找过了一圈。他对江洲本不熟悉，所知者也只有谷雨住过的两个地方。谷雨租的小公寓已人去屋空，她交的租金是半年的，平时与房东也并不联络。韩默愈茫无头绪，又去冰冻街的旧址。冰冻街那一片老房子虽还未拆，但也早不住人了，不过冰冻街上的人对小七和谷雨这两个女孩儿印象深刻。一个开服装店的姑娘接待了韩默愈。

"谷雨？她哪儿会跟我们联系，她眼里除了小七还有谁。"彩虹对韩默愈说，"我还听说她混的朋友圈都像上流社会，气派得很，也不会找我们的。"

"谁？"韩默愈问。

彩虹想了半天，说出一个人名：阮姐。彩虹说那个叫阮姐的人好像是老金介绍给谷雨认识的。是很气派的女人，谷雨跟她走得很近。

旁边一个摆地摊的男人说，这阵子找谷雨的人真不少，这几个月刚有人来打听过她。

韩默愈问还有谁来打听谷雨，彩虹说："是个年轻姑娘，长得可漂亮了，身材又好。以前没见过，不是这里人。打听了半天谷雨，还有小七和阿因，也去她们住的老房子看过。"

韩默愈心事重重，谷雨到底发生了什么？为什么忽然间这样被关注，这么多人对她好奇？还有那个老金，屡次关键时刻都曾出卖过谷雨，她怎么还跟他混在一起？韩默愈自然知道谷雨那一段纸醉金迷的过往，他不想去追究，也刻意在回避。这会儿无奈，便将冰冻街上的一幕说了出来。

女警员问："那个小七失踪后一直没结案，是不是她的家人还在找？"

"她没有家人，只有个男朋友，姓霍，对她很好。小七失踪后，他不肯相信小七死在了火里，一直都在找小七。"韩默愈回答道。

女警员"哦"了一声。看来她也多少听过这事。事实上，所有人对那个痴情的寻找故事并不抱什么希望——当时在场的人都亲眼看到小七在一片熊熊大火中失了踪，虽然警方不能确定小七是否已死亡，但那还不是事实？除了霍思垣和谷雨一口咬定那不是事实。

手机忽然响了。韩默愈看看号码，立刻脸色一变，真是说曹操，曹操就到。电话是霍思垣打来的。

这也有点儿怪，霍思垣自从踏上茫茫的寻找小七之路，一向只跟谷雨联系，很少与他联络。

霍思垣清朗的声音已响在耳边，他也不绕弯子，直接道："谷雨的电话打不通，她怎么了？"

当着女警员的面，韩默愈有些尴尬，他并不想告诉霍思垣关于谷雨失联的事，便含糊地说有几天没有联系上谷雨，他正在江洲找她。

女警员坐在桌子一头，双目灼灼地看着韩默愈打电话。

霍思垣有一点儿担心，说："有什么消息要告诉我。"

韩默愈答应了，问他："你还在……找小七？怎么样？"虽是这样问，韩默愈却明白自己并不想听到回答——因为他并不相信会有好的答案。

果然霍思垣说，还没有下落——但有了一点儿方向，虽不敢确定，但他不会放过一点点最细微的线索。霍思垣挂电话前犹豫了一下，又说："你跟谷雨近来怎么样？谷雨内心其实还是个小孩子，你要多包容她、担待她。"

韩默愈应了一声，挂了电话，有点儿不快。霍思垣这种男人就是对谁都好，对谁的女人都好。

女警员问："谁的电话？"

韩默愈说就是小七的男朋友——霍思垣。女警员又啪啪地敲着键盘，屏幕上调出了霍思垣那张斯文俊秀的脸，镜片下一双温和却固执的眼睛。女警员说："小七这男朋友长得挺帅的……他俩肯定有不少故事吧？"

韩默愈无奈地点点头，如今的年轻姑娘，不管做的是哪行哪业，都有点儿活在电视剧里的感觉。霍思垣在他眼里是一个没吃过苦、不太通人情世故，却有一腔骑士情怀的富家公子，不知怎么就遇到前世冤家小七，便一头扎进去，以全部心力爱恋着，简直入了疯魔。

女警员没注意他的脸色，她仔细看了看霍思垣的资料，说："咦，他有前科啊，坐过半年牢……又是因为战烈！"

韩默愈想，这一下可说来话长了，又得纠结到三年前战烈和小七那一段反反复复地互相寻仇中。

但女警员没有再问下去，她一脸严肃，拿出表格让韩默愈填，告诉他警方会先备案。他需要和警方保持联系，有什么消息要立刻通知。韩默愈——应着。

走出派出所大门，韩默愈嘘了一口气。他身边跑过一群年轻人，带来一阵扑面而来的热气。男孩儿、女孩儿们都穿着蓝色的球衣，胸前印着四颗星，情绪亢奋地边走边聊，发出一阵阵轰然的笑声。世界杯足球赛刚结束，一支素来以高球技和高颜值闻名于世的老牌豪门球队夺了冠，让粉丝们激动不已，荷尔蒙旺盛的脸上写满自豪。一时间人人都是意大利人。

韩默愈收回视线，有点儿意兴萧索。年岁越大，对于这样曾让自己激动过的体育盛事也就渐渐自动隔离了。此刻他忧心忡忡，想着跟谷雨在一起的这一条路，看似平稳，但他们之间的那一层隔膜，即使在生死攸关之际也未曾抹去。还有谷雨身边那些熟人朋友模模糊糊的态度，以及那个凭空多出来的神秘人物——阮姐。

他掏出小本，把他能找的以及已找过的人筛了一遍，逐一勾去，最后停在了一个名字上——莲子。

蜈背岛

下午的时候，两个手下跑着来告诉佟子，那"物件"醒了。是的，那女孩儿醒了。

佟子顶着七月骄阳往东边小屋走去，烈日灼眼，佟子心里有点儿乱。他仍不知该拿这棘手的"货"怎么办，被掳来的人醒来总要闹个一两场，万一在他眼前有了闪失，他不好交代。

小屋在这岛上是较为清静的一隅，朝着一块半圆形的海滩，不算大，像浩瀚海洋中伸出的一个犄角，这里往来的人也很少。大新正在门外徘徊，见了他就迎上来，脸上有点儿为难，对着门里一努嘴。

佟子不忙着进屋，让大新的母亲吴老太太先去陪着，劝一劝。佟子人粗但心细，先找个人畜无害的老太太来应付眼前的情况，总比他自己扑上去要好些。

女孩儿果然醒了，她蜷缩在墙角那张窄小的折叠床上，缩成小小的一团。床前坐着吴老太太。吴老太太是岛上的原住民，七十来岁，眼有点儿花，有关节炎的腿脚也不怎么利索。她将水杯送到女孩儿眼前，用干巴巴的语调说："你喝点儿水。"

女孩儿又往后退了一点儿，已缩到墙角，五个手指头扒住软塌塌的墙皮。她眼中一片黑暗，惊惶无法掩饰："你们是谁？"

吴老太太一板一眼地安慰她道："姑娘，你安心些，既然来了，就安心住几天。这地方虽然破，好在阴凉，大地方住惯了，权当来散散心。"

"我不是这里的人！"女孩儿用撕裂般的嗓音叫道，"我还有一个同伴，她跟我一起上的船……出了什么事？她在哪儿？"

"这里没见有别人，只有你一个人。"吴老太太仍是干巴巴地说，"你先歇歇，吃个饭，然后我给你找地方洗个澡。"

"我不吃饭，我要回家，你们要钱是不是？让我打个电话回家！"女孩儿浑身颤抖，眼泪顺着惨白的脸流下来，"我只想回家！"

"那你喝点儿水，回头再说吧。"吴老太太陪了她半天也有点儿累了，放下水杯站了起来，"我在这里住大半辈子了，来这里的人都有个缘故。你是得罪了什么人，还是欠了谁的，得自己去想明白。"

吴老太太走出小屋，干瘪的脸上有点儿不悦，明显对佟子吩咐的这事满心不愿意。佟子已决定不露面了，他又向大新交代了几句，转身就走了。

女孩儿惊恐的视线追随着老太太，见老太太走出去又将门带上了，才一下栽倒在小床上。潮湿的小床，墙角也湿凉，她立刻又跳起来，抱着身体簌簌发抖。

从长长的昏迷中醒来，她已经意识到，这是一次绑架。

她用颤抖的目光环顾这个完全陌生的所在。屋子里堆着一些经年累月的废料、木堆、厚重的帆布，以及一些铁桶、锹、塑料瓶，还有遍地的暗绿色的粗重渔网。日光从高高的窗户泻进来，在这一堆堆杂物上缓缓移动。

同样的经历她已有过一次。同样的黑暗、死寂、痛热与寒凉的并袭，同样的恐惧、插翅难飞、告地无门。

是的，她被绑架了，再一次的。

是谁让她噩梦重来？剧烈的疼痛敲打着太阳穴，她在干涸的意识里搜索，谁把她丢在这地狱里的？

"我不怕有地狱，我的地狱早就来了，就在这杯酒里，你想不想试试？"脑子里有一个声音在说，同时一只手倒了杯酒，送到她眼前来。

阮姐！她脑袋一抽，似乎被重击了一记。

阮姐去哪儿了？最后的两天里，是阮姐带她上了船，她们一天一夜都是在船上度过的。是阮姐给她倒了最后的酒，劝她把心事都随风而去，将过去沉进海里，不用打捞……再然后，是阮姐给了她最后一击，把她丢在这死活不知的地方？

眼前还晃动着阮姐的那双手，骨节分明，指甲上的艳红色也不过增添了果断之气。还有那笑声，爽朗、从容，带一点儿恰到好处的媚。

"谷雨，你这个小东西，天生这么个好模样，性格又讨喜，我真想让你当了我妹妹。"

是的，她一向讨喜，模样好看，还会做人，惯会惹人怜爱。她还有各种的笑，谁见了她笑都以为她不谙世事、心无城府……只有小七说：收起你这一套。

只有小七一眼看穿了她。

小七！想起小七，她眼眶一热。如果小七在，必然会像看穿她一样看穿阮姐，必不会让她遭这一趟苦。然而小七已经消失，消失在那一场大火里。

如果不是阮姐，还能有谁呢？她没有敌人，没有钱，没有朋友，只有一对老父母、一个年幼的儿子、一个数月未见面的未婚夫……但这些并不值得她半年内被绑架两次。战烈已进了监牢，无法再来劫持她。

想到战烈她便不寒而栗。战烈那平平的眉头、薄薄的眼皮，表情永远那么水波不兴却让人毛骨悚然。还有那温和的慢条斯理的说话方式："一报还一报，小七毁了我儿子，总要有人还了这笔债。"

是的，战烈放不过小七，小七带了弟弟阿因天涯海角地逃亡，仍是被战烈找到，甚至……牺牲了无辜的阿因。

谷雨的泪滴在手边那杯淡黄的水里，水面起了一阵细微涟漪，跟着就不停地晃动起来，呼啦一下翻倒，地面就湿了一片。

这次谁能来救她？她尚不知自己身处何地。谁会惦念着她？来寻她？韩默愈？还是……她胸腔剧痛，在强大的惊恐下几欲忘却的悲伤再度翻涌而来……她捂住脸，哭声从指缝里流泻出来。

门扉紧闭，悄无人声。

韩默愈坐在江中亭的茶坊里，他对面坐着莲子。莲子穿着素净的白背心裙，浅口低跟黑凉鞋。虽是已工作又新婚不久，她依然一身的学生气。

两人望着窗外碧波粼粼的水面，都有些深思。莲子本是小七在艺术系的同学，后来跟谷雨也有了交往。韩默愈便直接问："小七……有消息没有？"

莲子一愣，手在空中滞住了，她顿了几秒才说："小七，你们不是说她死了吗？"

"你呢？你相信吗？"韩默愈反问她。

莲子低头看看青花瓷杯里的茶叶："案子还没真的结呢……"

"可是警方的判断……"

"现场找不到人，怎么就说她死了？一个大活人怎么会死！"莲子忽然激动了，额前刘海儿有一些颤动，"你也见过小七的，她是有点儿极端，可她有一副好身手，比谁都聪明，她到哪儿都活得下去！"

韩默愈想，小七确实是个奇特的女孩儿，给身边人这样大的感染，莲子说这话的口吻和谷雨如出一辙。

于是韩默愈将话题转到谷雨身上，他告诉莲子，谷雨跟他失联已有十来天，他已报案，但证据不足，他已问了一圈人，都没什么线索。

莲子明显有一些犹豫："谷雨最近跟我见面很少，她……好像有了新朋友。"她不安地扫了一眼韩默愈。

"阮姐吗？"韩默愈问。

"阮姐？"莲子想了想，"你是说那个做生意的有钱女人？"

"你指的新朋友还有谁？"

莲子脸上的不安浓重起来，她似乎在费劲地想着措辞："其实我一直想问……我想知道你跟谷雨，你们最近关系怎么样？"

"我们认识两年多，在一起快一年了。"韩默愈有些生硬地说。

"我知道……"莲子有些尴尬地继续说了下去，"有些人认识一辈子也不一定互相了解，你知道谷雨以前吃过很多苦，有很多痛苦的往事。"

"你是说，阿因？"

莲子点点头："谷雨和阿因是很相爱的，阿因死了，给她很大的打击。"

韩默愈自然知道，在谷雨对他说过的那段过往里，阿因是最痛的一笔。韩默愈没有见过阿因，只知道他是小七的弟弟。曾经谷雨游戏风尘，颠倒众生，她的追求者非富即贵，但她却生死不顾地去爱了一个身无分文、苍白羸弱，且有自闭症的少年——阿因。

"阿因已经死了，我不会小心眼儿到去和一个死者吃醋。不论他们怎样轰轰烈烈过，我想谷雨需要安定。"韩默愈并不在意这些，无论那个阿因给了谷雨多么难以磨灭的回忆，无论他曾带她到达过多么不可跨越的情感高峰，但他已不能复生，不能踏踏实实陪着她过余下的几十年，雨天给她撑伞，雪天给她暖手，不可能每晚煲一碗热汤给她。

"她是很难忘记那段往事的，她和阿因……她曾经流产，是阿因的孩子。"莲子说。

韩默愈不由得皱起眉头，这一段他确实不知道。如果谷雨告诉他，他仍是不会在意的，但谷雨没有告诉他。

莲子小心地说："也许，你不像你以为的那样了解谷雨。"

"彻底的了解，真的那么重要吗？"韩默愈反问莲子。他心里有点儿气馁，有点儿失望。是的，他和谷雨确实是两个世界的人。他稳妥、一丝不苟，并不认为男女之间需要百分之百的了解。夫妻往往不是情感上的需要，而是协作关系的维系。

连他的表白也是生硬的，谷雨进入他的生活一年，他观察了她一年，才说，我们应该考虑一下我们的事。而谷雨却只问他：你爱我吗？

韩默愈害怕梦幻的女人，谷雨的浪漫和脱不掉的孩子气，既吸引他，也让他犹豫。韩默愈自己早已不再做梦，追求谷雨已算是他人生里最大的一次冒险。他付出了努力，但问题仍然存在，现在连莲子都察觉出来了。

莲子又说："阿因死后，谷雨一直没有忘记过他，你知道阿因是因为战烈追踪小七而死的，谷雨跟小七都受了很大创伤。"

韩默愈手势有些重地点上烟。他有些愤然地想，又是小七。这姐弟俩真像是被魔鬼吻过的。招惹了一个黑帮老大战烈，连累了谷雨，带累了霍思垣，这后祸一直延续到今天。

"你刚才说谷雨认识了新的朋友？"韩默愈把话题拉回来，"不是那个阮姐吗？"

莲子脸上的纠结又深了一层，细细的眉毛拧在一起，下意识地握紧了手中的提包："我说的是……柏医生，柏雪莱。"

柏雪莱？韩默愈皱起眉，这是个完全陌生的名字。

"谷雨住院的时候，他是她的主治医生。"莲子说。

"她住过院？"韩默愈心中的隐忧像滴入清水中的一点墨汁。

见莲子又朝自己看了一眼，韩默愈自嘲地笑了笑："好笑吧，是啊，我就是个什么都不知道的未婚夫。"

"柏雪莱是个陌生人，是个路人。所谓路人，就是那些不重要的过客，我们每天擦肩而过几百个过客，也许我们一个也记不住，也许忽然就有一个不但被我们记住了，还一头闯了进来，没有预演，没有剧本，就那么霸道地做了我们生活里的主角。"

莲子不愧是艺术系的学生，虽是叙述一件别人的事，却娓娓道来，仿佛自己入了戏一般。

韩默愈是最头疼这样的姑娘的，他常对谷雨说他在白桥几年，日子舒服是舒服，但最受罪的就是白桥总有来之不尽的文艺青年，咏叹他们的人生和诗。"都还没活明白，就要出世了。"韩默愈所能忍受的最大程度也就是谷雨那样，三分矫情，却有七分的聪明来中和。这时候遇到一个莲子，偏偏说的还是谷雨的事，韩默愈不能不耐着性子听着。

"他们认识好几个月了。最早，是在我婚礼的那天。"莲子说。

韩默愈仔细思索。莲子的婚礼他是和谷雨一起参加的，他不记得谷雨有新认识的人："你婚礼是四个月前了。"

"对。来接亲的车子半路熄火，我们下了车。那时候，柏雪莱正好经过。"她看着韩默愈沉下的脸，"你想起什么了？"

"她那几天的表现有点儿怪。"韩默愈重重地呼出口气，"说的话也奇奇怪怪的。"

"说什么？"莲子问。

"她问我，世界上会不会有两个阿因。我问她是不是做了什么梦，或者是出现了幻觉。"韩默愈不情愿地回忆。从小七失踪后，谷雨几乎再没有笑过，但那一天她眼中重新出现了神采，惴惴不安，忽喜忽忧……曾经他熟识的谷雨变得不可捉摸。

莲子抿着的嘴角掀动了一下，她说："谷雨看到的不是幻觉，她只是认错了人。那个人不是阿因，而是柏医生，柏雪莱。"

——路前方突发追尾，接亲车队不得不绕行另一条路，车子却又中途熄了火，一帮人拉拉扯扯地下了车，谷雨跟在莲子后面，小心地护着莲子的白纱和裙摆。年轻人按捺不住满心的欢腾，干脆在路边玩耍拍起照来。摄影师举着"长炮"不停地指挥，大家笑成一团。

摄影师又让谷雨拉起莲子的头纱，让新郎站在前面摆一个姿势。谷雨笑着将那白纱横成一面透明纱幕，迎着阳光透出浅金色，她透过那纱幕朝前方看去。

一个年轻男人正匆匆走过路边，这快乐似乎也感染了他，他略略偏头看了一眼——谷雨的心忽然重重一跳，轰的一声，重得胸膛都痛了！

那恍如梦幻的纱雾后，像一个缓缓流过的慢镜头，男子已收回了视线，他被路过的风景吸引只是一瞬，他略偏过的脸和依然向前的上身成了一个逆向的角度，异常清秀的一根线条。

有人拍了一下那乱入者的肩，似乎是叫他略让一让，男子便快步离开了那堆欢快的人群，他歉意地笑了笑，眉目舒展，微一点头。

谷雨呆呆地站在原地，男子那一点头和那一笑都是阿因的，阿因才有这样简单直接的身体动作和诚心实意、没有一点儿杂质的笑。

摄影师叫谷雨："喂喂，这边拍好了，你拉着再换一个角度嘛。"

谷雨恍若未闻，她的手臂无力地垂下了，下一秒她已擦过莲子的长裙拖尾向前赶去。另外一个伴娘想拉住她却没拉住，问："怎么啦，丢了什么东西吗？"

谷雨向前奔去，她奔在街头的身影也是梦幻般的，白色缎面长裙限制着她的步子，她将裙子提起来，细长的鞋跟踩在街边红色的地砖上。

男子已汇入了早晨上班的人流，只一瞬就不见了。谷雨气喘吁吁地张望，阳光透过头顶的簇簇绿叶射进她眼里，点点旋转的金色里，她的眼前也模糊起来。她骤然转身，已有一片车流在她身后按着喇叭。

在春风中醒来

"就是那个人？那个过路的？"韩默愈问。

"是不是很巧合？"莲子慨叹，"如果前面没有发生追尾，如果我们没有绕路，如果我们的车子没有半途熄火，如果我们没有下车，那一切都不会发生了。你信不信命？"她用抒情的调子问韩默愈，"那个早晨谷雨没有追上他，可是后来……她看照片的时候——就是我结婚那天的跟拍照片，发现柏雪莱被拍了下来。"

韩默愈面色已经阴沉到立刻能下雨了，他说："你们镜头拍到他，又怎么样呢？他不过是个路过的。"

莲子打开皮包，拿出几张照片放在桌上："你自己看吧。"

照片上是一群快乐的年轻人，雀跃在早春的江洲街头。新娘莲子盘着花苞头，垂下长长的白纱拖尾，白纱被谷雨向后拉起，依稀见到一个年轻男子正自对面低头走过。他的背后是男孩儿女孩儿们互相抛着花球。

"就是他。"莲子将照片全摊开，又码来码去，一张张指给他看，"谷雨像疯了一样，她坚持说看到了阿因。她还把那天早上拍的所有照片都要来，一张一张地找，找这个人。"

韩默愈低着头，不出声地一张张看着，这是一连串的抢拍，因此像一幅流动的画面细分成了一帧帧，那些快乐的瞬间被缓慢拉长，秒秒定格，又重新串联起那一幕。路过的年轻男子不过是几步行走、一个回眸，瞬间的电光石火被拉去拉回反复播放。他宽宽的肩胛骨、清爽的白衬衫，以不同角度在各张照片上依稀闪现。在最后一张照片上，花球正在落下，恰露出他半张脸，可见端正深邃的轮廓，五官清晰又迷茫。

"你看，很像阿因是不是？"莲子热络地说，"这眼睛、神情，还有这姿态！"

"我没有见过阿因。"韩默愈简短地说。

莲子红了脸："对不起，我是说，我们请的这个摄影师很有意思，把一个过路的拍得像偶像剧一样。"

"照片拍得很好。"韩默愈说。他再度依次审视了那个陌生男子出现的瞬间，碎碎的光晕穿过枝头的新绿，打在嬉笑的人们的身上，也落在那陌生人肩上。他们虽互不相识，却被新生的阳光融成一体，酷似一个电影镜头。韩默愈悲哀地想，向来生活在梦里的谷雨，本已阖上了那扇藏着往事与梦的门，但命定的再次光顾，让她在这个春天的早晨又重新睁开了眼。

——她睁开眼，就看到了那张梦中的脸。他头顶有橙黄的光圈，满月般罩着他，他的脸便像月色下的水影晃动着，是不明晰的，但波动的水影里似有翅膀的翩飞——那是阿因养的鸟吗？

他那样微微垂着头看向她，全身沐浴在细细的光晕里……是阿因回来了吗？她恍惚觉得下一刻他就会俯下身——就像她与阿因的最后一夜。阿因曾在黎明微熹，晨光渐开之时，站在她的床边，对着她俯下身，那么柔软的头发，几乎拂到她的脸上。

她紧张无比，唇间含了一句重要的话，却不敢发声。那天早晨她未曾开口，阿因也未曾开口。她睁开眼时，阿因已经走了，她像被摘掉心肝一样痛哭了一场。

等再见到，已人鬼殊途。

谷雨抬手将脸抹了一把，刚才的泪已干，脸上绷得生疼，新的眼泪又源源不断而来。两天了，她仍被困在这孤零零的海边小屋里，无人来搭救，也无人来聒噪。她身体里的水分已快要从眼中流尽了。

一阵呼啦呼啦的摩擦声忽然传来，接着是一个细细的声音说："吃饭了！"

是个男孩儿的尚未变粗的奶音，至多不超过六七岁，接着高高的窗口被推上来一个饭盒。

送饭的人踮着脚，一只圆鼓鼓的小肉手，先费力地把饭盒推上来，然后又推上一缸子水。水装得过满，有些泼泼洒洒，眼看要掉下去了，男孩儿气喘吁吁地说："你接住呀，接好了！"

谷雨过去将饭菜拿下，老式的铝制饭盒里盛着一盒米黄色的米饭，一些贝类和水菜盖在上面。水也有点儿咸，有点儿淡淡的腥味。

男孩儿已啪嗒啪嗒地跑开了，一路无牵无挂的步子。

吃了两天牢饭，她的惊惧稍稍收起了一些，虽不知是什么人将她关在了这里，但他们似乎不会伤害她。他们给她的待遇不错——伙食不错，她没有受到欺辱，来看她的只有个老太太，而送饭的是个孩子。

她站起来，看看自己，那件纱衬衫被热汗和冷汗一起浸透，满是尘土，已不能看。她顾不上嫌弃，借着那几口饭而积聚的一点儿体力，她又开始察看这个房间。

她手里握着一根长长的铜秤杆，是她在墙角里捡到的，她就一直握着它，当作防身武器。此时她正拿着它在地下和杂物堆里翻寻，这屋子里没有一张能看的纸片，且到处都是乱糟糟的，像曾被人扫荡过。

背心被什么刺了一下，是一件黑黝黝的东西，夹在一堆看起来像是木船零件的杂物堆中。她轻手轻脚地扒拉着，慢慢地，将它抽了出来。

是扁而薄的一片铁片，还带点儿弯曲，像是某个钩子的一部分。钩身有一层铁锈，一面边缘粗糙，另一面却很锋利，被人专门地打磨过，一层乌压压的清光。

谷雨看看四周，明知没有人，还是偷偷地把那铁片藏到了衣服里，冰凉的铁片抵着她的皮服，厚薄大小却正合适被藏起。

她忽然心里一跳，这正是一件秘密武器，便于贴身收藏，看不出端倪。是谁打磨的？又是谁将它藏在这里的？

　　一阵阵哗哗的海浪拍岸声，风里又多了一点儿声音，似歌似戏的调子，喑哑低回，似远似近，飘忽不定。她一阵毛骨悚然，两天来，除了海浪声，她听到最多的就是这鬼魂一般的唱戏声。她脚下软了，又跌坐在地上，手扣住那扇木门。

　　门竟"吱呀"一声，开了一条缝。

　　老式的木闩门，空空荡荡，这道用来关住她的门竟没有上锁。

　　她气喘吁吁地将脸贴上那面粗糙的门上听了听，门外无人，却有一阵奇怪的轻微拍击声。她手中还握着那秤杆，撑着地，颤颤巍巍站了起来。一股勇气忽然涌来，她咬紧牙，双臂使力，呼啦一下重重地拉开了门。

　　强劲的风劈面而来，她的头发一下被刮得往脑后掀去，光线射到她脸上。门前没人，脚背却忽然一痛，她低头去看，两只大鹅一前一后地在她身边，此时正拿扁扁的大嘴去夹她的小腿。

　　她小时候家里养过鹅，知道厉害，她小心地挪着步子绕过去。只见白浪哗哗，海面蓝得逼眼。大块大块的礁石，壁垒一般高高耸起。

　　一路无人，沙砾滚烫地烧灼着她的脚底。这里像是遗世独立的孤岛。成群结队的蜻蜓低低盘旋，稍高一点儿的地面上疏草杂生，透过起伏的坡度能看到后面还隐藏着更深的林木，直通向后山。

　　眼前出现几座小屋，虽简陋却宽敞，前面有个老太太正低头做活儿。正是来劝过她的那一位，现在老太太系着一条皮围裙，穿着短袖衬衣，戴着两截套袖护住胳膊，手上拿着刀具正在拆渔网。

　　谷雨踌躇了一会儿，还是走了过去，她的膝盖又麻又痛，走起来有点儿向前微微屈着。

　　老太太抬头瞥了一眼，眼前的女孩儿满身灰土，曲乱的长发下一张憔悴的清水脸和红肿的眼睛，细瘦伶仃的小身子像是被风一吹就要倒。老太太问："你出来啦？吃了没？"

　　问得随随便便，家常话一样。她点了点头。

老太太又问："你叫什么名字？"

她顿了顿才说："我叫谷雨。"

老太太点了点头："你不用怕，你只要不跑，没人会来伤害你。"老太太说着，忽然眯起眼向谷雨身后望了望。

谷雨回过身，两个男人正朝这边打量着，都是面色黝黑，身手矫健的精干样子，他们远远地看着她，目光直直的，毫不客气，却也并不上前来。

"那是佟子的人。盯着你呢。"老太太说。

"佟子是谁？"谷雨发抖地问。

"蜈背岛上你只要别惹到佟子，日子就过得下去。"老太太说。

"我不认识他！什么佟子！什么蜈背岛！你们这里的人，我一个也不认识！我没得罪过你们，我要回家！"

见她这样，老太太也有点儿慌了，站起来要说什么时，忽有一声长长的号声从后面传来，像戏台上演员的吊嗓。有个人正向这边走来，瘦高而轻飘，像一只纸鸢，步子有点儿摇摇晃晃的，手里拿着把雨伞当拐杖，另一手提着一沓不知是什么的东西。

"俞瞎子来了。"老太太说，把手中的网卷成一堆。

那人已慢慢走到了谷雨面前，是个奇怪的老人，长长的褂子垂到小腿，样式非古非今。他嘴巴里咿咿呀呀，唱着听不懂的调子。脸上纹路密布，像是已经很老了，一双深深陷在眼窝里的眸子，翻出来却尽是眼白。

"不用看了，姑娘，我就是个瞎子。"姓俞的老头儿呵呵地笑着，他将脸转向谷雨，耳朵微微侧成倾听状。

老太太对他寒暄："你今天开嗓早啊？"

"瞎子唱戏不分早晚，"俞瞎子说，"真是，把客人都吵出来了。"

老太太在一旁说："她那间屋的门是坏的。真是，那门被踹坏以后拖到现在也没修。"

"回头我去修修。姑娘家住那里不太安全。"俞瞎子说。

"我不需要修什么门！我不是这里的人！"谷雨崩溃得叫出来，这些人的口气竟像是她从此要住在这里一般，"什么时候能放了我？"

俞瞎子说："姑娘，你也别急，并不是我请你来的，我只是个废人，只会唱戏和扎灯笼。"他晃了晃手中那一沓竹篾和花油纸。

谷雨浑身战栗，膝盖发软，她看了看俞瞎子，又看了看吴老太太，想痛哭哀求又想扑上去拼命："我只想回家！你们告诉我是谁把我弄来的！佟子是不是？我去找他！"

吴老太太看了眼俞瞎子，俞瞎子说："姑娘，我告诉你两句话。一个人有一个人的命，谁也躲不掉。你要把心放宽，别去惹佟子，别去南边，包你什么事也没有。再说，人不出点儿事，就不知道这天下谁最关心你。"

谷雨摇摇欲坠地站着，像被触动了心弦，她脸上出现了一股无法形容的凄楚，大颗的泪珠从眼眶里涌出，瞬间她就泪流满面。

她的样子让吴老太太于心不忍，便说："姑娘，这会儿你要回家怕是不容易，不过有个办法，沿着这座山往上走有一棵许愿树，就在悬崖边，你要想许个什么愿，想见个什么人，就去绕树三圈，拜一拜，挂条红绳，倒是很管用。"

俞瞎子说："人家刚来，路都不认得，你要人家去爬悬崖。"

吴老太太说："就是不容易所以才灵呢！上次的人不就是……"她忽然住了口，咽下了要说的话。

眼见谷雨已经掉头走开了，正是上山的方向，吴老太太又冲着谷雨的背影喊："你可当心，那里可险，你要是摔死在石头上都没人去收你！"

谷雨听而不闻，仍是踉踉跄跄地前行。吴老太太瞧着她被恐惧消磨得如纸片般的背影，仍是楚楚动人，乌黑长发被风扇得呼啦扬起，露出一段洁白的后颈。想，倒是个美人坯子，那帮天杀作孽的把她关在这里也不知道是等谁来。

风虽小了一点儿，天色却暗了下来。谷雨眼前潮湿，汗与泪交混着糊住了视线。山势渐陡，岩石群越来越狭窄陡峭，时不时要用手攀附，越至高处，绿色越是稀薄，但远处山壁的凹处却隐隐透出一抹红，有点儿刺眼。

她停下步子，心脏激烈地跳动着。那果然是一棵树。枝叶茂密，树干斑驳苍深，不知道已多少岁了，孤零零独自生长在峭壁上，临着海。树干和枝叶间被系上了很多条红带子，丝丝挂挂地垂下来。

一条条红带子颜色有深有旧，绳结布带，各式各样，还有几条渔网线。上面有斑斑点点的字迹。树干上也有一些深浅不一的刻痕，刻着一些陌生的名字以及"身体安康""平安归来"之类。

树下有一块歪歪斜斜的牌子，写着：绕树三圈，无事不成。

这样做其实很危险，这树朝海的那一面非常陡峭，人想绕过去半个身子就得凌空，因此红绳基本都挂在靠里的这一面，临海那一面的红绳很少。

谷雨吸了口气。"好吧，"她说，"我不知道你是什么神，但我诚心诚意地拜你。"

她捡了两条粗糙绳子绑在鞋底，便提着一口气，两手抓住粗糙的树皮，身体随着脚下慢慢转动，风呼呼地灌着她的后脑勺，她死死地抱着树干，身子轻飘得像马上要被强劲的海风刮走一样。心里的绝望生出一股力量，竟撑着她转了一圈过来。

三圈转完，她看看掌心里沾的泥尘和磨出的红印。对着一树红绳和汹涌海浪，却讷讷着不知说什么好。她的愿望太多了，是不是就因为太贪心，老天始终不让她如愿？

她闭上眼，又睁开。眼前光斑耀眼，像一个挥之不去的影子，一个她时刻逃避又满心纠缠的名字。

柏雪莱。她轻轻地念，手指无意识地在树干上画出那一笔一画。如果可以，请给我答案。

柏、雪、莱。这个名字含着蜜，含着毒，又甜，又痛。如果他不是用那样的眼睛去看她，那样头顶光环，自上而下俯视着她，那样关切、专注，然而又有一丝淡漠……他关心她，只是因为她是个病人。如果不是那样一个突然来临的春天的早晨，他自她的身边走过，她在一个真实的梦里骤然地看见了他。柏——雪——莱。

梦中人

——周围的景物再次浮动起来，远远近近成了一些光点。她躺着，很难辨认自己这是在哪里。她浑身无力，只有眼睛有知觉，眼前唯一的焦点是那双清如水的眼睛，瞳孔清亮，黑白分明，那是阿因的眼睛。

"阿因……"她虚弱地叫他。

"醒了，醒了。"身边有人说。

但阿因没有回答，他站在她床前，凝神看着她。头顶一盏吊灯，光线从他头顶泻下，披散在他肩头的白衣上。

谷雨的手指轻微颤动着，努力抬起，想去抚摩眼前的人影，她的手落在他的手掌里，微凉、细致，然而是陌生的。

他对她说："小姐，你让我差点儿以为我完蛋了。"

一个陌生的嗓音，不是阿因。

她愣愣地看着眼前的人，幻影消失，她看清这是一间病房，四周皆白，陈设正规，她身边有一些仪器。床边那酷似阿因的男子穿着白大褂，他身边还有个护士。

旁边的小护士看看谷雨又看看医生："她好像有点儿神志不清。"

酷似阿因的青年抬起一只胳膊，她看着他的手指伸过来，伸过来了……搭上了她的眼皮，他的手镇定、温和，掀动她的眼皮照了照，她闻到他身上的气息，洁净，有一丝药水的清苦。他穿着深蓝高领毛衣，隐约有胸肌凸起，白大褂的袖口卷起，白与深蓝的色界简洁鲜明，手臂撑在她床前。他的脸浮在最上端，脑后仍有一圈光晕。

"一辆小面包车和三轮车相撞，你被夹在了中间。"青年医生对她说，他说话的语速很慢，带着医生特有的耐心，"你感觉怎么样？"

他声音略低，带一点儿圆和的北方调子。谷雨张开嘴，却哽住了。梦一般的雾霭散去了，眼前又急速模糊起来。

年轻的医生见她无端流泪，一愕，顺手从旁边的纸巾盒里扯出两张纸巾给她。

"擦擦。"声音很温柔，"现在告诉我，你哪里不舒服？"

谷雨下意识地接过纸巾按在脸上，纸巾立刻湿了。她定了定神，看看身上完好如初。周围是嘈杂的，有两三个人正围住自己看，还有几个人探头探脑地在门口等着。

"我没事。"她说。

他略耸肩头，笑了："你有没有事，该我说了算。"

她仍是直直地看着他。毫无疑问，他就是莲子的结婚照片上那个过路人，是她这多日来一直在找的人。他比照片上要高些，肤色极白，密长的睫毛在微凹的眼窝下投下树影般的一圈阴影，眼神便显得过于深邃。他不是阿因，他比阿因强壮，起码年长五六岁。那平整的额头，泾渭分明的人中线条，细致的鼻尖和下巴，比阿因整齐漂亮。所相似者也许是看人时的专注，嘴角的一点漠然，微笑时眼里跃动的一点亮。

"姑娘？"他被她看得迷惑，又问她。

谷雨垂下眼皮，心酸难言。她难过得别过脸去，不想在这陌生男人面前失态。

有人在叫，柏医生，柏医生！年轻人应了一声。他对谷雨说："你没大碍，休息一下，有事叫护士。"

他转身走了，她心里又一阵急，一阵着慌，脱口而出："谢谢你，柏医生。"

他已走到门口，闻声又回头看了她一眼，他下巴有一点儿埋进毛衣的高领里，好看的下颌线条忽隐忽现，清秀的鬓角后是柔软的耳郭。视线相遇，他冲她笑了笑。

她呆呆地看着他走开，他那个笑完全是阿因的，他转身时肩背的线条，轻快的步子，白大褂在他的身上有了飘然之感，那飘逸也是阿因的。但是……他是那样不经意地就离开了她——她只是一个普通的病人，跟其他的芸芸众生没有什么不同。

但她是为了他才会躺在这里的，自从她在莲子新婚的那个清晨看见路过的他，她便疯了一般地在找他。莲子就已经当她疯了，说，这个人不是阿因，像是有点儿像的，可是阿因早就不在了不是吗，当初是你自己去医院认的尸……

她置若罔闻。除了那几张照片就没有别的线索了，她只有自己去找——在那条路上，他看起来步履匆匆，没有犹豫，他对那里很熟悉，没有一点儿好奇——所以那是他的地盘，他每天都经过那里。

那么，只要她每天都等在那里，总能等到他。

她去等了，连续十多天，那些赶早的清晨和踟蹰的黄昏，她都在这附近寻寻觅觅，怀着一个秘密的热望，唯恐错过一个人影。她无把握地发着疯，发着降不下的高热，等着那低之又低的概率。只要一切的无意中有一个偶然，她就能抓住那个偶然。

后来，他终于出现了。

当她看到那个熟悉的人影终于转过来时，她不顾一切地赶上前去，冲到一片车流中去。她是受了伤，但重要的是，他出现了。

他出现了，但他不是阿因。

小护士给她拔下吊针的时候她仍在发呆，小护士问她还有哪里不舒服，她说想当面再向救她的人道个谢。

"柏医生？他快下班了。"小护士说，"也是你运气好，碰到的是他，这条路车这么多，交通这么差，遇上别人不一定管你呢。"

"柏医生……叫什么？"

"他叫柏雪莱。"

柏雪莱，柏雪莱。她默默把这名字念了几遍，一个字一个字熨在心上。脑中是柏雪莱回身朝她一笑时的脸，深邃的眼睛，那么温和，又有节制。他不是阿因，但她仍喉头堵塞，心里一阵痛，又一阵甜。

她问："他还过不过来？我……我想当面再向他道个谢。"

"没关系的，难道你还想再遇上个车祸？"小护士被自己的玩笑逗乐了，一边收拾器具一边哼着歌。

> 是这般柔情的你，给我一个梦想
> 徜徉在起伏的波浪中盈盈地荡漾
> 在你的臂弯
> 睡梦成真，转身浪影汹涌没红尘
> 残留水纹空留遗恨
> 愿只愿他生
> 昨日的身影能相随
> 永生永世不离分

调子婉转迷离，但年轻的小护士将它唱得一片轻快活泼。

谷雨的悲伤里忽然涌出一阵骄傲。这一脸稚气、青春痘未退的小护士懂得什么是梦想、什么是遗恨吗？这刚出校门就换上制服的小姑娘，知道什么是"他生"吗？她的"他生"是从生到死，再向死而生，老天残忍地夺走她的爱，再忽然将一缕光线轻轻地垂在她的面前。

谷雨起身默默穿衣，她一颗一颗扣着衣扣，又将头发梳整齐。她不急着走，也许柏医生会半途折返，再跟她遇上一回。从现在起，她要时刻做好跟他遇见的准备。

她开始徐徐展开她的应酬功夫，找小护士搭起讪来。她本就是灵巧健谈的，话题涉及附近的小吃、小护士衣服的配色、什么星座、最近的水星逆行……讲得一见如故，不可开交。话题慢慢转到了柏医生。他是哪里人，值什么班，喜欢什么户外运动。小护士——告诉了她，柏医生27岁，外地人，爱好羽毛球和游泳，习惯跑步，一星期有三次值班。小护士又强调了他是这里最年轻、最有前途、最帅的医生。

当然，谷雨没有漏掉最关键的一点——他有没有女朋友。

"女朋友？"小护士露出一点儿鄙夷，她已经跟谷雨讲热了嘴，也不讳言了，"柏医生才不缺女朋友，主要是缠着他的女人太多了，喏，"她向窗外一努嘴，"那个人就老来找他，热乎得不得了！"

她朝窗外看去，急诊楼的后面有个小篮球场，几个男生一纵一纵地玩着三步上篮。其中却夹了一个女孩儿，她穿着一套运动服，跟男孩儿们一起争抢着。

女孩儿有一张朝气蓬勃的脸，五官皆大而鲜明，一把随意扎起的马尾，黑丝绒一般润泽。她的动作不算标准，但虎虎有力，胆气更甚于技巧，虽然是在几个男生中穿行，却丝毫不示弱。她长眉紧锁，鼻尖上有点儿汗珠，神情甚至有些凶狠，忽然一躬身，冒险从一个男生的怀中钻了进去，男生吓了一跳，手一松，球就被她生生抢了过去，她立刻跃起，虽没有投中，却也博得一阵喝彩。

"就是她？柏医生的……女朋友？"谷雨问身后的小护士。

"什么女朋友，可会装呢。"小护士不忿地说。

装？谷雨不懂小护士的意思。窗外的女孩儿已不再打球，正和男孩儿们挥手道别。她从长凳上拿起一个背包，走进对面的楼里。少顷，她又重新出现了。谷雨不由得瞪大了眼睛。这么一会儿工夫，女孩儿竟已换了装，换了发型。

她的马尾辫放了下来，梳成了长长的古典式麻花辫。穿着碎花连衣裙，方领口开得有点儿低，显出丰腴的线条，外搭着黑色羊皮夹克，朴素中带一点儿艳，还带一点儿野。她亭亭玉立地走出来，长身玉立，脸色鲜润。

谷雨看得有些发呆，小护士说："看见了吧，文菲儿就是这么三头六臂的。"

叫文菲儿的女孩儿并不知道隔着一扇窗，有两个人正将目光锁定她，议论着她。文菲儿目光笃定，不紧不慢地等待着。她没有等很久，柏雪莱就出现在了她的视野中。

文菲儿迎上去，适才夺球的剽悍一扫而空，春风里她笑得像春花一样甜。

谷雨明白小护士为什么要说文菲儿"三头六臂"了。谷雨十七岁混迹江湖，大大小小的场面都见过，什么场合，见什么人，换什么脸，她都熟稔。她的对手只有小七，小七佻佻、冷漠、无谓也无畏，因而以一当百，百折不挠。但眼前这个文菲儿仍使她吃惊。文菲儿与柏医生一起走向街边的一辆车，她停下了，等着他来给她开车门，他便给她打开了，风把文菲儿轻柔的笑声吹了过来。

谷雨脸上一阵热，心里一阵凉，她刚刚陷入新的爱恋里，转眼便失了恋。

海面翻涌不停，奇异的云团带着透亮的金色，自天际轰然涌来，像大朵大朵的金色向日葵开在半空。风势强劲，谷雨抬起胳膊按住头顶，站起来扑打了一下衣服，嘲笑着自己，还不知活不活得过明天，还有工夫去忧愁这些往事。

谷雨仍住在那间海边小屋里，她的活动范围小得可怜，每日里只有吴老太太相伴。吴老太太每天补渔网，煮海蜇，晒鱼干，隔天就送到鱼市仓库去。谷雨乖巧，每天都会帮她做点儿活。吴老太太一辈子都在这僻静的海岛上生活，向来与人无涉，并不觉得做一个监视的工作和相互陪伴有什么区别。

谷雨知道自己暂时走不掉，渐渐地，心静了一点儿，反而有些豁出去的安然。吴老太太给她提供了一些生活用品,那两只鹅仍然守在她门边。老太太说:"鹅看家比狗管用,你一个单身姑娘,晚上睡觉还是要警觉点儿,这门又是坏的。"

"门是怎么坏的?"谷雨问。

"踹的咯。"老太太说,"上一个住在这里的人是个小魔头,天天闹得鸡犬不宁。"

"他是谁?去哪儿了?"她对同样被禁锢在这里的"上一个人"油然生出一股兴趣。她想,那人偷偷磨了武器藏进杂物堆,是时刻都准备好的。

"走了,都走了。"

"怎么走的?"

"乘船跑到对面的百花岛去了。"吴老太太忽然警觉地停住了。

前方似乎又蒙了雾,隐隐有一座蒙古包般的岛屿出现在雾里,线条很柔和。那就是百花岛,距离这里并不太远。

"他是自己逃走的?还是有人帮他逃的?"谷雨追问。

"我不知道他是怎么过去的。"吴老太太说着就闭上了嘴。谷雨知道再问别的也问不出来了。吴老太太对她算亲切,但真的关系到核心问题,老太太则一问三不知。

她也没有请俞瞎子来帮她修门闩,因为她忽然发现那把扔在地上的秤杆正好能插进门里,大小正合适,又相当牢固。似乎原来住着的那个人就是用它来插门的。

海涛声击打着海岸,在谷雨的脑子里形成一个有节奏的回旋。俞瞎子唱戏的声音又在风里飘了过来,这老人也是个异类,没事就扎灯笼,夜晚便一盏一盏地放上黑漆漆的天空去。又总在海潮上来时一声一声地唱着没人听得懂的调子。

难以入眠了,谷雨索性起来,让微咸的海风灌进喉咙。在夜色里看起来,那点遥远的灯影下,蜈背岛这里的海面和江洲那片蜿蜒的江水一样，带着沉静的美。谷雨不由得悲从中来，她想，真的在那时候停下来，自然一切都不会发生了。可是，又怎么停得下来呢？

有故事的女人

谷雨第二次出现在柏雪莱医生面前，神清气爽，像一缕透明的阳光。

棒球半裙是米色的，同色调的跑鞋，她细心避开了太过粉嫩的颜色，选择较低调又让眼睛舒服的色系。头发扎在脑后，像是刚做完运动，额头有一点儿恰到好处的湿润。她步行而来，时间也是算准了的，她知道柏医生今天不值班，一小时前她就在医院附近晃悠了。她拎着一袋水果。如果遇到，便可以随意地打一个招呼，她和他会自然地聊上几句，闲话家常，然后她顺手分一半水果给他——他接了，他们就有理由再多聊几句；如果聊得好，还可以约着一起吃饭或者打球。

总之，一切是自然的、无缝儿的，他不会看出她的这个"随意路过"是多么精心的布置。

虽在柏雪莱身边看见了漂亮生猛的文菲儿，但这并没有使她收心，反激起了更强烈的欲望。这欲望跟柏医生身边围绕着多少女孩儿无关，她是那么想再看他一眼，她想念着他，想念着他那酷肖阿因的一部分，也想念着那不属于阿因的另一部分。

春天的黄昏有点儿冷，落日衔在巨大的树冠上，仁杏路热闹又有点儿萧索。这条路以银杏出名，便以此作为路名，柏雪莱所在的仁杏医院也是由此而来。谷雨裸露的小腿凉飕飕的，在原地轻快地弹跳着，她整个人是连贯的、饱满的，像一曲完整的小调，无论他从哪一个方向出现，从哪一个角度攫取到她，都会是一个美好的音符。她一眼又一眼朝医院出口处瞄着，不敢有一点儿分神，当她第三次绕到一排宣传栏下时，柏医生终于出现了。

她一看到他，心脏便怦然乱跳，一股悲怆的热流涌了上来。几日不见，他还是她想象中的样子，飘飘然的步子，多彩又漠然的眼睛。他穿着深灰薄呢西服外套，柔软的浅灰直门襟衬衫，一排圆圆的黑扣子整齐地直扣到领口。在一片灰色人流中，他显得异常洁净。他正从一行捧着盒饭的女孩儿中穿过，她们叫他，他停下来说了两句什么，女孩儿们争相发出笑声。他也笑了，柔软，又有点儿距离。女孩儿们一路回过头看着他。

谷雨上前一步，跨进他的视野里。

柏医生微微一愕，止住脚步，看着面前突然出现的女孩儿。继而他笑了，她看出在那样礼貌微笑的后面他在思索她是谁。

她心里一沉，她太过自信，以至于出现了从没有想过的窘境——他根本没认出她。

"柏医生，刚下班？"她主动打招呼。

他终于记起了她，他的笑容放松了："是。你呢？最近身体怎么样？"

他的笑容又使她满腹酸柔，明明只是个陌生人。她说她失眠，会发冷，好不容易睡着了，又多梦多汗。她说的都是实话。她一边说一边看他的眼睛，想从他酷似阿因的眼神里找到一点儿关切。但他只是说："哦，你抽时间来找我，我再给你查一次。平时做运动是可以的，要适量，不要过头。"

他果然注意到了她的装扮。

她说刚完打球，路过这里，想散步回去，也许顺便看个电影。她这句话也是个试探，带着各种可供他接话的可能。

他说最近电影不错，可以去看一场。

并没有期待中的邀约。跟他说了两句话，她已经微微出了一身薄汗。她手里的水果却递不出去，是因为他这一身斯文隆重，无端拿上几个水果实在是又别扭又累赘。

她不知怎么就忽然脱口而出："柏医生，你真的好像我一个朋友。"

他一愣，随即又笑了。那个笑令她羞愧，她一辈子也没说过这么整脚的搭讪词。

他口气里没有嘲笑的意思，说那个朋友一定跟她关系很好。

她问他穿戴这么整齐去哪里，他说他一个朋友过生日，约好去吃饭。

她想问，女朋友？但她不用问下去了，文菲儿正远远地朝这边走来，同时脆亮地喊了一声。

柏医生向文菲儿介绍谷雨是他的一个病人，文菲儿长眉如漆，眼神灼灼地看了谷雨几眼，说："柏雪莱那天在马路上救的人就是你吧？你要注意休息，哪里不舒服了记得来找我们。"

文菲儿笑得亲切，态度爽朗，接着就把手插进柏医生的臂弯里。柏医生轻微地让了一下，问谷雨是不是马上要回家，她只有说"是"。他们无疑赶着要去共进晚餐，已不打算再站在这路口跟她闲扯下去了。

满街的灯都亮起了，显得脚下的路更黑。她背上的汗已凉了，心里虚虚的，这一仗文菲儿兵不血刃，轻易就显示了主权，即使不是正牌女友，和柏雪莱也是"我们"。她呢，不过一个病人而已，柏雪莱连她的名字都记不起来。

她无精打采地回到住处，不脱衣服便倒在床上。韩默愈打电话来了，问她房子续租的事。又说她要是真喜欢江洲，就买下来，长住也可以。

她慢慢地环顾，这房子自从她退租以后，一直空着，这里还留着阿因的气息，他们最后一晚的爱意，至今未散。阿因最后看着她，欲说还休的话，他一直没说出来，她一直等待至今。

她忽然觉得柏雪莱一点儿也不像阿因了。柏雪莱一表人才，前途无量，有一份好工作、一个漂亮的女朋友，人前人后都很风光。但阿因是宁静的，纯粹的，孤独的。阿因是天然长出的东西，是独一无二的。

她脱下那件裙子，解散头发，开始收拾房间。等她洗完澡出来，外面已开始飘雨，她看着窗外江面上朦胧的灯影，对自己说，这场梦该醒了。

几天后却来了一位不速之客，烟气焦黄的脸，见人三分笑。是老金。

她立刻便想关门，老金用一只脚抵住，另一只手臂撑住门框，胁肩谄笑地求她："只讲两句话。"

"去年那事，那个姓战的老板——战烈找上门，我总不能不做生意。我可从没出卖过你，大家这么多年，你对我就不提了，我对你情分还是在的。"

谷雨请他放尊重，她跟他没什么情分好讲。老金说："你不知道那一趟我亏了多少，现在你总得帮我一次。"

老金说自己周转遇到了困难，其实就是缺个担保，现在有了个机会，无须法律证明，只要有个旁证证明他在当年战烈的那个仓库纵火案件里没有牵连，对方就愿意借钱给他渡过难关。老金见谷雨沉吟不语，便几乎要磕头地说："买卖不成仁义在，你也不忍心看我去讨饭吧？"

老金找到的借贷人是个女人，已不年轻，四十好几的样子，高而薄的颧骨，额头也微凸，如瀑的黑发，欲念的红唇，眼窝凹陷，眼神锐利。老金叫她阮姐，谷雨便也叫一声阮姐。

阮姐伸手与谷雨相握，手掌干燥有力，手臂有肌肉。她含笑说："谷雨小姐，本来很小的一点儿事，你愿意亲自来，我很感谢。"声音略哑，很悦耳。

阮姐身材颀长，加上眼皮有点儿耷拉，看人时便有种目空一切的下视感，嘴角两道细细的纹路，显出沧桑。这样硬朗的轮廓，却穿着一条妩媚的露肩长裙，宽肩膀，深锁骨，坐下时态度矜持。见谷雨打量她，阮姐笑笑说："我母亲是越南人，我是不是看着跟你们不一样？我最喜欢你这样娇俏干净的江南姑娘。"

老金要摆谱，在全市最贵的餐馆里订了包厢，他急于为自己开脱，便将话题频频往重点上靠。他们聊起几个月前的那场仓库火灾，谷雨有一说一，说在她的了解里，老金只跟其中那个叫战烈的有过联系，事发时老金并不在现场，也无从知晓其中的具体情形。

阮姐很认真地听着，像听故事一样津津有味，她问："谷雨小姐，我真高兴你能在那件事里死里逃生，你福大命大，老天护佑着你。仓库里面的人是否跟你有很亲近的关系呢？"

谷雨登时便缄了口，她一晚都在注意避免提起小七。这时忽然被问，不由得便眼圈一红。阮姐递过纸巾给她，轻声说："走了的人迟早会回来。我相信。"

老金东拉西扯，信口开河，自称上下三路都通，对朋友又仗义，合作起来决不让朋友吃亏。阮姐话很少，礼貌冷淡。谷雨自己喝了一阵闷酒，她心事淤积，酒入愁肠，更添新结，便要告辞，也不让老金送她。阮姐也不强留，说："过几日我约你喝茶再谢你。"

两天后，不识相的老金又打电话来，说他的事已办妥，订了位子请吃饭。老金说，阮姐是个厉害人，不知怎么那天看到谷雨就觉得投缘，请她一定要赏光。

谷雨正自心灰，一口回绝。过了一会儿，阮姐自己打电话来了，谷雨不好意思了，下楼去，见车后座玻璃摇下，露出阮姐那风情独具的脸。

这一餐吃得雅致而舒展，开席不久，老金就说有事先走了，留下两个女人面对面互酌。

"那天人多，看你不自在，今天我们可以放松点儿。我长期在外面跑，也不太懂你们的习惯，请你教教我。"阮姐慢条斯理地说。

谷雨这几天的全部力气都用来克制自己不去想柏雪莱，本是无精打采的，但阮姐并不过分热情地劝酒劝菜，她看起来走过很多地方，有着极丰富的生活经验，健谈又善解人意。对着开阔的长江，徐徐地谈论着江洲湿润的空气、鲜美的江鲜、女孩子们的好皮肤。甚至讲到会考虑在这里买下一处房子，到时候就要请谷雨来做一个参考。

因此这顿饭吃得轻松惬意。谷雨也不由得想，这样练达又美丽的女人，用"恰到好处"四个字来形容最好，像温软的酒，入口恬淡，暗藏后劲儿，什么时候都能来上一口。

两人不知不觉已吃了不少，适量的酒也让人浑身舒畅。谷雨提出先送阮姐回家，阮姐轻轻一笑，说，先送有家的人。

谷雨心中一动，阮姐这话隐约看出一个意味深长的过去。

谷雨到家的时候已过了晚上十点，室内闷热，天空隐隐有点儿雷声响动，她隐隐觉得不适，胃一阵凉似一阵地疼了起来。雨哗哗地来了，她爬起来关窗，觉得有一根软骨从喉咙直抵上来，挣扎着翻出一堆药瓶药盒，只要说明是治胃的，她就各种倒出两颗全吞下去。不多时只觉得一把火炸开在胃里，便"哎哟，哎哟"地翻滚起来。

天色漆黑，时而一道闪电劈过，雨下得隔绝天地。她又吐了两回，无力清扫，身体僵直地躺在自己的冷汗里。

等天终于放亮，她挣扎着去了医院，倒在急诊室的椅子里，已差不多奄奄一息。护士跟她说话，她意识模糊地说出一个名字。过了一会儿，便看到一双长腿立在她身前。

她顺着这双腿慢慢看上去，看到一件白大褂，里面是深色 V 领 T 恤，头发往后拢去，露出柏雪莱那张棱角分明的脸，他又似水面浮影那样晃动在她眼前。

"柏医生……"她喃喃地说。她无地自容，真想立刻死过去。她知道她现在是个什么鬼样子，被呕吐和剧痛折磨了一夜的脸，披头散发地躺在椅子里。

"食物中毒？吃坏了？还是喝了酒？"柏雪莱问她，往前看了看她的吊瓶，"B 超做过没有？"

她点点头，心里直想哭。她暗骂自己没出息，只要在他身边，挨着他，她便浑身涌动着悲与喜。她克制再克制，拧得心都痛了，但他的声音一响起，她便鼻子发酸。

"血呢？"

"也抽了。"她哑着嗓子说。

小护士拿着一根蓝管过来给她做皮试。柏雪莱皱着眉，看长长的针尖挑进她静脉，一阵剧烈地抽痛，她下意识叫了声。

"你怎么又把自己弄成这样？你是不会好好吃饭，还是不会好好休息？"他说。

她觉得他的声音里有一点儿埋怨，这一点儿埋怨立刻在她心里闪了个小小的火花。他在对她不满。他有什么立场对她不满？他关心她？

但她顾不上反应，手腕剧痛，她张着嘴，咝咝地往里吸气，一手揪住了柏雪莱的白大褂前襟。

"好痛！"她哽着嗓子说。

柏雪莱扶住她的肩膀，同时像安慰小孩子一样说："马上就好，做皮试是有点儿痛的。"

小护士拔出了针，谷雨的脸还藏在柏雪莱的白大褂里，那么清凉舒畅的气息，她闭了闭眼。

"好了，不痛了对不对？"他声音像温水一样柔和。

她不说话，别开脸，手腕上一点儿细细的血正流出来。他让她别动，再忍一忍，确定没有起反应再处理。

她抬起一张水清泛白的脸，睁大的眼眸里抖颤着亮光，没刹住，两行泪便无声地流了下来。两滴水珠飞快地滴在他的白大褂衣角上，又迅速地渗入了。

他有点儿局促，说："你等一下，我给你拿棉球去。"

吊针大厅里人很多，柏雪莱走了两步又回头，周围乱糟糟的病人和家属像杂乱粗糙的海滩，谷雨小小的身形，特别无助地缩在一张大椅子里，像某种软体动物，被泪打湿的小脸异常光洁，又像沙砾堆里唯一的一枚贝壳，埋起了一半，另一半闪动微光。

他在那一刹哑了一下，愣了几秒钟，才继续转身去给她拿棉球。

等他回来，她的情绪已好一点儿了，脸也擦干净了。她乖乖地坐着，看到他回来，她露出一个 14 岁少女的笑容，脆薄而明亮，弱小得像太阳花一样。

他想，她这样大的人，还这么孩子气。当然，他是医生，遇上一个略娇弱的病人，是见惯的。而女孩子半夜忽然生病，挨到天亮才独自来医院，那一股害怕和委屈，自然要哭。

但她几瓶水吊完，只是稍稍缓解了疼痛，仍在呕吐。适才给她看病的女医生皱着眉，又让她躺下，重新在她小腹和背部各处按压了一遍，问她："要不留院看一晚？"

她慢慢欠起身，柏雪莱扶了她一把，问："你得找个人来照顾你。朋友，男朋友？"

她只是摇头，刚刚哭过的眼睛酸涩得难受。

这么漂亮的女孩子，不该没有男朋友吧。他想。

但她只是在想，他并不是阿因。虽然他这样好，但他不是阿因。

2　爱情所能覆盖的一切

谷雨在住院部的二楼占下了一张床，经过一夜的留院观察，她的症状并未减轻，于是转为住院治疗。柏雪莱帮了忙，替她找到一张靠窗的床位。正是春光最好的时候，透过窗户可以看到齐整的柏树在头顶形成拱形，几棵桃树偎在近旁，绿意葱茏里夹着一片粉色花光，显得轻薄飘逸。

"好好休息，合理饮食，没什么大事。年轻女孩儿肠胃都不好。"柏医生宽慰她。

但谷雨不敢多与他对视，她被自己心里那点儿鬼胎弄得坐立不安。他会不会看出她的不安分？

她怀疑自己这场病是存心的——不偏不倚，恰在这个时分。她的身体比心诚实，于是用一场病痛给了她机会。

她暗骂着自己，把自己鄙视到了尘土里。韩默愈打电话来，她也不敢跟他说，怕老韩立刻就要赶来。然而柏雪莱来了，听到他轻轻的脚步踏在老式木制地板上，她又立即振作起来。

柏医生来得不算勤，早晨查房，黄昏时再来转一次，就不见人了。于是谷雨的时间也随之切分成了三块，坐标线就是他来与他走。他像个魔法师，来的时候满室春光，带进了鸟语花香；走的时候便把光线一起收拢，放进了口袋。

天很快就黑了，但要等过这一夜，又无比漫长。

他立在她面前，翻着她的记录，静定的目光毫无旁骛地在记录本上扫视。他不带感情的手指按着她的身体。体恤，稳定，医生的手。她闭着眼，控制着自己五脏的抖颤。他留意到了，问："痛？"他收回手，蹙着眉，"体温稳定，也没有便血，本来各项指标正常就可以出院了，为什么还会痛？"

"……嗯。"她想着他的手如果能再上几分，就能立刻明了她那隐秘的心痛。

这间病房里有三个病人，谷雨热切地期待着柏医生对她会与别人有些"不同"。但看起来他一视同仁，他对她，和对那个一分钟能讲上三百句的大嫂，还有那个半大的孩子——身边陪着个精明又怕花钱的妈——都是和声细语。但也止步于此了。经过这两天，谷雨已经看出，想和柏雪莱亲近不是那么容易的。

柏雪莱冷峻少语，他对病人和家属都有极大的温和与耐心，但对人却总保持着一点儿距离。他是友善的，但又异常淡漠。同时他又拥有极旺盛的精力和体力，他保持着运动和健身的习惯，值班一整夜可以不打一个哈欠，他的阅读量也很惊人，桌上堆成小山尖的资料都是他的。

"柏医生，"她试着和他交谈，什么时候她能不像其他人一样叫他"柏医生"？"柏医生，你是处女座吗？"

"怎么说？"他低头做着笔记，不置可否。

"你又守时又自律，从来没看你出错过。"

"我住得不远。"他随口回答。

她又说了一句什么，但他心思在病历上，顿了一下才问："什么？"

她说："守时是君王的习惯。"

他对于她巧妙的恭维只是一笑："你恢复得挺好，这两天就能回家了。"

她立刻一阵恐慌。她是不能这时候就撤的，他们还没有成为朋友，除了例行医患之间的对话，连一次开怀畅谈都没有。她怎么能走？出了院便更没机会再看到他、接触到他。

见她竟没有喜色，柏医生问她："能回家还不好吗？"

她看着四周，仿佛想找一点儿支撑："我家里没人。"

他像是有了点儿理解，又说："你把住院当疗养，也不是不行，不过这里的床位可不便宜。"

他竟关心起她的经济，她有点儿意外的惊喜。她这阵子一直花的都是自己的积蓄，也不让老韩打钱给她，住院费实在是不小的一笔。

他没再多说什么，查完房便向外走，表情带着一点儿倦意。

看着他悠悠然地走在阳光里，阳光软绵绵地晒在他肩头，他半边脸像金沙一般细致……谷雨忽然觉得胸口一阵热，一阵冲动涌上来，她也随着他跑了出去。

金色的空气嘤嗡作响，阵阵花香里夹着药水味，太阳照得人脸热心慌。柏医生走在她的前方，步子不快不慢。

从什么地方飘来古典音乐，淡淡的、流水一样的肖邦……柏医生停下步，听了一会儿。阳光把他细致的鼻尖也镀了一层光，眉骨高得几乎遮住了眼窝，唇边有一个深思的笑。谷雨看得迷醉，她想，他应该有良好的教养，父亲严肃、母亲温柔，赋予他多思又忧郁的天性。迎面来了一群他的同事，他忽然耸了耸肩，走出通透的光线，退到了走廊的阴影下。谷雨便想，他真的很躲避人群，回避热闹。

柏雪莱的办公室在这座楼后面的一个二层小楼上，没什么人，又是个离群索居的样子。他似乎是习惯了独来独往，独处反而让他闲适。窗帘总是拉得很严实，他连对阳光都有着轻微的抵触，为什么？是因为他天性阴凉，还是心中有秘密？

小护士们闲下来也总是谈论这位一身风情偏又不解风情的柏医生，她们用了一个文艺气十足的词"禁欲系"，接着便笑成一团。但柏医生信步而来，没有比他穿白大褂更好看的了，轻飘飘一袭，如长袍，如披风，便在他的周围形成了一股独特的气流。正打趣着的小护士们，还有病人们，都不自觉地坐好，收拾起适才的嬉皮笑脸。是的，柏医生如果肯稍稍拿出一点儿时间去敷衍，几乎这里的每个女孩子都会落马的，但他片叶不沾身。

是什么令这个年轻男子身上兼具着男子气和压抑？一段伤痛的爱情？失去至爱的悲哀？谷雨觉得心中一阵怜爱。她还没有了解他，已经开始为他心疼。他像一本难懂的书或一部晦涩的电影，但她相信打开那晦暗的密语，柏雪莱必然是热情的、纯粹的，也像阿因一样。

阮姐打过电话来，责备谷雨生病为什么不告诉她。

"女孩子不应该独自一人面对医生。"阮姐温和地说，"我来陪你晒晒太阳。"

阮姐来了，她俩靠着阳台，享受温煦的阳光。谷雨心神不定，隔一会儿就要向急诊楼的方向瞄一眼。阮姐不紧不慢地给她削水果、倒牛奶，看着谷雨心事重重的脸，说："谷雨，人不能憋心事。你眼睛下面有颗泪痣，它是来帮你的。不痛快了尽管哭，哭出来了心里才不会生病。"

"你会看相？"

"我会看人。"阮姐说，"女人的身体尽可以调理，但心里不能生病，心里有病，鬼会乘虚而入。"

谷雨想，自己心里可不就有个鬼嘛。她无视道德，做着可耻的事。

这样想着，她下意识又向外一瞄，这回柏雪莱出现了，他的身边走着文菲儿。文菲儿的长发落了几缕拂在柏雪莱的肩上。两人并肩走过宽宽的长廊，高高的圆弧穹顶下，一根根白石圆柱投出规则的影子，真像一幅摄影作品。

暮色游进了心里，谷雨觉得眼睛酸涩，刚升起的希望又灭了下去。

阮姐也沉默了，跟她一起看着柏雪莱和文菲儿走过的那个方向。

阮姐面色若有所思，良久才侧头看了谷雨一眼，问："这就是原因？"这回口气带了点儿不同，眼神幽深又有笑意，"你喜欢那个医生？"

谷雨猝然收回视线，她并不想承认，但也不想否认。

"是男朋友？"

她摇摇头。

"认识多久了？"

她又摇摇头："没多久。"

"谷雨，"阮姐沉吟着说，"我不想八卦，不过我听说……你快结婚了。"

"不，不，"她慌忙说，"我们没有事，一点儿事也没有。我……"她只觉得解释不清，心里的黯淡愈加扩大，"我只是他的病人。"

阮姐以过来人的眼神微笑着打量她，未说什么。

第二天，谷雨的体温又升高了，原本已消失的那些症状再度包围了她。

柏雪莱看着面前这个萎靡的病人，连续几天，她的病情反反复复，总在痊愈边缘杀出一个回马枪。他皱着眉，对自己有点儿恼火的样子，问："以前有过胃肠道的病史没有？"

谷雨正入神地看着他握笔的手，修长的手指，细腻的手背上有两条清晰的青筋。被他一问，心虚了，说没有。

"晚上没睡好？"他又问。

她盯着窗外那片轻霞般的桃花，心里那个"鬼"正蠢蠢欲动。她咬着唇，答一声是。

"晚上我来看你。"他说。晚上是他值班。

晚上他果然来了，带了两盘轻音乐给她，嘱咐她睡前听。

他是个细心周到的医生，可不可以不仅仅是医生？她胸腔里那只不安分的鸟，翅膀都拍痛了，柏医生难道还听不到吗？

柏医生回过头，四目相对的瞬间，她又立刻将头转了过去。要是小七在场，一定将她笑话得无地自容。

她，谷雨，25 岁，重新陷入了至死迷狂的爱慕。她没有过完的青春期又回来了，封起的心打开了，一切以为已消失的都好端端地在那里，重新勃发生长起来。

这晚她翻来覆去，听着春雨嗒嗒地敲着玻璃，想着柏雪莱一整夜都在这里，就隔着一道走廊、几间病室，他就在她不远处，她便觉得两腮火烫。这一场苦情戏演到今天都是她的独角戏。她像个绝望而狂热的舞者，一次次伸展着肢体，在燃烧、熄灭与再点燃中把自己弄得筋疲力尽。

事情就在这个时候发生了。

尖利的叫声忽然炸开，一个惊恐的似是撕裂的嗓子叫着医生、护士。谷雨一下子坐了起来，听到雨点般的步子急纷纷地从走廊跑过去。

是隔壁病房。

她立刻从人群中分辨出柏雪莱的步子，他疾步直冲，抢进病房，病人正自绝望呼救，病房门前已集拢起一堆人，各种器械被医务人员抖得哗啦啦响，在这一切之上是柏医生稳定的声音指挥着众人，吓慌了的小护士们拥在周围按照他的指示一步步行动。

谷雨也向前跑去，她的手扒着病房门，身后有一堆惊起的病友，窃窃议论。她的心怦怦乱跳着，看着陷在人头中的柏雪莱。他正给病人做着胸外按压。他的肩膀不断压低撑高，双臂因灌满力量而牙关紧咬，眼神紧紧凝聚于一点。身体霍然地一下又一下，那么奋力，使他的头发有点儿凌乱。

"气管插管！快！"他抬头厉声命令。

小护士吓了一跳，嗫嚅着说："家属不在没人签字……"

"我负责！"柏雪莱用力地说。像有什么破开了他一贯的沉静，怒气掀了一掀。

谷雨簌簌抖着，她并非没有见过抢救的惊险，但此时的柏雪莱是她没有见识过的，他勇猛又威严，与平日的忧郁判若两人，惊人的爆发力之下，那一点儿彪悍里甚至包含着一丝戾气。

小护士仍犹豫着，说找不到家属，电话打不通。谷雨想到了什么，向楼下跑去。她知道今天陪床的那位家属是个球迷，必是半夜找地方看直播去了。她一路向外奔，终于在医院旁边一家网吧里找着了人。

等她带着家属急匆匆地赶回来时，病人已插着插管缓了过来。柏医生迅速看她一眼，她头发上沾着雨水，脸上带着汗。他顾不上多问，病人家属同意了签字，终究还是将病人推去了手术室。

第二天关于柏医生从死亡线上救下病人的事便传遍了医院，同时麻烦也随之而来。病人家属指责柏雪莱在没有家属同意的情况下给患者做插管。

又是各处拥堵着人，护士们议论说其实是家属想省钱，跟医院能赖一笔是一笔。只是柏医生点儿背了，摊上了这个霉头。等结束了，他还要面对前来闹事的一帮人。

柏雪莱一行人从办公室里出来了。他的脸色疲惫不耐，有人问了他什么，他回答得很勉强。谷雨紧张地在原地思索了一会儿，又匆匆跑了。

阮姐又来了，拉谷雨去一家新开的园艺茶坊。在空气通透的玻璃房子里，培育着簇簇兰花，谷雨说起昨晚的事，口气激动又愤愤："以他的性格，是绝不会多说什么的，他是宁可被泼脏水都不屑于争辩的人，只会自己把事担下来。"

阮姐微笑着给她斟上新茶："才认识几天，你就这么了解他了？"

谷雨脸上一热，她的勇气又升了起来："你信不信我比所有人都了解他？他高不高兴，想做什么，讨厌什么，我都看得出来，你信不信？我是不是疯了？"

"过分用心，就会通灵。"阮姐拍拍她的手背，"谷雨，我上次说过你有未婚夫的话，我想收回并向你道歉。谁都不知道那个最正确的人什么时候会出现。"

"我不敢多想，"她低声说，"我只想帮他……想他每天都高高兴兴的。"

阮姐嘘了口气，往后一靠，深思地打量着她脸上那一派痴迷的执拗："你这个小东西，天生这么个好模样，性格又讨喜，要不是……唉，我真想认你当了我妹妹。"

傍晚谷雨回到医院，见柏雪莱靠在楼道口，那个她经常坐着的位置，他像是坐了一会儿了，看见她，他站起来松了松腰："回来了？"

"……你在等我？"

"我找到了一个病人总是不能痊愈的原因。"

"是什么？"她问。

"她总是不听话地跑出去。"

她"噗"一声笑了，他也笑了。他平时严肃惯了，一笑便分外暖人。

"走一走吧？"他说。

她点点头，心里唱着甜蜜的歌。这些些天了，他第一次约她"走一走"。

两人沿着长廊一直往外走，一直散步到后面的果园。她坐在高高的栏杆上，柏雪莱靠在她几步之外。春天里好闻的气息萦绕在她的鼻息里，她觉得麻痒痒的，想打喷嚏，又怕惊动身畔的他。她不用看他，就感受到他沉默里流动着的那些微妙的情绪。她想，他喜欢这一刻，落日徐徐降落，无人打扰，白天的繁杂已经过去。

"病人家属撤回投诉了。"他忽然开了口。

"哦？"她心里明白，欣慰着，但不露声色，"那是好事啊。"

"有人说你去找过他们。"柏雪莱平静地说。

他的声音里没有责怪，甚至没有询问。她问："我是不是做错了？"

"不，我是说我很吃惊。我想谢谢你。你做了我本来想做的事。"

她呼出一口气，几乎眼泪汪汪。她之前跑去找患者家属，表示愿意承担一部分的手术费用。她不知道这样做有没有用，又担心自己多事。而现在病人方面既肯接受，柏雪莱自然也无牵涉。并且，他领了她的情。

"手术费用还是得算我的。"他说。

她摇摇头，再看着他整齐的穿戴，心里又低潮了。

"你要去跟文菲儿庆祝吗？"文菲儿也许已经在等他了，他们会去喝一点儿红酒，庆祝他成功挽救了病人，一场风波终于过去。

他没想到她有这么一问，有点儿诧异："没有什么好庆祝的。我今晚不走，有个神经外科的专家来讲座。"

他确实是个勤学的医生，除了内科、外科，他还对脑外科特别感兴趣，积极地学习着。

"得学习呀，得去把人治好。"他自语了一句，又对她说，"还有，你的几项指标一直下不来，不知道怎么回事，我想让你再做两个检查。"他一脸认真，向她伸出手。

她搭着他的手跳下栏杆，在他碰到她的时候，"啪"的一声，他被她毛衣上的静电打了一下。

安静的暮色中，那声"啪"格外地响，像真的有火花一闪。他快速收回手，看着她微红的脸，两人忽然都有点儿局促。

忘了我是谁

现在，柏医生跟谷雨之间，真的多了一点儿什么，但又少了一点儿什么。

比如，他查房时照例要礼节性地问候每位病人，但跟她之间却省略了这一套客套。

视线相碰，他目中含笑，微微颔首，谷雨便觉得空中有了一星小小的电光，这电光旁人看不到，柏医生也不会察觉，只在她的心里留下一小声清脆的噼啪声。

鲜亮的春光漫溢在病房里，谷雨的目光也漫溢着，柏雪莱的一举一动都在她的关切中，她只是看着他就好像在跟他交谈……当他终于走到她的床边，两人只是相视一笑，就仿佛已经交流过千言万语了。

"你今天排便没有？"柏雪莱中规中矩地问她。

"不吃一点儿，没存货。"她厚脸皮地说，将病人的耍赖和女人的撒娇都丢给他。

"怎么不吃？"

旁边有病人附和着抱怨说："食堂的饭菜真的太差了。"

他认真地想了想："你现在最好喝粥，对面有一家很好的粥铺。"

他真的带她去了那家粥铺，小小的店面，窗明几净。柏雪莱为她拉开那把咯吱作响的竹椅，又顺手抽出纸巾把她和他面前的桌面都擦了一遍。谷雨仍有点儿恍惚，这是他们第一次共进晚餐。虽然离正式晚餐还有两个小时，虽然只是些白粥和小菜。

她看着他拿开水去烫那杯子和筷子，笑了："你还会做这些事？"

"我不喜欢在外面吃饭。"他也笑道，"做医生的强迫症。"

"那怎么带我来了？"

"你替我解围，我还没谢谢你。"

她的俏皮和狡黠都回来了："一碗买来的粥就能答谢大恩，想得好美哟。"

"那怎么办，我做菜很糟糕。"

"我手艺很好，等我下次教会你，你再报答我。"她自然地说。

"好。"他也自然地回答。

粥很烫，两人各自顾着给自己的碗里呼呼吹气。谷雨将自己的一碗粥递到他面前去："你喝这碗，凉一点儿。"又俏皮地跟上一句，"红楼梦里的芳官给宝玉吹汤就是这样。"

非常别致的小情话，又是这样温情款款的举动，他却仍没有接茬儿，只是接过了她递过来的碗，真的喝了一口。

她在一片腾起的热气里偷眼看他，那么英俊的眉眼、柔和认真的表情，他做什么事都很认真，哪怕只是喝一碗粥，那样一口一口的，仿佛这是眼前最重要的一件事。

如此，他们仍是没有深谈过。然而，她在与他为数不多的接触里，已偷偷记录下他桌上的书、他爱听的歌，她还记住了他喜欢的颜色和爱吃的口味。她想，等她出院后，他们总会有一起散步、聊天或共进晚餐的时候，那时候他会发现，他们是那么地一致。

他站在她的病床边，看她摆弄着耳机，他说："你喜欢宫崎骏？"她说是。他走了两步，她的感官便像一只小昆虫，透明的翅膀微微振动着，细密的触须似被电流吸附一般，追随着他。他站在哪一边，她浑身的血液便向着哪一侧缓缓流去。

"你怎么了？"他忽然问。

她一惊，血顿时回流上脸，想站起来，"啪"的一声，耳机掉在地上。他上前一步捡起递给她，手指与手指相碰，又似触电一般。

"还好没摔坏。"他看了看耳机说，"我下午过来。"

她喜得数着分秒熬到下午，小女孩儿一样轻快地在走廊里颠着步子，知道他会给她送新碟过来。

开始有病人和家属开她玩笑，说："柏医生今天来了好几次，肯定是来看谷雨的。人长得美就是好，柏医生都多看两眼呢。"这大嫂话语虽粗俗，但谷雨心里一阵羞耻又一阵欢喜，不想听，又想她多说两句。

下午柏雪莱果然来了，隔着一条走廊，谷雨便听出他轻轻的步子，像叶片的摩擦，被风掀动一样。她一阵心跳，忙跑去拐角照镜子，将刚洗过的湿漉漉的头发梳顺成中分，又改成偏分。她对自己横七竖八看不满意。柏雪莱也许喜欢知性的女孩子，而她似乎长得太甜美了……这样想着，她手忙脚乱又将头发扎起来，这时，他已进了门。

病房的女人们便"哄"一声笑了。

柏雪莱被她们笑得莫名其妙，问怎么了，女人们说："我们正夸谷雨，她在这里，柏医生查房都多一次呢。"

柏雪莱笑了笑，他已看到太阳光里的谷雨，套着宽大的病服，像一滴水一样柔弱，又像一朵花一样娇俏。光线穿过了她小小的身子，纤细的手脚几乎透明。她一下一下慢慢梳着头发，有几丝飘落下来，也是透明的。

柏雪莱走过去，将手上的两张碟递给谷雨。

她说："我觉得人生个病也挺好的，会有这么多的特殊待遇。"

"对，我小时候每次生病都可以多看两小时电视。你呢？"他问她。

她想了想说："可以不跟姐姐一起上学。"

话一出口，她心里便微微一沉。他不多问下去，只略略思忖着："这个有点儿难，还有别的吗？"

"还有……可以吃橘子罐头。"她说。

"这个容易。"他笑了。

下一次他来，果然拿了罐头：一罐橘子的和一罐黄桃的，放在了谷雨的柜子上。

她的耳机里悠扬地转着一首老歌：

不看你的眼，不看你的眉，
看了心里都是你，忘了我是谁。
不看你的眼，不看你的眉，
看的时候心儿跳，看了以后眼泪垂。

再过一天，柏雪莱很严厉地训诫了谷雨。

他本该在两小时后出现，今天却提前来了，步子比平时快，脸色有点儿难看。

旁边床的病人抱怨胃抽搐，柏雪莱先走过去给那病人按了按，一边又向谷雨看了一眼。

谷雨立刻知道他是来找她的，并且是来找她不痛快的。她将身子坐正，小学生一样等着，心里混杂着忐忑和期待。

果然柏雪莱又看了她一眼，说："跟我来。"

谷雨跟着他出了病房，两人一直走到走廊尽头的水房。

柏雪莱打开水龙头，一注水哗地淌下来，银箭一样弹射在石板上，又喷溅出去。空荡荡的水房里有了点儿回声。柏雪莱从口袋里掏出一只纸杯，接了半杯自来水，皱眉看了看，仰头便喝。

"别……"谷雨伸手去挡，柏雪莱却将她的手拨开，仍是将半杯生水灌下肚。

谷雨明白了，该来的总会来，瞒不住他。只是他问罪的方式却是又直接又古怪。

柏医生这点像不像阿因呢？这么紧张的一瞬间她心头忽然闪过阿因的样子。阿因站在鲜花盛开的山头，认认真真地说："我就是喜欢你啊。"阿因的视线越过所有人，像蝴蝶投奔花一样落在她的身上。而柏雪莱是不是也这样的两极化，他只对关心的人集中注意，他对人好，就全心全意地好；不喜欢的，也这么直接地表达。

谷雨伸手关了水龙头，另一只手拿住柏雪莱手里的杯子。她的动作轻柔又淡然，是心里很明白的意思。她细细的手腕上有一点儿青，两只手背上都贴着胶布，极细的针眼隐约可见。

"为什么？"柏雪莱问。

谷雨垂着头，不吭声。

"连续有两个跟你同房的病人来跟护士反映，你偷偷在水房喝自来水，一喝一大杯。你还给自己洗冷水澡。你白天好端端地接受治疗，夜里却偷偷摸摸来干这些，为什么？"他声音又硬起来，"你是不想要健康，还是不想出院？"

无处逃遁，她被迫跟他面对面，她晶亮的黑眼球在湿润的眼眶里滑过去，水龙头的滴水声清脆地拍击在石板上。一切静极了，她听到他压制的怒气。

"自暴自弃的病人我也见过，但我不能看见任何一个病人在我这里糟蹋自己的身体。现在你告诉我，为什么？"

但谷雨只是不吭声，为了延迟出院，她这些暗中捣的鬼，也知道瞒不住。瞒不住就瞒不住。她虽惶恐，但并不怕他生气，他对她生气说明这一刻他的注意力全集中在她身上，她让他惊诧、怀疑、光火，甚至想掴她两下，这些发自内心的情绪都是因她而起。他要发怒就发怒吧，这一刻他抛开了世界，只对她一人发作，那么这一刻的他就是属于她的。

"你有没有听我说话？"柏雪莱问她。

见她神色平静又复杂，眼睛睁得大大的，柏雪莱把口气又放缓。这女孩儿看起来柔顺，心里却倔强得很。

"你是想要什么人来看你？告诉我，我可以帮你去找。无论什么时候别拿自己的身体下注，惩罚不了任何人，受罪的还是自己。"

但她只是伶仃地站着，微弯的长发凌乱地散在肩上，露出窄小的两个肩头。柏雪莱感觉心里又是微妙地一动，他本还有很多指责的话，忽然就讲不下去了。

有人过来打水，见他俩面对面站在一排水池前，白色的太阳光将两人虚化了，一些尘埃在他们头顶飞舞，两人俱是无言。那人有点儿尴尬，咳了一声，走开了。

阮姐把一大袋零食放在柜子上，手里的一束满天星和玻璃菊插在瓶子里。她穿着圆领长袖上衣，下面窄窄的筒裙，一个风情万种的异族女子。

"小姑娘，我告诉你一句话，他要是对你凶，那是他心里有你。要是只对你凶，那是他心里只有你。其实男人跟女人是一样别扭的。"

连阮姐一个一无所知的局外人都看出了这一点。柏雪莱一直在别扭着，他这两天都不理她。

"我知道，我不怪他。"谷雨说。

阮姐也不多说下去，掏出一个小本子递给谷雨："这是给你解闷的，女孩子卧床养病，心静很重要，也许需要给个什么人写上两句。"

谷雨打开硬质的封面，抚摩着那一沓淡黄色的内笺，心里有一点儿潮湿。她说："谢谢你，阮姐。可是我没有要写信的人，他们收不到。"

阮姐"唔"了一声，说了一句什么，发音模糊柔软，又笑着解释说："这是我的家乡语，人还是忘不了母语。"她顿了顿，又说，"谷雨，你念着的人，并不一定要给予他关怀。重要的是，你仍然有想对之诉说的人。"

谷雨心中感激，对于阮姐的好奇又升了上来："你这样等待过吗？没什么指望的，就是想等下去。"

"等过。最后我赢了。"阮姐细长有力的手指将花枝略长的部分折去，"所以，别让别人阻碍了你。"

谷雨想，阮姐这样的女人必然不忌惮战争，她用"输赢"来定论感情。

但谷雨是不必经别人提醒的，她自己同样深富经验。只是，对于柏雪莱，她不愿使用任何经验。

她在阮姐送她的本子上写道：这是一个注定生根，却不知开花结果的春天。

忍了两天，她决定去找他。她去内科大楼，找到他办公室的楼层，却在门口停了步伐。里面有人，文菲儿居然在里面。两人似乎在争执。

　　他们的声音都压得很低，但显然两人在为什么问题杠上了，文菲儿口气有点儿冲，柏雪莱一反平日的冷静，也带了一点儿怒气。也许，对于最亲近之人他才会露出这一面？菲儿正在冷笑："你要做什么我是管不了，我只希望你别忘了你的父母，你妈妈一切都为了你，还有你弟弟，那才是一个男人真正的责任！"

　　谷雨不敢多听了，她像个阴暗角落里的窥视者。但，菲儿为什么这样对雪莱？如果是她，这样的话一定不会说出口。

　　她转身要走，文菲儿却出来了，看到了她，微微一愣，眼光极快地掠过她全身，说："谷雨？你在这里住院？"

　　谷雨点头说是。菲儿眼中的愠怒明明还来不及收起，却瞬间已换为关切："你身体怎么样了，住哪个床？"

　　面对这样的八面玲珑，饶是谷雨也有点儿接不下来。

　　这时柏雪莱出来了，他眉头紧锁，余怒未歇，嘴里叼了根烟，双肩微佝，视线似乎是在找着什么……谷雨未及反应，文菲儿已上前，从口袋里掏出个打火机，打着了，递到他嘴边去。

　　柏雪莱愣了一下，似乎没想到菲儿还在门口，更没想到谷雨也出现在这里——他俩已两天没说过话了。一个过长的瞬间里，他几乎是直愣愣地盯着谷雨，忘了菲儿递过来的手。

　　菲儿"吧嗒"一下，重新打着了火，又凑近了一点儿，几乎要碰到他嘴边了。柏雪莱稍一犹豫，便低头够着了火。

　　他眼睛依旧没有离开谷雨，问："你怎么了，哪里不舒服？"

　　谷雨看到他，原本打好的满腹草稿就已忘了。菲儿亲密地擦着雪莱的肩头，也问谷雨："你医生问你呢，哪里不舒服？"

　　谷雨尴尬无比。这一瞬间她又成了小时候那个没换好衣服就被推上舞台的蹩脚小丫头，雪亮的射灯灼热地烤着她，仿佛没穿衣服一般，她忘了词，流着汗。

　　文菲儿在旁，嘴角勾起一点儿笑意，看看柏雪莱又看看她。

柏雪莱上前一步，一手搭住谷雨肩头，她不由得战栗了一下。

"你先回病房去，晚一点儿我去看你。"他就这么揽着她，将她一直带到电梯口。当着菲儿，他竟对她这样爱护。

他按下电梯开关，跟着自己也踏了进去。电梯门徐徐关上了，两人在封闭的空间里，一起缓缓下落。

"对不起，"她喃喃地说，"我不该来的，我……我什么也没听到。"

"忘了吧。那些都是不该出现在这里的。"他有些淡淡地说。

她仍是抬不起脸来，四面密封的金属墙壁将他推向她，她感受到了那压力。狭窄的空间里，气流沉甸甸地压着她胸口。

"我想……"她说。

"我想说……"他同时开了口。

她收住了口，他也停住了，目光飞快地一个对撞。谷雨心跳刹那停了一下，她屏住气息等着他说下去，她模模糊糊地意识到，有一个重要的时刻要来了，一个苦苦等待的时刻，一个她梦寐以求却不敢指望的时刻。

"叮"的一声轻响，电梯门却开了，一楼到了。

一些人涌进电梯，挤在他们周围。柏雪莱瞥了谷雨一眼，轻轻将她推出电梯："你先回去。"他自己手按开关，又升了上去，留她独自站在空荡荡的电梯口。

雪莱，你像谜一样远

谷雨没有回病房，而是往果园的方向走去。这里离病区略远，消毒水味不那么浓。

她脑中反复回放着刚才的那一幕，三人面向而立，那空气中的微妙，那窘境。柏雪莱和文菲儿，之前他们分明在争执，互不相让。而文菲儿明明一腔愤怒，转脸又一片温柔，轻易就原谅了他。谷雨还注意到，在菲儿递上打火机的时候，柏雪莱身体那明显地一躲闪。那么细微，完全是一个下意识，但没有逃过她的眼睛。

他们究竟是不是情侣？她被这个问题折磨得要疯了。雪莱的一切身体动作都表明：并不是，而菲儿的一切举动都在说着：就是这么回事。

还有柏雪莱刚才对她的那一瞥，那极细微里隐约的含义。那一秒已过去了，那一瞥却仍火烫地烙在她心中。

手机响了，却是霍思垣定时发的信息。除了说一切安好外，这次多了两句，霍思垣在一个离内陆很远的地方似乎得到了一点儿关于小七的线索，他正努力在找，希望会有下落。

谷雨反复看了几遍，离内陆很远，有多远？有一点儿线索，是什么线索？他又会怎么去找？事到如今，只有她和霍思垣还相信着小七仍在世间。

她以手抵住额，这会儿她多么想念小七。

她恍恍惚惚坐了很久，天色迅速阴沉，风刮起她的外套。不知过了多久，柏雪莱出现在她的身边。

"你又乱跑了。"他说。他脸上没有愠色，情绪已恢复如初。

谷雨愣愣地看着他，她还沉浸在刚才的情绪里，眼里有些水光。

"在想什么？"他在她身边坐下，距离那么近，手臂擦到她的手臂。

"我在想，走了的人还会不会再回来。"

"哦，有结果吗？"他有些好笑的纵容的表情。

"我相信，会回来的。"她严肃地说。

他站起身，还是那样有点儿纵容的微笑："想明白了就跟我回去吃药吧。病人都像你这样不安分，做医生的都要下岗了。"

她没有动，这个下午她过得乱糟糟的，被一波波的浪头击打着，只觉得满心疲惫。见她如此，他又坐了下去。

"可是你这样看着我，我以为我就是那个会回来的人。"

他在开玩笑，但她却更加深深地看他，也真像在看一个故人一般。

暗下去的天色里他脸面淡金，轮廓虚去了，只有眼睛黑白分明，穿过暮色而来，投注在她脸上像一个前世的凝视。

她一阵心潮翻涌，只得埋下头去。

他说："说真的，你每回这样看我，我都觉得你是在看另一个人。看来我真的跟你某个朋友很像。"

"你不要像他，你不要像他……他不在了。"她低声说。

他沉默了，风把一些细小的落叶吹落在他们身上。他抬头看看天色："回去吧，好吗？"

她却拉住他的胳膊，动作非常生涩仓促。

"别走……"她的嗓子也有些哽。

他低头看着她那只无助而神经质的手，又坐下了。同时把她滑落一半的外套重披到她肩上去。

他这样温柔。她只觉得身上一阵冷一阵热，心里翻腾着的那股感情忽然冲到了嘴边。

"我总是等着，那些走了的人回来。"她突兀地开了个头。

他不知如何接下去，便说："你刚说你相信走了的人会回来。"

"我一直都等着不可能的事发生，"她直直地说，因为积攒太久、忍耐太久而语无伦次，"可是，他们一个死了，另一个，他们告诉我她死了。"

他再次沉默了，这次的沉默还有点儿尴尬的悔意，一丝丝狼狈。

"对不起，我大概不该听到这些。"他猝然地说，"我们走吧。"

她哑然地看着他站起了身，他的身子和语气都有点儿硬，她顿时感觉到了他的抗拒。

"我说错话了是吗，我说得太多了。"她说。

"不，你没有错。但我……我不是心理医生，我不擅长接触人的内在。对不起，我不知道该怎么安慰你。"

"你是说你不愿意去了解别人？"她喃喃地问。

"我不愿意自以为是。"柏雪莱说。他还站着，一只手仍扶着她的椅背，但身体距离已经空出，"每个人关闭起的过去都是不该被叩响的。即使他们急于敞开，又往往把无关的人卷进来。"

"什么意思？我不明白。"她困惑地问。他的严肃让她越来越不安。

"他们渴望被了解，是因为他们有所求。他们害怕孤单，以秘密作为交换，要求对方与他们共同承担压力，以及……获得友情和爱。"

"所以你，毫无兴趣？"谷雨感觉自己已渐渐靠近她心里关于柏雪莱的那些迷惑——他的疏离，他的不问世事。

"你怕了解别人，也怕别人了解你？还是你不需要那些友情和爱？"

"我是没有什么值得挖掘的。"柏雪莱很快地说，"我并不值得靠近，也不想被人倾听。"

她忽然问："文菲儿呢？你也不想被她了解吗？"

"不想。"他简洁地说。

"文菲儿和你，"她终于还是问了出来，"你们是一对吗？"

他脸色迟疑起来。她的心沉了下去，这一瞬紧张得血又不流了，她窒息地盯着他。

他慢慢地说："如果你问的是菲儿是不是我女朋友，她不是。"

一小句简单的回答，中间相隔的半分钟仿佛半辈子。

她浑身脱力，另一种热望却升起了："所以你们……"

"我跟菲儿不是你想的那样。我们认识很久，但相处的时间并不多。我们算老熟人，也就是关系挺好。"

好有很多种，那是哪种呢？她想。

他看出她的心思来："你想问我是哪种好，我不知道怎么形容。菲儿是个很聪明的人，她帮了我不少，但我们不算很接近。"他有些疲惫，却还是一句一句回答着她。

她说："你怪我问你吗？"

"没有怪你。"他有些机械地说，脸色却更加沉了下去。

她刚刚解开了一个心结，却立刻又袭上一阵新的恐慌。两人的对话越来越快，她的每一句话、每个问题都让气氛更紧张一点儿。适才那轻松愉快的家常气氛已一扫而空。她怎么尽挑这些说？他一定很懊恼过来找她了。

柏雪莱的神情异于平时的严肃，接着说："我没有女朋友，也不会有。"

一瞬间，她冒出了各种奇怪的想法。关于男人的种种臆测全都急速地在脑中过了一遍。柏雪莱是否是个男同性恋者？或者他对于两性关系乃至于性爱有着特殊的嗜好？她紧跟着就打消这些念头，为自己会把那些与柏雪莱联想在一起而羞愧。柏雪莱是深沉的，但他是个再正常不过的男人。

柏雪莱果然又看出了她的心思，说："我只是个普通人，也不是什么好男人。"

"我不在乎！"她脱口而出，"你是什么人我都不在乎！我能看着你就好！想要的是你能，你能……"

她说不下去了，明白自己错得有多么可怕。柏雪莱绝不需要一个热情的表白。她有些战栗地伸出手，几乎想把刚刚脱口的话从空气里拉回来，但他已经明白了她的意思。她明白他已明白了这一点，他扶在椅背上的手已攥出青筋。

他完全不用装不明白，她站在那里，那么柔弱然而危险，她的话残缺不全，但她眼睛里分明写的是爱，一往无前、毫无指望的爱。还要怎么明显？一个暗恋者所有的气力，所有的敏感、自卑、绝望和狂热，全在她睁大的眼里、她颤抖的手指、迷失的神情中了。

他像遇到了一个大难题一样，似乎想安抚她："你更了解我之后就会知道，我不是你想要的那人。"

"你别说了，求你别说了。"她抖颤地说。一刹那她想要抱住他，告诉他，她说错了，她只想爱他，他是哪种人，他爱不爱她，要不要她，都没关系。

但他分明是连"爱"都不要的，于是她什么话都说不出来了。

他有点儿慌神，仍然试图解释："对不起，我把话题弄得很蠢，你是个很好的人，别把时间浪费在我身上。"

她不想再听他说下去了，她从没这样过，被拒绝了，反激起无限的柔情和怜惜，为了自己给他造成的为难。一阵难言的悲楚攫住了她，一股抽搐像重击一样击在她腹部，她不得不弯下腰，一条线般地呕出来。

他扶着她，给她拍着背，他仍然没有丢失一个医生的习惯，说话却是语不成调的："对不起，别在意我说的，我不懂得跟人相处……"

她的胸腹一片冷汪汪，眼泪汪汪地摆手制止他再说下去。他今天说了多少个对不起？她让他说了多少个对不起？是她将他从一个自由而安全的门里拉了出来，那么粗暴，逼着他与她面对面，逼着他说出拒绝的话。最后，他还得跟她说"对不起"。

他一点儿错也没有。他对她好，她便误以为他会接纳她。她忽然想起阮姐的话，过分关心，就会通灵。错了，都错了，是她过多地设想了他，霸道地要求了他。

"你别说对不起，是我的错。"她说，咬着牙，"我不会再说那些了，谢谢你送我，柏医生。"

他心情复杂，看着她整理好自己的衣服和头发，朝住院部走去。看她深一脚浅一脚地走在越来越深的暮色里，走进一团浓重的暗影里。他明白自己深深地伤了她。

俞瞎子苍凉的唱戏声仍飘在耳边，海涛声淹没了一部分，另一部分随风飘散，一点两点落在枕边，夜雨一般，使人断肠。谷雨的枕边已湿了一片。

海在月下一片静谧。吴老太太在屋外给两只鹅喂食，听到屋里谷雨低低啜泣的声音。吴老太太想，这姑娘可怜，但愿她能好端端地从这里走出去。等大新回来，问问他。

谷雨已来蜈背岛一周，吴老太太说自己年纪大了，又犯风湿，怕起不了床，坚持要她搬来自己这里。谷雨便去了，她觉得老太太像在监视她，又像在保护她。

吴老太太的儿子大新不常回家，吴老太太等于独居。这荒僻的小海岛上多是渔民自己搭建的房子，在平面上勾出横七竖八的线条，竖起围栏，平顶上再一层层搭高。人字石梯两旁垦出了田，种着一些蔬菜。谷雨问吴老太太，这里住的都是什么人？吴老太太说，平常人咯，你不去惹他们，他们也不会来惹你。想了想又说，你别往南边去，那边住的人凶。

烦闷无可排遣，她便常常爬去山顶。海天如一只漏斗，将那一团碧蓝逐渐沉淀，又缓慢上升。云彩的变幻告诉她时间的流逝，她仰面躺着，感觉自己也在不停上浮，融进云端。她想，这里也有好处，谁也找不到她，什么也不用去想。一切苦痛都成了浮云。

身边有一些窸窸窣窣的声音，草丛被拨动了，坡下露出一颗毛茸茸的圆脑袋、一双圆溜溜的小眼睛。谷雨笑了笑，喊："勺子！"

给她送过饭的小家伙爬了上来，站在她身边。小家伙有一身圆乎乎有弹性的肉，一把嫩嫩的却因在海风里大声呼喊而沙哑的嗓子。

"你来做什么？"谷雨问他。勺子没有父母，只有个做工的哥哥，这孩子算是吴老太太拉扯大的。

勺子摊开手掌，掌心里有一只哨子。

"那边捡的。"他说，将哨子凑近唇边呜呜地吹响了。

"你吃过饭没有？"谷雨在身上掏了掏，她身上有一点儿鱼干，递给了勺子。勺子放进嘴里大嚼，一边问她："你有没有糖？"

谷雨摇摇头。勺子说："那个人有糖。"

"谁？"

"那个姐姐。她在镇上买的。你什么时候去镇上？"

谷雨以手支额，唯有苦笑。她无法与外界联络，究竟谁将她困在这里，有什么企图，她都一无所知，更别说上岸了。

"勺子，我去不了镇上，我哪儿也去不了。"

勺子伸出一只小胖巴掌，扯了扯她冰凉的手："那我不要糖了，你别哭呀。"

她并不知道自己在流泪。蜈背岛夏日漫长，毒辣的日头早已将她晒黑、晒伤了，她仍觉得冷。这冷汪汪、阴森森的寒气自她上岛来就从没有消停过，伴她自暴自弃，磨损着自己。

藏于海底

又过两天，谷雨终于见到了吴老太太说的她不能去惹的"佟哥"。

天气较好，吴老太太叫上谷雨，在屋前架了竹竿，把被褥、床单长长短短晾了一圈。大新这两天要回来，他那张床的床脚有问题，老太太让谷雨先跟她去那海边小屋把那张行军床拿来。

谷雨答应着去了，她身后跟着勺子，又跟着那两只鹅：阿黄和大白。她去搬床，一孩儿、两鹅上下扑腾，飞高走低地干仗，将屋子弄得一团乱。

"砰"的一声，大白飞上桌，打翻了桌上的一个油桶，油桶掉到桌下铺着的油布上。接着勺子大呼小叫，谷雨再一看，那块油布正慢慢下陷。她心里疑惑，叫过勺子，两人搬开桌子掀了油布一看，下面赫然露出一个洞，竟是一个深深的大坑。

谷雨瞠目结舌，她被掳来时在这屋子里住了两天，一直都没有发现过有这个陷阱。

坑有一人之深，挖得并不齐整，但十足是个陷阱。吴老太太发了一会儿呆，摇摇头："作孽。"

勺子却大声欢叫，"咚"地跳了下去："这是宝藏！这是哥哥挖的宝藏！”

谷雨费了半天劲儿，抓住勺子的衣领，将他拽上来：“你说这是谁挖的？”

“是哥哥！哥哥挖的！”勺子小手小脚扑腾着。

“哥哥是谁？”

“哥哥就是哥哥。”

“哥哥为什么要挖宝藏？”

勺子睁着圆圆的眼睛愣了一会儿，忽然说：“我知道，哥哥要把姐姐关起来。”

“你小孩子可别乱说话！”吴老太太叱着勺子。

谷雨问：“勺子说的哥哥是谁？他为什么要在房间里挖坑？”

吴老太太尚未答话，外面有人影一晃，一直在暗中跟着她的那两个佟子的手下抢了进来。两人显然听见了谷雨和吴老太太的对话，他们本来不想打扰谷雨，这时却大步过来，厉声说：“你俩先别动！这屋子里的东西不能碰，不知道吗？”

吴老太太被吓了一跳，也不高兴了，说：“老三，你们凶什么，人都走了，他有麻风吗？这一地破烂儿会传染吗？”

阿黄和大白也来了脾气，两只鹅低下头，喉咙里发出低低的锐叫，冲着那两人冲锋。老太太在后面说：“这两货天不怕地不怕，你们有本事就收拾了。上次的人拿布条捆住了它们的嘴，拎起来好一顿死揍，才服了。”

两个男人跳着脚躲闪，一人说：“能跟他们比？五海和贾骏都折在他们手上……”老三见他话多，立刻“嘘”了一声，说：“我去叫佟哥。”

说着两人都撤了，谷雨问：“上次的人？就是挖陷阱的人？勺子说的那个哥哥？”

吴老太太正没好气，也不否认，说：“挖个坑算什么，那小子疯起来人都能杀。”

"杀人？杀谁？五海和贾骏又是谁？"

吴老太太立刻又不吭声了。

老三又匆匆回来了，身边还多了个四十来岁的汉子，宽肩大脸，那两人叫他"佟哥"，吴老太太叫他"佟老板"。

谷雨心里一颤，她自然记得，吴老太太专门嘱咐过她。眼下这把自己掳来的人就在眼前，谷雨指尖冰冷，该怎样跟他开口、跟他交涉呢？

佟子也不多话，进屋去看了一圈，见里面鸡飞狗跳的一摊，中间豁然露出那个大坑。佟子半天不说话，脸色有点儿难看，似乎想起什么不痛快的事。

半晌，佟子走出来，将两个手下一顿教训，说他们大惊小怪，人早都走了，一间空屋子还怕个球？接着，他又换上一副和气的脸，对吴老太太说："有什么需要的去我那里拿嘛，大新现在也是我的兄弟，兄弟的事我还能不管？"

谷雨站在吴老太太身后，神色紧张。佟子看见她，心里就有些乱。谷雨来了一周他都避而不见，还是拿不准该拿她怎么办。

最后佟子对吴老太太说："你腿脚不好，就在家干活好了，送货的事让谷雨姑娘来嘛，她一天来一趟也够了。"

吴老太太说："她人生地不熟，别让她受罪了，就是勺子都比她手脚快。"

佟子挥挥手说："这岛能有多大？成天闷着也没意思，一天一趟也算放个风。"

吴老太太对谷雨瞄了一眼，意思是，话已经讲到，但佟子仍是不放过你。谷雨自然明白，她在这岛上，每一步行踪虽是在佟子的耳目监视之下，但他仍然不放心，总得一天一趟地亲眼看到她才行。

于是吴老太太执行了佟子的吩咐，由谷雨一天一次去送货报到。佟子在这岛上的货仓有好几处，奇怪的是都草草搭着架子，有的地方还留着损毁过的痕迹，像同时被雷劈过。佟子对谷雨态度亲切，叫她别太累，有什么需要就跟他说，又豪爽地说："千万别叫我老板，我也是给老板干活的，别人叫我佟子，你比我小，叫我声佟哥，不算亏待你。"说着哈哈大笑，又上下打量着谷雨。

谷雨觉得这佟子虽有着一张满是歹气的脸，却装出一副忠厚样儿。他这自来熟也让她难受。她放下货就走了，不用回头，就感觉到四周一圈窥伺的眼睛。

但货仓里的几个年轻小伙子都被谷雨迷得不行，对他们来说，这姑娘是个画上的人。她穿着吴老太太收拾出的旧衣服，却遮不住身材娉婷，头发被海风吹得飘飘荡荡，一张清水鹅蛋脸一尘不染。她来到眼前了，背着一箩筐鱼干或者贝类，说话时轻声细语，被人盯着看了还会脸红，被人插了队，她就往后再站一点儿，楚楚可怜却不争不闹，像个落难的仙女。她是被劫来的，但只有少数人知道这一点。

她将鱼干一包一包地拿出来放在桌上，忙着称斤两的小伙子是个老实人，大概是看她出了神，算错了账也没发觉。谷雨小声地提醒他，他一愣，忙改掉，谷雨便朝他笑一笑。他忽然说："你脾气真好，跟那一个可真不一样！"

谷雨心里一凛："哪一个？"

"呃，就是之前来的那个，不在岛上了。"那人说。

"他是谁？"谷雨下意识地问。

那人很快往左右瞥了一眼："也是个姑娘，她跟你不一样，你心肠好，她可厉害呢。"

"姑娘？不是男的吗？"谷雨问。

"他们是两个人，一男一女。"那人说，"那个男生仔，打起架来不要命，凶得简直要杀人一样。"

"他们去哪儿了？百花岛是不是？他们是怎么走的？"

"好像是偷了船……"那人忽然慌乱起来，"我什么也不知道，你别问我啊。"

"那你说他们怎么偷的船？"她急了，上前一把拉住那人的衣服，"船是哪儿来的？"

那人更急了："听说他们打伤了黑背，从鬼村走了。"他把胳膊从谷雨手里往外夺。

"黑背是谁，鬼村是哪儿？"她又抢着问。

那人往后退去，一边慌不迭地冲谷雨后面喊："下一个！"

谷雨放开了手，后面等着的人上来了。那人慌手慌脚地称量，再也不肯多看她一眼。

此地几乎家家有船，也常有破旧的大船泊在那里修整，还有那些私家的小船，自己弄来材料，一帮人敲敲打打，十天半月就能弄出来一条。那个在她之前逃走的人是不是就是这样偷到了一条船？

第二天她再去的时候，却换了个人接待她，原来的那个小伙子不见了，换了个中年男人，油头滑脸的，自我介绍说叫老伍，是兑换市场那边干活儿的。

"这里还有兑换市场？"谷雨问。

"有啊，热闹得很呢，欢迎你随时去看看！"老伍笑起来也是一脸油滑。

货仓原来的小伙子只是跟她多讲了两句话，就被换走了，她的一言一行果然都在被监视中。

晚上谷雨问吴老太太："鬼村是什么地方？"

"鬼村？"老太太一愣，"你去不得。"

"上次的人就是从鬼村逃走的是不是？我知道他们是两个人。"她像掌握了一切似的说，"你看我这么个人，你还怕我能逃得掉吗？你告诉我啊！"

吴老太太见她神色不同以往，也不由得叹了口气，告诉她，那个男生仔帮着修船，修着修着不知怎么就把船偷了。听说是将船泊在鬼村下的小湾里，那里没什么人去，两个人找了个机会就偷溜了。

谷雨听得一头雾水、两眼茫然："他这么厉害？"

吴老太太冷笑一声："他是个疯子，一夜之间烧了佟子四座仓库。"

"为什么？"谷雨想着那些满目凄凉的货仓，果然是被火烧过的。

"就因为佟子打伤了那姑娘……"吴老太太点到即止，又不往下说了。

谷雨也闭上了嘴。关于这"上一个人"，她已听得不少，吴老太太、俞瞎子、佟子的那些手下，甚至连只有六岁的勺子，他们的嘴里时时都活动着那"上一个人"。先她而来的那个被囚于此的人，无疑是个棘手人物，在这里闹出了极大的动静，搅出过无数事端，虽然走了，却给这闭塞的小海岛留下了地震般的余悸。那间海边小屋，佟子说是不用管，但其实跟着就派了人来，将屋里屋外都大搜查了一番，然后将门彻底封上了。

那"上一个人"，连他住的地方都惊人地气派。这两天谷雨去送货，经过吴老太太告诫过她的禁区——岛南边，见山腰里修建着一座大屋，两层加平台，异域风情显著的彩石墙与木质栏杆颇是气派，与这岛上的房屋大相径庭。

吴老太太有一点儿不高兴，对着那大房子气恨地看了两眼才说，那就是"上一个人"住的地方。

一个跟她一样被禁锢在此的囚犯会住这样气派的房子？如果他住在这里，怎么又会跑到那海边小屋去挖陷阱？她只觉得这些人这些事都太扑朔迷离了。

还有他偷的船、他跑去的鬼村……这小小的岛竟有这许多神秘之地。

"你不要去鬼村那里，"吴老太太又说，"村子早就封了，真的闹鬼哟，胆子最大的人也不会去那里。"

"那上一个人怎么去了？"

吴老太太叹口气："不一样。那个男生仔有活不长的病，他自己知道迟早要死，就什么都不怕了。"

谷雨愣愣地听着，忽然打了个战。那四周阴森森的感觉又上来了。

第二天满天的灰白雾雨，谷雨又去送货。下了雨后降了温，吴老太太翻箱子找出一件略厚的罩衫给她，让她穿上。

"你不要嫌弃，这是上次那姑娘留下来的，你拿着挡挡风。放心，我洗干净了的。"

罩衫是粗糙的麻料，长长地垂到她的腿那里，袖子也长了一寸，肩膀大小却一致。这衣服的主人有一身纤瘦骨架，身量很高。谷雨想，穿这种衣服的女孩儿，性格应该直接、果断，有一股英气。她的身子套在这宽大的罩衫下，像是被藏在这么个人的身后，闻着那股肥皂的清苦味，又想，那女孩儿也是被拘押着来这里的，也去过那海边小屋，也帮吴老太太干过活，每天在送货的路上，顺着这泥泞的路一直走。她一定也活在佟子的监视之下，但在这凶险诡谲的气氛里，她和同伴却依然找到机会逃了。那仓库的小伙子曾说：她跟你不一样，她可厉害呢。

迎面来了个飘飘的灰影子，是俞瞎子，他一只手拄着雨伞，另一只手捧着个邮包。蜈背岛虽然偏僻，却还能收邮件，由附近的人按时开船送来。俞瞎子的邮件总是些中药，还有很老旧的戏曲唱片和磁带。

"人老了就是拖日子，趁着还能唱两句就唱两句，能喝两口就喝两口。"俞瞎子说，"雾大，你可别走错了路，那边是鬼村。"

谷雨心里一动，想，我找的就是鬼村。

鬼村是这里的禁地，几十年前是好端端的一家一户聚成的小村子，不知为什么忽然就全搬走了，但空屋子一直没拆。为什么不拆呢？吴老太太说，都是石头，拆了干吗呢，随它去吧。

这样地"随它去"，就是彻底随它去了，像一座空壳，被这一带人彻底地放手，不谈论、不靠近、不管理。像有意把它整个儿抹去，封存在那一座终年雾障不断的山里。

她决定就去那个鬼村看看。

鬼村

道路分成两边，一边往山上去，路边草丛里土包微隆，隔几步就有一座墓碑；另一边相反，往山下走，崎岖的石阶歪歪斜斜，鬼村便位于山腰下。

风里夹着微密的雨丝，毛毛细细地落在她身上、头发上。路尽头居然还有户人家，门扉紧闭，平平的茅草屋顶。再顺着山势往下，有一座小小的庙，供的似乎是龙王。这小庙便是人迹与无人迹的分界处。

她心里打着鼓，在小庙门口拜了拜，便擦擦蹭蹭地往山下去。山腰里开出一条小径，泥泞难行，弯弯绕绕一路向下，人便是走在山的夹缝里。石径上满是草叶，原本的湿气加上雨，又多了一点儿腥。山壁上湿漉漉地长满青苔。

一排排浓绿密集的爬墙虎，杂乱地堆在眼前，她从没见过这样野、这样粗壮的爬墙虎，参天一般，遮蔽了头顶。在这壁垒森严的植物后，开始出现一座座小屋，门窗之处洞开，留着空框，像大的动物至死不瞑目的残骸，大堆大堆的野生植物从一切空隙里钻进钻出，爬满了墙面。地面杂草丛生，到处是碎石压着野花，大片大片地覆盖了地面。

以前的住户痕迹一点点地显现了，有的屋内还留着未搬走的家具，斑驳的墙上贴着伟人像。草丛里出现一只小孩儿的拖鞋，还有丢弃的一些花花绿绿的图片。这些曾经生活过的痕迹，此时反更增了诡异。那些空着的屋顶和墙都是深绿淤积，苔深露重，阴湿无比，像随时要把人吞噬掉。

她心惊胆战，眼前不见人，也不见海，她已深入山腹，势必要走到底。她像在黑色的噩梦里走着，听着自己沙啦沙啦的拖泥带水的脚步声，此外没有一点点动静。

她从两座空屋的夹壁间穿过，深一脚浅一脚，鼻息咻咻，汗湿透了衣服，身子擦过湿滑的石壁，衣角忽然被探出的植物勾住，她唰地出了一身鸡皮疙瘩，简直要尖叫了。

这时她听到了一点儿声音，微弱的，但确实存在……再听，那不是幻觉，像小动物虚弱的呼救。她慢慢地找着，在一座小小的石屋下，她看到一只猫。

也许是一只野猫，极幼小，瘦骨嶙峋，眼睛溜圆。见谷雨走近，它弓起黑灰的背，翘起尾巴，警觉又恐惧，小身子动了两下，又无力了。谷雨看清楚它一只脚爪上有伤口。

谷雨想绕过去不理，身后那小猫又叫了两声，声音已从警觉变成乞怜。她心软了，伸出脚去碰了碰它，小猫将头一歪，靠上谷雨的脚背，用脸在她的脚背上蹭了一圈。

谷雨心底又一软。有人跟它相处过，她想。她往里又走几步，这座小屋果然有些别的痕迹，框上垂下一块塑料布，门里地上也铺着一大块油布，有几个歪歪扭扭的小木板凳，旁边还有两个瓦罐。

这地方有人住过？在原来的人家搬走后，这里又作为暂时的据点，收纳过一些流浪者。

是谁在这里待过？跟她一样被禁锢在这里的过客？还是……那"上一个人"？

想到这里她登时汗毛竖起，战战兢兢又看了一遍，草丛深处有一副猫的遗骸，已是一副空壳。

被丢弃的小野猫仍在原处等着她，圆溜溜的眼里有犹疑、默许，还有深深的无助。这些人类的神情混杂出现在一只幼兽的眼里，不禁让谷雨叹口气，她将小猫抱起来，看了看它的伤口。

"跟我走吧。"她说，"我朝不保夕，但你跟我走吧。"

小猫瑟缩在她的怀里，身上沾着草叶和雨水，只有一点点暖热。这一点儿暖给了谷雨勇气，有这更弱小的东西在怀里，她的步子跨得有力起来。

石阶已变成了一条碎石小路，弯弯扭扭往下延伸，同时她听到一点儿呼啸声，她精神一振，加快脚步，行走渐渐变成了小跑，怀里的小猫也颠得一颤一颤的，发出微弱的叫声。涛声越来越分明，她踩着沙石越跑越快，眼前豁然开朗，出现了一片浅滩。

她大口喘息着，才发现膝盖在抖。回头看看，鬼村不知何时竟已隐入山林深处，又成了白茫茫的一片。

数块礁石伫立，一些海浪涌到脚下。这里没有船，但真的是一个小港湾，沙滩上分明立着一根铁杆。那么就是这里了，像仓库的伙计和吴老太太讲的，"上一个人"就是在这里藏下了一条船，由这里逃到了对面。雾气茫茫的海的那边，隐约可见那圆盖般的百花岛。

谷雨愣愣地站在沙滩上，海水打湿沙滩，潮湿的沙砾又浸湿了她的脚，她感觉不到那凉意，她被自己的想象激奋着。

——曾经有人在这里偷偷系住一条小船，在某个浓雾弥漫的清晨或是夜气森严、寒意四溢的晚上。有人曾悄悄摸下这座鬼魅丛生的小山，穿过那些爬墙虎深掩的石屋，他们依靠微弱的亮光，用这条偷来的船劈开那些不安的海浪，在呜咽的浪声里逃离禁锢。尽管对前方一无所知，但他们自己找到了出路，空山的落叶和海浪的怒吼都留不住他们。

傍晚时谷雨才回到吴老太太的屋子，俞瞎子正坐在屋前，谷雨还没走到门口，俞瞎子就冲着她这边转过脸，说："好了，回来了。"

吴老太太见谷雨回来，明显松了一口气，眼里还有不安和些微愠怒，看到谷雨居然捡回一只猫，皱了眉头说："作死的东西，要来干吗？不出三天就要自己跑丢的。"

俞瞎子说："我说她不会走的，逛逛也好，年轻姑娘拘在这里，不让她逛还不闷死。"

谷雨冲他感激地笑了一下，但老头儿脸上毫无表情，他眼白翻出去，露出混浊的瞳孔。

谷雨将猫放下，进屋倒了杯水，递到俞瞎子手上，再去烧热水给小猫洗澡，一边洗一边对吴老太太说："我今天去了鬼村。"

"鬼村？"老太太登时紧张起来，"你怎么去的？见到谁了？"

"就是它咯，"谷雨举一举那只猫，"那里没人。"

老太太松口气，说："你不要再去了。你在我这里，没有事的。去那里乱跑，一步走不好，步步不牢靠。"

谷雨进屋去给猫找食盆，听见俞瞎子问吴老太太："大新哪天回来？"

"这两天就回来了。"吴老太太说，"他不回来，这个包袱总是心病，我不能跟着作孽啊。"她指一指谷雨待的里间。

"这姑娘心善，人也实在。你腰腿不好，不如就让她多照顾照顾你。她一个人还能跑得掉？她又不像上两个人那么恶。"俞瞎子也压低声音。

"你说他们恶，他们不还是陪你喝酒唱戏过吗？"吴老太太说。

"都是翻脸不认人的。他俩自己斗起来都拼刀子，何况对我？我这手腕不就是他们弄折的吗？"俞瞎子说，"算了，反正人也走了。"

谷雨在里屋默默地听着，他们又在谈论"那两个人"了。她心里又不由得开始揣想，那是两个极厉害的江湖客，她已经知道，那是一男一女，都很年轻，男的凶残，女的狡黠。

得到食物与治疗的小猫安心了不少，洗干净后，它的毛色黑白相间，像一团一团雪落到黑色的土地上。谷雨说："你叫什么好呢，叫你雪莱好不好？"

吴老太太正好走进来，听了这话便想问，这是什么怪名字？但她看到那种古怪的神情又在谷雨脸上出现了，难以形容，凄怆里带一点儿甜蜜。吴老太太便自觉地不再问了，她经历的人生悠长却简单，不愿看到年轻女人脸上无端的泪水。

谷雨将脸埋到小猫软绵绵的毛里，感受着那软而韧的一身筋骨。此时她至亲的人都不在身边，最需要的人不知生死，那痛彻心扉去爱的，已成了她最不想再见到的人。最后竟是怀里的这只小猫来得直接和亲近。

她忽然想，其实柏雪莱从没有真的爱过她吧。

窗前的桃树落下最后一阵桃花雨的时候，谷雨给自己办了出院手续。

她住院不过十来天，但这十来天里柏雪莱让她所有的知觉又重新活了一次，像从生到死走了一遭，她无从抱怨，只是一切太匆匆。她看着絮絮飘落的桃花瓣，想，这样的收尾，是不是更好？

手机响了，她看到一条短信：送你回去，我在门口等你。

登时，那漠漠里的黯然，那寂寂里的萧索，一扫而空，她那颗没死透的心又怦怦狂跳了。

柏雪莱靠在自己的车身上等她，他穿着白T恤、衬衫，外罩着粗针线长外套，一如既往地整洁。从那天那尴尬的一幕后，他消失了两天，她不知他去了哪儿，也不知他是何时回来的。

她走过去，一时语塞，说道歉或者感谢的话都显得太过多余。柏雪莱为她打开车门，另一只手托住她的胳膊，将她送上副驾驶座。他绕过车头，稳稳地跳上车座，又顺手将她面前的车板收拾了一下……他每一个动作都让她心碎。

他并不提那一天的狼狈，也不说这两天的疏远，只说："这几天朋友来看你了？"她说是。他说："有朋友就好。"

接着两人都无语，他默默地开车，她默默地看着窗外。终于到了地点，她不等他动手，自己就将沉重的车门推开。

"任何时候有不舒服都要立刻告诉我。"他看着车前方说。

她回头望向他，他眼里有一些隐约的东西，难以读懂。她不敢再揣想那是关怀。

"所以呢，你为什么会失望？"阮姐问。

她俩坐在湖畔的长椅上，风把头顶的樟树叶吹得一阵密响，像穿过一阵雨般，同时也把樟树独有的清香带入鼻嗅。

"他不是阿因，我为什么要去强求一个替代品呢？"

阮姐轻轻地笑了，晃动着手里的玻璃杯："因为你喜欢的不是一个替代品呀。你还没明白吗？事情就像这杯子里的冰块一样清楚。不管这个柏医生之前是哪一点吸引了你，现在的事实是，你喜欢上了这个新的人。你不惜伤害自己，拿健康来交换，还有比这更傻的吗？"

谷雨面色倔强，不说是也不否认。阮姐说："谷雨，你要多留意那些沉默的人，他们孤独是为了保护自己。脱去那层外皮，他们比谁都热诚。"

"我忘不了阿因。"

"是吗，那也很好。你爱的人永远不会辜负你了。换个方面看，死亡才让一切永恒，它没有变坏的机会。阿因不在了，你既有了爱情，又得到了忠贞。你赢了，命运再亏待你，也没有机会翻这一盘了。"

这样的话让谷雨心里一冷，阮姐必是遭遇过什么，才会说出这样一番话吧。

"也许我还是应该跟老韩好好地过下去，在白桥。我们会过得很平静，他对我不错，我可以学着做个好妻子，然后慢慢学着做一个后妈。"谷雨说。

"谷雨，我对你的那个老韩没有看法，"阮姐淡淡地说，"但我提醒你一点，后妈可不好做哟。我是做过人家后妈的，比做亲妈麻烦一万倍。并且，男人最后相信的还是他们自己的亲骨肉。"

"哦？"谷雨不由得将身子往前凑了凑，这是阮姐第一次说到家庭，"你们相处得不好吗？"

"相处？那是个小魔鬼，他不跟任何人相处。"阮姐说，"我嫁给他父亲，倒有一半的时间在跟这个小鬼斗智斗力。"

"你形容得像敌人似的。"谷雨说。

阮姐脸上没有一丝笑意："跟敌人也差不多。他无法无天，比鬼还精，斗赢他才能保全自己。"

"后来呢？"

"还是我赢了。"阮姐轻松地说，"你要知道，爱一个人可以是游戏，嫁给一个人却是承担他的人生，再赔上自己的人生。"

"你爱上的是一个怎样的人，"谷雨好奇地问，"能让你念念不忘，又这么受伤？"

阮姐眯起眼，望了远处一会儿："是个要什么就一定要拿到手的男人。快乐起来让人飞上天，痛苦起来就拖人下地狱。这样的男人像毒品一样可怕，也像毒品一样让人上瘾。我为他背叛了家族，几乎身败名裂。他算是毁了我，但我不后悔我的选择。"

她细细咀嚼着阮姐的话，还有那平淡语句里的惊心动魄。

"后来呢？"

"后来我一直等着。两个人的结合是两个齿轮的咬合，如果被分开，那是他们自己出现了裂痕，是他没有守住他那一份。"

"你是说？他是有……"

"对，他有家有老婆，本不该来招惹我。等我知道时一切都晚了，我已经回不去了。"

"可是你还是等到了？你赢了？"

"是的，我乘虚而入，大获全胜，我得到了那个男人。非常无耻。"阮姐顿了一顿说，"如果你继续问下去，我会告诉你一切都结束了，谁都不可能不翻页，我不可能永远停在胜利的那一页上。我的人生已不可能回头再来一次，现在我只想做一个好母亲。"

"我也没有权利只为自己活着，我还有小宝。"谷雨说，"其实小宝差不多已经接受了韩默愈。我不该让他觉得……他妈妈有很多男朋友。"

阮姐轻轻笑道："谷雨，你答应我一件事。"

"你说。"

"别让道德绑架你。不管你之前怎样轰轰烈烈地爱过，再去爱一次总归没有错。别觉得你背叛了谁，没有谁比你自己更值得忠诚。"

谷雨心里有点儿迷惑。曾经她与姐妹们互相八卦，授受技巧，交流经验，在她们的世界里一直是弱肉强食，没有一个省油的灯。但在她的人生里，从没有人这样正面地鼓励过她忽视道德。

阮姐拿起谷雨的手机丢给她："别让我刚才的一番话白说，我不是很爱对别人谈论自己的事的。给你自己一个机会，你这方面不用人教，是不是？"

谷雨下意识接过手机，她心思混乱，最后仍是合上翻盖："如果他想我，他会找我的。"

炼心

接下来的几天，谷雨都不想见人，她的病刚好，又跟着陷进了一场更失常、更漫长、更煎熬的病里。她低热乏力，神经兮兮，四月的风和花粉让她过了敏，空气中似乎有无处不在的微粒子，让她周身作痒，心浮气躁，根根神经脆弱无比，似乎稍微碰一碰就会"砰"的一声断裂。

手机像一个随时会发动攻势的怪兽，一声小小的"嗒"，便让她心惊肉跳，突然跃起身来。但手机总是可怕地沉默着，她将手机压在枕头下，丢到厨房里，尽量扔得远远的，延长那沉默的时间，似乎过程的空白长一分，收获的希望就会多一分。过了一阵她按捺不住去看，却并没有信息和来电，她的心又沉了下去，无限地下沉，这感觉真比死还难受。

她万般纠结，洗澡和做饭时都竖着耳朵，实在熬不住了，自己按下一串数字又取消，将打出的字再逐个删掉。

电话忽然响了，她一跃而起，一看却是韩默愈，这一下的失望便翻江倒海了。

韩默愈的电话和信息像上了发条一样固定。几时回来，几时见父母，房子买在哪里，小宝的入学选择。一桩桩有条不紊，列出选项，注明利弊，供她选择。挂了电话她坐立难安，她惶惶惑惑，又愧疚不已。

春将尽，夜晚依然凉得蚀骨，江面上夜间停泊的船只成了靛蓝的剪影。偶尔一声汽笛，挂着煤油灯的旧船缓缓地从很遥远之处驶过。她静静地看着，是必须做决定的时候了。

柏雪莱不会再跟她联系了，她知道。他从她危险的热情中挣脱出来，把她送走。他长嘘一口气，送走了一个麻烦，他又能恢复他的自由自在了。

那就让她真正地消失吧。她不能让柏雪莱接纳，至少能给他一个清净。

谷雨拣了个好天，约了莲子一起上街买一些土特产，回白桥前要先回老家看父母和小宝。

杨絮散了，满城的细茸毛，女孩儿们各样新奇的夏装已上了身。谷雨忽然想起自己从前的样子，每年冬天过后，她是这个城市里最早穿裙子的人，她有数不尽的扮靓的方法，别出心裁又特色卓著，让成群的人为她着迷。那时候的她风流婉转，绝没有这样死心眼儿，也不会像现在，好春光已像羊绒毯一样暖热，她还怕寒地穿着厚外套。

莲子一心想逗谷雨开怀，抱怨她在家里应着，不过才走两条街，她已经疲惫不已。

"韩默愈什么时候来？小宝怎么样？"莲子问。

谷雨忽然站住了脚，就这么恍恍惚惚地顺着脚步走，她竟带着莲子走到了仁杏医院门口。眼前便是那一群青灰的建筑里夹着两小栋红砖黄墙的楼，病人家属和探望者来来往往，小贩们支着水果、小吃、盒饭和鲜花的摊子。

她立刻抽转身，走了几步，又迟疑地回身看了一眼，她是不该看这一眼的，这一看，身体便被勾住了。柏雪莱正匆匆出来，他身边又跟着文菲儿。

谷雨心里一刺，也冒出一声冷笑：说了不是一对，还不是在一起？

柏雪莱面色不好看，头发也有点儿乱，文菲儿嘴巴不停地动，又在说着什么，柏雪莱一声不吭地听完，摇了摇头。

他俩又在争执。为什么菲儿总有要跟他吵的？为什么菲儿总有要勉强他去做的事？

谷雨一阵虚弱，她转头拉拉莲子："我们回去吧。"

这时她们听到有人喊："谷雨！"

文菲儿已眼尖地叫住了她。

谷雨愣了一愣，此时要走已来不及了。柏雪莱正穿过人丛笔直地朝她走来，似乎只几步就走到了她眼前。

"你这几天在做什么？我一直想约你出来逛逛呢。"文菲儿亲热地问她，又上下打量着她，"你身体好了，气色也好了。我见犹怜的，柏雪莱一定喜欢。"说着发出一阵爽朗的笑声。

面对这样的先发制人，谷雨完全无力接招，她自然知道自己精神萎靡，面色如土。柏雪莱的眼光一直停在她身上，他似乎也没找到话说，却是全副精神地盯着她看。

她说她快回去了，得去买点儿土特产。

"一起吧，我也得买点儿东西。"菲儿说，"我知道一个特别棒的地方。"

"你要去哪儿？"柏雪莱开了口，有些生硬地问她。

"回老家，江洲待得够久了。"她说。

她不自然地抬起目光，与他的视线一碰触，立刻又掉过头，两人皆被对方的憔悴震了一下。

莲子在一边吃惊地看着柏雪莱，又看看谷雨，似乎明白了什么。

菲儿对柏雪莱说："你不是还有事吗，也别陪着我了，你去忙你的。我跟谷雨去逛。"

谷雨已经一副要走的架势，她这样邋遢，经不起再被柏雪莱这样看下去。他蹙着眉，一眼就把她苦苦撑住的一层面具看碎了似的。

菲儿挽起谷雨，动作极其自然，又招呼了莲子一声，俨然多年闺密一般。莲子被谷雨拽着胳膊往外冲，一边悄声说："那个男的是谁？是不是我结婚照片上的那个？他长得好像……"

"你别说！别说下去！"谷雨厉声喝住她。莲子吓了一跳，走出老远，还是忍不住回头看了一眼："喂，他还在看着你哎！"

莲子收住了口，韩默愈面前的那一只烟缸已烟蒂深积。他俩在这小茶坊里已从下午坐到亮灯。莲子已做好了迎接一场狂风骤雨的准备——即使是像韩默愈这样的成熟男子，面对这样赤裸裸的背叛也不能淡定吧？

"就是这样？他们就这样在一起了？"韩默愈问。

"你别怪她。"莲子有些艰涩地安慰，"阿因的事对她来说打击来得太突然，她完全没有过渡的时间。"

"那么这就是你那天看到的？"

莲子小心地点了点头，她只能把话点到为止，她自然不能说出，在那春风里杨絮满城飞舞的下午，她看到的柏雪莱和谷雨是怎样相顾无言。两个人明明都是一样的消瘦，挂着一样的黑眼圈。莲子本不知谷雨低迷的原因，现在却有了一点儿了解。这神情颇似阿因的年轻男人，一定就是那个答案。

这些是不能告诉韩默愈的。莲子甚至都没有提醒谷雨，那个年轻医生的目光一直驻在她身上，他眼中有不忍，嘴角有不耐，混合在一起便成了同样的满腹难言。

但那个文菲儿却一定是看出来了，不然不会笑得那么大声，态度那么热情，热情得让人难堪。

莲子想，这个文菲儿一定不好惹。

文菲儿一个下午都跟她俩混在一起。谷雨说要买东西，文菲儿便领着她们穿过川流不息的街头，来到一处闹中取静的市场。这里有各种便宜的特产，品种繁多。旁边还有个古董市场，能淘到各种老古董、旧摆设、唱片年画、玉石与中药，来逛的大多是中老年人或者一本正经又不修边幅的圈内玩家。菲儿兴致勃勃，卷起衣袖，在那些摊点间流连，她是有目标的，买了一堆零食，还去翻那些过时的唱片和年画，又买了一堆。

"我可爱听江洲这地方的戏，带劲儿！这地方吃的也好，比商场专柜什么的地道得多。"

买够了东西，菲儿又带她们进了一家小餐厅，一桌一桌铺着洁净的台布，瓶中养着紫色的小花。菲儿点了几个炒菜，还要了一瓶白葡萄酒。她落落大方地给谷雨倒热水："你胃不好，别喝凉的。你应该多喝粥，多吃面食。"

菲儿神采飞扬，派头十足，不是江洲人，却反客为主地照顾着莲子和谷雨。当着菲儿面，莲子和谷雨便讲不了什么私房话了，两人只说一些无关的：股市、莲子的工作、准备买的房子。莲子的话题和语境多样又单一，讲到什么都要加上一句"要是小七在这里"。

"冰冻街那边的老房子，成天说要拆，吓得我去拍了一套照片做纪念，结果到现在也没拆。你跟小七住过的那套还在，草都长到院子里了，贴了一墙小广告，要是小七在，早去找人家算账了。"

菲儿安静地听她们说话，间或给她们加一点儿水，夹一点儿菜。

她这样乖巧，莲子也不好意思了，说："你朋友一定特多！"

"可不是，"菲儿说，"谁跟我都能玩成哥们儿。柏雪莱跟我性格相反，他可孤僻着呢。"

她忽然提起柏雪莱，谷雨想不问，又忍不住不问："他从小就孤僻吗？"

菲儿说："有个美剧叫《越狱》，你看过没？他就像《越狱》里的那小子，表面冷淡，内里的热量可惊人呢。"

这话不错，谷雨想着柏雪莱那晚抢救病人的样子，像冰湖被敲开，内里汩汩涌动着激流。

"你们是一起长大的？"莲子在旁问。

"算是吧，我父亲跟他父亲是战友，后来是合作伙伴，多少年的生死之交。他爸爸这个人特别严厉。"菲儿顿一顿，换了个口气说，"总之，柏雪莱是很压抑的，他性格很拧很忧郁，也不爱出门，这周末要去爬山，也是好说歹说了半天。"

"那你们是青梅竹马。"莲子又说。

"也没那么夸张啦，不过长辈们倒是挺希望我们在一起的，因为大家都觉得我的性格能和他互补。"

谷雨心中又是一紧，想，这一下午的闲逛和一顿饭的聊天，菲儿就是为了对她说出这句话。

莲子看了谷雨一眼，眼中明显有讶异、怀疑，还有一个依稀的领悟。莲子的眼神分明在说，有人在向你示威，你还不反击？

但谷雨只是一口口喝着杯中酒，莲子看着她身上那条棉布裤子和旧外套，以及失神的眼睛，想，这还是那个谷雨吗？她初次见到的谷雨，一身气焰，风情万种，用征服全世界的妩媚，绕过一室乱七八糟的画架，出现在小七和她的眼前。

莲子又想，要是小七在，谷雨一定不是这个样子。如果小七在，局面一定不是这个样子。

谷雨回去后就开始收拾行李，经过这个下午她已心灰意懒。是的，柏雪莱喜不喜欢菲儿，根本不重要。他俩青梅竹马，在双方家长的目光和期待中长大。父辈深厚的交情，让他们的关系尽在不言中。菲儿完全不用急，他们不用像普通情侣经历种种权衡，患得患失。他们的情愫从小便已种下，滋长缓慢却稳定，只待他们成熟，便水到渠成。这将是一段备受祝福、备受宠爱的关系。

就在这个时候，毫无防备地，柏雪莱的电话来了。

　　她苦苦等了几天，快绝望了，要放弃了，他的电话终于来了。她怔怔抚摩着屏幕上的号码，闪烁的小灯，一时不敢接。

　　柏雪莱说："下午你走得太急，顾不上跟你讲话，这几天身体如何？"

　　她说："挺好，有点儿闷。"

　　柏雪莱说："要不要去郊外透透气？几个朋友约了周末去爬留山。"

　　她呆了几秒，心轰轰地跳着，不敢相信他是在约她。

　　"你是个好医生，可是我没病。"她勉强地说。

　　他说："我从不放弃自己的病人，你病得比谁都重。"

　　谷雨眼里又有热浪在冲击，说："是菲儿让你约我的吗？"她还记得菲儿说周末去爬山。

　　"我不是为了别人来约你。"柏雪莱很快地说，顿了顿，又说，"我不放心你。"

　　她将手机放在胸前，一下躺了下去。她又痛又甜蜜，脸颊如火烧，反复咀嚼着柏雪莱那一句"我不放心你"。他的这一点儿关心，让她对自己的赌咒发誓、苦苦下定的决心，都化成了冲上来的血。

3　探戈，灵与肉的共舞

　　探戈，倏进倏退，欲迎还拒。这是最高妙又富含情欲的舞蹈，是一对一的情场和战场。矜持、引诱、试水，手与肉体骤合骤分，下一步已成新回合。两个人想要妙至毫巅，除了磁力的吸附，还要有一点儿敌意，一点儿疑问。这是共同的高潮。它赤裸裸，又费尽转折；它满含心机，又无比真诚。

　　她天生是跳探戈的高手。教练说：谷雨，你有天赋，不因为热爱舞蹈或乐于光彩于人前，只因你一意征服。

　　那是很久以前的事了，那时她还肆意周旋于各种人之间，如一条艳彩的鱼游弋于海，一路采撷来装点她的头角翅尾，多少爱也填不满她的欲求。

她的种种矫饰伪装只对阿因褪下过，她以一张素颜对他，剖开一颗初心给他看。柏雪莱不同于阿因，阿因是上天的恩赐，柏雪莱却是她费尽心血的战争，但柏雪莱的特殊性也在于此。她用了种种手段，倾出所有的聪明和热情，在这手段之下，是她最好的真心。

柏雪莱就是她的探戈，是她的生命之舞。

到了周末，柏雪莱果然来接她了。

她一星期都在为这次的聚会做准备，衣服换了又换。不是单独的二人约会，不宜太张扬。但在柏雪莱与文菲儿的朋友面前，她和柏雪莱不能只是"医患关系"。

柏雪莱坐在司机位置上，对谷雨注目看了一眼。文菲儿坐在副驾驶座上，俨然一个女主人的模样，给谷雨——介绍，后排的一男一女分别是宋祁和小敏，是她的朋友。介绍到谷雨的时候她说："谷雨，雪莱的病人，嗯，也是朋友。"

车上的年轻人一起打量着这个陌生的女孩儿谷雨。她穿了工装裤和V领编织T恤，面目姣好，眉眼弯弯，头发在头顶扎成了个小髻，垂下的碎发非常地纤细，在风里千丝万缕。

一路上文菲儿照顾着每个人，像个尽责的女友，过路费是她从柏雪莱的口袋里拿的，零钱则是她从自己的口袋里找的；小敏说要听点儿带劲儿的，菲儿就换了艾薇儿；谷雨刚打开车窗，菲儿已回头递了袋话梅给她，一面问她："你会不会晕车？要不我俩换个位置？"

谷雨确实很不舒服，有一根细线从她眼睛里一直连着心，菲儿每说一句话，柏雪莱每一点头或者随意向身边的人一笑，她都觉得那根线忽地一抽紧。

他们在谈论几天之后小敏的一场演出，菲儿买了20张票捧场，又请谷雨也一定要来。小敏是个圆圆脸、圆圆眼睛的姑娘，蜜色的皮肤，麂皮小短靴子上露出圆溜溜的小腿，宋祁的注意力都在她身上，拿了一小瓶花露水给她往腿上涂，说："田里蚊子多，你这种体质招蚊子——该招的都招！"

小敏说："蚊子多，你干吗跟着来？"

宋祁说："我 O 型血，蚊子最爱，有我在就咬不到你。"他伸过一条胳膊到小敏眼前，"你自己看看，已经给你挡了多少！"

前排的文菲儿手肘轻轻碰了碰柏雪莱，又往后斜了斜嘴角。柏雪莱并不回头，只轻轻笑了一笑。

谷雨觉得胸口憋闷得要胀破了，这窄小的车厢里，空气里满满都是新鲜的荷尔蒙，那微甜微酸的湿润气氛，像一只只隐形的小手，将那些飘来飘去的暧昧东一把西一把地收拢，聚集，发酵。

她忽然吓了一跳，因为柏雪莱正从后视镜里盯着她："是不是晕车？"他一只手把着方向盘，另一只手伸长打开了旁边的隔箱，掏了一下，手臂后伸，递给谷雨一个小药包。

"小药丸塞在鼻子里，药水涂在太阳穴上。"

谷雨伸手接过，柏雪莱又问："你出来的时候吃早饭没有？"她说吃了一点儿。他又问："昨晚几点睡的？"

他关注得那么明显，连小敏和宋祁也停止了调笑。偏偏柏雪莱异常认真，就像医生在问诊，他把着方向盘，在后视镜里盯着谷雨。她乖乖地全回答了，柏雪莱呼了口气说："这一车人就数你最不省心。"

她连耳朵也发热了，接下去的路程里她都不敢抬头，只要略一抬头，便会与镜中的柏雪莱对视。一直到了留山，众人铺桌布、放食物，她还陷在那一阵晕乎乎里。

菲儿正在远处和柏雪莱一起往树上拴吊床。拴好了，菲儿便往张开的吊床上一扑，向上看着雪莱，眼光热得像火辣辣的钩子。雪莱还是淡淡的样子，扶着她一边的胳膊防止她摔倒，看她稳当了，便站在吊床的另一面。两人小声说话，菲儿不时发出咯咯的笑声。

火热，漂亮，体贴。谷雨想。这样的女孩儿有什么缺陷？与菲儿做对手，她完全没有胜算。

她想得出了神，连身后小敏和宋祁一直打量着她也浑然不觉。阳光照在她柔软的后颈，一些碎绒毛被照出一团沙金。

"柏雪莱这个女朋友还真是个美人。"小敏对宋祁说。

"女朋友？他女朋友不是文菲儿吗？"宋祁说，扭头看看远处的柏雪莱。

小敏嗤笑一声："柏雪莱这种男人，他心里喜欢谁可看不出来。"

"所以你们女孩儿都喜欢他？"宋祁问。

"反正这个谷雨喜欢他是肯定的。"小敏说。

"那文菲儿也未免太大度了吧？还是你们女人都这么有心机？"宋祁问。

小敏打了他一巴掌，又问宋祁："你说谷雨和菲儿谁更好看？"

宋祁这回聪明了："当然是你好看。"

小敏笑着扭过头。

菲儿来到谷雨身边，给她把啤酒换成牛奶："你胃不好，别吃辣的。雪莱很少有朋友，我要是不把你照顾好，他要发脾气的。"

菲儿低头的时候，一个银闪闪的坠子从领口里滑出来，掉到了草地上。谷雨捡起来给她："很别致。"那是个奇形怪状的金属片，中间钻着孔，系了条绳子。

菲儿利索地将它重新挂到脖子上去："小时候的一件手工，不值钱的。"

谷雨不由得问："柏雪莱做的吗？"

菲儿愣了一下，说："是啊……玩刀的男生都喜欢做这类玩意儿。"

"玩刀？我以为柏雪莱斯斯文文的，只喜欢看书呢。"小敏在旁说。

菲儿停了一下说："他才不斯文呢，成天跑出去野，跟坏小子们打架，三天两头打得头破血流地回来。不过他可有种呢，从不服软，还不要帮手。"说着哈哈笑起来。

雪莱居然是个打架长大的孩子？谷雨心里默默想象了一下冷峻的柏雪莱作为一个皮猴子的童年，这是两个没法儿连在一起的形象。

"我想象不出来。"她老实说。

"后来他大了，就再也没流过血，都让别人流了。"菲儿用力地说，眼中神采奕奕，"不过他觉得女生都是胆小鬼，没劲儿。连这个都是我趁他不注意偷来的呢。"菲儿拉拉脖子上的坠子。

"他只喜欢跟动物玩儿，有一次，他救了一条小狗，大人们都说那狗不行了，他就把那狗抱在怀里，抱了三天居然救过来了。哈哈哈，他就是个野兽。"菲儿说着"野兽"，语气里却都是骄傲。

这确实是一个谷雨从没想到过的柏雪莱。

"真想不到啊，长大后的柏雪莱简直像换了个人。"宋祁说。

柏雪莱仍事不关己地躺在那边的吊床上，全然不知自己正被当作话题讨论。

"你们青梅竹马，真让人羡慕。"小敏说。

菲儿说："那可不？一起共有的回忆，这是别人没办法插进来的关系。"她说着似笑非笑地睨了谷雨一眼。

太阳似乎黯淡下去了。菲儿的暗示这样明显，是不是已感受到她的威胁？

柏雪莱走了过来，看看他们吃的一塑料布的狼藉。谷雨立刻知道他有些微的不快，他弯下腰，谷雨已捡起一包湿巾递给他。他接过来，看了她一眼，笑了笑。

他这一笑多好，纯然无邪，这一天到了现在，他才笑了这么一次。

她被他笑得满心湿润，眼前又亮了。是啊，她没有与他共有的童年，没有两个家庭的众望所归，但又怎么样呢，她就是比所有人都贴近他。

现在，谷雨和雪莱已进入了一段暧昧期，也许是留山之行让他们重新联系了起来。而两人都不能把之前医院里的那一幕抹去，那一些小小的矛盾，又让两人都不自觉地露了点儿真心。

从留山回来，他们很快有了新的见面机会。先是小敏邀请她去看表演。她发短信问柏雪莱：我方便去吗？

他回：是菲儿的朋友。你不想去可以不去，也不是什么非看不可的演出。

他这么不懂得递话，但他的不解风情又让她一阵喜欢。

她发：你把朋友区分得那么清楚，做你朋友压力太大了。

他回：只要你不糟蹋自己的身体，就一点儿压力也没有。

简短的一句话，却让她心里甜得冒出泡沫，不见他时的低烧、抓心、四肢骨骼里的麻痒咬啮感都消散了。

演出那天，谷雨去订了花，系着的红绸带上写着"演出成功"的字样。衣服发型低调不张扬，是一个认真捧场的姿态。

一连两小时，她坐在席位上认真观看，一排年轻人都是文菲儿拉来的朋友，个个衣着鲜亮。起初还坐得规矩，演出至尾声忽然上来一支乐队，年轻人便都疯了，准备好的荧光棒挥动起来，跟着舞台上的节奏呼喝起来。

谷雨被挤得东倒西歪，不一会儿便大汗淋漓。她弯下腰悄悄向门口撤，到了外面坐在台阶上，心跳兀自猛烈。早几年夜夜笙歌，这两年过去，无论是体力还是心，都已完全隔绝在那个世界之外了。

一辆车无声滑过来，车灯闪了几下，车窗摇下了："上车。"

她不由得笑了，走下台阶去，问："你怎么也出来了？"

柏雪莱也狡黠一笑："快点儿，被发现了我们就逃不掉了。"

她笑着打开门，钻进去。柏雪莱一个漂亮的掉头，车开走了。

柏雪莱的衬衫有点儿皱，裤脚也蹭了点儿灰，他说人太多，前面一小子占着道差点儿出不去，他等得急，发了个火，挤了条路才出来。

她伸手自然地替他理了一把，问他："打了一架吗？"

"打架，从来没有过。"他说。

"菲儿说你从小就打群架。"

他蹙起眉头："胡说八道。"

看来柏雪莱并不喜欢他的童年。然而，她不也一样吗？

她真是爱他开车的样子。心不在焉，游刃有余，目光却是专注的，一只手松松地搭在方向盘上。车里黝黯，他的鼻尖和下巴沾着一些阴凉的光线。

他问："你饿不饿？"

非常好的问题，她只要接上"饿死了"，他们就可以去吃一顿夜宵，再共度一段好时光。她却说："我不敢吃，我的医生凶得很，不让我在外面乱吃东西。"

他忍不住挑眉一笑。

两人找了家干净的小铺子，还要了两瓶啤酒。月色很好，头顶的枝叶疏落有致地把阴影投到他俩的影子上。

他说："原来你有这么好的兴致。"

她说："我不是什么时候都有好兴致。"

他说："我应该多了解了解你。"

她说："我可不敢让你了解我。"

他笑了："你还在介意我那天的话。"

她也笑了，见好就收的那种笑："那你想了解什么？"

"都可以，如果你愿意说，我就会听。"

香樟树发出好闻的气息，柔和的风温情地一阵阵扑着脸颊。谷雨便将话题随意地打开。柏雪莱问她喜欢吃什么、爱看什么书和电影，她则问他的兴趣，做过的最冒险的事，见过的最美的人。

她抿嘴微笑，带一点儿婉转的羞赧。她知道自己这样笑最好看。这个晚上真好，两人像从宴席上双双逃开的孩子，拥有了一次窃窃私语的密会。虽然柏雪莱还是那样态度沉着，但他耐心、温和、认真，这算是一种专注，只为她而来的专注。

柏雪莱告诉她，他很少冒险，平生只有一次，代价不小，至今也没有还清。

她想问是什么，见他不再往下说，便忍住了，问："见过最美的人呢？"她的手伸过去，像不经意间拿错了杯子，拿起他的酒杯喝了一口。同时偏过头，长发纷纷散落在一边的肩上，让灯影落在她小鹿一样明媚的眼睛里。

他想了想，又想了想，似乎真的想不出来，但他抿着嘴，仍在思索，那认真的苦苦思索的脸，真让她爱得心都拧痛了。

回来后，她久久回味着刚才那情调模糊的月下散步，两人靠得那样近。肩膀与胳膊自然摩擦，她感到他的体温，甚至血液的流动。风把酒意吹散了一点儿，她眼有点儿晕。这是恰好的时机，正适合发生点儿什么。

站在门前，她并不问他要不要进去坐一坐，她靠着门的身体有一点儿张开，是一个邀请或者挑衅，像小妖精站在盘丝洞前。

他似乎犹豫了一下，她便趁着他这犹豫的短短一瞬飞快地开了门，闪身进去，在那窄窄的一条缝隙里看他。

"怎么了，怕我欺负你？"他的声音里似乎带了点儿笑意。

谷雨想，我怕你不欺负我。这种情况、这句话，放在别人那里，她至少有 20 种或尖利或风情的话回击过去。可是这个要命的柏雪莱，是这样浑不在意，她便无法施展。

"下周有空吗？"他又问她。还是礼貌，可有可无的态度。

"我要想一想……"她话里仍是有陷阱。

"想好了给我打电话。"他仍是一板一眼。

关上门，她心里又痒又恨。

然而她又想，柏雪莱是个君子，他尊重她。也许，没有发生比发生更好。何况，是的，她知道，他对她有关心，有牵念。仅是那一点点已够她反复回味，神魂飘荡了。

如何击退情敌

文菲儿第二天便打电话给谷雨，说有东西要送她。

菲儿站在人潮涌动的街头，态度轻快地将她浑身上下一扫："昨晚是柏雪莱送你回家的是不是？"说着掏出一个小卡包，上面挂着一个小小的绳结，"这是你的吧？丢在他车里了。"

谷雨接过来，她并非是有意将东西落在柏雪莱的车上，但由菲儿给自己亲自送来，还是不免一阵心虚。

而柏雪莱自己没有发现她落下的东西，却让菲儿发现了。这半天工夫里，菲儿一定在他车上待了不短的时间。

菲儿却浑不在意似的，又递了一盒阿胶给她："这是别人送柏雪莱的。我血太旺，受不了，你贫血，正好补补。"

她想，击退情敌的办法有100种，其中之一就是找到对方的漏洞，只要对方试图掩饰，她就赢了一半。但菲儿的优越就是优越，大方就是大方。菲儿有足够的本钱，因而非常坦然。

梦里，谷雨在雾蒙蒙的谷底奔跑，很多水从裙边上淋淋漓漓地往下淌，地面逐渐形成一条一条溪流，快要把她淹没了，她不得不用手捞起那条沉甸甸的白裙，半空垂下一条长绳索，她努力去够，中途却截断了……似乎有声音说：跳上去！她奋力向上跳，十指扒到冰凉的苔藓，忽然滑了手，她坠落下去……刚叫一声，手机便"啪"地掉在了地上，随即铃声大作。

她悚然而醒，睫毛上有一层水汽。柏雪莱在电话那头说："没睡好吗？怎么没给我打电话？"

她惊魂未定，嗓子还卡着，随口说电话欠费了。柏雪莱轻轻笑了，约她散步，她想都没想就说好。

走在他身边，她全身舒展，她对他说起小时候，说起故乡的小镇、那座小石桥下缓缓流动的河水，她每天都从上面经过，有时候会捡到一个从山上落下来的风筝。

"听起来很美，我该去看看你的小时候。"他说。

"你不会有兴趣的。"她说，"我从小就是一个平凡、乏味的孩子。"

他说："不，我认为你很有魅力……但其实乏味也没什么不好，生活没有什么起伏变化，也许是种幸运。怎么说呢，"他想了想，"乏味是比较安全的，只是大多数人不甘心去接受这一点。"

她说："我小时候很厌恶自己，梦想有一天会变得漂亮又聪明，但现在我只想回到那个壳里待着，让谁也找不到我。"

"那么，我想凿开那个壳，把你拉出来。"他微笑着说。

他笑得那么暖，让谷雨心里一热，几乎就想告诉他自己所有的过往。但她紧接着想，自己那黑暗丛生、一步一脚淤泥的往事，有什么可以拿出来跟这个清清朗朗的柏雪莱讲呢？她把冲口的话咽了回去，轻轻地从他肩膀上拈起了一小团柳絮。

对这个小小的贴近，他没有躲避，他的手臂从她肩头滑过，自后背而下，在她腰上微微停留了一瞬，便放开了。

她清楚地感到自己身体某处，温热地随着他的手动了一下。

回来后，她将白天那一幕幕反复回放。她像个用功的差生，将柏雪莱的一举一动像化学公式那样细细分析。她偷偷地笑着，又默默地流泪，她振作着、感叹着，同时又嘲笑着、否定着。天是澄净的蓝，空气里有一点儿甜。

这是感情里最有趣的时期，是探戈里充满未知、互相试探、迫不及待，但又怕谜底过早揭开的共舞。曾经已松弛的弦又拧紧了发条，绷直的琴弦才能弹奏。然而，也容易断。

谷雨不停地想，雪莱对她是什么感觉？她在雪莱的眼里是哪一种人？在他的心里又是什么位置、什么分量？

手机短信提示音响起，却是一条话费充值信息。柏雪莱给她交了五百元的话费。

她看着那条信息，怔了半天，终于发了一条简短的信息问柏雪莱："你对我是哪一种感觉？"

发出去后，她屏住呼吸等着，手机在掌心里攥得烫了、疼了。

柏雪莱回复了信息，没让她等很久，也没有立即回复，似乎经过了一个小小的思索，他回过来同样简单的一句话："你心里想的那一种。"

她眼泪哗地掉了下来。

菲儿确实不同于一般女生，她邀请她的朋友们去 KTV，又拉上了谷雨。

天阔气清，夏日里清凉的晚上，谷雨坐在一群人中，她刚举起杯，柏雪莱已经从她手中接过去："你别喝酒了。"

他对她霸道起来，她满心甜蜜。他那么漠然、那么不爱操心的人，唯独对她有了家长一样的专制。

环境嘈杂，他俩说不上什么话，只有一眼一眼地隔众对视。流淌的灯光下，柏雪莱每看过来一眼，她便立刻用眼神接住。我很好，我很快乐，你呢？这些可以用眼睛传递的情绪她一样也没落下，她本是非常熟稔这些的，人越多，越好施展。那些湿润的情调，此刻如长了翅膀一般，在她和柏雪莱的头上飞舞，像两个跳跃的小光环。

菲儿坐在一边，似笑非笑，看看她又看看柏雪莱。

年轻人碰着杯，冰块叮叮作响，包厢里冷气加大，她在骤降的温度里吸了口气。柏雪莱站起来，越过人群到她身边，将自己的外套披在她肩上。

这个非一般的亲昵动作，让正酣闹着的人们也注意到了。谷雨心里骤然涌上来一股羞愧，她去洗手间，对着镜子整理了自己。她忽然没有心思玩这游戏了。

刚刚坐在柏雪莱对面的女人并不是她自己。那一嗔一笑，那些眼角眉梢若有若无的献媚曾让她战无不胜，而柏雪莱是那样实在，他没有一点点要占她便宜的意思。在柏雪莱面前，她并不想做一个七窍玲珑、风情讨喜的女人。

等她从洗手间出来，重新坐到柏雪莱面前时，仿佛换了一个人。她不再挑逗，身体坐得正正的，梦一样的大眼睛焕着星光一样。柏雪莱觉得自己从没见过这样的人，这样的神情，他忽然想到她曾问他的问题——谁是你见过最美的人？

后来，一群人散了，走在 KTV 的走廊上，迎面过来两个妖媚的女人，穿着黑色抹胸和细跟鞋。一个不慎撞到了谷雨，立即欢叫出来："谷雨！原来是你？"

另一个女人已走出几步，闻声回头，也扑了上来："原来你还在江洲！这么久姐妹们都说你消失了！我当你已经嫁去国外了！"

谷雨心里暗暗叫苦，这两个都是老相识，一个是乔乔，另一个是海蒂，都是她从前一起厮混过的姐妹。

乔乔像以前一样粗声高嗓，又喝了酒，嗓门儿就格外地大："怎么样？你怎么样？你那个霍少爷呢？你们还没结婚？"

谷雨变了脸色，她想把乔乔拖到一边去，但这是一条长长的过道，两边都是紧闭的包厢门，里面传出各种震天的声音。

海蒂见谷雨脸色不对，便对乔乔说："你真傻，那个早分了，谷雨现在男朋友是开酒店和开画廊的。"

谷雨感到额头上有根小小的血管爆裂了，她清晰地听到那一声"扑"，刹那间面红耳赤。

乔乔拍着自己的额头，如梦初醒地说："对对对，我是听说你换了个男人！"

光洁的地面在眼前旋转起来，谷雨摇摇头，想笑一下，又想连贯地说出一句话，乔乔和海蒂还在不停地说着什么，两张红唇开开合合，她不得不扶住墙。一片模糊里有个人过来了，有条手臂揽住她的肩，她落在一个有力的怀抱里，听到柏雪莱在她耳边说："对不起，她不舒服，我带她先走了。"

乔乔和海蒂愕然地看着这个陌生的英俊男人带走了谷雨，两人互看一眼，感慨道："果然还是谷雨有手段。"

柏雪莱一路拥着谷雨出去，手没有离开她的肩膀。到了楼外，他让她等他一会儿，他去开车。等他驶过来，她已经不见了。

柏雪莱在后街找到了她。她正向前匆匆地赶，姿势完全是一个逃学的小女孩儿。他快速地将车开到她身前，一言不发地推开车门。

"她们是我的朋友，以前的朋友……"她想解释，又无力解释。

他说："不用解释，你看起来像不经世事……我一向很不会看人的。"

"你介意吗？"她没法儿绕弯，便把心里的惶恐问出了口。

柏雪莱偏过一条手臂，抱了抱她，他不动声色的眼中似乎有一点儿闪动："我介意的不是这个。"

过了几天，柏雪莱仍是打电话来了。

她已经惴惴不安了好几天，他声音里却没有芥蒂，笑着说："明天请你吃粽子。"

明天是端午节。

这个日子她已经等了好久，端午节是柏雪莱的生日。

她苦思着礼物。她可以去电台给他点上一整晚的情歌，或者将玫瑰和电影票放在信封里寄给他。她可以穿上白裙，扮成护士的模样悄悄地在他办公桌上放糖果，而其中一张糖纸里包着礼物。她还可以请他来家里，点上蜡烛，和他一起浓情地跳舞。她甚至可以把自己系上丝带蝴蝶结，再贴上一个快递单直接去敲他家的门……

她的花样繁多，各种性感的、撩拨的、浪漫的表达她都会，但一样都不是"柏雪莱专属"。想到她和柏雪莱已一步步亲近着关系，而他对她还不真的了解，她就一阵恐慌。

我介意的不是这个。他对她说。

那么是什么呢？她该怎样去奉上一个完完整整的她？

她纠结又纠结，决定去找阮姐。

正午暑热，白气浮动。阮姐站在泳池边，一身穿戴整齐，泳池边的椅子上放着一只旅行箱。

谷雨走过去，远远扬着声音叫了一声："阮姐……"

阮姐回过身，神情有些急迫。谷雨才看到阮姐拿着手机正在打电话，她赶紧收回声，做了个鬼脸。这时，阮姐取下的手机里却传来一声呼叫，是一声模糊的"啊——"。

接着一声闷响，连着那带着痛楚的一声呼叫。

谷雨瞬间一愣，浑身汗毛都耸了一下。

"小七！"她脱口而出。

"呜"的一声，那只叫雪莱的猫忽然扑了出去，谷雨吓了一跳。这猫果然像吴老太太说的，又野又泼，来了两天，便把这里当作了自己的地盘，此时又追逐着一只海鸟。

一个长久的、模模糊糊的不安正被她从回忆里拖出来，她一直不去触及，却原来一直也没有忘记。

端午那天她去找阮姐，阮姐电话里的那个女声，虽短促又模糊，但那声音像极小七的。

不，不是"像"。现在她反复回忆，那声音，明明白白，就是小七的。

但她当时满心里都被柏雪莱塞满了。阮姐拿着电话走远了几步，对着话筒似乎在发号施令，脸上严如寒霜。等阮姐挂了电话，走过来时表情又是和颜悦色的了。谷雨问她："你要出门吗？"

阮姐轻松地说："本来想出门去凑个热闹，有人请我去看赛龙舟。现在改主意了，不去了。"

谷雨把柏雪莱的约会告诉她，阮姐眉毛一挑："柏雪莱过生日是不是？"

"我怕……"她嗫嚅道。她是个千疮百孔的人，她不能一直瞒着雪莱。她还没有得到他的爱，但如果他在一无所知的情况下爱了她，她会羞愧至死。

阮姐眼角细密的纹路带了一点伤感："我想你们需要一次彻底的交心，不仅仅是你的，还有他的。"阮姐像往常一样鼓励她，"去吧。你不知道，能跟自己爱的人过一次生日有多珍贵。"

谷雨将被海风刮乱的头发拿手指扒了一下，她努力在脑中梳理着那些乱糟糟的线头。那天，柏雪莱的生日占据了她全部的注意力。而如今再回忆这些事，实在是一步步都含有深意。

猫又在外面叫唤了，高高低低一声接一声，同时阿黄、大白一阵叫，向前跑去了，吴老太太忽然激动地道："快开门，大新回来了。"

果然是大新沿着弯弯曲曲的小道走来，他蓝衣蓝裤，一个挎包背在背上，手里拎着一个大编织袋。阿黄、大白一起咬住了他的裤脚，跟着他前后脚颠颠地跑。

他看到谷雨，吃了一惊，脱口说："你……你怎么在这里？"

完全想不到的一句开场白，谷雨心里倒舒服了一点儿，这人不惯作伪，不会绕弯子。

"我不在这里应该在哪里？应该被关着是不是？"

大新被噎了一下，脸上神色更不自在了，他挠挠头又跺跺脚："不是，不是我要关着你的……"

他窘得黑脸泛红，吴老太太已经在屋里连声叫着他了，他绕过谷雨跑进了屋去。

谷雨没有进去，她在门前坐下，托着腮，心里乱纷纷的，却见远远的一个小肉球跑来了，一边跑一边叫着："大新叔叔！大新！"

勺子跑到她面前，呼哧喘着气："大新回来了！他要给我带糖！"

"乖，你先别进去。"谷雨拉住小东西。

勺子一双脚乱跳，完全坐不住："姐姐要大新给我带糖，她说的，她走以后，会给我买糖，让大新给我带来。"

谷雨心里一动，问："姐姐为什么要给你糖？"

"她好。她还要我帮她忙。"

"帮什么忙？"

"姐姐要我看着哥哥，姐姐不让哥哥进她房间。"

谷雨不由得笑了笑："姐姐跟哥哥是不是很好？"

勺子犯了难似的住了嘴，他先点头又摇头，想一想又点头："我看到哥哥姐姐打架了。"

"然后呢？"

"哥哥抱着姐姐，姐姐把哥哥推死了，姐姐又抱着哥哥，后来哥哥就活过来了。"

她费劲地把这一片"死死活活"理清条理："你是说姐姐把哥哥打伤了？"

勺子点点头："姐姐说哥哥再来找她就杀了他。"

"姐姐那么凶？"

"姐姐身上有刀，我看到的。"勺子比画个手势，"有这么长，她自己磨的，就放在那边的房子里。"

谷雨从自己腰间抽出一块薄铁片，自从在海边小屋捡到这件武器后她就一直带着防身。

"勺子，你看看这个。"

"就是它！就是它！"勺子欢天喜地地说。

谷雨心里抽紧，她手心出汗，背上也出了汗。随身带刀的女子，会自己打磨兵器的女子，喜欢小孩儿的、烈气的、从不跟人将就的女子……这天下只有一个女子会这样。

"勺子，"她有点颤抖地说，"那个姐姐叫什么名字你知不知道？"

勺子摇晃着乱蓬蓬的小脑袋，谷雨紧紧盯着他。

一个声音传过来："谷雨姑娘！"

她转过脸，一个五十来岁的男人笑嘻嘻地走来，是佟哥仓库那边的老伍。

她慢慢站起来，她今天没去仓库送货，存心要看看他们是个什么反应，果然这就找来了。

老伍一脸谄笑："我来看看谷雨姑娘有什么需要的，或者哪儿不舒服，今天没见着你还真挺担心的。"

她心里冷笑，脸上却一片温柔："有什么需要？我要一条船，你给不给？"

老伍一愣："开玩笑呢，这里有的是船，可是你会开吗？"

"那你告诉我之前那两个人的事。他们是谁，叫什么？"

老伍脸色不好看起来："何必呢，大家不是一类人。"老伍朝四周看了两眼，又说："姑娘，你是聪明人，一个地方有一个地方的规矩。咱俩没仇没怨的，只要你守住规矩，大家都不为难。"

谷雨转身就走，老伍追着她叫："喂喂，你去哪儿？"

谷雨停下，她脸色青白，嘴唇也发白："船你给不了，一句话你也给不了。你们怎么不干脆杀了我？我是个女流之辈没错，但也不是人人都能欺负我的。"

老伍不说话了，看着她消失在小径上。

　　风把她满眶的泪又逼了回去，她昂头往前走，不想落下一个怯懦的背影给后面窥看的人。这座岛不大，没有什么地方能让她容身，甚至连一个安静思考的地方都没有。面前的小路渐渐狭窄，人也少了，她竟又来到了鬼村山口。

　　那唯——座小屋孤零零地矗在路边，篱笆院里立着大水缸，一条瘦骨嶙峋的小土狗趴在门前。房门关着，里面隐隐传来戏曲声，屋里却黑漆漆的，没有灯。

　　"吱呀"一声，门在她面前开了。一个老人出现在她面前。

　　"来了怎么不进来坐坐？瞎子今天难得有客人了。"

　　她一惊，这下真是大出意外，面前的人竟是俞瞎子。

　　"这是你的房子？你竟然住在这里？"

　　"可不嘛，呵呵，吓到你了？"

　　"可是这下面就是鬼村。"

　　"鬼村好啊，我半辈子与鬼做伴了。他们很好，比人好。"俞瞎子将身子让开一点儿，"进来坐坐吗？"

　　谷雨定一定神，便侧身进屋。屋里墙壁熏黑，贴着一些陈旧的画报，年久深黑得看不出原本的面目。墙上还挂着根黑沉沉的笛子和一把斧子。桌上还有一摞摞旧磁带和碟片，倒是摆得整整齐齐。地上一沓薄膜纸、竹片，是俞瞎子扎灯的材料。她四处找光源，又不禁失笑，他一个瞎子要什么灯？这地方也不会有别人来。

　　俞瞎子摸索着搬出个板凳，又拿褂子下摆擦了两遍："坐。我这里有茶。"

　　他真的又找出一个茶杯和茶壶，居然茶叶也不算差。

　　俞瞎子桌子上有个很大的木头架子，还分了好几层，微缩景观似的有屋顶和门，中间像个小小的戏台。俞瞎子拿块布摸摸索索地擦弄着，嘴巴里哼着听不懂的调子。

　　"这是什么？"谷雨问。

"人生如戏嘛，这里是我的戏台。"

谷雨心里有成百上千的疑问，只觉得这岛上处处是机密，眼前这老人又瞎又与世无涉，却也神秘莫名。

"俞大叔，你的眼睛是怎么看不见的？"

"瞎子知道别人都不想看到我，我也不想看到他们，所以早早就瞎了。"

"那，你有亲人吗？"她再问。

"说没有也有。说有，多少年见不着了。"俞瞎子两颊的纹路一路延伸着，露出来一个耐人寻味的笑容。

"你一个人不孤单吗？"

"姑娘，世界上人这么多，最后剩的还是只有你自己。有的人，你再惦记他，知道见不到，也就不惦记了。"

谷雨垂下头，这老人看似又瞎又孤，其实刀枪不入。

"姑娘，你别灰心。我知道你怕什么，总归能走得掉的，老天有眼睛的。"

"谢谢你，"她感激地说，"可是我没有本事，我太没用了，不能像前两个人那样逃走。"

俞瞎子呵呵笑了："别跟他们比，你跟他们不一样。你在这里，吃好的住好的，他们可是走错一步就活不了了。你才待几天？他们可是足足待了有大半年，死去活来好几回，才找到机会跑出去的。"

"他们是几时来的？"

俞瞎子手指扳动："去年冬天来的，过年还给我送了顿饺子。有六七个月了。"

"你认识他们是不是？他们是谁？"她哀求着问，"那姑娘是谁？她叫什么？"

"唉，我一个没人理的老瞎子，哪儿能看到别人的样子？这里来的人都没有名字，比如你，不是你自己告诉我，我哪儿会知道你是谁？"

"那……他们什么时候逃走的？"

"呵呵，那可是个大日子，想不记得都不行。这岛上的人看电视，除了新闻联播，就爱个热闹，春晚、奥运会、世界杯。那天是踢球的决赛。岛上的男人们都守着电视机了，他们就跑了。"

世界杯决赛？谷雨算了算日子，震惊道："之后我就……"

"是的，你一个星期后就来了。你说，老天是不是嫌我们这里不热闹，他们刚走，你就来了。"俞瞎子黯淡的眼皮轻轻一挑，脸上那丝耐人寻味的笑又浮现了。

走出俞瞎子的房子，阳光直射着她的脸，她头晕眼花，无数念头像刀片一样剐着她："他们刚走，我就被抓来了……为什么？为什么他们一逃脱就立刻把我抓了来？"

人鱼失去她的灵魂

大新已洗过澡，换了衣服，看到谷雨失魂落魄地进来，他端起的饭碗又放下，实在不知道该用什么态度对她，最后说："姑娘，你别恨我，我真不会为难你。"

谷雨冷笑一下："我不恨你，我还得谢谢你们的不杀之恩呢。"

大新更不自在了，说："那怎么会！本来人家就嘱咐了，不让我们为难你。到时候你放心，我亲自送你走。"

"人家是谁？到时候是什么时候？送我去哪儿？百花岛？"

大新脸色变了又变："你还知道什么？"

"你们不想我知道的，我一样都不知道。"

吴老太太进来了，说："你就别逼他了吧，他混口饭也不容易。"又对儿子说，"你也少作点孽，她是好人家的姑娘，你们还真想杀人？这些天亏了她帮我，我亲生的崽都不记得我的病。"

大新一口一口吃着饭，他姿势有点儿奇怪，右手臂弯曲着，用左手拿筷子。吃完饭大新让谷雨仍睡在这里，便带上门出去了，他的右手臂弯成一个僵硬的形状。

吴老太太注意到谷雨的目光，说："他的伤还没好，右胳膊断了。"老太太像自言自语又像对谷雨说，"日子过得苦点儿也没什么，我就是心疼他太老实。别人做事他冲锋，别人吃肉他喝汤。"

"怎么受的伤？"谷雨接话问她。

"打的。就是上回那没良心的小狼崽子打的。"吴老太太恨恨地说。

"又是他们？为什么要打伤大新？"

吴老太太有点儿后悔话说得太多，但她为儿子抱屈，就又说："那两个人，年纪轻轻手段可是狠得很，让大新吃了不少苦头和亏。"

"他们拿什么打了大新？"

"船上的东西，"吴老太太说，"一个挂钩，他们都随身带武器。"她声音恨恨的，又说，"小王八蛋自己一身的病，动起手来就像红眼鸡。没良心的，完全不顾念我照顾过他。"

谷雨忽然一闪念，问老太太："几个月前过端午节，这里是不是办过龙舟赛？"

"龙舟赛每年都办，今年下大雨，没弄成。"吴老太太说着又支吾起来，眼睛东看西看，忽然说，"这老东西又唱上了，天天作死，除了喝酒就是唱戏。"

果然是俞瞎子唱戏的声音飘了过来。吴老太太出去了，谷雨颓然地坐下。她看似可以自由走动，但一点儿实际的信息都得不到，而那些看似对她友善的人，包括吴老太太，无疑都得到过某种指示，不会透漏什么真正信息给她。

第二天大新来了，她直接问大新："那女孩子是谁？她叫什么？"

大新吓了一跳："谁？"

"上一个在这里的人。一男一女是不是？那女孩儿长什么样？"她盯着大新问，"是不是比我高？瘦瘦的，眉毛很长，嘴唇薄薄的，眼睛是这样……"

她比画着，大新脸色很难看，把碗往桌上一撂："我从来不看姑娘的脸，不知道你说的是谁。"

谷雨没放弃，又问了一些那两人在岛上的作为。这下大新倒是有问有答，说他俩在岛上修船、卖货、干杂活儿。看来经过一夜，大新也预备了一套说辞来应付她。

她问："勺子说那姐姐交代你给他带糖，你在帮她做事？"

她这一问让大新猝不及防，准备好的说辞又飞了。

"我怎么会为她做事？"他磕磕巴巴地否认。

"那你到底在为谁做事？佟哥？佟哥把人抓来，丢给你，你要出海，就让你妈妈看着。我说得对不对？可是你又为她做事？你帮她的忙，佟哥不知道，对不对？"

她一连串地说着，大新张口结舌，无言以对，一阵怒气浮上黑脸。谷雨则毫不示弱，她想，拼了，倒要看看他是怎么个反应。

两人怒目相向了半天，大新忽然泄了气，快步走出了门。

谷雨愣了半晌，翻出两块炒米糖，又包了一点儿豆干，将正在堆沙子的勺子叫过来。这孩子虽然前言不搭后语，说不定还能问出点儿真话。

看着勺子往嘴巴里塞糖，她一阵心酸。她的小宝要是知道自己妈妈在这种荒唐地方受罪，不知道要惊吓成什么样子。

"勺子，我问你，你记不记得给你糖的姐姐的样子？"她轻声细语地问。

勺子嘴巴乱嚼着，眼睛愣愣的，像听不懂她在说什么。

谷雨想了想，把勺子带去前面的一家杂货店。这里除了日用品，还有些明星画片。她一张一张指给勺子看，耐心地问他："这张像不像？这张呢？像不像那个姐姐？"

但勺子只是胡乱地摇头和点头，一摞明星画片都快翻完了，他也没挑出某个相似的类型。

"这个呢？"谷雨又翻出一张，画片上是个风姿飒爽的外国模特骑在马上，直腰长腿，头发被风拂起，凌乱地遮在脸上。

勺子懵懵懂懂地点了点头。

谷雨心里猛然一跳，几乎要雀跃起来，勺子却又指着下一张说："这个。"他指着一张少女像，少女长发披肩，站在水中，一手提着裙摆，窄窄的长裙直垂到脚踝。

谷雨一阵失望，攥了一手汗的拳头松了下来："那个姐姐是长头发、穿裙子的？"

"长头发、穿裙子。"勺子点着头，这回倒是很肯定。

这跟小七一贯的形象大相径庭："那……那个哥哥呢？他什么样？"

这回勺子无论如何也指不出来了，他只会说："哥哥好凶，好神气。他打伤了好多人，地上全是血。"惊心动魄的一幕幕被勺子念儿歌似的说了出来。

谷雨带着勺子往回走，她心里失望，嘴巴发苦。那个女孩儿虽然机敏凶悍，但应该不是小七。何况，小七身边怎么会出现另一个男人与她拉拉扯扯纠缠不清呢？小七身边的男人只该是霍思垣，而霍思垣……霍思垣可从不会打架。

她心里刚刚涌起的希望熄灭了，但好奇心却没有降低。那素不相识的两个人，似乎跟她有着千丝万缕的关系，他们宿命一般来到这里，又同样神秘地离去。谷雨把一片片碎片拼凑着，那男生机敏勇猛，身体不好，但心狠手辣，行动力极强；那女孩儿呢，他们的关系很奇怪，既像是小情侣，又像冤家对头，他们像黑白罗刹一样身怀绝技来去如风，虽是被抓来当囚犯的，却让这岛上人人谈之色变。

临睡前她又一次看着那柄铁片，这是她的上一任狱友——那个女孩儿打磨的，他们用这个武器防身，又打伤大新，甚至用它来自相残杀。

"你是谁？你们是谁？为什么我们会一前一后地被劫持来这里？为

什么？"她喃喃地问。

铁钩在灯下发出芒刺般的光，上面似乎还留着上一任主人的印记。谷雨捏紧了它，它坚硬地戳着她的掌心。不知为什么，这冰冷的武器令她觉得亲切。她又按住太阳穴，觉得那里阵阵跳痛。

谁能给她答案？谁会是她的拯救？她在这里，满眼茫茫，没有机会，没有同伴，只剩一颗破碎的心。

但她并非没有幸福过。她的心碎成片，灵魂堕落至最底层，但她不后悔，她幸福过。

端午节那天，她从阮姐那里回来，心里已有了决定。她翻出几张照片，就是莲子结婚那天早上的路边照片。每张上面都有一个走过的柏雪莱。一个背影，一个侧面，一个回眸。这套照片她一直藏着，藏着，不知道哪一天会告诉他。现在，她将照片包好，寄了同城出去。

她已准备全部剖白。

像阮姐说的，在道德底线与贞操观之外，她爱着柏雪莱。那不是欲望，不是代替，那是新生的爱情。她爱柏雪莱，不因为阿因，不因为任何人。她爱他的眼睛、他的手和淡淡的笑，也爱他看的书，他的雅洁、忧郁和淡漠。她爱他那一点暖、一点关注，还有那一点若即若离。对，他是那样地不确定，而她万分确定地爱着一个不确定。

她将剖白一切，干干净净地去爱。即使绣着红字，背上耻辱和背叛，背上愧疚和不安，即使没有结果，但她已然爱了，她会一心一意、执拗地、骄傲地爱下去。

傍晚，柏雪莱来了。

像她期待的那样。他像听到了她心里的呼唤，应声而来，出现在了她家的门口。

他从怀中掏出一个信封，轻轻地放在桌上，谷雨不用看也知道是那些照片。

"是什么时候的事？"他问她。

"几个月前，"她说，"你还不知道有我之前，我就认识你了。"

他目光转过来，有点儿悬而未决地落到她脸上："是吗？"

他的注视那么温柔，她的心忽然静了。他是在这里，她的爱也在这里。

"我在那条路上等了你很久，一直等到你出现，后面的事你都知道了。"

他走上前一步，呼吸轻柔地扑在她脸上："为什么？是因为我像你的朋友？那个已经不在的人？还是……"

他眼里有一些异样的东西了，谷雨脸色煞白，屏住呼吸。这次不会错，有一个时刻就要来临，有一些什么话浮在他眼里，他就要说出来了，她几乎听见他的心同样在胸腔里怦怦跳动着。

电话却响了，是阮姐打来的。谷雨小声告诉她，柏雪莱来了。

阮姐的声音透出真正的愉悦来："这就对了，那我不打搅了，我不想破坏这个夜晚。祝你们有个愉快的晚餐。"

谷雨放下手机，一个小小的电话，让他和她之间中断了一下。应该怎样再续起？柏雪莱正打量着四下，简单的家具，一面玻璃门临着江，挂着淡蓝色的落地帘。柜架上有几排书，有一半是他也爱读的。还有一些高高低低的镜框，放着她的照片。

照片里的谷雨明媚冶艳，着装是点到为止的性感，但奇怪的是，下面的签名却是"樱桃"。

柏雪莱拿起一幅看了看，那眉眼、嘴巴、身体，明明都是谷雨，要是有什么不同，镜框里的女郎更艳、更成熟，眼睛里的情调更浓郁。

"这是……你？"他有些拿不准地问，见谷雨点头，他又说，"樱桃是你的网名？艺名？"

谷雨走过去，和他一起看着那排写真。那是她几年前拍的，那时候她夜夜笙歌，以情欲为食。那时，她叫——樱桃。

"樱桃是我姐姐，我们是双胞胎。"

"为什么你的照片要用姐姐的名字？"

"我不喜欢我的名字。我说过我很乏味，长得不好，功课不好，不会玩儿游戏，也不讨男孩子们喜欢。"她有点儿玩味地笑了一下。

"瞎说，我打赌你小时候一定是个小红帽，看到你的人都会喜欢你。"

"你说的那个是我姐姐。"她笑道，"跟姐姐比起来，我就是个丑小鸭。"

"所以你不想跟姐姐一起上学？因为别人会认错？"他打趣她。

"恰恰相反，因为别人从不会认错。有姐姐的时候，别人是看不到我的。"

"这样，那么，你姐姐在哪儿？"

"……在天上。"

他愣了愣，每当有一点儿谈及到她的过往，总会牵扯出一段死亡。

他小心地说："你真的是个有故事的人。"

"还有……"她看出他心中掀动的波澜，但她不让自己稍有停顿，犹豫一秒她的勇气就会飞走，"我还有个未婚夫，我们本打算今年就结婚。"

柏雪莱的表情定住了。谷雨闭了闭眼，一阵晕眩。这下好了，该交代的都交代了。

"还有什么我不知道的？"他的声音更小心了，几乎有点儿弱。

她绕过柏雪莱，走向一直没收拾好的行李箱，取出一张照片，递给他。照片上她怀中抱着小宝，两人脸贴着脸，笑得好生开怀。

"这是我儿子，他叫小宝，快6岁了。"

屋子里静极了，空气在他们之间形成了一道隔膜，像一道气墙将两人困在各自的结界里。

她脑子里嗡嗡的，知道已把一个致命的讯号发出去了。但她如果不对他剖开，像对阿因那样剖开，她便是辜负了他。即使粉身碎骨，她总归是把一个完完整整的自己放在他面前了。

他不说话，她也不说话。两人都已卷入了那一堆巨浪里，她几乎看得到浪头对他的冲击。她模模糊糊地想，今天是他的生日，她却给了他这样一个局面。

这时，门被敲响了，一个陌生的声音在叫着谷雨小姐。

来自外界的响动暂时打破了僵局。门外站着三个穿制服的年轻人，制服上的标牌来自一家大酒店，这家酒店就在谷雨住处附近，因为菜品精致和昂贵而闻名。

服务生将他们带来的食盒与器皿一样一样搬进来，他们熟稔地将桌子端到中间，铺上白桌布，接着将一样样菜式摆放开来。最后，一名服务生举着一瓶红酒问她："现在就开吗？"

"等一下，我没有订餐。"谷雨看看柏雪莱，后者也是一脸茫然。

服务生说刚有一位女士订过了，嘱咐他们送到这里。

谷雨明白了，阮姐这个人，实在让人猝不及防。而在这个无比凶险的时刻突然插进来一顿晚宴，也让人哭笑不得。

柏雪莱手上还捏着小宝的那张照片，他把照片还给她，脸上刚才那阵波动已过去："孩子是……你爱的那个人的？"

"不是。"她很快地说。

"我不知道你有这么难以回头的过去。"柏雪莱说。他脸上有吃惊，有不忍，还有一点儿她讲不上来的情绪，非常深地刻在他眼睛里。

她想，他一定在想，她的私生活这样乱。有个孩子，有个死去的男朋友，还有个未婚夫。然后，现在又缠上了他。

"我不是个好妈妈，我跟他父亲分开得很早。"她说，"我生小宝时我自己也没长大，但是我感恩老天把他给了我。"

他说："你怎么早不告诉我？"

"我不想拿私生活做交换……换你的同情和其他。"她喃喃地说。

他像被击了一下，脸色也苍白了。

看看洁白的桌布上的蜡烛、鲜花、餐点，那么美好……终于她问："你有什么要对我说的吗？"

他有口难言般的，半晌，有点儿艰涩地笑笑，张开嘴却无言。

谷雨胸中一片冰凉，她走到门边，轻轻拉开门："对不起，今天不能给你过生日了。我朋友的一番好意，我想是要辜负了。"

他慢慢走过去，她的身体紧贴着门，垂着头不看他。

他尚未碰到她，她便退了一步，身体也像一道门，此刻是关闭的。

她看着他走出去，门在他背后关上了。

门里的她滑倒在地。

我在你的童年等你

街灯已全部亮起，柏雪莱连闯了几次红灯。他的手机上有很多未接来电，他今天本已将一切约会推掉，他心里只想见一个人，他去见了，却没料到是这样的局面。

谷雨濒死的表情还在他眼前晃动，让他一阵心痛。他从来不知道自己也会心痛，会对一个人怜惜，会放不下，时时刻刻想去照顾她。

而她却是那样一个人。无数的说不清道不明的过往，她像暗夜里的黑天鹅，在沼泽湖中掀动着翅膀。

一阵冲动涌上来，他把车打了个方向。

他要回去找她。

他那样一声不吭地走掉一定又伤到了她，他此前已经伤了她很多次，数不清有多少次，他明明看得见她眼中的亮光，转瞬又消逝，那是他的态度，是他的冷淡掐灭了那光。

如果他不是那样苦苦逃避，如果他可以像她一样坦然、一样真诚地剖白自己……

手机又响了，有人发了信息来，柏雪莱捡起手机皱眉看着屏幕上的留言，他心乱如麻。

柏雪莱回到住处的时候天已黑了，他慢慢走上楼，掏出钥匙开门，门里"嗒"的一声，有人先他一步，替他把门打开了。

门里漆黑一片，一个女孩儿正站在那暗影里。

"怎么不开灯？"柏雪莱问。打开灯，见文菲儿穿着浅紫的长裙，长发柔顺垂肩——她很少这样着意装扮。

"我开了灯，你就不愿意进来了。"文菲儿熟练地拉起他的手，将他带向桌边，桌上放着蛋糕和花。

柏雪莱双眉虬结："你又拿了我的钥匙？我跟你说过别自己来这里。"

"我呼叫你一天，你不理我，我可是一直都在想怎么让你高兴。"文菲儿点上根蜡烛，"生日快乐，寿星公，为什么你一脸不高兴？"

"你发信息给我有什么事？"他问。

"是不是有人跟你庆祝过了？你从哪儿回来？是不是去找你的小绵羊了？"

"我说了我累了。"柏雪莱语气很重地又说了一遍。

"我今天也很累……看来你不喜欢我的礼物，我就送你一个秘密吧。"文菲儿大眼睛转动，露出一点儿狡黠的笑，"知道我去了哪儿吗？"

"哪儿？"柏雪莱问，有一点儿警觉。

"去了一个叫冰冻街的地方，在老城区。你去过吗？"她不等柏雪莱回答又说，"你不会去那种地方的，你从小就是个少爷，可是你的小绵羊……她在那里可是住了挺久。"

柏雪莱抬起眼："你说话当心些，太难听。"

"我确实说错了，谷雨可不是小绵羊呢，她胃口可大得很……"文菲儿继续说，"她本来混得很好，一个人住在高级小区，忽然洗心革面，搬去一片废墟里，跟一对没工作、打零工的姐弟不清不楚地混在一起……你知道是为了什么吗？"

"你去调查了她？"柏雪莱的脸白了，细小的血管在额头上跳出来，"谁给你的权利？她惹到了你？"

"她有没有惹到我，你真的不知道吗？"文菲儿慢慢地、轻柔地说，"我并没有那么在乎，是谁更在乎，你应该想得到吧？"她从口袋里掏出一张小小的照片。冰冻街的老街坊对于谷雨和小七及阿因这几个人印象深刻，菲儿不费什么工夫就弄到了些情况。

"就是照片上的这一对姐弟。据说，他们行踪神秘，跟谁都不来往。姐姐叫小七，据说手段相当厉害，年纪轻轻就是个老江湖。她抢了谷雨的一个男人，谷雨为了报复，把小七的亲弟弟勾上了手。"菲儿把手机递到雪莱眼前，"看一眼嘛，他们从不跟人合影，这是一个学摄影的老街坊偷拍的……看一眼你就明白了。"

柏雪莱勉强转头看了一眼，照片很旧，是一个看起来很古旧的院子，稀疏的花草，斑驳的墙面，前面一男一女，男孩儿坐着，女孩儿站在他身边，正俯身跟他说话。

女孩儿低着头，头发将脸遮了一半，透过模糊的照片也能看出她鼻梁挺直，轮廓宛深。她的气质是冷漠的，但无疑极宠爱这个弟弟，眼神里的温柔像春水一般融化了冰雪。她手臂舒展，搭在男孩儿肩上。极修长、柔韧的身架。她无疑极具魅惑性，只是简简单单地站在那里，原本苍白的背景就被她带得生动起来。

而男孩儿清秀的轮廓，水中倒影一样的五官，使他更像一个模糊的影子，流云一般飘逸。

柏雪莱觉得眼睛胀痛，只是浅淡地瞥了一眼，他便觉得有什么在刺着他的心。

"像不像你？"菲儿细声细语地说，"他叫阿因，有自闭症，不食人间烟火……你明白了吗，谷雨为什么喜欢你？"

柏雪莱咬紧牙："你回去吧，回去。"

"谷雨有个孩子。后来，要不是又小产了一次，她就是两个孩子的妈了。是小七送她去的医院。她俩本来是死对头，不知怎么却成了生死之交。物以类聚，是不是？"

"你回去吧。"柏雪莱再次说。

菲儿眼睛睁得很大，唇边慢慢荡起笑容："你以为谷雨看中你，就只是看中你？她谁都想要，她的街坊讲得清清楚楚，她做过公关、车模，各种男人一搭就上手，她让好几个男人坐了牢。你是不是也想凑一份？"

"住口！"柏雪莱忽然暴怒了，他的血轰轰地响着，让他真想一把捏碎她，"你凭什么去打扰别人？又凭什么管我的事？这些年我对你容忍得还不够？别以为我会一直姑息你，谷雨是什么样的人，我比你清楚！她对我怎么样，我也比你清楚！我对她怎么样更不用你管！"

菲儿愣住了，她脸颊上的红色迅速褪去："你在跟谁凶？跟我？她对你怎么样，会比我对你好？这些年我一直是在怎样保护着你，你那些事不是我一直给你瞒着？"

"哗啦"的一声，柏雪莱掀翻了桌上的蛋糕，他的手也抖起来："我没有什么需要你保护的，我做了什么我自己会承担，你不用在我面前一直暗示。你走吧，从此我们互不干涉。"

菲儿似乎没料到他会这样决绝，她不可置信地瞪着雪莱："看起来你真对她动心了？"

柏雪莱不说话，菲儿呼了口气，一丝怜惜出现在她的眼里："你歇歇吧，你今天累了，我明天再来看你。"她的态度转变迅速，似乎刚才被雪莱吼过的人不是她。

"你别来，我谁也不会见。"他麻木地说。

菲儿过去捡起自己的皮包。

"你知道，我一向不勉强你。不过还有件事，你大概也有兴趣听一听。谷雨还有个双胞胎姐姐，小时候被火烧死了，听说……那时候她就在跟前，她是眼睁睁地看着她亲姐姐被烧死的。"她脸上的笑意又泛起来，"怎么样，这件事是不是很刺激，难怪你会喜欢她，你跟她，真的很像。"

说了这些话，菲儿才头也不回地走了，顺带将门也带上了。

柏雪莱颓然地坐着，菲儿最后一句话起了影响。他闭上眼，满房间是蛋糕和玫瑰的甜香，他鼻端却是那样浓烈的血腥气。意识深处的一片猩红逐渐洇开……在那越流越多的猩红中，有一双钉子般的眼神，亮而狠，深深地锥着他。

天未亮，柏雪莱就出发，驱车去了水篮街。

水篮街是谷雨出生之地，她对他提过，她在那里度过的童年。那是个安静的小镇，有好看的石桥和密密的小树林，一条河环绕着它们。街上有各种零食铺子和糖人摊子，是她小时候最喜欢的地方。

他没有去找谷雨，却去了她的生长之地。谷雨有过多少男朋友，爱过什么人，那是她的历史，但菲儿的一番话给他的冲击比他预想的要大。"你跟她，真的很像。"谷雨会眼睁睁地看着亲姐姐被烧死而放任不管吗？

他的车疾驶在高速公路上，渐渐地上了小路。窗外早已掠过无数连绵青山，镜子般的水田。他无心欣赏美景，目光凝注于前方。谷雨是什么样的人，他要自己去发掘。

五个小时后，他到了那个叫水篮街的小镇。

确实像谷雨说的，这里安静，却也热闹，是群山怀抱里的一处腹地。他在街头信步走着，街面闲适，店铺鳞次栉比，小孩子们背着书包跑来跑去，家家户户门前都躺着只草狗，懒洋洋地打着盹儿。

谷雨就是从这里走出去的，她也曾背着小书包，跳跃的脚步踏过这小石桥。柏雪莱站在谷雨提到的石桥上想。

不，她的童年没那么快乐，她说过，她不喜欢和姐姐一起上学。所以画面应该是这样的，樱桃背着漂亮的书包，意气风发地走在前面，而谷雨拖着步子，心不在焉，拖拖拉拉地跟在后面。

柏雪莱发现自己在微笑，想象中的童年的谷雨让他满心酸柔，谷雨是那样一个自卑的小女孩儿。

"谷雨？"镇上有一家唯一的琴行，老板架着眼镜正调琴，看着眼前这个气度不凡的年轻男人，说，"你问谷雨？樱桃的妹妹？"

柏雪莱想，果然像谷雨说的，人们提到她都会先想到她姐姐。这么多年过去了，依然如此。

老板说樱桃学的长笛就是从他这里买的。樱桃天赋很好，会吹长笛，跳舞也是一流，那个妹妹谷雨倒是没见她学过什么乐器。

"她俩是姐妹花，一模一样地漂亮，还上过报纸。要不是那个事……唉……"

老板摇头不说了，当年的那场火灾对于全镇人来说都是心里的一个口子，多年无法愈合。老板对柏雪莱说，前面就是那姐妹俩上的小学，让他去那里问。

在学校细沙粒的操场外，柏雪莱找到谷雨当年的班主任。

"你是谷雨的朋友？她出了什么事吗？"谷雨的班主任是个典型的画中老师形象，架着眼镜，烫过的短发一丝不苟。

柏雪莱直接问："当年为什么会发生那场火灾？为什么她们会遇险？为什么……只有樱桃一个人遇了险？"

班主任愣了愣，警惕地盯着他。柏雪莱解释说自己没有恶意，而是谷雨多年来心结都没打开过。

班主任对着天空看了半晌，像在看往事似的。她叹了口气，告诉柏雪莱，两个女孩儿从学校的晚会上偷跑出去，也不知道为什么，跑进了山上的罗家，罗家灶上失了火，把她们一起困在了里面，人们赶来的时候，只来得及救出了谷雨，樱桃就……

班主任站起来，开始在一沓陈年的纸堆里翻，一边说："你既然是谷雨的朋友，多给她解闷也好，那孩子从小就孤僻，跟她姐姐不同。她不喜欢说话，倒跟个校外的野女孩儿玩得挺好。"

"野女孩儿，谁？"

"就是罗家的小七。那姑娘从小无法无天，可惹不起，那一家子都惹不起。"

小七？原来那个小七竟跟谷雨渊源这么深。柏雪莱有些头昏脑涨，这一天下来信息量太大了。

班主任终于找到了要找的东西，是一本旧剪报。她说，本来十几年前的报纸是绝对找不到了的，但她一直觉得姐妹俩上报是一件有意义的事，所以就替她们保存了下来。班主任指着那张旧剪报给柏雪莱看："瞧这对姐妹花，是不是一模一样？"

黑白的旧报纸上，小小一幅画面，樱桃和谷雨站在合唱队前，正接受记者采访。她们穿着一样的裙子，一样地美和娇嫩，但一眼就能看出不同。樱桃果然是传说中的那样，神气而优越，对着镜头，像一只美丽的孔雀。

柏雪莱又是一阵心痛，想，为什么人们总是看到樱桃？明明谷雨是那样可爱，她怯生生地靠后站着，像翅膀淋湿的小鸽子，有点儿瑟缩，有点儿心不在焉。这个表情现在仍在谷雨的脸上留存着。

"唉，谷雨也是可怜，完全吓傻了，后来精神就有点儿不正常了，还看了好久的医生。"班主任又说。

"精神不正常？谁说的？"柏雪莱几乎是愤怒地反问。

班主任自觉失言，便解释说，是谷雨后来就读的中学传出来的流言。谷雨去了外省上中学，但她无心上学，倒是常和男生一起混迹。最离谱的是，她常说自己是樱桃，不是谷雨。

"这可不是有点儿不正常了吗，"班主任叹息着说，"那场火灾对这孩子打击太大，刺激太深。"

走出学校，柏雪莱的步子越来越慢。他的谷雨果然是那样，纯洁，乖巧，内向又怯懦。他想起最初看到的谷雨，那么柔弱，看他的时候，目光中像含着深渊。她对他好，却那么小心翼翼，唯恐说错一句话。他是不是就是那时候对她动了心？在她的目光一直萦绕着他时，当他关心她超过了对普通病人时，就已经开始了。

她怎么可能是个掠夺成瘾的人？柏雪莱还记得在那桃园里，谷雨站在他面前，她燃烧着，却又如履薄冰，那殉情一般的眼神。就在昨天，她对他剖白了一切，然后把他推出门去，也是那样的眼神——经历过巨大苦难的人才会有这样的眼神。

是他缺乏勇气，他太懦弱了。

这样想着，柏雪莱加快了脚步，这个镇子不大，但处处都有谷雨的影子，他每多走一步就像多了解了她一分。他又回到了那座小石桥上，黄昏淡金的光在石栏上薄薄抹了一层，在四周有一些蛙声。

柏雪莱发了一条信息给谷雨："我正走在你的小时候的街道，这里的小石桥果然很美。"

他想了想，又发了一条："我后悔没有早点儿来这里认识你，想现在就去找你，希望还不太晚。"

他把这些信息发出去，似乎把一句最重要的话也讲了出去。他后背仍带着灼烤后的火热，心里却有了清凉。

向晚的风里带来一些音符，像心中有道电流轻轻掠过，他回过头，就看到了谷雨。

谷雨就在小石桥的另一端，她胸口微微起伏，仍在喘息。她一手扶石栏，另一手拿着手机，像看着梦中画面却又不敢置信地，看着他。

你比明天更重要

石桥下流过的水带着好听的潺潺声，鸽子和麻雀争相飞来飞去，画出不同的弧线。飞到谷雨面前，又飞到柏雪莱面前。

两人不过一天相隔，却像分别了数年似的，一时间都千言万语，哽在喉头一样。彼此面对着站立了良久，谷雨问他怎么找来的。

他说："以后你要走就走到这里来，我好找到你。"

谷雨睫毛一闪，湿润了。她在柏雪莱昨晚告别之后，就连夜回了老家。她无处容身，想要一头栽进一个温暖的所在，而她已经好久没有"家"的概念了。

他伸手碰碰她的脸，她看着几只落在栏杆上的鸽子，又将视线慢慢地回到他脸上。有一些东西在这碰触中融化了，他将她幼小的肩拥到怀中去。

这是一个企盼了多日的怀抱，她本是渴望得心都痛了，此时真的置身其中，她却是一片安宁。

最后的夕阳洒下万千点金红跳跃在河面上，两人皆感到晕眩，周围的喧嚣都消了音……不知过了多久，光色收敛，天边的深紫变成了靛蓝。

谷雨在自己家楼下找到一家宾馆，也是住宅楼改的，离她的住处只有一座楼之隔。大院子里边边拐拐地放着一圈盆盆罐罐的大植物小花朵，中间插起横七竖八的竹竿，晾晒着白色的床单，他们撩起一层一层的床单，才走进后面的房间。

一顿晚餐延迟了 24 个小时后，终于又重新摆放在两人面前。没有雅致的桌布，没有鲜花，桌面上有清晰可见的坑洞，摆的也不是昨天那昂贵的红酒和牛排，几个盘子里装着盐水鸭、卤牛肉、花生米，还有打来的两斤米酒。

天已迅速暗下来，谷雨按下灯，刚亮，却"啪"的一声又熄了。

谷雨开窗看了看，说："又停电了，我去找蜡烛。"

柏雪莱起身说："还缺一样东西，你等等我。"他很快出了门去。

等柏雪莱回来，谷雨已把蜡烛都点上了，桌上铺了一块很大的绸布，上面连缀着一朵一朵的花——谷雨将她的裙子铺在了桌上。桌上的两个小盘子里点着蜡烛，她不知从哪里找到两条红绸蒙在上面，屋子里忽然又细致、柔情、浪漫起来。

柏雪莱有点儿恍惚，他将背后的一束花递给她。

是一把簇簇艳丽的太阳花。水灵灵薄嫩的花瓣，粉红鹅黄，在细细的花茎上摇摇晃晃。

"找了一下，这条路没花店，这是宾馆老板后院里种的，我偷了一把，还好停电没人看到。"他笑道。

两人坐在焕然一新的桌前，隔着烛光和一束太阳花，举起斟满的杯子。

"你还要走吗？"他问。

她说："你想让我走吗？"

他抿了抿唇："不。"

摇曳的红烛让玻璃杯折射出霓光，杯中酒便一层一层有了不同的质地和色泽，丝绸般打着皱。她隔着那层浮光润湿的紫红色看他，他的脸摇晃着，眼睛像海一样深。

她说："真美，像海。"

"你喜欢海？"他问。

"海里有人鱼，我喜欢人鱼。"

他告诉她，他下午看到了她们。在一本剪贴本上，她和樱桃像两只翩跹的蝴蝶。这个小镇的巷子特别多，四通八达，走哪条路都可以回家。他在每一条巷子里都走了一走，还有他看到了她的那座小石桥。

她告诉他，每个孩子都曾在那座小石桥上面跑过。如果喜欢谁，就会约人去那里。她跟樱桃每天上学、放学从那里走过时，都能看到某个男生站在那里，迎着风，耍帅地将手插进裤袋。

"等你的？"他微笑着问。

"没有人等我，都是等着樱桃的。"她也笑。

她告诉他她有多么不服气樱桃，樱桃像人鱼公主一样在人群里熠熠发光。而她呢，她总是想和姐姐争，争每一个被宠爱、被赞美的机会，还要争姐姐喜欢的男生。

柏雪莱眼中闪了一下。"你恨你姐姐吗？"他身体略向前倾，脸上是意味深长的表情，"因为周围的人对你们区别对待，所以你觉得姐姐抢了属于你的一切？"

谷雨摇摇头，又点点头，她给自己和他的杯子斟满，自己先一仰头喝了下去："你说得好对，姐姐抢了属于我的一切。我呢，我是个坏人，你不会想知道我做了什么。"

她告诉他，她默默地爱慕着姐姐的男朋友，但那男生眼中却只有樱桃。后来，学校的话剧美人鱼的排练开始了。

她骤然停止了讲述，像站在一个凹型山谷的入口，前面就是那片大火，她眼中露出恐惧。

"说下去。"他轻声说，异常认真，"你总要走过去。"

像融化的琥珀，被包裹在眼泪般的树脂中的往事，艰难地、疼痛地层层化开……她有点儿断断续续，如长出腿的人鱼在刀尖上行走，一步一痛。

"我偷了樱桃的裙子，我破坏了她的演出。然后，我逃上了山。"

她上了山，去了罗家，撞见了正偷带弟弟准备逃跑的小七。火烧起来了，樱桃赶来，保护了她。她眼睁睁地看着樱桃跌落在那片火海里，从此世上再也没有那个热乎乎的身子，那双灵巧的做什么事都得奖的手，再也没有那么美丽的骄傲的笑容。樱桃变成了一只白蝴蝶，一颗流星。但她知道她还没有消失，她经常在梦里找到她。

他有半天没有作声，她的手还被他握在手掌里。即使她酒意上升，肌肤发烫，但仍能感到他手掌的灼热的温度。

"我姐姐死在了火里……"她用破碎的声音问他，"这个故事你可满意？"

他握住她的手放在桌上，用自己的手掌包裹住她的手："人并不能确知自己一时的失控会酿成多大的灾难……你得替她好好活下去，虽然这也许更辛苦。"

"太辛苦了……我不知道活着是这么累的……"她把脸埋了下去。任何时候她将自己重新放置回往事里都像穿越死亡之门。柏雪莱看不见她的脸，空气里只有她声音里的痛楚和颤意："我不该去羡慕她，那根本不是我的裙子，我穿得非常辛苦。"

柏雪莱站了起来，从后面拥住她耸动的肩膀，他的胸怀里一片温暖。

"人鱼从来不是荣耀和光环的代名词，人鱼象征的是痛苦。被忽视、被煎熬、被误解、被抛弃，才是人鱼。每一个海女巫都是人鱼，如果她们有劈开双腿的机会。谷雨，你姐姐不是人鱼，你才是。"

"为什么你会了解？"她喃喃地问。

他的脸俯得那么低，再靠近一分就是她的唇，然而他停在了那一分上。

"我想你跟我是同一种人。"

她呆呆地看着他，摇曳的光影下他一贯的苍白里泛出血色，眼里摇晃着的除了烛光，还有异常深切的类似于痛苦般的浓稠感情。蜡烛缓慢地燃烧，终于烛光一晃，熄灭了。屋子里再度陷入黑暗，柏雪莱没有松开她，他的脸廓在微弱的虚光里是一圈柔和的影子。

"还有……关于阿因，你也愿意对我讲一讲吗？"

谷雨颤抖了，酒意在她的血里蒸腾。阿因，一个云朵一样飘逸、水晶一样剔透的少年。

她颤抖地说到和阿因的相识，他给她编的绳结，他们唯一的那一夜……还有，他们曾有的孩子："阿因走了……我流产了……那天就像今天这么黑，也停电了，天黑得连一颗星也没有，月亮是红的，小七背着我，阿因的孩子就那样没有了，一滴滴地流出来……"

她无声地抽噎着，柏雪莱的胳膊也有些发抖，他将她更紧地抱住。

"老天太过偏爱，才这么早召回了他们。"柏雪莱说，"这样好的人，不该属于这世界。"

她靠在柏雪莱的胸膛上，感受到他那么暖而坚定地护卫着她，她的手指扣着他的前胸，他的心跳就在她的手指下有力地跳动着。

"你会丢下我不见吗？"她瑟瑟地问。

柏雪莱紧紧地拥着她，屋里黑沉沉的一片，但他那样深、那样深地凝望，真像从灵魂内核望出来，带给她一片光明。

"从今天起，我要一直带着你。"

谷雨整夜不眠，她似乎听到轰轰隆隆的声音，像火车，巨大得不可阻挡地，碾压过来。这一件事已不可控、不可挡，没有什么能阻止它的发生，也没有什么能让它减速。

从今天起，我要一直带着你。

第二天一早，她开了门便看到柏雪莱。不再是他的信息，他的人就在门口。发红的眼与兴奋的脸。她一夜没睡，他也一夜没睡。

"早。"他对她说。

"为什么这么早？"

"怕我又晚一步，你又不见了。"柏雪莱说。

两人去吃早餐，镇上的豆浆和小烧饼都是特色，他吃了很多，她却食不下咽，一口就饱了。她只想看着他，看着他，他便把她的盘子拿过去吃。

整整一天，他们做一切甜蜜又幼稚的事，镇上的娱乐都是几年前的，他们便不亦乐乎地玩着那些过时的游戏。在路边套圈儿，拿着儿童钓竿钓鱼，捞了鱼苗放在彩色的塑料小盆里，再一起倒掉。甚至去拍大头照，在盖了幕布的棚子里，两人端端正正地坐着，好像小学生拍毕业照一般。

照片出来，他长眉朗目，她窈窕娇媚，但两人皆一脸严肃，正襟危坐，一副大气不敢喘的样子。她笑着收起来不让他看，他追着她要，两人一路跑进树荫深深的花丛里去。

阳光像透明的蛋清一样流淌，几朵白云生生地在半空中驻足。碧空里横过几根电线，一只麻雀凝驻其上，像五线谱上的一个音符。柏雪莱眯了眯眼，他第一次不那么反感明亮的阳光了。

初夏的晚风暖洋洋的，他们已玩儿了一整天，仍旧精神抖擞。他们已走到她家楼下，她依依不舍。他告诉她明天还来，她仍是攥着他的手。

他俯下脸，吻了她。

长长的晕眩，像柔软的丝绒一般包围住她……他的吻和她想的一样轻柔而纤细。她仰着脸全心全意地承受着这个吻，眼泪流下来，仍是小心翼翼地，唯恐碰坏它。

他走了，她在窗口看着他高高的肩头快要转过街角，一股热望忽然升起来，她脱口叫他："柏雪莱！"

他听到了，站住了，他回身，微笑着看她。

她一言不发地奔下楼去，跟随着那股疯狂，睡裙的带子在风中飞舞，夜静如水，被她带起了一股热和潮湿……她跑掉了一只鞋，一直跑到他面前。她美得像一束喷薄的火焰，不可思议的光照在她身上。

他被她的美带得呼吸一窒。她一言不发，踮起脚仰面去吻他。他身体的紧绷消失了，他很快有了回应，热烈地回吻着她，胸膛的起伏也大起来。

"我不要明天，我要今天。"她在唇与唇、舌尖与舌尖的缝隙里说。

他抱起光脚的她快步走回去。

于是一切随之而来，像冰激凌融化，像成熟的花房绽开，蜜蜂随之刺吻而入，痛与蜜哗然淌开。

4　陪着我长长的夜到尽头

他们整夜缠绵在一起，她离不开他，他也离不开她。柏雪莱是个温柔的情人，有最细腻的吻和拥抱，而他激情的进攻也是无与伦比的。她所有的感官都被打开，每一个毛孔都在呼唤，每一声他都听见了，用无穷的精力和热量回应着她。就是这个感觉！这是爱，这是爱！她像激流之上不停旋转的一片落叶一般，沉沉浮浮，恍惚着、沉溺着，同时也飞扬着、荡漾着……这是爱情带来的幻象吗？他便是那个手握魔法的人，令她昏昏欲睡，也令她尖叫与呐喊。

安静下来后，两个人都湿漉漉的，他趴着，她伏在他身上，抚摩着他一层汗下微微抽搐的后背，他的身体年轻而健康，有着成年男子的魅力，还有着少年的青涩。她心疼无比，不知道怎么爱他才好。

但她仍是不放心的，像所有的女人一样，她问他："你为什么喜欢我，你真的喜欢我吗？"她想起，他们已经融为一体，她对他什么都敞开了，他还没有对她说过"爱"。

他已经有了点儿蒙眬睡意，手指插进她的长发里，抚摩着她光洁的肩头："为什么要怀疑？"

她将头搁在他胸前，小鹿般蹭着他，她心疼他，又舍不得就这样放他睡："那……你对我是哪种感觉？"

他睁眼，像看个任性的小孩子，笑了："你问过这个问题了。"

"可是……你不觉得我的过去是不堪的吗，我是一团乱麻，一池子脏了的水。"她执拗地问。

"傻瓜。"他彻底醒了，看到她亮晶晶的眼睛睁得大大的，因为没有得到一个肯定的回答而惴惴不安。

他细长的手指摸摸她的头："不管你的过去是什么样，我都谢谢它。过去的那些事造就了现在的这个你，我谢谢那些你走过的路，是它们把你送到我面前来。"

她将脸贴在他胸前听着这些话。

他有些犹疑起来，以为她心里有委屈："也许我不够好……对不起，我怕我不够像阿因那样……"

她立刻吻住他的嘴，不让他说下去。她忽然就不想要答案了，揭晓了答案，无非意味着告别或开始。而这一刻这么好，即使是幻象或是被下了更深的蛊毒，她也要拼尽全力地渴求着。

于是时间过得飞快起来，像插了翅膀的飞马拉车，每一秒都在云上起舞；时间同样也缓慢无比，像一步步犁开春泥，每一步都要犁出深深的印记。在这炽热昏盲的热恋中，每一个刹那都天荒地老又转瞬即逝。

从水篮街回江洲的车上，柏雪莱一手握着方向盘，一手握着她的手。车子开得缓慢，但两人都舍不得松开。这是心旷神怡的一次归途，两人水乳交融，正是最浓情蜜意的时光，皆感到无限美好，往日的青山寂寂，如今多了飞鸟一路跟随，等到落日沉下，一弯月便始终贴在窗外了。车灯照出前面那条黑黢黢的路，他们巴不得路就这样一直向前延伸下去。

她问柏雪莱："谁给你起的名字？"

"我妈妈。她喜欢诗。"他说，"找个时间带你回去见见她。"

她想，一个爱读诗的母亲，一个家教严格的父亲，他们家的儿媳妇应该是什么样？至少要知书达理，有一份拿得出手的工作，一帮情趣高雅的朋友；至少不是个有过好几任男友，靠在酒吧做公关混日子，未婚生子的女人。

见她犹豫，柏雪莱皱起眉："你又在胡思乱想了，她会喜欢你的。不过我离家后很少回去，这几年见她很少。"

"本来她希望的媳妇是文菲儿，是不是？"她咬着唇问。

"菲儿说的？"他诧异地扬了扬眉。

"我知道你跟菲儿认识很久了，你们一起长大，长辈们都希望你们在一起。她父亲，你父亲。"

"那怎么可能。"他断然又有点儿好笑地说，"他父亲会希望我们在一起？他父亲是……"他忽然顿住了，她等了一会儿，他才说，"别通过菲儿了解我，她是个错误的对象。"

她不再问下去了。

他们现在每天都在一起，日子甜得让她心里发慌。柏雪莱的爱稳定而从容，浪漫却有序，能将激流融成涓涓细流。他仍在医院工作，谷雨不太去医院找他，他会在下班后来她这里，和她一起做饭，再一起度过整个夜晚。

谷雨厨艺并不如她自己说的那样好，但她努力地学习着，雪莱每天踏进她的房门，扑面而来的便是温馨甜蜜的气息，饭菜和水果已摆上桌，水池已洗刷干净，她穿着家常的棉布裙子，投进他的怀抱。饭后两人一起看碟或者去江边走一走，手牵在一起，看着老人、孩子和各种猫、狗，沿着江堤跑来晃去。

早晨他睁开眼时，谷雨已将他的衣服搭配好了，她在床边细心地给他系上扣子，还帮他把头发梳理整齐。他不由得失笑，说："你像个小母亲呢。"

她说："女人爱男人，就是怎么样都觉得疼不够。他再幸福，她都会觉得他在受委屈。"

柏雪莱抱住她深深地吻下去："好像已经和你活了一辈子似的，你太像个家了。"

她在他怀里悄悄笑了。原来爱一个人是这么快乐，给予是这么快乐。原来爱就是，已使尽了力气，但仍觉得有源源不断的力气还没使出。一切都付出给了他，她却觉得更幸福。

但她仍恐慌着，即使她已给他这样春风化雨般的爱，她仍是觉得不安定。她从没有这样的安心，又从没有这样的不安心。

"又在想什么？"柏雪莱在她对面，给她的杯子里斟满茶，一面好笑地问她，"你跟我在一起，时时刻刻都在发呆。"

"雪莱。"她咬着吸管叫他，半路想起什么又把话收了回去。

"什么？"他问。他不知道她这一肚子的心思，看着她频频举杯，只觉得她似乎特别高兴，又像是有很大的哀愁。

她摇摇头,一口气吹进吸管里,像把一个问题吐了进去,杯子里咕咕嘟嘟喷起大大小小的泡沫:"你会不会后悔?"

"我只后悔我们浪费了太多时间。"他说。

她的眼睛里不知怎么已蓄满了泪水,像满盈的湖水摇摇欲坠,摇一摇便要掉落。他既诧异又惶恐,她抓住他的手掌,将脸贴上去,泪水便流到他掌中。

"怎么回事?告诉我。"他的声音里带着心疼了,虽不明就里,然而还是心痛了。

"没事,我高兴。"她说。

他松口气,不安却没有消失:"你高兴会哭,不高兴也会哭,你是我见过最爱哭的姑娘了。"

"很多姑娘在你面前哭?"

"很少很少。"

"骗人,菲儿说你常把人弄哭,还从不哄人。"

"又是菲儿?我说过了别拿她的话当真。不过我是不怎么会哄人,现在我要学习了。"

她含着眼泪笑了,一个笑刚刚成形,又是两行泪珠掉下来。

他在心里叹了口气。

她几乎立刻就听见他心里叹了口气。

"你不明白……"她说,"我心里觉得好感恩。"

这句话让他动容了,他握住她的手。竹子的阴凉遮在她身上,她像叶片一样轻盈,眼里含着倒映的湖光。

他仍是看不见她心里的酸楚,但他至少明白了,是爱让她薄如蝉翼。

"再跟我讲一点儿,再讲一点儿。"他总是这样要求她。

她不知道,为什么他对她的故事这样地感兴趣,听了又听。他沉默的个性忽然变得积极而强烈,对她身边的每一个人都充满好奇。

"小七，是什么样的人？"他问她。

"是跟我完全不同的人，她一直在保护着我。"她告诉柏雪莱，从小时候起，她就那样地想跟随小七。小七身上的邪恶、暴力，还有不可捉摸，都让她着迷。

"我们曾抢过同一个男人，他叫霍思垣。"她回忆着那些往事，露出微笑，"我去了白桥后，小七在我附近住了两年却不让我知道。她说她靠近我对我没好处，会把我的好日子搞砸。她说她的世界里没有爱这个字，也没有那回事。后来，她在大火里失踪了。"

柏雪莱长长地出了口气："谷雨，你身边的人都那么不真实，你活在一个曲折又悲伤的故事里。"

"我相信她的一切，我知道她是不会死的。"谷雨喃喃地说，又加重语气想说服柏雪莱相信，"她一直保护着我，其实她自己最需要保护，她没过过什么好日子，命运总是跟她过不去，她也跟自己过不去。我不可能不等她，不等她回来。"

柏雪莱不说话，像陷在深深的思索中，眼中像积满了雾一样浓重。

他眼中那时时会出现的忧郁让她的心又重又痛。她百般疼爱，想逗他开心，他每一根头发丝她都恨不得熨帖到。两人在一起后，柏雪莱不让她再花钱，他的收入尚可，提出负担她的房租。她便随着他了，被他负担的感觉是多么幸福。而她其余的钱也都花在了他身上，给他买衣服，给他细心制订日程表、健身的时间、吃饭的时间，红、黄、蓝笔做下无数记号。他那些小兴趣她都记得，如果多了一样，她就会研究一番。

他们静静地躺在那里，两人呼吸交融。他说："从没人这样对我。"

"我以为所有人都会这样对你。"她说。

他轻轻一笑，说实际正相反，他在家中其实是被冷落的。而他母亲的爱则带着补偿性，让他有点儿吃不消。

"为什么你说我们是同一类人？"她问。

"你真的想知道？你不会想知道的，"他自言自语地说，"每个人心里都有块黑暗之地，那里生长的不是健康的庄稼，不能收割。"

"你是什么样的人我都爱。"她说。

他仰躺过来，张开手臂让她钻进他胸前贴着他："我的家庭跟别人没什么不同，我父亲……是个很严厉的人，我相信他并不爱我，就是你们说的那种爱，孩子们渴求的那种关怀和宠爱。"

"为什么？"她问。

"我想，他更爱我弟弟。"

"你有个弟弟？"

"对，就像你有个出色的姐姐，我呢，我有个出众的弟弟。"

"哦？"她手指勾着他的耳朵边轻轻搓弄，"有多出众？很聪明？"

他略略沉思了一下。"老实说，我弟弟是我见过的最聪明的小子，他从小骄纵，不服规矩，是个混世魔王。但比脑子，没人比得过他。"他一边思索一边说。

"你们兄弟俩关系不好吗？"她问。

他又想了想，这回思考的时间更长。"他跟我不在一个地方长大，从小受过不少苦。我试图修补，但不知道有没有机会。"他苦笑了一下，"很傻吧，一个男人不该计较这些。"

他的眼里还有着残痛，眼底亮晶晶的，这个表情让她的心都拧痛了。他们果然是同一类人，同样有着被冷落的童年和少年，有着一样的病与苦。

"让我来治疗你。世界上所有的爱都该给你。"她紧紧拥抱着他。

他以更大的气力和热情回应着她："你已经治疗我了。你让我勇敢，甚至敢于再去相信一次命运。"

音响里慵懒的女声悠悠地唱着，将缱绻的情调流到每个角落。

你知道这一生，我只为你执着

不管他喜还是悲，苦还是甜，对还是错

等待你慢慢地靠近我

陪着我长长的夜到尽头

一直到天长地久

床边是阮姐送她的本子，她曾写下一句话：世界上会不会有第二个阿因？抓住他就是抓住了命运。

她看着，看着，拿笔画掉了那一句。

她不想要答案了。她的爱情已彻底怒放了。

"但是韩默愈呢，他怎么解决？"阮姐问她。这是江洲近郊的一处度假村，目之尽处皆是绿色。阮姐找到关系，价格很低地订了个套房。

阮姐这两天有点儿心事重重的样子，窗外蝉声轰鸣，她的睡衣却裹得很紧，一杯杯换着热水，脸色也有点儿憔悴，却仍是烟不离手。

"没想到你这么强大的人也会生病。"谷雨一边给她找药一边说。

阮姐苦笑着说："我已病了很多年，本以为久病成良医，现在才知道，症结不解，一切都是空谈。"

阮姐虽虚弱，话却比平时稠。问了谷雨跟柏雪莱的近况，又问她家里的事与韩默愈的事。阮姐轻轻地咳嗽着，将眼前的烟雾驱散："谷雨，你这股为了爱不要命的劲头真像我年轻的时候。"

"你就是这么不要命，才终于赢得了胜利？"谷雨问她。

"不一样，我那男人没有精神世界，他不看心，一切要真真切切拿到手上他才承认。他跟我是一类人。"

"你跟他有孩子吗？"

"没有，我自己的小孩儿也是个讨债鬼，架不住再添一个了。"阮姐愤愤地说。

谷雨不由得一笑，阮姐说起孩子的口气便跟天下所有的母亲一个样了。

阮姐建议谷雨，不如先和雪莱订婚："既然你已经决定离开那个老韩了，不如速战速决。这种事不宜拖，好不容易遇到爱的人，他也同样爱你，每一分钟都要抓紧。"

谷雨有点儿犹豫，她不是没想到，但要办的事还有那么多，她还没有告诉父母，还没有对韩默愈交代，她还没有等回小七，那些生命里最重要的人，不该错过她最神圣的交托。

"父母只会为你高兴。韩默愈那边，为了足够地尊重他，你应该当面对他说。至于那个小七，我也希望她能回来，让我看看是怎么个神仙人物。"阮姐淡淡地说。

终因情重负美人

但相对于韩默愈，谷雨更难以面对的是文菲儿。

酒吧里一阵一阵的喧闹，正是世界杯进行到如火如荼的时候，酒吧里聚满了人。

菲儿说："我真不知道这些球有什么好看的，每天都被吵得头疼。"菲儿看上去也像有心事的样子，饮料一口未动，蹙着眉，手指无意识地在桌上画来画去。

谷雨咬咬牙，深呼吸一口，说："菲儿，我跟你说一件事。"

人们忽然一阵欢呼，口哨声和玻璃杯撞击声响起一片。一名蓝衣球员正射进一球，大屏幕上多角度回放着那张英俊的激动若狂的脸。

菲儿将目光收回，说："你要跟我说你跟柏雪莱在一起了是不是？"

谷雨没料到菲儿这样直接，紧接着想，菲儿不是一般女生，跟她兜圈子反而对不住她，便说："是，菲儿，我想说对不起。"

菲儿哈哈笑起来，像听到了一个精彩的笑话。她的笑声混在酒吧的喧闹里几乎分辨不出，只能看见她挑高的眉和上扬的嘴角。

"你为什么要道歉？我跟柏雪莱一天的情侣关系都没有。"菲儿大声说。

"可是……你说过你们很好，而且长辈们也希望你们在一起。"谷雨也不得不抬高声音，这样的环境里谈论什么话题都显得很热闹。

"柏雪莱可不是那么好喜欢的哦，他心里对过去的事记得太深了！"菲儿很快地说，"我也不是没想过，如果真的没人领走他，我就做个好事收了他算了。"

"所以……"

"所以，你要是喜欢他，你领走咯。"菲儿耸耸肩，对她举起沉甸甸的玻璃杯，自己先将啤酒一口喝下。

晚上柏雪莱来谷雨的住处，两人一起包饺子。谷雨手中拌着一碗面，不自主地一眼一眼去看那一面珠帘后的雪莱。关于阮姐的提议，她已想了又想，而菲儿的态度也让她有点儿不安。

柏雪莱的兴致比她好，他面前除了一堆饺子，还有几个歪歪扭扭的小面疙瘩，捏成可笑的兔子和小熊。

"剪刀给我。"

谷雨把剪刀递给他，柏雪莱飞快地将一小团面在手中揉成椭圆形，再剪出一格一格的小尖角，类似于身上的毛，他专心致志于手里的玩意儿，最后他找来两根火柴，折断，将火柴头的小红头插进去做了兔子的眼睛。

雪莱回过头，见谷雨靠在门上，腰上的围裙还没有解下，正若有所思地看着他。

他愣了一下，怪有趣地瞧着她手中的拌面："你在搅糨糊？"

"我有件事要跟你说，你要是不愿意就当我没说。"她笨拙地开头。

柏雪莱将手中的小兔子放下，起身接过她手中的碗。

"要是你想说的是我心里想的那件事，那应该由我来开口。"

"你想说什么？"她问。

他温柔地环住她，呼吸擦着她耳边，她耳垂痒痒的，心里也痒痒的。

"明天你就知道了，我有礼物给你。"他声音里带着笑意，将她的脸转过去，亲了亲。

门铃响起，有邮包上门。谷雨看看名字，却是给柏雪莱的。她笑："你的收货地址已经是我这里了吗？"

柏雪莱接过那个包裹得长长的匣子，也笑道："哪儿有人知道我在你这里。"

他拆开包装，脸色变了变，笑容凝固了。

谷雨过去看，雪莱已"啪"地盖上了盒盖。

"是一些医疗器械。"他说，"大概看我不在家，转到你这里来了。"

接下来他们平静地吃晚饭，谷雨觉得气氛变了一点儿，柏雪莱明显有点儿情绪，但他很好地掩饰着，不让刚才的小插曲插进他们之间，但她知道他是不悦的。

"你真的有礼物要送我吗？"她问，小猫般地腻在他身边坐下。

"真的。"他握住她的手送到自己的嘴边，"我不会让任何人阻挡我。"

她本是一个小小的撒娇，却引来他这么严肃的承诺。他双眉紧蹙，手和声音都很重。她抚着他的眉毛，想将它们抚平。而他并没看她，他眼睛很深，像看着心里的一个决心。

第二天谷雨果然收到了礼物，快递员在她门前放下了一个大纸盒子。

她打开便惊呆了。柔软的棉纸里是一块闪耀的料子，在灯下一圈圈地荡着水波纹。她小心翼翼地拈住一角，两手托起来，像一匹瀑布哗然流淌在手臂上，她眼都看花了，从没见过这样洁净又华丽、像星星一样的裙子。

附上的请柬上是一家酒店，图片上是草坪上列好的白色桌椅、粉色和紫色的气球墙。小卡片上是柏雪莱一手漂亮的墨笔字：公主自有她的衣裙，请做我最美的人鱼。

日期是十天后。那是谷雨和雪莱在一起一个月的纪念日。

谷雨将裙子挂好，就那么痴痴地看着，他竟已安排好了一切。这又是一个魔法，而命运的魔杖终于点中了她。

一直到阮姐来找她，她仍处在神思恍惚里。

阮姐的精神、气色都比前几天好了很多，站在水帘一样的晚礼裙面前也看了良久。

"这么美、这么适合你的裙子，为什么不穿上？"

"我不敢。"谷雨说。

阮姐微微地笑了："谷雨，你有时候真让我揪心。"她把裙子拿下，搭在谷雨身上，比了一比。

"让我来想想，有没有更相配的东西。"阮姐说着从自己脖子上解下了一条链子。

是很古旧的款式，细细的金链条已有些发暗，系着一个红宝石的坠子，鸽血般深红，小小的一颗，却沉甸甸地在手背上投射出水波般的倒影。

阮姐将红宝石郑重地递过去："这是你的了。"

见谷雨吓得连连摆手，阮姐正色说："这条链子本来是准备给我儿媳妇的，可我估计那个浑小子……也不知道在哪里浪荡。我愿意看到你幸福，谷雨。"

"你留给儿子的东西，怎么能给我。"谷雨仍在哆哆嗦嗦地推让，阮姐将手掌压在她手上。

"你听我说，他是个值得托付的人，你等了这么久，终于等到了。这个链子算是一个见证。答应我，嫁给他的时候一定要戴着这条链子。"

红宝石映照在白色的丝织物前，宝光闪动，细腻又婉丽，像花瓣上流淌的蜜。

阮姐走后，谷雨将所有的蜡烛都点亮了起来。她脱了鞋，穿上了那条裙子。她光着脚轻轻舞动，从前厅舞到阳台，又从阳台旋转到床边……明天这个时候，他们会并肩站在草地上，手牵着手出现在他的朋友们面前。这是他们的订婚宴……她会将自己的手郑重放置于他掌上，他会合起手掌，带她走向人群……人们会笑着涌过来，把丝带抛到他们身上……远处会放烟花，切蛋糕，吹气球……她在摇曳的烛光里，看着晃动的光影里自己如水波一样的肢体，像在母体里一样滋润，又像气泡一样轻盈、舒展，无知无觉而又拥有一切……曾经受过的苦都离她而去了。她知道，生命中最幸福的一夜即将到来。

服务员已过来催了两次，这时索性顶灯全开，同时一首《回家》的萨克斯响了起来，两个负责打扫的阿姨便扫帚、拖把全上阵了。

“走吗？”莲子问。

韩默愈招手叫服务员埋单，他眼中有点儿血丝，浓眉全蹙在一起。

听了这样一个长长的故事，韩默愈也实在是无话可说。

夏夜燠热，韩默愈看着街灯下拉长的影子，半晌苦笑道：“我总以为我历尽千帆，谷雨也是，看来……我还是不够了解她。”

莲子想，如果再说出后续的事，韩默愈怕是不能再这样冷静了。她调整自己的语调，想让自己也显得同样镇定。

“后来他们分手了，”莲子说，“我不清楚具体原因。”

“哦？”韩默愈这回实实在在地诧异了，“为什么？他们不是……相爱吗？”他吐出“相爱”两个字就像齿间咬着一块石头。

“似乎是柏雪莱忽然就失踪了，在他们相识一个月的那场订婚舞会上，柏雪莱没有出现。谷雨穿着那条裙子等了他一整晚，可是他一直没有来。”

韩默愈思索着，他吃惊这故事会有这样大的跌宕和波折。而谷雨那几天的日子，韩默愈不敢去想象。

至于那个文菲儿，他决定去拜访她。

手机铃声响起，韩默愈接起听了几句，脸色更凝重了，他对莲子说：

"市局正在找我，似乎他们有了线索。刑侦科。"

补着渔网的手指忽然一跳，一阵刺痛，谷雨抬起手，看看两个正在流血的指头。错落的网格里不知怎么挂上了两个倒钩，小而锋利，混在那一堆浓重的绿色线绳里。

她将那一堆渔网"呼啦"一声丢在地上，丧气地抬头看看。已是 8 月，海水不像盛夏那么碧蓝，附近的船只和礁石一样一动不动。

吴老太太正给大新收拾衣物，两件衣服洗了又补，这时远远看着她说："想家里了吧？"

"能活着回去再想吧。"谷雨说。

吴老太太叹口气："我去兑换市场给大新换双鞋，顺便给你拿点儿药。"

谷雨将晾好的衣服收进屋，换了猫食，大新忽然匆匆跑过来，老远就看到他一脸惶急。他身后跟着两个人，抬着个担架，担架上躺着吴老太太。

"我妈摔了！"大新说。

谷雨一惊，站了起来。

吴老太太是在海滩上滑倒的，伤到腰和腿，几个人把她架到床上去，老太太脸都疼抽了。

"你还不送她去医院？"谷雨大声说。

大新试着去搬动他妈的身体，稍一碰老太太就痛声呼叫，大新说："她这样上不得船，我去镇上找个医生。"

此地的人病了，一般是去佟哥那里弄药。若再不好，就要坐船去附近的岐山镇找医生。

吴老太太撑起半个身子对他喊："不用请医生了，你去拜拜树公，给我去挂个红绳就行！"

"你就好好躺着！"大新对他妈吼，"挂什么红绳！"

大新走了两步又回头，看看谷雨，欲言又止。

谷雨说："我会看着她，你放心！"

大新表情松动一点儿，转身跑了。

谷雨将老太太扶回枕头上去，老太太费劲地转身，气喘吁吁地说："请一趟医生好多钱……拜拜树公就行了嘛。"

谷雨安慰她，看病的钱不能省，大新这么孝顺，必定能替她弄得好好的。老太太难受得哼哼唧唧，忽然伤感起来。

"这副老骨头死了倒也不怕，我有儿子送终。"她丢遗言似的，喘了一阵，忽然压低嗓子说，"他们已经放风出去了，外面的人已经知道了你在这里，你要当心。只要能挨过这一阵，就能走了。"

谷雨悚然一惊，谁是"外面的人"？她要"当心"谁？吴老太太很少说这样揭底的话，一定是大新透露了什么。

她颤着声音问："放什么风？他们告诉了谁我被困在这里？"

吴老太太却自顾自地嘱咐她："你回去以后，眼前的别扭别放心上。小两口儿过日子，不能太好，人就这么一点儿缘分，感情太好了，路就会短了。"

谷雨被老太太触动，忍了忍，终于说："我要不起他。"

她还记得那个噩梦般的晚上，她和柏雪莱认识一个月的小型宴会上，草坪与花环、舞着的人群和隐隐的笑语，都跟图片上一样美好和模糊。

她穿着那件美丽的白裙子，静静等候着柏雪莱。朋友都来了，文菲儿坐在前排，然而柏雪莱始终没有来。时间一分一分、一个钟头一个钟头、一整个晚上过去了，她的嘴唇已经褪了红色，脸也越来越苍白。柏雪莱始终没有出现，他的电话打不通，也没有任何消息传来。

她终于急了，跑出去找他。他家中无人，也不在医院。她沿着街奔跑，身边的那些酒吧、露天茶座里聚满了人，那该死的世界杯决赛刚刚结束，余热未尽，似乎全世界仍沉浸在那比赛中。她从光着膀子、穿着拖鞋、喝着啤酒的人群里穿过去，从夏夜黏湿的气流和嘤嘤的蚊虫中穿过去，夜风黏在她湿乎乎的脸上、身上，泪与汗也一起黏了上来。世界忽然又变成了一个无底的黑洞，她又跑在那个遥远的噩梦里。

阮姐打开门，看着门口披头散发的谷雨。谷雨像一片叶子摇摇欲坠地贴在墙上，头顶的灯光刺穿了她，她像马上就要死掉一样。

而阮姐竟也一夜没睡的样子，双眼浮肿，红丝像干涸土地的裂纹一样爬在眼膜上。在黎明的熹微光线里，阮姐的脸显得苍老，还有点儿可怕。

"柏雪莱不见了，我……我找不到他了，他不见了。"她奄奄一息地说。

阮姐叹了口气，并没有问她发生了什么，只默默让开了门，让她进去。茶几上的烟缸里烟蒂满溢，旁边有一瓶酒，已差不多见底，她端起来一饮而尽。跑了一夜，她渴极了，累极了，心中完全乱了章法。

谷雨第二天一早又去了柏雪莱的房子，这回她找了物业去开门。房里有点儿凌乱，他是匆匆离开的。她不知道自己要找什么，盲目地翻检了一通。她的手停住了，柜子下露出一个狭长的盒子，她认出那是柏雪莱在她家收到的邮包。

带着一点儿可怕的直觉，她将那个盒子打开，里面是一根用透明塑料布包裹的木棍。

非常普通的木棍，但分量也颇沉。棍身上斑斑点点有一些暗褐色，棍头上凝聚得更多，残留的一片积成了黑色。

她双手颤抖起来，她忽然想到，这一片暗色是什么，是血迹。

柏雪莱受到了胁迫？有人把这带血的棍子寄到她家，是在暗示什么？有人不想让他们在一起？是谁？到底是谁？

她手忙脚乱地把棍子收好又放回原处，窗外忽地下起了暴雨，她像个落汤鸡一样失魂落魄地回了家。

到了下午她又赶去，想把那棍子再拿出来，如果柏雪莱有什么不测，她可以拿那个报案。

可是，那里却空了。仍是一地杂乱，并没有人来整理的痕迹，但那根棍子却不见了。不过半天工夫，连着装它的盒子一起消失了，如同那里从来没有过那样一件东西，如同一切都是她的幻觉。

她呆呆地坐在那一地狼藉的冰凉的废墟里。

我的小七

外面一阵急雨般的脚步，谷雨回过神，去打开门，果然是大新，他也真的拽了个医生来了。

医生年纪不大，身材瘦小，白净的脸皮上戴着副眼镜，一副又精明又不耐的神气。大新在前面引着路，勺子照例小尾巴似的跟在后面。

这医生是岐山镇诊所的，他嘟囔着说他才从外地培训回来，没歇口气就被拖来了。大新赔着笑脸请他进屋，他进了吴老太太的屋子，朝四面一看，脸色就一变："怎么又是这里？你们这家人病还真多！"

大新脸又黑下来，他不会作假，眼里分明有怒色，脸上勉强挂着一个笑，请医生去看看吴老太太。

谷雨给他们让座，她自己去了外面，刚才的思绪、回忆乱纷纷的，碎石片一样剌着她，她得去吹吹风。

大新出了屋子，见谷雨坐在老太太平时煮海蜒的小凳子上，背影伶仃。大新想说点儿什么，但无论是道歉还是安慰，都找不出合适的词。终于他还是进了屋，随她独自去面对那片层层叠叠、同样孤独的、悲伤的海。

那几天她魂不附体，除了每天出去乱转，就是躲在阮姐的房子里。她无以为靠，又抱着指望，希望柏雪莱会回来找她。她去过仁杏医院，看到了柏雪莱交给医院的辞职信。他甚至没有耐心等到领导批示，就已经走了。她手机信箱里有一条柏雪莱的语音留言，低抑而清晰的三个字："对不起。"这几天里她把那条留言听了一千遍一万遍，确信那是他无疑。他是安全的，只是丢下了她——在他们最好的时候。

他曾说每个人都有过去，是过去才造就了现在的她，是她过往的一步步，铺成了这条通向他的路。他曾说从今天开始，他要一直带着她。

言犹在耳！

阮姐一直陪着她，看她像全身的血、全身的骨头都被抽走了似的，像一个废人躺在坟墓里，水也喝不下一口。

阮姐从来都和颜悦色的脸上多了几丝皱纹，她忙碌个不停，不停地接打电话，做一些指示。谷雨偶尔从自己的黑暗里略略回过一点儿神，问阮姐怎么了？阮姐说，接到消息，家里出了一点儿事。

谷雨没有问下去。各人的生命都是苦的，她们都苦苦熬着自己的那一份心血。

几天后阮姐告诉她，要出海去办个事，在东边的小海岛有一所小房子，问她要不要一起去。那里是中国的最东边，很多小海岛还没有开发，人很少，很安静。

她几乎不考虑就点了头，现在只要有个地方让她投奔，就是北非她也去。

阮姐轻轻笑了一下，笑得有点儿苦："傻丫头，逃避只能帮你疗一时之伤。不过，有一时是一时。"

她们启程了。

从大巴换上客轮，又换了一艘小客轮后，同行的游客便渐渐少了。谷雨连续两晚睡在客舱里，在船身的微微摇晃里入睡，昏沉，多梦，像摇篮，又不知所踪，无所归处一样。阮姐说，这就是旅途的好处，人不属于任何地方，也不属于任何人，这是脱离命运的时候。睡吧，我们明天还要再换一艘船。

她不想问她们要去哪里，去哪儿她都无所谓。她们下了客轮，又登上一艘渔船，船上只有她和阮姐，外加两名船夫。她问这船是租的吗？阮姐轻轻一笑："这船是我的。"

阮姐登上小船后就跟换了个人似的，本来一直是个慵懒的贵妇人，现在却像一个骁勇的当地人，看起来熟门熟路，跟船夫拿谷雨听不懂的土话交谈，时不时地爆发出一阵豪迈的大笑。

"看，快看，"阮姐轻轻推她，"海浪。"

什么？她看着昏黄混浊的海浪，忽然浪头一翻，像是神仙的手指轻轻一画，海中出现了一条明显的分界线，骤然翻出了真正的碧蓝，通亮透彻，如练，如洗。

"中国的海，这一片是最蓝最美的。"阮姐指给她看。

谷雨顺着这浪头看过去，海域是一整片的湛蓝，一层层砌上去，天空也亮起来，天与海互相辉映，像琉璃缸中的蓝宝石。

"你以前来过？"她问阮姐。

"何止来过，我男人以前是当兵的，就驻守在这一带。"阮姐说着拿出了一瓶白酒，斟了两个杯子，递给她。她们就在微微起伏的浪头上碰着杯。

"我们要去的地方，是怎样的？"谷雨问。

"很清静的地方。"阮姐说，"那其实是两个岛，之间没有架桥，渡轮要开上20分钟。它们离得不是很远，却是两个极端，一个怪石林立，另一个繁花似锦，像一个男人和一个女人，终生望眼欲穿，但却无法融合。"

海面细密的白浪泛开，两个渔夫默默操纵着船，黧黑的脸上毫无表情。

"我从没跟你说过我的故事，你也没有问过我。"阮姐说，"我实际上是有很多话想告诉你的，因为当你知道一切，也许会减少一点儿对我的恨。"

"什么？"谷雨一惊，"我为什么要恨你？"

"我曾是一个男人最好的作品，他训练我，改变了我。为了跟他在一起，我众叛亲离，不顾一切，就像从那个百花盛开的小岛，投进那个孤独的荒岛。但我错了，有种人是焐不热的，女人太厉害，反而让他们猜疑，甚至不惜毁掉爱过的人。谷雨，我是真的很喜欢你。如果不是因为你的底细，我真想跟你做一家人。"

她眼花缭乱地听着阮姐说着，想问什么，却开不了口了。阮姐的脸像在一个旋涡里，不停旋转、扩大，忽远忽近，在她最后的意识里是阮姐的叹息。

屋子里忽然吵起来，大新和那医生的嗓门儿都变大了。谷雨将锅盖合上，又将脸抹一抹，现在并不是能任由她静静伤感的时候。她甩甩头，走近窗边，想看看屋里发生了什么。

那医生很明显地不耐烦了，看来他已给吴老太太诊治过，开了个方子，大新却不满意，说老太太有严重的风湿，现在又摔到骨头，你只开这点膏药怎么行。大新说这岛上有药铺，他请求医生跟他一起去挑选。

医生一副急着要走的样子，不知怎么回事，这医生从上岛开始就一直心神不宁，急着要离开这里。他说："这里的天说变就变，万一船又开不了，你要我怎么回去？"

大新也急了，将医生胳膊抓住，说耽误不了这一时三刻，我一定把你安安稳稳送回镇上去。

眼见着要吵起来，谷雨打算进去斡旋一下，却见医生狠命将手往回一夺，大声说："你们怎么又耍无赖呢！你们这岛上的规矩就是拖着人不让走啊？上次这样，这次又这样！我还躲不开这个霉头了啊！"

他气急败坏，骂骂咧咧，大新倒有点儿发愣了："我哪有要拖住你，我只是想问你要药……"

医生大声说："药你们自己有啊！上次那个小七姑娘，把我的药全拿走了！你去找她要！"

轰的一声，谷雨耳膜上像擂了一阵鼓。那阵嗡嗡声平息后，她想，一定是听错了。

屋里的大新没提防医生忽然吼出这么一句来，他磕磕巴巴地说："……她有药？我没见她有什么药。"

"你们一伙的，你会不知道？她那天从许愿树挂绳子回来的时候我给她的，她有的。你们去找那个小七要。"医生得理不饶人，越讲越大声。

谷雨簌簌地扒着木门，她想，挺住，挺住。

"她不在这里。"大新声音低下来，吴老太太忽然呻吟一声，接着又喊痛起来。大新顾不上再吵，疾步去看他妈。"砰"一声，门开了，那医生一脸怒色地出来了，差点儿将趴在门缝上偷看的勺子撞翻。他匆忙向前走了两步，袖子就被人拉住了。

医生回头去看，拉住他的是个年轻姑娘，清秀斯文，不像这岛上的人。她脸色苍白，眼睛睁得大大的，瞪着他。

"……做什么？你是谁？什么事？"医生问。

谷雨抓着他胳膊："你刚说谁，谁有药？小七姑娘？那是谁？"

"就是……上次住这里的那姑娘……"那医生说着愣了一愣，话语也瑟缩了回去，"我不认得她，有事没事别问我。"他匆忙地又要走。

"你站住！"谷雨厉声说，"告诉我她在哪儿！"

"我哪儿知道她在哪儿，我不认识这个人……"医生没说完，一样东西抵住了他。这一招谷雨是跟小七学的，居然此时用得这么顺手。

那医生白了脸，直瞪瞪地看着抵在他脖子上的那把铁片。虽是不像样，却也寒光闪闪，伤起人来毫不含糊。这一幕他并不陌生。就在不久前，在这小屋里，那个叫小七的女孩儿也是用这样一把铁片抵住了他。医生至今还记得，那女孩儿眯起的双眼、冷冷的唇角："你怕佟子不放过你？你看好了，我这把刀也一样能杀了你。"

医生的汗从额角流下来，这岛上的人都莫名其妙，以后他一辈子也不会来这里。

"有话好说，有话好说，你这是干什么。"他对谷雨说。

"告诉我小七是谁，在哪里。"

"你别开玩笑……你俩是一家的吗，动作都一模一样。"医生哭丧着脸说。

"你怎么惹了她？"

"我说我治不好，她就拿刀逼着我，后来不还是好了吗？"

"治谁？"她越问越大声。

"治那个男生啊，他也是摔下来的，摔伤了。"

"你说她去了许愿树？挂了红绳？"

医生指着屋里："这里的人不都讲究这个吗，我看着她拿了绳子出去，你问问他们都知道。"

大新这时跑了出来，他一眼看到谷雨手里的刀片，吓了一跳，上来就夺，谷雨放了手，任他拿去，大新却只是狠狠瞪了她一眼，将刀片扔在了地上。

"上一个人就是小七是不是？这医生见过小七！小七明明在这里！"谷雨对着大新吼，声音又尖又锐。

大新像被猫抓了一把，他身子一耸："什么……什么小七，我不认识。"

"你认识！她去年12月来的，在这里待了7个月。在我来这里的前一星期，她逃走了。跟她一起走的还有个同伴，那个男人砍伤了你的手。"

大新往后退了一步，他的背弓了起来，看起来他马上就要扑上来抓住她。谷雨也挺起了脊背，跟他狠狠对视。

但大新只瞪了她一会儿，却没有更凶恶的表示，他一手拽着医生："我送你走！现在就走！今天的事对谁也别再提！"一边对谷雨说，"别乱跑！有什么话等我回来再说！"

大新架住医生的胳膊，医生脚不点地地被拖走了。

谷雨愣愣地站在原地，她捡起地上的刀片，想了想，又找出一根竹竿，扛着向山上奔去。

一股气撑着她，她越跑越快，她还记得那棵树的位置。

许愿树

许愿树高傲地矗立在崖角，像年老的君王，披挂着昔日的战袍却依然威风凛凛。枝干上垂下丝丝缕缕的红绳，颜色从深至浅，高高低低组成一道时空之帘，是来自一只只不同时间的手和被风霜打磨的、同样殷切的愿望。

谷雨深呼吸一下，没有一点儿犹豫，她开始去翻弄那些红绳。

她心里有一个目标，她非找到不可。如果小七曾来此挂红绳结，那会是一条不同于其他所有的红绳，小七会打一个特有的如意结……而她会像以前那样，一眼认出来。

她仰着脸，伸长手臂，拿住一根就放在眼前看一下，心里越来越确定。她现在知道这些天来包围着她的奇怪感觉是什么了，她的直觉是正确的。她在这蜈背岛上走的每一处、干的每一件事，都有着小七的痕迹、小七的气息。小七也在许愿树挂过红绳，小七就是从鬼村觅路逃走的。她在有雨的时候套着小七的外套取暖，夜晚用小七留下的铜秤杆插门，她怀里别着小七打磨的兵器……她在留有小七气息的孤岛上，一直沿着小七一路留下的轨迹行走。

她鼻子酸胀，扒着树干，靠着山路的一边已找遍了，剩下面对海的另一边，因地势险峻，绳结寥寥无几，单薄地在海风里飘拂。谷雨拿竹竿去够，却依然一无所获。她放下酸痛的胳膊，喘了口气。

一阵激烈的风忽然把一条红绳刮到她脸上，她伸手拨开，却又荡过来，仍在她脸颊边晃动，她一把揪住想掀走，却是拽不动，那是一条普通的渔网线，只是比寻常的要长出很多。她仰头去看，那红绳一头垂下来，另一头并不是系在树梢上，在高高的树干上似乎钉住了一样东西，这条绳子的一端便是挂在那之上。

谷雨小时候爬过树，这时她一脚蹬在树干上，双手使劲儿，勉勉强强爬到了树腰，身体还挂在中途，一只胳膊撑住树干的瘤节，另一只手伸长去够那粗糙的枝丫。

那块被钉住的凸起是块铁片，像钉子一样嵌进了树干里。一个简单的交叉结，牢牢地缚在上面。谷雨努力地伸长脖子去看。她想，这样用力地来许愿祈福，这样强硬的做法，可见当时的情急与决心。

她的手已够到那铁片，冰凉潮湿，铁片上被磨出了一块光洁，刻着几个歪歪扭扭的小字，也像是划痕。

她睁大眼睛努力去辨认，只觉得眼前一花，那是两个名字，并列在一起，一个笔画简单，另一个却很繁杂。她嘴唇无声翕动，喃喃又清楚地念出来：罗小七。

一些杂枝碎叶打在她脸上，又冷又湿，触得脸又痛又痒，她恍若不觉，又去看铁片上的另一个名字：战冷疆。

罗小七、战冷疆。

罗小七、战冷疆，罗小七、战冷疆……她眼前迅速地模糊了，眼泪冲眶而出，"哗啦"一声，她攀着的树枝断了，她也跌了下去。

她的手肘狠狠地砸在稀湿的地下，一只脚踝剧痛，她却立即爬向前又将那条红绳捡在手中。再仰头去看树身里的那块铁片，它依然牢牢地钉在那里。

她周身疼痛，舌底酸苦，脑子一片混乱，或许因为风太猛，她鼻头不停吸气，仍觉得呼吸不畅。双手抖得厉害，她将脸在衣袖上蹭了一下，脸上早湿了一片。

勺子蹲在吴老太太的屋前，一下午也没看到什么好戏，便去找谷雨。

后山没什么人，勺子远远地便看到了谷雨，她坐在许愿树下那潮湿的石头上，将头埋在臂弯里，正哭得肩头一抖一抖的。

谷雨抬头看到勺子，忽然一伸胳膊，将他紧紧抱在怀里，就这么抱着这孩子又呜呜咽咽地哭着。

"你怎么啦，为什么哭啊？"勺子在她怀里挣扎着问她。

"没什么，我高兴。"她鼻子抽动，用浓重的鼻音说。

她真的笑一阵，又哭一阵，胳膊紧紧箍住勺子的小身体。勺子认识谷雨一个月了，她哭过也笑过，但从没像今天这样哭得悲伤，又笑得畅快。

六岁的勺子为谷雨担着心，他不知谷雨是不是疯了。

韩默愈仍在江洲，这一天他专程来拜访文菲儿，做了简单的自我介绍。菲儿手臂轻轻一摆，请韩默愈坐，然后倒一杯咖啡给他。

"谷雨的未婚夫……唔……"菲儿轻轻笑一下，"好吧，她真是个有故事的人呢。"

菲儿穿着抹胸和包臀裙，身材浮凸有致。这样性感的裙子被她穿得落落大方，她的表情也是极有分寸的，礼貌、冷漠，保持着恰好的距离。

韩默愈说他不想打扰她很久，只有一个简单的问题。

菲儿说："听说谷雨不见了，我并不知道她在哪儿。"

韩默愈有点儿语塞，他什么还没问，菲儿已将话题的后路都切断了。

"你跟谷雨是朋友？"韩默愈问。

"为什么不是呢，"菲儿说，"我是个爱交朋友的人。"

"可是我听说你和柏雪莱……"

"别再拿柏雪莱说事了，他和我的事甚至不是我们两人的事，那是两家人的事。"菲儿轻松地挥了挥手。

"我能见见他吗？"

"他不在。"菲儿很快地说，"我不知道他在哪儿。"

韩默愈想了想又问："有个叫阮姐的女人你认识吗？"

菲儿皱起眉头："我认识的人里并没有姓阮的。"

没有什么好问的了，韩默愈站起身来准备告辞，仍是不死心，问："谷雨失踪了，柏雪莱知道吗？"

"为什么他该知道呢，谷雨的未婚夫不是你吗？"菲儿微笑地说。

韩默愈想，文菲儿这姑娘绝对比他见过的任何一个女孩儿都不简单。他不明白，谷雨这么机灵的人怎么会看不出菲儿的深沉。

他接着去了市局刑侦科，那是在局大院之外的独栋的一座楼，接待他的人正是去年处理过战烈绑架与小七失踪案的警察。那警长天生一双利眼，令人印象深刻。韩默愈去报案的事他一定已经知道了，这时也没有过多寒暄，便对韩默愈说："早就要找你，本来有一些事情要再请教你，没想到你这边又有了事。"

"我只是想找到谷雨。"韩默愈说。

韩默愈把他知道的说了出来。谷雨跟一个叫阮姐的女人接触较密切，这女人四十五岁左右，精明能干，跟这边的老金有一些生意来往，但他不能确定谷雨的失踪是否和这姓阮的有关系。

警长认真听着，脸上有一丝不易察觉的思索："还有呢？"

韩默愈迟疑几秒钟，还是没能开口说出谷雨移情别恋的事："没有了。"

"我们有一些你说的这个阮姐的资料，有趣的是，谷雨失联后，她也失踪了。"

"所以……你们找我要问什么事？"

"小七有消息吗？"

韩默愈吓了一跳："小七？这跟小七有什么关系？"

警长告诉他，有人发现过小七的踪迹，但不能肯定，是在很荒僻的一个地方："她没有跟你们联络过？"

"没有。霍思垣一直在找她，他定期和谷雨联络，如果他有什么蛛丝马迹，谷雨也不会瞒着我的。”

“那就是还没有。我们并不能确定小七的踪迹，但谷雨忽然失踪，目前还不能排除她的失踪跟小七有关系的可能性。”

一个年轻的警察进来，递给这警长一个卷宗袋，又坐下打量着韩默愈。警长说：“今天找你，还想谈谈战烈。”他将卷宗袋打开，里面有一沓资料，夹着几张照片。警长将照片排列在桌上，第一张赫然正是战烈。战烈那狭长的脸、清癯的颧骨、多疑的眼睛，都是使人过目不忘的。

“战烈怎么了？”韩默愈问。

年轻的警察说，战烈在看守所得了很重的病，一审判决还没有下来，但证据不足，加上他的身体状况，很可能会保外就医。

韩默愈心里一紧：“所以他要被释放了？”

“会被监控。你知道，他是个危险人物。你们的安全还是有保证的，但你们有必要跟我们保持联系。”

韩默愈心里又是一紧。

“战烈只有两个亲人，确切地说是一个。”警长接着说，“因为他的妻子已和他分家，据说两人貌合神离多年。所以现在，他就只剩一个儿子了。”警长挑出一张照片递给韩默愈：“这是他的妻子。”

照片里的女人骨骼端正，五官艳丽，脸庞带着异族人的情调。

“我不认识，没有见过。”韩默愈困惑地说。

“你应该是没见过，可我们刚谈到了她，她姓阮。”

呃，韩默愈一惊，又看了几眼照片。照片中的阮姐有着干练的气质，沧桑里透出一种奇特的性感来。

“事实上战烈集团多年来因为种种原因早就危机重重，在他入狱后更是土崩瓦解。现在掌舵的是他的妻子，就是这个阮姐。”年轻的警察补充说。

“战烈的妻子接近谷雨，为什么？”韩默愈喃喃地说，“我不明白。”

警长给他分析，阮姐跟谷雨本没什么交集，连接起她们的唯一一条线，就是战烈，或者不如说，是小七。

"我不知道小七跟阮姐是不是有过节，但小七跟战烈的关系千丝万缕，她曾是战烈的弟子，却下手伤了战烈的儿子，据说他儿子伤得很重，成了废人。"韩默愈边想边说。

"战烈的儿子你见过没有？"

"没有。霍思垣去海市的时候见过他一面。听说年纪轻轻就成了半植物人，很可惜。"

警长笑了笑，又抽出一张照片放在韩默愈面前。

照片中的少年一头长发，看起来不过十六七岁的样子，透着少年人那种特有的青涩味。五官非常清晰，不算英俊，但却咄咄逼人，鼻子、下巴的线条与战烈如出一辙，紧闭的唇角也有着一股狠劲儿，只是少了一份沉稳。照片是对着正脸拍的，这少年两眼直视镜头，眼中的凌厉简直要逼出镜头来。

"他叫战冷疆。"警长说，"战烈唯一的亲生子。"

年轻的警察也端详着照片，说："这照片是几年前的，据说现在人是傻了、废了。否则就凭这一脸找碴儿的神气，也要被列入危险名单，看着就无法无天。"

韩默愈说："因为小七伤了他，战烈千里追杀小七和阿因。阿因死了后，小七曾去找战烈复仇，不过没有成功。"

"所以，战烈如果出狱，他还是会想方设法去找小七。"警长说。

韩默愈抬起头："你是说，因为战烈与小七为敌，所以阮姐先来找了谷雨，是想用谷雨来挟制小七？可是你又说他们夫妻不和？阮姐为什么要帮战烈？"

"真相是什么，尚扑朔迷离。"警长说，"这里面有很多疑点。可以确定的只是阮姐确实是带有目的性地接近谷雨，而谷雨现在失踪了。"

警长看看韩默愈的表情，又安慰他："如果是这样，谷雨反而暂时不会有危险。而小七有了些不知真假的线索，战烈又快出狱了。"说着警长加重了语气，"所以这案子接下去的走向有各种可能，你要随时跟我们联络，如果有小七的消息要立刻告诉我们。"

一小时后韩默愈走出市局，他心情沉重，又有些茫然。江洲的阳光一如既往地好，均匀地洒在街道上。湖面平稳，反射着金光。大街上人流熙来攘往。

谷雨在哪里呢？

风中那个神秘的人

大新送走医生后匆匆赶回，谷雨却已不见踪影，这也是意料中的，大新心乱如麻，进屋看了吴老太太，老太太情况倒还好。大新又屋前屋后找了一圈，没见到谷雨，他心里越发沉重了。又过了一会儿，却见勺子一人回来了。勺子告诉他，谷雨被黑脸伯伯带走了。

黑脸伯伯就是佟子，他在这里是一霸，勺子不知从哪儿学来的，叫他黑脸伯伯。

大新心里直叫苦，大新明白佟子并不信任自己，从不肯对自己透露任何机密。而这些日子里他每次出海，也都有佟子的心腹跟在身边，他无法跟外界有一点儿私人联络。佟子这时候又忽然掳走谷雨，不知道佟子下一步会怎么做。

谷雨果然是在佟子那里，她从山上下来后就被那两个一直跟着她的汉子拦住了，她过于激动，竟忘了自己是被窥伺中的，但她现在不怕了，连佟子也不怕了。

佟子看到谷雨时就知道她不对劲儿了。她双眼明显肿着，举止仍是文静，但她似乎变了个人似的，迎向他的时候，唇边甚至带着点儿笑意。

佟子心里打了个突："你去拜树公了？"

"拜了树公，许了愿。你们拜树公都很灵是不是？"谷雨说，安静地看着佟子。

佟子皱着眉，还是说道："婆娘们怕出海的人回不来。树公站得最高，谁家有难，谁家平安，他会第一个看到。"

"我要谢谢树公，他也告诉我一件事，告诉我一个人的平安。"

"谁？"佟子警惕地问。

"你知道的。小七。"她眼里慢慢有了泪，"我知道我们是被保佑的，菩萨会保佑我们，我们总会相逢的。"

佟子被她带着怆意的微笑震慑了一下，灯下的谷雨像一片薄薄的烛心，又明亮又飘忽。

"我原来很恨你，但现在我不恨了，你能不能放我去见见她？"她说的是心里话，她竟然对这个佟子说出这种话。现在她真的不怕了，她心里的伤口也没有那么痛了。小七还活着，小七活着就什么都不重要了。小七会来找她，难题会迎刃而解，一切的疑问都会有答案，小七的存在就是那个谜底，小七自己就是那个答案。

佟子警惕地盯着她："你让我放你去找小七？你还知道什么？"

"还有，战冷疆……是谁？"

佟子脸上的表情慢慢抽紧了："姑娘，这两个名字在这岛上是不能提起的，提了他们就有祸了。你既然都知道了，下一步也别怪我。"他挥了挥手，两个壮汉向谷雨袭过去，一块布向她兜头罩了下来。

海涛低声呼啸，几点淡淡幽暗的花灯浮在半空。俞瞎子一如既往地立在岸边，踏着方步，几根枯瘦的手指，比了一个戏台的花式。

大新迈着焦灼的脚步奔过海滩，他心事重重，又惦记着身负的任务，他必须迅速做出选择。

江洲，午夜时分韩默愈忽然醒来，他的电话邮箱里有一个奇怪的留言。他穿衣下床，按照留言的地址来到那个地方，见两个人影在月下悄立无声。韩默愈上前，看清楚眼前人便怔住了。

"……是你，是你们？"

　　如同一个黑色的符咒，一次次死去，再一次次醒来。重生并不带来惊喜，只增加了疲倦。浓密的绿叶将深深的阴影投到谷雨脸上，她似乎回到了家乡的那片密林里。她沿着积满落叶的小径弯弯曲曲地走进去，一个浑身肮脏的野女孩儿正独自刨着一个坑，那是童年的小七，她身边放着一只死公鸡。

　　"你恨谁，就来这里挖一个坑，把他的名字和这只公鸡一起埋进去。"小七说。

　　谷雨并不想埋进谁去，但一个接一个的人，她最亲最爱的人，一片一片落花般地从她身边坠落，纷纷掉进了坑里……她大叫着伸出手，却挽留不住任何一个人、一朵花。

　　她猛地大叫，彻底醒了，周围静得出奇，似乎有一些虫鸣。她背靠着一面阴湿的墙壁，头上的房顶却是残缺的，一大片爬墙虎在身前环起了一个天然的屏障。她双臂酸痛，发现双手被绳子反绑住，腿也被绑住了。

　　她心里一激灵，登时浑身汗毛都竖了起来，她想起了这是哪里。

　　鬼村。她被绑来了鬼村。

　　她尖叫起来，短促的一声后便猛然停住，她被巨大的恐惧扼住了喉咙。

　　"姑娘，醒啦？"一个低低的声音从旁边传来。

　　她猛地转过脸，角落里坐着两个汉子，一个是常跟在佟子身边的老三，另一个汉子高头大马，一双三角眼，看着就阴鸷凶猛，却不认识。

　　"为什么带我来这里？"她哆哆嗦嗦地问。她费力地举目四顾，这正是她捡回小猫雪莱的地方，是那个明显有过人迹的房子。

　　"这地方好啊，又安静，又凉快。"那个三角眼的大个子不怀好意地对她上下打量了几眼，"老子在海市养伤这么久，岛上来了这么个美人，居然生生给漏过去了。"他伸出一只大手朝她脸上摸来，谷雨立刻尖叫一声："别碰我！"

老三说："黑背哥，老板娘吩咐过，不让动她。她来这些天，从佟哥开始，兄弟们谁都不敢对她有一句重话。"

"你们老板娘是谁？阮姐是不是？"谷雨牙齿相叩着问。

黑背"呵呵"笑了一声，并不回答。老三却拿出一瓶防蚊水，他也不顾谷雨的挣扎，就往她脸上、手上涂："谷雨姑娘，你来这些天，我们可是上上下下好吃好喝好房子地款待你，生怕你伤着病着，是真不敢怠慢了你。回头你出去了，可别记恨我们。"

"为什么把我关在这里，你们在等谁？小七在哪儿？

黑背和老三互望了一眼，眼神里都有了些计较。

"就在这里等？"黑背问，"鬼村虽然好埋伏，到底前后都通路，不方便堵死，不如换个跑不出去的地方。"

"你是说……"老三有点儿犹豫。远处忽有点儿响动，两人跳起来，各自都抽出了武器，喝道："谁？"

一阵脚步声踏着落叶过来了，一个人从背阴处走来，竟是大新。

大新提着一只竹篮，从篮子里拿出水和面饼，还有一小瓶酒。黑背和老三松了口气，重又坐下。大新很自然地给谷雨的双手松了绑，拿一些食物给她。

谷雨抬起脸看大新，她眼里的哀求都快呐喊出来了，大新还是面无表情。

黑背和老三开始吃喝，谷雨垂下头，也往嘴巴里塞了一块面饼，等大新再递过来的时候，她死死揪住了他的一片衣襟。大新瞪着她，她口唇开合，说出"小七"。见大新没有反应，她又说："报警。"她背对着黑背与老三，所有的话都是无声的，整个人都是一个姿势：你帮我！求你帮我！不知为什么，她对大新有一种奇怪的信任。他跟佟子、黑背那些人都不同。

大新机警地朝四处看着。等几人吃喝完，老三问他："你这两天出海不？我们人手可不够。"

"佟哥说还得出一次。"大新慢腾腾地说。

"没事，人手够了，少他一个不少。反正都布置好了，只等人来，立刻动手。"黑背说。

"就地解决？"大新问。

"就地解决，老板娘这回可是下了决心。"老三接过话头。

谷雨簌簌地颤抖着，他们把她放在这里是要引谁来？他们做下埋伏是要对付谁？他们当着她的面儿商议这些，完全不把她当一回事。他们胜券在握。

她心急如焚，却发现大新的拳头攥了起来，提着一股劲儿，眼中闪出怒火。大新难道想要攻击？但大新瞬间的激怒转眼就收了，他将篮子收拾好，竟是要走了。

谷雨心里一急，"哎哟"一声倒了下去，大新回头看她。她双眼睁大，满眼黑色的恐惧和急迫，直直地对着他。大新黝黑的脸上也有了一阵牵动，他对她缓缓点了点头，转身走了。

谷雨闭上眼，大新临走时的态度让她稍微舒缓了一点儿。天色渐渐暗下来，黑背和老三似乎也累了，两人小声商议，走远了一点儿，又过一阵，竟是离开了谷雨的视线。

浓绿的影子在她脸上和身上移动着，此时四周没有一个人影……风吹过那些绿植，带起一阵唰啦啦的响声，像是涛声。渐渐地，她安静下来，恢复了冷静，那些她一直逃避着去看清的东西，此刻都展现在了眼前。

是阮姐把她羁押来的蜈背岛，这点再无疑问。无疑阮姐有着巨大的秘密，与她相关，一定有什么理由，让阮姐针对她。

只有小七。在小七那一段长长的黑历史里，充满着血泪情仇和不足为人道的秘密，也许其中就包含着一个阮姐。

一切细思极恐，冷汗从她每一个毛孔里冒出来。小七从这里逃跑后短短一星期阮姐就将她掳来，但此前阮姐已在江洲和她相处了近四个月。

什么投资，什么找老金，阮姐布了个好大的局，所有的一切都是一条设计好的路，通向她，再指向小七。

或者，阮姐的目标并非小七，而是小七的同伴……战冷疆？

她忽然顿住了，如一道闪电劈过，她想起了战冷疆是谁。

——战烈的儿子，被小七推下楼梯致残的小冷。

鸡皮疙瘩唰地立了起来。她此前一心想着小七，竟忘记了还有那么个人。她从未料到一个早就瘫了、残了、傻了的小冷，会再度出现在这么一个扑朔迷离的局里。

她的心怦怦跳着，战烈找小七报仇不成，反而让自己入了狱。于是，阮姐便出现了。

阮姐就是战烈的妻子，小冷就是她那个深深嫌恶的继子？

她脑中搜索着阮姐说过的所有的话，眼角、唇边暗含的所有表情。她又惊又悔，又担惊受怕，她被监禁却没被伤害过，显然她只是个饵而已。此刻外面已布满埋伏，小七……小七绝不能来。而小七究竟在哪里？

她忘了饥饿，甚至忘了害怕，天已全黑，鬼村四处的绿植与墙洞全成了一个个鬼影，山风阴恻恻地使人背上发毛。

谷雨打了个冷战，她眼前有点儿花，是幻觉吗？眼前一堆妖气森森的爬墙虎，本来一动不动地堆在断壁边，此刻竟慢慢移动起来，像个成形的树妖。

谷雨恐怖地尖叫了一声。

"别作声。"那堆东西说，"你想不想走？"

嗓子喑哑兼具钝重。风瑟瑟吹过，那堆叶片里出现了线条，有了点儿人形，但仍是像只动物，不，像块石头一样矗在那里。

"你也是佟子的人？是黑背的同伙？"她颤抖地问。

他像是笑了一下，脸上不知涂着什么染料，完全看不清眉眼："黑背这王八蛋居然还没死。大新没来找你？"

她抱了一丝希望，又问："你跟大新是朋友？你叫他千万别去找小七！"

他似乎微微撼动了一下，发出一声模糊的咒骂，支起半个身子，细小的叶片被他簌簌抖落了一堆："王八蛋去找小七了？"

"他们在外面埋伏了好多人……"她又说。

他鼻孔里喷气似的笑了一声。

她要说什么，那人打断了她："他们来了。"他又短促地加了一句，"你会得救的。"却听脚步声啪啪，果然是黑背等人又回来了。

那堆爬墙虎已重新伏下去，恢复了寂静。她完全不知道他是什么时候在那里的，这草丛里不知有多少毒虫毒蚊，他怎么就能潜伏下去？还有，黑背是"王八蛋"，大新也是"王八蛋"，那他究竟跟谁是一伙？还有那不屑的、嗤之以鼻的笑。外面全是埋伏，他一人能对付多少？

黑背像是已和老三商量好了，来了就说："谷雨姑娘，我们送你去另一个地方，比这里安全。"

"去哪儿？"她飞快地说，"我不去。"她刚刚有了一点儿指望，这蜈背岛上处处层出不穷的所在，她不要再转移地方。

"是个好地方，是你的老熟人的地盘，你睹物思人，最好不过。"黑背冷冷地说。他说到"老熟人"时狠狠磨着牙，有刻骨仇恨一般。

谷雨急了，忽然一头撞过去，黑背猝不及防，被她撞个满怀，后退几步，背撞到了后面的石壁上。她吓了一跳，因为黑背撞到的地方正是刚才那神秘人物藏着的地方，但那堆爬墙虎一动不动。

她凝神看了半天，才确定那里没有人，那人竟已走了。她出了一身冷汗，莫非真是个幻觉，他无声无息，风也没有刮起一丝，除了落下的几缕叶片，没有任何痕迹。难道他遁地消失了？

老三不跟她多啰唆，已将她背了起来。他们越走越深，来到一处山脚下，背处有一道生了锈的铁闸门，看起来是个山洞或者防空洞，望进去黑黝黝的，一股阴凉的霉气扑面而来。

"我不要在这里！"谷雨惊恐地尖叫了。那两人听而不闻，她眼前一暗，已被背着钻进去。

山洞幽暗曲深，不知道走了多久，谷雨眼前已一团黑，只听到磕磕绊绊的脚步声。这里太深，又曲里拐弯，没有人带着，她绝走不出去。

终于被放了下来，地下点了一盏油灯，谷雨惊恐地望着那魔洞一样的穹顶，怪石凝结，石壁阴潮，角落纠结着可怕的生长物。

"不，我不要在这里，我宁可回鬼村去！"

老三不知从哪个角落搬来一块帆布，他把她放在摊开的帆布上。

她又急又怒："你们想怎么样？"

"想怎么样？老子受过的罪，你们也得受一回。"黑背在黑暗中狞笑，毕竟还是怕饿死了她，又掏出一些水和面饼，"乖乖待着吧。"

她一阵恐慌，对着他们的背影又喊："你们放我出去！"她连声地喊着，但那两人已经走了。她绝望地靠在山壁上，见那油灯渐渐暗了下去，终于一跳，灭了。

她绝望地想，自己大概要死在这里了。

小七与谷雨

韩默愈去了市局，告诉警方他要去谷雨的家中看望谷雨的父母和小宝。然后，坐上了返途的车。

他先要各处绕一趟，再按计划秘密回白桥。他心情复杂纠结，还有点儿悲壮。他现在也不是能完全任意行动的人了，但他已做出选择。

他想着这一趟的江洲之行，想着谷雨。很明显，他是留恋着她的。无论她对他是一粥一饭，还是一个理想的梦幻，他是关心她的，否则他不会这么担心，不会在知晓她的事后依然这般关心，并且，按计划提前去布置那一切。虽然对于谷雨来说，自己不会被看作老天给予她的幸福。这一说，他也浪漫起来了。韩默愈看着眼前一排排倒过去的隐隐青山，苦笑着想。

　　远处似乎有水滴，一滴一滴，是山壁中的渗水，缓慢而持续地响着。谷雨不知道黑夜已过去多久，或者已是白天。

　　没有人来找她，没有人来救她。

　　她眼前一直是黑暗，于是听觉异常敏锐起来。此刻她耳中所有纤维全都竖起，听到在那水滴刻板的间奏中，还有一阵细细的脚步声。是黑背还是老三？或者是佟子？大新？他们这回像是更小心，步子轻了很多，不是那个有点儿吵耳的胶鞋底的嚓啦声，而是一种更轻的步子，像猫一样敏感，又像水滴一样均匀。

　　她未及反应，那脚步声已来到她身边。

　　"你们不要再来了。"她虚弱地说，"你们不放我的话，让我饿死在这里算了。"

　　那黑影不答话，向她又迈进了一步，她几乎能看见一条细细的黑影立在她身前。

　　"吴老太太好点儿没有？"她继续说，嗓子已哑得不能听，但她絮絮叨叨像在说梦话，"我的猫还丢在她家，你们别把它饿死了。"

　　那投下的黑影似乎一直静静听着，听她说到猫，不由得轻轻晃了一下，接着是一声低低的笑。

　　她一愣怔。这声音，这气息，都不像是那帮粗莽男人的。

　　她像被揪了尾巴的猫般浑身一激灵，汗毛全竖起来了。那人似乎伸手过来了，她触电般一下抖掉，尖叫："别碰我！"

　　"别动。"黑暗中的那个声音轻轻地说，同时一只手摩挲上她的头，轻轻地摸了摸她顶上乱糟糟的头发。

　　她随着那只手的动作浑身一抖，心脏猛地收缩，接着剧烈地一抽，那么强烈，使她痛得抽了口气。她一动也不敢动，在巨大的希冀和恐惧下，牙齿嗒嗒相叩。

那声音又笑了，是压在喉咙里的笑，低低地打着战。

"怕什么，没出息。"

她鼻息急促，呼吸粗重，半晌，颤着嗓子问了一声："小七？"

细弱的声音消失在空气里，她几乎听不见自己的声音，但眼前那黑影无疑听到了。

"嗯。"

她如在梦中。"小七？"她又问。

"不然呢，你还想有谁？"那只熟悉的手已从她的头顶滑下，准确地摸到她身后的绳结，不知是什么"唰啦"一声，她的腿自由了。

她顾不上双腿麻木，径自向前抓去，便被一双手稳稳接住了。那双手细长、稳定、有力，小七的手，绝没有错，熟悉的气味和温度包围了她。

"是你吗？！是你吗？"她呜咽着问。

"先别说话，等会儿再哭，我带你出去。"小七说。

她才不管这许多，哇一下就哭出声来。

小七叹了口气，同时也握住了她的手。她气恨地一把甩开，又立刻慌乱地重新拽住小七的一只袖子，她的手抖得厉害，排山倒海的委屈和悲痛，让她哭得气噎声堵，肩膀大幅度痉挛着。

"你没死。"她一抽一抽地好容易才讲句完整话，"你来了。"

小七不答话，手在她肩背上慢慢摩挲，听她呼吸渐渐均匀了，才说："我们得赶紧走。你跟着我，拉好我别丢了。有力气走路吗？"

"有。"她说。她的四肢里真的都重新灌了力气。小七回来了，她不是在做梦。小七真的就在身边。她的安全、温暖，都回来了。在世界抛弃她的时候，前来拯救她的是小七，她的心温暖得什么也不想求了。

小七笑一笑说："你还有力气，这几天还好没绝食。"

两人一前一后地猫着腰走，小七一只手拉着谷雨，一只手在石壁上拍拍打打，探着方向。这一截山洞很长，以前不知道是用来干吗的，高高低低好些个起伏，每个拐弯处还会脚下突然一陷，像专门布置过机关陷阱一般。

眼前黑不见物，两人都不吭声，全副精神集中在脚下。小七看来是走过这个山洞，知道大致的路线，但也不很分明，不时要停下来听一听、想一想。这段石壁很长，她们贴着行走，小七那与生俱来的动物本性此时全都露了出来，她全身绷紧，鼻息极微细，谷雨似乎能听到她在黑暗里转动眼珠的声音。

"快了，"小七低声说，"过了这一截，拐过去，路就一直通到洞口。"

谷雨乖觉地点点头，她们的默契仍在，她不用看就能跟上小七的步子，只在腿脚不便的时候抓住小七的衣襟，轻轻一扯，小七便停下脚缓一缓，等她喘息匀了再走。

阴湿的寒气、一阵一阵的霉味包围着她们，像蝙蝠翅膀投下的暗影……小七忽然站住了，同时手指往后捏住她的手腕，暗暗加了劲儿，这是一个"嘘"的意思。

谷雨随之停住，她们是背靠着嶙峋戳背的石壁，横着挪动步子，身前又是一个拐弯，在那团浓重的暗影里，是一个神秘的凹陷，转过去就有了路。

小七却一直站着，像有湿凉的雾围绕着她们，鼻嗅里充满洞穴深处的冷腥味。

谷雨看不见小七的表情，但小七无疑紧张了，小七手指冰冷，紧紧扣住她的手腕，似乎能听到血管"噗噗"跳动的声音……谷雨在黑暗中睁大眼，那么静，空气是有异样吗？比虻虫飞过更轻微，比蜈蚣爬过更纤细……小七立着不动，像一个走进陷阱的小兽，须发竖立，每一个毛孔都在倾听、对抗着这周围未知的、巨大的黑暗。

但四周始终悄然无声，眼前不见影，连一阵风也没带起。

小七嘘口气，扯扯谷雨的手，她的动作有点儿硬，显见还在警觉里，同时她将谷雨推向外部，和自己换了个位置。

脚下的路变得平坦了，眼前也有了微光，洞穴外的光线已分明，像处在黎明的熹微中。谷雨在这逐渐清晰的光线里，看着小七逐渐分明的头发、耳朵、手臂。

她泪冲眼眶，攀住小七的肩膀："让我看看你，我要看看你。"

小七依着她，对她转过脸，脑后映着洞外的天光。谷雨喉头堵着，不知道说了什么，小七冲她点头一笑，小七的笑是百感交集的，也是如释重负的。

两人走出来，一路曲折，又入了鬼村。谷雨张皇四顾，这里难道不是该布满埋伏吗？而此刻却寂静得像一台落了幕的戏。草丛、屋洞，俱是无声无息。

她们来到那一片静悄悄的海滩，四周的蓝色里，中间有一团火山般的极光，追光一样在海面投射成个大圆。

小七指一指那个方向："我们在这里等一等，等船来。"接着呼了口气，正视着谷雨，"现在你告诉我，你为什么在这里？大新讲得不清不楚的。"

真的是大新去找了小七！大新终于帮了她！她心里百感交集，却什么也不想说，她只想一遍一遍地看小七，看那一张瘦了很多的清减的脸，那鼻子、那下巴、那嘴、那表情、那眼睛。小七一改往常，难得的好耐心，站着让她看。她又在小七脖子上、胳膊和手背上找到一些新旧不一的伤痕，问："这是怎么来的？这是怎么伤的？"

"好在活着。"小七说，抬起那只满是伤痕的胳膊，拥抱了谷雨。

一股暖流涌遍谷雨全身，眼泪又掉下来了，小七放开她，黑眼睛认真地审视她，小七的眼睛在问：到底谁欺负了你？

背后有人咳嗽一声，身后不知何时已站了个人，是个六十来岁、很是精壮的老人，年纪不轻，却是一脸剽悍的神色。

"就是她？"那老人带着一点儿笑，还有一点儿好奇，上下打量一遍谷雨，问小七。

"这是谷雨，我妹妹。"小七给他们简单介绍，"这是塔叔，我以前的师父。"

塔叔看看天又看看海："马上就要有雨来了，趁人没追上，我们快走。"

他领着她俩向前走，上了泊着的一艘小船。塔叔解开缆绳，看着船平稳地划行了，几人才松下口气。雨很快地来了，声势不小，落在海里，也啪啪打在船板上。谷雨只觉得一阵清凉，这么多天的惊惶、淤塞、夜不能寐与提心吊胆，终于有了一点儿释放。

小七拿出一块手巾，蘸湿了给谷雨擦脸，又将她头发打开给她梳理着，动作很轻柔。两人都不说话，谷雨满心欢喜，看着海浪浩浩荡荡。她想，原来大海什么都知道，大海那么博大，藏住了那么多过往，吞下了那么多故事，只要小小的一个吐纳，就是一桩惊天秘密。她的小七回来了，命运终于手下留情，将小七从死亡线上放回。命运何等慷慨！给了小七生机，也给了自己生机。

她仍看着小七，修长，成熟，一如从前，但样子还是变了一点儿的，经过这渺无所踪的大半年，风吹日晒、吃尽辛苦的痕迹都写在小七的脸上，但更矫健、更沉稳，甚至，还多了一份妩媚和温存。

塔叔将船头转了个方向，小七敏感地问："我们去哪儿？"

塔叔点了根烟，看着海面："百花岛。"

小七手一紧，明显地抗拒了："我不去那里。"

塔叔一双锐利的眼睛审视着小七："我还没跟你说，他不在百花岛，你放心。"

小七难得没有与人对视，反而无语地低下头去。

粗大的雨线变细了，有一些被风吹走，一些落在海面上，一层白浪细腻地铺开来。

小七一直若有所思，这时又抬起脸看塔叔，说："我们要尽快上岸，不能在岛上多待。"

塔叔猛吸一口烟，然后将吸剩的烟弹走，说："别忘了你保证过的话。"

"我保证过的，直到死都算数。"小七说。

"那就好。"塔叔挥挥手，彪悍的脸上掠过一阵无奈。

谷雨满心问号，看着这两个打哑谜的人。她想，小七从江洲大火以来，死里逃生后又被劫持上岛，必是经历过大艰险大磨难的。而现在她们必须一起离开，回白桥或其他随便什么地方，还可以去跟霍思垣会合。无论去哪儿，都不能再让小七离开她眼前。想到这里她捏了捏小七的手，小七也捏了捏她的手。

塔叔咳嗽一声，问谷雨："你怎么会到这里来？"

"被人骗来的。"当着塔叔，她不想说太多，简单说了一点儿，说自己遇到一些事，有人邀请她出海，她就来了。

"你认识阮姐吗？"她问小七。

小七一直安静地听她讲，听到她说阮姐，嘴角微微一撇，跟塔叔交换了个眼神。

"你怎么会跟阮姐认识？"小七问。

谷雨又讲了讲老金作为介绍人的事。

小七冷笑一声，将手巾"啪"一下掷到水盆里："这个老金，我迟早会收拾他。"

"你认识阮姐，对不对？"谷雨执拗地问。

塔叔又咳嗽了一声。

那明亮的小岛已越来越近，果然是树木葱茏，一派清秀。塔叔站起来准备抛锚，又回头交代小七："让你妹妹先休息两天，受了惊吓，忍饥挨饿的。百花岛上郝大哥那些人不用跟他们多说。"

"我明白。"小七说，她站起身上了踏板，又向谷雨伸出手。

谷雨如在梦中一般，她真的已经脱险了？她每日里从蜈背岛遥望百花岛，只觉得像个世外桃源。此刻当真登上了百花岛，再回望海雾中的蜈背岛，如一只桀骜的石兽，凶残而孤独，蹲守于雾茫茫的海之一隅。

小七　爱极翻成无不舍

1　百花岛

　　百花岛和蜈背岛同属于极东边的海岛群，不过隔了几十海里，蜈背岛险象环生，百花岛却美如仙境。正如它甜美的名字，百花岛繁花似锦、林木蓊郁。上岸后景象焕然一新，人群熙来攘往，一派欣欣向荣之景。

　　塔叔走在前头，一路上都有人跟他们打招呼，看来甚是熟络。塔叔四处寒暄，小七却目光警惕，跟人答话只寥寥几个字。岛上的人看小七的眼光也颇为古怪。谷雨紧跟在小七后面，忽然之间换了世界，她还有些不知所措。

　　他们住的地方是跟蜈背岛差不多的石屋，也是沿山势而造，屋后是山，眼前是海，旁边垦出菜田，房中有简单的家什。

　　"我出去一下，你小心些，别出门，别跟人搭话。"小七交代她，果然已有几个人在门口等着她，也不进屋，只一眼一眼对屋里瞄着。

　　谷雨隔窗看着那几个人跟小七嘀嘀咕咕，样子有点儿惶急。小七神情冷漠，说了几句，那几人有的点头，有的却是不以为然。好容易小七进门了，谷雨刚要问她，小七按住她，向外努了努嘴。谷雨稍稍斜睨，余光里有两个人尚未走远，靠在不远处的树旁。

　　谷雨明白了，这里虽不是蜈背岛，但危险仍未过去。她只觉得所到之处都是怪人怪事，只盼赶紧离了这个中转站，早回陆地。

塔叔来了，还是挺悠闲的样子，见小七仍是一脸戒备，就说："担心什么，我跟你说了他走了。"

小七咬着唇，说："郝大哥那边问我要人，他们以为他是去找我了。"

塔叔笑了笑："有人看到他是往蜈背岛方向去了，没带什么人，自己独自去的。"

"他果然去了蜈背岛？"小七抬起头，与怀疑和震惊同时出现在她眼里的，还有与之矛盾的"意料之中"。

"你看到他了？"塔叔敏锐地反问她。

"不会，不会的，我没有看到他。"小七自语般地说。

塔叔又古怪地笑笑："他会让你看到？除非他想让你看到。"塔叔说着又向谷雨瞥了一眼。

小七立刻将谷雨往自己身后推了推："这事跟我妹妹没关系，阮姐本来要对付的也不是她。"

塔叔叹口气，将小七带到一边，两人轻声说话，谷雨依稀听到塔叔说："要是这里乱起来，我怕是压不住。他要是这次又为了你在蜈背岛闹出什么事，你拿什么还他？"

小七不说话，几乎能见额上透明的青筋在她苍白的皮肤下暴闪，半晌她咬咬牙，下了决心似的说："我去找他。"

"你俩的事要再纠缠起来，更是没完没了，眼看老板就要出来了……"塔叔又压住嗓子说了两句。

塔叔离开后，小七一个人在屋外站了一会儿，谷雨看着她在小院的两头踱了两圈，手握住那道竹篱笆门。小七无疑有心事。以往的小七总有着一切都能豁出去、万事不在意的洒脱，现在她有了负担。她进了门，见谷雨疑惑地看着她，便勉强笑了笑。她所有的步态、神情，都说明她并不轻松，她心里担着事。

等她们终于可以沿着海岸线自在地走走了，才都恢复了一点儿自如。百花岛是座大镇，因为离大港口近，附近几个小岛的居民要想上岸，常会先来百花岛。因此它的交通、通讯、物资等各方面比蜈背岛都要先进很多，旅游业也开发得不错。民风算是淳朴，岛民互相之间也比蜈背岛热络。

"你在蜈背岛上有没有受委屈？很吃苦吧？有没人欺负你？"小七又问谷雨。

谷雨心里的闸门又被打开了，她的委屈、抱怨和庆幸一样又多又满："你一走大半年没消息，怎么就不能给我们通个信？你不知道我们急疯了吗？霍思垣一直在找你。"

小七说："霍思垣找到我了。我们……是一起走的。"

"什么？"谷雨几乎要跳起来，"他为什么不告诉我！"

"那时候事太多，能活下来，能多走一步都是万幸。"

"你到底为什么要从江洲消失？"谷雨仍是耿耿于怀。

小七眺望着海面："为什么呢，我当时非走不可。"

"因为你打伤了战烈，又回去救了他？亏了你把战烈拖到安全地带，他才没有被烧死。"谷雨说着，见到不远处有几个人仍在跟着他们，"那些人是在监视我们吗？"

小七说："这座岛是别人的地盘，如果他们不再信任我，我们就是危险的。"

"这岛是谁的？"谷雨想，必有一个极厉害的人在这岛上操控着，"是佟子吗？是战烈吗？"

小七咬了咬唇："是他儿子战冷疆。这座岛是他赢下来的。"

谷雨吓了一跳。战冷疆，不就是小冷？她立刻想起许愿树上那块系着红绳的铁牌，那上面并列刻着的两个名字：罗小七、战冷疆。

"小冷被你推下楼梯后不是残废了吗？不是脑萎缩傻了吗？你们怎么会在一起？还有，"她源源不断地追问下去，"你住的那间海边小屋，里面为什么会有一个陷阱？还有，我被抓到鬼村的时候听听黑背说岛上都布了埋伏，是不是在等着你去？怎么我们出来却没见到人？"

"你忍耐一点儿……"小七说。她看着谷雨惶急的样子，便牵住谷雨的手，神色柔和了："等我们离开这里，我慢慢跟你讲。那边山上有一片很好的紫云英和月季，我带你去看看。"

但一直到晚上睡下，谷雨仍没有从小七嘴巴里听到半句解释。小七完全处于戒备状态，身体绷得像根弦，不放过一点儿风吹草动。她的紧张带给了谷雨，谷雨和衣躺着，不敢闭上眼。

窗外有一两声急促的敲响，小七立刻起身，敏捷地闪出门去。谷雨贴着窗缝往外看，门外的人是塔叔，两个人紧张地说了两句，塔叔转身消失在夜色里，小七则反身回来。

"塔叔弄到船了，我们没什么要收拾的，马上就走。"小七低声说，"我们先上岸跟霍思垣会合，然后去找韩默愈。放心。"

"你还找了韩默愈……"

塔叔返回来了，领着她俩出去，走了里许。这一片浅滩旁生满了长草，人蹲下去就找不到。天像破了个窟窿，风吹草低。

风浪有点儿大，掌舵的塔叔沉默不语，谷雨和小七也不开口。太阳已升起了，周围云层一片透亮。船行得极顺利。小七忽然说："从这里绕一下，我们先去一趟蜈背岛。"

谷雨一惊："为什么还要去蜈背岛？"

"你放心，我们不冒险，不上岛。"小七安慰她。

塔叔说："你确定要去？现在贴着岛过去怕不安全，只有从南边绕，就是去，也只能远远看一眼。"

"就是看一眼。"小七说。

塔叔不再说什么，调整方向，向着蜈背岛去了。

　　渐渐靠近时，似乎海风也辛辣起来，那狭长的蜈背岛已在眼前了。谷雨心里也有了伤感，她想，吴老太太和大新不知道怎么样了，大新放走了她，会不会得罪佟子？而小七的神情越来越凝重，她眼里有一点儿无法言说的情绪。

　　她们的船靠近了岛的南面，这一侧悬崖上不了岸，许愿树就是长在南边的山头。谷雨问小七："你去许愿树那里挂过红绳？"

　　"去过。"小七静静地说。

　　船愈发靠近，远远便见一棵隐约满是红光的树，高高地矗立着，像从悬崖上伸出的一只手臂，比着一个神秘的手势。

　　两人都不约而同地站了起来，被眼前的景象惊呆了。

　　许愿树，因背崖而生，树木阴阳差异明显，一面繁茂，一面稀疏。而临海的一面因地势极险峻，稍不留神便会掉落悬崖，所以在这一面枝干上挂红绳的也少。但她们眼前的许愿树，面海的这一边，不知何时，从树冠开始直至每一根枝丫，都系满了长长的红绳，像是浑身披上红妆的嫁娘，又像是一面打开的帐幔。无数根红绳在海风中如旗帜般猎猎飘荡，飒飒有声。

　　"这是谁挂的？树公真显灵了？"谷雨说。她几天前来许愿树，还完全不是这一幅景象。

　　塔叔似乎也呆了，一时也说不出话，半晌，重重叹了口气。

　　苍老的树身焕发出不可思议的神光，真像被神仙的手指点过，辉映在朝霞里。那些细长柔软的红飘带忽然充满刚烈，在风中翻飞翻卷，犹如一群红鬃战马般奔腾跳跃着，像随时会飞跃到眼前。

　　小七颤颤巍巍地站在船头，一只手向前伸去，似乎想去够到那树。她的脸仰在薄薄的日光里，也焕着一层光芒。

　　过了一会儿，塔叔慢慢掉转了船头，她们离蜈背岛又远了，几人皆沉在适才的震撼里，默默无语。小七仍站着，看着。

　　谷雨问："你现在能告诉我吗？"

小七回过头，微微使力的嘴角，分明刻写着一种罕见的情愫。谷雨想，小七也会有这种表情，像是哀伤，又像是含笑，小七的睫毛也会颤动，手指也会发抖，眼里也会有这样的燃烧。

"想知道什么呢？"小七问。

"这些红绳是谁挂的？"谷雨跟着心里的直觉问下去，"是战冷疆？"

小七不答话。谷雨又问："他为什么要挂这些？"

"他是在告诉我，他来过。"小七说。

塔叔深深看了她一眼，眼前的一切都印证了他的猜测，小七上岛救谷雨，战冷疆跟着来过，却没有让她发觉。

"你们……是什么关系？"谷雨终于问出这句在心里盘旋了无数遍的话，她心里的直觉越来越分明，她不能置信，又不能不信。

奇怪的神情再一次出现在小七眼里。这种似笑，似哀伤，带一点儿迷离的神情，小七以前从不会有。

"是什么关系……我也想知道。"

两重浪忽然涌近，撞击，浪头"啪"地打了一下，又急速地一层层推远了。

故事从这里开始

要回到一年前江洲的那个秋天。

银杏点燃了全城的热情，淡淡的金黄色光辉让江洲的秋天美如仙境。谷雨带着小宝从白桥回来这里，小七也随即和霍思垣双双来到这里。

小七已基本答应霍思垣的求婚，谷雨则和韩默愈尘埃落定。这两个命运奇异、遭际可叹的女孩儿，终于要各自开始新的人生了。

就在这时，对头冤家战烈突然又出现，掳走了谷雨和小宝关在江边仓库里，一面又去和霍思垣谈判。

小七熟悉战烈的脾气秉性，他生性谨慎，不做没把握的事，这次能手段狠辣地拿下谷雨，自然早给自己准备了后招。

霍思垣是富家子不假，但战烈自己也黑道、白道混了多年，各种产业都沾边，他有什么要跟霍思垣交换的？自然还是冲自己来的。战烈只有小冷一个儿子，小冷却被她推下楼梯摔成了废人。

小七想，是她连累了谷雨。她只有拼尽全力，无论怎样都要换得谷雨和小宝的平安。

小七在潜进夜色中的仓库时已拿定了这个主意。

这一带虽偏僻却不算黑暗，她模糊的视力也能看到天空中冉冉升起的孔明灯，一些学生隔着一座小丘和丛林笑着、叫着。她想，仓库里不会只有战烈一人，夜色也无法为她遮掩很多，但这里临江，江水也许会帮到她。

仓库门口奇怪地无人看守，她找到谷雨时，却看到浓烟滚滚，大火已起。

是她养熟的鹰认出了她，关键时刻飞扑而上啄瞎了战烈的一只眼。像谷雨后来对警方分析的那样，是小七把昏迷的战烈拖到了安全地带，让他免于一死，接着小七把小宝绑在鹰的背上飞下了高高的窗户。仓库下已聚拢的一堆人，眼睁睁看着小七在窗前晃了一晃就不见了，大家齐声惊呼，怕她葬身火海。虽不知这神秘的女孩儿是谁，但她救人、纵鹰，动作之敏捷、反应之果敢已让大家惊叹，齐齐地为她揪心，呼喊起来。

但小七要对付的不仅仅是熊熊大火。

她进入仓库时就听出来，除了战烈，至少还有三个人。这时她刚放下小宝，已有人到了她的身后。

一只手把她急速地拽离了窗口。

小七使力挣脱开，她两眼迷离看不清，那人已拉住了她。

"丫头！小七！"

小七一愣，停住了手。"塔叔？"她问，她认出了那个声音。

烟雾中的那人"嘿嘿"笑了两声："你倒是还认得我，想活命就跟我走。"

小七一下也不犹豫，立刻跟着他走了。这世上她可以信任的人少之又少，塔叔就是其中一个。

她 17 岁时认识战烈，替战烈驯鹰，干一些大大小小的杂活儿，学一些五花八门，或狠毒，或狡诈，或稀奇古怪的手段和本事。战烈没什么时间亲自指点她，一大半的指导都来自塔叔。

塔叔已有 60 岁，年轻时跟战烈一起入伍当兵，一起出生入死，是战烈集团的定海神针。塔叔爱才，初见小七就觉得这小姑娘有意思，聪明、独立、倔强，虽那一副性格太容易惹事，但也极可造就，便大部分时候都带着她。小七在战烈麾下，见得最多的人也是塔叔。直到她惹下大祸伤了小冷，连夜带着弟弟阿因逃离，也是塔叔放了她一马。

没有想到在这个生死攸关的时候，又遇到了塔叔。

烟雾已浓得目不见物，小七咳嗽着，塔叔把一件衣服丢了过来，她接住罩在头上，两人一路摸索着下楼，到了地下。

这仓库的地下室其实算是第一层，因为地势低，直达江面，往上又有一丛长势歪斜的丛林，正好形成一道天然屏障，人在岸边很难发现。这时地下室倒还没有着火，里面黑洞洞的，不知有没有人。

塔叔忽然立住脚，小七未及防备，塔叔一只钳子样的手已卡在她喉咙上，另一只手将她胳膊扭住。塔叔 60 岁的人，身子骨仍像铁一样坚硬。

"在这里干掉你，神不知鬼不觉。"塔叔低低地说，"别看我老了，对付你还是绰绰有余。"

小七一动也不动，她也动不了。

塔叔说："现在我问你什么，你就点头或者摇头，什么花样也别想。"

小七点了点头，塔叔的手松了些，她说："我没有花样。"

塔叔的手指又紧了些："你杀了老板？"他指的是战烈。

小七摇摇头。

"你上次去海市找他，是想杀他吗？"

小七点头。

"老板这次来江洲有没有找你？"

小七摇头。

塔叔一双眼在黑暗中放着光，像鹰。他思忖着，将手松了。小七咳了几声，摸了摸喉头，说："您老人家功夫不减当年。"

"马屁收起来，现在你跟我走。"

"我不能跟你走，外面有人在等我。"她说。

塔叔笑了一声："要么跟我走，要么死在这里。"

黑暗中有了响动，一条人影踉踉跄跄扑了过来，一把拽住塔叔："警察来了！已经来了！"

"黑背！老板呢？"

"被抬走了，外面全是人，警察来了好多，全是车。"那叫黑背的上气不接下气，调子都变了。

塔叔扑到窗前看了看："还来得及，拼一把。"他喝住黑背，两人一起奋力拆下了门板。

一阵凉风袭面，带着江水的微微腥味，这地下室直通江流，塔叔拽住小七，几人滑下沙坡，在低矮的灌木掩盖下，赫然有一条船。

耳边的救火声、呐喊声、警笛声响成一片。小七回头看了一眼，她看不清什么，但那片嘈杂的人浪里有依稀的呼喊，分明是在叫着她。她本能地跳起来，塔叔已一把捉住她的手臂，低声说："你要轻举妄动，我保证你后悔一辈子。"

船上也有个人，看起来已经等得极不耐烦，也是满面的惊恐，连声催着他们："塔叔，起火了！还不快点儿！老板呢？"

"老板进去了，我们先走！"塔叔沉着嗓子说。

撕心裂肺的呼喊又响起来了，那是谷雨和霍思垣，他们正叫着她、找着她……小七只觉万箭穿心，她的身体一触即发。塔叔牢牢搭住她的肩膀，黑背在她的后面将后路挡了，两人前后夹着她上了船。

船在一团一团轻飘飘的江雾中逐渐驶向江心。

一直不歇气地行了 20 分钟，塔叔才摆摆手，船头的人将一盏灯挂高了些，他们的船融进了江面上那大大小小的船阵中。塔叔大喘了口气，另外两人也大声地将憋了半天的恐惧从肺里咳出来，他们喘息着、抱怨着、庆幸着，又沮丧不已。

"老板进去了，怎么办？"掌舵的人问。这人叫狍哥，头皮剃得溜光，下巴同样一片剃得干净的络腮胡，肩宽腿长，手掌阔大。

"当然是想办法捞，我们先回海市。"塔叔说。

"那一大一小都被救走了。"黑背说着狠狠瞄了眼小七，"狗日的陆明也造反了。"他也是个大高个儿，宽脸膛上却有一双阴沉的三角眼，看着让人极不舒服。

"那些人不要去指望，本来就是顺手捡的枪，能放一响就不错了。你现在能保命走掉，回去烧高香谢谢老天爷！"塔叔说，他点了根烟，大吸了几口，目光又落在小七身上，"刚才在仓库，老板都被你伤了，你为什么不做掉他？"

小七咬着唇，最后说："他欠我的，我也欠他的。"

塔叔似乎是赞许地又吸了口烟："谁的报应谁接着。"

"塔叔，我得回去。"眼看船离岸越来越远，她心里如有火焚，"我跟战烈两清了，你放我回去。"

"从现在起不许再讲这句话。你要跟我回海市，有一点儿想跑，我马上废了你。"

"为什么我要去海市？"

"丫头，你别急，好日子总会来的，眼下却还不行。"塔叔嘴上的烟头一明一灭，"我说过了，谁的报应谁接着，谁的债谁来还。眼下有更重要的事要你做。"

塔叔扑了扑船板上的灰，找了个舒服姿势躺了下来，不再开口。

黑背和狍哥两人仍然一左一右地提防着小七。想逃走固然不可能，塔叔不想回答的她也问不出来。她咬一咬牙，索性也找了个干净角落躺了下来。

月色暗沉，旁边一两颗寂寥的小星，但天空并不寂寞，几盏明晃晃的孔明灯一直飘了过来，升得很高，成了一些小小的光斑。这些脆弱的火花，很快就会消失不见，但这时它们仍是温暖的，因被寄托了各种愿望，便像一只只凝望的眼睛。

小七仰面看着那些亮亮的光斑，眼下她爱的人们正为了她痛苦煎熬。她从不信许愿这些事，这时却默默地在心里祈了个愿。她也不知道她即将面对的是什么，究竟还有没有明天。

海市是战烈的大本营，他的生意大多由这里起步，巢穴也安置在这里。这里近海，每天来往于此的船只上货、卸货，空气里都是海腥味。

小七对这股味道并不陌生，她像流浪的种子投在这里，在这座城里也留下过爱恨情仇百般滋味。此时再来，只觉道路有一些陌生，各处也变了不少。

塔叔并没有给她多了解的机会，下船后，塔叔交代黑背和狍哥："去找找乐子，放松放松。"膀大腰圆的狍哥问："您老人家呢？"

"我骨头痛，要赶紧去泡泡。你跟老板娘说，我下午去见她。"塔叔说。

黑背扫了小七一眼，塔叔说："她跟着我，跑不了。"

那两人走了，塔叔才又叫车，这次是去了塔叔住的房子。

塔叔住在市郊，小院子里种着韭菜和青菜，门前一只通体漆黑的大狗，尾巴不住地摇，先扑到塔叔身上，又急旋身地嗅着小七，围着她打转，兴奋的舌头伸得老长。

"它还认得你。畜生就是不忘本，比人强。"塔叔说。

小七抿抿唇："我也没有忘，您教我的我都记着。"

"我可没教你造反。"

小七不说话，塔叔倒"呵呵"笑了几声。

"丫头，你这副表情，后来我再也没在别人脸上看到过。我经常想，凭你这个臭脸，走到哪儿能讨得到好？偏偏还有人要你。"

"我要给家里人打个电话，他们找不到我会急死。"

"你有什么家里人？"

"我男朋友，还有谷雨。我要知道他们好不好。"

"丫头，你糊涂了，我不叫你跟他们联系，是为你好。"塔叔一副苦口婆心的样子，开导她道，"江洲那仓库被烧了，老板被抓了，你失踪了，现在是什么局面？活不见人死不见尸，成了悬案。找不到你，就结不了案。你这时候露点儿线索，下一步警方就会来找你上庭做证。你开不开口呢？"

小七不说话了，她在救下战烈时就已想到了这一层，但让她就此消失，也绝不可能："我救了他，已经算清了账了，难道他不是罪有应得？"

塔叔笑了笑："罪有应得，说得不错。我们这些人，谁的肠子揪出来洗洗也能把这片海染黑了。你能择得干净？我告诉你，你开不开口，结果都是个死。你开了口，这边的人自然不会放过你；你不开口，这边的人也会找上你，让你永远闭嘴。"

小七上前一步，拉住塔叔的衣袖："塔叔，请你帮帮我，我救了战烈，不指望他会记着这一点。我也不会去做证，我已答应跟霍思垣一起出国，不会再回到这里来了。"

塔叔看着小七脸上的倔强，叹了口气："我也算你师傅，总有点儿情分在。把你带来，是给你个机会。怎么样才不让狐狸找到？跑遍天涯海角，最好的办法就是住到狐狸洞里去。就算你现在回江洲，你这么一身麻烦的人，给你家里人会带来什么后患，他们真能过上安稳日子吗？你自己掂量一下。"

小七脸色发白，过了半晌，说："你在船上说有更重要的事要我做。

现在葫芦里的药可以拿出来了吧？"

"什么药你都吃？"塔叔问。

"咽得下的就吃。"

"咽不下的呢？"

"请您老人家自己吃，这也是您教的。"

塔叔又笑了一阵。小七跟他相处几年，知道他这样笑，是因为底下有大文章要做。果然，塔叔说："我最欣赏你的就是你这个脾气，不服管，软硬不吃。眼下有一个人，我要你照顾他、保护他。"

"谁？"

塔叔手上转着的两个核桃发出咯嗒咯嗒声，他眯缝着眼睛良久，才说："你走以后，有一次我陪老板喝酒，老板喝多了，说了一句话，说你跟他有一个共同点。"

"什么？"

"老板这辈子该享的福都享了，该受的罪也一样没落下。他也算家财万贯，女人成堆，交情遍天下，他没什么不踏实的，但他只有一个儿子。偏偏就是这个儿子，让他吃不好睡不好，头发都愁白了。"

小七没吭声，她知道塔叔的意思。塔叔的脸慢慢沉下来："老板跟你的共同点就是，你们都欠了小冷的。"

"小冷先对我动的手。"小七说。

"但你还是活蹦乱跳的，他却废了。"塔叔说，"小冷的情况你也知道，他离不开人。"

小七不可置信地抬头："你要我照顾小冷？"强烈的惊讶使她有些语无伦次，"我……我不行。我干不来，我不是护士，不会照顾人。他家有钱，可以送他去国外，找最好的医生治疗他。"

"小冷不去国外，他也不需要医生。"塔叔站了起来，盯住小七的眼睛，"你不是护士，但你机灵，身手好，没有比你更好的陪护了。"

"我干不了，要么你杀了我，这个债我用命还。"她生硬地说。

"不需要你的命。"塔叔慢悠悠地说，"你是对老板保证过的，小冷活着一天，你就要照顾他一天。这笔账你拖不掉。现在，到时候了。"

命运曾在这里留下暗示

小冷是个二十五六岁的青年，但还带着少年人的气息。似乎自从小七将他推下楼梯重伤以后，他就一直停在了那个时候。

跟战烈一样的瘦长脸，额头、颧骨、鼻梁、下巴，各处都是清晰而瘦伶伶的。这样的脸廓，在少年人脸上是清秀，经历过岁月就会走向凌厉。但他有两道带着女性秀丽的长眉，眼睫毛细密纤长，宁静的嘴角，给他的脸融合掉许多狞气，只是过亮的目光，又使人不寒而栗。

只是这目光现在也已不存在了，他双目平直，面朝着大海，眼中一片茫茫的虚空，狭长的眼皮微微眯起，很久才眨动一下。

现在，小七站在小冷面前，迎着他的视线。这双眼睛她记得，曾经亮得瘆人，很少有正经看人的时候，往往高高吊起，似乎全世界也不值得一瞥；偶然斜睨一眼，又似给足了面子才肯这样斜你一下。被他这样斜睨的人，往往就是他的父亲战烈。

而此刻，他穿着宽大的罩衫，胸前甚至有一块可笑的围兜。他本是极高的一个身架子，16 岁身高就过了 185，这时四肢因过长而无处安放似的，双手交叠在膝盖上，两条长腿交叉着搭在轮椅上。这副可笑的幼儿般的姿态不知道是谁给他摆出来的。轮椅扶手上贴着一块小牌子，写着他的名字：战冷疆。

那个不可一世的少年已不见了，唯一保持那咄咄气势的，就只剩下这个名字了。

小七咬咬牙，站直身子，看了看塔叔。

"目前就是这样，还算稳定。他只是不认得人，不能说话，但还是有反应的。如果有人一直跟他讲话，他会有点儿反应。"小冷旁边的护工说。这护工身材结实，走路虎虎生风，显见得很有力气。

塔叔把一堆病历资料递给小七。"这些你要在最短的时间里看明白。还有……"塔叔有点儿尴尬地想了想措辞，"他需要人喂饭，大小便、换衣服什么的，如果李游不在，你也要弄一下。"李游就是那个男护工。

这时黑背匆匆走来，停了一下，看看这边，又接着走到塔叔身边，轻轻说了两句。

塔叔对小七说："当家的回来了，我先去见见。"

"当家的？不是老板吗？"小七问。

"老板不在，就是老板娘当家。"塔叔笑了笑，说，"你在这儿等着。"他和黑背出去了，李游也跟着退了出去。

房间里只剩下小七和小冷。

海浪隔着玻璃清晰可见，一道白线直逼岸边，再缓缓退却，一些海鸟展翅飞过。这间房是这栋楼最好的一间，光线充足，景色宜人。小冷独据了这一间，虽然这些美在他的眼里是毫无色彩的，但战烈还是把最好的留给了儿子。

小七在房间里走了两步，看着背朝着她、一动不动的小冷。她想了想，将平台的玻璃门推开，将小冷的轮椅推了出去。

风比想象的猛烈，小冷拂到额前的长发一下被掀到脑后，在风中飞舞起来。小七愣了一瞬，她伸出手，又收回去，想了想，终于还是伸手替他捋齐。小冷的头发很柔软。很奇怪，一个性格那样强硬的人，头发会像胎毛一样细软。她的手碰到他的耳背和脸，也是冰冷的。

小七心里有点儿犹豫，又有点儿难受，曾经那没有一刻闲得住的少年现在竟变成这样一副不死不活的样子。她迟疑一下，终于弯腰平视着他："对不起。"

小冷半张脸都藏在一缕一缕拂来拂去的乱发里，甚至没有眨动一下眼。

身后有了脚步声，塔叔和黑背陪着一个中年女子走了上来，李游跟在后面。

女子四十来岁，身材颀长，下颌瘦而方，轮廓深而艳。小七知道她是谁，战烈的夫人、小冷的继母——阮姐。

小七在海市待了几年，见阮姐的次数却不多。阮姐和战烈虽是夫妻，却更像伙伴，战烈有一部分生意交给了阮姐，在小七印象中阮姐似乎一直在各地飞着、跑着，跟战烈聚少离多。

阮姐走上楼，她是个很有仪态的女人，面容矜持，语调轻柔，说："少爷不能吹风，谁把他推到外面去的？"阮姐像个旧式大家的夫人，摆足了姿态，把她的继子称为"少爷"。

其余人都看着小七，小七慢慢站起来，但阮姐对她是视而不见的。小七明白阮姐对自己的敌意绝不少，她当年跟了战烈后得到的器重，两人间的传言必定在阮姐那里引起过极大反感。

李游慌忙应着，说少爷这两天都没出门，难得今天醒得早，就让他出来透透气。说着忙把轮椅又推进屋。小冷在轮椅轻微的颠簸里，腰背稍稍往下出溜，人从轮椅里滑下去一截，双手也松开了，看上去马上就要睡着一样。

塔叔指着小七对阮姐说了几句，阮姐仍不看小七，她走近小冷，慈爱地摸了摸他的顶门，又摸了摸他的脸，像对一个十足的小孩子，最后摸了摸他的手。

"气色倒是还行，这几天有没有说话？"

李游忙说："两天前说了两个字。"

"说什么？"

"听不清是什么，好像是说妈妈。"

"什么时候说的？"

"吃饭的时候。"

阮姐笑了，她不动声色时颇具威严，一笑便媚态动人。"天下的孩子都一样，离不开妈。"她温柔地说，"既然吃得香了，就给他多做点儿，也别太过量。"

李游答应着。阮姐直起身，又走了两步，脸色慢慢沉了下来。她坐到椅子上，将手中的茶杯掂量一下，又抿一口茶，终于瞥了一眼小七。

"老板是说过，小七欠了少爷的债。但毕竟时过境迁，人家那边也……"她停下斟酌一下，"……也毕竟赔了条命，挺可怜的。我的意思，得饶人处且饶人，我听说她都快结婚了，就别难为别人了吧，小冷也不是没有人照顾。"

塔叔说，话是这样，但老板说一不二。他这次不惜亲自去江洲，自然是因为心结还在。现在老板人是还没出来，回头出来了见我们这一点儿事也没办成，更给他添堵。

阮姐笑一笑问："那头到底怎么说的？"

塔叔说："没什么把柄，各种事都做得很干净。小七目前在我们这里，警方找不着人。我们找的律师很好，估计出不了大纰漏，也许过两个月就能出来。"

阮姐微微颔首，像是又斟酌了一下，拿定了主意，又看了小七一眼。小七站在塔叔身后，垂着眼睛，穿着一身布衣，但仍是相当引人注目。

阮姐说："就这样吧，毕竟也是在这里待过的，规矩都懂，嘴巴牢一点儿，对大家都好。回头跟护士交接一下，多个人就多个人吧。"

阮姐款款下楼去了。她在的时候空气里像压了一块铁，一离开，每个人都松了口气。

小七过了几天去找塔叔，直接跟他说这事她做不了。

塔叔手里转着那两颗核桃，另一只手把玩着一只短笛，皱着眉看那笛身上刻的字，嘴里念念叨叨。

"我干不了。"小七继续说，"我不能留在海市。我会走得远远的，保证绝不去找警察，不会开口提到老板一个字。"

"念去去千里烟波，暮霭沉沉楚天阔……"塔叔终于把笛子上的那几个字认清楚了，又念了一遍，把笛子递到小七眼前，"你看看，这是不是个'阔'字。"

小七忍耐着，看了一眼："是'阔'。"

"我就说怎么写得那么怪嘛，"塔叔笑呵呵地说，"老朋友寄来的东西，还是故人知心哪。"他眯上了眼，似乎沉进了一种情绪中，嘴里开始念一段唱词。不是常见的西皮二黄，调门怪异，曲里拐弯，长长的划音听得人心里一阵难受。

小七忽然劈手夺过了笛子，笛子刚沾到她手，塔叔已夺了回去。两人瞬间过了几回合，笛子终于在塔叔的手掌里牢牢握住，小七放了手。

塔叔有点儿喘的样子，说："丫头，行啊，居然能跟我抢个几招了。"

小七说："你让我。"

"丫头，你老实讲，我现在手脚怎么样？"塔叔问她。

小七犹豫着，说："比以前慢了点儿。"

"还有呢？你还看出什么？"

"腰也不行了。"她老实说。

塔叔嘴角往上一提，又往下一耷拉："你果然有双利眼。毕竟老咯，现在是一天不如一天。"他将笛子在腰上一敲一敲，转过身，"来，给我捏捏。"

小七给他捏着双肩，塔叔的关节发出咔咔的声音，他舒服地叹气："以前一百多斤担子挑起就走，现在黑背都能把我撂趴下。这一副老骨头还指望有什么作为，还能守得住江山？"

小七给他敲着背："谁要你来守江山？"

"老板辛苦了一辈子，到头来栽了大跟头，我得替他看着呀。"塔叔像是自言自语，"外面有虎，家里有狼，还要护着小崽子，顾不过来呀。"

小七沉默片刻，问："家里的狼是谁？"

塔叔呵呵笑着："你这鬼丫头，你今天来找我是为了什么？你要不是看出了什么，能这么急着要脱身？你就是不想蹚这浑水。但是我告诉你，这浑水你是泡定了，要是委屈，就算是塔叔对不住你吧。"

小七又沉默一下，终于说："小冷……是被监视着的。"

"哦？几个人？"

"那个李游，不是真的护工，他身上有功夫。负责做菜的保姆，也有问题。"小七说。

"还有呢？"塔叔眼里赞许地一闪。

"……阮姐。"

塔叔用力地在自己肩上的酸痛处敲了一下。

"来了两天就看出这么多，也算老板没看错你，我们没白教你。"他看着小七，嘻嘻哈哈的脸相收了起来。

"我可以直接告诉你。老板的生意，这几年一直在垮。老板娘这些年在外面跑，说是跑生意，其实是在替她自己打江山。小冷受伤以后，老板心思散了，气运一衰，连做连败。他想补救，又去外面跑了几趟，结果把家里的事也丢给了老板娘。老板娘把一批老兄弟遣散了，全换成了她自己的人。等老板意识到事情不妙时，老兄弟们已经退休的退休，进去的进去，受伤的受伤，被替换一大半了。"他又呵呵笑了，"你能看到我，还算是我命硬了。"

"所以现在……"

"现在情况不妙啊，丫头。老板这一进去，恐怕等再出来，这江山就得改姓了。"

"老板娘为什么要这么做？"

"为什么，那是他们夫妻的事。你也知道老板这个人，跟他过日子，不是日子啊。"

小七沉吟着："你想要我怎么做？"

"我为什么要找你来，理由一早都跟你讲了。最重要的，小冷是由你而伤的，老板娘不会怀疑你。我先后找过几个人照顾小冷，都被老板娘弄走了。"

"可是我……"她挣扎着还想说。

"你不想照顾个废人。你看过小冷从前的样子,你再看看他如今的样子。如今老板娘最想除掉的人就是小冷。他废了不假,但他活着一天,这里一天就得姓战。"塔叔站起来,刚被小七大力敲捏过,有点儿颤巍巍的,他拿有点儿哆嗦的手按住小七肩膀,"丫头,我不瞒你,小冷很危险。这几年他出了不少意外,他用的药、服侍他的人,都出过问题。他是没办法反抗的,我也不能一直看着他。现在要怎么做,你自己掂量。"

小七在回去的路上心里起伏不已。她从第一天跟阮姐打照面,就看出阮姐和塔叔面和心不和,阮姐忌惮着塔叔,也忌惮着塔叔找来的人。只是,塔叔的意思已对她说得分明,她这边的难处却没有全部说出。最难以启齿的,是跟小冷尴尬的相处。

小冷是从头到脚要人照顾的。小七睡在他卧室旁的一个套间里,那个男护工李游比她更靠近小冷,卧室很大,拿个屏风隔出一个角落,里面放了一张折叠床,李游就睡在那里。这无疑是极不舒服的,但李游说:"开始老板娘让我贴身照顾少爷时,少爷瞪我,我就离得远一点儿,不让他看到我。"

"他会瞪人?"小七问。

"瞪得可凶呢。他不说话,眼睛直直地瞪你,他们说他没看着人,可我被他看得直发毛。"

小七看看小冷,他坐在轮椅上,目光平视,脸上纹丝不动。

李游忽然向小七靠近一点儿,压低嗓子说:"你说,他会不会已经好了?"

小七心里暗暗吃惊,却眉毛也不动一下:"你是医务人员,你了解他的病况,怎么问我?"

"我听别人有议论,我是不信的。"李游支支吾吾地说,"我看过他的病历,再站起来的把握很渺茫,几乎没有。而且,我看了他几年了,他确实是废了，一下不看着就大小便一身。老板出门前来跟他告别，对着他说了一下午的话，老板那样铁打的男人都落泪了，可是少爷眼睛都不带眨的。"

因为有李游在，小七可以不用贴身给小冷做那些难堪的工作，但她也绝不轻松，小冷瘦削的脸、空洞的眼睛、毫无着力点的四肢，甚至他一动不动时的背影，对她都是个压力。

女保镖

有时候辗转难眠，小七想起跟小冷为数不多的几次见面，那年她17岁，他还要小一点儿。她是神情冷漠的孤僻少女，他是一阵风般的少年，眼里时刻闪着火。她在喂鹰，他远远地将一块肉丢过来，带着明显的恶意，把肉往她身上扔。她一手打掉了，他则哈哈地为自己的恶作剧笑个不停："这鹰比你吃得还好，你不馋吗？它有两个你重。"

但她不想理他，更不想惹他。她早有耳闻老板的这个少爷，无法无天，每天最大的乐趣就是跟各种人为难，挑战各种人情与规则。有老板罩着，谁也逃不过他的恶作剧，谁也不能跟他认真。

有时候她去跟战烈交代事情，小冷就蹲踞在一张大转椅里，他身量很高，折叠着瘦长的四肢，转来转去像个大马猴。战烈跟小七说话，小冷便看着她，无聊地做着鬼脸。

她无视他的挑衅，绕过他走了——被他盯上那是比死还难受的事。

她日常听到的关于小冷的谈论，不过是昨天又惹了多大的祸，老板去派出所里接他，他居然赖着不动，说号子里都比家里舒服。他不肯跟老板去学生意，老板对这个儿子寄予众望，但他偏不当回事。他独来独往，从不要人跟着，但只要出门一次，往往就挂了彩回来。他毫不在意，因为对方伤得更惨，据说他打架从不要帮手，常单挑一群。

偶尔也有传言小冷跟继母不合，说起这些事的人都很小心。又有人说何止不合，简直是水火不容。小七对阮姐从没有好脸色，阮姐对他呢，自然是百般忍让。那，老板偏哪边？亲儿子跟老婆，毕竟还是儿子亲些。八卦的人如是说。

小七不知道这样一个二世祖，怎么会跟阿因撞上。她向来小心，不跟这个骄横的少爷打照面，这样一个混世魔王，谁碰到都是个麻烦。

但偏偏被阿因碰上了。

那天她从楼道里出来，一眼便看到小冷将阿因堵在了楼梯口。小冷仍是站没站相，大马猴一样在栏杆上吊来吊去。阿因身子瘦瘠，脸色发白。

"再说一次，你回去告诉你姐姐，我爹那老头儿可不是什么好种，叫她离远着点儿。"

"我姐姐跟你爸爸没有关系，不许你说我姐姐。"阿因直直地说。

小冷哈哈笑了，一脸流氓相。"有没有你怎么知道？"他斜睨阿因一眼，"乖宝宝，你还在喝奶吧？要不要吃糖？"他不知从口袋里掏出什么，一晃一晃在阿因眼前摆动着。

阿因忽然一拳挥在小冷的下巴上。

小冷往后一仰，手一撑就跳下栏杆。他非常敏捷，阿因根本碰不到他，但他无疑被挑衅了，这文静苍白的男孩儿竟然敢动他。他挺直了身子，比阿因高出大半个头，他晃了晃手腕，动作很夸张："你自己来做靶子，别怪我啊。"

他那一拳还没有挥出去时，小七就已上去了。小冷感到了背后的一股大力，"砰"的一声，他眼前的世界忽然翻转过来，楼梯的一个个直角尖锐地捅着、戳着、撞击着他的肋骨和背，黑洞洞的楼底变成了一张巨口轰然迎接着他，他最后听到骨节断裂的声音，眼前迅速被溪流一样的血糊住了。

这些年小七想到小冷总是一带而过。她并不后悔，小冷如不倒下，倒下的就是阿因。她难以面对的是阿因的眼神——阿因伤心又压抑的目光，让她很久抬不了头，且无法解释。

她不知该怎么对阿因说，她跟战烈不是别人议论的那种关系，但阿因在日益沉默的自我封闭中，已什么都不愿意听。

夜阑人静，她忽然听到黑暗里的微声，她轻轻起了床，等着眼前的模糊渐渐过去，她将门开了一条缝。

小冷的卧室里很安静，这少年睡着时甚至还有轻微鼾声，似乎一转眼就能活泼泼地跳起来。而李游不知何时从他自己的隔间里摸了出来，隔着一段距离，仔细看着床上的小冷，看了一阵，又去看小冷吃的药。

冰凉的月光斜射在地板上，小七无声地掩上门。李游对于小冷的监控是很明显的，一些观察他不在白天做，偏在小冷入睡时做，为什么？

第二天小七提出要跟李游换个床。她说自己一向失眠，不如替他值夜。李游有点儿吃惊，推诿说女孩子做不了那些粗活、脏活，小七说不妨事。

小冷晚上并不起夜，小七便每晚临睡前替他换内衣，换上尿垫。她手脚利索地抬起他的胳膊和腿，轮椅两侧的金属已被他长久搁着不动的胳膊弄出一片温热。这轮椅他应该已用了很久，皮套上一片薄薄的磨损。小七替他穿脱衣裤时，都尽量把动作放轻柔，她蹲下，擦拭着他的小腿，抬脸便与他的视线对接，他的目光不会拐弯，长时间地定在她脸上。

小七想，这大概就是李游说的"瞪人"，李游心中有鬼才会被这并无焦点的目光看得发毛。

现在她迎着这目光，两人一个无心、一个有意地定了片刻。小七忽然厉声低喝："战冷疆！"

没有反应，他的眉毛、眼睫毛仍一动不动。

　　小七握住小冷的一只手，他的手骨节细长，因长期不做活儿，皮肤细致，指甲修得很干净。她用了力气，卡住他的手指，同时感受着他手掌的弹性。她的手劲儿是练过的，可以折断人手腕，但小冷的手掌软绵绵的，内里并没有生出抵抗力。她摇摇头，想着这些试探李游一定都做过，这并不能说明什么。紧接着，她就闻到一股异味，暗叫不好，一看，小冷果然又尿了出来。

　　她睡在卧室的小隔间里，长夜里听着小冷的呼吸，有时候他的呼吸忽然急促，她便去床边看他，将他由额头开始，轻轻往后脑抚摩。这是她照顾阿因的方法，阿因从小多梦，总是悸动不安，她便是这样一遍遍安抚着阿因。她慢慢替小冷翻了个身，小冷多年卧床，体重已减轻很多，她手托住他的背，一点点翻过来，再将他的头安放于枕头上。小冷的睡脸颇不安分，闭着的眼睛竟像有表情般，眉毛、嘴角似乎都在拧着一股劲儿。小七想，不知道他会不会做梦，他的身体被困在病魔的刑具里，在梦里他却是放松的、清醒的、情感俱全的。他在梦里有完整的生活，他在现实里失去的一切，都会在梦里找回来。

　　这几天里阮姐又来看了小冷一次。阮姐穿着及踝的长裙，长发盘成一个沉重的髻，款款走上楼，露出真正慈母般的微笑。

　　"手很温热，脸也干净。"她细细地端详小冷，像在看一个玩偶，"头发洗了吗？"

　　"洗了。"李游说。

　　阮姐看看小七，小七站在稍远的地方，正换上一双软底鞋，又拿了块墩布放在地板上。

　　"地上怎么了？"阮姐问。

　　"吐了一次，大概菜不合胃口。"李游说。

　　阮姐的脸严肃起来："怎么回事？"

　　"他这两天胃不好，不知道是不是药太重了。"小七说，也看了一眼阮姐。

阮姐"哦"了一声。"其实我一直觉得，小冷应该去个空气更好的地方疗养，对他的肺有好处。"她走到小冷身前，抚摩着他的头发，"出去玩儿玩儿好不好？你不是想回小时候住的家吗？阿妈送你去那里住，你可以在沙滩上玩儿，还可以去大海里洗澡，高兴不？"

她语调甜蜜温柔，小七觉得一股凉气如蛇芯子一样舔上后背。

小冷紧闭的嘴角有一点儿下撇，他目光涣散，颧骨也有点儿潮红。

阮姐摸摸他的额头："怎么，发烧了？"

房间里的几个人都着慌起来，倒热水、拿体温计、打电话。小冷确实是发了烧，阮姐一直等到医生来过了，确认了没事才走。

"虽说没事，到底还是病了，这孩子苦，身上难受，嘴里讲不出来。"阮姐交代小七，"等他好了，你们就去岛上散散心。"

"我们？岛上？"小七问。

阮姐微笑着道："你照顾得不错，换了别人我真不放心。我过两天要出门，趁着这两天给你们把船定了。"

小冷这次却病得不轻，小七整夜守着他，暖气一直开着，他的身体却有点儿僵直，还有点儿哆嗦，小七就拿热毛巾轻轻地替他擦着身。

她心里隐隐担忧，阮姐的微笑和眼神都让人心里发毛，还有阮姐甜蜜的口气、那些爱抚，以及爱抚间若无其事做出的决定。小七想，阮姐对于这么个废人小冷，那简直是恨到了极点，又恐惧到了极点。

小冷做了什么事让她这样切齿痛恨？或者真像塔叔说的，小冷是她最想要除掉的眼中钉？

但塔叔这两天偏去了下江，等他回来时小冷的病不知道能不能好，阮姐这意思是已经容不得小冷再出现在她眼前了。无论怎样得先通知到塔叔，但她没有来得及。

黑背和狍哥等人潜进卧室的时候，小七立刻醒了，初冬的夜，黑色渐渐深长，几条黑影在暗中也不过是更添了浓重的黑。

小七"啪"地按亮了灯。

几个人一惊，回头就见小七衣服穿得好端端的，正坐着看他们。黑背有点儿窘，却也不慌张，说："吵到你了。"

小七冷冷地看着他们不说话，黑背被她盯得不自在起来，告诉她，老板娘已经安排了船，送他们出去透透气。

"老板娘的船必须在夜里开？"小七问。

黑背说白天太招摇，老板出事以后，海市也颇不平静，能避点儿风头就避点儿风头。他一边说着，另一边狍哥已把小冷扶了起来，小冷双眼似睁似闭，是睡是醒都不清楚。

护工李游在一边帮着整理打点小冷的衣物，他脸上有一种如释重负。

阮姐这时上了楼，她也是衣着整齐，一只手轻轻抚弄着小冷的头顶："乖，阿妈这次不能陪你去，你自己好好玩儿。"她声音里带着令人毛骨悚然的甜蜜，那手指一路向下，捏住小冷的下巴，重重一甩，小冷的脸就被她甩得偏到了一边去。

阮姐又拿起桌上的一杯水，缓缓浇在小冷的头顶上。

室内每个人都似乎打了个冷战。

冰凉的水流顺着小冷高峭的眉骨分流而下，他的眼随之闭了闭，脸颊因冰冷的刺激而有些抽动，水流滴答地流到了他脖子里。

小七胸口一热，手指颤动，几乎就要站了出去。阮姐温柔地看向她，说："我以前就听老板夸过你，说你聪明，身手又好，你要好好照顾少爷。"

"塔叔呢，回来没有？"小七问，努力压着体内的那股火。

"估计下个月才得回。你放心，他不会不知道。"阮姐轻飘飘地说。

黑背等人站在周围，都是一声不吭。五个大汉守住了各个方位，小七知道没什么可讲的了。

船破开白浪的时候，天色终于微明。12月的清晨，格外寒冷，小七把毯子给小冷裹上，试着他的额头。他还没醒，歪着头，仍有点儿低烧，脸容平静。小七想，什么事也不知道，也许更好。

黑背、狍哥几个人在另一头小声地说着话和抽烟，偶尔偷眼看一下小七和小冷。小冷不动不反抗，没有脾气，没有知觉，但黑背等人还是有点儿怵他似的，在这少爷面前一举一动都小心翼翼。

风很大，海平面一片沉重的灰色，微弱的太阳只出来了一瞬，便被浓云遮住。船夫说："别看现在冷，过几天暖和了，你们就知道美了。"

眼前目的地已渐渐展露，一座狭长的岛屿自海面拔起，一半蓝绿，一半苍灰。苍灰的是岩壁，绿色则是山上覆盖一半的单薄的植物。

"这里就是蜈背岛，"黑背摸着自己光溜溜的脑门儿，呵呵笑了几声，"岛上通讯不方便，住的人素质也不怎么样，要当心点儿。"他眺望着海水又说，"你别看现在风平浪静，这里的天是翻脸不认人的。风一起，那一个浪打下来，像一座楼塌了一样。"

船没有立刻靠岸，而是绕着这岛又开了一圈。小七站在船头，灌进眼睛的风里含着阵阵辛辣。只见这岛背面孤石屹立，峰壁一半直插入海，刀削斧凿地刨出一面面，向内的一面只有些稀疏的山衣，向外最陡峭的那一段约有几十米，往前延伸，犹如一把把的尖刀，从两边向里拱起，连成了一条长长的凸出的石梁，两面再无倚靠，左右皆是绝壁。海浪吼叫着一层层往前冲，撞碎在礁石上。往前的海面漫无边际，顺着天色一路灰蒙蒙地向前开去。

"蜈背岛。"小七喃喃地说。

"怎么样，这一段很险吧，这岛背面寸草不生，摔下去神仙都救不活。"黑背得意扬扬地说，"来了这里，那真叫一个插翅难飞。"

小七不理他的暗示，说："寸草不生？那里就有棵树。"

蜈背岛一片孤绝，但岩壁最高处真的矗立着一棵树，映衬在苍青的天色中，像一切天地化物一样，桀骜、孤单、有力。

天涯沦落人

岸边已站着几个人等着接他们，为首的一个汉子高大壮实，堆着一脸憨厚的笑。他旁边还有两个男人，一个矮胖，圆鼓鼓的头脸，两个招风大耳；另一个瘦小精悍，眼神机警。黑背告诉小七，中间那高大的汉子叫佟子，旁边那个矮胖子叫五海，那个瘦子叫贾骏，都是公司派来驻在这里负责的人。他压低声音又对小七说："佟子是这里的地头蛇，贾骏和五海是他的左膀右臂，以后别得罪他们。"

佟子爽朗地大笑，还张开双臂，兄弟相逢似的，大力拍着黑背的肩。五海则高声指挥，不远处还有一艘大船，几个船员正拿绳子将货箱从下舱吊上去。

"这里没有港口，怎么会有货？"小七问黑背。

黑背又呵呵笑了："你是真不知道？这个岛也是老板的产业，上面有一半人是替老板做的，小冷少爷也是在这里长大的。"

"所以……岛上都是你们的人？"

"也不算，当地人很多。我们这里做的是正经买卖，佟哥他们每周一次去岐山镇送货结账。"

狍哥和另一个人把小冷的轮椅抬下来了，小冷的脸上蒙着风帽，让人看不到他的脸，身体在毯子里是细瘦的一团。佟哥只瞥了一眼："这么冷的天，不该把病人送这里来啊。"

"他身体不好，老板娘送他来这里疗养。"黑背说。他只字不提轮椅上的人是谁，佟哥看起来好像也不知道这回事。

小七看看黑背，黑背也正看着她，眼神很明显。小七明白了，转过头，装作不留意黑背眼里的一丝威胁。

直到黑背把各人的行李拎下来后，又拿了个箱子自己背着，她才问："这是什么？"

"我的行李。"黑背说。

"你的？"她接着看到狍哥也拿下了两件行李。

"我们哥儿几个也陪你们住这儿，老板娘说怕有人欺负了你们，我们留下来保护你们。"黑背说。

小七闭上嘴，她紧握住手上的一条绳索，克制着想把手上的绳子"啪"地抽到黑背那张鬼祟笑脸上的冲动。她还是低估了阮姐，阮姐怎么会放心让她和小冷独自在岛上？自古被流放的人都有一群看守。

几人上岸一路步行，这里的房屋多沿山势而造，笔直的楼梯，天梯一样，一级级交替上去。雾像轻纱一般披在最高的山头上，继而缓缓泻落，山脊与屋顶都朦胧起来，海色灰蓝苍茫，树影显得有点儿旧。

"是不是风景很好？"佟哥兴致勃勃地问，佟哥说话带着山东口音，每个动作和表情都很夸张，一路给他们指点介绍。蜈背岛是东海群岛中一块巨大的礁石，这里暗流汹涌，讯号难通。战烈老板早年在这里购下一块地，种药材，也开发海产品。岛上人大多自力更生，种菜养殖，有了积蓄就用来修屋和造新船。

"地方虽小，产业可大。"黑背说，掩不住地有些艳羡。

那个叫贾骏的见了黑背的表情，便开始跟他说一些今年的产量之类，报着一些数据。黑背忙说："几位老哥你们知道我的，我一个粗人，听不懂这些。老板、老板娘把这里交给佟哥管，还用我插什么手。"

小七想，这几个都是精明人，黑背跟佟哥虽都跟着阮姐，但他俩明显不是一路。佟哥负责着这座岛，黑背就算眼红这肥缺，也不敢染指。而这岛上战烈的人，只怕都已投向了阮姐。

至于她跟小冷，不过是一个女流之辈与一个废人，无论如何是对付不了这么多人的。

想到这里她又看了一眼小冷，他的眼睛已经睁开，光线映在他的眼里，瞳孔似乎亮了一点儿，海风一下一下吹着他单薄的身子，她将毯子给他裹紧。

"你对少爷还真不错。"黑背颇感慨地说，"房子已经收拾好了，在南边。我们去看看。"

半山处辟出来很大一块，中间有一座小楼。双层结构，人字形屋顶，屋檐下有成排柱子的廊檐，白灰墙壁，看着简朴又气派。倾斜的屋顶后又有一层平台，连着一弯外置的楼梯通向后院。楼下是红砖堆叠，空出很多洞眼，使室内一片敞亮。深色水磨石的地面，堂屋两边都有厢房，卧室、书房应有尽有，上一层外墙又以竹子为主，齐刷刷地排列着。院门、篱笆，一样不少，甚至门前还辟出来一个小池塘。

小七不作声地绕着看了一遍，这么异域风味浓郁的建筑出现在这样贫瘠荒芜、处处粗岩土墙的海岛上，煞是扎眼。门牌上有一个古怪的字，比繁体的方块字更复杂，七弯八拐，像是个"兰"字。

"这里叫兰居，是老板娘专门找人在这里修建的。"矮胖的五海笑呵呵地说，"还满意吧？"

"老板娘早就把这房子造好了？"小七在他背后问。

五海冷不防被这样一问，有些答不上来，他转过脸，眼前女孩儿一张苍白的脸，嘴唇像菱角一样端正，淡淡的唇色也显得软而凉。只见她眼里冷光流动，正直视着他，五海被她盯得一愣。那边贾骏已高声喊："桂桂！"

一个年轻女孩儿一边应声而来，一边在围裙上擦着手。她20来岁，圆圆的脸上一双弯弯的眼睛，见人先笑。她鞠着躬，对所有人都叫了一遍"大哥"或"老板"，她叫小七"姐"。

"她叫桂桂，早几年来的，她负责给你们做饭。"佟哥说。

来的几个男人，黑背、狍哥等人都瞄着桂桂那张娃娃脸和那一身富有弹性的肉，桂桂给他们倒了茶，又回灶间去了。她脚下紧紧跟着一只猫，随着她跑进跑出。

五海兀自有点儿愣神儿，偷眼看着小七。她四肢修长，身量似乎比他还高一点儿，此刻不理众人，正给轮椅上那一身都裹在毯子里的病人整理着。她低下脸，头发漆黑，双手有力。

等到佟哥几人告辞后，黑背将各处又看了一遍，满意地拍拍手。

"我们就住在后面，以后可以一起开伙。你要是不愿意，独自吃也行。"黑背对小七说，又往后一指。

后面有个独门的院子，跟别处一样，大块粗岩石垒成的墙，高高的屋顶，只是比别处更大些。附近还有一个临时搭的工棚，几个女人坐在一边用听不懂的方言拉着家常，又好奇地伸头看着他们。

黑背将小冷推上楼，这楼果然是精心设计过，甚至还有一条专供轮椅上下的坡形通道。房子临海，楼上眼界开阔，室内陈设颇华丽雅洁，布置摆设仍是一派异族风情，卧室的墙面上也有个"兰"字的木牌。从平台望出去，一片白浪的那一头有一块圆乎乎的岛屿，与这边遥遥相对，形状像个面包。

"那是什么岛？"小七问黑背。

"那里？"黑背望了望，说，"那是百花岛，离这里最近的岛。"

小七说："你为什么不告诉佟哥来的是小冷少爷？"

黑背极快地向后扫了一眼："姑娘，我知道你的手段，也不想瞒你这聪明人。我们老板娘做事谨慎，她的事不想多一个人知道，我们就不能让别人知道，懂吗？"

"小冷的药呢？你带的够不够？他定期要做治疗，你打算怎么办？"小七又问。

"老板娘说，这里这么好的空气，这么新鲜的海产品，能治百病。这是皇帝的享受啊，我看你很有文化的样子，以前有个皇帝叫光绪，你听过没？他就住在这样的地方，三面水，清静。"

"你想把他关到死？"她不觉捏住了拳。

黑背警觉地看着她，暗暗提防。他听说过小七是个棘手人物，小冷少爷就是被她伤的。这丫头是个狠手，一招就让老板绝了后。阮姐此前特地嘱咐过，小七要是能乖乖照顾小冷，在岛上好好活着也就罢了，要是造反闹事，立刻就地做了她。

但小七并没有抗议，她慢慢坐下来，看着海面，天幕沉沉地落下一张灰色大网，海浪在寒风中发出极响的轰鸣，像千军万马的铁蹄。她想，塔叔精心挑选了她，无形中却也对了阮姐的心意。她和小冷，都是阮姐不想看见的人。这茫茫大海中的孤岛，正是绝佳的葬身之地。

人是天地囚。她的命运被一再碾压，从一个牢笼再到另一个。如果这是她的债，她只愿独自一人来承担。

小冷忽然咳嗽了两声，黑背等人吓了一跳，但他并没有异样，也许海边的空气对他真的有帮助，他瘦削的脸罩了一层薄薄的天光，显得柔和。

当晚小七自然无眠。兰居的卧室相当宽敞，和在海市一样，她在小冷床边收拾了一个小铺，方便随时照顾他起夜和翻身。冬天的白月光从高高的窗户投进来，覆在她身上。小冷不太安稳的呼吸近在耳边，此外是阵阵涛声。半空中浮动着一点微光，小七凝神看着，那光点微弱飘忽，似乎是一盏灯，下一秒就飘出了她的视野。

风里还有一丝令人不安的调子，像风啸，又像人声，她留心听着，是一副起起伏伏的嗓子，沙哑却持续不断，听起来荒腔走板。

她轻轻起来，下了楼。月下的海呈烟灰色，远近泊着的百十来条船，一动不动的剪影像孤独的树木。

有个人静静地坐在海滩，背影枯瘦，是个老人，他像入定的老僧一样坐着，那苍凉凄厉的调子就是从他那里发出来的。在他面前的那片海面上空，飘浮着几盏灯笼，样式奇特，呈六角形或圆形，像雪花，像钻石，像水母，薄薄地点缀在半空。

老人唱几句，就停下歇一歇。小七轻轻拍了拍掌："唱得好。"

老人偏过头，他的脸有点儿奇怪，满面皱纹如核桃一般，眼白上翻无瞳仁，显得黯淡无光。

"不中用了，只能躲在这里唱。"他说。

小七仰头看着半空里的那几盏灯，此刻已成了几个缥缈的小光点："这灯很美，是孔明灯吗？许愿的？"

"这不是孔明灯，我的灯也不给活人许愿。"

"那给谁看？"小七暗暗观察着这老人的脸，确定了，他是盲人。

"给那些亡灵指个路，他们也要灯啊。"

小七未及答话，便听得脚步声响起，黑背几个人已迅速赶了来，见她好端端站着，便没上前，在她周围绕了个半圆，手揣在腰里。

"没事不好好睡觉出来干吗？"黑背口气不耐地数落，"这人是个老瞎子，你没事别跟他啰唆。"

小七转身回兰居，她一步一步数着步子走回去，黑背又在她身后说："你速度快点儿，这么慢腾腾，少爷要是起夜了找谁？"

小七没跟他顶嘴，她不过走出了房间，走了这几十步，黑背他们就已气势汹汹。但那老瞎子仍坐在那里，刚才那一出丝毫没有影响到他唱戏，鬼号一般的戏声，被风刮得支离破碎。

黑背每天要过来绕几趟，他住的地方离兰居近，伸头就能看到他们，他也不让小七关窗。小七说："你少爷怕光，你不乐意，自己跟他说去。"

黑背向小冷瞧了一眼，他在小冷面前有点儿怵，明知道眼前的是个废人，他还是毕恭毕敬。

"不了，按少爷的习惯来。"他赔笑着说。

佟子、五海和贾骏也来过两次。瘦而精干的贾骏为人颇深沉，少话多思，阴阳怪气；五海则对小七嘘寒问暖，还趁机在桂桂的腮帮子上捏了一把。黑背很乖觉，佟哥虽邀请他协助料理岛上事务，但他只去仓库绕了一趟便不再打扰，两人井水不犯河水。

小七整理了小冷的衣物，小冷的行李中有一半是药，小七分门别类摆好。她自己却没什么行李，黑背对她严密戒备，不许她去找岛上渔民搭话。他告诉她，岛上还有个很大的兑换市场，里面日用品和衣物应有尽有，新的旧的都有。她和小冷需要什么，他们去帮着拿。这岛上条件如此恶劣，她与小冷朝不保夕，纵是这样，黑背他们仍然充满警觉，怕她跑，怕她跟人闹事。

这样过了两天，小七去找黑背谈判。她说，既然来了，日子总得过。她不能只守着小冷，他们的日常衣食要自给自足，不能只靠黑背提供。她可以去做工，如果黑背不同意，她就直接去找佟子。

面对小七冷冷的眼神，黑背也有点儿头皮发麻，他知道这女孩儿说得出就做得到，与其让她去佟子那里，不如各让一步，料想她也闹不上天去。

于是小七开始和岛民一起干活。住地后就有工棚，女人们聚集在那里晒鱼干，包装海产品，在靠近海岸的地方，视角更开阔，男人们就在那里做着重体力活。

她白天做工，换一点儿微薄的收入。小冷在家里，便拜托给那个做饭的女孩儿桂桂照看。桂桂没什么爱好，只是宠爱她那只猫，便一边给猫挠着痒一边满口答应，保证照料好少爷，每天两次推着他去散步，按时喂药喂水。等小七回家，再一起开饭。

这些便是他们在蜈背岛的日常。

念去去千里烟波

小七戴着手套，将橘黄的网线穿到绿色的网线中去，她脚下还有一网一网的浮子、木片和铁条。空旷的地上铺着一块一块长长的帆布，旁边木条遍地，几个人正在造私船。

此时是中午开饭的时候，岛民们开始小憩，三两个在一起聊天和打扑克。小七趁人不注意，揣了一把钩在身上，又捡起两根铁钉。

这些东西未必用得上，但一定不会没用。她在小冷睡下的时候偷偷地打磨。从小的习惯，有样硬东西揣在身上她会安心些。她在来的第一天就想得很清楚，她孤身一人，所长不过是机警冷静而已，能护住自己周全都不容易，又拿什么去保护小冷？在这与世隔绝的岛上，那个拼死一搏的时刻总会到来。

黑背有事没事都会来兰居绕一趟，有话没话也要找点儿碴儿。他是被阮姐交代过的，身负了任务的，不敢怠慢，哪怕在最享乐的夜晚，对他们的监视也绝不放松。

蜈背岛上的男人都是会赌的，娱乐节目少，便在麻将纸牌上战天斗地。黑背等人每天都有局，晚上便喝酒听戏作乐。那个姓俞的瞎老头儿有两手绝活儿，一是每天拿快孵出壳的鸡蛋煮了，剥出来是连黄带毛的小鸡，据说补身又壮阳。黑背便叫他每天早上送10颗来，给自己和兄弟们开补；二是他会拉胡琴，便拉着琴，桂桂站在桌前唱上两段《月亮代表我的心》，大家就着喝一顿酒，这一天就算过了。

黑背平时不让俞瞎子在他们附近的海滩上唱戏，说听得人心里一团烦躁。小七却觉得他的琴和戏都独具风味，还有点儿奇怪的熟悉。她在黑背他们酒到酣处时走去厨房，俞瞎子正在那里给灶里添火，嘴里哼哼唧唧唱着自己的小调，向着她转过脸："姑娘不去跟他们一起喝酒？"

"你知道是我？"

"你脚步轻。"他说。

"眼睛不好，怎么伺候这灶？"

"眼不好，就不用看讨厌的人。生火倒灶，是填肚子的事，只要不饿着，什么都能干。"

小七蹲下帮他往灶里加柴，俞瞎子便又哼上他的戏。小七问："你唱的是什么戏？"

"这叫泼戏。"

"好新鲜，没听过这名字。"

"你们年轻人不会知道的了，这在我老家叫招魂戏。"俞瞎子给她上课，说古时候有个奇人叫沈泼，天赋奇才，落拓不羁，皇帝封官也不做，最爱一酒一诗一戏。他不要亲人，不要朋友，就这么喝酒唱戏，唱了一辈子。

小七两眼紧盯着俞瞎子的脸，她决定赌一回："你认得塔叔吗？"

"哪个塔叔，不认得。"

小七慢慢说："念去去千里烟波，暮霭沉沉楚天阔。这两句在泼戏里有吗？"

俞瞎子默然半晌，说："自然是有的。"他随即扯了两句调子出来，音调凄恻，真如寒蝉悲秋。

小七默默听着，在心里对应了一下，她相信自己不会判断错："我是塔叔的徒弟。"

"哦？他还收徒弟？"俞瞎子不动神色地问她。

"不收了，我是最后一个。"她说，"塔叔的泼戏没你唱得好。"

"他唱不好泼戏的，"俞瞎子说，"他这人太热闹，太顺。命好的人唱不好泼戏。"

"你跟塔叔多久没见了？"

"多久，不记得了，那时候我眼还没瞎。现在他的样子我是看不到了，也不想看。"俞瞎子说着，翻白的眼里没有一丝风，"你这姑娘有点儿意思。可是你听好了，我不管你是谁，来这里做什么，瞎子在岛上住了半辈子了，这里没什么好的，但每天喝酒唱戏，也不想出去了。我还想多自在几年，所以，你有什么想说的，都收回去；有什么想求我的，都别开口。"

小七慢慢站起来，她话尚未说出便被堵死，心里不无失望。但口子已经找到，再顽固她也能凿个洞出来。她说："您老请楼上坐坐，喝杯茶再走。"

俞瞎子摸索着随她上了楼，桂桂正在给小冷铺床。俞瞎子坐到了小冷对面，小冷的呼吸绵长中有点儿断续，俞瞎子听了一会儿，说少爷身子弱，应该开个方子调养。这房子好是好，但过风的时候太大，等雨季来了，又容易潮湿。他又叫小七注意房子的哪处下水有问题，哪边窗子关不严。

小七问他："你不住在兰居，怎么对兰居这么熟？"

俞瞎子呵呵笑了一阵："桂桂到这里干活儿有半年了，我也没事来转转。这兰居半年前就布置好了。"

小七心里暗暗吃惊，看了看桂桂，桂桂坐在一边，手托着脸，睁着一双困眼，迷迷瞪瞪地点点头。

小七也不追问下去，只说："你帮他看看，他来的时候一直发低烧，到现在也没好。"

俞瞎子几根枯瘦的手指按在小冷的手腕上，小冷肌肤冰凉。俞瞎子问："他平时有没有活动？"

小七说他不能自理，不能站立，只能靠别人帮他按摩和伸展一下身体四肢。俞瞎子想了想说："病呢，我是不懂。不过一个人站不起来，里面未必是坏的，就像一直在壳里睡觉，没准儿哪天就会醒过来。"

小七心里一动，桂桂这时打着哈欠站起来，说："您老人家还不走？这会儿回去又要走好久。"

"你住得很远？"小七问俞瞎子。

桂桂抢着说："他住在鬼村。"

"鬼村是什么地方？为什么叫鬼村？"

"并没有闹鬼，只是一座没有人的空村子。"俞瞎子说着又拿过小冷的另一只手，两边脉一起搭着，一边说，"很久以前那边死了个女人，据说是自杀的，后来人就都不往那边去了。"

桂桂尖叫一声："深更半夜，偏要讲这些吓唬人。"她真的簌簌发抖起来，室内忽然暗了，真的像有一阵冷风袭来，外面海浪的声音一阵一阵愈加清楚了。

小七拿了毯子给小冷披上，他的棉袄短了，袖口里伸出一截瘦长的手腕。小七又给他系扣子，幽暗的灯影晃在他脸上，他眼里似有光明暗不定。

她一愣，再看小冷，他眼睛里分明是空洞得像一棵空心树一样，有什么响动也只是风吹树叶。她想是自己太敏感了。

这时，黑背已在楼下喊起来。小七起身送俞瞎子下去，看着俞瞎子下楼梯时哆哆嗦嗦的步子，小七问："俞大叔，我再问你一句话，你说我们住的这房子，半年前就收拾好了？"

"房子嘛，总要有人住的。有人活着吃肉，有人活着吃苦。"俞瞎子文不对题地说。

俞瞎子向前走去，一边用喑哑的调子唱出"多情自古伤离别，更那堪，冷落清秋节"。

天气愈加寒冷，天与海灰茫茫一片，望之令人断魂。海浪日日夜夜怒气霸生，不停冲上礁石，再轰然滚落，让人听着便背脊发凉，心中惊惧陡生。别说逃走，就是与外界通讯也是千难万难。

但最使人烦心的，还是小冷日渐衰弱的身体。

小冷病后本是靠药物支撑的，食物大多是流质，身边更离不了人。饶是在海市那样前有护工后有厨师地伺候着，仍免不了他的病弱。从来蜈背岛后他的低烧就没有好过，又吹了风，酿成一场旷日持久的感冒。他的感冒比常人麻烦很多，头痛又发作了两次。一个桂桂已照顾他不过来，加上今年过年早，已至年关，做活儿的人也少了，小七这几日就没有再出门。

偏偏岛上并没有医生，医疗药物都去佟哥那里拿。桂桂说这里的人病重了都去岐山镇找医生。小七又去找了黑背。

"少爷的病海市那么多大医院都看不好，能指望小小一个岐山镇那些卫生所的草包医生？那真是出了神仙了。"黑背披着皮袄，嘴巴里黏着根烟，一边说，眼还睃着桌面，忽然一声大吼，"有了！"他将手里的一把牌狠狠掼下去，接着喜笑颜开，管人收钱。

桌旁坐着佟子的手下五海，他最近跟黑背走得很勤。五海是看到小七就要献殷勤的："小七姑娘，要药找我啊！眼下佟哥回山东老家了，钥匙在我手里。"他掏出一大串钥匙抖得哗哗响。

五海带小七去库房转了一圈，这里确实什么都有，大部分是外伤药，以及头疼脑热拉肚子的常用药。小冷的药却是没有。

"要不等天好，我陪你去镇上找找？再顺便带你逛逛。"五海又谄媚地问小七，这个一身冷漠的女孩儿总让他心里痒爬爬的。

小七听而不闻地拿了一大袋的冲剂和消炎退烧药走了。

一路上都遇见人在贴对联、挂灯笼，不知不觉已到除夕，她身边冷冷清清，消息也没处投递，唯有不去想。

进门见小冷脸色灰白，比她出门的时候又萎靡了一点儿，她去烧了一大锅热水，然后叫了黑背手下的一个小伙子来帮忙给小冷洗澡。

给小冷脱衣服的时候，小冷脸颊痉挛了一下。小七心里疑惑，解开他的棉袄，细细查看他的身体，果然看见他腋下有几个出血点，两处已经积了极细的痂，另两处还是深红色的。

一股怒火冲上来，她继续检查着，又发现他膝盖下还有一圈淡淡的黑紫。她心里恼着自己，她太大意，他们不但被监视，还有人一直用各种阴毒的手法折磨小冷。小冷已是废人，仍不被人稍稍放过。

她叫来桂桂问，但桂桂什么也说不出来，桂桂说她只是个负责烧饭的，也不止烧这一处的饭。

"黑背和狍哥他们呢？我不在的时候他们来过没有？"

桂桂神色忸怩，说："来是来过……不过，也没怎么上来看少爷。"

小七知道她的意思，黑背那帮人惦记桂桂也不是一两天了，有事没事都要在桂桂脸上、腰上掐一把。

桂桂想了想又说："前天黑背来过，跟少爷单独待了半天，不让我在跟前。"

小七变了脸色，这时外面有人说："黑背回来了！"

黑背的笑声响了起来，想来是已结束了牌局，又盆满钵满地回来了。

小七冷笑一下，朝四处看看，拎起了一样东西。桂桂一手没拉住她，她已经出去了。

黑背果然喝得满面红光，手里还拎了瓶酒，狍哥跟在后面，拎了两只活鸡。黑背这回钱赢得多，酒喝得爽，心满意足，见人就说："今儿三十，来我这里喝酒吃鸡听戏！"

迎面忽然一人走来，黑背没看清是谁，兀自招呼："吃了啊！"

那人速度却快，手上不知拿了什么朝他当头罩过来，扑鼻一股腥气。黑背猝不及防，眼前一暗，接着一根极重的铁条一下抽在他腿上，黑背糊里糊涂就跪下了。

黑背大声呼叫，想挣脱，但头、脸和身体都被困住了。接着，腿上、腰上又中了两下，他身后的狍哥吓得鸡也脱了手，咕咕叫着上蹿下跳，忽然又蹿上了黑背的肩膀，威风凛凛地骑着他的脖子，落了两片羽毛，慢悠悠地飞了下来。

黑背大声咒骂，将眼前抹了一下，肩膀一耸，头上的鸡叫了一声又蹿出去了，他才看清小七正白着一张脸站在他面前，手里提着根火钳。他眼前是一团乱七八糟的深绿色，竟是一张渔网，被小七当头罩在他头上的。

"你干什么？"黑背喝骂，下意识伸手去腰里掏，却是空的。今天喝得太高兴，武器都撂下了。他抬起头，小七又是一火钳抽在他肩头。

"有话好好说，你这是要造反？你别当这里没人管！闹起来你也是要进去的！"

跟着黑背的几个人都远远近近地跑来了，看这阵势不好对付，小七虽是女流，真的发起疯来还是棘手的，黑背又被她踹倒在地。几个人便围住小七，却也没上前动手。

　　"我就是要找管的人。"小七冷笑，"这地方没王法，也没残疾人保护法，你一个吃里爬外的忘了本不说，还黑了心，对一个傻子玩儿阴的？这是你老板教你的，还是老板娘教你的？"她口里骂着，手上不停，那根火钳又狠又重，一下一下抽在仍裹在渔网里的黑背的肩头、背上和头上。

　　"什么跟什么啊？"黑背身上疼痛，脑子迷糊，酒却醒了，"什么玩儿阴的，出什么事了？少爷怎么了？"

　　"他没死，你就不过瘾是不是？舍不得一下子做掉，就留着慢慢耍他，他也不会叫，也不会还手。"

　　黑背脸色也变了变，忽然使劲儿把头上、身上的渔网撩开，爬起来就向他们住的屋子跑去，狍哥跟在他后面。

　　小冷在一个大木桶里坐着，他两眼微合，水汽腾腾湿了他的脸，那小伙子守着没敢走。狍哥见了这情景，黑红的脸上一片慌，想伸手去检查小冷的身体却不敢，说："我去镇上叫医生！"

　　黑背却将他叫住，对小七说："这不是好端端的吗？你发什么疯！"他挥手让那小伙子也出去了，又说，"我知道少爷病没好，不过这也不是一两天的事，调养调养，就是又调又养，总是要慢慢来的，你们要是嫌这房子不舒服，我再给你们换一家……"

　　小七说："这房子准备了半年，专等着他来住，你一时三刻来得及再准备一家？"

　　黑背一惊，这回脸色更难看了："谁告诉你的？"

　　小七一言出口，见了黑背的脸色，心中闪念，忽然触动了另一个可怕的想法。

　　"你们造这房子是给谁预备的？"她问。

　　黑背后退了一步，他脸上的警惕已变成了愤怒："你知道了什么？"

　　小七索性再将他一军："你怕我知道什么？"

　　黑背双拳攥起，心里的狠毒浮上脸来："小七姑娘，我不想得罪你，你好好地在这里，乖乖地守规矩，我保证你什么事都没有，否则……"

"否则你就杀了我？再杀了他？"小七将下巴朝小冷点了点。

狍哥站在一边，看看黑背又看看小七，脸上一副迷惑的神色。

黑背的眼珠朝四处转了一圈，已换了一副笑脸："老板娘让我好好保护少爷，保护你们，说什么杀不杀的话。"他声音也放缓了，"这次是我不对，疏忽了少爷的身体，你也别跟我计较了，你知道我浑，别放心里啊！"

他边说边往后退，一拉狍哥，两人一起退出了门去。

小七慢慢坐下来，她浑身乏力，心里一片黑暗。她想自己果然没有猜错，战烈霸道一世，却有眼无珠养了一群狼在家里。这座囚禁小冷的小楼本是给战烈准备的，阮姐一早就开始设计，她真正想软禁的人是战烈。

但阮姐没下手之前战烈却先入了狱，阮姐干脆就将小冷先弄了来。儿子来了，老子也就不远了。

小七用手撑住头，在这巨大的布局面前，她真正感到了无力。

2　地狱上空的一朵烟花

过了一会儿，黑背站在楼下大声叫她。小七下去了，黑背捧着个包裹，和颜悦色地递给她，说里面是一些药，先拿着，又骂五海："这家伙有进口药都藏着，尽拿便宜的来糊弄人！"

小七接过药来，黑背说："这岛上怪人多，口也杂，难免传些闲言闲语，你要是听到了什么……"

"你说的我不懂，我什么也没听到。"小七说，她知道黑背未接到指令前不敢动小冷和她。

黑背嘘了口气，笑着说："今天三十，我们要桂桂做个活杀鸡，我们好好喝几杯！"

小七不理他的话，拿了药径直上楼，她忽然脚下一滑，忙扶住门框，往屋里看了一眼，不禁完全呆住了。

那个泡澡的木桶，不知何时已完全被打翻在地，水在地上淌成了一条小河。小冷脸朝下，不知死活，赤裸裸地趴在那摊水里。

小七呆了两秒，就飞扑过去。冬天的水转眼就冷，这一下全部打翻，地面的一层水已冷如薄冰，小冷刚刚泡过热水的身子此时也像一块冰一般凉。

她又扶又拖，把他弄上床去，抖开棉被包住他，小冷人事不省，半闭的眼睛已彻底合了起来。

小七给他擦着手脚和头发，一边叫着："桂桂！桂桂！"

脚步声噔噔，桂桂从后院一路跑了上来，跟跟跄跄，也在门边滑了一下，看着一地的水和翻倒的木桶，登时吓哭了。

"怎么回事？"小七厉声问，她刚才下楼跟黑背说话拿药不过十来分钟。

"我不知道！我在后面想再给他烧点儿水！我什么都不知道！"

"别哭！"

桂桂被她一吼，哆哆嗦嗦地不敢开口了。小七手撑着额头，努力把心里的惊恐压下去。冷静！一定要冷静！她喝令自己，别乱！

木桶是稳稳地放在地上的，小冷自己不可能有力气打翻它，只能是有人蓄意推倒。她看着小冷一无所知的脸，一阵心酸，也不知道他有没有呛到水。她对桂桂说："去叫黑背来。"

黑背很快就来了，看见小冷的样子也着实吓了一跳，不停地问："这怎么回事？"

旁边的狍哥说："少爷这三灾八难可真不是盖的……"

"住口！"黑背呵斥他。

狍哥虽被他斥责，仍是说："这怕要转成肺炎，怎么办呢，只有送医院去！"

黑背说:"你看这风,今晚只怕没船会开。天冷成这样,只怕要下雪。"

西北风正刮得惊天动地,将窗玻璃刮得一片响,窗外挂的一个小贝壳风铃被吹成一条横线。

一直到晚上也没找到一艘船,海面已发了警报,船只禁行。蜈背岛在除夕的晚上一改往日的宁静,各处已开始噼里啪啦放起鞭炮,朵朵烟花升上天空。这些沿山势而建的房子,张灯结彩起来,将那些山道都照亮了,整座山忽然流光溢彩。家家户户的门里传出电视机的声音,基本都在看春晚,一阵一阵的笑声不时传出来。

小冷从傍晚开始高烧,他脸色潮红,身体滚烫,嘴边流出涎水,身体痉挛成一团。小七守着他,看着他嘴巴有点儿颤动,她就喂他一点儿水,又找桂桂要了一瓶酒精给他擦着。但他的情况并未好转,渐渐地,脸色煞白下去,体温忽然下降了。

小七将棉袄套上,胡乱拿条头巾裹了,便下楼出去。她一把推开黑背的院门,将那群正喝酒的男人吓了一跳。

"我去仓库那边要船。"她对黑背说,"少爷就交给你了。我回来他要是有什么不对,就是折在你手上的。"

她说完,转身就走。她把小冷放任不管地托给黑背,如此,黑背担了责任,就不得不去照看小冷。

冬天的海一派凛冽,一片混沌未开的灰色,泛着白沫的海浪发出巨大的啸声,风让人寸步难行。她一步步地在海滩上艰难地挪着步子,厉风像无数的鞭子抽到她的脸和身上。

小港口外静悄悄地停着几艘船。五海带着一群小伙子在仓库里摆了一桌酒,电视里轰轰地响着,他们正猜拳拼酒玩儿到面酣耳热。忽见小七幽灵般地闪进来,裹挟着一身冰冷的气息,五海吓一跳,问她:"怎么了？"

"给你拜年。"小七说，"顺便借条船，送个病人去镇上。"

"这时候不行，"五海皱眉，"你看这天、这海，就算我肯把船给你，你也找不到人开。"

"人快死了，能不能破个例？"

"要不……"五海酒气扑鼻，瞟着小七，她的头巾已落下来，棉袄领子有点儿松开，露出修长的脖子，下面两小块凸起的骨头，象牙一般细腻。五海觉得心里又痒了。

"要不，你也别回去了，喝杯酒暖暖，天亮我陪你上船去。"五海仗着酒劲儿站起来去拉她，一边使个眼色，让旁边的小伙子去给她搬凳子、拿碗筷。

小七不动声色地看着五海那只醉醺醺伸过来的手。

等那小伙子出了仓库，搬了凳子再回来，仓库里的局势已变了一个样。原来跷着腿的五海已瘫在椅子上，双手护住前胸，桌上碗碎盆翻，酒菜撒了一地。小七手上一把明晃晃的匕首，那本是五海腰上的，不知怎么竟被她夺来，抵住了五海的脖子。

这小伙子吓蒙了，只听五海颤声说："姑奶奶，现在你杀了我船也是不能开的，要不再熬一熬，等明早只要风稍停一停，我亲自送你们去镇上行不行？"

"明早？你可别缩到洞里去！"她厉声说。

"就明早！一定一定！"五海点头如捣蒜地说，他酒吓醒了一半，料不到这女孩儿说动手就动手，且动作这么快。

小七丢开五海，转身往回走。她心里祈祷，千万千万，只盼小冷平安熬过这一夜。

黑背果然在兰居里守着小冷，见小七回来，大松了口气："你可回来了。"

小七顾不上跟他说话，赶上前看小冷，他身体又发烫了，牙关紧咬着。

"这是打摆子？还是肺炎前兆？"黑背绕着圈，搓着手。

小七让他先回去，明天一早来，黑背如蒙大赦地走了。小七坐在小冷身边，他呼吸时而急促时而微弱，她一颗心便跟着上上下下。

小七忽然打了个寒噤，小冷窄窄的眼皮睁开了，他眼中一片黑压压，似乎没焦点却一直定在她脸上，像是看不见光的盲人，却是在尽全力看着她。

小七心中"怦"地一跳，她记得这种眼神，阿因死前的眼神在小冷眼中出现了，她一阵恐惧，握住他的手，往上空看着，似乎怕小冷的灵魂就这样飘走。

"对不起，对不起……"她鼻子酸胀，心中难过到极点，她无法看着这少年在自己面前就这样死去，她不能分辨是出于愧对塔叔还是无法承受这死亡。

"我不会让你死的，你听我说话好不好？"她将手贴在小冷脸上，开始絮絮叨叨地说话，也不知道说了些什么，更不知道小冷听见没有。小冷的眼睛又似睁似闭了，但他还有心跳，她不时地摸着他，感觉他那微弱然而一直未断的脉搏。

楼下的狗吠了两声，又不叫了……非常轻微的动静，却让小七惊跳起来。她敏捷地跳起来，关了灯，在黑暗中静静地听着。

果然动静声停了，有人在楼前小声说着话，黑暗里的窸窣声虽细微，但在小七高度紧张的神经里却是步步放大的。她以最快的速度摸到床边，来不及替小冷穿外衣，她将一床毯子包住他。

此时那些不速之客已进了门，她已无路可走……

北风呜咽，冬天的夜被各处的鞭炮礼花映成青色。窗子忽然被吹开，哐的一响。

黑暗里两个一身短衣的男人走了过来，这间房里暖烘烘的，可见有人在住，却没有一点儿声息。有人按亮手电，见床上棉被散开，已空无一人。

小七背着小冷沿着海滩跑着，她背着他从平台上溜下去，跳到海滩上。身边仍是冬天里可怕的海，尽成黑色，所幸海滩空荡无人。她已顾不上心惊，这一截路让她跑得汗流浃背，筋疲力尽，两腿如灌铅一般。小冷这时显得格外长，格外重，一半身躯都拖在地上。她一下栽倒在地，急忙爬上前抱住小冷。

"别怕，别怕。"她对全无意识的他说，"我们找地方躲一躲。"

这句无意的话却提醒了她，眼下无处可去，所遇之人都不知是敌是友，只有躲过这一夜，到了天亮再说。

她四下里看，海滩黝黑而模糊，凭着一些方向感，她背着小冷往她白天做工的那片海滩而去。那里只有两个工棚，这时候必定是锁上的，即使能躲进去被找到也很容易。

一个黑沉沉的大家伙靠岸停着，巨人一样又高又大。她脑中一亮，想，就是它了。

那是一直在检修的一条废旧的铁驳船，这船又大又深，上面堆满杂物。她天天都见到，想不到今天会成了救命之物。

她背着小冷上去，实在背不动了，便推着他、拖着他。她忽然想，上一次这样筋疲力尽地拼着命，还是送谷雨去医院的时候。那时候谷雨正流着血，阿因的孩子就那么一点一点地消失了，她们失去了共同的最爱，而她跟谷雨从此相依为命。

想到阿因的孩子，她便心如刀割，眼泪终于流了下来，寒风又立刻将这泪吹干了。她咬咬牙，摸到二楼的舱里，找了角落将小冷放下。小冷的身体跟这锈迹斑斑的铁皮一样冷，她将毯子给他贴身裹着。

他毫无反应，脸颊像一块冰，嘴唇有点儿抖颤。小七浑身大汗，也顾不上什么了，将自己的棉袄脱下来包住他的头脸。又四处找着，将船舱里所有能挡风的都裹在他身上，连编织袋和油布、帆布也压上去，堆成了一个可笑的帐篷，像一个茧子把小冷围在了中间。最后她自己也钻进那个茧子，挨着他。他像个孤零零的果核，她搓着他的手，又把他的头抱在怀里。

"别怕，我不会让你死的。"她说，"绝不会的。"

她不断重复着这一句，想不到第二句话来说，最后渐渐变成一种无意识的絮叨。四周的风声里夹着一两声鞭炮，没有人再追来。

风更寒了，渐渐地带了点儿尖利的刺痛，风里夹着沙沙的微响，像卷起了海滩上的沙扑着脸颊。小七睁大眼，舱舷上似乎有一层薄薄的青白色，像最冷的月光下的霜。她用手去抹，这霜轻易地化了，湿湿地留在她的手心里。她往天空看看，明白了，这是今年的第一场雪。

"下雪了，下雪了。"她喃喃地对小冷说，没意识到自己的嘴唇也在颤抖。

"下雪好啊，是好兆头。"她从咯咯相击的齿缝里说。

漫天雪点夹在风里，并不大，随风势落在无穷无尽的海里，立刻消失得无影无踪。海四面暗如深渊，浪潮声沉如幽咽。

忽然一声轻响，一朵烟花在他们上方升起来。微弱的绚丽，停留了一瞬，便分散成泪花般的线条，落入黑沉沉的海里，消散了。接着又是一朵。不知是谁在某处放着烟花，这些烟花以最远的射程来到了他们的头上。

"看，烟花，看一眼，就看一眼。"小七轻轻拍打小冷的头顶和脸颊。

也不知是不是幻觉，还是真的听到了她的话，小冷的眼睛睁开了一线，亮了一亮，接着又闭上了，他像只虚弱的小兽伏在她怀里，她便如母体怀抱着他，他瘦长的身子折叠着，变成很小的一团，胸口的温热渐渐发散到了四肢，他有点儿回温了。

微弱的噼啪声接踵响起，一朵一朵小小的烟花绽开时将一小块天幕染成了银色，像一个小小的伤口。

小七仍是紧紧地抱着小冷，轻轻摇着他，维持着这个姿势。瞌睡沉重地压在她的眼皮上，她命令自己不能睡，不能睡……恍惚里有一个浑身金色的小男孩儿向她跑过来，如同太阳之子，沐浴在金色的光线中。小弟！她喊，阿因！阿因这时是个五六岁的男孩儿，裸着光光的小手、小腿，笑着，跑着。我走啦！他对她招着手告别。小弟！她急得大叫。她不能放他走，他是她唯一的牵挂，唯一的亲人。

她忽然醒了，天际不知什么时候亮了一线，有一些深蓝与苍青渐渐从那一大片的灰霾中透出来，海滩上空无一人，并没有留住什么雪，只有一点浅浅的淡色。

一夜竟已这样过去。小七呼了口气，只觉得血液不畅，手脚麻得无法动弹。她低头看小冷，他额头有点儿湿漉漉的，细密的睫毛上一层水汽，脸贴在她胸前，脸色安详，竟是安稳地睡着了。

黑背后来诸多解释，说自己与此事绝无瓜葛。天亮后见小冷房间没人，小七也不知去向，他才赶紧带人去找。至于小七为什么连夜带走小冷，那一夜究竟发生了什么，黑背说自己一无所知。小七听着他连声解释，也不想跟他多啰唆。但两人在饥寒交迫和无边的恐惧中无处逃生，只有彼此依靠的这一夜，毕竟是过去了。

这一夜便成了悬案。她相信黑背的惊惶不是装的，虽然她刚刚撞破了黑背和阮姐的秘密，但此刻黑背还不敢动手。佟子此刻不在岛上。五海？那个屄货估计什么也不知道。那么是谁？到底是谁？

她知道，她与小冷要面对的绝不只有黑背。也许，也不止狍哥。

俞瞎子来了，他身边还有个年轻汉子，站得直直的，手里捧着一个纸包。

俞瞎子对小七说，本来想过来拜个年，听桂桂说少爷病了，还好有点儿药，也许能有点儿用处。他说着就嘱咐身边的年轻人——大新把药给小七，顺便教教她熬法。

大新 30 来岁，有张典型的被风霜吹惯的海边脸，皮肤粗糙，骨节硬瘦。他有些木讷，说话时表情很少。大新直直地看了小冷一会儿，告诉小七，这药是俞瞎子自己开的药方，长在蜈背岛最高的许愿树底下，那里是悬崖，上去不容易，药效很好。

药熬好后，大新主动给小冷喂药，他虽粗手粗脚的样子，倒是格外小心，一点点把药汁喂进小冷嘴巴里。

小七问大新："你也是这岛上的人？家里还有谁？"

大新说他常年在外，这次是回来过年的，家里只有一个老母亲。

小七还想再问，时刻不放松的黑背已连声地在外面喊她了。

天让他找到了我

过了几天，到了十五，小冷已经恢复了很多，他虽不言不语，但身体舒展，表情也适意，小七才基本放了心。她跟桂桂包了饺子，将桌上摆得满满的。桂桂问她："姐，你什么时候回家去？"

家？她这时候不敢想，也不愿说太多："到了回去的时候，自然就回去了。"

小七盛了几个饺子去喂小冷，看他食不知味地咀嚼，又帮他把嘴角擦了擦。桂桂看着说："你对他真好。到时候你带着少爷一起走吗？"

小七有些失笑："他有家有父亲，我只是受人托付照顾他一阵子。"

"人跟人就是缘分。"桂桂一副电视剧里的口气，"以前你怎么会想到跟他有这一天呢？"

小七心里一动，也不接话了，又盛了一小锅饺子，嘱咐桂桂好好看着小冷，就往外走。她按着那天从大新那里问来的地址，决定去谢一谢大新和他母亲。黑背手下的几个人在旁边院子里看着她出去，只随便问了一句，也无人拦她，自从除夕夜事件后，这些年轻人对她除了防备，还多了几分佩服。

　　大新家在一片浅滩朝上去的杂林后，几间平房，院子宽敞而简陋，院子里有两只昂首阔步的大鹅。小七还未过去，只听一阵喊声传了过来。

　　"不敢啦！我不敢啦！放我下来！放我下来！我不敢啦！"

　　小七好奇，绕过去一看，一个五六岁的胖小子被架在一棵樟树上，离地两三米，想跳又不敢跳，急得肥嘟嘟的脸上五官都扭在了一起。

　　小七觉得好笑，问他："谁把你放上去的？"

　　那孩子见有人来了，两手紧紧抱住树干："我不敢啦，姐姐放我下来。"

　　"你先告诉我谁放你上去的？"

　　"大新放的。"

　　小七把他抱下来，那胖小孩儿一溜烟地跑走了，跑了一截又回头问她："你找谁？"

　　"我就找你的好朋友大新。"

　　"他不是我好朋友，他是我的仇人。"那孩子说完又跑了，却不忘挥起小胖手给她指了个方向。

　　一个老太太给她开了门。老太太布衣陋衫，包着头巾，接了她的饺子，说自己姓吴，是大新的妈妈。

　　"大新能帮什么忙，他是个愣人，不会说话。"老太太说着揭开碗盖，闻了闻，朝外喊，"勺子！"

　　一颗毛茸茸的脑袋在门口探了探，刚才那孩子露了半个脸，说："大新在，我不来。"

　　"乖，大新出去了，这个姐姐有饺子。"老太太说着又告诉小七，这个勺子是邻居的孩子，但从小就跟着她，大新人浑，把人家孩子又心疼又欺负的。

　　勺子舔舔嘴唇，凑近闻了闻饺子，看着小七笑了："那你有没有糖？"

　　小七说她没有糖，下次可以带给他。

　　风越刮越猛，勺子伸头看看："要下雪啦！"他问吴老太太："奶奶，我能不能堆雪人？"

　　"这里下雪从来留不住，我在这里活了半辈子，就没见过雪人。"老太太说。

　　勺子噘了嘴，又去拉小七："姐姐，我能不能堆雪人？"

　　"糖和雪人，你要哪一个？"小七问他。

　　勺子胖脸上尽是纠结，最后说："我要雪人。"

　　小七忍不住笑了："好，如果这雪能下大，我就给你堆雪人。"

　　然而这雪真的大了起来，纷纷扬扬，落在地面上，开始积厚了。这在岛上是个稀罕事，几个渔民老婆嘀嘀咕咕，说这是异象，岛上来了外人，搅得这里不安宁。她们指的自然是小七和小冷。自从小七公开跟黑背翻脸，把个大男人捆在渔网里又抽又打，就足以让这一片人都瞠目了。再加上她除夕夜在五海的仓库里大闹一场，甚至动起刀来，自此五海那边的人见到她也都是赔着笑脸，胆小的见到她更会绕着走。

　　黑背来了一趟，送了一篓橘子，便赶着走了。佟哥不在的这阵子，贾骏又跟黑背打得火热，让黑背跟他一起带货上岸再去岐山镇收账。这是个有油水的肥差，黑背假意推诿一番，便欣然接受下来。留下个狍哥，那人还算耿直，也不像黑背那样来聒噪她。

　　小七在屋里生了火，将橘子埋在炭灰里，就一屋子酸酸甜甜的香气。她开始给小冷擦身体。相处了几个月，她早已习惯他的身体，不带一点儿感情的牵扯，她一下一下擦拭着这年轻男性的身体。不知道是俞瞎子的药管用，还是室内暖和，小冷苍白的脸上多了一些红晕。

　　她又呵着手去窗边看了看，窗框上已积起一层雪。

　　"这么厚的雪，没准儿早上真能给勺子堆个雪人。"她自言自语了一句，心里一阵淡淡的安适。

　　小冷坐在轮椅里，他膝盖上盖着毯子，洗过的头发很清爽，露出年轻干净的脸。小七剥了一瓣橘子递到他嘴边，她手指微微使劲儿，他才张口含住，然后是一个长长的等待，他会将食物含在口中，常是食物有点儿化了，机体才会自动咀嚼。这样，她就得不停给他擦嘴。

这样耐心耐气的照顾，小七也已习惯了。两人对着坐了一阵，她把手里的橘子喂完时，屋外天色幽蓝一片，有点儿亮，已是一片雪光。

这懒洋洋的恬淡时分如今在她的生命里已不可多得，在渐渐浮起的困意里，她在纸上散乱地写着，她写了霍思垣，又写了谷雨，写了阿因，还写了小宝。她心里的人不多，便将这些名字写了又写，纸上写满了，然后叠成一片树叶。她忽然想起桂桂曾对她说，人跟人是有缘分的。天意奇妙，此刻她惦念的人不知在何方，她陪着的却是一个不知谁欠了谁的冤家。

炉中火暖暖地熏着室内，一丝轻微的木炭爆裂声……她的手慢慢软下去，肩膀放松，趴在桌上睡着了……不知多久，骤然一惊，室内仍是静悄悄的，而小冷靠在轮椅里，眼睛不知什么时候已经合上了。

小七推他去床边，碰到他微温的皮肤。她想，他的人生黑暗更甚于她，她还有一星希望，他却是一点儿也没有了。

早晨果然积雪遍地，家家都有人跑出来看新鲜，孩子们高兴得不舍得去扫雪。

小七在兰居门口堆了个雪人。一圈孩子围着她，给她帮着忙。孩子们很快就自己堆起来，又互相投掷着，不一会儿每个人身上都尽是雪，一个个雪人也不能幸免，被砸得面目全非。

小七掸掸身上的雪，苦笑一下，等不到勺子来，自己堆的这个雪人就要被打垮了。但当等她带着勺子回来，果然所有的雪人都支零破碎，在这一场雪地野战里牺牲了，而她堆的雪人却完好无损地站在原地。

勺子大声欢呼，扑了上去。小七也稀罕地看了看，发现这雪人已不是她刚才堆的了，虽堆在一样的位置，但更圆活些，胖胖的脑袋被拍得很结实，轻易不会散开，还加了双煤球眼睛。

是谁保护了她的雪人？这人的手法很熟练，将个雪人堆得憨态可掬，那俨然的鼻子、嘴巴，还有被多添上的煤球眼睛，都不是这岛上从没见过大雪的小孩子能做得出来的。

小七举目远眺，海面一片灰色的大浪，不动声色地起伏着。这四处是谜的岛上，想不通的事又多了一个。而她不能随意揣测，更不能轻举妄动，唯有沉住气看着命运下一步的安排，以及白茫茫一片的等待。

这天又是上岸结账的日子。吃过早饭，贾骏就来了。黑背又来叫小七，让小七跟他们一起去岐山镇。

小七明白在过了那个凶险的除夕夜之后，黑背表面上客气，但对她的戒备却更深了。虽然她的日子单调而规律，打扫、做活儿、照顾小冷，偶尔去找俞瞎子，陪他喝两杯，听他唱两句小调，再或者拎一点儿小菜去看看吴老太太。

现在黑背借口人手不够，坚持要带上小七一起上岸。他对小七说，小冷一整个白天可以任由他去，桂桂也能帮着看护，岛上的人通常不来招惹他们。他们送货上岸，多一个人多一份钱。

小七听他说完，摇头说："不去。"

黑背诧异不小："不去，你不是一直想上岸吗？上岸逛逛，岐山镇虽然不大，总比这里热闹。"他观察着她的反应，"或者，你还能打个电话回家。"

"不去。"小七还是那一句，"你不用担心，我跑不了。"

黑背有点儿狼狈，不由得说了几句狠话，又跟她保证，在这里绝没有人敢动小冷，她跟他们上岸，傍晚一定能回得来。

最后小七终于勉强点了头。她心里暗笑，知道越是拒绝，黑背越是要坚持。

能上岸，本是她计划的第一步。三个月了她才等到一个上岸的机会，只要能找到电话，就能立刻找到塔叔。

她从腰间拿出一块薄薄的铁片看了看，这东西已被她磨得相当锋利。还有把钩子被她藏在兰居客厅的桌子下，贴着桌底藏着，以应付不知何时到来的危险。

岐山镇是离蜈背岛最近的港口小镇，道路很窄，污水遍地，扑面的鱼腥味令人作呕，熙来攘往的人流身上系着油渍渍的皮革围裙，或从帽子上垂下护住口鼻的毛巾。

小七跟着黑背几个人在人群中挤着，今天来收鱼的多，一辆辆小卡车穿梭不停。"砰"一声，有人将一条已剥了皮的鲨鱼从甲板扔到岸上，正落在她脚边，泥水四溅。她忙跳开，只这一个动作，便引起了黑背的注意，黑背一惊，手已摸进了怀里。

等看清楚情况，黑背顿时有点儿尴尬，便嘿嘿笑一下转过身去。小七心里冷笑，也不揭穿他。她知道她随时在黑背的视线里，她若是这时候跑，他会毫不犹豫地对着她来一下。

几个人交货、结账，小七在店里给勺子买了一捆棒棒糖。几个男人便说，要去喝酒，再找点儿乐子。岛上的日子太素，他们早就憋不住了，每每去集市，总要找地方过了瘾才回去。

他们横穿过市场，再转进僻巷，从长长的布满摊子的长棚里穿过去，相邻的巷子里有一个稍微干净的酒楼，楼上是四面透风的栏杆，顶上是竹顶，敞亮透气。摆着十来张矮矮的方桌，布置得颇有江湖气。他们走上去，几个人粗声大嗓地瞬间点了七八个菜，又要了几斤酒。

小七厌恶地看了一眼黑背几人吃得汁水四溢的嘴脸，她不想跟他们同桌，就换到了靠栏杆的一张没人坐的桌子旁，将目光投向楼下，下面集市的全貌能看得清楚。这时已过正午，人群更多了，挑着担子来来往往。

小七的目光忽然定住了，她双眼瞬间有些发直，死死盯着下面的一点。

在一个卖凉皮、卖甜藕的小摊子前，立着一个年轻人。他斯文有礼，衣着简洁清爽，球鞋上沾了些泥，背着双肩包，正弯腰在那一口放藕的大锅里挑拣。一辆推车过来，蹭到了他背上的包，推车的小贩很烦躁地用当地话骂了一句，那年轻男人只是笑笑，将双肩包换到胸前。

小七紧紧地看着他，手不自觉地掐住栏杆。

年轻男人拣了两段藕，掏了 20 块钱递给卖藕的小孩儿。小孩儿不过十二三岁，要从打了补丁的围裙里找钱给他，年轻人摇摇头，示意不用找钱了。他俊朗的脸、温和的神情和举止都带着一股文明气，与周围的环境格格不入。

贾骏忽然拍了一下小七的背，小七微微一惊，立刻意识到自己的失态，她双眼瞪得有些发痛，拿手抹了一下，将身子转过来。

贾骏疑惑地看着她："怎么眼睛红了？"他也伸头看看楼下，却没看出什么端倪，就说，"你不再吃点儿？"

"我吃饱了。"小七说。她嗓子莫名有点儿堵。

这时黑背几个人闹起来，说贾骏酒没喝完竟打岔了，贾骏便撇下小七，又回桌前端起杯子。

小七将身子靠在栏杆上，脸枕着胳膊，阳光照在她脸上，她看上去像是在打瞌睡，没人听得到她擂鼓般的心跳和脑子里机器般急速运转的唰唰声。

霍思垣。她心里喊着，霍思垣，思垣。

那斯文的年轻人正是多日不见的霍思垣。

霍思垣此时被一群小孩儿围住，纷纷举着各种快餐、鱼干、贝壳，甚至塑料水枪、套圈等乱七八糟的东西送到他眼前，让他买。

思垣露出为难又好笑的表情，他摇着头，还是从怀里掏出皮夹子，拿了几张票子出来，又将皮夹展开来给小孩儿们看里面的一张照片。他指着那照片上的女孩儿，挨个询问着孩子们。小孩儿们有的摇头，有的点头，霍思垣一脸严肃地俯下腰去听他们的七嘴八舌。

小七觉得脸部肌肉有些酸痛，她想笑，嘴角抽动却是笑不出来。鼻子发酸，眼眶热了，两行泪快速滑过脸颊，流到了耳边，她又将脸埋进胳膊里。

傻子，傻子，她心里喊着。

霍思垣分明是一直在找她，他不相信她被火烧死了，也没有别的线索，他凭着意志和爱，从江洲一路找到这里。也许他去海市找过，找不到，便沿路来到这些边边拐拐的市镇。他走过了多少路？看他黑瘦成那样。然而他还是没变，一股子执拗，一股子认真。

天可怜见，让他找到了这里，让她看到了他。

黑背他们吆五喝六地猜着拳，小七还趴着，手藏在袖子里，手指神经质地划动，脑子里过着千军万马。

她不能开口叫他，霍思垣看到她会不顾一切地冲上来，到时两人都会没命；她也不能下楼找他，她的速度没有黑背他们快；这小镇的派出所也不知道在哪里，集市上只有管理处，根本不管用。

但霍思垣若就这样走了，他怎么会再回头？这一走散，她再上哪儿找他！

她脑子里轰轰作响，手指捏得发红，黑背他们仍在喝酒，霍思垣已将钱包和照片收起，要随着人流向前走了。他表情失望，明显没有从孩子们那里得到答案，此地没有人见过照片上的那个姑娘。

小七忽然手一松，她手里攥着的一个茶碗从栏杆上翻了下去，带着半碗茶，"哐啷"一声，砸在下面卖藕那小孩儿的锅里。

那孩子吃了一惊，抬头寻找。

霍思垣在几步开外的人群里闻声回过头，小七迅速将脸缩了回去。下一秒，霍思垣已继续向前走了。卖藕的孩子仍在东张西望，嘟嘟囔囔地骂着。小七重新将脸伸出去，她不敢高声说话，只晃着手中剩下的茶杯盖。

那孩子立刻发现了，仰着脸高声叫："你不长眼睛？你赔我的藕！"

小七仍不吭声，对他做了个鬼脸，做了个恫吓的手势。那孩子气急，看准了位置跑上了酒楼来。

映在你瞳孔中的我

那孩子冲上酒楼，四下一看，立刻找准目标，冲到小七面前就骂。他年纪小，却带着一身野蛮劲头，骂人也极为老道，一嘴的当地粗话。

黑背听懂了几句，说："就一锅藕，你横什么，想不想我揍你！"

那孩子见对方人多，怯了几分，但生性凶悍，仍是咬住理不放。

呼啦一声，小七将那孩子硬生生拖了过来："听清没有，一锅藕算什么，我没钱给你！"

那孩子被她拉住，挣扎不动，大声说："臭女人不给钱，你男人穷到养不活你了！"

小七用力扳过他的脸，迫使他跟自己脸对脸，大声说："你看着我！好好看着我！你认得我吗？认得我男人吗？你知道我是谁吗？我说我没钱给你，你能找谁要！"

她死死捏住孩子肩膀，又狠命摇了几下。那孩子被她摇得身体剧烈晃动着，一张脸上满是愤怒。

黑背过来拉小七："小毛崽子，你还真跟他计较啊！"他不想惹事，便掏了十块钱出来。小七一把将钱夺过，她怒容满面，说："这事你别管，这小流氓不教训，长大还得了！"她又瞪着那孩子："不服是不是？那你看清楚我，有种下次再来找我！"

那孩子从没遇到过这么泼这么横的女人，对方人多势众，当然不能吃眼前亏。他紧紧盯着小七，要把这恶女人记住。他盯着小七，慢慢地，表情有了变化，惊怒交加的眼里分明加进了一丝惊诧。他嘴巴有点儿张开，眼神慢慢转为恍然。

小七紧紧盯着他的脸，见他表情一变，嘴唇一动，立刻一把将他推开，那孩子趔趄一下，还没站稳，小七又是一推，一直将他推到楼梯口，厉声说："滚！我没钱给你！谁认识我，你去找他要钱！你瞪着我干吗？不服去叫人啊！"她将孩子用力一搡，"滚！"

那孩子恶狠狠地瞪着她，嘴巴里呼哧喘气，忽然转身跑下了楼。

小七兀自不肯罢休，又追骂两句，黑背拉住她："差不多得了，脾气那么臭，谁受得了你？"

其余人也笑道："小七姑娘这脾气，恐怕老板也压不住。"

贾骏一直不动声色地看着，这时阴恻恻地说："小七姑娘这管教孩子的架势，倒像那孩子是你家的。"

黑背不在意地抹抹嘴，又挥挥手："走吧，得回去了。"

"现在就走？"小七有点儿惊讶，"你们不是还要……"

"没时间了，你看这天色，转眼要是起大浪，船不好开。"黑背说。

小七愣愣地看着天色，刚才晴朗的天不知何时已堆上大团乌云，风向也转了，将帘子刮得扫来扫去。她心里叫苦，她完全不能确定那卖藕的孩子是否真认出了她就是霍思垣询问的照片上的女孩儿，会不会赶着去找霍思垣让他赔钱，又能不能顺利找到霍思垣。她只想着能留在这里，多耗点儿时间把握就大一分。

"要不再等等，我也有点儿累，休息一下吧。"她说。

贾骏又是阴恻恻一笑："走吧，天不留人。海岛上的人，吃的就是见风使舵的饭。"

小七也不多话了，站起来就往楼下走。她从童年起就知道，很多时候，人把要做的事做了，剩下的就交给老天。

小冷一个人坐在兰居门口。入春以来他的身体好了一些，脸色和身子都比刚来岛上时壮健了一点儿。一大片云团黑山老妖似的正向这边涌来，海面不安地起伏着，海风带着尖哨声，将他的头发和衣服一起刮乱，他像石膏像一样安静。

　　小七匆匆走进来，一边卷起袖口。桂桂从后屋绕出来，问她晚饭吃什么。她心里正一浪一浪地各种念头互相交战着，也无心理桂桂，直接将小冷推进了屋去。

　　小冷忽然轻声呻吟了一声，又引起了她的警觉，她注意到小冷的脸比平时脏，她扒开小冷的头发，果然看到头发里有一层细沙。

　　"今天你们出去过？"她问桂桂。

　　桂桂说中午太阳好的时候推他去沙滩过，后来起风了就回来了。

　　小七点点头，她打了盆热水，按着小冷的背，让他低头俯身，瘦而凸的肩胛骨像两把刀一样耸立着。水从他脖子里流下去，小溪流一样幼细又湍急，水猛了，他无法闪避，嗤嗤吸了一口气，小七就把动作放轻柔，用手搓着他的头发慢慢洗着，他细柔的头发一缕缕流过她的手掌心。

　　小七心里一阵柔软，每次给小冷洗头的时候，她心里便有这一点柔软，像有水珠落到心里。阿因也是这样细滑的胎毛，她也曾这样，在每一个暖和的日子，打盆热水给阿因洗头，阿因乖顺地坐着，带着云朵一样悠远的神情。

　　小冷又抽搐了一下，小七知道手又重了，便拿毛巾替他擦着。她蓦地想，小冷不会说话，不会行动，不会保护自己，如果她走了，他以后该如何活下去。

　　就像那个凶险寒冷的除夕，她抱着他躲在废旧的船舱里取暖，细雪簌簌地夹在风里，苍茫的天地间好像只有他们两个人。她丢下他，他能活多久？

　　勺子蹦跳着跑来了，拿了小七给他的糖，欢天喜地拨开糖纸就往嘴里塞。

　　小七问他："勺子，你爸爸妈妈在哪儿？"

　　"没有爸爸，也没有妈妈。"勺子嘴里含着糖说。

　　"那你长大了想干什么？"

"长大了就当爸爸妈妈。"

小七心里一酸，她想，天下处处是可怜人，人各有命。她不可能伺候小冷一辈子，两个人一起被困在这里，毫无主动性，此时唯有她先脱身，才是他俩唯一的机会。

最迟明天，她一定要离开。霍思垣在集市上如果得到信号，又找不到她，未必就能找到这岛上。

这一晚的晚饭她喂得格外细心，耐心地看着小冷一点点咀嚼。她曾经是一个那么没有耐性的人，这几个月却被小冷磨得游刃有余。如果思垣看到她现在的这副样子，不知会笑成什么样。

想到思垣，她心里暖起来，嘴角也出现笑意……思垣的深情像细细的火苗烘着她，她相信无论多远，多久，思垣一直都在那里……

她忽然一惊，小冷的黑眼睛正对着她。除夕那晚令她绝望的眼神似乎又出现了，小冷嘴巴里含着一口饭，目无焦点，然而又是深深地看着她。

她用手托住他的下巴助他咀嚼。"好好嚼，对，然后吞下去。好棒。"她柔声地哄着他，让他跟着自己的节奏吞咽。拿走饭碗后，她想了想，握住小冷的手。

"我要先走一步。你放心，这里的人得不到指令，不会伤害你。"她认真地对他说话。

她又说："我出去后，就去找塔叔，他会来救你。你要知道，我留在这里也没用，救不了你。"

小冷无知无觉地对着她，她想，也许小冷一直听得到她说话，看得懂她做的事。只不过那个健全的小冷被困在这副躯体的牢笼里了，要等很久很久以后，他才可以自由腾空。

要等多久以后呢？生命的尽头在哪里？她叹口气，她是要走了不假，但她的方向是投奔霍思垣，能不能找到塔叔都是后话了。只是，冲着她无怨无悔地照顾、保护了他这几个月，已是仁至义尽，谁也不能来指责她。

想到这里她又是一阵难过。她再是理直气壮，有一万个理由离开，却也不能在这一刻正视小冷盲人般的黑眼睛。

入夜后，海面逐渐平静，小七拎了一点儿酒，去找俞瞎子。俞瞎子是她计划里关键的一环。

跟俞瞎子喝酒听戏，是她唯一的消遣，也是黑背最不留意她的时候。她费了这许多功夫，耐着性子，老老实实听俞瞎子唱戏，让别人相信她真的是在陪一个晚年惨淡的老瞎子解闷。她也不指望俞瞎子能帮她什么忙，只要在这里有片刻的自由，她就能瞒过黑背，去找一条船。管它是什么船，是谁的船，她躲在其中，总能脱身。出海的船那么多，黑背不见得每一条都会查，想追也没法儿追。

俞瞎子一步三晃，一咏三叹地唱着。也许是今天心事沉重，她愈发觉得那步子有一种别具一格的落拓气质。

"你唱得这么惨，自己不难过？"

俞瞎子呵呵一笑："唱戏的人不难过，听戏的人才难过。"

"你自己呢？"她又问。

"你们难过了，我就不难过了。"

小七不由得一愣，心里揣摩着这话。俞瞎子忽然问："丫头，你是不是要走了？"

她又一惊："你怎么见得？"

"丫头，我告诉过你，你要办的事自己办，瞎子不想沾边儿。"

"我要是能把想办的事都办好，就回来跟你学唱泼戏。"

俞瞎子大笑起来，笑得连连咳嗽，他伸出一根瘦长如竹节的手指拍拍小七："姑娘，你还早得很，你心里事多，放不下的。"

小七看着这根点在自己肩上的手指，歪扭，竹节般枯瘦。她忽然伸手夹住这指头，同时另一只手在俞瞎子手腕上一带，咬牙使力往上扳去。

俞瞎子大叫一声，捧住了手腕。

"俞大叔，你今天帮了我的忙，我答应你会回来跟你学戏。"

第二天，俞瞎子没有像往常一样来送鸡蛋，说是手腕伤了。怎么伤的？喝多了在海滩上唱戏，摔了一跤。

黑背嘴里骂骂咧咧，只好作罢。五海这天又来找他，两人嘀嘀咕咕不知在商量什么。小七扫着院子，随随便便地说："我吃过午饭去看看俞瞎子，顺便把东西带回来。"

"你去？别让他缠着你又说又唱，还不弄到晚上？"

"我还真是闲，"小七淡淡地说，"那你自己去吧。"

"别别，"黑背忙说，"你去，你去，他那屋子我不想进去。"

小七找了一小瓶活血散瘀的药酒放进了篮子里，五海又瞟着她，说："你这姑娘，狠起来是真狠，好起来也真是好。什么时候我受伤了，你也给我这样关心一下？"五海贱毛病不改，看到小七就忍不住招惹她两句。

小七撇一撇嘴角，她虽恶心五海，今天却没有工夫跟他啰唆。她已走到门边，不由得回头又朝小冷看了一眼，桂桂正在给他系衣扣，他的袖子仍是短，手腕光溜溜地露在外面。

小七几步走回去，蹲下，拿自己的手帕包住小冷裸露的手腕。她动作很快，克制着心里忽然泛上来的酸楚。她最后看他一眼，转身出门了。黑背在侧，她不能多露出一点儿迹象。

今天要出海的船很少，唯一的一条汽船很破旧，她心里却一阵踏实，那是大新的船。

大新平素在外岛打鱼卖虾，对别人的事从不多说多问。小七跟吴老太太关系不错，就算到了海上被发现了，大新也没办法不带着她走。

她左右看看，猫腰跳上船，这船不大，堆了杂物后已没有多余的空间，她掀开船尾的一堆油腻的帆布钻了进去。大新是个孝子，估计要陪他妈吃过饭才会来。

这是最重要的时间点，稍微掐不准就会致命。

腥臭的气味充满了鼻嗅，她忍耐着。片刻后却听到了一串笑声，由远而近。那笑声像是一位年轻姑娘的，咯咯的，挺开心。只听她说："你来呀，你来呀！"

小七吃了一惊，那笑声转眼已在眼前，竟是桂桂的声音。

小七探出一双眼往远处看去，桂桂穿着一件红裙子，独自一人轻盈地走在沙滩上。桂桂很少把自己打扮得这么艳，她跟海浪玩儿着，进进退退，又往附近的杂木林走去。

小七把头伸回去，少顷，又将帆布一角掀开。不知怎么，她心里有点儿不安。

桂桂的笑声又响起来了，这回多了个咯吱咯吱的声音。此时她在小七的视野以外，小七看不见她了。停了一会儿，噗的一声，像有什么物体倒地了，桂桂开心地笑了："好吃吗？再多吃一口。"

像是长久以来心里蛰伏的一个怀疑此时挑起了头，小七掀开帆布爬去船舱另一头，透过一堆绳索形成的小小窥视孔，看到桂桂站立的红色身影。始终没有人回答她，桂桂却自己说个不停。

"再吃一口，来嘛！吃不下？吃惯了就好了。你没想到有这一天吧，我告诉你，还早着呢。"桂桂的声音喜滋滋的，却莫名带了一点儿凄厉，听着有说不出的诡异。

小七将那堆绳索拨开，现在她可以撑起身子了，视角一下开阔了很多。桂桂双手叉腰地站着，她的脚下却踩着一人，那人侧身躺在地下，脸完全贴着沙滩，头发与衣服也沾满了泥沙。

小七脑中轰的一声，那是小冷。他的轮椅翻倒在一边。

桂桂弯下身，她一只脚仍踩着小冷的腰，一手捞了一把沙子塞进小冷的嘴里。小冷的眼睛闭着，牙关紧咬，似乎无知觉中也在无声地抵抗。

"快吃，我做的饭最好吃。你不是嫌淡吗，海里的盐最多，够你喝一辈子的。"

桂桂放开小冷，从衣服里掏出个塑料杯，就着浪头灌了一杯带着沙子的海水，又回来揪住小冷的头发，将他的脸抬了起来。

"喝吧，这个盐够，包你不淡。我今天高兴，包你吃饱喝足。你的靠山走了哦，知不知道？"

小七的手指紧紧扒着舱门，她的怒火烧成了一片。是不是她潜意识里早在怀疑桂桂？小冷每次出事桂桂都在附近，只有桂桂才有机会贴身照顾小冷。但桂桂一个年轻娇憨的姑娘，居然会这样地变态！她跟小冷能有什么仇？她处心积虑地埋伏这么久，就只为了一点一点折磨小冷？

这时，一直等着的脚步声过来了，小七快速回到船尾重新趴好。船身微动，有人上了船。果然是大新来了。

小七牙关也咬痛了，这岛上前有黑背后有佟哥，中间还有个作妖变态的桂桂，小冷能挨得过几天？她心中翻江倒海，眼下千钧一发，她只差一步就能走了。现在若跳出去，只怕再也走不掉了，老天还能再给她几次机会？

桂桂已将小冷扶了起来，推着轮椅向前走去。小冷满头满脸的泥沙，身子松垮垮歪向轮椅的一边。桂桂伸手将他拉正，动作又狠又重。

大新已解开了缆绳，他无疑看到了桂桂和小冷的古怪局面，但他不声不响，视若无睹。

忽然呼啦一声，大新眼前一花，一个女孩儿从他船尾蹿了出来，他几乎要惊叫出来，小七一双利眼狠狠地瞪着他："别出声！记住，你今天没见过我。"

她一跃跳下了船，沿着海滩飞快向前追去。大新愣愣地站在船头。

绝地反击

小七在海滩追上桂桂，一顿教训的时候，她不知道黑背正在赶来找她的路上。贾骏告诉黑背，小七从昨天在岐山镇开始神色就不对劲儿。

黑背去了俞瞎子家，见俞瞎子手腕折了不假，小七却并不在那里，登时感到不妙，召集了人分散去找。

赶到海滩的人是狍哥和五海。远远看见桂桂在地上痛呼翻滚，旁边是坐在轮椅上的小冷。小冷满头沙土，小七正给他整理着。

狍哥跑过去，大喊："住手！住手！你们在闹什么？"他看着小七，说，"你不是去俞瞎子那里吗？怎么跟桂桂干起来了？"

小七冷笑着说："她折磨了小冷几个月了，你们找的好人。"

桂桂头发披了一脸，只是哭叫个不停，狍哥皱眉看她："你作什么妖！"

桂桂忽然不叫了，她一骨碌爬起，指着小七，狠狠说道："她是奸细！她要逃跑！她要上船！"

狍哥和五海一起愣住了，他们看向小七，小七一脸冷然："你听她胡说，我有什么船？"

"她有的！"桂桂大声说，"她还有武器！我看到的！就藏在她身上！"

这下小七也变了脸色。她往后退了一步，五海冷笑一下，小七急往后蹿，后面正是狍哥，一下便扭住她，小七抬腿踢中五海胸口，同时手肘奋力撞向狍哥，狍哥气力比她大得多，抱紧了不放手，五海已爬起来，两人一起按住她，从她腰上掏出了那把铁片。

"好家伙。"狍哥将铁片在手上试了试，"挺锋利啊，分分钟见血啊。"

桂桂又喊："这就是她的武器！还有个钩子，我看到的！就藏在楼下堂屋里！"

小七闭了闭眼，她竟然大意到这个程度，竟把什么都落到了桂桂眼里。她下意识地伸手护住了小冷。

五海的表情狰狞起来，他对小七一直憋着一股恨、一团邪火，这时说："先回去，回去再说。你要走不动，哥哥我背你走。"

　　黑背和另外几个人仍没回来，狍哥推着小冷，五海看着小七，后面跟着个跌跌撞撞的桂桂，几人一起回了兰居。进了门，狍哥将小冷连着轮椅搁在门槛边，便开始四处搜寻。

　　"松手。"小七对五海说。

　　"想我放了你？"五海露出一脸淫笑，"大姑娘，你好日子到头了，想我放你一马，你得先让我舒服。"

　　狍哥皱着眉对五海说："你能不能正经些？"他问桂桂："你说的什么武器，在哪儿？"

　　"就在那桌子底下！"

　　狍哥去看桌子，上下找了一遍，又钻到桌底摸了一圈，茫然地摇了摇头："没有，没有东西。"

　　包括小七在内的所有人都愣住了，五海要说话，小七忽然一脚向后蹬去，五海叫了一声，小七回身一掌抽在他脸上。"小贱人！"五海骂道。狍哥也上来了，没一会儿两人又将小七擒住。

　　小冷的轮椅仍搁在门口，无人管他，他背靠着门，木然地看着这一切。

　　五海怒不可遏，捏住小七的肩膀，连头带脸蹭到她衣领里。小七身子躲闪，腿踢上去，五海忍着痛，又揪住她的头发将她的脸往后扳，到底男人力大，他将小七按在了桌上。"好一个烈女！老子就爱玩儿烈女！"他伸手去撕小七的胸衣。

　　"住手！"狍哥又吼。一个狞笑出现在五海脸上："兄弟，你不懂，这种手段对女人最管用，多厉害的女人都吃这一套。"

　　"你不能在我眼皮下做这脏事！"狍哥说。

　　小七身子忽然向后仰，又是一腿，便脱离了五海的掌控。五海大声痛呼："这么野的女人，你见过没有？"他大声对狍哥吼，"不制服她，她能剁了你！"

　　狍哥听了他的话，欺身攻上来，五海完全激发了狂性，两人一起再次将小七逼到墙角。

小七头发蓬乱，手臂和腿都受了伤，她喘息着贴住墙壁。

"怎么样姑娘，还硬不硬了？"五海问她，"你不硬，我可硬了。"他一边污言秽语，一边交代狍哥："你上楼去找，把她另外的刀啊、钩子啊找出来。"

狍哥上楼去了，五海一步步靠近小七，表情是咬牙切齿兼着喜出望外。小七已经脱力，这个冰山美人终于要被他啃到了。

小七勉强举起的手臂无力地垂落，她绝望地抬起眼，向小冷看去。小冷坐在轮椅里，他们的目光在空中相撞……

就在这一刹那，小冷的眼神忽然起了变化，像是火焰的突然点燃，他的瞳孔忽然有了光彩，也像是一泓冰湖渐渐融化，他的眼神有了流动性，他面容不动，眼神跳跃，向小七做了一个示意。

小七脑中电花急闪，像一道鞭子抽过，她没有余暇多想——小冷一直以来的睡眼睁开了，像黑夜里的闪电，正扫向她的左侧——

她急伸手摸向左侧的灶台，果然摸到一把硬物，她一下抽出来，对着五海劈头打去。

五海一声吼叫，向后退了几步，血从他的脸上流下。

小七的手上正是那把失踪的铁钩。

五海一手捂住脸，血从指缝里淌下，他将手掌放下，不可思议地看看手掌里的血，又看看小七。

"好丫头，你够种。你自己开了头，别怪我了。"他伸手掏向自己腰间，掏出了一样黑黢黢的东西。

他没有说完这句话，一样冰凉的东西快速刺入了他的身体。彻骨的凉意先于疼痛攫住了他全身，五海低下头，看着鲜血从他胸前涌出，他张大口，血又从嘴里涌出。与此同时，小七也忍不住尖叫一声。

狍哥听到动静，立刻冲下楼来，像被一道雷劈中，登时呆住了。

轮椅里那个石像般不言不动的少年已站了起来，他细腰长腿，弱不禁风，五海却倒在了他脚下。五海胸口有个窟窿，血很快在地上流了一摊。少年嫌脏似的，踮着脚轻轻绕过去。他手里有一把刀，只用两个指头捏着刀柄，晃晃悠悠的，也是一副嫌弃的表情，另一只手背在身后。

"我最讨厌动不动就流这么多血。"少年说。

屋里鸦雀无声，人人惊得说不出话来，只有五海伤口里的血仍在汩汩往外冒。

见狍哥大惊失色，下意识左右张望，少年笑笑说："你是不是在找这个？"他的声音有些滞涩，一字字讲得很慢，同时他把背后的手伸出来，手掌摊开，上面赫然是五海的那把枪。

狍哥倒退两步，几乎一脚踩空。他看看五海又看看小七，小七手和脸都有伤，她背抵着墙，脸上的惊恐绝不比他少。

"砰"一声，又有人跌到地上，是桂桂。她两眼圆睁如见了鬼一般，嘴巴张开却发不出一点儿声音。

少年不去管瘫在地上的桂桂，他朝狍哥招招手。

狍哥失魂般走了过去。

"我是谁？"少年问他。

狍哥上下牙打架半天，终于说："少……少爷，小冷少爷。"

"你跟我爸多久了？"小冷语速仍是很慢，每个字都像是经过反复斟酌才说出来。

"两……两年。"

"两年就窝里反了，一定是薪水太少。"小冷叹息一声，发自肺腑似的。

"不……不是。"狍哥声音发抖，他不知道在怕什么，但眼前这景象实在太诡异了，他生平所见过的场面没有比这更匪夷所思的了。

"你家在下江，老婆带着女儿，你没父母，只有个姥爷，身体不好，每个月要做透析，是不是？"小冷问他。

"是……"狍哥做梦似的说。

"你来了两年，没接过大生意，一直在跑腿，在海市没房子，生意也没投资。"

"是……"

"我瘫了这么久，你至少没让我受罪。你自己挑，以后跟我还是跟老板娘？"小冷把"老板娘"三个字发得有点儿滑稽，像从舌尖吐出一个泡泡。

"我，我跟……"狍哥一米八几的大汉克制不住地打着战，眼前的少年细细瘦瘦，却眼如冷火，狍哥半天讲不出一句利索话。

"你选一条吧。"小冷摊掌将枪递过去。

狍哥手灼到火一般，避之不及，终于他说："大少爷，你要我怎么做？"

小冷嘴角微微下撇，像忍住了一个笑。

"五海这家伙，平时火憋得多了，色胆包天，竟打起这烧饭丫头的主意，"小冷说着朝抖如筛糠的桂桂一努嘴，"桂桂看着文静，倒是烈得很，一菜刀砍了五海。"

他一面说，狍哥一面点头。狍哥脸上有了一个恍然的表情，忽然又聪明起来，说："五海这伤口，能看得出不是菜刀砍的。"

"厨房里有菜刀，还要我教你吗？"小冷温和地说。

狍哥说了几个"是"，又说："那这丫头怎么办？"他指了指桂桂。

小冷看了一眼桂桂，这是他站起来后第一眼看她，桂桂面无人色，瘫在地上，双手抱住桌角。

小冷慢慢说："一个有骨气的烈女，在不堪受辱时会怎么样？"他这副温和的让人心惊胆战的表情实在是跟战烈一模一样。

桂桂哇一声哭出来："大少爷！我是该死，你饶了我吧！"

狍哥伸手去拉她，桂桂哭得在地上瘫成一团，像离水的鱼一样扑腾着，又蹬着腿。

忽听小七说："你放了她吧。"这句话也不知是对小冷还是对狍哥说的。

狍哥手揪着桂桂，眼看着小冷。小冷又是那样嘴角轻微抽动，又像忍耐又像忍俊不禁，终于说："照她说的做。"

"是。那怎么处理……"

"离这里五公里有个废掉的村子，一个人也没有，你知道不？"

"知道，那是鬼村。"狍哥回答。

"送那里去。"

狍哥答应一声，身子还在拖拖拉拉，小冷轻飘飘地说："你老大他们快回来了，把这死人拖去厨房，你就带了这丫头走吧，剩下的不用你管。"

狍哥答应着，果真拖了五海去后间，听见他噼啦噼啦的动作声，接着呼哧着又进来，押了桂桂出去了。

小冷听着那一路粗重的脚步声渐渐远去，他慢慢回头看着小七。

小七也正瞪着他，她背上伤得不轻，手上也有伤，一手握着另一手的手腕，勉力站了起来。

两人无言了一会儿，小冷才说："桂桂在海市待过一年，那时候她在我家厨房帮工，我骂过她，嫌她做的菜不好，我爸就把她赶走了，没想到她到了这里。"

"你不用对我解释，我不想听你的事。"小七努力克制着手和腿的颤意，声音有点儿抖。她惊怒交加，尚没有从巨大的打击里平复过来。

小冷像没注意到，继续说："她认出我，要报复我也没有错。我爸给我惹了不少麻烦，可是做人没办法挑选父母，是不是？"他说了半天话，语句连贯些了，"就像你，你也没办法不做你老子的女儿。"

小七一个字都不想听，生平从未遇到过的奇耻大辱让她摇摇欲坠。一想到他把她当白痴，而她给他擦身、喂饭、伺候起夜，还有那些难以启齿的部分……

她忍着痛，一声不吭向外走。小冷看着她走到门口，才说："你再走一步我就杀了霍思垣。"

她一下就停住了。霍思垣在海市与小冷打过照面，而这个魔鬼什么都做得出来。她压着嗓子说："你不需要我，你已经恢复了，从此我们不认识。"

小冷忽然蹿上前两步，身体前倾，脸贴了过来，他刹那换上一副流氓相："谁说的，你可以给我洗澡。"

小七不假思索地一掌打了出去，下一秒已被小冷叼住手腕。她无比熟悉的那只瘦长的手，手腕裸出一截，还包着她的手帕。就是这只手，此刻冷酷、稳定、无情地夹着她的动脉。

她的愤怒刹那化成了灰心，胳膊垂下来，脸色也灰白了。她被五海撕裂的衣服破碎成片地挂在身上，半个肩膀露在外面。小冷也默然了一下，把手松开："你答应塔叔照顾我，现在你要丢下我了？"

"你不需要任何人照顾，你怎么上次没病死？"她咬牙说。

"差点儿就死了。"

"是你藏了我的刀？"

"你问这么多干吗？"他不耐地说，"你最该关心的难道不是我准备怎么对付你？"

她怒视他，眼光如能化刀早已捅了他："你敢不敢跟我拼一场？"

小冷却又放松了，又是忍俊不禁似的一笑："急什么，我当然是要跟你算账的，你怎么对过我，我也怎么对你。但我这人最讲道理，我们既然绑在一起，你就要听我的。我保证不动你，也……不让别人动了你。"

"我不会跟你一起。"她从牙缝里咬出这几个字。

"行了，"他不理会她的脾气，"噗"地又坐回轮椅，摆手说，"黑背快回来了，快把这里收拾了。"

"我？"

"难道是我？"他双眉挑起，摆出一个夸张的受惊表情，"我是傻的，只会睁个眼，吃口饭。"

"少装蒜……"

他忽然跳起来，两根细长的手指抵住她的唇，另一手撑在她头边。他已彻底摆脱那盲人般的空洞死寂，一旦活动起来，便灵活无比："嘘，黑背回来了。"

两人背靠门站着，屏住呼吸一起听。确实是黑背回来了，风里已传来黑背的牢骚声。

"速度快一点儿。"他轻声说，"五海死了，黑背想盖也盖不过去。狍哥还没把人安置好，我们要给他拖一点儿时间。"

她被他拘在双臂间，他一身的气息都是她所熟悉的：她给他用肥皂洗的衣服，她辛苦熬出每天喂他喝的草药，他干净的头发，刚被她清理过细沙……还有那平平的眉毛，无视一切的眼睛，不靠她帮忙就无法咀嚼的嘴巴……一切都和从前一样。但他是个陌生人了，一个真正的魔鬼，彻头彻尾的骗子……这一刻她颤抖着，疼痛来自被她自己咬破的唇，被掐出血的掌心。

"黑背来了，我告诉他实话。"她一字字地说。

小冷挪开一点儿，目光搜寻着她倔强的脸，看到她眼里深切的恨意。他深黑的瞳孔闪了一下，像一星火撞上另一星火。

外面脚步声已嗵嗵地冲上门前的石梯，黑背大声吼："狍哥呢？"

小冷一条手臂压住正奋力挣开他掌握的小七，另一只手扳紧了她的下巴："黑背如果发现我站起来了，姓阮的女人会立刻命令佟哥把我们扔下海。"他在她耳边轻声细语，"我知道你不怕死，我也知道你在镇上遇到了霍思垣……好的，既然你这么坚定，我们就死在一起。"

他脸上的讥诮收起了，手臂也放松了，同时他将她破碎的半边衣服提起一些，盖住了她裸出的肩头。

黑背带了几个人冲进屋时，小七正蹲在地上收拾一地狼藉，地上有血迹和打落的各种碎片。小冷斜靠着轮椅，做梦一样似睡非睡，身子软塌塌的，四肢像被抽掉了筋一样。

转眼成仇

"桂桂有胆子砍五海？笑话！人呢？总要找到人吧！我看看她有多大本事！"黑背吼着，他对于"五海强奸桂桂不成，反被桂桂趁机捅死"的这个说辞简直怒不可遏，"五海没见过女人？玩儿女人被菜刀砍死了？笑话！"

狍哥不擅长撒谎，把整个过程讲得磕磕巴巴，但他守住小冷的话，咬准一点，五海是个流氓，趁着没人在想强暴桂桂，还打伤了小七。桂桂一时失手，又趁乱跑了。五海好色，黑背自然也知道，只是他好不容易有机会跟五海一起做点儿事，五海却不明不白地死了，他又是佟子的人，实在太棘手。

佟子来了，脸色很不好看。五海的伤口已被狍哥处理过，暂时看不出什么。关键人物桂桂却失了踪。谣言很快就传开了，有人说桂桂不堪受辱，跳了海，也有人说桂桂连夜逃走了。大家说看不出桂桂那女娃，表面上那么乖，下手这么辣。

素来心机深沉的贾骏屋前屋后绕了两圈，像条猎犬那样前后嗅看，又问小七："受惊了吧？这里死了个人，你晚上怕不怕？要不要换个地方住？"

小七脸色青白，还有明显的伤，足见是扭打过。她一反常态地离小冷远远的，也不去照顾，独自上了楼。

黑背上楼找小七，见她不知什么时候已打包了两个小包裹放在墙边。黑背说："贾骏说客气话而已，你可别当真，你还能搬哪儿去？"

小七说，她已照顾了小冷几个月，该报的恩情都已报了，现在无论是塔叔，还是老板娘，就算老板亲自来，都不能强迫她再把这义工做下去。

"你大概也知道，是小冷让我失去唯一的亲弟弟。我受够了，再这么每天对着他，我不能保证我会做出什么事。"

她语气很冲，一向镇静的目光有些直直的，黑背吓了一跳，忙说："我在一天你就不能造反，闹大了我跟你都顶不住。"他摸不清小七的反常，玩儿命保护小冷的是她，这会儿又像恨不得杀了小冷的也是她，"你一向最护着少爷的，你跟这里所有的男人都翻过脸，不就是为了他？"

黑背自然不知道，就在刚才，小七在小冷背后已站了很久，心中的杀机涌遍全身。屋子里很多人在忙乱，没人去留意一个瘫了的小冷。而这面平台靠海，她只要使把劲儿，他会连人带轮椅一起翻下去。

手边栏杆被她攥得湿漉漉的一层汗，手指也有些下意识的痉挛。她想，这回绝不手软，也不会失手。她伺候了他几个月，什么债都还清了，也该是她向他讨债的时候了。

小冷仍是神游物外地靠在他的轮椅里，世界不与他相干的样子，柔软的头发在风里一团乱。他肩上搭着她给他缝的外套，一个单薄的后背完全暴露在她眼前。

小七不知是什么让她收回了手，她被心里汹涌的火和懊丧烧得站立不定。远处的白浪怒卷着，一道道冲向礁石，随即粉身碎骨地滚下，发出声声炸裂之音。

黑背怀疑地不住打量着她，见她脸上神气阴晴不定，攥着杯子的手背发白，水在透明的玻璃杯里上下掀动，她下颌用力，将冰凉的水一点点咽进喉咙里。

到了第二天，开始有传言说，那天曾远远看到两个姑娘在海滩上闹事，其中一个很像桂桂，穿着一身红特别醒目。传得虽有眉有眼，却没人愿意做证。都知道五海死于非命，这里没一个人愿意惹事。

这时，贾骏来了。他后面跟着一个人，穿着渔民的惯常装束，粗壮木讷，是大新。狍哥领着他们进来。

"出事那天大新正要出海，佟哥说问问大新说不定看到过什么。"贾骏说。

狍哥将大新轻轻一推，狍哥一脸不安，飞快地瞟了一眼小七，又瞟了一眼小冷。

"你认识她吗？"黑背指着小七问大新。

大新看着小七，小七面对着他，这会儿她像是什么都不在乎的。

大新一脸木然地朝小七看了一会儿，说："来送药的时候见过。"

"还有呢？你出海那天，在海滩上有没有见过她？"

大新摇了摇头。

"桂桂呢？你见过没有？就是那个在这里烧饭的女孩子。"

空气凝滞了一会儿，最后大新仍是摇头："没有。"

贾骏呼出一口长气，像是释怀又像是失望。他想了想，领着大新出去了。

小七抿紧嘴唇，却见小冷不知何时将眼睛转向了她，他身体不动，眼珠滑向她这一边，忽然飞快地对她眨了眨眼，狡黠又得意的一丝笑一闪而过。

小七转身就走，他却跷起一条腿拦住她。屋内已无旁人，她想也不想立刻冲着那条腿跺下去，他另一条腿微微使力，站了起来。

"好狗不挡道，让开。"她说。

"你这么毛躁，出去就会闯祸。"他说。

"跟你没关系。"

"坏了我的事就有关系。"

她刚要反唇相讥，门忽然开了，竟是贾骏和黑背一起又进来了，他们俩正自缠斗，竟都没听到那两人何时来的。

小七瞬间将小冷"啪"地一下推回了轮椅，接着又一下揪住他领子，双手使力将他提了起来。

黑背跨进门便见小七正将小冷推回去又拎起来，小冷像一个软塌塌的麻袋般被她摆弄在手上。黑背吃了一惊，忙说住手，上前挡住小七，小七松了手，小冷又沉重地倒回轮椅。

"好家伙，我没答应你搬出去，你也不能这么折腾他。"黑背大声说。

贾骏取下耳朵后面别着的烟，边点边说："一个年轻姑娘，整天陪着个病人，也是委屈，要不我给你们找个体力好的小伙子来帮忙？"

黑背自然不愿再多个人掺和进来，说："她照顾惯了，眼下桂桂又找不到，我们这里倒是缺个做饭的阿姨。"

小七哼了一声，将轮椅推回床边，将小冷架起来，他长长的身子压在她肩上，她重重地将他甩到床上去，接着抽下一条手巾来替他擦脸，手很重，毛巾刚晒干，铁丝一样摩擦着他的脸。

贾骏抽着烟在旁悠悠看着。小七又替小冷擦手，毛巾刚盖上去，她手腕便一痛，小冷暗中捏住了她的手，她反手用指甲掐住他。两人的动作全在一块小小的毛巾下，脸上都是纹丝不动。

贾骏的土烟一缕一缕地飘过来，在她身边形成一些小圈。小七说："想要我继续伺候他就得给我换个地方，这里孤男寡女像什么样子。"

黑背忍不住笑了一声，意思是说，他一个废人你还计较孤男寡女？见小七表情认真，便搪塞说："有合适的房子我就告诉你。"

小七上上下下替小冷擦着手腕，他的手指却柔和了，沿着她的指关节轻轻叩了两下。她知道他是谢她刚才那下意识的帮忙。她帮了他，便对自己又有了气恼，她在关键时刻竟又跟他统一了战线。

就在昨晚，两人已闹了一场。通常，在天黑下，兰居里已无别人的时候，小七都是关上窗的。这晚她偏偏门窗全开，这样，如果小冷有一点儿不规矩，黑背等人隔窗就能看见。

她衣物本已收拾好，又去拆自己那个小床铺。

小冷的轮椅靠着窗，从窗外看不见他的脸色，他也不做什么动作，说："别犯傻，我说了不动你，也不会让别人动你。你这样赌气，只会招人怀疑。"

小七手上不停，打定了主意，他说什么都不理他。她不怕黑背，闹起来黑背要对付的也不是她。

小冷似乎看透了她的心思："你不怕黑背，但我们是绑在一起的。我死了，你非但走不了，姓阮的那女人第一个就不放过你。"

她心里一凛，知道他说的没错，他当真出了事，她便是最好的炮灰。

见她走过，他忽然伸手拉住了她的衣角："你今天为什么不跑？大新的船都要开了。"

他的眼睛像刻出的玉石一样清明，小七一下将衣角从他手心里拽出来："桂桂怎么没杀了你！"

"你怕桂桂欺负我，情愿不去找霍思垣也要回来保护我？"他仍然盯着她的脸，慢慢露出一个不正经的笑，"你对我这么好？"

他说到霍思垣，让她顿如利箭穿心，愤怒和痛悔全涌了上来。

"不许你提他！"她手不自觉地捏紧了，她简直不能容忍思垣的名字从这个流氓、骗子、魔鬼的嘴里说出来。

有种什么情绪风一样从他脸上掠过去，又平静了。

"注意一下你的表情，你把窗子开这么大，是让黑背看你演戏的？"他轻言细语地说着话，脖子和肩背一动不动。

小七住了嘴，走到窗边看了看，黑背的院子今天却甚是安静，不像平日总会鬼头鬼脑在那里窥伺。

小冷在她身后说："我交代了狍哥今晚拖住黑背，你把这里砸了他也不会来的。"

这人心思深如海，她忍不住问他："你是什么时候恢复的？"

"你来海市前就恢复了。"小冷说，眼里的精光一闪而过，"确切地说，你推我下楼后第三周我就醒了。"

"你这几年一直在装？"她想起那些他一动不动的白天、被监视的夜晚，还有那任人摆弄的身体，无止境的检查、输液、喂药，没有一点儿自尊的裸露，"你怎么做到的？"

"如果你有一个那么慈爱的后妈，24小时派人盯牢你，换你的药，下各种绊子，想方设法要你的命。如果你知道这女人一直在钻营、策反、吞掉你家的资产，做好了套等着你爸钻，天大的罪你也会忍下来。"他慢慢说着，吐字归音兼具低沉和尖利。小七已经不记得印象里小冷的嗓音是怎样的了，只觉得这一道陌生的嗓子，让他骤然从少年一步跨进了成年。

当初的小冷像只暴戾的猴子，从来静不了片刻，也没有心思听他父亲说超过三句以上的话。这暴君一样的人竟会这样亏待他自己，连续几年地扮演一个类植物。以战烈的厉害、阮姐的精明，以及随身监视的护工和保姆，竟然都被他骗过去了。

"所以你装傻的事……塔叔知道？"

"没塔叔帮我，我一个人怎么瞒得过那么多人，怎么活到今天。"

小七咬着唇。这两人一个老狐狸，一个小狐狸，合伙骗了她。她已差不多缕清了经过。小冷摔伤后，战烈无暇顾及，阮姐却乘虚而入。塔叔以他的老辣和经验，于是将计就计，先让小冷装痴以逃过眼前危险，再找机会翻盘。他们一定有个长期的计划，但一切还没来得及实施，战烈已经出事，阮姐控制了局势。小七是塔叔临时决定加进的，于是，她是"意外"，也是"注定"。

"你是我见过的最可怕的人。"她说。想着他手起刀落一招了结五海，那样狠辣，跟着几句话就收了狍哥，那简直非人类的忍耐和心机。

"不然呢，姐姐？"他忽然轻松了，语调变得又无赖，又撒娇，"要不是你，人家会受这几年的罪吗？"他用这样孩子般的语气，忽然就结束了谈话，"话说太多，比杀个人还累。去关窗，睡觉。"

她又恶心又羞耻，掉过头去："我不会再住这里了。"

他不错眼地盯着她："你没别处可去，你没别的选择。你想杀了我，就像当初那样给我一下？你今天一直在想干掉我去找霍思垣……你是没动手，要是动了手，可知道后果？"

小七一言不发地直起身，这个祸害时刻不忘用所有对她最重要的人来要挟她。他知道她不怕什么，他更知道她怕什么，在乎什么。

当晚她没有下楼去，但也一眼未合。她将小床拉到离小冷略远的位置，和衣坐了一夜。

现在想到这些，她心里那股想撕碎他的冲动又涨上来了。当着黑背与贾骏，她手势粗重，干硬的毛巾在小冷皮肤上刺啦刺啦地擦磨着，他皮肤上已红了一片，却一声不吭，仍是摊手摊脚地倒在床上。

贾骏一根烟抽完，又点上一根，看着悠悠荡开的烟圈，思忖着。

现在跟小冷相对的分分秒秒，让小七都如坐针毡，空气里带着刺，带着毒，她多看他一眼都无法忍耐。当黑背等人在旁，她不得不应付的时候，也都尽量避免跟他接触。

但小冷并不放松，人前他仍是一副白痴相，但他的眼睛是活的，要表达的意思时时在眼里透出来。事实上，他从楼梯摔落的重伤还是影响了他，他颅内有瘀血，而长期蛰伏和身体失衡也使他愈加暴躁，但小七却像看不到一样，偏不让他舒服。

她再也不替他做一点儿事。一盆水放在那里一直放凉了，她也始终一动不动。他眼里的火要熊熊燃烧了，她便转过脸去。以及，她到底搬去了楼下。一整夜，任小冷制造出种种有意无意的噪音，楼下始终静悄悄的，小七完全置若罔闻。

但小冷很快找到了对付她的办法。黑背白天来巡视的时候，没讲两句话，便闻到一阵异味。黑背皱着眉找了找，终于说："这个！少爷……那个了！你还不快来处理！"他叫着小七。

小七已明白出了什么事，但她装没听见。小冷今天却格外大胆，他目光掠过了黑背，炮火出膛一般，重重地落在她身上。她越是不看他，他越是瞪得凶，不管她走到哪里，他那股狠狠的劲儿都盯在她身上，他不言不动，那股悍匪气却如血腥一样散出来。

连黑背都嗅出了空气中的异样，黑背在平台舒服地晒着太阳，往嘴巴里塞俞瞎子送来的鸡蛋，一边叫小七："你怎么还不来？想让少爷憋死？"

小七终于走过去。小冷这么豁出去，不顾死活，不要脸皮地跟她斗狠。如果她不想鱼死网破，就只得服软。

她弯下腰去掀开他的衣服，解他的裤子，只觉得脸上一阵灼烫，感觉到他俯视她的得意扬扬的眼神……她霍地站起来，掸掸手。

"我做不了，叫狍哥来吧。"

她说着头也不回地走了。鱼死网破就鱼死网破，她不要服任何人的软，更不会服他的软。

黑背又在大声叫狍哥，狍哥大步赶来了，见此情景，只得无奈地蹲下去。他又笨手笨脚，不知怎么一下弄翻了轮椅，将小冷整个掀翻在地。小七隔着一间房听得明明白白，她自然不会管，就算他在她眼前摔死了也是罪有应得。

只听狍哥手忙脚乱地收拾着，而小冷只得就那么瘫在地上。空气里充满火药味，小冷的暴怒简直是一擦即燃了。小七忍不住抿嘴一笑，这是她几天来第一次笑。

从此照顾小冷的事大半落在了狍哥身上。狍哥是个凶悍却头脑简单的人，有一股子梗劲，既然跟了小冷，也就规规矩矩每日里来跟着做事情。加上吴老太太新近过来帮着做饭了，倒也把小冷弄得饿不着、冻不着。

吴老太太是个典型的海边老人，小心谨慎，有一点儿絮叨。小七向她打听附近有没有空屋能住人，吴老太太想了想，说，有是有，不过空了很久，现在改仓库了。

"你带我去看看。"小七说。

　　这一看就挺满意，就是靠近东边的那一座小屋，四四方方，堆着一些杂物，一股久无人住的酸腐味。小七转了一圈，心里已有了主意。

　　她白天来这里打扫，找吴老太太拿了一张旧的折叠床、几件简单的家什。过了两日，她就跟黑背说，夜里有狍哥照顾小冷，她自己收拾了新地方，晚上搬去那里睡。黑背来海边小屋看了看，见小七坚决，也就没有反对。

　　小七手脚利索地搬弄着，感到小冷那两道冷电般的目光一直驻在她身上，她皆视而不见。她不要跟他做一根绳上的两只蚂蚱，不管小冷的计划是怎样的，她跟他从此是楚河汉界。

楚河汉界

　　睡在那海边小屋里，听着那一阵阵海浪的呼啸声，她一夜的梦里都是霍思垣那天在市集上的样子。他清朗朗的脸，对孩子们微笑，他从钱包里取出她的照片，一个个地打听过去。

　　千载难逢的机会已经因她一时心软而失去了……但若她没有留下来，只怕一辈子被小冷蒙在鼓里。

　　这时她盘算着，将可行的办法想了又想……迷迷糊糊间门外忽然有了异声，有什么东西在扒门……她一惊悚，登时清醒了。

　　门前咚咚轻响，这是老式的木闩门，从外面弄不开。小七心里冷笑，屏住呼吸，悄悄走到门后等着。这本也是意料中的事，只是他比她想的还要沉不住气。

　　门外的动静逐渐大了点儿，来人显然烦躁了。小七手扶门闩，忽然用力一拔，呼啦将门开了。那人吃了一惊，接着便感到下巴一凉，小七的匕首抵在他喉结上。

　　"半夜闯女人的门，你父亲是这样教你的？"

　　话音刚落，她便觉得一股力撞向了她的腰，她"啪"地被撞向墙上，房门大开，门前的黑影愣头愣脑，却是狍哥。

小冷的轮椅这时才慢悠悠地从狍哥身后转了出来，他两手扶在轮子上，脸在暗影里看不清楚。

"我父亲教我，如果那女人自己不把自己当个女人，就别跟她客气。"

小七慢慢直起身，只觉得后背疼痛，狍哥上前将她的匕首捡了过来，交给小冷。小冷拿在手上掂了掂。

"这个归我了，我不能天天给你收拾烂摊子。"他说着手一翻，那柄匕首竟不见了，也不知道他藏在了哪里。

狍哥走开了，剩下两人一个门里、一个门外地对峙了一会儿，两人都不说话。月亮隐到云里，天空黯淡无光，海浪不安地翻卷着。

"搬回去住。"

"不。"

"你在这里不安全。"

"谁来我剁了谁。"

小冷忽然从轮椅里跳了起来，速度太快，小七未及反应，他已捏住她的肩膀，将脸往她脖子里蹭了下去。小七又惊又怒，立刻后仰，同时一脚去踢他的膝盖。他一声不哼，一把揪住她的头发将她的脸往后扳，再次压了上去。两人在黑暗里无声地缠斗了几回合，在她快要被他压到地面的时候，他松开了手，让她摔倒在地。

她跳起来，惊怒交加。他嘴角抽动一下，轻蔑地说："身手不行，脑子也不行。"

"流氓。"

"不是我这个流氓，你早被五海强奸了。你怎么不长记性？被人一推一个准儿。"

她愣了一下，想起来小冷制她这两招果然是五海那天对她用强时使的。五海曾这样压着她，一直压到桌面上去。小冷这个流氓目睹了那一幕，此时拿同样的招式来羞辱她。

"好好听着我的话。你要想从这里离开，就别再耍狠耍花招。我们要这样一直过下去，直到离开这里。"

"怎么离开？"

"姓俞的瞎子为什么要帮你？他是谁？"

小七犹豫了一下，告诉他，俞瞎子跟塔叔当年是过命的交情。

小冷又笑了笑，毫不奇怪似的。两人沉默片刻，他痞兮兮的样子又出来了："我话讲完了，你还不关门，想请我进去喝茶？"

她将门狠狠带上："以后有话你白天告诉我，不用这样偷偷摸摸。"

"怕我欺负你？"他在门外问。

"你这种流氓什么干不出来？鸡鸣狗盗！"她在门里说。

隔着一扇门，他似乎低低笑了一声。接着啪啦一声，那扇并不脆弱的木门骤然被破开，一块门板噼啪一声倒向她，小冷这一脚力道异常强劲，剩下的那半块门板兀自震得不停摇摆，嗒的一响，一根断了的门闩掉到地上。

"我要是想做了你，什么门能挡得住我？"他冷冷地说，"别当我对你有什么想法，我留着你是你还有用处。"

轮椅声吱呀，他自己推着轮椅走了。

门闩被小冷踢断后，小七也没有去修，找了根秤杆插住。

小冷有他的道理，凭她的本事护己尚不能周全，现在两人分开，黑背固然会疑心，谁有了急难都来不及救。但她就是不要再跟小冷同处一室，而小冷却也没再来强迫她。他既让了一步，白天她便总算还去兰居绕一趟，偶尔推他出门放个风。她跟小冷谁也不再提那个晚上。

小冷平时仍保持着那副痴呆样。在山下或海滩上透气时，他也是枯坐不语。偶尔有顽劣的小孩子来招惹他，远远往他身上扔小贝壳或者小螃蟹，他也没反应。人家走近一点儿，却见他一边嘴角歪斜，一边眉毛高挑，眉毛神经质地一跳一跳，狰狞得像青面鬼，孩子们便吓得一哄而散了。小七也不说什么，照样推他回去，他还一路保持着这个表情。

"为什么还要装？"路上她问他。

"做傻子不费力气，还有人服侍，多好。"他说着伸直了两条腿，一副受用的样子。

到了山道旁，小冷又让她换一条路走："我小时候在这岛上长大的，每一块石头我都认识。"

这却是条上山的路。两人一路无话，至山顶无人处，她松开轮椅，让他自己手脚并用地滑来滑去。

小冷嘴里呼哨一声，站起来，远眺海滩。春天说来就来了，海平面变得明亮，粉紫色朝霞轻飘飘地覆盖着天际，那些冷酷孤独的岩石温柔起来，镀上了粉色的光。

"这岛远看着寸草不生，其实该有的都有。"他像自言自语又像对着小七说。

小七不去理他，她坐在一边，静静地等着他放完风。

"看那棵许愿树。"他又指给她看岩壁边一棵飘拂着红色丝带的树。

小七瞥了一眼，那就是她来岛时远远看到的那一棵树，这里的岛民相信它能佑护平安。

"我小时候最喜欢躲到这里来，这里最高，看得最远。男人们出海，家里的女人都会在这里等着。"

他仍在对她说话，她仍是不理他。他蹲下又站起，伸展着筋骨，又伸臂举起轮椅，上下掂了一掂："好几天没拉伸，肉都要松了。"

小七终于收回放空的目光看看那轮椅："这轮椅是特制的，你就靠它来锻炼体力，扶手里还能藏武器。"

"你什么时候开始疑心的？"他问她。

"我在海市就发现这轮椅扶手上下都有磨损，是你的手握的。"

"可你还是相信我了。"他有点儿开心的样子，大马猴似的跃起，吊住一根树枝荡了几荡，像个无忧无虑的少年。但小七知道他是有全盘计划的，目前才刚刚起头。他面前的障碍不少，第一重就是黑背。

"宰了黑背容易，但他一死，姓阮的女人会立刻知道我好了。我那小妈，她养的狗都互相咬，盼着别人出事他们好顶上位置。她喜欢看别人这样。"

小七说："黑背既然不能死，你迟早要告诉他真相。"

"就在今天，我们跟他聊一聊。"他说到"聊一聊"时脸上浮起淡淡的笑意。

"你有把握？他又奸又滑头。"

"黑背说是跟佟子井水不犯河水，但这么大一片生意他能不眼红？贾骏带着黑背上岸收账，其实是佟子指示的，佟子很精明，给黑背点儿好处，让他不至于自己伸爪子。谁知道黑背胃口深，私底下又跟五海勾上了。五海死了，他丢了一大片油水。"

听小冷慢慢说着，小七只觉暗暗心惊，小冷足不出户，竟把这里的复杂关系一步步弄得这样透："可是你一无所有，黑背要的你给不了他。"

"给不了他想要的，就要知道他最怕的。"

她又问："佟子会不会疑心你就是老板的儿子？你瘫了好几年，难道他们都没有听说过？"

"我爸对这事忌讳，不许手下人风传。"他有点嘲讽地说，"只有最贴身的人知道，他们外围的人不敢议论。"

"万一阮姐透露了呢？"

小冷忽然不耐烦了："我最烦啰唆。你就听话，什么都不用怕，我活着你就不会死。"

小七眉头竖起："我不怕你败露，你死活跟我没关系。"

"脾气这么臭，那个姓霍的为什么喜欢你？"

小七站起来了，小冷立刻举手做了个休战的手势。

"我现在是什么都没有，但我迟早会光明正大地站起来，走出去。"他看着山下奔腾不息的海浪，目光深起来，"你要的是逃出去。我要的是，收回来。我爸不是什么好人，但姓阮的女人想只手遮天，没那么容易。我要让岛上的人看到，这岛是谁的。"

下午，狍哥按照小冷的吩咐去找黑背了。小七坐在桌边，削着一把小竹弓和竹刀，这是她答应给勺子的礼物。她手上不停，将竹片削出锋利的边，一边看了看小冷。

早春的阳光带着透明的寒意，散淡地落在小冷的脸上，他的脸半明半暗，光影柔和了半边，又强化出另一半边。亮处的那半张脸眉目舒展，分明是清秀的，暗处却是瘦骨嶙峋，凹陷的脸颊、抽紧的下颌、过长的下巴，在他沉默的时候像被风化了一般。他热血好动、不拘一格的天性，因为长期的忍耐，额头上压出几道深深细纹。他微闭的眼，睫毛细密，如果不是偶尔一睁眼，一些狡黠的光亮出来，那张脸就是非人类的。他身上糅合了狼、狗、蛇、豹子等诸多特质，小七从没见过一个这么兽性的人。

吴老太太挎着一只大菜篮，带着勺子进来了，嘴里嘟嘟囔囔，说："前面有人在吵架呢，桂桂的家人来找了，桂桂再没消息，人家要告了。"

小七看一眼小冷，小冷就像没听到一样。小七把小竹弓递给勺子，又问吴老太太："那怎么办呢？"

吴老太太说桂桂的哥哥去许愿树挂红绳了，挂了红绳许了愿，桂桂也许就会回来。

"真这么灵？"小七问。

"灵的咯，还能治病呢。"吴老太太说，"你们每天熬的草药就是许愿树下面长的。"

吴老太太出去后，小七问小冷，桂桂怎么样了？关在哪儿？

"死了。"小冷随随便便地说。

她惊得手里的竹条"啪"地折成两段。小冷则是一副爱谁谁、丝毫不想解释的样子。她将信将疑，又问："桂桂折磨了你那么久，你为什么不反抗？我们上岛这么久，你干吗要多忍这三个月？"

"因为她漂亮咯。"他歪一歪嘴角说。

狍哥这时蹿进来，一脸紧张，额头出汗："来了！"

小冷长长伸了个懒腰，舒展开臂膀，从轮椅里站了起来。他的臂展很长，随手拿起小七那柄匕首掂了掂，便朝着桌角一劈。

黑背进门时，正看到一角木块应声被劈下。

黑背像被一锤砸进地里的钉子一样僵住了。

"我喜欢你这个表情，我想看看这副表情出现在老板娘脸上的样子。"小冷轻轻说。

黑背急回头，狍哥已守住了门，小七则一下一下敲着竹弓上的一颗钉子，她的样子是事不关己的，但手里的竹弓却绷紧了弦。黑背感到内脏有些抽搐，半晌才问："你想怎么样？"

"你叫我什么？"小冷温和地问。

黑背吞了口唾液："……少爷。"他努力想着措辞，调门高高低低，"不是我把你弄到岛上来的，我也是不得已。"

"岛上有多少老板的人？"

"有十五六个。"

"现在都是老板娘的？"

黑背点头，又补充说："不是每个人都听我的。我这里只有四个。"他瞟一眼狍哥，又改口，"三个。"

小七想，黑背果然又奸又滑，见小冷恢复，立刻先撇清自己。

小冷笑笑道："你明天把我介绍去佟子那里，就说我是你带来的人，以后跟他们一起做活儿，有问题吗？"

黑背想了一下，有些艰难地说："你这么无缘无故地忽然好了，他不会相信的。"

"他不知道我的底细。老板娘的事谁也不能多问，是不是？这事就靠你了。"

黑背仍是推诿，说他只协助佟子的产品运送，平时不多打交道。五海死了以后，两边关系有些僵，所以现在能不见就不见，彼此保持和气。

这确实是阮姐的一贯风格，手下的人分工精细，互相少有合作。小冷点点头，说："五海死了，他答应你的仓库那部分没了，你自己投进去的钱全填了窟窿。"

黑背瞬间脸色变了，他结巴起来："佟子的生意我不插手……五海，他平时找我也就是喝喝酒打打牌。"

"可惜，你这几年在老板娘那里弄的油水，不声不响地就充了佟子的公。"小冷说。

一线凶光从黑背眼里流出来。他跟五海的交易没有其他人知道，五海死了，死无对证，黑背虽然心疼钱，但也庆幸没有第三个人知道这秘密。但这个他们都没留意的活死人，不知有多少话落在他眼里和耳朵里。

小七不抬头便感到了空气里的杀机，她一下一下削着竹片，切口一圈溜青的光，已削得利如刀锋。

小冷像没注意到黑背的表情，继续说："五海已经死了，谁都不会把他挖出来问他，但有一个人是明白的，你猜是谁？"

黑背觉得后心一凉，他脸色越来越难看，终于说："贾骏。"

小冷拿起了小七做好的竹弓，弓弦绷得笔直，他轻轻在弦上弹了"嗡"的一响："五海一死，暂时没人替他，只有贾骏接手。你投进去的钱在账上多出来那么一大笔，你猜贾骏会怎么想？怎么做？"

门忽然被敲响了，一个熟悉的声音在问："黑背，老弟，你在不在？"

黑背脸色又变了，来的人是贾骏。

步步为营

一滴滴汗从黑背眉毛里渗出来，小冷静静地看着黑背的汗珠顺着额角一大滴一大滴掉到地上。

"你想好，你想要的东西，是佟子能给你，还是我能给你。"小冷微笑着说，同时拍拍黑背的肩，黑背不由得把肩一缩。

黑背入门较早，大老板这位亲生公子的手段，他多少见识过一些。从小性烈如火，心肠如铁，同时又诡谲多诈，出其不意，年纪轻轻闯下个名声，那绝不仅仅是靠他老子的势。这也是为什么小冷受伤后一瘫多年，他在这少爷面前依然战战兢兢不敢造次的原因。

贾骏走了进来，手里拎着一瓶酒，说这阵子事太多，佟哥盯着他，一个人要做两个人的活儿。

"还是你记着我，让狍哥叫我，咱哥儿俩总算能好好喝一顿了。"

黑背舌底一阵泛苦，贾骏果然是小冷找来的。同时他觉得左肩又僵又麻，刚才小冷只是随手拍了他一下，完全没带分量，但黑背觉得像被点了穴般，浑身血液不畅。

小七和小冷在楼上，听着黑背跟贾骏在楼下喝酒闲聊。小冷仍不闲下他多动的手脚，他在房内各处游走，拍拍打打，动作无声而细密。

贾骏果然另有心思，有意无意地说到五海留下来的一摊账。黑背则佯作不知，打着岔。小冷停下听了一会儿，一丝笑意浮上来。

小七问："你相信他？"

"我谁都不信。"小冷并不看她，用同样轻的声音说，"但我喜欢有欲望的人。不管是求财还是报仇，欲望强烈才让人放心。"

三天后黑背果然把小冷带到了佟子面前，介绍说是一起来的小兄弟，病好转了，想跟着做点儿活，历练历练。

佟子高高挽起袖子，凸出坚实的二头肌，指头上戴着两个硕大的象牙箍，捏着一小瓶家酿的白酒。贾骏在他身后，握着个酒杯，两眼阴沉地盯在小冷身上。

小冷汗衫外套着岛上常见的蓝布工作服，大了两号，落下宽大的肩线，袖子卷起，露出两条细瘦的胳膊。他涂黑了脸，仍显得过于清秀。佟哥笑着说:"这么文弱,哪儿忍心让你跟我们这些粗人一起干活?"

贾骏阴恻恻地说:"这小兄弟的身体说好就好,除夕那晚听说差点儿就没命了,小七姑娘就为这个差点儿宰了五海吧? 也是个奇人。"

黑背头皮一紧,说:"他是脑子里有东西,好一阵歹一阵。这几天好了,总不能闲着。我看后面有两艘新船在弄,让他跟着帮忙吧。"

"不用,不用,这兄弟跟个大学生似的,经不起那风吹日晒的。"佟哥眼里闪过一丝狡黠,又对小冷说,"咱们都是老板娘的人,自家兄弟。五海那时候也是酒喝多了蒙了心,好在你没事,也不要怪五海啦,人死万事休。"

佟子让小冷去仓库记账,黑背说记账是细致活,哪儿能让刚来的新人插手。两个人礼让了几个回合,终于定下,小冷先去工棚报到,在老三手下折编织袋,等船造好了,帮着上漆。

从佟子那里回来后,小冷沉思了好一会儿。佟子态度爽快,看来接到的指令只是要协助黑背监禁上岛的一干人,其余果然不知。但五海的死是个悬案,佟子对他们却没多问一句。

"佟子心里精明,跟船有关的事决不让外人插手。就像只绿毛龟,个头蠢,心里贼,一不留神就会咬掉你手指。还有那个贾骏,这人迟早是个祸害。"

"别人是绿毛龟,你是什么? 比吴老太太养的鹅还不如,狗眼看人低。"小七说。她自然也讨厌贾骏,但仍忍不住要顶撞一下小冷。

小冷一边眉毛竖起,一边嘴角耷下来,他被惹恼时通常是这个表情。

"再啰唆我卸了你胳膊。"不知怎么,他的脾气在小七面前常克制不了。

吴老太太推门进来了,见他俩又在闹别扭。她一面收拾,一面劝小七,他一个病人,脾气当然不好,你多让让他。又对小冷说,没她照顾你，每天给你熬药，你病能好得那么快？吴老太太有些迷信，小冷从一个植物人忽然变成能走能跑能说话，她以为是许愿树下的草药的效果。

小七帮吴老太太收拾着，听到楼上一阵咯咯嗒嗒声，小冷不知在弄什么。她不愿理会，往门外走，想出去透透气。刚迈出去，一块什么东西划过耳边，"嗵"地丢在她脚边，却是卧室里那块刻着"兰"字的装饰牌。

小冷从平台上探出半个身子，他手里还拿着个起子，原来他刚才一阵倒腾是在拆这块牌子。

"哪儿去？"他问她。

"你弄这牌子干吗？"她反问他。

"这是姓阮那女人的名字，阴魂不散。"他又说，"你现在不能出去，回来。"

她自然不听他的，仍向前走。小冷模糊地骂了一声，忽然手一撑跳了下来。这二楼的平台离地面颇高一截，他好端端地楼梯不走，却如猴子一样蹿到她身前，拦住了她。

"你不能随便活动，我刚刚在佟子那里报上号，以他的为人，不会那么容易信得过我们。"

他说着扫视了一圈周围。小七已经看到，兰居旁的小院里，黑背的脸在窗后闪了一下便隐去了。

但她偏不想听他的："你怕佟子，我不怕。还有，你是你，我是我，没有我们。"

小冷忽然伸手勾住她腰往自己身前一带，这个动作充满痞气，小七来不及掌握平衡已经一手卡住他的下巴往后推。他的脸被小七扳得变了形，手却还按在她后腰上。

"你是我的女人，就得在这里守着我。"他支着被扳歪的脸，撇出一个歪眉斜眼的笑。

见她不可置信地挑高了眉毛，他笑得更邪气了："别做这副奇怪的表情。你心里也有数吧，这里的人都知道你是我女人，人家老太太都看出来了。"

小七将他领子一揪，狠命将他向后推去，他也不抵挡，任她使力，只在两人落入凹角时伸腿抵住背后的墙壁。

"你现在死了赶着投胎都够不着，再说这种屁话我掐死你。"她狠狠地说。

脸对脸的一瞬中，他嘴角下撇，一边眉毛跳动着："你不会让我死的，你自己说的。"

她无语，想到他病重昏迷，她抱着他在废旧的船舱里度过的那一夜。刚上岛的那段日子，在那哆哆嗦嗦、提心吊胆的一天天里，两人像被困住命运的孤岛，唯有对方是依靠。

她将他重重一搡："不要脸。"转身走了，靠墙立着的一堆鱼竿哐啷啷被带倒下来。

这里小冷慢慢直起身，摸着脖子，忽然笑了。

"死丫头，别让我发现你有一点儿喜欢我。"他弯腰去捡撒了一地的鱼竿。

小七拐了个弯，离兰居有一段距离了，她的脸冷了下来。自从在海边小屋闹过一次后，小冷这是第一次对她说这些疯话。以他的张狂，以后更不要脸的话也说得出，更过分的事也做得到。她得赶紧走，把这个祸害和这座岛一起丢在身后，一辈子也不要再见。

小冷每天去工棚干活，他做的事单调且杂，不过是把杂七杂八的账目做一个记录，具体归纳统筹都不用他管。但他表现出异常的热情，忙前忙后，对老三提出诸多疑问。收工回来也不闲着，在灯下写写画画。

小七虽不想管他，但见他热心得像个高考生，也忍不住奇怪。他还是嘴角下撇，一副没真话的样子："活到老，学到老，不懂？没见过求知欲强的人？"

他说着将一沓纸啪地甩到桌上，纸上龙飞凤舞画满小七看不懂的字，似乎都是统筹、账目之类的问题和建议。他居然是在做总结，把一些想法记录下来预备第二天交给老三。

小七忍不住觉得好笑，小冷已走到院子里，他脱了上衣，从缸里舀起一瓢瓢冷水浇在自己身上。自从站起来后他便恢复了体能训练，用的方式很古怪，使用各种强刺激手段日夜不停地折磨自己。

月色朗朗，照在他少年人的身体上。月下，他的背薄薄一片，肩头峭拔，水柱从背上淋下去，在地面汪成一摊。

吴老太太踮着脚，小心地拣着步子绕过去，一边斜眼打量着他。小冷随着她的视线，忽然对着老太太咧嘴一笑，老太太有点儿嫌恶地扭过头去。

小七临窗看了一眼，又朝黑背住的院子看看，虽亮着灯，却安静很多。现在黑背表面归顺小冷，那终日喧嚣的小院便收敛了很多。

小冷忽地回过脸朝着小七的方向，眼神极亮，像浓黑的夜里猛地炸开一堆火星。

"看够了吗？"他嘲笑地问。

小七嗤了一声将窗关上，小冷脱下背心将头脸一通猛擦，踩着一地水走回屋。

"贾骏有没有找你？"他问她。

"你怎么知道贾骏找过我？"小冷上工后小七白天轻松不少，贾骏确实来看过她一次，说仓库那边少个负责给人打卡的，问她愿不愿意去。

"南边人又多又乱，你行不行？"小冷又问。佟子的人马都聚在南边。

"你行的我都行。"

他眼睛对她搜索了一会儿，才说："别出事。"

他话里有话。这人嗅觉太可怕，她警惕地想。她答应了贾骏，深入腹地做事，自然别有目的，可别给他看出来。

　　仓库离兰居并不远，贾骏管理颇有一套，佟子办公的地方总是笑哈哈的一片，到了贾骏这里，虽也是人来人往，却是一片肃静，气氛迥异。

　　贾骏仍是那一副老成样，纽扣严严实实扣到脖子，指挥着人去称量那堆成小山般的鱼干、虾干。看到小七来，他慢慢爬下梯子，笑着说："这地方味儿不好闻，挺委屈你的。"

　　小七看着地面那一摊混合着泥水的腥汁，正缓缓流到她脚下。她踮脚跨过，说做什么都是做。

　　贾骏又问她一些上岛前的事，在海市几年，老板手下几年，老板娘那儿呢？

　　小七说她入门时间不短但只干杂事，见老板和老板娘都不多。

　　"听说你身手不错，跟谁学的？"

　　"小时候兄弟多，跟着他们上山爬树，练了点儿体力，只能唬唬人。"

　　贾骏又是呵呵笑了几声，这人笑起来脸皮都在抖动，眼睛却还是阴沉一片："佟哥也说了，老板娘的人都是一家人，你在这里自在着，有什么需要的只管开口别客气。"

　　小七想，总有跟你不客气的那一天。贾骏问她这许多话，句句都是陷阱。

　　她沉住了气，一边打量四周，沿山边的一排石屋，都是黑黝黝的，碉堡一样。佟子在岛上做了多年，暗中的布置似乎都在这里。她心里也不禁惴惴不安，这里着实像个狼窝，万不能陷在这里。

　　她早已想过了局势，这岛上步步为营，眼下佟子是一边，小冷又是一边，而黑背态度暧昧。小冷自己已进行了计划，自然有一番长线谋略，他要对付的人多，暂时不会防备到她身上。她想要自己脱身，唯有从夹缝里找机会。

现在她做着贾骏吩咐的事，却见那圆头圆脑的老三来了，和贾骏在门外嘀嘀咕咕，小七心里莫名地有点儿不安，向门边悄悄挪了几步，她耳力极好，虽听不清两人谈话内容，风里过来的句子却隐约有"上岸，试试"几个字眼儿。她心里一凛，还记得贾骏与黑背上岸去岐山镇的时候硬要拉上自己。这回他们想故技重演，要试探谁？小冷？

只见老三掏出一张皱巴巴的纸递给贾骏，小七又是一惊，那正是小冷在灯下写写画画的那一份"计划书"。

贾骏皱着眉看了几遍，又说了几句什么。老三点点头，重复了一遍问："今天？"

"今天。"贾骏肯定地说。这两句话他俩没有压低声音，所以小七听得清清楚楚。

小七心里不安，脑中飞转，小冷对账目的事过于热心——谁知道他干吗那么热心——已经引起老三的警惕，老三和贾骏商量着，要在今天上岸采购时带上小冷。

他们上岸有什么计划？但小冷……小冷正是需要上岸的。一旦他上了岸，总比她有办法，她跑不了，他却可以。

她心里有点儿乱，仍是顺着思路分析下去。难道这就是小冷想要的？然而贾骏这人不简单，真在岸上闹起来，他们又有武器，小冷未必讨得了好。

老三已赶着走了，小七来不及多想，赶上两步，脱口叫道："老三！"

看不透的男人

老三停步回头，小七已赶到他面前，她问："你回工棚吗？"

老三糊里糊涂地点一点头，小七说："你看到我兄弟，跟他说一声他今天的药还没吃。"她在身上掏掏，掏出来一个小药瓶递给老三，"让他吃三颗。麻烦你了。"

老三捏着那小药瓶，说："我不回工棚……"话未说完，贾骏咳了一声，老三又改口，"好的，交给我。"

老三走了，小七继续做活儿，贾骏仍在外面来来去去地忙活，看起来毫无异样，但她仍然心不定。小冷虽有病却一向不愿意吃药，而那瓶药其实是她给吴老太太带的消食片。她现在不能走，但老三只要把药和话带到，以小冷的机灵总能发现不对劲儿。

她忽然停住手。眼下他们集中精神对付小冷，这难道不正是她的机会？她就算走不掉，也能干点儿别的。

想到此她心跳立刻加快了。贾骏匆匆走进来，赶时间似的，拉开抽屉一顿翻找，有人在库外叫着他，他又两手空空地出门去了，嘴里还嘟囔着事多人少忙不过来。

屋内已没人，小七缓缓打量四周，忽然目光顿住了——贾骏刚翻找过的抽屉并没有关上，半开的抽屉里，赫然躺着一个手机。

贾骏正在门外远远地站着，翻着一份账目。他看得很认真，旁边人拿着笔等他签字。

小七挪了几步，这里是个死角，从门外看不见她。抽屉就在她手边，她感到自己呼吸有一点儿急促。

呼啦一声，门被拉开了，贾骏疾步走进来，看到小七正蹲着收拾倒在地上的几个鱼筐。

贾骏冲她笑笑说："今天没什么要干的啦，我得带些人上岸去一趟，你这就回去休息吧。"

小七依言和他一起走出去，贾骏锁上了门。库外静悄悄的，那些平时忙活的人都不见了，贾骏和老三竟带了这么多人上岸？他们想怎么做？小冷又会怎么样？

她这么原地踱步已经绕了两圈了，一颗心悬着。她兜了个圈，又重绕回来，贴住那面用木片、竹片搭起的简易库棚，静静等着。

没有一个人再过来，人果然都走了。

小七才悄悄溜回门口，库门已被贾骏锁上了，她从口袋里摸出两条尖细的铁丝伸进锁内。这会儿她真心感谢战烈和塔叔，教了她一身见不得人的功夫。

门无声地开了，她走向桌边，那手机仍在抽屉里搁着。她一眼也不看，飞快把桌上的报纸和账本推开，下面露出一部电话机。

岛上信号不通，贾骏刚才却要故意露出手机，分明又是个试探。她想着便不由得露出冷笑。危险刚刚排除的时候就是最安全的时候，她的目标只是这部座机。

她不再犹豫，立刻拨下霍思垣的号码，却无人应答。她心里焦急，又拨了几遍。几线日光从棚顶的缝隙射进，尖利地射在她脸上，霍思垣的电话始终不通……她眼光斜睨，脚下竟多了个淡淡的影子。她霍然转身，面前不知何时已多了个人。

小冷瘦瘦长长的身子正靠在门上，他双手抱在胸前，一脸闲适地看着她。

她的心骤然一跳，脸色却不变："你跑来这里干吗，吃错了药吗？"

"希望我吃错药的不是你吗？"他低头看看被她按在手掌下的电话机，"别藏了，贾骏马上就要回来了。"

"你怎么没上岸？"

"我走了你怎么办？"他半真半假地说。

"你自身难保，自己能走掉再操心别人吧。"

他却迅速地将一沓报纸重新盖在电话机上，又一把将她拉到门后去。

"我走了，你就安全了，是不是？就算走不掉，也能大摇大摆地给你情人打电话让他开飞机来搭救你？"

四目相对，他紧紧盯着她的脸，瞳孔里有根刺一样挑着她的神经。

她一下把他的手甩掉："我坐飞机还是坐船跟你有什么关系，你这么不识好歹，我就不该提醒你！"

他忽然不作声了，分明有一句话被他生生吞了回去，他的表情就像咽下一块石头。

"你没上岸老三不疑心吗……"这回她还没问完就已被他带着往外走，他一手揽着她，将她推出门去，一手"咔嗒"推上了锁。

小七耸了耸肩，却没有将肩头上那条胳膊抖掉。

"别乱动，"小冷轻声说，"我们就该是这个样子。"

"你怎么知道贾骏会返回来？"

"他们不放心我，就能放心你？"他轻声说，"今天真正要对付的人是谁，我还是你？"

小七未及说话，便见迎头已来了一人，果然是贾骏。她向四周看看，那些本来从这个仓库里走开的人，此时已纷纷转了回来，本来已一片安静的海滩，忽然重新人头密集起来。

她心里一沉，今天这事果然是个套。不管电话通不通，她刚才在房间里只要再待上片刻立刻会被他们堵住。

贾骏见了他俩一愣，问小七："你还没走？"

小冷一条长长的胳膊搭在小七肩头，差不多就把她整个揽在了怀里，他懒散散地说："时间还早，我们在这里玩儿一玩儿再回去。"

老三也匆匆来了，见了小冷就说："你不肯跟我上岸去玩儿，倒是来这里耍了。"

贾骏已快速反应过来，"哈哈"笑了两声："年轻真是好啊！哎，快退潮了，这片沙滩倒是能捡不少宝贝。"

小冷也笑笑，带着小七往兰居方向走去。那些本已做好埋伏准备的人，此时未得贾骏指令，不能动手，脸上神情却变幻不定，他们有的愕然，有的停住了脚，一直盯着他俩看。

"你看出来他们这个套，所以来找我？"她低声问。

"你叫老三送瓶药提醒我，你是想我走，还是想我不走？"他也低声问。

她心里不知怎么微微一暖，他也不再往下说了。他手臂牢牢搭在她肩上，一路穿过那迎头而来的人群，穿过那些阴沉的、怀疑的、讪笑的脸，穿过那些幽暗的窗洞里射来的窥觑眼神，穿过很多铁钩、铁锚、尖利的武器和暗处不为人知的东西。小七不知不觉跟他步调一致起来，对方是很多人，而他们是两个人。

经过这事，小七暂时放下了自己独自逃跑的心。而贾骏那个一箭双雕的套没得逞，也就不让小七继续去仓库里帮忙了。小七回想起来犹有心悸，那连环套看似平静实则凶险无比，老三带小冷上岸意图试探，贾骏则回头来捉她。两人有一点儿应对不慎便齐齐中招。

几天后佟子把小冷调到了兑换市场。佟子说记账太闷，兑换市场比较适合活泼的年轻人。小冷便满脸不舍地离开了仓库。

小七不动声色地看着他做戏。知道小冷对于账目的热情终于还是被老三反馈到了佟子那里，她已明白了他的意图："其实你就是想去兑换市场对不对？"

他忍不住笑了："谁稀罕他的烂账，谁管他一年揩多少油。"

"兑换市场有什么好？"

"人多。"他只说了两个字。

蜈背岛的物品兑换市场是岛上的一景，没有多少金钱交易，像是一个以物换物的跳蚤市场。岛上土著居民自有他们的价值观，一条鱼换两斤菜，两个鱼钩可以换一本新挂历，或者一个旧的摇头电风扇换一沓过时的碟片，也有衣服和鞋子的兑换。小冷要做的便是和另外两个人一起估算价值，再做出兑换引导。

做这活儿的本有两个，一个叫老伍的中年人和一个叫小史的年轻人，都是外乡人，两人一直负责兑换市场。这时忽然插进来一个陌生的小冷，他们自然不乐意。管理货品交换绝不容易，由于货物因新旧、成色、用处等不同而分成多种等级，其中贪小便宜、顺手牵羊的大有人在，更有人趁机惹事挑衅，便需要负责人有精明的头脑、快速的应变力，还要有一双利眼和一张如簧的巧嘴。老伍和小史也不去提醒小冷，也不教他规则，成心要给他个下马威。

小冷在市场待的第二天，就给自己留下了一条皮带、一把梳子。他大大方方地把这两样东西装进自己衣兜里，神情泰然自若，完全天经地义。老伍说他，我们的东西都是要上交的，不能自己扣下。

"我看到你拿了两瓶酒。"小冷说，又指一指小史，"他那个椅子上的皮垫也是自己留下的。"

老伍和小史无言以对，小冷拿着两样揩油的东西扬长而去，回去就将梳子丢给了小七。小七问他，他说："男人在外面工作，当然要给女人带点儿东西。"

见小七露出不屑的表情，他又说："我头疼，你拿这个给我通通头。"

他的头疼不是装的，他的病痛远比他表现出来的要严重，反复发作的后遗症常折磨得他生不如死。

她仍在犹豫，他又拨开顶门的头发，露出中间的两小块疤。

"瞧瞧，这就是你送我的。"他说，"我亲爹妈都不会动我一下。"

小七有点儿不忍了，那确实是她推他下楼后留下的疤痕。

她刚拿起梳子，他已经飞快搬来躺椅，还打了一盆热水，连着毛巾一起拿来，接着将身子躺平，双腿伸直，舒舒服服拉开架势。

"干什么？"

"按摩嘛，就得有个样子。你给我梳梳头，再刮刮脸。我坐了一天了，快裂了。"他躺着，两眼向上，黑白分明地瞅着她。

小七手里拎着那把梳子，拿起又放下，终于将热毛巾给他盖住脸和脖子，就坐在他后面，用梳子给他一下下地在头上的几个穴位处按摩。小冷果真不动，乖顺得像个小孩子。她的手接触到他的头时，他发出一声舒服的呻吟。

小七忽然有了一点儿不自在，自从小冷从轮椅里站起来，这是她第一次主动触碰他。此前佟子、贾骏等人众目睽睽，气氛绷紧，两人虽身体紧贴，她也无任何感觉；这时仅仅是这一点点的身体接触，她心里便有了一阵奇怪的抵触。她往后坐了一点儿，将手臂伸长去给他梳头和按摩。他肌肤的感觉和她心里的那点异样告诉她，她不能再当他是个孩子，是个无知觉的病人，他是个成年男子。

她这样微妙地拉开距离，他却没有察觉，又舒服地侧了个身。她拿刀背敲了敲他的喉咙："我手里可有刀，不想死就别动。"

他完全不在意，闭着眼，说："你就这样多好，像个女人。动不动拿刀拿枪，还不如拿把梳子。"他将脸捂在毛巾里，声音瓮声瓮气。

她不答，将他被浸湿的黑发一缕缕拂开来。这少年有一个倔强的硬脑袋，却配了一个柔软的脖子，她拿毛巾焐热了，给他慢慢刮着，锋利的刀刃折射出一道细细的光。

小冷也不说话了，他的呼吸渐渐绵软起来，不多久竟是睡着了。小冷仰面睡着的样子，眉目舒展，嘴巴微微噘起，露出一点儿孩子气。

小七停下手，那一点异样像水珠一样渐渐洇散，在她心里留下一小块湿润。这狡诈凶狠的少年面对她手里的利刀，竟睡得如此安详。

3　黑暗中的一条蛇

过了一日，小七仍是找了个机会出门，她一路走一路留神着周围，确定没有人跟着她。自从她掰折了俞瞎子的手腕，接下去的一系列事便如海啸一般，局势转变得太快，她总想对俞瞎子有交代，却无暇去好好道个歉。

俞瞎子独自住在山头一个简陋的小院子里，往下就是那个素有恐怖名声的鬼村。他手上仍裹着纱布，在小院后面的菜地里转悠。听到小七走近，他说："姑娘，近来好啊？"

小七一时不知怎么开口，便问："手怎么样？"

俞瞎子摆摆手："都是命啊，躲也躲不掉。"

他这么豁达，反倒让她不好意思再道歉。她便帮他做一些打水和收拾的事，俞瞎子看上去心情尚好，他低声哼着小调，今天唱得格外低回悱恻。

"俞大叔，你唱这么多戏，有人来听你唱吗？"

俞瞎子还是呵呵笑着："没人听，我也不唱给别人听。这里是鬼村，我就是唱给鬼听。"

小七心里一动，问："你见过桂桂吗？"她记得那天小冷说的是把桂桂"送到鬼村"，她并不信小冷真的下手做了桂桂。

"桂桂？听说那丫头被她哥哥接走了。"俞瞎子说。

岛上的传言确实是桂桂被她娘家哥哥接走了。

"但是，谁知道呢，我在这里住了十来年，每一年都有人突然出现，又突然消失。"俞瞎子说。

"鬼村真的没有人住吗？"

"听说那里有女鬼出没，瞎子我反正是看不见。"俞瞎子的白眼珠朝天，脸上出现一个莫测的表情，"你姑娘家好奇心不要那么重，那里阴气太重，不是女人待的地方。"

小七从俞瞎子的小院出来就直接去了鬼村。俞瞎子越是警告，说得神秘兮兮，她当然越是要去看看。

她沿着潮湿的山道往下走，蜈背岛虽不大，但岛上山势起伏，也隔出好几个洞天。山外是春天明亮的海，深陷在山腹间的鬼村却是一片雾湿阴冷。

她站在雾气蔽天的长草深处，心里也有点儿寒意。眼前明明是一户户住家，却如一个个冰冷的洞口。植物连天蔽日，妖异无比。这里没有猛兽，没有蛇，没有不速之客，因此更加静得没有一点儿生机。

又走了一阵，见草丛中支着一口锅，旁边的空门框上竟还拉着一条绳子，搭着一些破旧的布幔。门后还有一块垫布，上面赫然有两只刚出生的小奶猫，只有耗子般大。

小七蹲下拨弄了一下。这里果然有人，她想，就算有鬼，也是个活鬼。

草丛在她背后发出低微的呻吟，她背脊忽然起了一串寒意，骤然回过头。饶是她胆子大，也吓得倒吸了口气。

一个一身红的女人长发飘荡，直直地站在她身后。

山风阴冷，女人身上的红色与其说是色彩，不如说是阴森森的压迫力，其实那早已不是红，更像是一身凝固成黑色的血渍。

小猫在小七手中微弱地叫唤着，那女鬼般的影子立刻扑上来，从小七手中将小猫夺了过去。她的手冰凉发黏，小七不自觉放开了手。

"乖乖啊，妈妈来了，不怕啊，没人欺负你们。"那女鬼说，将小猫们贴到脸上去。她的脸也是脏脏的，分不出是灰垢还是伤痕的几道印子画在脸上。

小七定定神，小声问："桂桂？"

"我不是桂桂，桂桂死啦。"那女人说。她的声音也是哑的，像身上的红裙子一样划痕密布，分辨不出本色。

见她这样，小七也有点儿难过起来，桂桂对于小冷所做的事纵然变态阴毒，但罪不至死。而小冷……小七莫名松了口气，小冷毕竟没有真的杀了桂桂。

"我不认得你，你也不认得我，"桂桂一双眼珠定定的，不知是不是真的认不出小七，"他们都在找我，找到我就会拿麻袋装了扔到海里。"

"他们是谁？"

桂桂伸出一根黑乎乎的手指头在嘴边"嘘"了一下："他们杀了娜娜，他们吊死了娜娜。"——娜娜是她养的那只猫，"娜娜好乖，它找到了我，它叫我不要出去，我出去就跟娜娜一样了。"

在这不见天日的地方，一个女孩子已被恐惧和压抑弄得精神失常了。

"你在这里还有谁知道？这些吃的喝的是谁拿给你的？狍哥？"

桂桂睁大了眼，她圆圆的眼睛带着点儿幻象的神气，似乎没听懂小七的话："你可别告诉他我在这里，我不是故意的。我还要伺候少爷呢，让他知道我在这里，我就伺候不了少爷了。"她的视线透过小七看向某一个未知处。

"他是谁？"小七紧紧盯着她问，"他是谁？他要你做什么？"

"他要我穿裙子，哈哈哈，我还会拿针呢！"桂桂忽然笑起来，笑得又欢畅，又凄厉，"我保证不会被人发现的，你别说出去啊！"她拉着已被树枝勾得稀烂的红裙子下摆转起圈来，一边向着房子后面旋转过去，小奶猫被她高高托举在掌心。

小七没有去拉她，她心里的疑窦刚有点儿眉目，又重新退回了迷雾中。在回去的路上，她又沮丧又不安。她没有能力去救桂桂，甚至那个谜也无法破解。

快走到兰居时，远远只听一阵叱叫，高高低低，听着像是小冷。近看果然是他，两条长腿颠着步子，时不时呼喝一声，在院子里跳来转去。他脚下扑腾着那两只大鹅，正凶猛地对他冲锋，而小冷手脚并用，又要躲开，又想抓住。

小七心里烦躁，看见这样又不由得想笑，不明白这小流氓怎么会跟鹅干上。阿黄有一双阴沉的眼睛，正咬紧他不放，大白头上的鼓包高高耸起，忽然飞扑起来，扁长的嘴对着小冷又咬又啄，两鹅前后夹攻，逼得他手忙脚乱，一脚"嗵"地踩进了一个小小的泥坑里。

见小七过来，小冷大喊："你还不过来！这两个畜生马上就要把我吞了！"

鹅们见有了新对象，又叫着向小七攻过来。小冷脱了身，一副如蒙大赦的表情。见小七被鹅围住了，他拍一拍手，索性进屋去把躺椅搬出来，舒舒服服躺了上去，一面跷起二郎腿，竟是快快活活看起热闹来。

小七正没好气，她一伸手钳住了大白的脖子，紧紧抓住，高高地提起来，另一只手顺手在篱笆边抽了一根竹笤帚。阿黄叫着往她腿上咬去，她一脚踢在阿黄肚子上，同时手里的笤帚照着它狠抽下去。

吴老太太端着一笸箩晒的海蜒干过来，见状摇着头："作孽。"

小冷远远坐在躺椅上看小七斗鹅的大戏，他摊手摊脚，噗哈哈笑成一团，差点儿从椅子上翻下去。小七忙中看他一眼，这暴戾的少年此刻乐不可支，完全跟海滩上每天撒着光脚丫疯跑的那群孩子没两样。

小七将手里的笤帚对他摔过去，小冷将头一侧，脖子里落了几点沙土，他也不介意，笑嘻嘻地对她跷起一条溅满泥点的腿，唱戏一样拎起那把笤帚对着她一扬一扬的，沙点挥得到处都是。

等吴老太太将饭菜端上桌，小七已在院子外将两只鹅揍老实了，咕咕的叫声低了下去，伏在地上，脖子也缩起一半。

老太太对小冷说："她真是厉害，没见过这么快能把我两只鹅制服的姑娘。"

"她以前是喂鹰的，没事就揍鹰玩。"小冷笑嘻嘻地说，一边原地跳了几下，活动着腿脚。

"你小时候不学好，大了还是贪玩。这姑娘可不简单，当心把你玩儿栽进去。"老太太说。

小冷看了老太太一眼，老太太眼中似有深意，小冷笑了："您老人家说得对。"他忽然恭敬起来。

小七进屋见两个人都瞧着自己，她警惕地问小冷："在说我什么？"

"说我兄弟好狠，对我这个大哥毫不留情啊。"小冷感叹。

"你兄弟？"

"你不是说我跟阿黄、大白一样吗？我就跟它们多亲近亲近咯。"

小七啐了一口，听两只鹅在外面叫得悲悲切切，她拣了些菜出屋去喂鹅，一边说："你兄弟比你懂事，知道你欠教训。"

屋里吴老太太又对小冷说："她看着脾气大，其实心里可细，可会疼人呢。"

小冷笑笑，不说话，他扒着饭，眼又朝屋外看，见那两只鹅就着小七的手里吃得脖子一抽一抽的，已完全乖觉了。

雨说来就来，豆子一样唰啦啦地敲在屋瓦上。一块油布塌下来半边，吴老太太抱怨起来。小七让老太太别动，自己利索地搬了架小梯子来，踩上去。那油布却相当沉重，一些陈年碎屑簌簌滑下来。

吴老太太连声叫着小心，小七仰起头，卷起的黑T袖口里伸出的两条胳膊，竹节一样长而韧，浮动在雨气里白得晃眼，领口里拔出一截脖子，也是修长柔韧的，向后弯去，像雨水里一朵折枝的白兰花。她腰与手臂一起使力，托起顶上的布幔。

小冷起身过去，两步蹿上梯子，从她身后够到那油布，"哗啦"一下拉了下来。

密密的雨线簌簌地淋着他们，小七将油布角整理好，她后仰的头正贴上小冷前胸，凉的雨气和他身上的热气蒸在一起，他的鼻息拂到她脖颈里，她浑身都被闹得痒痒的。他呼吸有些异样了。

她立刻感觉到了，便对他说："你下去，进屋去。"

小冷松了手，跳下地，却不走开，一手扶住梯子。见她要下来了，他上前一步，伸条胳膊夹住她的腰，胳膊长而有力，将她稳稳地箍住，抱了下来。

两人一起进屋去，小冷眼光仍不离她，湿湿的黑发贴着她苍白的颈窝，看着就凉而痒。她注意到了他那不规矩的目光，往后退了一步："坐好，有件事要问你。"

小冷今天挺听话，真的坐下了。小七拿了两条毛巾来，递给他，他却连毛巾带她的手一起抓住。

"作死吗？"她将手一夺，小冷抓紧了不放。她另一只手当胸用力一推，将他推得趔趄了几步。

"死丫头身在福中不知福。"他站稳了说。

她问他："桂桂到底死没死？"

他愣了一下，脸上的警惕一闪而过："你看见谁了？还是谁来找你了？"

"你怕我看见谁？"

他瞬间又是一副懒散散的样子："我怕你在外面给我惹事，还得我给你收拾烂摊子。"

"认真说话。"她呵斥他。

"那我说认真的，你什么时候搬回来住？"他不要脸地凑过来，目光像一群野蜂，肆无忌惮，叮得她又痒又痛。

"咱俩都穷途末路，又没家，又没亲人，你脑子不好，我脑子也不好，过得了今天过不了明天，要不，"他又凑近一步，"今天我跟你走？"

小七退了一步，顺手拿了个碗对准他作势要砸。他停住了，狠狠地说："这么凶恶，那个霍思垣怎么敢要你？"

小七不答话，看着他没趣地将门一摔，走了，她才将碗重新放好。

她才不会对霍思垣凶恶，她一辈子都不会对思垣动一下手。

当晚小七被心里的疑问折腾得一夜没睡好。桂桂那遍布全身的黑色血渍仍晃在眼前。桂桂虽疯疯傻傻，但明显被谁恐吓过。明明是小冷指示狍哥将她关在鬼村，她却是在害怕谁？她又被谁指使？而小冷分明也有隐瞒。她今天一意孤行地去找了桂桂，虽然无人发觉，仍令她心中不安，那黑暗中的阴冷正蜿蜒爬行在她附近，她感受得到那咻咻的蛇芯子，却总是抓不住那七寸。

她的不安很快就变成了现实，比她担心的要快得多。

第二天一早，她又问小冷："你想拿桂桂怎么办？"

小冷两条细致的黑眉毛皱起来:"什么桂桂?"他像已忘了这回事。

"桂桂在鬼村,你让狍哥把她关在了那里。"小七直接说,"能不能放了她,让她上岸?"

他看着她,像看一个天大的笑话:"我能送她上岸,难道不会送我自己上岸?"

她心里一阵懊恼,这话不错,贾骏和老三丢给他上岸的机会他都不能贸然去碰。

"我说,你能不能别操闲心?"小冷抽下挂着的蓝布工作服,一边往身上套,一边说,"这里是蜈背岛,一步走错,坏了事不说,你当南边那几十号人是摆设?"

忽然门外一阵急促的脚步声,黑背气急败坏地跑来,看见小冷就说:"出事了!"

小七心里"嗵"地被敲了一鼓。黑背附在小冷耳边匆匆说了几句,小冷眼中一闪,朝小七看了一眼。

"你昨天去鬼村了?"他问她。

"去了。"她老实说。

"姑奶奶,你没事不知道在屋里躺着?佟子现在知道了!"黑背跺着脚。

她也吓了一跳,谁告诉了佟子?

"你真是不知道他们是吃的哪口饭啊!你闹一点儿动静人家都盯着!就怕你不惹事!"黑背像家长似的数落她。

"佟子发现了会怎么样?"她问。

"你傻啊!"黑背差点儿凑到她脸上去,"都说是桂桂砍死了五海,你以为佟子真能罢休?"黑背简直气急败坏,"你想把老子们全拖累死了!"

小冷斜过浅浅的眼皮,看了黑背一眼。黑背登时噎住了,不知为什么,他特别怵小冷这种又淡又轻的目光。

"鬼村是什么了不起的地方，看一眼就能撞上鬼？"小冷说黑背，他本来双眉锁紧，这时却放松了，脱下本已穿好的外套，干脆坐了下来，"你怕鬼？"

"呃……"黑背简直急得要跳脚，小冷这样公然地护着小七，"被佟子找到桂桂，就能挖出五海是……是被谁干掉的，再顺藤摸瓜查下去，那就糟了啊！"

门外影影绰绰地立着几个人，是跟着黑背一起上岛的他手下的人。他们并不进来，也不出声，守在门口一眼一眼对里面瞧着。

一片寂静里只有小冷身下的竹椅发出咯吱咯吱的声音，他前后轻轻摇晃着身体，一下抱膝，一下屈伸双腿，跟自己玩似的。黑背滔滔不绝说了半天，他还是似听非听的。

"没什么大事，当真有鬼，我也能打下来玩儿。"小冷最后说。

他一副笃定的样子，小七不明白他有什么底牌，黑背也是一脸迷惑。

"你现在去佟子那里找一个人……"小冷说着，招招手，黑背赶紧过去，小冷对他嘱咐了几句，黑背脖子一伸一缩，一副不可置信的表情。但黑背对小冷已形成一种迷信，小冷的种种表现都让他相信这位少爷比之战烈青出于蓝而胜于蓝。

联手

黑背带着手下人赶着走了。小冷呼出口气，手握成拳轻轻捶了捶头，他这才看了小七一眼。

"你叫黑背去找谁？"小七心里也有失悔，不怪黑背提心吊胆，这事着实凶险。

小冷不答，握住她的手，她才发现他手心冰凉。

"你为什么要去找桂桂？"他问她，声音很平静。

她有些语塞,他接着问:"你因为不放心我,怕我真杀了桂桂,想去亲眼看看?"

"对不起,是我大意了。"

他眼神闪了一下,低声说:"我们要赌一回。"

"怎么赌?"

"佟子今天一定会来找你。你沉住气,看到什么都别慌,狍哥已经安排好了。"

"狍哥?"狍哥从昨晚到现在都没露过面。

"刚才我只要有一点儿没主意的样子,黑背跟他手下那几条狗就会把你卖出去。"小冷慢慢说,"五海骚扰过你很多人都见过,去鬼村找桂桂的也是你,说是你杀了五海一点儿也不奇怪。何况,不管佟子信谁,都不会为了我们跟黑背翻脸。"

"所以你刚才那么镇定都是做给黑背看的?"

"这人是个反货,一旦我控不了局,他会立刻反水,可惜现在还不能动他。"他眼里有了点儿狠。小七心中微微一凛,小冷这一刻的表情跟战烈一模一样。

"现在我告诉你几件事,你记在心里。"他在她耳边轻声说着。

她吃惊了,但他仍是纹丝不动的脸,嘱咐她:"看清楚局面,谁是那个最想咬你的人,你要比他快。"

她问他:"你早就布置了?"

"事情包不住,只有找人背。"他嘴角下撇,那点儿狠劲儿又上来了,"那边的人,少一个是一个。"

已有人来了,一个声音在院子里喊门,请小七去"走一趟"。

小冷将她轻轻推了一把,眼里闪出一个笑意:"照我说的做,其他的事交给我。"

佟子在仓库里坐着,像所有靠身手吃饭的人一样,手上啪啪玩着一条皮带。贾骏和黑背都在，两人坐在一起，看起来甚是亲密。

小七慢腾腾走上前去，她不需对周围多看一眼，就已感到压迫的气氛。

佟子和气地让小七别担心，有点儿事想问问她。

"听说你昨天去了鬼村找到了桂桂，你是怎么知道她在那里的？"

小七说她去看俞瞎子，因为对鬼村一直好奇，所以绕下去玩儿玩儿，没想到就发现了桂桂。

佟子呵呵笑一声，对旁边人说："女人就是这样，越怕什么越要看什么。"

贾骏在旁问："桂桂看到你有什么反应？"

"她好像不认得我了。"

"你是说她疯了？"黑背也跟着问。

"我不知道她是不是疯了，看起来是有点儿奇怪。"小七说，她对于黑背和贾骏是一样的提防。

贾骏僵尸般的脸皮上泛出一丝难看的笑："姑娘，她疯了，你该放心了吧，你跟桂桂好像有过节，有人看过你在海滩上教训她。"

"我跟谁也没有过节，我不想惹事，也不想被欺负。"

佟子咳了一声说："以前的事还提它干什么，桂桂带出来没有，那地方收拾了没有？"

他这两句话并不是问小七或者贾骏，门外却有人应声说："前后都搜过了，老三几个人还没回来。"

佟子"嗯"了一声，捏起扁扁的酒瓶喝了一口，目光悬在瓶口上方，将仓库里每个人的脸都扫了一遍。

小七微微抬眼，她感觉到气氛里的一丝诡异。佟子身后站了个人，靠门还有一个，再加上贾骏与黑背，这仓库里有五个男人，外面还有几个人等着。对她一个单身女流，本用不上这么大的阵仗。

她用余光将每个人的位置都看得分明。她是站在佟子面前，贾骏坐得略偏，看起来是换了个角度审视她。黑背的位置稍稍靠后，也是个暗中观测考量的意思。

这不是个普通的问询局面，他们之间古怪而微妙。佟子表面是在问询她，实际他的视角广阔，这仓库里每一个人都在他的观察里。小七刹那心里已做了判断。

佟子问小七："桂桂在兰居里做饭，五海常去找你们？"

"他隔两天总要来一次。"

贾骏冷笑一声说："姑娘，谁不知道五海是去找你？你都要对他动刀了。"

贾骏今天态度有点儿冲，不像平时那么对她假客气。

佟子又问："除了五海，还有谁去找过桂桂？"

"找桂桂的人很多，我不能一一都记住。"小七说，但她一双冷眼却盯住了贾骏，并长久地停在他脸上。贾骏被她盯得有点儿恼火了，青白的脸色更白了一层，对佟子说："证据确凿，还有什么要问的？"

佟子还是那个笑呵呵的模样："不急，事情既然翻出来了，今天就翻个明白。这岛上一向太平，多少年没人生事了，我总得对兄弟有个交代。"

老三进来了，对佟子耳语了几句。仓库里每个人都紧紧盯着佟子的反应。佟子将最后一口酒喝了，半瓶烧酒使他眼更亮，黑脸上一点儿红都没有。他放下瓶子，问贾骏："你也常去鬼村走动？"

"我去那里干什么……"贾骏说。

小七的目光仍盯在他脸上，贾骏一向会克制的脸上忽有了怒色和狰狞："你可别听外人挑拨！这丫头下手杀了五海是明摆着的！是她藏起了桂桂，还有些你不知道的事……"

"是吗，我不知道的太多了。"佟子说，"她为什么要杀五海？就因为五海喜欢她？"

贾骏又对黑背看了一眼，像在催促。黑背目光闪烁，似乎在下个决心，终于说："小七是我带上蜈背岛的，我不护短，今天要说一件事，小七偷打过库里的电话。"

这一下猝不及防，小七脸上抽紧一下，她快速扫了一眼黑背。黑背眼光躲着她，向着佟子，表情是不愿说却不得不说的："我呢，从来不是个好老大，但对每个跟我上岛的人都有责任。家有家规，来了这里就要听话。"

所有人都看着小七。蜈背岛上有电话的人很少，谁家有事要打电话都得去佟子和贾骏那里。

贾骏呼出口气，背靠上了椅子，手仍攥紧扶手。

佟子问小七："你要打电话？怎么不来找我？"

小七在这短短的两个瞬间神色已恢复如常。她想到小冷说的，一旦控不了局，黑背会马上反水。小冷还说了什么？看清楚谁要咬你，你要比他快。

她慢慢说："贾骏找我问过话，在我面前露出手机，我也看到他桌上有电话，但我没有去打。"

佟子看向贾骏，他的意思很明显，你对她设过局？

贾骏嘴唇一撇："这几个人上岛来的那天我就觉得不对头，尤其这姑娘，你没发现她藏着股劲儿？她刚来就敢跟五海动刀，能躲得我都找不到。还有跟她一起的那个小子，要不查个彻底，迟早是个祸害。"

"我是要查个彻底。"佟子慢慢说，"今天谁也别走。"

兑货市场今天人不多，小冷没有偷懒，他将货品分类，还贴上标签。

老伍和小史都趁着清闲喝小酒，又招呼小冷一起。这些天来他俩早已对小冷收起欺负的心。这瘦条条的少年心明眼亮，来了几天就摸清了市场规则，开出来的各种比价方式比他俩干了多年的还有条理。

这时佟子的人却来了，叫走了老伍，老伍走前跟小史嘀嘀咕咕了半天。

小史回来，压着一肚子兴奋似的，说，老伍上岸去了，佟哥交代了他事情。

小冷也不问什么事，他知道小史那张嘴闲不住。果然小史说，有人要倒霉了，佟老大今天势必得做掉一个人。

小冷仍做着活，手上丝毫不乱，他微眯起眼，想着小七正面临的场面。

流云急速地划过天空，仓库里几个人仍在等着，佟子的第二瓶酒也快喝完了。黑背有点儿不安地踱步，他跟佟子个头不相上下，站一起像两座庞然铁塔，但气度上却差了很多。贾骏焦黄的手指夹着烟，从一圈烟雾里狠狠地瞪着小七。小七只看着外面那道白浪长鞭一般卷来卷去。到了这一步，总有个人要遭殃。目前嫌疑最大的人就是她，她心里反觉得漠漠。

快到傍晚，老伍回来了。

老伍平时不多来仓库，但看来跟佟子颇是亲近。他直接进来找佟子，将手上的一份单子递给他。佟子扫了两眼，似乎有一丝冷笑从嘴角抽过去，像是痉挛。他环顾众人："我在老板、老板娘手下做活儿也有不少年了，这片岛虽然不大，进出我也有个数。我自问做人不古板，大家说起来都是兄弟，有什么能盖过去的我就盖过了，想不到有人胆子大到拿活人来卖。"

所有人皆寂静无声，但每个人的疑问都很明显，卖谁？谁卖谁？

桂桂被带进来了，她的头发和衣服都纠结成块，还是一副梦游的神气，站在那里有点儿摇摇晃晃的。

佟子问桂桂："你好好地说，我不会动你。谁送你去的鬼村？"

但桂桂眼发直，嘴里呢喃着听不懂的话。佟子又问："你不能回鬼村住了，想去哪儿？"

桂桂模糊地说了几句，似乎是在说，等船。

"船？有人来接你，谁会来接你？"佟子眼中泛出青光。

桂桂愣愣地看着远处，这句话她似乎听懂了，所有人都紧张得不透气地看着她，半晌，桂桂喃喃吐出几个字："等……霍思垣。"

空气凝住了。但似有巨大的声响"唰"地抽来，这声响旁人听不到，只是"唰"一下抽在了小七的心上。她倒抽口气，嘴唇白了。

佟子正盯着她，没有放过她对于"霍思垣"这三个字的反应。

"怎么了？霍思垣是谁？你认得他？"

那鞭击声仍在她心里回响，空气里都有了嗡嗡的余震。小七慢慢说："不认得，听说过。霍思垣去过海市，找过老板晦气。"

贾骏冷笑一声："姑娘，别再装了。你跟这个霍思垣是一伙的，你从海市时就留意上了他，跟他勾结，是不是？"

佟子思忖着，掉头问贾骏："你说怎么办？"

"做掉。"贾骏干脆地说。

门外立着的几个人已来到了门边，屏息凝神等着佟子的指令。

"都是老板娘派上岛的人，不能轻易说做就做。"佟子说着看了黑背一眼。

黑背一言不发。

贾骏说："老板娘要是知道她跟外面人勾结，还是跟老板的对头勾结，也不会放过她，她迟早是个死。"

佟子问小七："你怎么说？"

"我没有打过电话，也不认识霍思垣。"

贾骏站了起来，用两根被烟熏黄的手指指着小七："嘴倒是够硬，你在兰居藏武器，行踪诡异，被桂桂发现了，你能赖得掉？"

"哦，你那么恨她为什么？"佟子不动声色地说，"你做下的事，找个女人来背？"

贾骏愣一下："我做下什么事了？"他明显地愤怒了，"我一心为大家，岛上混进来外人，我不该把她剔出去？"

黑背这时说："贾骏兄弟，你倒是也常去兰居，是不是桂桂跟你说过什么？"

小七看着黑背，黑背也看着她。两人极快地交换了个眼神，小七又明白了一点儿，说："贾骏去兰居除了找桂桂，还找五海。"

"他经常去吗？"佟子问。

"常去。"

所有人的脸色又都郑重起来。贾骏和五海同为佟子的左右手，两人要说话却偏偏去兰居，众人心里都在揣摩着一个看似荒谬的可能性。

佟子对旁边的人看看，说："我查过了，这霍思垣是个富家少爷。跟老板曾经谈过买卖，没谈成。"他将手里那一卷单子一扬，"电话记录也查了，是有人私自给霍思垣打过电话，不但打了电话，还有人工台留言。这个人胆子很大，跟霍思垣谈价格，让霍思垣出钱来买桂桂。"

所有人都默不作声，看看小七又看看贾骏。桂桂早已坐在地上了，像不胜困倦似的，嘴里念念唱唱。

见众人目光都不善起来，贾骏感觉自己背上出了汗，他舌底发苦，说："你怀疑我？我为什么要跟霍思垣勾结？桂桂不过一个烧饭丫头，怎么会认识霍思垣？霍思垣为什么要为她出钱？"

"桂桂在老板家干过活，至于她跟霍思垣之间的事，那是下一步要查的事。"佟子缓缓地说，"我们先说眼下。是你的电话给霍思垣留了言，你怎么解释？鬼村里都是你的东西，你怎么解释？这两个月你账上多出一大笔，你怎么解释？"

贾骏不可思议地瞪着前方，平日里跟他称兄道弟的人此时全体噤声。他又看向小七，小七带着一点儿迷惑又了然的表情，冷冷地盯着他。黑背早已转身抽烟去了。贾骏感到一阵彻骨的寒意，不明白自己何时陷进了这样大的一张网里。

佟子和颜悦色地对小七说："没事了，麻烦你跑了一趟。"

老伍直到太阳落山才从仓库回来，满脸按捺不住的兴奋，步子跨得兴冲冲地，回到店里就找酒："贾骏那小子也有今天！"

小史知道老伍素来跟贾骏有点儿过节，看来贾骏是栽了跟头还吃了亏，老伍才会这么乐和。

你不会消失

Unfading Lover

下

江天鸿 著

北京联合出版公司
Beijing United Publishing Co.,Ltd.

你在哪里，

我就在哪里。

心火

落日已将最后的余晖洒上海面，小冷远远便看见小七在兰居下站着，样子是若有所思的。他笑了笑，走过去，知道她已等了一会儿。

半日不见，两人劫后余生般，都憋了一肚子话似的。他目不转睛看了她一会儿，问："结束了？"

她明白他说"结束"是什么意思。他五指张开扣住她的手指，手心有些发热。她没有甩开他，两人一起慢慢走上石阶。这是一天里静谧的时刻，海正逐渐收起波澜，风将她的发丝吹到他脸上。远远的一个人影在海滩上踽踽独行，是俞瞎子。

"贾骏会怎么样？"小七问。

"不在岛上了。"

"为什么要甩给贾骏？"

"是你，你怎么做？"他反问她。

小七迟疑一下，终于说："我也会推给他。"

"你看，我们本来就是一类人。"小冷满意地说。

"我跟你不是一类人。"小七冷冷地说，想着适才局势的凶险，她有一点儿不慎、一点儿犹疑就会被立即撕碎，"是你让黑背去跟贾骏告发我偷打电话的？"

"这人不能留着。不来招险的，他没那么容易上钩。"他又捏捏她的手，"我说了，我不会让你有事。"他手掌发烫，脸色也有些红，是酒精在体内起了反应。

她不语，他似乎在护着她，更像是在训练她。他让她涉险，只让她自己找办法解决。他甚至不说"小心些"，只让她"沉住气"。他正做着那一套战烈对她做过的事，而他跟他老子一样，所有人供他们挑选，择为己用。

小冷告诉她，狍哥昨晚已经去了鬼村，留下了一些贾骏的东西在那里，也费了些心思教桂桂说话。桂桂看着疯，心里还是明白，要求生的时候，疯子也会配合。

他语调缓慢不带感情，小七只觉得背后凉意逐渐上升，像角落里那条蛇爬上了脊背。小冷的判断力再一次超出她的想象。从她昨晚向他打听桂桂时他就有了警觉，连夜让狍哥去布置，而他必然也早在心里将贾骏锁定了。有没有这事，他迟早也会把贾骏作为棋子，放在任何他用得上的地方。

"你还不知道贾骏究竟做了多少事，除夕夜来袭击我们的人，就是他。"

她又吃了一惊："你怎么知道？"

"我闻得出他身上的烟味。"他说。

她手指轻轻一颤，他立刻感觉到了："怎么了？"

"可是你那晚……难道不是病重得要死了？"

"是要死了，可是分辨力还有……你要不背着我跑掉，我也真站不起来，我那一场病可不是假的。"

他没有一样是真的，她想。他每一步都有后路，没有一个反应、一个决定不是计划里的。今天这一石三鸟，既解除了她的危机，又除掉了贾骏，还能让黑背趁机上去。他早就料到是这么个结果。而她明明知道，却不得不一步步按着他的设定走过来。

这样想着，她心里刚有的那点儿柔软又复刚硬："你怎么知道霍思垣的号码？"

"嗯，那个少爷固执得很，从去海市起一直没换过号。"他轻飘飘地说。

"你让黑背找了机会拿贾骏的电话给霍思垣人工台留言？"

"你打电话在先，我不跟着再留个言，怎么给你圆过来？"

"这些事你早就想到了？早就开始布置了？"

他轻轻笑了笑："事情都很简单，是你们想得太复杂。其实我不喜欢动脑子，什么事静下来看一看，就都在自己眼前了。"

远远地，吴老太太正端着盆水出来，见他俩在风里站着，便叫他们进屋吃饭。

小七心里的话一时说不出口，便说："你以后不许监视我，不能再干涉我的事。"

他却拉住她："哪儿去？"

她说她得回去了，今天太累，不惹麻烦了。

"今晚留在我这里，我不怕你给我惹事。"他皱着眉，将她的手按在自己额上，"有把刀要把我的脑子剖开一样。"他的额头果然一片烫。

"让吴老太太给你烧水，我再去把狍哥叫来。"小七放下手说。

小冷忽然怒了，他一把将她拽回来，动作又硬又重："你在我身边就这么待不住？又想给霍思垣打电话？"

"你装什么鬼？"她被他挑起了火，"你把霍思垣拉进来，让佟子注意到他，你就是想拿这个……辖制住我和霍思垣。"

这话有点儿难以启齿，但她终于说出了口。他也听明白了，嘴角撇出那个轻蔑的冷笑来。

"没错，你说得不错。你是我的女人，我不会让你犯贱去找别人。"

他用完全当她是件私有物品的口气说这句话，而她好不容易按捺下一巴掌抽过去的冲动。

"我谢谢你今天帮了我，我们两清了。"她冷冷地将话咬出来，掉头就走。

他又一把拽回她，眼皮抖动个不停："你他妈是不是女人！老子为什么要护着你！你以为霍思垣那个软蛋能救你吗？"

她一条胳膊剧痛，怒火腾地烧了起来："你少在我面前耍狠，装什么英雄！你没资格说霍思垣！跟他比起来你就是个装模作样的骗子！流氓！贼！"

他被她骂得愣住了，酒色"唰"地从脸上褪去，他扳住她的那条胳膊铁一样硬，她用那只空着的手向他抽过去，也不留情了。他再次将她捉住，面色狰狞地凑到她脸前："想干掉我是吗？你行吗？"

"干不掉你，我也绝不会做你的同伙。要不你就杀了我，要不总有一天我会杀了你。"她脸色发白，低声狠狠地说。

小冷呛住了声，他瞬间怒不可遏，直着身子向她扑来。她忙往旁边闪身，他完全失去了平衡，扑到地上，却没有跃起，他浑身剧烈地抽搐起来。

她愣了，等了几秒，见他不像装的，忙过去扶他，而他的身子抖得她抓也抓不住。她慌了，一边架住他，一边叫着吴老太太。只是这短短几秒间，他已变了个样子，脸皮涨红，瞠目欲裂，牙关咬住，口里发出模糊而痛抑的低吼。

这是一次相当剧烈的发作。小冷之前的头痛都没有这样来势汹汹。小七一次次将他按倒，但他立刻又跳起来，双手死死扒住床架，指节发白，手背青筋突起。他牙关紧咬，将头往墙上撞去。

小七紧紧抱住他的腰，感觉他身体大幅度地颤抖着，他像濒死的猛兽一样有着疯狂的力气，她被他甩脱了又立刻扑上去，两人一起滚在床上。他的嘶吼支离破碎，她头发蓬乱，手脚并用地攀住他、箍住他，仿佛整副骨骼都要碎裂，承受着这天崩地裂般的震荡，她却仍是死死地抱着他不放。

吴老太太吓得赶紧去煎药了。狍哥匆匆赶来，却插不上手，小冷与小七像一副刑架似的绑在一起，两人皆身子僵硬，浑身汗流尽湿。不知过了多久，他终于虚脱了，躺在一床的冷汗和呕吐物里，头发一缕缕贴着脸，气息沉了下去。

小七将他身子扳正，开始给他脱衣服，擦身体。她自己也是大汗淋漓，手上、腿上都是青紫色。小冷闭着眼像是死过去了一样，只在她碰他的时候动了一动，身体又痉挛起来。

"好了，好了，马上就过去了。"小七用身体撑住他，将他的头搁在自己的臂弯里。他嘴里咝咝抽着气，模糊不清地吐出一两个字，也听不清是什么。

如此过了半夜，小冷仍没有清醒，旁人却都筋疲力尽。狍哥有点儿怪小七的样子，说："少爷昨天在兑换市场被灌了酒，回来又受刺激……"狍哥自从跟了小冷，竟是忠肝义胆起来，一心向着这少爷。

小七两眼酸涩，浑身像打了场仗似的散了架。吴老太太已将草药熬了一大碗，又说，这次还加了些香灰进去，这种古方最管用。小七虽不信，却仍是将这黑漆漆的一碗哄着小冷，给他灌了下去。

他竟真的止了些疼，一直到黎明将黑洞洞的窗口剖开一线，他在小七怀里，虚弱地将眼睁开一线，眼底一片血红。

"好累，好冷。"他喃喃地说，将脸埋进她的颈窝里。

她用被子裹住他，一直抱着他直到他睡着。

过了两天，小冷恢复了一些，靠在床头，神气仍委顿，眼神却已经活了。看着小七给他端药，他问："你干吗气我？"声音还是有气无力的。

"我没想气你。"小七低头说，将药碗吹冷，递到他嘴边。

药太苦，他整张脸都皱了起来。

"你这样，还是上岸找医院看看。"她说。

小冷轻轻一笑："你我都知道，我前脚上岸，后脚我后妈就来了。"

小七也默然了，他俩日复一日的表面安全不过是在夹缝里偷生，但凡有一点儿风吹草动，他们丧命也只是顷刻间。

他问她："这岛上很多事都让你想不通，是不是？"

她点头。她那天去鬼村，确信没被人跟踪，俞瞎子目不见物，也不会说出她。那只有一个可能，是桂桂自己说出去的，那谁又是她背后的人？

"你为什么把桂桂关在鬼村？"她问。

"你以为没人指点，桂桂会那样有计划地折磨我？你以为我一直忍着她真是因为看上了她？"

"她是受人指使的？"

"那些发生了的总会再出现。你想不通，就让它自己冒出来。"他声音微弱地说，"那些事在一开始发生的时候就把线索留给你了，就在你眼前，你要做的只是看清楚。"

他又在教她，她这回只点头不再反驳。

小冷喘了口气，又说："还有，俞瞎子虽然帮了你，但他也很古怪，你要留个心眼儿……你要是出了事，谁保护我？"

"你本事大得很，这岛上所有人都死了，你也能活得好好的，根本不需要我。"她说。

"要是我需要呢？"

她不接茬儿，他倒来了点儿精神，一碗药喝完，他有了些力气，又往前一凑："干吗那么怕我死？你喜欢我？"

"我有什么怕的。"

"说谎，你抱着我吓得手都抖了。"

她无言以对，拿着空碗要走，他拉住她的袖子，手上没力气，只是轻微一扯。

"你放心，我死之前先杀了你，咱俩死一起。"他还是笑笑地说。

"会不会说人话？"她叱他。

"人话都不好听，哄你的都是笑话。"他浑身松散，话却是狠的，"你的霍公子要是快死了，必定把你推开，不让你陪他受罪，不忍心耽误你下半辈子是不是？真是笑话，假惺惺。我告诉你，我没有那么高尚，我要你陪我一起，活着就睡一张床，死了就埋一个坑。"

她忍住心里又蹿上来的火。等他恢复一点儿，就要跟他约法三章，语言上、行动上都决不能再让他过界。

　　小冷复原后，又开始去兑换市场。佟子处理了贾骏后，果然把仓库生意分了一部分给黑背。经过这次事件，小冷的手段又让黑背等人领教了一次。黑背这时变得很小心了，既然跟了小冷，在岛上发财就不是最重要的了，他知道小冷不会在岛上久留，这座岛也绝不是小冷的意向所在，后面总有大动作。

　　"我是属狼的，黑背这厮，一走近我就嗅出他身上一股贼气。"小冷对小七说。

　　小七对他那又不屑又狰狞的表情很不以为然，她忘了她自己也曾是这样的一副表情。小冷又说："你别不信，我小时候让狼带过，狼跟我最亲。"

　　小冷仍是常往回拿东西，一把扇子、一顶风帽、镜子、整瓶未拆的雪花膏都有。小七不用那些，小冷也不计较，带回来就往角落一丢："你不懂，不拿不算自己人。"

　　小七知道他的城府，他每天在那个乱糟糟的兑换市场待上几个钟头，跟老伍、小史那样的人同流合污，自然不会只为了这些蝇头小利。他没有一刻心里不在盘算着。虽然岛上讯息不通，小冷却告诉她，塔叔一定会来这里，讲得胸有成竹。小七不知他究竟有什么计划，他是轻易不对人交底的，即使他信任她，不想说的话她照样问不出来。

　　这天小冷回来，神色颇是兴冲冲地，一直走到她面前抬起脚："看！"

　　他脚上多了一双短靴，居然是新的，皮质很好，鞋帮、鞋底都很结实，一望而知是好东西。款式也帅气，与这海岛格格不入的气质，难得的是还正是他的鞋码。

　　见她点头，小冷脸上笑得更开心了，手往身后一抄，变戏法似的又掏了个袋子递给她："给你的！"

是一条棉布连身长裙，也是新的，没有商标，棉料很柔软，赭黄底上浅紫淡绿的一串串蔷薇，颜色很古雅。

"岐山镇上最好的一家裁缝店做的，那人没穿就拿来跟我换了瓶酒。"小冷说。

"我不要。"小七瞥了一眼，又说，"谢谢你。"

小冷沉下脸，他这几天兴致都不错，这是第一次给她脸色看。

"你看你穿的什么，怎么跟我出去？"他指着她身上粗麻的工作服，那是海岛上妇女最常见的衣服，耐磨又耐脏。

小七耸耸肩，也不跟他争，将桌子什么的整理一下，说，走了。

小冷几步跨过去，将一条胳膊拦在门前："你还想回那个破窝里去？那边连门都没有。"

"门还不是你弄坏的？"她将他横过去的胳膊一推，小冷站着不动，眼里又跳跃着那一点儿针尖般的火光。

"让开，不早了。"她把声音放柔和，小冷的脾气像水银一样难以掌握，松一点儿他便得寸进尺，紧一点儿势必要闹一场，"我明天早点儿过来。"

第二天她起床，便见那条裙子搭在门前，也不知道他什么时候来过，没有惊动她，只留下裙子就走了。

小七把裙子往旁边一拨，还是那样放着，也没有拿回屋去。

被拯救的和被怀疑的

午后开始退潮，天又高又通透，一团一团的蜻蜓在人眼前盘旋乱飞，海滩灼热起来。

小七将长到手肘的手套脱了，窝成一团丢在桌上。她浑身潮热，见狍哥端着水盆过来，便问他，小冷呢？

"出门了，让你去海滩找他。"狍哥说。

小七不由得皱起眉。小冷因为那条裙子已跟她杠好几天了，裙子还一直挂在原处，在风里飘飘拂拂，她始终没有去碰过。

这时她想了想，终于还是向海滩走去。她不想纵容小冷，但也不想惹他。这是一枚真正的炸弹，她能看得到那引线，却不能握在手里。

五月的天空与海色相映得格外美。海面像凝脂一般浓，点缀着小旋涡，点点白帆穿插其间，像蛋糕上插的小旗帜。远远的一个影子在那里，果然是小冷。

他弯着身子，手中拿着一块木料，木料不知什么时候已被打磨得光滑，身边有几样钳子，还有一个小型的刨子，也不知道哪里来的。

"你跑出来干吗？这是什么？"小七问。

"门闩。"他头也不抬，"我踢坏了一个，现在赔你一个。"

"我不需要门闩，我只要防着你就行。"

"就是给你防我的。"小冷还是不抬头，"换了这个，我再来踢门，你一下就能听得到。"

小七低头看着，她不知道他又在玩儿哪出。这少年发作的时候是个疯子，冷静的时候逻辑也不像正常人。

小冷却伸过胳膊，一下把她又拽回他左手边去。

"你站我这边，我左边比较好看。"

小七不由得一乐，她晃到小冷的右边又看看。小冷的左右脸果然不是很对称，左脸线条柔和，连着眼神都平稳一些，右脸却是眉峰竖起，瘦削的鼻翼下，脸颊时常因为一个抽紧的动作而陷落，凸显出那个凌厉逼人的下颌。

"你怎么知道你左脸好看？"

"我左脸像我妈妈。"小冷闷闷地说。

他第一次说到他妈妈，他说到"妈妈"时带出的柔情使小七也愣了一愣。她想，这性格乖戾的少年从心灵到长相都是这样扭曲无常。

"以后你都站我左边，左脸只给你看，他们站右边。"小冷补充说，他的右脸越发冷酷了。

"他们是谁？"

"你以外的所有人。"

"我不用你区别对待。"小七说完转身要走。近来小冷这种疯话多得很，她从不接他那些话茬儿，但又不敢太发狠。

她刚走两步，后面风声飒地起来，小冷果然扑过来了。

要擒住小七并不容易，但她顾忌着他的身体，不敢太用力，小冷箍在她腰上的手却更紧了，他狠命一带，两人一起翻倒在海滩上。

"我信任你！我只相信你！你怎么不识好歹！"他喘着气冲她吼，左右脸一起涨红了。

小七被他压得呼吸困难，只好把脸扭过一边。这个轻蔑的动作使小冷又一阵激怒，他将她的两条胳膊并在一处用一只手按住，另一只手来扳她的脸，她则将膝盖抵住他，撑住两人间的那个距离。

他俩这样真真假假也不知打过多少回，终于都不动了，躺着喘气，一个小浪头恰恰打过来，将两人打湿了一片。

小七坐起来，将头发理一理，又将身上的泥沙扑打一下，见小冷还扑倒在那里不动，便说："我要走了，你疯你的吧，晚饭没人吃我就全倒掉。"

小冷趴着不动，头发乱糟糟地飞了一脸，她便伸长了脚尖在他身下一蹬。他随着她的动作翻了过来，平躺着，呼一声将眼前的头发吹开，胸口一起一伏的。

他瞅着她，眼睛像冰面一样亮，一边嘴角歪斜向下，露出那个不怀好意的笑——他有鬼主意的时候都这样笑。

"你喜欢我。"

"放屁。"

"你喜欢我。"他重复道，"你不敢再踢我的头了，你怕我受伤。"

他执拗的口气里带了点儿孩子气，一点儿得意的孩子气。

小七站起身来，想了想，又猫下腰，两人几乎是鼻子对鼻子，小冷眼睛里有激烈的鱼儿在一跳一跳。

"我不往死里打你是因为我答应过塔叔，你在一天我得照顾你一天，搞清楚。"

她慢慢说完，掸掸腿上的细沙，走了，一边提防着身后。走了几步，后面却没动静，他始终没跟上来。

她心里疑惑，转过头，小冷还坐在原处，姿势有点儿别扭，一缕头发一直垂到鼻尖上。一片水漫过来，漫住他的手和脚，他像铸进那片沙地一样，不声不响地凝固着。

小七觉得胸口有一点儿拧，她克制住那阵恼人的不明所以的情绪继续往前走。他俩刚和解，她实在不想又节外生枝。何况，她有多少烦心事，没精力陪着这个长不大的孩子拗造型、玩儿忧伤。

潮湿的沙地像一只只手拽着她，她身子微微前倾，有些费力地在沙地上踩出一排脚印。她没有再回头，看不到身后的少年不知何时已抬起脸，望着她一点一点走进那一道金红的潮汐里，小小的背影与海岸线融成一体。

又过了两天，两人终于还是以一场大战收了场。

趁小冷去上工，小七在屋里洗澡。吴老太太隔着门又给她送了一壶热水，洗完后小七发现自己的衣服已全失了踪，只有小冷送的那条裙子搭在架子上。她上下左右看了一圈，确定能穿上身的只有那条裙子了。

她怒从心头起，想了想还是先套上，然后接了一盆冷水，即使这次再激得他发病也顾不得了。

开门便见小冷手枕着头靠在竹椅上，他果然已回来了。一条腿跷得高高的，眼睛一眨不眨地盯着她的方向。

见她一袭新衣现身，他眉毛一挑，笑意瞬间爬了满脸。刚要说话，一盆白花花的水已朝他兜头泼过来，他躲闪不及，登时成了个水猴子。他勃然大怒，小七已飞快地够到了自己的衣服，闪身又进去把门关死了。

她在里间换衣服，听到外面噼里啪啦，暴怒的小冷似乎要把这房子拆了一样。等她再开门，他立刻将她逼住。

"活腻了是不是！"他的眼睛跳动着，水滴顺着发梢滴下来。

小七也不多话，一记手肘过去，两人便又无声地、湿淋淋地干了一架。挣手挣脚，挥拳踢腿，打得满地狼藉，直到吴老太太来了才歇住，再各自闷着头不声不响地收拾着战场。

吴老太太现在索性不进来了，只远远向里望了一眼，说了句"作孽"，转身走了，随他俩弄去。

天已擦黑，小七快手快脚地将篮子、盘子收拾好，椅子、凳子扶起，又跪下将滚得四处都是的果子收拢成一堆。一只手过来撑住了她，小冷蹲在她面前，他头发乱乱的，把手盖在那堆果子上。

"下次别惹我了，我一直让着你你不知道？"他脸低着，声音也压得低低的。

"我可没让你让我，我也没让你动手。"她说。

"你明知道我控制不住。难道我送你东西是欺负你？"他咕哝着说，竟有点儿委屈，有点儿伤心，"你就不能有一次顺着我点儿？"

就像一个小小的气泡忽地炸裂，只是那样轻微的程度，小七心里微微一刺，一个念头就浮了上来。他有几分真几分假？也许真的有点儿真心？

下一秒她就对自己说：一分真的也没有。

世上的男人如果只有一个百分百不可信，那就是眼前这个前一秒笑得痞兮兮，转眼就恶像毕露，末了还受了天大委屈似的战冷疆。

战烈的儿子，扮傻扮痴瞒过所有人，在阮姐眼皮下做了几年戏，连他自己老子也被骗过去的男人，战冷疆。

他利用了她多少回？他有多少副面具大概他自己都不清楚。他对人好坏只视乎谁对他有利。一旦离岛，或者不用到那时候，一旦她不再有价值，他干掉她不会眨一下眼。

"你送我礼物，对我好，我心里很感激。但你再不规矩，我打不过你也会拼命。"她冷着脸说。

但即使这样，她仍是没有接受他送的裙子，但小冷却没有消停。两人日常的对话已渐渐落入"鸡生蛋，蛋生鸡"的套路里。

"你就是喜欢我，别嘴硬了。"

"做梦吧。"

"每次我去佟子那里你就紧张，为什么？你不关心我，干吗那么紧张我？"她的每句话、每个动作，在他那里激起的反应都只有一个——她喜欢他，她正在喜欢他，她已经喜欢他了。

"明明兑换市场什么都有，你还不是给我缝衣服补鞋子？"他越说越振振有词，"你为我做这么多，难道不是喜欢我？"

"我对你好不代表喜欢你，明天起你那堆破事去找别人，我不管了。"

"我看谁敢碰我的事！"他忽然炸了，"你不喜欢我，为什么要对我好？你应该恨我才对吧！"他冷笑，"你可不是什么圣女。"

她被他缠得满心烦躁，却也真的想了想。她一向冷漠，本没有多余的感情去给予他人。尤其是小冷这么个有无数纠葛，又曾激起她仇恨的家伙。她不由得想起那段最绝望的日子——阿因死去，霍思垣入狱，她旧症发作，有仇无法报，万念俱灰。是谷雨一天天照顾着她，以那样的温润，一点点地给她疗伤。两人就在那生活窘迫、前路茫茫的日子里，捐弃前嫌，相依相伴，共同熬了下来。

那段日子里，她们都或多或少地改变了自己，虽然她心里的感受从没有说出口过。她想，也许她现在照顾小冷就像当初谷雨照顾她一样吧。

但小冷根本不买账。

"胡扯，少跟我编故事。"他毫不掩饰那一脸的鄙夷，"你扯东扯西，就是怕自己真的喜欢我吧？"

"我不喜欢你，一点儿也没有。"

于是他接下来又换了一副态度，这回不再明火执仗地闹脾气，但小七说东，他偏向西，没有一件事肯好好去做，他时时刻刻都在挑衅，菜咸菜淡，水热水冷，总有得挑的。

他讲不到三句话就要惹她一下，眼里跳动的小火焰瞄着她全身，就在等着她发火。她却沉住了气，不动声色，偏不给他机会跟她闹。

她不接招，他便把手头的动作又做得大一点儿，动静弄得更响一点儿。他站在房门口，将弄脏的工作服团成一团狠狠掷出去，扔在地上。谁都知道那是丢给小七的，现在除了小七，谁也不能进他的房间。

小七忍着火，将衣服捡了，却也不洗，直接丢到黑背那院子的大木桶里去，跟那一帮人的衣物混在一起。等第二天衣服洗好了送来，小冷唏一下便一把撕烂了。

"什么王八蛋的东西都跟我的混在一起！这上面的臭味儿，老子隔着一片海都闻得到！"

他便只穿着一件汗衫去上工。这样，小七若不管他，狍哥、黑背等都要跟着倒霉，连吴老太太也被聒噪得不安生。

小七向吴老太太把阿黄、大白要了来，放在海边小屋门外。小冷本是心高气傲的，没有再去她的小屋骚扰她，这时终于也忍不住了。

"拿两只笨鹅想防谁？"他狠狠地说，今晚他脾气尤其暴烈，"我马上炖了那俩货做汤。"

"然后你再去踹门？"她也不客气。

他"呼啦"一声将一块木条丢到她跟前，正是那根他做的门闩："我去了你拿这个抽我。"

她将那门闩在手里掂了掂："我下手可没轻重。"

他又"唰"地将自己的上衣扯了下来，里面只有一件背心，露出绷得紧紧的瘦嶙嶙的肩膀，两条深深的肩骨斜飞上去："我要是回一下手，以后就再也不见你。"

见她沉默，他眼里灼灼发亮："你怕把我打死了？"

"打不死更麻烦。"

"打不死，你守着我？"

又回到这样磨洋工的对话。她不能有一点儿不慎，他是逮到风就要下场雨的。

"我头痛，你好几天不给我按摩了。"他声音低下来，指一指架子上的水盆。

"佟子不是带了很多药给你？你自己看着吃。"

哐一声，他把水盆连架子一起打翻在地，水流哗地溅了两人一身。

她微微一惊，抬眼看他，他已经咬牙切齿了。

"弄干净它们。你不是高尚吗，你没一点儿喜欢我，还要照顾我，就像那个谷雨对你一样？那来啊！你那么伟大，来替我做这些事啊！陪我说话啊！来改变我啊！"

原来他这几天是在为这句话怄气。

她恨不得将水盆劈头砸过去，她不知道自己为什么没有这样做，她居然还蹲了下来将盆子捡起来。他是这样任性轻狂，更胜过战烈。长时间的病痛更使他极端，让他任着性子，磨着她也磨着自己。

小冷居高临下地盯着她，见她明明怒得指尖都在发抖，却仍拿了墩布来擦地。他忽然抓住她的手腕，他的手也抖了。

"就一点儿也没有？"他如黑色矿物质般深邃的眼里，只有一点点的微光。

"没有。"

"你诓我！"他表情全乱了，不该说的也全说了出来，"你为什么骗你自己？你真以为霍思垣能找到你？这么多天了也不见他个鬼影，他要不是蠢到了家，就是早回去享福了！"

他提起霍思垣，小七便连最后一点儿勉强撑起的耐心都没了。她想起霍思垣不停地找她的样子。思垣坐惯轿车的双腿踏在那些泥水四溢、腥臭满溢的小镇上，他一条街一条街地找她，一个人一个人地问着她。她眼里慢慢有了泪光，扭过头去，神情却越发倔强了。

"我跟霍思垣的事跟你没关系。让开，我回去了。"

她脸上像是盖了一层霜似的，身上的寒意也像传染到他身上一样，他脸色渐渐白了，牙咬得脸深深陷进去，攥起的拳头抖起来。

他"砰"地将门一摔，嗵嗵地奔下楼去，差点儿将正进门的黑背撞个趔趄。

但黑背也看惯他俩剑拔弩张了，虽见他一身是水，却也不说什么，使个眼色，自己先走了出去。

吴老太太这才叹着气出现了，又把小七好好说了几句。

"你俩真是前世约好来讨债的，也不知道谁欠了谁的。"

小七心里一动，竟无言以对。门外的夜色里只见小冷跟黑背两个人的两个烟头闪闪灭灭。黑背走了，小冷却没有回身进门，他又脱下背心将湿漉漉的头发擦一通，随手便扔了。瘦瘦的背骨凸起，像是沉思，也像是怄气。

前世债主

这样一来，两人就冷战了几天。白天两人各有各的活儿，基本不见面，晚上同一桌吃饭，也不说话。小冷脸色疲惫，身上也灰扑扑的，像干了什么重活，筷子夹了几次都夹了空。吴老太太一心想打圆场，他却答非所问。只有黑背和狍哥每晚固定时间来找他，几人神神秘秘，在拐角里嘀嘀咕咕。

"身子差，还逞强做事，以后有的苦吃。"吴老太太对小七说。

小七心里有点儿乱，小冷不来找她啰唆，她自然求之不得，但见他这样又觉不安。看到小冷的脸色，她又把话咽回去了，她不愿让他知道她的忧心。

"不管他，随他去。"她对吴老太太说，也对自己说。

这两天大新回来了，小七便趁机打听他在沿岸市镇有没有见到一个年轻人一直在找她。她不敢说得太清楚，只说了霍思垣的大致年龄和身高，说他是个医生，她来蜈背岛之前曾请他看过病。她请大新如果有消息务必告诉她。

大新似懂非懂，只是简单地点个头，也不知道记住了多少。

小冷恰在这个时候进了门，他肩上搭着外套，手里拎着一袋不知道是什么的沉甸甸的东西。他毫不费力地拎着，不知什么时候手臂上已练出了凸起的肌肉。他扫了小七一眼，又看了大新一眼，也不说话，脚步噔噔上楼去了。

小七回到海边小屋，听着阿黄、大白在门口低低地叫，心里才有一点儿松快。这事虽是渺茫，但无论如何，总是又多了一点儿希望。海涛声阵阵，风里偶尔传来俞瞎子的一点儿戏调子，她闭上眼，梦里有她思念的一切的人。

这天中午她帮着俞瞎子收艾，快端午了，俞瞎子在院子里摆满了艾，一束一束准备分到各家去。狍哥气喘吁吁地来了，见了她就说："少爷……他跟人打起来了！"

她吓一跳，忙问出了什么事。

狍哥一脑门儿的汗，说小冷几天前在兑换市场得罪了一票人，百花岛的人。

时近端午，东边这一片海域照例是要举行龙舟赛的，这阵子附近海岛来换货的、招人的、看船的，比往日都多很多。那几个百花岛的人来蜈背岛办事，顺便也拿了一些海产品和衣服、墨镜来换，还有一块表、两只金耳环。

小冷将那堆东西翻了翻，海产品之类岛上多得是，不需要；金子现在市价不算高，两只耳环两克还不到，可以换两样简单电器；至于手表，小冷摊一摊手，只能换个手电筒。

对方为首的大哥不乐意了，他指着手表背面的标志给小冷看："你知道这表是什么牌子吗？老子一块世界名表，你就给个手电筒？"

小冷带着一点儿轻飘的笑意，将那块表一丢："你带过表吗？认得表吗？我胸口挂个钟，也不要这假货。"

被激怒的大哥怒气横生，当场就挽袖子要教训这不知天高地厚的小子。老伍和小史又是拉又是劝，好容易把火压住了，小冷却不罢休，他一手将那包鱼干丢出老远，说："你的表是假表，老子的时间可是真时间，你耽误了老子的时间，拿什么换？"

老伍瞪得眼珠都要掉出来了，不明白这平时挺好说话的少年为什么今天火气这么大，非挑这几个人犯浑。果然那大哥又暴跳如雷，立刻就动了手。于是老伍和小史又见了世面，他们眼见着这药罐子似的小冷居然藏着一身好功夫，没两下就撂倒了大哥，拉开了架势，竟是一副十足流氓相，竟将一包海带塞进大哥嘴里。

"不会做人，也不会说话，做哑巴会不会？回去学着点儿吧！"

大哥爬起来，被这奇耻大辱激得眼中要喷出血来，立刻定下一个改日再战的约定。

这个"改日"就是今天。

小七一言不发地听完，才问："来了几个人？"

"总的有十几个，"狍哥说，"坐了一满船来的。那带头大哥姓郝，是百花岛那边的地头蛇，可不是好惹的。"

"怕什么，佟子那里就不止二十个人。"小七说。

"大姐！姑奶奶！"狍哥苦着脸叫她，"佟子会管这闲事？他以为少爷是黑背的人，正好趁这机会看个好戏！"

"他要看戏就让他看，找我做什么。"

狍哥张口结舌，虽然知道小七跟小冷闹别扭不是一天两天，但也没想到她竟这样绝情。

"黑背呢？"小七问他。

"躲起来了，找不到啦！"

小七心里骂了一声，她同时也有点儿怀疑，以小冷的个性，他干吗要在此时去惹事？

"你也知道他的脾气，这阵子心情不好，就故意要找人出气！他身体又不好，万一打出个好歹来……"狍哥说到"小冷心情不好"时用力地朝小七看了一眼。狍哥虽是浑人，总算也没傻到底，对于看得懂的东西就耿耿于怀。

"身体不好，倒会找架来打。"小七说。

狍哥连连跺脚，又加上一句："他们已经去海滩了！"说完，他转身就跑了。

"你还不去？"俞瞎子远远地问小七，他听得一清二楚。

"我为什么要去？他自己惹出来的祸。"小七低头将散乱的艾草扎成一束束，心里到底是不安，把艾扎得乱七八糟。

俞瞎子呵呵笑道："姑娘，问问你自己。"

远远地便见海滩上一团人围在一起，像团黑云一样轰隆隆地向前移动着，后面一条起伏有致的白浪冲刷着沙滩。人人大呼小叫，大声叱喝的、高声惊呼的、厉声吼叫的都有，还有人说："小心！小心！快！快！快！唉！……"

人群堆成的黑云前端突然破了个口子，一个人从那破口直跌出来，横着向后飞去，啪地摔到地上。围观的人群大声呼叫，向旁分散了，便露出了中间一个血淋淋的人，手里握着一根长棍，站在中心。

不远处的小七暗暗心惊，她一向知道小冷厉害，小小年纪就打出了一个高手的名头，但没想到他这么狠辣。她以前总以为别人多少是顾忌战烈而让着战冷疆、捧着他，现在她看了一会儿，确定小冷身上的血都不是他自己的。她跟小冷打斗多回，真真假假，也都是动了气力的，但小冷若是真把功夫使出来，她是一点儿好也讨不到的。

小冷的长发在脑后扎起，两道血顺着脸颊流下来，他的眼睛跳动着，兴奋得像一头亢奋的狼。他虽不说话，但任何一个反应都在围住他的人群里引起一阵涌动，他像随时会炸裂、再将这群人炸得血肉横飞的一枚炮弹。在四方的眼神和重重的呼喝下，他微微冷笑，将拇指斜在嘴角舔了舔，像暴烈的狮子舔着带血的趾爪。

人群中又分出一个人，高额环眼，脚步有点儿拐，上来两个人想扶他，被他两手推开，看起来就是带头大哥。他喘着气，说了句什么，伸出手去，小冷便将棍子一扔，那大哥跟他握住。周围人一起喝起彩来。

看起来是不用打了。小七想，自己这样着急忙慌地赶来，只怕来晚一步，其实完全白担心。

小冷举起一只手臂，统率千军似的向四周致意，完全是习以为常的架势，人群再一次爆发出欢呼声。他转着脸，目光远远近近地巡视，当捕捉到了小七，他眉毛便一挑。

小七立刻转身走了，心里不知是放松还是生气，有点儿胀胀的，也有点儿闷闷的。小冷今天出了这么个大风头，以后更不会安生。

走到半路，听见后面的啪嗒啪嗒声，她知道是小冷赶上来了。而迎面走来的人都惊疑地看着她身后，不约而同地急走避开了。

果然是他，踮着一只脚，一跳一跳地追上了她。毕竟还是伤到了，他跑起来有点儿趔趄。

她停住脚，看他跛着脚过来，还是穿着那双旧靴子，衣服也被扯烂了，成片地挂着。他离她几米停下，弯着腰喘了几口气，又抬头笑出两排白牙。

"你是来看我的！是吧？是想帮我吧？"

她不说话，算是默认了。他又咧嘴一笑，身子纵前一跳，立定在她面前，将脸伏在她肩膀上蹭了一下。

这是一只狗、一头狼、一种小兽的亲昵动作。在一场激战过后，他仍带着野兽的神气。她心里一软，看他的血和汗在她的衣服上印了个片子。

"脱鞋。"她说。

他听话地将脚从鞋里拔出来，她俯身拎起，一倒，倒了半鞋筒的沙砾出来。

"不知道倒一倒，就这样跑？"她呵斥。

他"噗"地吹开一缕头发冲她笑，一点儿类似于人的表情一闪。

"我们算讲和了吧？"他说。

他跟着她一路走向兰居，海滩上堆了一堆色彩艳丽的木片、龙头和木桨。蜈背岛难得地热闹起来，这里也跟其他海岛一样，热衷于一年一度的赛龙舟。

小七却站住脚，想了想，又换了个方向。他这副样子会吓到吴老太太，她决定带他回海边小屋再替他收拾。

阿黄、大白远远见到他们便扑着翅膀飞奔过来，这两只鹅已被她制服，成了她死心塌地的护卫。阿黄、大白牢牢地踩着她的脚步走，硬是挤得小冷没了位置。

进了屋，小七掀开他贴在脸上的头发，血已经凝结，大多是别人溅在他身上的，擦一擦就好。她让他坐下，她自己去打水、拿毛巾。

"我厉害吧？"他迫不及待地问她。

"坐下，把上衣脱了给我。"她说。

他将上衣脱下给她，又说："你说我厉害吧？"他热切地盯着她，等着她夸一句。

她指一指桌旁的那把椅子："这里看不清，你去坐那里。"

小冷忽然扭捏起来，他站起身："我回去自己弄。你跟我一起走，这里要什么没什么。"

"你这副样子不能出去吓人，洗把脸才能走。"她又命令他，"坐下。"

但小冷神情古怪，他绕着桌子走了一圈，嘴里东拉西扯，始终不肯坐下。适才威风凛凛的霸气少年不见了，他一脸的不自在。

小七心里犯疑，盯着他上下看："你又做了什么？"

他更讪讪了，驴唇不对马嘴地说了几句客气话。她一把拉住他，将他按坐到那把椅子上去。

哗啦一声，那把椅子忽然塌陷，周围的泥沙纷纷下落，像下了一阵急雨，他连人带椅一起跌了下去。

小七目瞪口呆地站在一旁，地面赫然露出一个泥沙塌陷的大洞。

几天工夫，他竟神不知鬼不觉地在她的屋子里掘了个这么大的坑。

小冷待在洞里已经两个日夜。从小七发现了他偷挖的陷阱，他的行迹败露以来，他身上的那一股顽劣泼皮气就全面爆发了，他给自己判了刑，每天赖在那自掘的洞穴里，非要小七亲自来看他，亲口跟他说句什么才肯爬出来。

小七基本已把这屋子让给了他。那天她看着他"扑通"一声掉进坑里，看着急雨般的泥沙俱下，看着小冷在坑底龇牙咧嘴、手足挥舞，那把椅子不知怎么就扣在了他身上……她慢慢地回过神，便不再管那坑底的叫唤声，转身走出门去。

"喂喂！你别走！先拉我出去！我跟你解释……"小冷在坑里叫她。

小七啪嗒将门带上，他的喊叫便闷住了。海风带着熟悉的咸味吹到她脸上，那道滚滚白浪带着啸声扑上她的脚面，又哗然退去。

她突然清楚了，坑是小冷挖的，他趁着她白天上工，自己便从兑换市场折回，偷偷溜进她屋里干这龌龊事。阿黄、大白拦不住他，什么人也拦不住他。他自己说过：如果我想耍流氓，什么门能挡得住我？

现在他对她耍手段，用这无赖透顶的招儿。为了她在无人知晓的夜里，在门窗关闭的屋子里吃个哑巴亏，他宁可连续几天干着这重体力活，难怪他这阵子天天灰头土脸，像从采石场出来的。

只是，那个坑不算深，她自己完全可以爬得出来，他也没有半夜来她门前窥看。他除了出口气，得不到任何实际的便宜，她的窘态与羞耻甚至都落不进他眼里。那么，他到底想怎么样？

她又站住脚，这事也许不是表面那么简单。

小七又去找狍哥。那地面虽松，也要一锹一锹掘下去，还有搬运沙土这些事，没有狍哥和黑背这些爪牙，小冷一个人弄不了。

狍哥正在兑换市场跟人吹牛。小冷刚刚打了场一夫当关、以寡敌众的漂亮仗，几个人口沫横飞地描述着那场面，旁边围着听的众人一会儿一声叹。见小七脸色不善地来了，狍哥一愣，忙跑了上前，赔笑说："少爷回去了？今天可真是厉害啊！"

小七直接问："你们在我那里挖坑挖了几天？"她知道狍哥的性子直，当面问他他说不了谎。

狍哥一愣神儿，下意识地朝老伍、小史看看，那两人见了小七，正交头接耳，忽然见小七两道目光瞪过来，都吓一跳，忙将脸上鬼祟的笑收起来。

"没有，没有，那个是……"狍哥支支吾吾，黑脸透出一阵红。

"你告诉他，那房子我送给他了，把房顶拆了，做个猪圈，好好待着吧。"

这样，小冷在那坑里真的就待了下去。两天里小七一步不登那屋子，只有狍哥一趟趟跑在他俩之间。

"你不去，他真的不出来了！真的，你不知道他脾气有多倔。"

"好得很，猪就该待在圈里。"

狍哥蔫头耷脑，吭哧不出什么话来，最后小七连狍哥也不理了。那海边小屋里有床，外面有水，狍哥也会给他各种需要的物品。他这样地耍无赖，只不过是要她先低头而已，但她偏不。

吴老太太忍不住去看了一次，回来便唉声叹气，说她一辈子没见过有人这样作践自己身体跟人赌脾气的："你没看到，人脏得像个鱼干了！还有，那屋里又潮又有虫，他身体底子又弱，你再不去，真的要出人命了！"

小七跟这老太太解释不清，她心里烦躁，还有一点儿茫然，她不愿去想小冷，但他像一根小刺，过一会儿就刺她一下。那倔强的少年跟这世界都别着劲儿，现在这股疯劲儿拗到了他自己身上。

"他自掘坟墓，怪谁？"小七对俞瞎子说，"搞出那么大动静，让人人都知道是冲着我来。我为什么要陪着他瞎闹？幼稚！"

这几天谁看到她都会问一问小冷出来了没有。小冷自那一仗以来已成传奇。在这一切闭塞、各人自扫门前雪的海岛上，这事风传得出奇地快。

"没个缘故，谁会瞎闹？"俞瞎子整理着那些中药和旧唱片，明明早已整理得妥当，还是又从头再理了一遍，"瞎子我也看得出来他喜欢你。"

小七噎了一下，没想到他会说出这么一句。

"人的心就那点儿大，心事装不下了，就自己跑出来了。问问你自己，你装得下多少？"俞瞎子又向门外一指，"你但凡看得清楚，也省了他们跑这么多趟。"

果然是狍哥又来找她了，又是一副探头探脑、气急败坏的样子。

"你也别憋着了。连着几天了，他跟自己别扭，你也跟自己别扭。"俞瞎子说。

自囚

海边小屋前站着十来个人，自觉地站成了两队。一队是佟子的人，黑背也在其中；另一队则是不认识的陌生人，都带着一股匪气。这些人在屋外站立着，都是屏气凝神，如同是在中军帐前等候发令的军士一般。

黑背先看到了狍哥和小七，他似乎松了一口气，向着她快步而来。

"他一直都不肯出来，我们有事只好来这里跟他说。"黑背压着嗓子说，"现在惹到了人家，搞得大家都难做又难看。"

小七摇摇头，小冷真的在这猪坑里待了三天三夜？这人的执拗、凶悍、任性、忍耐都到了一种病态，似乎除了骂一声"有病"，再没有别的词好形容了。而黑背这帮老江湖也真的就这样由着他。

"来这么多人是什么意思？"她问。

黑背用手指按住嘴巴，下巴朝屋内努了努。狍哥也是一脸紧张，来的路上他并不跟小七多说什么，这时却说："今晚可别出事。"

小七向小屋走了两步，屋里亮着灯，一群人高高低低站了一圈，中间坐着佟子。佟子对面还有把椅子，椅子上坐着的男人表情粗莽，眼神却很灵活，正是小冷日前刚揍过的百花岛的郝大哥。

小七往后退了退，今天的事不但古怪，也着实复杂。百花岛的人为什么会再次找上门，是要再战？又怎么引来了佟子？中间却又夹了个小冷。

战冷疆到底葫芦里卖的什么药？

黑背小声地解释给她听：自那日一仗后，小冷的名头传到了附近的几个镇，百花岛那姓郝的大哥几次叫人带话，发邀请让他去百花岛做客。但小冷并不能出岛，这次对方居然亲自率众来看望。佟子见了这情况，也就过来，表示小冷是他的兄弟，总得要先交涉，喝上三杯再说。

所以这次是两个岛的老大会面？小七又退了两步，绕去窗下。她有心想看看对着这局面，小冷会如何应对。

屋子内外站立的人都寂静无声，屋子里只听佟子哈哈地笑得很爽朗："三杯酒一喝，天下是一家。男人嘛就是不打不相识，你说是不是？"他语气又像调侃又像劝说。

郝大哥嗓门儿很亮堂，也带着一股磊落的笑意："我本来也有点儿担心，听说这小兄弟跟我们斗了一架，明明赢了，却寻死觅活的，我生怕哪里得罪了，只好赶来看看。"

在这两人的声如洪钟里，是小冷特有的懒散调子，既模糊，又清楚，说几个字就停一下："意思到了就行了，我也没什么事。"

小七往前凑了凑，她站的方位看不到小冷，料想他仍在那坑里待着，坑外高高矮矮的人围了一圈，这副样子也着实滑稽。

"兄弟你这样就是闹脾气，这蜈背岛不大，百花岛消遣的项目还是有几样的，你出来洗个澡，我带你乐和乐和去。"姓郝的大哥说。

"蜈背岛是不能跟你们那里比，但男人好的那几样这里一样都不缺。"佟子笑哈哈地说。

见佟子这样说，姓郝的大哥捶捶自己的头说："失礼了啊！哈哈，那这样，你们一起跟我走，这几天我做东，我们去镇上乐和几天！一切我全包！"他似乎急于请客，一定要把小冷和佟子带出去逍遥。

佟子微笑不语，像是有点儿心动又像是有点儿犹豫。小七想起小冷说的"佟子像一只绿毛龟"，她不由得一笑。

小冷等这两位大哥笑完了，才说："我要等个人，她不来，我不走。你不懂的，你走吧。"他声音又弱又低，似乎费了老大力气才说完这一句，便一个字也不肯多说了。

郝大哥有点儿愕然，佟子笑着说："这个你就真不懂啦！你知道他为什么在这里做'土行孙'？他得罪了个姑娘，在这里赔罪呢。"

黑背在后面捅捅小七的手臂，使劲儿地给她使着眼色，意思很明显，让她现在进屋去。

小七沉吟着，她还没有完全弄明白小冷葫芦里的药。这时佟子却向外喊了声："是不是小七姑娘来了？"

屋子里的众人一起向门外转过脸，海滩上的两队人也都看着她。她无可选择，跨进了门去。

小冷在坑里抬起头，像风静了一瞬，他看到了她。他停住了动作，眼睛慢慢亮了。

小七走到那个坑前，这坑大概两米深，小冷身边还有那把跟他一起掉进去的椅子，大概是狍哥又在坑里放了一个小脚凳，所以小冷虽在坑里，姿势倒并不难受。他还穿着那身打架的衣服，被扯坏的地方露着几个窟窿，脸上的血迹和泥沙加上灰尘，此时变成了一道一道的泥垢，头发早已纠成一团。他自己似乎毫不在意，袖子高高卷起，胳膊上一片泥污。

小冷用那只泥污的胳膊撑住坑沿，另一只脏兮兮的手伸过来，握住了小七的脚踝。

小七感到一阵奇怪的刺痛，这痛感由他手中传来，由被他握住的脚踝开始，辐射至她全身，使她寸步难行。他像溺水的人抓住稻草那样用力抓着她，那股力量里含着直通通的委屈和直通通的想念。

屋子里的每一个人都偷偷瞄着小七，看着这个一身蓝布工作服的姑娘，苍白着脸，长眉下一双寒星般的眼睛，此时含了些水光，像忍耐着什么似的。她的嘴唇、手臂、身体也是隐忍的，克制着一股力，垂首看着同样无语的小冷。

佟子哈哈笑了："这不就好了吗！他什么事得罪了你，你打他一顿就好，年轻人就是不能互相晾着，伤肝。"

姓郝的大哥也上下打量着小七，一副恍然大悟的样子："我本来想带你们去看看我们那里的龙舟，我们这次订了新的 22 人船，还修了一条大的花船演龙女戏，百花岛的戏是最有名的，你们可一定要来看！"

"一定到！"佟子大声说，"咱们端午见，再好好喝一场，这次一定要不醉不归。"

两个老大勾肩搭背地出门，手下人也都跟着出去了。郝大哥走到门口，又回头看了小冷一眼："兄弟保重，等你伤好了我再来找你喝酒。"

小冷还趴在坑沿上，仍没放开小七。他抬起眼，眼神瞬间与郝大哥碰了一下。

佟子将郝大哥一拉："你看他们这样子，我们还插得进去？别讨没趣了，走吧，走吧。"

人都走空了。

小七动了一下脚："好了没有？"

他不说话，仍抓着她不放。透过那一团纠在一起的头发，能看到他燃火的眼睛，还是那样跳跃，神气十足，完全不像刚才面对佟子时那样奄奄一息。

狍哥和黑背进来了，狍哥走在前面，说："郝大哥他们走了，要不要留住？"

"今天是留不住了。"黑背抢着说，"等他下次来了再说。"

"……下次要到什么时候？要我说，不如就今天趁人多……"狍哥说。

"他带了多少人？"小冷眼不离小七，终于开了口。

"6 个。"狍哥说。

黑背说："佟子的人多得多，干起来我们怕是……"

"不是对手。"小冷眼睛仍盯在小七脸上,语气明显不耐烦了,"你们出去。"

狍哥与黑背出去了,屋里又只剩下这两人。

"姓郝的是什么人?"小七问。

小冷目光灼灼,只是上上下下对她看个不住。小七脸上微微发烫,伸手在他脑袋上敲了一下,他没有躲闪,仰头受了她这一记。

"男人头女人脚,碰不得,懂不懂?"他说,笑意忽然就在眼里涌出了。

她微微一窘,他的手掌还握在她脚踝上,灼热的手掌,满把地握住,不打算松开似的。

"先放开。"

"不放。"

"你讲不讲理?"

"流氓跟谁讲道理?你第一天认识我?"他像活过来一样,又开始没正经了。

小七站起来,他立刻手一紧,声音弱起来:"你三天没理我了。"

她重新在坑沿坐了下来,他才放松了劲儿,将脸伏在胳膊上,伏在她脚下。他偎着她,神情像个嗷嗷待哺的小兽。

"我饿得要吃土了,脏得要生蛆了。"他满腔委屈地说。

"那还不快出来?"

小冷却用两根脏兮兮的手指,在她脚面和小腿皮肤上慢慢磨蹭,动作是乖顺的,久别重逢后的辨认一般,指头轻轻滑过她皮肤,却像带起一溜电火。她心里一抽,立刻挪开一点儿,抱住膝。这一刻她浑身都绷紧了,那点儿刺痒的电流正顺着她小腿向身体中心爬去。

小冷这才低声说:"姓郝的是塔叔派来的人。"

小七吓了一跳:"塔叔知道你在这里了?"

"我找郝大哥打的那一架，传到外面去，塔叔自然知道是我了。"

"你……你找姓郝的惹事打架就是为了传消息出去？你原来就认识姓郝的？"

小冷眼神深了一点儿："不认识，谁来都一样。我待在兑换市场本来就是要找目标。我原本以为桂桂被佟子送出岛，也许能传出点儿风声，可是佟子精明得很，一点儿消息也没漏出去。"

逐渐明朗的事态在小七心中扩大，小冷的长线谋略又一次地震惊了她："现在塔叔听到消息，于是跟姓郝的有了交易？今天姓郝的来这里……就是想带你出去？"

小冷点点头："佟子不好糊弄。他不知道我是谁，但也绝不会对我放松警惕。但郝大哥也没白来，我们总算是对上了。"

"所以……你在我房间里挖坑，是你在桂桂那事暴露以后做的埋伏？就等着有一天佟子怀疑到你，你要让他发现你不过是一个，是一个……"

"不过是一个胸无大志、一心系在女人身上的窝囊废。"小冷替她说了下去，"佟子对我是有疑心的，我要不演场戏，撑不了几天。"

小七不语。他果然又耍了她一次，而她不过是配合他的棋子而已。想着自己这几天的辗转反侧、为他操的心，真是笑话，小冷真的会因为她而自甘做囚？还有她适才那心里的湿润……她自己才是个不折不扣的白痴。

见她沉默，小冷抿住嘴，手慢慢往上摸索，握住了她的胳膊。

"你对我失望了，觉得我又耍了你是不是？可是你如果不来看我，我还是不会出去的。你信不信？佟子也好，姓郝的也罢，就算塔叔亲自来救我，老板娘马上要来做了我，你不来，我也还是不会走的。你信不信？"

他眼里的狠劲消失了，调笑也没了。他扒住坑沿，仰面望住她，眼睛里有一股热辣的火，嘴角闭得很紧。他手心里的热量重重地印在她胳膊上，也带着一阵痛。

良久，她叹口气："你还要不要出来了？"

他却在坑里直起身子，抱住了她。

那么紧那么紧，她被他抱得两眼发热。不含情欲的拥抱，他身体紧贴着她，两条胳膊环住她的腿，将脸蹭到她怀里，身上混合着泥土、海水和各种气味。她伸手抚摩着他瘦得像刀背一样薄薄凸起的背脊骨，感受到热血在他血管里流得湍急。

她任他这么抱了一会儿，让这头火热而不安的小兽在她怀里逐渐安静。他凶神恶煞的时候，她一点儿也不买账，但他如此柔弱地靠向她，她竟无法推开。他身上兼具着魔鬼和婴儿，她不知道自己更害怕哪一方。

小冷洗澡足足洗了两个钟头，他终于出现的时候，洁净得像个剥了壳的虾，明朗得像个中学生。繁星撒在如洗的天幕上，海滩上的他像一阵舒爽的海风。

"啊哈！"他抓起一把沙顺着风撒出去，头发随风飞舞，嘴巴里长长吹了声口哨，"呀吼！"

狍哥和黑背都在等着他。小冷俨然一个首领般，拉住小七的胳膊，将她扯到自己左手边去。

"你站这边。"他固执地说。

狍哥告诉他，百花岛的人已经走了，郝大哥留了话，下周会再来。但佟子已经认识郝大哥，他们想不被人发现地、悄悄地来是很困难了。

"他倒是想悄悄来。这岛上爬上个乌龟佟子都知道。"小冷嘴角撇了撇。

狍哥又说，以百花岛为中心，这次的龙舟会要办三天，蜈背岛上的人不多，青壮挑一挑也有二十来人，大部分是佟子的人。佟子负责这次活动，这几天装点造势也花了不少功夫。

"你被选进去没有？"小冷问他。

狍哥一耸肩，又一挺胸："这个当然。"说着吸口气，绷出手臂上的两团肌肉。

黑背说，海上赛龙舟难度大，精彩激烈程度也远超内陆。地方政府一向重视这项活动，到时候相应的观众和报道都有："那场面真是要多热闹有多热闹。"

"我还嫌他们闹得不够大。"小冷说，"龙舟从哪儿划到哪儿？画出区域线了没？"

黑背说蜈背岛已是最东，沿蜈背岛以外，往西再划 20 海里。

小冷眉头挑起，显然是兴奋了："郝大哥知道怎么做，这次好歹也要赛到百花岛去。"

像一星火星蹦到了心里，小七心里一根引线被点燃了，一下照亮了一片。

"你要趁着龙舟会走？去百花岛？"她脱口问。

小冷回头瞧着她，一丝笑落在他眼里。

"胡扯什么，我走？是我们。"他板着脸，还是忍不住咧开嘴角，"我们要去百花岛喝黄酒，你要给我裹粽子。"

如此，他们开始着手准备端午计划。

一切是紧凑而隐秘的，狍哥领了个龙舟队里打鼓的差事，每天都去龙舟队训练。这一带的龙舟赛由来已久，海岛渔民们在风里来浪里去的年复一年里，早有了完整的海上娱乐体制。且是民间组织主办，而佟子当仁不让地承担起了这个责任。

"我就看不上那些小河小湖里划船的！"佟子说，"龙王爷住哪儿？住海里是不是？龙舟就要放到海里去划才得劲儿！"

蜈背岛的龙舟向来是岛上人自己选择大渔船修修打打，重新上漆，改成比赛用船。因此除了参加比赛的青壮们，又分出一批人去修船，小冷也在这个队伍中。

自从百花岛一事，小冷身上逐步显露的气概，已被人窃窃议论。佟子对小冷不知是笼络还是防备，这回把他撤出了兑换市场，让他跟着龙舟船队活动。

"我看黑背对你俯首帖耳的，简直不像你老大，倒像你是他老大！"佟子笑着说，眼里不易察觉地精光一闪。

小冷靠在兰居外的栏杆上，手里夹了一根佟子给他的烟。他淡淡笑着，仍是一副文弱样："有钱才是老大，黑背本来就没什么架子，他那些破烂儿，我帮他换了不少家当。"

佟子哈哈大笑，拍着小冷的背："你小子有理，有种，还有脑子！"

小冷被他拍得架不住似的，咳了两声。佟子打量着他说："看着瘦弱，动起手倒那么凶，怎么练的？"

"小时候在山里长大的，山里有狼，从小抱着滚在一起。"

佟子"哦"了一声，又说："让你跟着龙舟队，会不会太辛苦？要不你还是回兑换市场，至少不用晒这么毒的太阳。"

"你别让我拿桨就行，"小冷说，"我怕吵，还晕船。"

佟子又说到海市，小冷说自己资历尚浅，对老板、老板娘的生意都不清楚，平时也只跟着黑背混混而已。

佟子挑不出毛病，目光又落在了小七身上。她正在石阶那里帮着焊线，长眉下的眼睛微微眯起，下巴线条紧绷像一枚桃核，一下一下，火星从她沉着的手下蹦出。她转了个身，换了个方向继续。双腿一前一后叉立，因为用力，半个肩头都滑在宽大的汗衫外面。这种男人做的活儿，她做起来竟是游刃有余，且一招一式样子极优美，由肩背到腰腿，全身线条流畅得像工笔画出的。

佟子半天挪不开眼，他想，这个小七，怎么看也不像个普通女孩儿。

两个人的战争

一直到佟子走了，小冷也不知转去了哪儿，小七才进了屋。她虽离得远远地做活儿，也知道佟子一直在观察自己。她脱下手套和外套，喘了口气，这片刻工夫她已出了一身汗。

她上楼去换衣服，脑中翻来覆去地琢磨。在佟子看来，跟着黑背一起上岛的几个人，包括黑背在内，至少有一个人是有问题的。揪不出这个人，他绝不会罢休。而五海与贾骏出事都跟她有关系，虽是解决了，并不能完全洗脱她的嫌疑。佟子这几天没事就往兰居来，他锁定的是谁？黑背？狍哥？小冷？还是她？

龙舟比赛眼看就要举行，这关头是一点儿岔子也不能出。

楼下忽然有了动静，小冷不知什么时候回来了，接着话声高高低低，竟跟勺子斗起嘴来。

自从小冷上次骗她穿了裙子，小七现在想在房间做什么的话，就让勺子来把着门。勺子非常负责任，时常就把小冷挡在外头。

此时一大一小两个男孩儿又在斗智斗勇。勺子肉乎乎的身体抵住楼梯口，还把两只圆鼓鼓的胳膊交叉在胸前，威风凛凛："不许进！"

"你让不让开？"小冷眉头上挑，嘴角向下，做出一个狰狞的表情。

勺子鼓着腮帮，毫不惧怕："不让。"

小冷眉一皱，换了策略："我有糖，还有糕，我下午去兑换市场拿给你。"

"我不要你的，姐姐也有糖，也有糕。"

小冷在身上掏一掏，又拿了一把连着扳手的小军刀出来。

"看着。"他变魔术似的让小刀在手掌上翻飞，在五指间穿花蝴蝶似的玩出种种花样。

勺子的眼也被闪花了："这是什么功夫？"

"你想不想学？"

勺子点头。小冷上前了一步，勺子立刻又拦住："不许上去。"

小冷气白了脸，见小七换好衣服出来，便说："那小崽子又不是鹰，又不是鹅，你把他驯成这样想干吗？"

他气咻咻的，让小七又恼火又好笑，在这当口，小冷还有心情跟她泼皮耍赖。

"对付你就够了。"她说。

他的手臂架在扶手上，把她拦在那个窄窄的楼梯口："那你驯驯我。"

黑背来了，知趣地在门口没有进来，大声说："百花岛那帮人又来啦！在等你呢，你去不去？"

小冷视线不离小七："你跟我一起去。"

"你自己去吧，我不想见那些人。"

他当然不听，拉起她就走。

"谁不知道咱俩是一对？我在哪儿，你就得在哪儿。"他对她全身瞄了一眼，脸又凶起来，"以后离佟子远一点儿，当着他面别干活儿，他再那样看你一眼，我就挖了他眼睛。"

郝大哥带了五六个人在海滩上看船员们漆龙头，他们自有一套讲究，指点说端午那天先挂红，再点睛。郝大哥又说，这附近岛上所有的漂亮姑娘，眼下都在百花岛选龙女，谁不去看那真是白活一回。他口若悬河，蜈背队里几个小伙子听得一愣一愣的。

远远地，小冷与小七双双出现了。在郝大哥眼里，这对少年男女实在是天造地设。刚下过场雨，他俩都穿着蓝布连身工作服，套着胶靴，两人都修长挺拔。小七穿着这种粗陋衣服还是这么好看，小冷则松垮垮地一步三晃。海边雾大，他们没有伞，也没戴斗笠，沾衣欲湿的细雨在他们身上和头发上铺了晶亮的一层。

小冷笑着说:"来这么多人?想给我拜年吗?"

郝大哥也笑着说,拜年急什么,端午粽还没吃上口。他们上岛是跟佟子确定一下,这次有八支队伍参赛。马上要走了,顺便来看他一眼。

"兄弟你比上回壮实不少啊,端午还没到,粽子就吃饱了?"

"我怕甜,顶多吃两个。"小冷说。

郝大哥点一点头:"回头送你个百花岛出的小碗,可精细了,刚好装两个。别贪多,会闹肚子。"

他们一来一去,话讲得很大声,又拍肩大笑,蜈背岛的人们也跟着一起乐和。又寒暄几句后郝大哥便告辞了,这边小冷却将小七的肩一搂。

"带你去个地方。"他亲昵地说。

他的亲昵是做出来的,手上的重量和温度却是真的。小七随着他,两人在众目睽睽下亲热地走了。

两人转了个弯,这边的浅滩人少。离岸较远的地方也搁着一只龙舟,不但船舷上雕龙画凤,上面还搭起了一个小小的船舱,漆成蓝色,描着金色波浪花纹,着实华丽。

小冷先跳上了船,又对她招手:"来呀!"

他笑得一副孩子气,却贼兮兮的,不知又憋着什么坏。小七左右环顾一下,在口袋里掏出一盒药片扔给他:"先把药吃了。"

小冷一手接住,也不数,随手揪了几片往嘴里一丢,嚼了。他已钻进那船舱里,矮矮的顶让他不得不猫着腰:"进来。"

"来这里干吗?有什么秘密?"

他不耐烦了,一把将她拽了上去。

两人坐在船舱里窄窄的长条凳上,雨线落了下来,唰啦啦地打在船篷上,又溅到船舱里。小七的脸在阴凉中仍有一层光泽,细细的雨水在她手臂上抹了一层。小冷抬手替她抹了一把，热热的气息扑到她皮肤上。

小七偏头让了一下，这狭小的空间委实让她不安："你有事没事？没事我走了。"

他仍笑嘻嘻地看着她："这不是普通龙舟，这是接亲的船。"

"什么？"

他笑得不怀好意："门上画的龙凤你看不到？这是迎亲船。一起坐过的男女，缘分就定下了。"

原来如此。这小贼骗她坐了这么半天，还编出一套鬼话。

"不骗你。不信，你去问吴老太太。"他一脸认真。

小七两道长眉皱起来："吴老太太说放一把剪刀在你枕头底下，你的头疼就能一刀两断了，你放不放？"

"有你在，我要剪刀干什么？"小冷凑近一点儿，眼盯住她，"要不，我们冲个喜吧。你做了我的女人，没准儿我就好了。"

她忍着气："我不答应呢？"

"那就随我死活了。"他往后一仰，靠在描了龙凤的船板上，恢复了懒洋洋的神气，"我这辈子只听我喜欢的女人的话。"

像没有过渡却又像酝酿已久的，小冷对她的感情又日益强烈起来。这少年的脾性本如海边捉摸不定的气候，在几季的蛰伏、试探、酝酿之后，忽然地，打爆了。

现在他们有了足够的理由和时间每天都泡在龙舟队里，在众人的热闹里悄悄地做自己的布置。比赛由民间组织和企业联办，佟子自己有一部分投资在里面，而蜈背岛上的人也都多少加了些赌注，因此岛上每天像过年一样热闹。

小七依然每天替吴老太太送货，小冷虽在龙舟队帮忙，总能抽空过来找她。小七背着一只筐，小冷便在她后面晃晃悠悠地跟着，他走得很不老实，走不了几步就要撞她一下，趁机碰碰她的胳膊、腰、脖子。

"好好走路！"她"啪"地打开他的手。小冷不服气地嘟囔一下，围着她绕了一圈，他没有"好好走路"，干脆拉起她的手，牵着，一荡一荡的。

小七将筐放下，坐下歇了片刻。小冷也随着坐下来，直接坐在那沙尘满积的地面上，斜过眼瞅着她，目光仍不老实。她不理他，他又跳起来，大力拍着裤子，一片灰在她脸前浮动，呛得她别过脸去。他哈哈大笑，完全无视身边路过的人的指指点点，似乎只有眼前的她最好玩儿。

小七问他："你那天跟郝大哥打的哑谜，是什么意思？"

"你都听出来了是不？"他轻松地说，站起身，将手递给她，"别往后面看，我们去玩儿一玩儿。"

他们便往海滩走去，不往四周那杂林低密处、山势凹伏处多看一眼。在无法见到的地方，总是有眼睛藏着。

风把一些沙砾吹得贴着地面飞，滚热的湿沙烫着他们的脚心，慢慢地又干起来。他们像一对小情侣，任意地嬉戏着，在挨挨擦擦的一些嬉闹的动作间隙里，快速而小心地讲几个字。

"郝大哥说要给你百花岛的碗，只能装两只粽子，是说百花岛会派船来接我们，小船，只坐两个人？"小七说。

小冷捡起一只嵌在贝壳里的小螃蟹，手指拈着那软乎乎的蟹爪，又远远丢进海里去："聪明，果然是我的女人。"

她抓起一把沙对他掷去，他笑着避过，将她拉到身畔，两人坐在岸边，将脚伸进浪花里，一起看着海那头的百花岛。

"端午那天就走。"小冷说。

但日期越迫近，小七越能感觉出周遭那股不安的潜流。最让她忐怂的，还是佟子毫不放松的窥伺。

佟子对他们忽然亲近起来，来了兰居好几次，事无巨细地关心。小冷果然像他自己说的，佟子多看小七一眼，他便挂起脸，毫不客气地瞪起来。小七说了他几次，怪他态度不善引人疑心："佟子有目的，你看不出来？"

"你少管，以后他来了你就走，我接着。"他不耐烦地说。

她心里一热，小冷是从不愿把话说明的，即使他在保护她。

但佟子停了两天没来，大新却回来了。

大新这次回来，主动来了兰居。小七好容易支开所有人，问大新："有消息吗？"

大新黑洞洞的脸上是扔块石头下去也不见响的表情，说："是有人在找你，不过是在海市。"

大新说渔民间流传着一个奇闻，有人出了一笔不菲的钱，要找一个失踪的女孩儿，但出资人很谨慎，轻易不跟人接触。

小七提着心，她不能肯定大新说的人就是霍思垣。她没有再问下去，小冷已快回来了，他是听到"霍思垣"三个字必要发一顿脾气的。

小冷进门时小七正拿一堆篾条帮吴老太太编篮子，悠闲地将两条长腿交叠在桌上，身边还有一堆篾条。小冷站着看了一会儿，说："我帮你。"

"你会吗？"

"没我不会的事。让开，让你开开眼。"

她不动，下巴努一努对面。小冷便在她对面坐下，他真的学得飞快，没一会儿就掌握了要领，像模像样地将几根长长的篾条互相穿织到一起。

"你老子是个篾匠是不是？"他随随便便地问。

"我没老子。"

"何必呢，我知道你不想认他，可你毕竟姓罗。"

她不觉把手中的活儿放下，问他怎么知道这些。

"你来海市的时候，不把你彻底查清楚了，我老子敢收了你？"他说着，拿起她的手腕，她裸露的手腕到手臂处有一排深浅不同的伤疤，"这些都是被鹰啄的，那时候我就记住你了。"

他原来早已留意她。

"你那会儿驯鹰的时候，我经常在后面看你。"小冷说，"那货不好惹，扑过我几下，没想到被你给制服了。我那时候就想看看，什么人能把那货制服。"

像一本积满尘埃的书，书页被人极快地翻动了，时间唰唰地急退回去，簌簌落下几把灰。灰尘弥漫处是那些年看到的小冷，轻狂嚣张，无法无天，像一阵风一样来去……小七皱起眉头，印象里他身边似乎还有个女孩儿，小冷永远晃晃荡荡，一副吊儿郎当的样子，女孩儿却总是跟着他跑来跑去。

"你以前是不是有个女朋友……"小七说，"我见过你们在一起。"

小冷也皱起眉，想了想，不耐烦地挥了挥手。

"她早走了，别提那些……女人都麻烦得很，我从来不跟她们一起玩儿，还不如看你驯鹰。"他自相矛盾地说，似乎小七不是个女人。

吴老太太进门时，见两人是同一副德行，腿跷在桌面上，嘴巴里叼着一根竹签，两个打手似的，却是安安静静地一起编一个篮子。吴老太太觉得匪夷所思，转身又走了。

这里两人又继续讲下去。小冷告诉她，关于佟子的态度，他也实在想不清楚。

"他是要负责帮黑背看着我的，我近来闹这么多事，他居然走了个过场就大而化之了。"

"他是欲擒故纵，他什么时候真的放松过你？"小七说。

"也是，他没点儿本事怎么做这岛上的老大？"小冷说着拿过她手中编好的篮子。他手在桌上一撑，忽然就将腿也跨过来，到了她这边。

小七推他一把，他却抬起一只脚，让她看靴子上磨出的一个小窟窿，那脚已被磨得一片红。

见她不推拒了，他索性卧下来，枕在她腿上，舒服地闭上眼，一副顽童神气。

小七又想起一事，问他："塔叔通过郝大哥跟你传消息，郝大哥是不是外面的事都知道？"

"这个当然。"小冷眼珠一转，立刻警惕起来，"你想知道什么？"

这人实在太鬼精灵了。小七便把桌上的一摊东西收拾了一下，又去找针线给他补那只破靴子。小冷蹲在她边上，仍是要挨着她、腻着她，拿着那把小军刀在一根竹片上刻来划去。

小七一边补着，一边将问题收起一半，只问另一半，不提霍思垣，只说她想知道江洲的消息。小冷告诉她，塔叔这几个月也没白忙活，至于江洲，阮姐似乎去了江洲。

"阮姐去江洲干什么？"小七一阵紧张，她忧心着谷雨，想来谷雨这几个月日子必然不好过。

"我爸是在江洲出的事，她说是去疏通，谁知道憋了什么坏，等我出去了再好好算这笔账。"他轻描淡写地说。

她掉过眼，将靴子"啪"地扔到地下："好了。"

小冷拿起来就往光脚上套，淡淡的灯光下，他的笑脸纯洁无瑕，又跟孩子一样了。

他将手中的竹片拿给她看，灯光照着上面两个并列的名字——罗小七、战冷疆。

"这个给你。"

"我要这个做什么？"

"你收起来，别人看到这个就知道你是我的人。"

她打量那两个名字，忍不住一笑："你上没上过学？自己的名字都能写错？"

他把战冷疆的"疆"字少刻了一横，这个字本来笔画就复杂，偏偏她眼尖。

小冷原本理直气壮的脸上一愣，竟渗进一丝红。

"不要算了，老子自己留着。"他一把抢过竹片，恶狠狠地说了一句，便摔门出去了。

小七一个人坐着，听到他远远的没好气的声音传来，似乎在训斥谁，估计又是狍哥倒霉，撞上了他。

小七伏在桌上，将脸枕到胳膊上去。跟小冷在一起，每一秒都有无法预料的状况，是恼人的，却也带劲儿，充满了刺激。两人这阵子关系又不像从前了，小冷已不再缠着她打那些喜欢与否的口头官司，他抛开了那些需要确认的东西，直接认定起来。而她曾经找给自己的理由，已渐渐不那么理直气壮。

还有一件事，她现在不愿去看，但明白已在不远处——也许离开这岛后——或者不等离开这岛，她跟小冷的战争，就会正式开始了。

血色端午

"蜈背岛的龙舟队为 12 个人，穿黄色，特别显眼，我很快就能找到。"小冷在一张挂历纸背面画了个箭头，又唰唰几笔画出海域地形，"参赛队有八支，来看的人总有几千，这时候出点儿什么事，队伍一乱，谁也顾不了谁。"

"会出什么事？"黑背问他。他们坐在兰居的二楼平台上，离端午只有两天了，从这里看出去，海面无波，艳阳普照，一艘高高的渔船已改建成参赛船的样子，船舷描了金红的波纹。

小冷嘴角一撇："人多事杂，出什么状况都有可能。"

"比如呢？"黑背又问。

"比如……你这个月的账好像还没齐，当心佟子把你临时叫走。"

小冷说。

黑背往嘴里塞根烟不作声了。小七向小冷瞥了一眼，明白他对黑背还有顾忌，不会当着黑背的面兜底。

却听吴老太太在楼下招呼，两只鹅也叫了起来——佟子又来了。

几个人立刻将桌面打乱，小冷将那张画了地形的挂历翻过来铺在桌面上，再摆上一副牌。

佟子已上了楼，见一副扑克零散地摊着，每人面前一小撮零钱票子，狍哥黑红的脸有些慌张，佟子笑着拍了拍狍哥的肩膀。

"放心，我不是来抓你的，你鼓打得好，偶尔溜个号也没关系。"

"有喜事？"黑背问佟子。

佟子脸上笑眯眯的，像揣了个好消息。

"也算是喜事，但这喜事吧，却让大伙儿都捏把汗。"佟子说，"老板娘要来了，端午来看我们比赛。"

小七觉得自己的脸色白了一瞬，她不说什么，余光里看见黑背打了个战。

"你说老板娘要来蜈背岛？确定了？"黑背问，"可我没收到消息。"

"老板娘也是女人嘛，女人谁不爱看热闹。六月份海鲜正好，她要来尝尝，再看看大伙儿。"佟子笑眯眯的眼将每个人的表情扫了一遍。除了黑背有一点儿惊诧，小七还是一副事不关己的样子，小冷正麻利地将桌上一摊零钱收拢。

"谁赢了？"佟子问，又看看桌面铺的那张挂历垫纸，上面用圆珠笔横七竖八地记着账。

"准备一把定输赢。"小冷说，"你要不要来一把？"

"我就算啦，老板娘要来，我事情又多出来几十件。"佟子已起身要下楼，一边又撂下一句，"对了，她来了就住这兰居，你们也准备准备。"

所有人都看着小冷。小冷晃到栏杆边，看着佟子走远了，才转回桌边，一手将那一堆乱七八糟的东西扫开，又将挂历翻过来："刚讲到哪儿了？我们继续。"

见他若无其事，大家便把心里的惊恐、脑中的疑问都收了起来。黑背这时也缓过神，他毕竟也是见过风浪的，知道事情真假难辨，佟子的态度却是关键的。

一直等到人都散了，小冷才揉着头，叹一声："头痛。"不知是用脑过度，还是身体病症，他最近脱发严重，发丝间还添了一层白。

小七问："阮姐要来，你有什么打算？"她知道他心里的忧虑从不当众露出来。

"什么打算，她要来就让她来。"他说，"端午那天你收拾好了就来找我，到时候局面会很乱，我在乌沙小海滩等你。"

"会怎么乱？你们要做什么？"

"有场架要打。"他手向前扣住了她的手，"放心，我不动手。"

他说，这种挥汗如雨的比赛，大家都是拼了命的，谁也不想输。年轻人血气方刚的，脑子容易热昏。

"所以……我们就趁乱跑？"她问。

他眼里一星点危险的光一闪："阵势一起来，所有的青壮都要去参与，所谓的聚众斗殴。这时候少个人，少条船，谁知道？"

小七沉吟着，这计划看起来简单，实则操作起来却难，一点掐不上都不行："老板娘呢？"

"老板娘，就吃她的海鲜咯，这王八蛋的兰居本来就是她想住的，请她养老吧。"小冷的声音狠起来。

她悚然一惊："你的意思是……你想……"

"既然她自己来了，就省得我再去找她。"

小七长嘘一口气，她只希望两个人能平安逃出去，没想到小冷一不做二不休，要趁机做掉阮姐。

端午。暑气溽升，白日灼地。

蜈背岛的龙舟队员套着鲜黄色的背心和裤子，裤脚高高扎起，头上还勒了一根带子，显得精神抖擞。狍哥则是一身绿裤褂，尚未出门，已有一道道的汗顺着脸颊流下来，背心后洇了一大块。

午饭时间未到，佟子的人就叫走了小冷和狍哥。比赛是下午两点到六点，佟子让所有人去大王海滩集合，大王海滩是这岛最大的一片海滩。

小冷拿上外套匆匆地出了门，他回头看一眼小七，嘱托全在眼里。小七朝他点点头。

他俩该讲好的都已讲好了，小七会掐好时机去跟他会合。

屋外已经锣鼓喧天，小七将各处都收拾了，又将一个小小的五彩丝线粽子挂在门上。这是她讲好要给勺子的礼物，让勺子晚点儿自己来拿。

她最后对这兰居环视了一眼，住了大半年，虽日日都想逃走，临别倒生出点儿留恋。刚要带上门，便愣住了，院子里站着两个人，似笑非笑地看着她。

为首的正是佟子。

"小七姑娘，要出门啊？"

小七脸色不变，将门"哐"一声带上了："这么大的热闹，谁还会待在家里？"

"你想看热闹，到处都是戏。"佟子一贯的憨厚脸皮下似乎闪着一层尖刺，"跟我来吧。"

"去哪儿？"

"去该去的地方。"佟子嘴巴一努，两个人一左一右站在了小七身后。

左右无人，也无法反抗。小七沉默地跟着佟子走，知道这一趟凶多吉少。她抬头看看天空，比天更蓝的云团，碧粼粼的一朵一朵栽在天上。远处又是一阵欢呼声，龙舟赛快开始了……小冷正等着她。

他们来到佟子的仓库，佟子哗啦将卷门打开，里面一片暗沉沉。空气里仍是一股鱼腥味，地面仍是黏湿。

小七刚走进去，忽然她腿弯处就挨了一棍子，来得太突兀，她尚未察觉，站在她身后的人已动了手。

她腿一软跪了下来，接着又有一棍敲在她小腿上，接着是腰上、背上，剧痛瞬间贯穿了全身。

"疼就叫出来，叫出来就没那么难受了。你挺能扛的，是不是？功夫真不弱。"佟子居高临下看着她说。

小七咬着牙，嘴唇已咬破了，唇舌间尝到了血的滋味。又是一棍击在她肩头，她扑倒在地，脸贴着潮湿肮脏的地面。她从小挨她老子的打，知道怎么样保护自己。而这些人也无疑极有经验，棍棍是痛处却不击中要害。

"我倒是听说过，老板以前的手下有个女徒弟，特别得器重，不知什么事得罪了老板，从此就逃了，不会是你吧？"佟子又问。

小七喘息着，透过凌乱的头发，看着自己的血和汗一滴滴落到地上。她知道佟子必须要赶在阮姐来之前揪出他们间的那个疑点。让阮姐看到他们居然毫发无损，其乐融融地在这岛上过日子，阮姐到的那天就是佟子的大限。

"说说吧，你是谁？或者，我该去找另一个人？"佟子说。

这刹那她心思已转了很多道，想不吃眼前亏，只有为自己辩驳，先过了眼前这一关。

小七艰难地抬起头，她脸上沾了泥尘，湿涔涔的头发贴在脸上，齿缝里也带着血："是我又怎么样？"

"是你，就不能对你这么客气了。"佟子接过了一根木棍，他的口气还是很轻松，"你知道，我俩没仇没怨，但老板娘要来了，总得有点儿交代。"

木棍在佟子的手上一上一下，像个暗沉沉的钟摆。她将眼闭上，她已入了瓮，就让佟子锁定她吧。阮姐要防备的是她，要对付的是她，送上岛来的危险人物是她……她只希望小冷能按计划走掉。

电话忽然响了，这岛上信号闭塞，也只有这几部座机。一人拿起听筒，听了一下，脸色变了，忙叫佟子："老板娘电话。"

佟子赶紧过去接起，听了两声，脸色也变了。他一边答应着，一边斜睨着小七。

话筒那边声浪嘈杂，依稀能听到阮姐在听筒那头说着什么，佟子对着话筒嗯嗯啊啊，态度极其小心，又说这边一切都好。忽然，一个年轻的声音插了进来，有人脆生生叫了一声"阮姐"。

小七的脸低伏着，半知觉里微微一耸动，那一声"阮姐"极其熟悉，是个年轻女性的声音……她艰难地掉过头，立刻又是一棍子，这回她没有忍住，"啊"地叫了一声。

佟子立刻摆手示意，他手下人将小七的嘴巴捂住了。佟子挂上电话，对手下说："老板娘来不了了，我先去大王沙滩看看。"他站在原地想了想，又一努嘴，"看着她。"

几人走了出去，卷门又哗啦放下了。

小七仍趴着，她每一寸骨头都像碎了似的，寸寸皮肉都撕裂一般，火灼一般，千针万刺。血不知是从哪里流出来的，在身下湿了一摊。又过一会儿，连痛感也似乎都消失了，她浑身发冷，手指无力地扒动几下，身子想挪动一下也不能。她不能分析为什么在最紧要、最危险时，她要将佟子的火线引到自己身上。她不能交出小冷……

"以后他来了你就走，我接着。"小冷曾如是说。

小冷，小冷走了没有？

她嘴唇翕动，微弱得连回声都没有了。全岛的人都去看龙舟赛了，不会有人知道她在这里。

血和汗都慢慢干了，她浑身脱水，嘴唇焦渴，眼皮渐渐沉重，只觉得身体越来越冷，光与意识都在飞快地离她而去。眼前一片暗黑了，即使哗的一声响动近在耳边，一道白色天光射了进来，她也依稀难辨眼前的事态，一道人影正在逼近……接着她身子一轻，被人从地上托了起来。一条胳膊撑起她，她伏在一个瘦骨铮铮的肩头上。

耳边是呼呼的风声，无人阻拦他们。

他没走……她在最后的意识里想，沉重地合上了眼。

狍哥等在闹中取静的乌沙海滩。这是一片很小的地方，虽邻着大王海滩，人却很少。小冷回去找小七已有一会儿了，按理他早该回来了，却不知小七为什么也误了时。他前面有两个汉子和他一起等着，都是神色焦虑，过一会儿就要问一声：人呢？

大王海滩已乱成一片，越来越多的人涌过去，哄闹声、叱骂声越来越大，又过一会儿，警笛响了。

小冷和小七仍未出现。

狍哥心里直绝望，知道今天走不了了，他对那两个汉子说："真对不住，麻烦两位大哥先回百花岛去吧。"

他说了这话，便见黑背一个手下匆匆赶来了，见了他就说："出事了！"

狍哥不等他说完，立刻回头朝着兰居跑去。

这一回去就面对一片骇人景象，像是一片无声的战场。黑背的几个手下匆匆忙忙来闪去，关门、打水、找药，却没一人敢说话。中间是小冷，他怀抱着一个血淋淋的小七。

狍哥第一个闪念便是小七是不是已经死了，不是因为她毫无声息，细长的身子像没骨头一样挂在小冷的臂弯里，而是小冷白得像冰块一样透明的脸，那副濒死的神情。狍哥从没看过这样的小冷，从小冷把小七带回来，他就一直是这个样子。

他虽托着小七，却是一指头也不敢碰到她，他不敢碰她的脸，不敢碰她的胳膊和腿，她一身都是伤。吴老太太打了水来，念了几十声"作孽"。小冷拿着手巾和药，他胳膊架空着，有些哆嗦，半天不敢落下。

黑背站在门外，并不插手，只是过一会儿就催着小冷和狍哥："人都集合了，在点名呢，无论如何要先去走一趟。"

"走你妈的！"小冷对他咆哮，眼底逼出一片红，拳头上的骨节节节凸起。

黑背吓一跳，小冷浑身都挂着火药般，稍稍一碰就会炸开一片。黑背心里很明白是怎么回事，他从仓库那边找过来，见库门前佟子的两个手下被小冷打得死活不知，黑背便大致明白了。这时他也不回嘴，只对着狍哥使了个眼色。

狍哥对于复杂或深沉的事并不能领会，但他也知道，小七要是有一点儿不测，这岛上势必会掀起狂风巨浪。

院子里一个细细的声音一直呜呜地在哭，是被吓坏了的勺子。

"姐姐会不会死？"勺子抽抽搭搭地哭着问。

小冷走出去，他的情绪似乎稳定了一些，摸了摸勺子的脑袋："姐姐不会死，那些找死的人要死了。"

这时又有人来催了，让小冷和狍哥马上去海滩。说来了好多武警，把人集合了一个一个问话。

小冷站起来，伸手轻轻碰了碰小七的脸，她仍未醒，药膏在她脸上覆盖了一层仍遮不住下面的伤，脸也已肿了起来。小冷脸上又是一阵痉挛，她躺在那里的样子像万千根刺在扎着他，让他稍瞥一眼就要受一阵刑。他咬着牙，有股水分从眼底逼上来，让他的眼球也一阵刺痛。从未有过的心痛、愤怒，混着巨大的耻辱和自责，让他那张清癯的脸变了形。

夜半时分，小七醒了，差不多是痛醒的。她在黑暗里睁开眼，眼皮刺痛，但脑中已清醒了，知道他们是没有走成。她没有走，小冷也没有走。四周的气味是熟悉的，她知道自己是躺在兰居的卧室里……小冷呢？她心里一凛，她被人这样厉害地上了顿刑，小冷哪儿会肯罢休？

她手指微微一动，立刻便有一只手接住了她，一个熟悉的嗓子在说："疼吗？我马上给你上药。"

她稍松口气，他毕竟还在这里。新一波剧痛正向她袭来，她顾不上，只急着要把话嘱咐给他。

"你现在……别急着找佟子的晦气……"她从肿胀的嘴唇里费劲儿地吐出几个字。她豁出命去保住了他，他这时候要是去找佟子，她这一顿也算是白挨了。

他的手轻柔地握着她的手，没有开灯，黑暗里他双眼闪亮："我不去找佟子。你放心。"

她兀自说："你现在不能去找他们，我们要忍下这口气……"

"我不去。"他说，把她不安的手按在自己胸前，他的心跳是稳定有力的，"睡吧，别说话，什么也别想，歇好了我们就走。"

他轻手轻脚给她换着药，她便又陷入了昏睡中……不知什么时候再醒来时，天仍未亮，他不在身旁。蒙眬里似乎听到细细水声，水一直开着……他在洗手，然后是窸窣换衣服的声音。

等到她睁开眼，他已靠在她床边，依然像依偎于脚下的小兽一样安静，鼻息沉沉地合着眼。他衣服和手脸都很干净，似乎什么也没发生。

4　命如磷火

到了小七勉强能坐起来的时候，她才知道那一天一夜里，小冷闹出了多大的阵仗。

"你没来码头，少爷急着赶回去找你。百花岛的船等不及，走了……那时候已经乱了，龙舟队打起来了！"

小冷从乌沙滩赶回兰居，再赶到仓库找到小七，似乎是顷刻间的事。但换到狍哥嘴里，又是被渲染得地动山摇的一大篇。

"有人对输赢结果不服，不知谁说要打，就打起来了。一大群人都抄家伙，鱼叉、锚杆都上了。那时候乱得谁也管不了谁，接着武警就来了……唉，那时候要跑是一准的……"狍哥对这一幕心有余悸，又惋惜不已。

"佟子呢？小冷去找他了？动手了？"小七浑身的伤让她无法动弹，声音低微地问。

"佟子没事……不过……"狍哥支吾起来，终于告诉她，小冷一夜间烧了佟子在岛上的四家仓库。佟子半辈子心血一夜间全没了不说，这一屁股烂账也无法向老板娘交代。

"你们怎么不拉着他？"小七又气又急，撑着身子坐起来。小冷答应她不去找佟子，却是做得更狠更绝。在他们要走的前夕他闯出这祸，是多大的冒险！而他做下了这些事，回来却一点儿痕迹也不露。

狍哥说，他跟黑背都劝小冷且忍一时，或者要做什么就让他们去。却换来小冷一顿火，我的事要你们去出头？小七是你们的女人？狍哥学着小冷的口气，又说："你知道他的，他要做什么谁拉得住？但佟子也未必就知道是他干的，他只有一个人，谁信他有那么大手笔？大群架刚打过，附近几个岛的人都不肯罢休，说是谁做的都有人信……"

小冷在后面喝了一声，他不知何时回来了。狍哥吓了一跳，端了水盆溜出门去了。

小冷走近床边，不说什么就躺了下去，摊手摊脚地躺在她身边，又翻了个身，脸上有一点儿疲惫和放松。她还在刚才的震惊里，心里又气又感动，又是担心。

两人沉默了一会儿，小冷说："龙舟赛这次后果大得很，佟子焦头烂额，脱不了责任。我这时候烧了仓库，后事收拾起来也够他喝一壶的。趁着这几天乱，我们还是走得了。"他声音瓮声瓮气，一半脸埋在床单里。

"你那天怎么不走？"她虚弱地问。

"我会一个人走？"他不看她，凶狠地说，"你是蠢吗？"他声音忽然变了，似乎嗓子忽然被卡住了，一种略抖的喉音，沙沙的，让人不习惯。

"我要跟你谈谈。"她艰难地说，心里不知是苦是甜。如此一来，他的计划作废，她的苦心也白费了。

小冷朝向她的那只眼睁开了，瞅了她片刻，翻身起来，脚勾过把椅子，坐了下去。

"你现在张一张嘴都痛，别说话，听我说。"他的脸严肃起来，"我从来不跟人解释，但是你不懂事，我就跟你讲一讲。你老是说我没理，今天我就跟你讲理。"

他安安稳稳地趴在椅背上，眼睛朝着她。这向来不耐烦啰唆，从不肯安静下来的人竟要好好坐着跟她讲道理，他还说她"不懂事"。

"你无非是觉得我不听你的，又让你担心了。我告诉你，我迟早会把佟子剁碎了的，眼下只是给他一个教训。你觉得我一意孤行，不懂你的苦心，你以为我不知道你那些傻念头吗？佟子一直在找我们的漏洞，他防备你，也防备我，难道我不知道吗？你以为这是生死签，两个只能活一个，你想自己留下，让我走掉。你怎么不想一想我们是一体的，有一个人留下，剩下的那个真走得了吗？你为我牺牲掉自己真的值得吗？他打你，你不还手不反抗，不为自己辩解，你以为把火引到你身上去，我就安全了？我告诉你，我只有更痛，更痛，更痛……"

他忽然噎住了，那刺痛眼球的水分又逼上来了。想到他在仓库里找到她的时候，她倒卧在地、奄奄一息的样子。那时他跪下将她轻轻翻过来，她的血将地面染红了一片，他觉得他的血也跟着流尽了。

他掉过脸，让喉咙里的一阵哑过去，才接着往下说。

"以后决不许再有这种事，谁来都让他找我。你有你的想法，我也有我的。你发生一点点事，不管起因来自谁，结果都在我，懂吗？你保护不好自己，就是我的事。你要往枪口上撞，你以为这是你自己的意愿，但你是为了我，这就是我的事。如果我让你担心了，那还是我的事。我宁可你在我这里插一刀，也不要你去为我挡一点点事，你懂不懂？你受的任何一点儿损伤，都是我让你受的伤，懂不懂？你受到一点伤，我就会受一万点。我说的你听懂了吗？"

她已经听呆了。她舍出自己去保住他，本不想让他知道，他却已看得明明白白。而他说着这些痛彻的、残酷的话，却像他每天跟她说，衣服放这里，要吃那道菜一样自然。

"真是闲的，讲这么多。"他忽然打住话头，站起来，却又趋前一扑，将脸凑到她跟前，"看着我，把我的话好好记在心里。你要是记不住，再伤了自己，我难免又要变本加厉，做出你更不喜欢的事来。"

这几天，小七一直睡在兰居里的大床上，小冷则换了个位置，像她之前照顾他那样在床边搭了个小铺。无论她什么时候醒来，他似乎都在身边。他像变了个人，收起了那一套嬉皮笑脸，不让她动，也不惹她生气，将一套伺候的活儿做得尽心尽力。无人的时候，他告诉她，还有第二步计划。

果然这一夜他没回兰居，只有狍哥来告诉她，小冷先去布置了，天亮会来接她。

这一夜小七难以入眠，也不敢吃药，心里千头万绪。佟子的态度，阮姐的转变，都在她脑子里交战。另有一丝挥之不去的犹疑，游动在她的潜意识里。

那天在佟子的仓库里，阮姐电话那头忽然插进来的那个年轻的女声，虽是那么微弱的传声，却仍是在她半昏沉的意识里引起一点儿反应……那是谷雨吗？

她脑中的轰鸣声越来越大，从嗡嗡声变成了轰轰声，持续不去……她努力让自己静下来，却是越来越巨大的响声破空而来。她忽然意识到那不仅仅是她的头痛，在身体之外，真有一股毁灭般的大力。

她暗叫不好，摸到门边，一下推开了门。一股浓重的夹着海腥味的飓风扑面而来，冲击得她退了一步。再看，如注一般的雨急冲而下，像半空中悬了一条河倾泻下来。而海水怒号着，卷起墙一般高的浪头，反击上去。海面上是白茫茫一道屏障。平时热闹的海滩被砸打得光秃秃一片，没有一个行人，没有一条船。

小七扶着门框的手无力地垂了下来。他们精心计划了这么久，一变再变，等了这么多天，挨了这么多苦，这么多生死关头……终于还是输给了老天。

雨整整下了三天，隔断了天地，凝固住了所有的船，封住了所有的退路。

所有人都停了工，佟子自从端午那天后不知是真的忙着处理一身烂账，还是忌惮着小冷，一直没再出现过。

小冷也一直没露面。

小七已勉强能下床活动。这几天里狍哥和吴老太太守着她，不许她往外跑。这次的事对小冷打击不小，端午未走成，计划一再改变，最终却被这场大风暴阻了路。而百花岛自从在端午龙舟赛上挑衅打了一场群架，他们的人也不能再轻易踏足蛏背岛了。

无论如何，这次的端午计划是失败了。

第三天，雨停了，到了晚上，月亮升起来了。小冷仍未回来。

小七想了想，说："我知道他在哪儿，我去找他。"

她既这样决定了，狍哥等人自然拦不住她。她向着岛的南边而去，这里地势高而陡，白天里爬这山都有点儿费劲儿，更别提视力模糊的晚上了，而她还遍身是伤。

她爬了几步，就要停下来歇口气，汗珠顺着头发渗出来……她只希望自己没有猜错。

到了后来手脚并用，粗粝的山石磨着她身体各处，她实在走不动了，就靠在石壁上喘息。月牙像一只安静的小手，静静地点缀在银灰色的天上。

一只手臂伸过来揽住了她的腰，那股熟悉的热热的气息围住了她。

"狍哥是死了吗，他们都死绝了，敢放你出门？你也不想好了，就敢一个人跑上山？"小冷的声音和他的手心一样有点儿不稳，有点儿怒意。

她嘘了口气，提着的心放下了，才觉浑身疼痛，四肢脱力。小冷上下看了她两眼，一声不吭地将她背起来朝上走。眼前正是那棵许愿树，高高的剪影像一个孤独的巨人。

小冷放下她，将自己的外套铺在地上。他们坐在山头看着远远的海面，灯塔闪了两闪，海面掠过一条浅浅的光带。风声和着浅浅的涛声，让山头更显岑寂。小冷刀凿般的侧影没什么表情，便显得有些萧条。

小七忽然看到一点银光，微细地闪了两下，像月光一样淡，在这点点闪耀之下，海愈发深沉无边。

"那是什么？"她问。

小冷凝神看了一下："是海里面的微生物。"他轻声说，"看。"

两小点银光闪耀在不远处，晃一下，消失了，一折，又悄悄地闪现了，萤火一样游走在沉甸甸的海浪里。

"像不像萤火虫？"他问。

"像磷火。"她说。

"你见过磷火？"

"我小时候去坟地捡过东西。"

"等我死了就会变成海里的这些磷光，你看到就知道是我在看着你。"小冷说。

平时他说这种鬼话，小七已听习惯了，但这时心里却微微一痛。这骄傲的少年受到挫败后也跟个受伤的动物无异，宁愿自己躲起来。世界对他是遥远的，小七想，他真的像极了曾经的她。

"不是你想的那样，你的计划真的……很棒。"她由衷地说，"除了你，没人能想得出这么周详的点子，我也想不出。你是我见过的最聪明的人。"她一向不擅长宽慰人，而她的话对他总是有作用。

小冷偏过头："太聪明的人命都不好。"

"谁说的？"

"我妈说的，我小时候跟我妈住在山里，后来，又来这岛上。我妈妈不希望我太聪明，她希望我做个平平安安的好人。她说，我爸就是太聪明。"

这是第一次，他开始缓缓地说起自己的从前。

他说，他少年时才回父亲身边，那时候性格已经很难管束。妈妈是个善良的女人，一直教他学好，但跟了父亲后，截然不同的环境和人事，让他发现光学好没有用。

"但你爸爸很疼你……"她说。

他俩之间很少有这样认真的谈话。

"是吗？"他玩味地笑一笑，有一点儿自嘲，"我爸并不像你们想的那样。他是个军人，不会一味纵容我。我想要什么不是勾勾手就有，他训练我自己去得到。出了什么问题，也不是打一架就能解决，否则我不会是现在这个样子。"

"你现在也很好，真的……"

"我哪里好？"他截住她的话头问。

她不知道怎么说，他明明乖戾极端，不择手段。

见她犹豫，小冷嘴角撇了一撇："你也像他们一样，觉得我又狡猾又无情。我曾经也很热血，很单纯。我小时候差点儿被狼吃，但它们没有伤害我，动物比人可爱可信。你不知道，最亲近的人也会忽然给你最致命的一击。我生平最凶险的一次鬼门关，就来自最想不到的人，后来，"他轻轻一笑，"我就学乖了。"

小七想，他最险的那次难道不是她推他那一把？没有那一下，他何至于坐了几年轮椅。

"我爸觉得亏欠了我和我妈的，但他这么多年都没有上岛来看过我妈一眼。因为这个，我第一次想杀人，想杀了我后妈。"小冷淡淡地说，"你看，我从小就不是好人。"

小七心里有一些难过，也有一些明白，这样水火不容的继母子关系。她沉思着，说："我爸对我妈妈很不好，我妈妈去世前也没能见我一面。我小时候一直想杀了我爸……后来我爸快死了，我回去看了他最后一眼。"

她从不出口的那些话，也居然就对他说了出来。她说起那个道道电光劈开天幕的晚上，父亲在自己身后死去，她站在家乡的山头，仰面看着天穹，天地茫茫无处可归的孤独："以前我很仇恨人世，不愿看到别人幸福。我跟人抢男朋友，抢他们心爱的东西……我不在乎别人恨我，只要图一个过瘾。"

"那个霍思垣是你抢来的？"小冷一直静静听着，这时才问一句。他本不指望她会认真回答，但她说："是的。"

一阵古怪的停顿，小冷竟没有嘲讽她。但他的沉默里有一些异样的东西，像浪潮过去，露出了磷光闪闪的海滩一般，有什么沉了下去，又有些别的什么浮了上来。小七意识到了这沉默里簇动的危险因子，她试着将刚才的话题继续下去。

"我是想说，你是哪种人不是你自认为的。你长到这么大，不是所有人都对你好，但你仗义，不会丢下我一个人走掉。你爸让你失望，你还是豁出命地去保护他。桂桂虐待你，你还是放了她一马。"她吸了口气，"也许你觉得愧对你妈妈，但你不是你想的那种坏人……"

他将远远投向海浪的目光掉过来，盯在她脸上，又是那样灼灼发亮了："那我是哪种人？"

"不是的，小冷，我不说你是好人还是坏人，你是个天生的领导者，或者也可以说，是个天生的罪犯。你能杀人也能救人，你处理的方式不同，它就会变个样子。你是个很奇异的人，有时候让人害怕，但你身上的劲头会让人不由自主地跟着你走下去。"

他长久地注视着她，许愿树将枝叶的影子投在他们身上，像无数条手臂护着他们。

"我是哪种人，你总会知道。"他缓缓说，"那么你今晚跑出来就是不放心我？你就用这两条腿爬了座山，你怕我灰心，想不开，来跟我讲这么多话？"

她忽然有点儿语塞了："狍哥他们都在找你……"

他横过手臂，抱住了她。不同于以往的孩子气，这是非常有力和男性意味的抱拥。他的胸膛明明清瘦却宽阔无际，长长的胳膊轻易就将她整个圈住，将她捺到他胸前。这时他是个成熟的男子了，她忽然变得很小。他的心脏猛烈地搏动着，热气扑在她耳边，把她那点儿解释和闪躲都摁灭在胸膛里。

"你放心，我一定会带你走的，我还要带你去看我妈妈。"

你必须属于我

端午之后，佟子消停了很多，他没有再来找小七的麻烦，但双方都知道，那根弦已越绷越紧，随便往哪里扔个火头，也许就会"腾"地蹿出一堆火。

黑背这几天来得也少，往佟子那里跑的次数却多了，问他，他说赌个小球玩儿玩儿。

蚝背岛的人好赌，赌注本来就五花八门，恰好这一年又碰上了世界杯。

佟子的仓库正在日夜赶工重建。他们将大电视搬到户外，又悬空拉起十几条带着彩色小灯泡的线，放了一圈高高矮矮的桌椅，弄成小酒吧的样子，预备到时候几十人一桌一桌地边喝酒赌钱边看。佟子在龙舟赛上吃了大亏，仓库被烧更让他损失惨重，这时他憋了口气要在赌球上赚一笔。

在这种局势下，小冷每天仍面色不改地去上工。老伍和小史每天摩拳擦掌，自然也拉了小冷一起来玩儿。小冷认真地看他们下注，两眼都是向往："这么带劲儿，真像过节！"

"不看球不赌球的男人不叫男人！"老伍说，"怎么样，下两把？"

小冷笑而不答，过一会儿说："我女人不许我赌。"

旁边人一起笑了起来，小七的厉害大家都是见识过的。

小冷回去告诉小七，就在这球赛期间，一定要走。

他语调平静，但小七心里一凛，知道他一直在等的新机会来了。

小七的伤已好得差不多，但不安从未稍减。除了顾忌佟子，事实上，小冷已成她最大心病。

现在，她跟小冷之间，似乎又微妙了一点儿。从她受伤后，小冷在她床边说的那一番话，加上计划失败，两人在许愿树下那一夜清谈，两人皆脱下了面具，更亲近了一层。而小冷对她的照顾，虽无微不至，却有理有节起来，他变得小心和克制了。

"你不能动，就这样乖乖的最好。"小冷给她换药时说，"你翅膀一硬就不听话，折腾人。"话虽不客气，他却说得笑眯眯的。

她要换衣服，他便出去换吴老太太进来照顾。晚上他们仍睡一房，他每时每刻都留意着她的需要，但他小心地管住了自己，她不叫他，他便一动不动。从前他那样迷恋着她的肌肤、身体和气息，有点儿机会都要碰她、蹭她一下，现在他对她欲望仍在，热情更甚，却小心地收起了那些让人气恼、燥热，却又心痒的小动作。

在这样的克制里，两人间流动的气场愈加微妙，每一秒的相对里都有着细微的颤动。小七知道，有一个她担心的时刻就快来临。小冷的克制和他灼热的眼神是同一个意思，一个她宁愿不懂的意思。

海边温度越发燥热，雨季里收起来的帆布这时全被拖出来晒了。木条遍地，渔民们为来年造着新船。等雨季差不多结束，又是一连好些天的干燥。

这是一艘私船。骨架已经成型，两个人骑在木杆上，拿着锯子正锯，其中一个正是小冷。他手边放着大小不一的几把锤子和一个电钻，干活很卖力，闲下便和船员嘻嘻哈哈打成一片。到了中午，其余员工都去吃午饭了，小七便来给他送饭送药。

见小七过去，小冷把一把工具掏出来，也不回头，反手递给她："收起来。"

"你想干吗？"她顺手将工具装进衣袋里，问他。

"偷船。"他轻声说。

她吓一跳，朝四处看了看，远处几个人正齐声呐喊着将一台沉重的发动机抬上小卡车，十几个精壮汉子正准备检修一条铁驳船："偷船？等着他们给你一锤子。"

"百花岛郝大哥还欠我一坛酒，迟了就喝不上了。"小冷神色轻松自在，他手一按船舷跳了下去，扑了扑衣服就往前走。

"你去哪儿？"

"鬼村。"他头也不回地道，"你要是担心我，晚饭前来找我。"

小七一下午都在犹豫，拖拖拉拉一直到了近傍晚才迈开步子。她一向爽利，人生中向来自己拿主意，如今却有些力不从心。小冷，已容不得她故作懵懂。

天空一幅壮丽景色，火烧云在傍晚燃烧到极致。小冷独自坐在鬼村尽头的小海滩上，背影像入定一样寂静。

听到她的脚步声，他站起往前走，知道她一定会跟上。

一路向下，山脚杂林的最深处在头顶一道一道形成拱形，小冷在前，手脚并用地扒拉着那些杂树枝开路。他果然是这里长大的，无数隐秘的地方像被他翻开的一个个魔法口袋，一道生锈的铁闸门赫然出现在眼前。

"以前废旧的基地，不用了。我爸狡兔三窟，就把这里给占了。"他露出一个嘲讽的笑。

"那，船呢？你打算拿什么船走？"

"不要的废船。"他说。

"我以为你要偷那条新船。"

"我这阵子对那条新船那么上心，我不见了，人人都以为我会去偷新船，我偏不。"

这又是一个出其不意。小冷脸上平平淡淡，往日他做出什么令人吃惊的事，总要孩子气地前前后后缠着她求赞，现在却是淡淡地一句带过。

他牵着她走向另一侧的小密林，这是鬼村的另一个入口。他不说话，她也不说话，他带着她绕着鬼村走了一圈，又重回到那小海滩，他才放开她。

"为什么绕这一圈？"她问他。

"小时候我常去那里躲起来，我妈就总能找到我。"他顿了一顿说，"我妈妈就埋在那里。"

小七心中一紧，不由得回看一眼。那些年复一年的落叶积深，那些无人过问的所在，似乎都成了一种隐秘不语的情调，保护着一个年深月久的秘密。

"我带着你走一遍那条路，我妈就看到你了，我要让她看到我们。"他表情肃穆，带着不多见的庄严。

天空那些燃烧的云块正喷薄着，像一只展翅的凤凰，昂起头，仿佛要不顾一切地向前冲去。前方的云层则层层堆砌成一座着火的城堡。这一幅景象使人心惊，小冷便站在那云幕之下，头顶着这一幅骇人的图画，他身后是鬼村那正逐渐暗下去的层层绿障。

他在身上掏了一下，将一样亮闪闪的东西递到她面前："这个给你。"

是块他自己磨出来的铁牌，薄薄的一片，拇指长度，用的也是船上的零件。和上次的竹片一样，小冷在上面一笔一画地刻上了两个人的名字：罗小七、战冷疆。

"你知道，如果我们逃出去了，也许会变一个局面。我不想让你再为那些事担心，我不想等到那时候，你又要被新的难题困扰。"

他原来也早想到离开后的种种困境和为难。

亮闪闪的牌子灼着她的眼，她呼吸不由得急促了，意识到自己一直逃避的那个时刻，已经正式逼近眼前。她看着那牌子上的字，那个"疆"字依然还是少刻了一笔。

"我不想再等了，你现在就做我的女人，我们一起走。"他高她半头，气息迫人，这危险的少年也像一只火凤凰，他的注视与拥抱一样有着致命的分量，她无法逃离，也无法回避，唯有同样举起视线与之对望。

"小冷，等你见到的女人多了，就知道我并不是你要的那一个。"她徒劳地说，知道这一套对他毫无用处。

小冷细挑的眉峰耸起，向她逼近了一步，两人间的距离不过一个手掌。

"我知道我想要什么，我想要的东西从来就不多。开始的时候，我想要我妈回来。后来我出了事，我爸也出了事，我就想要救我爸。我随心所欲，但不是为所欲为。现在我想要跟一个人在一起，她会一直懂我，陪我。那个人就是你，没有别人，只有你。"

他总是这样，简简单单地说出他要什么，不要什么。曾经她也是这样直接和刚烈，她是片随风飘来的叶子，本没有根，是思垣接住了她，种到他的花盆里精心灌溉，是思垣的爱温暖了她。

"你不明白，你只是需要我……"她说，"赌输了可以翻本，即使是受重伤，被迫害，被算计，你也有最后的底牌。小冷，你从没经历过一无所有的绝望。"

他双眉竖起，一把将她拉了过去："是我不明白，还是你不明白？你宁可被打死也要救我，你凭什么？"他的手臂牢牢箍着她，他的怀抱也像着了火一般。她的心脏在这一瞬"怦怦"急跳起来，他一定听到了，在她耳边短促而模糊地笑了一声："这样你还能说你不喜欢我？"

但她在这密不透风的怀抱里，眼前仍是浮起霍思垣的样子："你不懂……等离开这里，我们都会回去，回家去。"

他的唇重重地按在她头发里，像一枚火烫的印章："家？你有吗，你还回得去吗？"

"我有。"她说，"只要霍思垣还在找我，他就是我的家。"

他哑了一下，胸腔里轰轰作响起来："又是霍思垣！你是有多傻，你怎么就不明白你只是想报答他！"

"我说的这样东西不是报答，这是……是你没有体会过的东西。"她慢慢说，"我刚认识他的时候，他是个大少爷，我把他从一堆女人手里抢过来，他不在乎我骗他，他一直尊重我、相信我，不会利用我。他为我坐牢，失去前途，跟家里闹翻。我被弄到这里来，他就一直在找我……天底下就只有他一个人，能不计前嫌地这样对我。如果活着只剩下一天，他也会用这一天来找到我。"

小冷定定看着她，她心里的感情和决心溢出来，让她的脸尤其动人。这不属于他的温柔和坚决让他默然了，半晌，他将手从她肩头撤离，笑了笑。

"所以，我就只是需要你、利用你，我跟你在一起只是要满足自己，我喜欢你只是绝望里抓住的一件武器，需要时拉拢的一个同盟？"

"我不知道我对于你是什么，"她有些无力地说，"也许我是不识好歹的，但我这辈子……我不想再去体验另一个人了。"

四下里已黝黯下来，两人仍僵立着。那幅火凤凰的油画仍挂在天幕上，热度却已退了，在向晚的风里，一动不动化成了一把蓝的灰烬，着火的城堡也冷却下来，像一座化石。

海一日比一日蓝，蓝得逼眼，望久便眼泪汪汪。众所期待的世界杯球赛终于到来了，佟子真的将刚修好的仓库简易改造，布置成粗陋的酒吧，又拉来几车的啤酒，各种配备物品一应俱全，一个月的狂欢便开始了。

蜈背岛的男人们每天似过节，他们一改往日的勤劳，无一例外地睡起了懒觉，白天应付性地把日常事料理了，不到晚上就已精神百倍地等着去海滩的露天酒吧看球赌钱，吹牛喝酒。

小冷不动声色地做着日常的事，经历过打击后的少年，再次展现了那完美遗传自战烈的冷静，以及日趋成熟的意志。他甚至有闲情带着勺子下海嬉戏，在每个烈日下沉的时分，一大一小的两个人光着上身，露着黝黑的皮肤，一趟趟地与海浪戏耍着。

小七一边给海产品的塑封打钢印，一边远远看着那两个开心的人，她知道，在这风平浪静之下，一切正在进行。

俞瞎子的小调声又幽幽地飘了过来，俞瞎子不需要去看世界杯，这岛上如果有一样东西是不变的，就是这老人每天雷打不动的唱戏。

这时下海的两人回来了，都光着脚，只穿着短裤。勺子撒开脚丫子湿答答地踩了一路的水印，说："奶奶说今天大新回来，她不过来了！"

小七心中一动，说："那咱俩今天去大新家吃饭，现在就去。"

小冷正仰头咕嘟嘟地灌着水，闻言转过脸，他一身晒黑的皮肤，泛着相当健康的光泽，瘦长的骨架上已有力地撑起一层肌肉。他不错眼地看了她几秒，她不知怎么心里大跳了一下——他很久不这么看她了。

从上次小冷正式地表白与她直接地回绝后，两人间像打上了一个休止符。小七原来担心他会再生事，但他竟一声不吭，硬是生生按捺了下来。他本就是靠着非人的忍耐力过了这些年，这一次他又勒住了马头。

事实上这个阴湿绵长的六月，他状况频发，屡屡发病，又缺医少药，只靠着吴老太太的草药撑着。稍好一点儿，他便又去船上工作。

他也不要小七照顾，发作时就自己撑过去。两人同住在兰居，一个楼上一个楼下，她有时候会听到他半夜忍受不住的低低呻吟，伴随着砰砰的撞击声。她赶去楼上，他房门紧闭，里面的声音已停止。第二天他脸上基本都会添一道新伤痕，却不让她过问。

这一次的冷战非同于上几次，那时他不过怀着闷气，一意要引起她的关心，现在他对她礼貌中带着回避。那些平时一定要她做的事也尽量不找她，他甚至会说"谢谢"。小七给他盛饭，他接过去会低声道一声谢。破掉的衣服他脱了交给吴老太太。只要小七进了屋，他便起身走了。

吴老太太奇怪地看着他俩，连"作孽"都忘了说。

小七努力熬忍着。她想，不怪他这样冷淡，鬼村边的那个傍晚，在他妈妈的注视下，他那样炽热，她却仍是拒绝了他。她拒绝得如此无力，然而这无力却正是最残忍之处。

她又想，这样也好，离了岛后大家各走各的，胜于啰唆、节外生枝。

想到"各走各的",她心里便刺了一下,整个人像被一张渔网裹住了全身,有点儿烦躁,还有点儿低烧。

但小冷今天有点儿奇怪,他目光紧紧地盯在她身上,分明是有所留意。晚饭时她装了一篮啤酒,带着勺子要出门去,他在她背后说:"大新总要待几天的,你干吗这么急?"

"我去去就回。"她答非所问。

她走了两步只觉浑身不自在,回过头,果见小冷仍目不转睛地盯着她。

绝不放手

几小时后,小七已在吴老太太家里跟大新把那一篮子的啤酒都喝完了。大新还是没有霍思垣的消息,倒有了关于桂桂的下落。有人看到了失踪的桂桂,她似乎被人救了,现在做起了小生意。被谁救了?大新却又不知道了。

但眼下小七心里另有了打算,她缓缓地引入正题。大新仍是面无表情的,不点头也不摇头。小七也不急,她知道大新是个不多事更不惹事的人,但他厚道。

"你肯不肯帮我这一次?我保证不会连累到你和你妈妈。"她说,"你不用现在就答应我,想好了再说。真的为难,我也不怪你。"

大新的黑脸膛僵得像面戏台上的面具,厚厚的嘴唇突出来一截,似乎有点儿不满,又像是默认了。

从吴老太太家出来,小七的心情有点儿茫然,也有点儿轻快,想,大新最后的反应就算是天意吧,她不忍心做的抉择,老天会替她做出。

多喝了两瓶,她头有些重,也不急着回去,就沿着乌沙小海滩往回走，想散散酒。这一片很安静，绕过一个仓库，只见碎片遍地，火灼的痕迹仍在，框架只剩下一半。这也是小冷那晚的杰作之一，尚未来得及收拾。

一个影子挡在了她的前面。她微微一惊，步子有点儿不稳，差点儿收不住脚撞上去。

"你在这里干吗，偷偷摸摸的，不怕人看到吗？"

"我每晚都在这里。"小冷说，目光将她全身一扫，"喝得不少吧？"

见他冷冷的目光逼视着她，她身上燥热，脸也一阵发烧："我回去了。"

这次他没有放过她，一把拉起她："跟我来！"

他带着她迈开长腿踏在软塌塌的沙上。像往常一样，他身上的热力立刻传到了她身上，扑面的风也让她酒后发烧的脸颊一阵凉快。他将她带到他一直在修的船上。两人从舷梯上去，船身离地面很高，离天空便又近了一些。尖尖的船头翘起，像一轮弯月。小冷手撑住船舷，向前倾下身，海风将他一半头发都扑到他脸上。

"有什么话要说吗？"小七一边问，一边迅速地把自己被刮乱的头发打成一个结。她心里警惕，知道他今天不好惹。同时又有点儿奇异的畅快，跟他这么牵手跑了一阵，竟让她连日来身心的滞重都扫了一大半。

小冷转过脸，若有所思地打量着她："我们两天后走，两天后世界杯决赛。"

她不由得攥起了拳，自端午后，终于，一个决定性的日子又要到了。

"需要我做什么？"她问。

他又对她打量了好一会儿，才慢吞吞地说："我要你讲实话。"

"什么？"

"你去找大新干吗？"他冷冷地问。

小七头皮一紧，立即告诉自己别上当，小冷纵使精似鬼，她也不信他一眼就能看出她心里的主意。她说她去看看吴老太太，顺便谢谢大新，人家母子帮了这么多忙。

他仍是冷冷看着她。

"回去吧，要变天了。"她说。适才的好天色果然已变了脸，那几颗小星已被一层层的云霾吞没，风说来就来了。

"说谎。"他站着不动，外套鼓满了风，帆一样撑起，"你是想跟大新的船走。"

她惊得抽了口气，他简直是个鬼，是她肚里的蛔虫。

"大新怎么会听我的。"她嘴硬地反驳，"我不跟你一起上船你能放过我？"

她的本意是跟大新约定，等她跟小冷一起逃去百花岛后，再让大新偷偷来百花岛接她。虽不了解百花岛的情况，但总不会像蜈背岛这样守卫森严。小冷到了百花岛，多少也会松懈一点儿，她总能找到机会脱身。

"你听好了，你只能跟着我走。你想跟我玩花样，想来个中途换船或者到哪儿让人来接你，门儿都没有。"小冷说。

她脑子里仍然旋转着，但，骤然间，一个念头像一颗子弹穿过了她的思维，她明白了。

"大新是你的人？大新也是你的人？"她不可置信地问。必然是这样，也只能是这样。但他什么时候居然把大新也收了？

"你说收？我不用收他。"一个冷笑让他的嘴角下撇，像往常那样蔑视一切的表情，"你忘了我是在这里长大的，大新刚脱了开裆裤就跟着我了。"

她怒得发抖，这样一想，大新从第一次来送药就已经认出了小冷。大新曾那样久久地站在小冷的轮椅前，久久地打量他。那样木讷的人，却会主动帮他们煎药，在佟子等人问讯的时候保护了他们。这些日子里大新每次来兰居，跟小冷之间没有任何异样，但他们一直有私下的交流。而她，就被他们蒙了那么久。

"吴老太太也早就认出了你？"她抖着声音问，"这岛上还有谁认得你？"

"那老太太，从小就怕他儿子被我带坏，她来做饭，照顾我们，也是对我有防备。这岛上的外来人大多不认得我，至于那些土著，他们看到的是个傻子。"小冷说着，忽然抬眉咧嘴做了个狰狞的鬼脸，正是他每每出门常做来吓唬小孩子的那一种。

小七怒不可遏，这当儿她真想把面前的这张脸砸烂，永远不能复原："你让大新来监视我……"

"我不会让任何人监视你，但我不想被任何人瞒着，尤其是你！你私下找大新我早就知道，我一直忍着，我想你自己告诉我！我一直在等着你。"

她不听这些："所以你早就跟大新串通好了，你俩演的好戏，存心等着看我的下一步？"

他也一步不让："我要想看你的下一步，就在海上把你劫了，不管是这里还是百花岛，你一步都走不了！我为什么要现在来问你？"

她有点儿语塞，但怒火仍堵在胸口："谁知道你还有什么鬼点子，谁知道你还有多少事瞒着我！"

他竟一阵迟疑："……你以后会知道的，我所有的秘密你都会知道的。"

"我不想知道你的任何秘密。"她说。

她转身想下船，他又一把拽回她，动作又生又野："你别跟我赌气！你能不能听话！你跟我走，我以后不会再有任何事会瞒着你和骗你，真的！"

"我上次就说了，这里的事完了我们就各走各的！你没有听懂吗？"她大声说。海风猛烈地刮在他们头顶，她头越来越痛，酒意轰轰地烧着她。

他的脸凶狠起来，死死攮着她，朝她逼近了一步。风一阵猛过一阵，一根小小的旗杆忽然拦腰断成两截，朝他倒头压下来，他竟动也不动。她忙去推他，他的身体又似铁一样硬了。

"发什么疯！"她冲他低喝。

"我就站在这里不动，如果浪没有把我卷走，你就跟我走。"他说。

"不要命吗？"她对他吼，抓住他的手臂。

但他只是咬牙攮紧她，也不闪避："我当真死在这里，你就再也没有一点儿后顾之忧了不是吗？"

她心里一阵刺痛，不知道是为自己还是为他。

"跟我回去吧，你看这浪。"她把口气放软。确实是要起风浪了，像隐隐有厮杀声自远而近，船身已开始晃动。

"我跟你回去，你跟我去百花岛，我什么都不瞒着你，你也别再去找那个人。"他一步也不放松。

局面又被他逼到了死角，这个软硬不吃的战冷疆。这些日子他们彼此保持着距离，她以为他收敛了，谁知他在这时候又旧事重提，且让她退无可退。

"你怎么就不明白？我们才是天生一对。"他吸口气，压着脾气，也压着嗓门儿，"你要走，只能跟我走。什么霍思垣，我一根手指就能捺死他。"

她忽然打了个寒战。小冷若当真发了狠去对付思垣，思垣绝躲不过。她手心里攮出了汗，两人狠狠地对峙着。

"怕了吗？"他讥诮地问。

"我怕你活不到捺死他的那一天。"她咬着牙，甩开被吹得凌乱的头发。

"是吗？你要不要试试看？"他也咬着牙。

两人像杀红眼的仇人般狠狠瞪视。

"战冷疆，你可能是没有被女人拒绝过。但你听清楚，我不属于你，你拦不住我。从前是你父亲，现在是你，你们父子俩一样的强横霸道，但是我告诉你，行不通。我想去哪儿，想找谁，谁也别想多嘴半个字！"

他眼里骤然冲上来一股白光。从小到大他身边的女人只有小七敢抵抗他，一次次推开他。她伤害他，也保护他，她对他好，也对他恶，给他一片黑暗，也给了他光明。小七究竟是什么样的女人？她让他宁静，也让他疯狂。她带来燃烧和甜美，也带来痛不欲生……现在他已经不要命了，她却还是要去找那个霍思垣。

暴怒和伤心使他哈哈大笑："好志气，好有种……我现在就做了你，再带着你去找霍思垣。"

他双目瞪起，上前一步来揪小七，她虽早有防备，但他快得像一头豹子，小七闪躲了几次都被他抓住。半空一声霹雷闪过，浪头大起来了，船身开始摇晃。他一手把住船舷，一边去拉她。她憋住一口气，手肘又向他胸口猛一撞。又是一个炸雷响起了，船身剧烈晃动，纠缠中的两人双双失去了平衡。小七所在的船头明显翘高，再一个猛烈的晃荡，她把持不住，向着船下栽去。

小冷脸色大变，他刹那松开了栏杆，张着身体对她扑去，抱住了她，两人一起摔了下去。

岛上没有医生，狍哥从岐山镇诊所硬是拉来一个。那医生年纪尚轻，两条裤管到胶靴沾满了黄泥，气喘吁吁，背着个老式的药箱。狍哥也不让他先歇口气喝口水，便推着他去里间看依然昏迷的小冷。

小冷从船头摔下后便失去了知觉，他摔在沙地上，怀中兀自抱着小七。所幸头上没有大伤，但他始终未醒，喂口水便直吐了出来。

这医生翻了翻小冷的眼皮，搭了脉，听了心跳，却不停往外瞟着天色，说这天气，再不走船就开不了了，他得赶紧回去。

"你先看了病再说，我保证把你好好地送回家。"狗哥说。

医生仍是嘟嘟囔囔，最后索性停了手，说，他们诊所跟这里的佟哥是有约定的，凡是医生上岛，要经佟哥点头，先去佟哥那里点到。他现在被硬拉来这里，万一佟哥问起来……

小七一直守在床边，这时霍地站起来，医生尚未反应，一把雪亮的东西已抵住了他。

"你怕佟子不放过你？你看好了，我这把刀也一样杀了你。你看不看！"

狗哥忙拉住小七，说："他脑袋受过伤，经常会痛，会不会有影响？"

医生一边哆嗦一边说："也许有血块，这都说不准，你们还是带他去正规医院吧。"他不敢看小七，小七眼也如刀锋一样瞪着他。

黑背在旁看着，忽然说："医生，你看他会不会是…装的？逗我们玩儿呢？"

医生瞪他一眼，这一眼倒挺有威严："装的？亏你想得出来！"他扒开小冷的眼皮，拿小手电照着，"你自己看！"

小冷的眼珠子被强光照射着，却一点儿反应都没有。

雨已经落下，果然是没有船开了，黑背让医生暂住一夜，也帮着看着病人。几个人来来去去，最后仍是留了小七守着小冷。

吴老太太进来，见小七在床边给小冷擦着身。小冷脸上有一片擦伤，她也不敢搬动他的头，只解开了上衣。吴老太太说："你俩就是前世冤家，躲也躲不过去，这回快半个月没说话了吧？"

小七默然无言，她没数过日子，吴老太太倒替她记得清楚。她将手探进小冷敞开的衣襟里，一寸寸摩挲擦拭。小冷细致的五官因无知觉显出一种安详，他薄薄的皮肤和那新长出的一层韧韧的肌肉都仿佛随着她的手势湿润、活动起来。

这副身体她也有许久不碰了，每回他想要亲近她，都要煞费苦心。

他曾软磨硬泡，用一把梳子哄得她碰他一下，在她的手下，他放松自己安心地睡着了。就像此刻，他又像回到了尚未从轮椅里站起来的那些日子，他将自己交到她手中，灵魂和身体一样乖觉。当她握住他的手，感觉到他的手指有一些微微的力度，在与她的手掌呼应。

"一个人不好了，苦的是两个人。"吴老太太又说。

小七感到有东西滑过自己的眼角，很快落了下去，有一滴泪落到了小冷的胸膛上。她伸手去擦，他脖子上系着一条绳子，挂着那枚她不肯接受的铁片，刻着他和她的名字。

她想起了什么，问吴老太太："你说那个许愿树，真的灵？"

"多少人都去挂，挂了多少年，你说灵不灵？我给他熬的草药，有一种就是长在许愿树下的。"

"要绕三圈？"

"一圈都少不得。"

小七起身，转来转去地找红带子，屋里却是没有。墙角有一堆旧渔网，她拉开看了看，从里面拉出一条红网绳，抻了抻，抽出匕首割下了长长的一条。

见小七站起来去拿雨衣，吴老太太吓得愣了几秒后才说："姑娘，你不会现在要去吧，你别发疯！你看看外面，这大风、这暴雨要把人吞了似的。那可是悬崖！你等天亮，叫个男人来陪你一起去！"

小七看一眼小冷，他躺在灯光的阴影里，晃动的灯影晃在他起伏不平的脸上，处处是阴影，他像亡灵一样寂静。她咬咬牙，开门走了。

吴老太太瘫坐在椅子里，听着外面一阵一阵的风号雨泣声。

天刚亮，那个年轻医生头发蓬乱地又被狍哥押进来了，他还是老三样，搭脉、听心跳、量体温。小冷双眼紧闭，脸色在苍白的天光里似乎清明了一些。

这时阿黄、大白呱呱叫起来，门被推开，一个浑身泥水的人进来了。

狗哥瞠目看着眼前人，好一会儿才说："小七啊！你去哪儿了？"

小七脱下头戴的斗笠，头发随着泥水一起披挂下来。她的人也是一副土色，浑身松散，随便戳戳就会倒下去一样。她眼窝深陷，看向床上的小冷："怎么样了？"

"还没醒……"狗哥接着又看见小七的手，"你手怎么了！"

吴老太太急着给她拿干衣服，一边说："你懂做啥要绕树三圈了吧？那是以命换命呢！"

小七一只手掌上血仍未干，她抬起看了看："我的命本来就不是自己的，给了谁，都是还债。"

雨在门前积成一道道湍急的溪流，狗哥犹豫着说："明天这雨再不停，再不能通船，恐怕就……"

黑背掏一根烟，抽了两口，问狗哥："这医生你从哪儿找的？"

狗哥说岐山镇。黑背皱着眉，欲言又止似的，终于还是忍住了，说，明天再看吧。

一丝不安掠过小七心头。她回头看一眼，黑背明显地焦躁着。等他们都出去了，她关了屋门，实在撑不住了，就趴在桌上，那片不安的阴云一直在她心头停着。

不知过了多久，也许只是一瞬，暴雨已转成了淅沥的细雨。

她过去小冷床边，将他床上被人坐过的地方掸一掸，又去试他的额头。他体温是凉的，脉搏和呼吸都算稳定。她略略放了点儿心，要将手放下，却抽不出来了。

"这里。"小冷闭着眼说，拿着她的手点了点自己的嘴唇。

小七一惊挣开手，啪地跳了起来。

"嘘，别说话。"他一手攥紧了她，眨了眨眼，他的眼睛像白炽灯一样清醒。

逃离蜈背

"你……"她简直气结，他果然又骗了她，"放手！"

"我放手你会不会揍我？"他幽深的瞳孔里小火苗一蹿。

"要不要试试？"她恨不得扑上去揍死他。

他使力将她拽到眼前来，简直要鼻尖相碰了，他将嘴巴贴住她耳朵："黑背快反了，等船通了他就要去海市。"

她一惊："你怎么见得？"

"刚才他的话我都听到了，他害怕那个医生泄露这里的事。权衡来去，还是姓阮的女人才是他主子。"

"你一直就清醒着？"

"不，只是醒得比较及时。"他不怀好意地说，"你为什么去许愿树？怕我死是不是？"他说着，一眼看到她手上和脸上的伤。他的笑收起了，一手按住她，开始查看她的伤。

她将手拔出去，问他："我们还走不走？"

"我们？"他敏捷地反问。

她无言以对，想挣开手，他哪里肯放。他脸上伤痕俨俨，她脸上也有同样的一片。她头发上有雨水的味道，他怀抱里则是少年人那特有的血气，还夹着草药的微苦。

"叫狍哥开船，我们夜里就走。"他压着嗓子说。

"这天气船怕不开，遇到浪随时都会翻。"她也压着嗓子说。

一个相当长的瞬间，他将她的手紧紧按在胸前："相信我，这次老天会帮我们。"他的瞳仁黑得无底，一股激流在最深处旋转。这次她没有推开他。

晚饭前小冷苏醒的消息大家都已知道，自然都如释重负。吴老太太说小七那许愿绳挂得好，感动了神灵。狍哥则说这下可以安心地把那医生送走了。只有黑背一言不发，烟一根接一根地抽着。

小七装作没留意他的反应，晚饭后她在海边小屋待了一会儿，听到阿黄叫了两声，接着变成了一声锐叫，便忽然被掐住了。她立即翻身起来，蹑手蹑脚拉开门。

果然小冷伏在门边，他俯下身，弯腰搬弄着什么东西，是个黑乎乎的身躯。他将那人拖进屋里，呼啦一声扔进那个尚未填起的坑里。

"谁？"

"黑背的人，就埋伏在你门口。"

他告诉她，有人泄露了岛上的消息，阮姐传达了命令给佟子，黑背要想自保，必须先出卖他们。

"你怎么知道这些？"

他轻笑了一下："我一个月在船上也不是白干的。"说着打量她一下，"你就这样走？"

"我没什么要带的。"

他嘴巴里嗤了一声，自己又进屋看了一圈，片刻后反身出来："就这样吧，一个女人过得比个男人还糙。"

细雨中闪烁着点点灯光，最亮堂的是佟子的仓库酒吧，里面时不时爆出一阵喝彩。全岛的男人都在看电视、喝啤酒、赌钱，把拳头举过头顶大声喝着彩。这是一个冠亚军的决胜夜，四年一度的答案将要在两小时后揭晓。

他们把身体藏在最暗之处，远远绕过那一片灯火灿烂处。一路往鬼村而去，小七一夜没睡还爬了次崖，走了一截便体力不支，小冷将她背了起来，一路下山。她伏在他背上听着他渐渐加粗的呼吸，脖子上也渗出一层汗："放我下来，我自己走。"

"闭嘴，多说一句我就把你丢下海。"

夜晚的鬼村深沉得像一个魔力重重的梦境，小七手中举着小手电，给小冷前面的路掏出一条长长的隧道。自从听过他妈妈的事，她对这座沉睡的村子多出来一点儿特殊的感觉，不再觉得阴森恐怖。

两人都有些气喘，雨气和汗让他们湿漉漉的。沿着村子出去，就能到那个隐秘的小海滩。

这时他们听到一个声音说："好，手抱头，别动。"

小冷响尾蛇般跳了起来，接着又定住，他慢慢依言抬起手。那是黑背的声音。

"速度够快啊，少爷果然是老板的儿子，这条路还真不好找。"黑背说。

"我知道这里更多的路，"小冷说，"你想不想看看？"

"别跟老子瞎扯，手举高，转身看着我。"黑背说。

一阵细微的呻吟声传来，黑背身边站着两个手下，脚下还躺了个人，那人抱着手臂痛苦地在地上弓成一团。是狍哥。

黑背在狍哥背上踢了一脚："少爷，我一向是很敬重你的。这些日子以来我都不敢怠慢你，你也别怪我。老板娘交代了，你要是乖乖在岛上待着，大家还把你供起来好吃好喝。你要是不识好歹想闹事，老板娘说了，反正老板也不止你一个儿子。"

小冷哈哈笑了，小七认识他这么久，从没听过他这种笑声，又不屑，又嘲讽，还有点儿说不出的悲哀。

"另一个儿子，老板娘的那个野种？"

黑背脸色变了变："谁坐上椅子谁就是老板，是野种还是杂种，轮不到我说。"

"你把我交出去，以为老板娘就能饶了你？你跟了她几年了，还不明白她是什么样的人？"

黑背指一指小七和狍哥："除了你们这几个，也没别人知道我曾经跟过你。等我做了你，就算托了你的福，以后我会给你上高香，一辈子不敢忘你的恩德。"

"你想做了我？就在这里？做了我们？"小冷缓缓地问。

黑背被小冷看得心里发毛："你现在还有什么底牌？我做了你再丢进海里，谁都会以为你们是淹死的。"

小冷又低低笑了，他口气晃悠悠又低森森："我爸是自身难保，可是我妈是不会看着你们动手的……这里是什么地方，你真的不知道？这村子叫什么？别人为什么不敢来？"

黑背后退了一步，山风变得凄冷阴森，风中真的有一丝似吟似唱的声音幽幽飘来。黑背脸色变了又变，斜睨着那些鬼气森森的杂枝乱叶，笑道："老子连活人都不怕，还会被鬼吓住？"

小冷双目盯住他，慢慢说："你当然知道，你的手为什么发抖？"

黑背放在怀里的手忽地拔了出来，他刚举起手，忽然一样东西呼啦一声砸了过来，正中他后背。黑背身子摇晃，大叫一声，小冷立刻冲了上去，跟着黑背来的人也纷纷呼喝冲了上来。

"都别动。"背后一个声音说。

他们一起回头，看着身后高及人腰的长草里一个不知何时来到的、瘦巴巴、颤巍巍的老人。

俞瞎子像一把弯刀一样站着，硬朗、粗糙，刀口是钝的，可仍有森严气象。他的眼白也不向上翻了，瞪出一只亮灼灼的黑眼珠。

黑背兀自大声痛叫，俞瞎子不知拿什么打中了他，小冷已趁机冲上去将他撂倒了，再回头对付那两人，转瞬便改变了场面，现在是黑背这几个人弓成一团在地上翻滚号叫。

"俞大叔……你怎么来的？"小七问俞瞎子。这一个晚上变故太多，她连惊恐都没了。

"你们下山，我过河。"俞瞎子说，"我从前滩绕过来，路是远一些，可不用翻山越岭，我的腿吃不消。"他用那只黑眼球对她狡黠一笑。

"你为什么要装瞎子？"小冷制服了地上那几个人，问他。

"谁说我装，我只是瞎了一只眼而已。在你爸爸手下，不会演戏是活不了的啊。"

小七忍不住一笑，小冷瞪了她一眼，对俞瞎子说："你今天帮了我，我不会忘记的。"

"记住你这句话。"俞瞎子说。

"你怎么知道今晚的事？"小七又问。

"外边有人通知了我。几十年的老兄弟了，瞎子欠他的情啊。"

小七恍然大悟："塔叔告诉你的？"

"姑娘，我在这里就是想安安生生过日子，你们不让我安生，没办法啊。"俞瞎子拍拍手，"天一变我背就痛，我得回去躺着了。记着，我今晚没出过门，更没见过你们。"

"我们走了你以后怎么办？佟子会找你的。"小七问他。

"他会让这几个人活着？"俞瞎子指一指小冷。

小冷不作声，其余几个人都不由得打了个冷战。

俞瞎子转身消失了，细细的唱腔一路远去。小冷问狍哥："你怎么样？能走吗？"

狍哥看看手，他从手肘到手腕都是一片血肉模糊。

小冷皱起眉，掂了掂黑背的枪，问他："想怎么死，随你挑。我可以让你痛快一点儿，我时间比较紧张。"

"少爷……"黑背语不成调地叫。

"我有个办法，安静地饿死。"小冷说。他跟狍哥把黑背的两个手下拖起来，让黑背走在前面，引着几人往山脚走。小七默不作声地跟着，她已知道小冷会把他们带去哪里。

果然是那僻角间的山洞。小冷上前踹了一脚，锈迹斑驳的铁门应声开了，那股寒气扑面而来。

小冷逼住黑背，腾出一只手来牵住小七。这山洞相当幽深，其中七弯八拐，扑面而来的是冷森森、酸溜溜的气味。走到最里面，他们把黑背三人丢在地上。小七一直紧张地注意着小冷，留意他每一个动作和说的每一个字。小冷喘了口气，却说："好了，我们走吧。"

他们又循原路出去。小冷交代狍哥记住这条路："这两天他们失踪，跟老板娘联系不上。这个洞除了我跟我爸，没人知道，先饿他们两天，然后你就来百花岛找我，你出来后再放消息给佟子。"

他一面交代，狍哥一面点头，跟着他们颇有点儿恋恋不舍，说："少爷，我受伤了开不得船，这次要委屈你们了。"

"你放心，我们走得掉。"小冷瞟了小七一眼，笑笑地说，"小七姑娘有后路。"

小七咬住唇，朝他踹了一脚，他早知她有这一下，却站定了也不闪躲，那股淘气劲儿又出来了。

海滩上果然有一人在等待，斗笠下是一张黑红的方脸膛，大新果然守在这里。他脸色紧张，向着海面张望着："快点儿！我们要赶在浪前面！这时候出船真是险。"

船发动了，一片细雨里穿过黑沉沉的海面。蜈背岛仍是气氛沸腾，球赛已接近最高潮，风里雨里都带着阵阵热辣的亢奋。

风仍是猛烈，船有些颠簸，大新掌着舵，眼睛盯着前方。小冷没有去管这些，他靠在舱壁上，一手撑着头，神情有些疲惫，有些忍耐。

他这两天做工，受伤，伤势未愈就逃跑，又跟黑背斗了一场，体力耗损太大。小七放心不下，回身进船舱，问他："头痛吗？"

他手往前拉住她的胳膊："坐下。"

她靠在他身后，给他按着头顶，他身体像散架了一样，四肢全摊开，将头侧在她臂弯里，闭着眼。

"你为什么把黑背留给狍哥？"她问他。

他的头随着她的动作轻轻晃动，声音有气无力："黑背只剩半条命了，狍哥救了他，他也许会良心发现。如果良心被狗吃了，佟子现在自身难保，也未必会罩着黑背。"

"阮姐呢？"

"如果我没有估计错，她已经知道了。佟子今天找不到我，她不惜一切也要杀了我。"他口气淡漠，像说着别人的事，脸色却柔和了一点儿。

"这样太冒险了。"

"赌一把好了。黑背本来非死不可……可是你不喜欢我杀人。"他闭着眼慢腾腾地说。

她心里一抽动，想说点儿什么，但说什么都是多余，最后她说："你累了，睡一会儿吧。"

小冷的手紧了一紧，不让她动，她便不动了，同时把他的头搁在她腿上。狭小的船舱随着海浪颠簸着，这起落沉浮间，只有彼此的呼吸相接。在她手掌的摩挲下，他渐渐鼻息细微，呼吸均匀，空气慢慢地热了。

船身忽然一晃，大颠了一下，小七探身朝外看看。天并未亮，雾却起了。灰蒙蒙一大片的海雾，眼前渐渐分不明方向。

"还有多久？"她问大新。

"至少 20 分钟。"

"会不会遇上大浪？"

大新不答，脸色严肃起来。

小冷也醒了，往外看了一眼，从齿缝里骂了一声，对小七说："后面有救生圈，你先套上。"

小七勉力往晃动的舱里走去，拿到救生圈就往小冷身上套。大新使劲儿把着船身，百忙中回头大叫："你俩把自己护好！"

小冷已夺过小七的手，不由分说将救生圈给小七套上了。船身晃动得厉害了，两人皆不受控地前俯后仰，小冷紧紧攥住她的手："你听我说，我们就快到了！你答应我别怕别慌！你跟着我！"

"我不怕！"她的声音被船身大幅度的颠簸晃得支离破碎。他们拼命把持着平衡，又将手拉在一起。忽然一股浪头打了上来，大新大声呼叫。

船翻了。

夏季的海水仍是冰凉，厚而重的浪一波波捶打着他们，他们在沉甸甸的水里翻着。

"抓住我！"小冷大叫。他们使劲儿踩着水，将头伸出水面。大新在稍微远点儿的地方，他水性极好，百忙中仍伸出一条胳膊给他们指引方位。

"游过去！很近了！就快到了！"大新叫道，"你们坚持住！"

小七喘息着，她感到自己的身体沉重，挣扎着使不上力，救生圈沉沉地托住了她。小冷时而在她身边，时而被浪隔开，她能喘气的时候便要叫一声"战冷疆"，他似乎远远地有回应，有时候又一无声息。海水迷住了眼睛，将全身能灌注的地方都灌满了，他们像坠满泥沙的罐子一样时沉时浮。她心里惶急，不知道已到何处，也不知道小冷在何处，她涌上一股强烈的恐惧，又叫："小冷！"仍是没有回应。她绝望四顾，身边只有起伏不已的浪头。

忽然一股浪头打到她身畔，蒙眬中她看见小冷的脸湿淋淋地露了出来。

小七不顾一切地奋力攥住他的手，她嗓子里呛了水，叫不出来，眼睛被海水杀得疼痛。小冷紧紧地回握着她的手，他满头满脸的水，也说不出话，只有手上的分量，要将她的骨头捏碎一样。

"有船了！有船了！"大新不知在哪里叫着。

果然一艘船正破浪而来，舱里钻出一个老人，样子很矍铄，还是笑呵呵的，远远地对着这边打了个手势。

"塔叔！"小七从被呛住的嗓子发出惊呼。

等他们浑身湿透地躺在甲板上时，都大口喘息着，吐着水，个个筋疲力尽，又冻得浑身发抖。眼帘处是高高的天穹，灰白透明，像罩了层网纱，滤出水汽，让他们觉得已是上了天一般。

小冷爬到小七身边，小七仍在咳嗽，蒙眬中只见小冷向她俯下脸，他脸上带着难以形容的狂喜，嘴角的海水与口沫尚未擦净，看起来几乎都有点儿狰狞了。他紧紧盯着她，仿佛稍一眨眼她就会不见似的，终于他哈哈大笑，一把将她抱了个满怀，跟她一起翻倒在甲板上。

"老天总算够意思，我能活着，你也活着。你不在别的地方，就在我这里。"

小七同样紧紧地抱着他。这透不过气的怀抱是多么真实和必须，刚才的惊险已成往事，但她找不到小冷时那一瞬的绝望和恐惧，还在她心里印着。眼前的他是活生生的，他湿淋淋的身体里仍散发出一股熟悉的勃勃生机，火焰一样暖着她冰冷的四肢。

塔叔笑笑地看着他们。

5　燃烧一万里的海洋说爱你

待他们梳洗完毕，换上干爽的衣服，又在郝大哥的招待下饱餐一顿，沿着海滩散步的时候，已是黄昏。风雨已止，晚霞像纱丽一样轻柔，这一天一夜惊险的 24 小时终于过去了。

百花岛确实丰美，海面铺开巨大的绸幔，一浪一浪，自深蓝至浅紫不紧不慢地幻变过来，其中透出粉红的光，将山石也描出一点儿淡红的边，充满女性的妩媚。瞭望塔孤独地看着他们，对面蜈背岛的轮廓竟也柔和起来。

小冷喊了一声，又是那样，抡长手臂将一块石头远远丢往那个方向，看着那道弧线消失在浪头里，他又跳着回到小七身边："从这边看，蜈背岛倒也挺美。"

"那再回去？"

"只要你在，去那儿不行。"他又是那样立在她面前，他的注视，漫不经心的时候似乎将全世界都忽略了，专注的时候便是全世界都集中在这一点，"你知道船快翻的时候我在想什么吗？"

"什么？"她看着他的手沿着她的胳膊慢慢摩挲向上，到了她的肩膀。

"如果这是我的最后一分钟，我要做最想做的事。"

小七下意识地收紧了身体："你最好乖一点儿，再对我不规矩，当心老天收了你。"

他低头想了想，忽然笑了："真奇怪，每次我想对你做点儿什么，好像都要死一回。"

她想了想，也不由得笑了："那我就是老天派来收你的。"

他手上加重了力道，捏住她："那天你去许愿树以后，没多久我就醒了。我躺在那里等你，不知道你去了哪里，不知道你是不是丢下我一个人走。我跟自己赌了一把，如果你回来了，不管有多少个人在等你、找你，我都不会再放开你。"

"你太爱赌了。"她说。

"可是你回来了。"小冷的手还在她肩上，这时托住她的脸看着。

"上次在蜈背岛，你说霍思垣有而我没有的那样东西，我是有的……"他缓缓地说，一字一字吐出来，严肃又小心，像手捧珍宝，"有一句话，我活到这么大从没说过，我不知道怎么对你说，是看着你的眼睛说，还是等你睡着了悄悄说……"他贴近她，双眼像黑镜子一样清晰地映出她，"现在我还是讲不出来，我怕讲出来会变味……也许我一辈子都讲不出口。但我是一辈子都要跟你在一起的，那就一辈子都在跟你讲。我每一天、每一秒都要看着你，那你就知道，我每一秒都在讲，每一眼都在讲。"

她被围在他眼中那两小簇火焰中，明白这一次又是来势汹汹，她不由得也屏住了呼吸。

"你想再死一次？不怕老天收了你？"

小冷放声笑了，这笑兼带着成年男子和小男孩儿的成分，骄傲、不屑、淘气。他仰头看天，看着海天交接的那一大片广袤。

"都听着！我战冷疆在这里，如果要拿走我的命就请便，但她是我的！"

他回头看她，霞光燃烧在他的眼里："你要是老天派来的，你就一定要收了我。你一定要做到，不能放过我。我不怕被克，我非你不可。"

再没有一丝犹疑，他吻住了她。

像一个浪头迎面打来的汹涌，也像那片霞光道道照射进她眼里。她不得不闭上眼，瞬间的缺氧使她脑中一阵晕眩。他颀长的身子深深俯下，瘦瘦的胸膛宽阔无比，将她整个人都箍在怀里，她的骨节发出咔咔声响，紧得一根针也透不进去。

他的嘴唇是烫而急迫的，带着痛，带着一切欲求和渴念，在碾过她的唇时毫不留情又万般多情。他野心勃勃，又恋恋不舍，他的舌贪婪地在她口中探索，又贪图着她的面颊、五官、头发，乃至于她的脖子和肩膀，每一寸肌肤，都亲吻不够，又时时再回去重新堵住她的唇。他的身子火热，舌尖也带着火种，他将一团火送进她体内，让她也燃烧起来。

"够了吧……"她挣扎着说，只觉得双腿发麻，意识涣散。

小冷的手臂有力地托着她，她从不是虚弱的人，而小冷本该是没有经验的，但她在这样的吻里已不清楚自己的反应。她的唇舌和身体，所有的反应与他融合在一起。这样的拥抱，这样的吻，都是有语言的，她晕眩地伏在他胸前，听着他剧烈的心跳，那怦怦的心跳声也是有语言的。

"够了……"她又说。她的身体被他牢牢圈住，只能透过肿胀的嘴唇去虚弱地发声。

他喉咙里发出低哑而模糊的呼声，像痛楚的呐喊。他不让她说话，不让她动，甚至不让她喘息，他的力量源源不断，像春雷轰然而来，对她猛烈地进攻着……

不知过了多久，他拂开被海风和他的疯狂弄乱的她的长发，认认真真地凝视着她，像从没见过她一样。当他重新吻住她，怀抱和手臂都稳定了，翻卷的巨浪已化为温存，他的手在她头发、身体上下小心轻柔地摩挲。唇也细腻了，像一场春雨落在她眉间与脸颊各处，柔情而持久，一分一分，将一整个海洋的温柔送给了她。

够了？他听都不要听。

接下来的几天，他们无暇顾及其他，只与郝大哥密切交往。百花岛水产丰富，旅游项目也开发得不错，这里以丰厚的财力和绝对的优势，让一年一度的龙王节在附近各岛群中独占鳌头。且这次盛会要连着被搁浅的龙舟赛一起合并举行，有连续几天的大型集市和戏台杂耍，附近几个岛和乡镇都会来参加。并且，岛上的风俗，每一年要选出一个德高望重的负责人做"司令"，总管活动，而往年的司令一直是在百花岛很罩得住的郝大哥。

除了货物进出、好几家娱乐场所外，郝大哥手里还有些非黑非白的中间产业，另有一家客栈，颇是清幽，茂盛树木间一幢一幢的别墅式小楼，人字顶瓦屋如破浪起伏，鸽子飞来飞去。他们便在这里住下了，小七选了个单人间自己住。这回小冷没勉强她，他将自己的房间选在她隔壁，两人只隔一堵墙。窗前有葡萄架，屋前松针密长细软，头发帘儿一样直垂下来。

郝大哥天天摆开席面请客，将所有的朋友和弟兄都轮流介绍了一番。小冷不擅喝酒，塔叔则交际花一样上下打成一片。

塔叔神采奕奕，这半年多他自然奔忙各处，一点儿都没闲着。见到小七，塔叔用力抱了她一下，说，好丫头，干得漂亮。蜈背岛上小七与小冷吃的辛苦、经历的艰险，他像是都知道。对于小冷，他则是一切尽在不言中的样子。塔叔作为一路看小冷长大的长辈，了解他大概比战烈都多，两人又是一起订了诸多计划的，所以这次在百花岛颇有胜利会师的架势。

塔叔这次带了十余人来，有老有少，一帮人从早到晚混在一间小会议室里，乌烟瘴气，商量的都是老兄弟重出江湖，多年的客户重新拉回，阮姐心腹——剪除之类的"大事"。小七不想听这些，也不愿认识那些人，她知道一个新的时期来到了，有一场大战即将开始。

大新第二天便回去了，小冷送他上船，却冷不防朝他手臂重重一劈。大新哼了一声，弯下腰去，痛得脸也白了。

"带点儿伤回去，问起来就说是我挟持了你。"小冷交代了他若干条，又教他怎么应对，怎么跟狍哥接应，大新忍着疼一一点头。

路上小七说："这下又伤了大新，吴老太太不知多恨我呢。"

"不要目光短浅，"小冷教育她，"要有战略性眼光，我这是在报老太太的恩。"说着他笑嘻嘻地揽住她，"大新的事你还怪我不？"

小七推开他，却被他瞪了一眼。他说："别动！"便把她更紧地揽向自己。

自从那天的一吻后，小冷便一直是这副已成定局的样子。小七的烦恼一半对他，一半对自己。经过那一吻，她底气消了一大半。她没法儿解释那个轰轰烈烈的吻，事实上哪怕小小地回忆一下，她也会心跳半天。小冷那勇不可当的进攻，似乎到现在还气息未散……没有人面对那样的狂热还能保持镇定，而她用尽力气才把住了最后一关。

如今想各自为营已不可能，但她总是要走的，留在这里一天一天混下去，只会让她和他越来越不可分割。而小冷提到霍思垣已是一脸大度："你俩的事翻页了，他要什么我给他。"

又过了几天，狍哥来了。

狍哥终于还是放出了黑背。如小冷预料的那样，经过这一次，佟子与黑背皆元气大伤，而蜈背岛这几天又有了新情况，不知从哪里又劫了个人过来，还是个女人。

"女人？谁？哪里的？"小七问。

狍哥说他不清楚，佟子这次卖了新关子，将那人交给大新母子去看管。似乎老板娘专门交代过不能对那姑娘怠慢，要当作贵客礼待，只是别让她跑了就行。

小冷说，佟子交代大新任务是考验大新，倒是方便了狍哥趁机溜出来。

小七心里有一点儿梗，她莫名地担心着。

战烈被释放的消息已是确凿无疑。塔叔又高兴又操心，他们这些日子算是明目张胆地跟阮姐干上了，只差正面交锋。如今既想等战烈出来主持局面，又担心战烈的身体。

"我爸那个老狐狸，他不急着找我们，手里一定是有后路攥着。"小冷说。

"海市现在是老板娘的大本营了，我们得有个地盘才行。"塔叔说。

"本来我想拿下蜈背岛，现在看，换个地方更好。"

塔叔看着小冷的表情，明白他是有了新点子："你说哪里好？"

"就是这里。"小冷足尖点了点地面，下巴向前努了努。

"这里？你说百花岛？"

"这地方资源好人脉稳，我很有兴趣，离蜈背岛又近，拿过来就能一举再拿下蜈背。"

塔叔不问下去了，旁边狍哥等人也没一个开口反对。现在已经没人怀疑，战冷疆说能拿到就一定能拿到。

小七单独找了一回塔叔，说她任务已了，战烈既已快释放，当初对于"警方要求她做证"的顾虑也不再存在，她不用再留在这里过日子了。塔叔抽了半天烟，说："只要小冷肯放你，我不会干涉你的事。"

塔叔精明过人，虽不太清楚小七与小冷两人那一波三折的发展，但两人间的情愫他却看得出来，又说："可是你回去也不轻松，都在找你。"

"所以我更得回去，我得让他们找到我。"她瞒住小冷给霍思垣和谷雨都打了电话，却没有一个能打通。

走吧，不能再等了。她每日里已是坐立不安。

回到住处，小冷已在等着她了。他两手吊住门框，身子一荡一荡地打着秋千："去哪儿了？"

"你找我干吗？"她没好气地说。

"这几天在选龙女了，我怕你给捉去喂了龙王。"

古时候渔民为保平安，祭祀时以少女投到海里喂龙王。现在龙王节里还保留了这个节目，找个美女扮成龙女的模样，放到花船上开到海心，送给龙王。虽然只是做个样子，出海一圈再兜回来，但围观人群之灼热之期待，却跟真的将美女送去祭海一样刺激。

"那就喂龙王好了，比陪你这个疯子要强。"

近来她对小冷的口气一直不好，而相对于她对他一贯的"没好气"，如今的恶劣态度里也有了微妙的变化，多出来的一点儿东西让她烦躁，却让他非常受用。

"注意你的态度，当心我揍你。"小冷手臂一荡，轻巧地落在她身边。他从窗台上端起一盆葡萄，另一只胳膊一伸便够住了她，搂着她往屋里走去。她不自觉地跟着他进了屋，靠在那细长条的桌边，心里像有一万只蚂蚁在爬。

"小冷，我要跟你谈谈。"

"我也要告诉你，我们这几天要走了，我们去接我爸，然后去海市。"他嘴上说着话，手上也不闲着，将葡萄一颗颗抛起来拿嘴去接。

她一惊："你跟郝大哥商量好了？"

他嘴里含着葡萄，含含糊糊地告诉她，眼下的资金问题不难解决，他父亲尚有一笔海外存款未动，新疆那边的玉石场也有一批旧债要收回，加上一些老客户的回归，有把握账面上可以平衡得回来。他这几天已勘察过这百花岛，心里已有了谱，马上就要去找郝大哥谈。等跟他爸会合了，再一起商议下一步。

"我不想见你爸。"小七心烦意乱地说。

见她这样说，小冷停下那双多动症的手，凑近她，胳膊撑在她身后的桌上。

"我也知道你不想见他，你只陪我去见他一面，其余你都不用管，好不？"他轻声细语地说。

"我不是这个意思……"她并不要跟他商量这些细节，这些跟她没有关系。她这样被他箍在双臂间，似乎只适合说些缠绵的话。但她是要告诉他，他们走的是两条路，她要跟他分道扬镳。

他一手撑着桌子，一手玩着她的手，一根手指一根手指地轮流按在自己唇上，抬起一双黑白分明的眼睛看她："嗯？"

这孩子气的温存又让她心里狠狠一揪。逃吧。直接跟他说她要走，他非把这岛掀了不可。

"要不？你在海市等我，我回头再去接你……嗯，不行，"他立刻又自己否定，眉头蹙成一条线，"不能让你一个人留在海市，姓阮的那女人还在那蹲着呢，你得跟着我。"

"你当我弱不禁风？我不要你保护。"她拨开他说。

"你保护我还不行吗？我可弱可弱了。"他立刻抱住她腰，撒娇地把身子贴上去，"你不在，别人都欺负我。"

她身子挣了挣，他索性连头带脸一起伏在她后背上，紧紧挨着她，贴了片刻。空气里忽然有了火花，小冷箍住她的两条手臂变热了，身子也烫起来。小七听着他的呼吸渐渐粗重，他埋下头，将火烫的嘴唇印到她的颈项里。

她心里又燥热又作痛，努力从他怀抱里挣起身子："……你真的不想听我说吗？"

他抬起一双渴念的眼，用红着的眼底对她看了几秒，额头与她抵在一起："你说什么都可以，就是别说你要走，不要我。"

小七喉头哽痛，那句话就卡在喉咙里，咽不下也吐不出，总之是无法出口了。她推开了窗户，窗外的海风和着人声一下涌了进来。

"我不能再陪你一起走下去。"这理直气壮的一句话她说不出来，不能对着他带笑、顽皮、着火、灼痛的眼睛说出口。

新主

郝大哥像电影里的黑老大一样，披着花绸睡衣，敞着胸口，露出胸前和手臂的文身，他手里捏着一瓶红酒，像喝啤酒一样对瓶吹。

小冷走到窗前，看着外面一派祥和的海和天："我很喜欢海，我觉得海是最自由的地方……看你的样子，你想在这里养老。"

郝大哥将两条毛乎乎的大腿跷在沙发上，一边抖一边说："真的，我这辈子也算享福了。"

小冷撇嘴笑了一下："你今天躺着喝酒，明天说不定就跪着喝尿。"

郝大哥愣了一下："你什么意思？"

小冷走到他对面坐下，他微微嫌弃地瞥了一眼郝大哥抖个不停的腿。郝大哥又一愣，居然就把腿收了回去。

小冷说："你知道我是谁吗？"

郝大哥呵呵笑着，他跟小冷不打不相识，小冷的气度、手段都让他钦服，便真心想交这个朋友。加上塔叔跟他的几次交易，他知道小冷不简单，家里背景也深，然而具体情况他并不了解。

"你做了这么多年事，当然知道人无前后眼。"小冷说，"你帮了我谁都知道，你这人够意思，我给你招了多大麻烦，你大概也想到了。"

隔着玻璃门，塔叔坐在外间看着他们。小冷不让塔叔跟自己一起，要跟郝大哥一对一谈，塔叔相信他的能力，也乐得悠闲。他也开了瓶酒，见小冷对郝大哥讲了几句，郝大哥就脸色变了，眼睛瞪大，身子也坐正了。塔叔不由得笑了。

这时郝大哥又将瓶中酒猛灌了一大口："你想怎么样？"

小冷起身踱了几步，看着外面红红火火的热闹场面："你的生意养活自己和底下那帮人是够了，想再进一步就有点儿勉强。你成天享福，让别人以为是你心不够野，懒得管太多，所以生意做不上去。"

郝大哥也是粗中有细的，绝非表面那样没心眼儿，见小冷话中有话，就说："三两黄金四两命，野心这东西也要够大的肚子来装。"

"两年之内我让这岛在东边成独一家。我们把生意做到岸上去，朝内地做。"

郝大哥噎了一下，不知小冷说的是玩笑还是认真的。小冷说："大恩不言谢，海市有超过十家的娱乐场所是我的，我可以让它们在百花岛开分店。我跟你五五分。"

郝大哥沉吟不语，海市的事他也多少知道一些。事实上他确实是觊觎已久，只是百花岛虽大，想完全从岛群中脱颖而出并不容易。他说："我把生意交给你，可不是我一句话就能做主的事，我这里这么多人要吃饭。"

"一人吃饱，全家不饿，是不是这个说法？"小冷温和地问。

看着小冷纹风不动的脸，郝大哥不知怎么心里打了个突："我……现在不能给你答复，我得去商量。"

"龙舟节前是不是要选司令？算上我。我赢了，这司令我来当，岛上的事，也归我。"

郝大哥又张开了嘴，料不到小冷这样直接，初上百花岛不过几天，就要一把定输赢。

"怎么样？都是男人，有点儿血气。"小冷拿过郝大哥手里的酒瓶，拉开酒柜取出两个大杯子，哗啦啦倒满了两个杯子。

郝大哥一咬牙，仰头就喝。他咕嘟咕嘟咽下去，喘口气，却见一向不沾酒的小冷，面前那杯酒已不声不响地空了杯。

郝大哥心里又是一惊，喃喃说："你这么有种，怎么会被羁了这大半年？"

塔叔在门外已喝完了半瓶酒，他不用进去，看郝大哥的表情就知道了结果。塔叔想，小冷的预判力和执行力都已超过他父亲当年，可惜战烈不能亲眼看见这一幕。

小冷推门出来了，他只喝了一点儿酒，脸色就已发红，也不跟塔叔说什么，径自快步往回走。塔叔叹息着又想，但小冷比之战烈却多了个致命的弱点，也不知道是他的福，还是他的祸。

小冷尚未回到住处已头痛欲裂，他晃晃悠悠上楼，没回自己房间，而是推开了小七的房门，也不说话，一把抱住她。

小七摸着他流汗的后背，试着他火烫的额，知道他刚从郝大哥那里回来："你们谈了什么？"

他抬起发红的眼睛，语音有些模糊："明天我把这岛拿下来给你。"

她吓一跳："什么？"

他又说了一遍。

她听懂了，对他的大胆和荒唐她早已习惯，便说："这是你们的地盘，我可受不起。"

他一手把她扳过来："我的难道不是你的？你不要我的，要谁的？"他一脸无赖地又说，"想揍我是不是？你来呀。"

她真的恼了，劈手打过去，不过几回合，小冷按住她的手又将她身子按下去，他染了酒意的眼神热烈起来。

"又是这一套，再来个五海欺负你还是打不过，你怎么就是学不会？"

小七挣扎不动，问他："那我怎么对付？"

他高兴了，站起来，一招一式做示范："人家上来了，你别动，等他真碰到你了，你再忍上几秒，不用很久，再给他一下狠的。"他作势将手掌劈上她的后脑，"这一下就够了。"

他又教了一遍，放她起身，换小七上来按住他肩膀，他踢腿挣扎，小七揪住他头发往后扳，他作势仰倒下去，却不动了。

下一招应该是小七趁势上前，等小七欺身上去，却见他眼闭着，眼珠兀自在眼皮下滚动，正等着她去"欺负"他。她立刻明白了，狠命推他一把。他大叫一声，身子滚到地上："做戏做全套，你能不能敬业一点儿！"

小七拿他没办法，有点儿懊恼，他索性耍赖到底，欠起上半身抱住她腿："来嘛，你占我一下便宜怎么了，少你块肉啊！"

塔叔在门口咳嗽了一声，小冷不情不愿站了起来，胳膊还圈在小七脖子上。

塔叔也不多问，只说："郝大哥派人来了，约定你明天中午去海滩，选龙王节的司令。"

小冷眉毛一挑，吹了声口哨。

后半夜小七走到院子里，小冷正坐在那里。见她来，便伸手拉她到自己身边坐下。

小冷搂住她的肩，他的脸在月光下柔和却郑重，那点儿酒意已散。她知道他在想明天的事。

两人坐了一会儿，看流萤点点在草丛里上下起舞。他告诉她，虽然是重重布置，步步小心，他还是觉得他们从蜈背岛逃脱得太顺利，佟子的态度未免太暧昧。

"这次狍哥回来得也太轻易，难道佟子知道捉不住我了，干脆给我个人情？"他告诉她，塔叔这半年行事时也总感觉似乎有另一股势力在暗中起着作用，这神秘力量有时候帮自己，有时候害自己，这股力量也是影响到了阮姐的。

"莫非佟子后面另外有主？他吃两家饭，拿着阮姐的钱，替别人办事。"小七说。

小冷蹙起眉头："说到我那亲爱的后妈，她心肠虽然毒，脑子却慢。我俩在蜈背岛这么久，她也不知道在忙什么。"

他握着她的手插进他的口袋，拇指在她手背上轻轻摩挲："你明天别来看我，放心，我会赢。"

"我明天一早就自己去逛逛。"她说。

他嘴角撇了下，笑了："对。"

第二天小七果然没有去竞选处，她也不去热闹的码头和市集，只往山边闲逛。百花岛是很有些逛头的，这里山丘高度均衡，有着怪石奇峰，海天胜景，还颇有几处历史遗迹。小七一路走马观花地看着，心里并不是很关切小冷那边的状况。她明白小冷为什么不让她去看，郝大哥既然答应小冷参与竞选，足见二人私下的默契已达成。以小冷的自负，他不愿让她看到哪怕有一点儿预谋的赛场。

太阳快要西沉，她磨磨蹭蹭往回走。不等到住处，已听到一片喧哗，塔叔和狍哥在客栈前的空地上摆上了几条长桌，并成极长的一长条，已坐满了人，桌面上各色铺排，放满了海鲜，一桶桶的啤酒正被他们搬起来往很多碗里倒。

小七停下步子，默然叹了口气。

小冷赢了。

于是小冷又忙了起来。关于他传奇性地在龙王节预赛里获胜，当上了"司令"，真的接收下一大摊从没料理过的事，自然是让百花岛上的人们又开了一次眼，引起众人各种议论。但他们又是天生崇拜英雄的，这陌生的外乡少年竟一举夺下了郝大哥的位置，且举手投足里的统领感，对于接下来的龙王节的部署，竟像是早已成竹在胸的。

小七坐在一个八人间的办公室里，郝大哥既然认了小冷做司令，也就把小七一起弄到这个临时的龙王节筹备会里帮忙。她每天跟几个妇人一起算账、买办、做表、设计，小七本是学设计的，自然便上手得很快。她也不在乎这些，只是想到小冷拿下这里，不过是为下一步的招兵买马做准备，她心里就漠漠的，兴奋不起来。

小冷已完全自由，身边还有心腹，已不用她照顾，但他一直盯牢她，跟郝大哥和塔叔一干人开无数的会，也不忘抽空来她这里转转。

他百事缠身，难免又暴躁，一旦发怒，狍哥等人就得赶紧来找小七。

这里狍哥话没讲完，那边小冷已板着脸远远过来了，身后还跟着几个人。狍哥一看不对，登时溜了。

小冷一步三晃踱到小七面前，一脸要找碴儿的神气。小七也不理他，画着自己的图。小冷绕了一圈，似乎无话可说，又看看她面前空白的账本，便拿手指关节敲敲桌面，开始撂狠话。

"不要光做图不管账，你不记账，以后怎么做老板娘？"他四周一扫，几个女人正探头探脑地看着，他得意了，又命令道，"下午之前你要把这一篇账做出来，不要以为有我撑腰就能偷懒，干不好一样抽你。"

他说完就摇摇晃晃地走了，一群手下跟他身后。小冷走了几步又回头，见小七一脸怒窘，他绷不住了，噗地一乐，冲她挥了挥手。

到了小七收工，门口便停着一辆摩托，小冷八面威风地跨在上面。

"上车。"他一甩头。

她仔细看了一眼，认出那是组委会的车。

"组委会的就是我的，上来。"他硬把她拖上车，将她两条胳膊固定在自己腰上。

摩托一阵风地飙在百花岛的山道上，一面是海，一面是山。小冷向着沙滩俯冲，风呼呼地从耳边灌过去，他纵声大笑大叫着，这一刻他无忧无虑，少年样尽显。

终于车翻了，他抱着她一起滚落下去。两人一起翻倒在柔软的沙滩上，他头埋在她颈项里，含糊不清地说了句什么。

"好多人……"她说。这片海滩上除了本地人，还颇有一些游客。

"让他们看！"他拉过她修长的手臂盖在自己身上，又横过胳膊抱着她。

她不肯让他再驾车，最后是她开车将他载了回去。他在她身后，仍是不肯安分地坐着，蹲在后座上，时而站起来挥动手臂。

"疯子！"她说。

他满不在乎地跳起来，理一理那条永远松垮垮吊在腰下面的裤子："怕什么，你帮我许过愿，挂过红绳的。"

他又缠着她，要她讲那晚给他挂红绳的事。她不肯讲，他哪里肯依，听到她用刀逼着那个小医生，他笑得前俯后仰，又一定要她再认真编一个绳结给他。她被缠得烦了，抽了一条灯笼上的丝带，他乖乖坐在她手边，一瞬不瞬地看着丝带在她手中逐渐变成了一条花样繁复的东西。

灯下的小七脸色柔和，线条优美，下陷处微有阴影。他又愣愣看着她的脸，似乎看得痴了，她平时难得有这样女性的温柔呈现。

"看什么？"她问。

"……给亲吗？"他问。小七给他定了规矩，不经允许不能再碰她。

"不给。"

他闷闷耸起肩头，伏到桌上去。桌面上投射了一片两个人的影子，他手指摩挲了一会儿，俯下脸，嘴唇贴在她的影子上亲了亲。

仲夏的海风温柔起来，葡萄藤上枝叶也在沙沙擦动，如一支歌。她在带着腥甜味的风里难以入眠，小冷那边似乎也没睡，他在隔壁敲了敲墙壁，他知道她会听得到。

这里的海一天 24 种变化，而小冷也像这片海一样，汹涌着无穷无尽的魔法和热情。

他这两天又添了个新花样，一玩儿就上了瘾。他开着会，随时想起点儿什么，会立刻交代个人，要他来找小七。

小七做着活儿，远远看到狍哥还是个其他什么人跑来了，她就将身子背过去不理睬。那人老远就站定了，隔着十几米，冲她喊："小冷少爷说，你今天早点儿收工，回家等他。"说完掉头就走。

片刻后又来了一人，仍是隔着十几米朝她喊："小冷少爷说，他晚上要吃龙头鱼和赤甲蟹，少放盐。"

周围已一片窃笑，小七丢脸无比，将窗子砰地关上。这样的"口谕"，小冷玩儿得不亦乐乎，一天能派上十来回人。而那些来传话的人，也都是脸上憋着笑，等着看她的好戏，也是要将她的一举一动带回去交差。

小七拿长长的毛巾在水盆里浸透了，在手上绷了绷分量，小冷一进门她就劈头盖脸抽过来，他一边跳着挡一边大声威胁："够了啊！喂！……再来劲儿我做了你啊！"

她扔下手巾就往外走，他又急急忙忙赶上来，将手塞进她手掌里。

"干吗？"小七没好气地瞪他。

"饿……"

她低啐一口，将手往外一夺，他真的扑跌了下去，一跤摔到地上。

"起来，别装。"她斥道。

他竟真的白着一张脸，两眼可怜地瞧着她。她不知他真假，欲待不理他作妖，又硬不起心肠。

"没吃饭？"

"他们吃了，我没有。"

"干吗不吃？"

"说了跟你吃，当然就跟你吃。"他确实额角冰凉。跟塔叔他们关门纠结了一天，他又饿又累又不耐。

她拉他起来，他看看她的脸色："真生气了？那以后不玩了。"

"你干吗闹出那么多人陪你？"

他不吭声。

"你就是要让所有人都知道，我是你的是不是？"

"我想让他们知道，我是你的。"他低声说。

她心里一阵甜，又一阵心酸。何必。

生长

然而，有一些事是理智之外，不受控的。她在越来越艰难的克制之下，一天天变得敏感而易躁。这敏感也传到了肉体上，她眼里的水光、嘴唇的丰润、体内时刻的异动，都是那么动人和明显。早已成熟的身体变得脆弱了，经不起一点儿惊动，时时抽着芽。她带着一点儿心跳和惶恐，看着自己的这些反应。无人可启齿，但她身上那无声的生长、那燃烧、那些别人看不见的异常，小冷却无疑是听得见、看得见的。

无数次他正做着什么，会忽然顿住，对她痴愣愣地看着。她完全明白他眼中的自己——青春的肉身，丰腴饱满，沙金般带着玫瑰色，上覆着丝绸般的黑发，像不安的潮汐冲击着沙丘……这时他会停了手，也忘了下半截的话。塔叔、郝大哥等人正等着他发话表态，却见他双目发直，凝视窗外——小七正从窗边走过去。众人便自觉地不去打扰——这少年眼里那么坦然的火与热，已淌满空间，人人都感到了那股要出事的苗头。

他结束了会议便急急回到她身边去，嗷嗷待哺似的，少看一眼都不行。偏偏这几天头痛又发作了，更有理由成天霸住小七不放。他腻在她身边，她给他不歇气地按摩了一个小时，双臂已酸得抬不起来，他犹嫌不足，嘟嘟囔囔嫌她不温柔。

"你到底要怎么样！"她被他，更被自己的反应缠得满心烦躁，将手里的东西哐当一扔。

"每天做牛做马给他们安排，开集市、订船订货、找人手、搭戏台，几辈子的事都干了，我自己也没出去玩儿过一回。"他一边抱怨着，忽然又惊跳起来，"虫！虫！"

一条百足虫正缓缓地从地面爬过，他已蹿起身躲到她背后去了，她啼笑皆非："喂，你还是不是战冷疆！"

他却伏在她背上，将胳膊环在她胸前。

"明天就有集市，我忙了好久。"他委委屈屈地说。

小七对窗外看看，明白了他的意思。她心里一软，但又不想事事顺着他，让他顺杆儿爬。

"明天组委会的人要来检查。"她说。

"去他妈的组委会，"他狠狠地说，"这个岛是我的，回头我就拆了它。"

话是这样说，他毕竟没有再多纠缠。她出门时他念念叨叨，嘱咐半天。浪头缓缓洗刷着沙滩，海与天一片清蔚苍碧，她顺着一条沿海傍山的公路走，他一直目送着她，她每一次回头，都见他还对她看着。

"怎么了？"

"走你的。"他高高举起手臂，幅度很大地挥动，绽一脸明亮的笑意。

一直到她转过了弯消失，小冷才缓缓放下手臂，他深思的眼里流出些无人发觉的哀愁。

他不想告诉她，他这样看着她已看了很久很久。从她一别多年，再次出现在海市，由塔叔将她领至他轮椅前，他听到她轻声对他说"对不起",他们纠缠不止的故事便开始了。

每日里醒来,立刻就能看见她。她在为他忙碌,做各种粗累的差事。他一直磨着她,用各种小手段报复她,剥削着她的精力和体力。而她带着一身的无奈和轻微的不耐,还有那一点儿歉疚,保护着他,甚至像个战士一样为他战斗。他向来目中无人,人群在他眼中不过是一模一样的沙砾。但什么时候起他越来越喜欢看着她,在她每一个转身时、劳作时,她不为人注意的疲惫和一点儿脆弱,还有她神游物外的挂念,都落在了他的眼里。他在奄奄一息之际,在她的怀里看着她坚定温柔的脸,她用一整个胸怀温暖着他,带给他汩汩的生命热流。

那时候多好,她总是在他身边,他不言不动她便不会离开。雪在屋外絮絮地落着,他听到她在他背后逐渐地呼吸绵长起来,知道她是睡了。风从他的衣领拂到她的发丝,她忽然就惊醒了,他听出来那一个瞬间里她所有乍闪乍现的反应,那些屏息、松弛和微微地喘气,他都听到了。没人看得见他眼里的一点儿笑意,一点儿心疼。后来,他胆子大了,敢与她直面注视了,他的眼神映在她闪亮的瞳孔里,是那样合适地重合在一起。为什么她没有发现呢?

多少次他们为了那些无谓的问题争论。"你根本不懂我。"她总是这样说。

"没人比我更懂你。"他凶狠地回她。

他也曾拿出最大的力量缚住自己,是什么时候他对她的感情变成了这样深沉的东西。只要她在,他的血就热了;她转身,世界便沉入大海。她不像个女人,但又是十足十的女人。他从小看过了很多娇柔的、弱小的或是心机十足的女人,便更加认定天下只有她一个是女人。他看不够她,也想不够她。

小冷毫不怀疑自己会这样看着小七的一生。毫无疑问,他要做她唯一的男人。她就像他碗里的饭、身上的衣一样天经地义,毋庸置疑。

然而她总是不肯承认这一点,他心里的火和恐惧,她总是视而不见。

　　办公室照旧是忙乱，除了各种喜气洋洋的挂饰，还有无数喜字描在大红金纸上，从桌上一直堆到地上。龙王节就快开始了，不少青年男女会趁这个节日订婚、结婚。

　　小七做着活儿，脑中乱糟糟的，她想着小冷那又恼人、又好笑、又让人感动的模样。心里的负担愈重，手上的动作也渐渐慢了下来。她是一定要走的，可是，还回得去吗？

　　她向来畏惧稳定的生活，不信任可捧得牢的幸福。这大半年的风口浪尖，极尽凶险却给她带来一阵奇异的踏实。不，她不愿承认自己与小冷同属那追风踏浪的一类人。

　　她神思不属，发愣半天，才意识到早已到了收工的点儿，办公间里已没人了。她活动了一下劳累的关节，抬头却见小冷正蹲在一张靠门的椅子上默默看着她，也不知是几时来的。

　　"来了怎么不作声，你在干吗？"

　　"看你。"他安静地说。

　　"我有什么好看。"

　　"你好看。"

　　几无意义的对话，他眼神却是古怪而直接的。小七有些不自在了，她低头收拾桌面，搬弄着那些成片成片的喜字帖，问他："回去吗？"

　　他"嗯"了一声，嗓子有点儿哑。

　　他一眼就看出她又想逃。没人比他更懂她，她躲避她自己比躲避危险要快得多。他想，他们是天造地设，为什么她看不见呢。这么简单的早已放在眼前的事，只要她肯去看一眼就能认清，她命中注定就该属于他，像他属于她一样。

　　见小冷神情非常炽热而又古怪，小七更不安了，她麻利地将那些喜字收拢到一处，说，走吧。

他伸出一只手臂拦住她。"别走。"声音卡住了。

海风热烘烘地从窗口灌进来，她刚抬起的身子又被他按坐了下去。他将一只发烫的手放到她头顶，手指插进她长发。她头皮一阵麻，听到急促的呼吸从他喉头发出，他另一只胳膊也过来了，圈在她的胸前。

那阵微微发麻的电流传至她血管里，她勉强转过脸，他的唇已等在那里，没有一丝一秒的错漏，他吻住了她的嘴。

她的身体已麻了一片，他拥着她，感觉她比任何时候都柔软、细腻、烫热。她的柔顺让他浑身都烧灼起来，她的身体一阵阵涨着潮，胸前也鼓胀起来，她来不及躲避，他已感受到了，他呼吸窒了一下，一把将她直直地举起来，她像没有分量一样被他举过头顶。下一秒，两人翻倒在一地红色的、闪金的、闪闪发亮的喜字上。

他在她耳边模模糊糊地说着话，听不清字，只有噗噗作响的呼吸。他的身体紧贴着她，熔岩般地化了一片火海。她吸了口气，费力地将脸从他磁力的吻里挪开："听我说……"

他完全听不见，仍是趋前吻住她，瞳孔都散了。她感到自己在不自觉地响应他，赶紧抽身翻出去，拉一把椅子隔开他："我们现在不能……"

他的情绪忽然打了个暴雷，一拳击在她面前那把椅子上，椅子哗啦翻倒了。

"你是要我发疯吗？"他哑着声说。

她心跳也停了一秒。接着轰的一声，爆炸一样的巨响在窗外腾起，是龙王节前的仪式，正在漆龙头，放炮庆祝。人群像沸腾的滚水一样流过窗外，欢乐炸开了一片。

"你让我再想一想……"她在这一片欢腾中说。

他的身体已经像收不住轰鸣的小火车，他瞪着她，一脸昏盲的狂热。

"别强迫我！"她用最后的意志说。

他绷紧的身体颤动着，眼神又热切又怨恨。慢慢地，他将身子伏倒，头重重地压在她胸前，喘息着，她在上方看着他头顶中心簌簌颤动的丝丝白发和那块伤疤。

"我会好好想一想，好不好？如果我想清楚了，我就答应你。"她慢慢地、慢慢地抚摩他的头顶和后背，一直到他喘息平静。

她并不是在敷衍他。第一次，她开始认真地去想一件从来都以为不可能的事。

第二天小冷随郝大哥上岸，小七等他吃饭等了很久，他却迟迟没有回来。她焦急起来，去他们日常办事的"司令部"去，却见灯火通明，十来个人围着沙发，中间坐着小冷。

她一看到他就知道他的不舒服相当严重。他锁着眉头，嘴唇紧闭，一言不发，这副表情他从来不用在思考而用来忍痛。郝大哥等人却完全不觉，兀自跟他絮絮叨叨说个没完。

见小七来了，众人才知趣地住了嘴，散了。小冷已连站起的力气都没有了，他也不说今天办了多少事，只默默拖住她的手。

小七让他握着坐了一会儿，才去打水，让他躺下，给他一把一把洗着头发。

"你跟郝大哥那些事不能推一推吗？"

"总归是要做的。"他嘟囔着，手指无意识地勾住她一缕头发，一圈圈绕到手指头上去，再让它们弹跳着散开。

过一会儿，他呼吸匀细了。她将手势放得更轻，还是阻止不了他的脱发，每洗一把就有一簇发丝落下，水盆里漂了一层黑的、白的头发。

"我们什么时候结婚？"他忽然问，呓语般的。

"你说什么？"她有点儿不敢相信。

"郝大哥说，龙王节很多新人会办喜事，我们也可以一起办了。"

　　小七不由得停了手，第一次从他嘴里听到"结婚"。他像那些所有野生的东西，随性地生长，世俗生活本跟他没有关系。

　　他睁开眼："别这么看着我，我当然可以结婚，这件事没什么特别的，只是很多事里的一件普通事而已。"

　　她不语，用大毛巾将他湿漉漉的头发擦干，再给他按摩穴道，才问："为什么想结婚？"

　　"不是一定要这样。我可以结婚，也可以不结婚，只要这件事跟你有关系我就去做。我也可以买房子、找工作、生儿育女，如果可以跟你一起做这些事，我就去做。别人怎么活，我就怎么活。"他说两句，又停下来喘了口气，"同样的，这些我也可以不做。去哪里，不去哪里，杀人，生意……或者活着。如果是因为你需要我放弃这些，那我就放弃。这就是一件很简单的事。"

　　仍像往常一样，明明披肝沥胆，却又平平常常。而他说的不正是她自己吗？世俗人情，庸常人生，甚至生命，本也是她从不去想甚至可有可无的事。如今由他替她说出，也真像每一个字都是从她心里抠出来的。

　　小七转开头，少顷，又将视线掉回来。小冷的语气和目光并不紧迫，他安然地躺着，享受着她的怀抱和温存。小七说："我明天陪你去走一走吧，你不是想看龙王节的集市吗？我们就去看看热闹。"

　　他愣了一下，眼睛亮了。她第一次同意跟他约会。并且，他第一次看到小七眼中露出这样春水一般浓郁的温柔。

　　他眉头舒展开，立刻说出一个地点："明天你中午回来等我，我两点来接你。"

　　小七点头答应，他勾住她的手指："说定了？"

　　"说定了。"

　　两人指尖相扣，相视一会儿，同时笑了开来。

　　郝大哥一群人等在门外，小冷这一整天沉默异常，他们不免有所不安，此刻才见他有了活力，便都放下了心。郝大哥看着这一对人静拥相对，笑容一片无思无邪，不由得也叹了口气。

第二天小七果然中午就收了工，远远却看见狍哥在修那辆被小冷弄坏的摩托。她想起一事，过去问狍哥："你从蜈背岛出来，我一直没顾得上问你，我们走了以后，俞瞎子怎么样了？"

"俞瞎子？"狍哥想了想说，"还是那样，唱戏、做菜、喝酒、吃药。"

"佟子没找他麻烦？"

"佟子对他不知道多客气。听说俞瞎子以前救过佟子的命，佟子不会对他下手的。"

小七皱眉想了一会儿，便向着小冷的"司令部"走去。

小冷正埋首在一堆鞭炮、花灯、头饰里，一批人订好了样子拿来给他看。抬头看见小七，他呆住了，吓愣了似的，半晌才说："你来干吗？"

小七说她想到了，佟子一直对他们留了点儿余地，是不是因为俞瞎子的关系？俞瞎子救过佟子，也许佟子想报恩……

她刚讲两句，小冷不耐烦了，挥手打断她。

"去去去，今天我不听这些破事。什么俞瞎子，什么报恩，我不要听。"他一脸不高兴，被她煞了风景似的，"讲了两点钟，就是两点钟。你现在跑来干吗？你回去回去，不许走远，待在房间里等我。"

他把她推出门去，又强调一声："两点！"

小七在往回走的路上还在纳闷儿小冷的脾气。到了住处，却看到一条裙子放在她床上，叠得整整齐齐，不知他什么时候偷溜进来放这儿的。

她一下明白了，忍不住噗地笑出来。

——这孩子从没有跟女孩儿约会过，这生平的第一次，他煞费苦心，精密计划，订出一个完美的约会。他紧张兮兮，一板一眼，一切要按他设定好的，她得穿上裙子等着他。两点，集市。绝不许有半点儿差池。

她又拿起裙子看看，赭黄底上是浅紫淡绿的蔷薇，竟是蜈背岛上他送她那一条。他们逃出蜈背岛时她什么也顾不上带，他是怎么带出来的？她真的一点儿也不知道。

她收起了笑容，刚才的忍俊不禁已褪去了。战冷疆这个人，究竟有多执拗、多可怕啊！然而又是如此的，如此的……她不能再往下想，喉头哽住的一块堵住了她，让她想不下去。

小七换上了裙子，她修长的身材很适合这样连身的长裙，柔和的花朵也中和了她冷漠的气质。到了下午两点，她准时走下楼去，柔软的棉料轻柔地拂着她的小腿。小冷果然出现在那里，他也换了一身干净衣服，脸上神气严肃认真，脚尖略神经质地点着地面，不时抬头看一看。

看到她裙裾飘拂地下来了，小冷撇一撇嘴，用力忍住飞快扩散的笑意，向她伸出手。

从天而降

百花岛的集市果然热闹非凡，琳琅满目的货架鳞次栉比，还有不少从外地来的商贩，采购的、兜售的都有，生活用品和衣物食物一应俱全，很多时兴货也以低价直接卖给岛民。这几天据说又来了内陆商人，卖的防晒霜很受欢迎，烟草的种类也更多。

小七和小冷在人群中挨挨擦擦地走，小冷买下很多没用的东西，一只手里提了很多，另一只手始终不离她，一路揽着她的肩，勾着她的腰，又时不时偏头笑吟吟地看她，她被看得浑身作痒，又甩不脱他。

"你紧张什么，又没人看你，他们倒是敢。"他凶巴巴地一扫四周，又高兴起来，指给她看。

海滩边的二十条龙船，已焕然一新地排成阵列，一队壮实的小伙子，露着黝黑结实的胳膊，伸臂抬腿做着准备。他们在蜈背岛错过的热闹，看来是要在这里补上了。小七留心看了一遍，没有蜈背岛的龙船。

"佟子这回伤了元气，顾不上这些了。"小冷说。

他们换了个方向，又去了另一侧的海滩，一个很大的戏台搭在那里，高高的木架尽头有一只描龙漆凤的花船，几个工匠正在上漆。十几个漂亮姑娘站在一边，都穿着传统长裙，戴着花冠，也排成一个队列，有教练模样的人训练着她们的走步和身段。一圈人围着她们看，不时地喝彩，这是人们最期待的项目，被选出的女孩儿将扮成"龙女"，乘上花船，投海祭龙王。

他们也站住看了一会儿，小冷兴致勃勃，看什么都能高声点评一番。沿着戏台又是一溜的集市散摊，仍是摩肩接踵、人头攒动。集市摆在海滩上，所有的岛民可以享受最大的空间和自由。

有个地摊上摆了一长列藏刀，小冷蹲下，随便挑拣着并在手上掂量。小七被几个人挤着，顺势向前走去。她有点儿累，也有点儿无聊，前面一堆人围着一个摊子，有个女孩儿在卖香水。那女孩儿口齿动听，笑起来甜如蜜糖，把一个个玲珑精巧的玻璃瓶摆得如百花园一般，她自己穿梭其中，宛如一只穿花蝴蝶。

小七着实吃了一惊，这女孩儿的眉眼、身材、脸蛋儿……分明是桂桂！她怎么在这里？

大新曾说桂桂上了岸被人救走了，那么她是跟什么人来的？

桂桂的香水非常受欢迎，不一会儿摊面上的已被抢购一空。她开始收摊，一直向着集市的后头走，小七紧随过去。

　　桂桂扭动着腰肢，到了一个摆满了保健药的摊前，摊主是个年轻人，正埋着头收钱，只看到黑而密的头发。他直起身，将一瓶保健胶囊递给一个妇女。这青年眼神明亮，与唇上的笑意相映，他有一口标准好听的发音，像电视剧里的人。桂桂打开一个绣花荷包，笑逐颜开地将刚卖香水的钱拿给他看，他也回给她一个赞许的微笑。

　　小七刹那如受电击，她呆愣愣地站在原地，忘了闪躲，也听不见小冷正在远远的后面叫着她。

　　桂桂这时回过了头，一眼看到了小七，她没有掩得住一声小小的惊叫，叫声轻微，但仍惊动了年轻的摊主。年轻男人抬起头，看向闹哄哄的拥挤的人群……人群中站着一个泥塑般的小七。

　　桂桂捏紧了衣襟，她下意识地向后退去，一边看着小七，又看看身边的年轻男人，他的眼神有些失神，像瞬间被抽了魂，渐渐地，眼神慢慢聚焦，神情起了变化，不知是悲是喜。

　　人群仍川流不息，小七被好几个人撞来撞去，身体有些摇晃。她觉得有一根支撑她的主心骨被抽离了，血飞快地离她而去……这感觉她是不陌生的，她还没有倒下只因为她没有等到最终的那股力。

　　年轻的摊主慢慢放下手中的维生素药瓶，他向前伸出手，仿佛想分辨眼前人的真假。很多人头和手在他们面前晃动，将他们分隔在河流两端……人群渐渐变成了无声的符号沉默地流动着，两人却一直保持着那样的距离。

　　一个手握钞票的妇女不耐地看着他："问你啊，这进口维生素你卖不卖啊？"但俊朗的摊主置若罔闻，双目向前集于一点，他终于说话了，声音颤抖着，叫出一个名字。

　　几乎是无声的，小七却分明听到了，桂桂也听见了，桂桂心惊胆战，又向后退了一步，拿不准要不要跑。她刚转过身，立刻就吓得僵住了——她最怕的人出现了，一个瘦高清秀的少年正急速地分开人群过来了，正是那个阴魂不散的战冷疆——他满脸兴奋，拎着一堆乱七八糟的东西，还有一把挂满坠子的短刀，一眼找到小七，高声说："看我买了什么！"

小七的样子很古怪，站着不动，也不搭腔，嘴唇有点儿哆嗦，眼中闪亮一片。小冷顺着她的目光看去，看到了那英俊的摊主，他刹那也呆住了，下一秒他已抓住小七，将她拉向自己。

不可思议的一幕就在这时发生了，小冷的手刚碰到小七，小七身子一摇晃，直直地倒了下去。

小冷急伸手托住她，她身子从他怀中滑下去，摔到了地上。这时那英俊的摊主也惊呼一声，冲了过来。

小冷一手抱住浑身冰冷的小七，一边抬头厉声喝道："站住！"

俊朗的青年微微一愣，没有听他的，也俯身去看小七。

仓啷一声，小冷刀已出了鞘。周围众人纷纷惊呼，往后退去。小冷抽刀的手势快如闪电，直指着那摊主，他双目恶狠狠地逼视着对方，声音也是狼一般的："叫你站住！别动！"

那摊主站住了，等他看清了眼前人，一道爆裂般的吃惊扩开在他脸上，他顿了两秒，不可置信地说："战冷疆？"

小冷一手抱着小七，一手拿着刀指着他，一种非人类的表情出现他在脸上，眼睛危险地眯起来。

"霍思垣。"他轻蔑地说。

霍思垣看看小冷怀里的小七，小七双目紧闭，脸色煞白。小冷则像一头全身毛发都耸起的恶狼般一触即发。霍思垣退了一步："她有病，不能受强刺激。你要先治她，再对付我。"他顿了顿说，"我就在这里，不会走的。"

小冷冷笑一声，抱着小七站了起来，他最后盯了霍思垣一眼，转身拨开人群大步走了。

霍思垣静静站在原地，如果眼睛会说话，围观人群都已听到千言万语。

桂桂一步一步后退,已退到了棚子的阴影处,那几人谁也没注意她。她回身收拾了摊子,把那些保健药瓶一一装好,眼中慢慢浮上了泪水。

人群兀自未散,刚才的一幕可比他们看过的任何电影和电视剧都精彩。

小七睁开眼,眼前一张脸俯得很低,他双目通红,狠狠地盯着她。

她侧头看一眼四周,小冷已将她带回来了,她正枕在他的膝上。她微微一动,他便更紧地箍住她。

"不准动。"他粗声粗气地说,咬着牙,"从今天起我要把你捆在腰上。"

他已经是一个马上要燃爆的样子。她心里叹口气,想着刚才那一幕,霍思垣必然是一路找到了这里。但桂桂为什么会跟霍思垣在一起,难道救她的人竟然就是霍思垣?他们之间又发生了什么事?她虽然只看了一眼,仍能看出两人的亲密程度。

啪!小冷忽然一拳砸在她头边:"不许想他!我知道你在想他。"

"战冷疆,你懂点儿事,讲点儿道理。"她疲惫地说。

"呵呵!"他对着她的脸冷笑,"你认错人了,我从来不讲道理。"

他正在发疯,她拿这样的小冷没法子,但她也知道怎样让小冷没法子。她索性闭上眼睛,不看他,也不听他说话。

他果然不安了,他拍拍她脸颊,试着她的额,又摸摸她的手:"哪里不舒服?嗯?头疼不疼?"

她仍不理,他慌了,将她身子扳好躺下:"刚才医生来过了,那王八蛋一定没好好看,我再去找他。"

她说,你就当我死了好了。

他一愣,火又冲上来了:"你死了,也要跟我在一起。你烧成灰,我也随身带着。"

见她露出鄙夷的表情，他深深抽了口气，忍痛一样，下颌因使力而使脸颊塌陷下去。

"你跟我去海市。"他忍耐地说，"你知道我跟那女人有笔账要算，你要陪着我，我还要告诉我爸我跟你在一起。"

"小冷，眼下我们先不讲这个，霍思垣来了，我不能让他一个人待着。"

"你敢跟他走，我就杀了他！"

她心里如有一锅沸水，难以厘清的一道道都如箭一般穿过她，偏偏他又这样逼着她："你要怎么样？"

"我们马上结婚，今晚就结。"

"如果我拒绝呢？"

"那是你蠢！"他双眉上挑，冷森森的火又在眼里烧起来了，"你喜欢的是我！"

她心里提醒自己，别吵，别吵，别激怒他。

"我们现在就结婚，"他蛮不讲理地说，"就在这里，我可以请姓霍的喝杯喜酒。"

"你清醒一点儿……"她忽然一惊，他见到霍思垣，怎么会就这样放过？就在这片刻间，他一定已有所作为，霍思垣只怕已入了他的瓮。她心里急了，跳下地，却立刻被他捉了回来。她将他的手甩开，马上又被抓住。

他力大无穷，一个指头、一根发丝也不让她脱离自己的手掌："不许去找他！"

"我得去找他！"她心里惶急，"你知道我跟他是有婚约的……"

话一出口，她立刻就知道说错了，这时候提婚约无异于火上浇油。

他浑身别着一股力，又像要抱她，又像要抽她。

"什么鬼婚约！扯淡！"他粗声说，"你想这样跟他走，你做梦！我不会让你这么傻的！我宁可你恨我也不会放你！我杀了你也不能让你后悔！"

"你能不能不犯浑？"她挣扎着说，"你根本不懂！"

"我不懂？我不懂吗？"他神色变幻不定，眼中一片白热，她心里一惊，立刻蹿开两步想脱离他掌握，他却已经扑了上来。

"你这傻瓜什么时候才懂！你是我的！"他凶狠地掐住她的脖子，又急速松手，看着她涨红又很快煞白的脸。

"你对他做了什么？"她喘着气问。

"想知道？他现在还不值得我做什么，你想他有命活着就不要去见他！"

"不！"

"你要做什么我替你去！"他吼。

"不！"她胸口剧烈地梗痛着，只得按住那一块。

"再敢说一个不字我杀了你！"

她又听到他的血液在血管里轰响了，这样的一个他，别说她做什么，她就是看霍思垣一眼就能毁了他。

"不要你去……"

他完全疯了，一把将她推倒。她翻身跳起，他又抓住她，她一偏头，他的手扯住了她衣领，"刺啦"一声，裂帛惊心，像在两个人颤抖的肉体上划了一刀，看不见的血喷溅而出。她奋力爬起，他又立刻抱住，她腿向后蹬去，他完全不躲避，喉头发出低低的狼一般的嘶吼，扑上来将她拦腰抱住，再度和她翻滚落下。

像两股激烈奔涌的潮水对撞在一起，溅起冲天轰鸣的浪头，在这白茫茫一片中，两个人都被蒙住了眼，已忘记最初的争执。她已无法解释她苦苦地试图两全之心，他也忘了想替她解决难题的决心。一片昏昧里只剩下两样东西：全身心的进攻和拼了命的抵抗。

他的手、嘴唇、腿，全身都成了武器，千军万马般向她进攻过来，她则用尽一切力气、一切动作去抵御。她疯狂的反抗激起他更猛烈的冲锋，他的身体本极轻捷，此刻却无比沉重，手臂和双腿牢牢捆缚住她。她的皮肤着了火，他的皮肤也着了火，她不留情了，他更不留情……他又成了一头怒发张狂的小兽，对着她怀中撞去，血液轰隆隆奔腾着，寸寸肌肉都崩裂、烧灼着，用暴雨般地激吻扫射她全身……

在即将虚脱的时候，她忽然停止了挣扎，任他的嘴唇疯狂地落在她颈窝里，沿着她敞开的衣襟一路向下……她屏住呼吸等了几秒，忽然抬手劈在他后脑一侧。

他骤然停住，像一个突起的浪头忽然被急冻凝固，接着纷纷冰裂了，他一声不响地坍塌下去，倒在她身畔。

他倒下的分量让她的身体也碎了一样，她胸膛的喘息尚未止住，泪水已流了下来。

这是他教她的绝招，她终于学会了。

她爬起身，摸到他乱糟糟的头发和一脸的汗。他的身体兀自带着战栗，紧闭的眼睛也是潮湿的。她跪在他身畔，哆嗦着手指检查他有没有伤。她嘘口气，接着替他披拢衣服，两腿发抖地站了起来。

他仍闭着眼，手却拉住她，止住了她正欲抬起的脚步。

她眼里闪过一道光，像欣喜又像绝望，没有想到他苏醒得这么快。

像落入陷阱的野兽咬断肢体求生那样，小冷歪歪斜斜地爬起来，手和腿都像折裂了一般生硬。他像个影子一样挪到她面前，眼里的巨浪已经消失，只剩下一片沉沉的木然。

她不知道他要做什么，他伸出手，慢慢替她拉好撕裂的裙衣。他的手臂已不再颤抖，动作沉重又机械。接着他绕过她，向门外走去，白花花的太阳射在院子里，门外的世界仍然一片闹哄哄。

你去哪儿？她无声地问。他背对她，却听到了。他没有回头，但她也听到了、感觉到了他抽动的鼻翼、抽动的肺和喉咙。

"霍思垣不是我对手。你不肯承认的，我会自己证明。你等着看。"

他走了，剩下她一人，海风呼啸中她的长发扑了满面。

她藏起的那颗心

霍思垣在一小时后找上了门。他按着村民的指点找到一家客栈，店员像早在等着他一样，将他引到后面的一间小偏厅里。这里临海，风景绝好，能远远看到海滩上的龙舟赛。

迎接他的男人膀大腰圆，威风凛凛，自称姓郝，是这家店的老板。

霍思垣说："我是来找小七的。"

郝大哥极为热情客气，给霍思垣倒茶倒酒，又叫人上水果、餐具。霍思垣冷眼看他布置，等着他说下文。郝大哥礼敬有加地做了全套，才像老家长似的说："小七嘛，不会跟你走的，这里有人照顾她。"

"谁？"

"我兄弟战冷疆，她现在是战冷疆的女人了。"

霍思垣忍住心里的恶心和愤怒，经过这半年多的寻找，他又沉稳了很多。他想，无论怎样，谢谢老天让小七还活着，眼下他们的安全是第一位的。

小七仍然活着，是他一直坚信的事，这信念更甚于事实。他设想过一百次一千次跟小七的重逢，却没有一个是这样的——小七身边跟着个活生生、欢蹦乱跳的战冷疆。

他还记得在海市见到的小冷，坐在轮椅里，全身细瘦，目光涣散，寂静如死。为此，战烈追遍天涯也要找小七寻仇。小七躲过一次又一次，失去了最亲爱的弟弟。如今，小冷却好端端地站了起来。

郝大哥整理了一长篇说辞，将条件一一列出，许以金钱和种种合作关系，见霍思垣不为所动，便将话题拉到了桂桂身上。

"关于你带来的那个女孩子，她惹了一身麻烦，是蜈背岛一直在找的人，我们也在找她。"

他提到桂桂，霍思垣有些动容，这姓郝的竟赤裸裸地拿桂桂威逼利诱。

"我跟战冷疆的事，你们想要把另一个无辜女孩儿拖下水？"

"她可不无辜，你清楚她做过什么事吗？她差点儿害死我兄弟。既然送上门，我们总不好睁只眼，闭只眼。"

"我不能拿桂桂交易，我没权利决定她的去留。她跟着我上岛来，我有责任保护她的安全。"

郝大哥嗯了一声。这个外乡少爷虽然文质彬彬，却是软硬不吃，不好对付。

见郝大哥沉默，霍思垣从挎包里拿出一瓶口服液、两盒药片。

"你不让我见小七，就把这药给她。她做过脑部手术，有一点儿后遗症，条件恶劣或者受到刺激，也许有并发症，她需要按时服用这个。"

郝大哥打着哈哈站起来，又说："这样，我们边吃边说吧，你不是要见小七吗，我摆酒，你们都来。中国人嘛，大老远来了，总要好好喝一顿，边喝边聊。"

小七已换了衣服，她对面坐着塔叔。塔叔闷声抽了半天烟，掏出那几瓶药放在桌上。

小七慢慢转动药瓶，看着瓶身上的标签，苍白的脸转红了："霍思垣来过了？"

"他在郝大哥那里。"

小七拉住塔叔的袖子："塔叔，你要帮我，霍思垣不能留在这里。"她语气急迫，"你要是不让我去找他，我也会自己走，别逼我。"

"丫头，我不劝你，也不逼你，眼下我也没精力料理你们这一摊子事。我只说一句，人不能亏欠自己。你呢，你是习惯亏欠自己的。你好好问问自己，你到底要谁？"

这是她这几天一直自问的问题，她尚未得出答案，霍思垣已从天而降。她想，这是老天给她的答案吧："我只有这一个选择。"

"小冷是我看着长大的，他这个人是不讲理，毛病多，我也不偏袒。"塔叔说，"不过你想一想，当真玩心机、玩手段、玩武力，你哪样是他对手？他怎么就拿你没办法？我没见过他遇到什么事能像这样……跟中了蛊似的！"

小七太阳穴跳动着，这些话又何必别人来说。小冷一去不回头的背影还烫在她心里，他和霍思垣，实在也不好说谁的处境更危险。

塔叔叹口气站起来："走吧，郝大哥请了霍思垣吃饭。我还是那句话，谁的债谁来还。你们都年轻，有的是时间后悔，但后悔了未必有机会重来一次咯。"

"……他呢？小冷呢？"

"他那种人，不痛快了会自己打个洞藏起来。"塔叔看看窗外的如血残阳，"你们收敛着点儿，别在人家这岛上闹出人命来。"

霍思垣终于又见到小七了。

日光折射出不同的角度，投射在海面的道道波纹上。霍思垣站在灼热的沙滩上，看着自己脚下的影子多了一条，他转过身，就看见了光线中的小七。

小七淡蓝的连衣裙飘拂在海风里，头发也迎风飞舞，在日光影里是一个模糊陌生的形象。

霍思垣有点儿恍神，看着那个人影向他一步步走来。不知道是光线的虚化还是她的微笑，她有点儿奇怪的陌生。

"思垣。"她叫他，她目中含泪，瞅着他。

"这是你吗？"他喃喃地问，做梦般伸出手臂，却并没有一个期待中的拥抱。塔叔在旁边咳了一声，他才看清她并非一人。

平台上支起很大的篷顶，海风强劲，吹得人浑身干燥。一张圆桌上十来个席位，有几个人已坐在那里，此刻都站了起来，为首的正是郝大哥。郝大哥一一给霍思垣介绍，每个人后面都有个职位，都有个身份。看来他们是把霍思垣当成了重要人物，不过一顿饭，请来这许多陪客。

霍思垣本是见惯大场面的，他态度谨慎，有礼有节一丝不乱。郝大哥请他们入席，将霍思垣安排在自己身边。小七的位置被安排在塔叔身边，她正帮着搬椅子拿酒，忽然睫毛一闪，像听到了什么，回头扫了一眼。

霍思垣随她的目光看向门口，那里却并没有人。又过片刻，一阵极轻的脚步声响起，一个瘦瘦的少年走了进来，脚步有点儿仓促，头发、衣衫都有些凌乱，像是跑过远路似的。郝大哥和席上众人都一愣，不约而同站了起来。

"以为你不来了，都说找不到你。"郝大哥大声说。

"有贵客，我自然要来。"少年说，转向霍思垣。

霍思垣心里一凛，这少年目光冰冷、尖锐。他想，战冷疆终于亲自来了。

小冷跟刚才集市上的样子不同了，脸色仍是不好，但集市上那一脸的惊诧、愤怒、轻蔑，一身的野兽气息都不见了，现在他像钉子一样坚硬，又沉甸甸地带不起波澜，像藏起利爪的狮子。

霍思垣定定神，伸出手说，霍思垣。

小冷也伸出了手，说，战冷疆。

两人男人认真地握了握手，彼此又打量了几秒。

郝大哥大声地笑起来，让他们都坐，几人无言地坐下了。霍思垣注意到在集市上对小七万分紧张的小冷，此时眼中却像没有她一样，他自然地坐在了上首，将衣领散开了一点儿。而刚才有点儿失态的小七，此时微微将头偏过，脸上已恢复了漠然。

一扇门开了，霍思垣又是一惊，狍哥带着桂桂走来。

霍思垣紧紧盯着桂桂，桂桂脸上、身上一切都无恙，虽然神色不安，却没有受过欺负的样子。他心里安定了些，桂桂默默地坐在他身边。

霍思垣又看向小七，她的眼睛向他示意，不要冲动。

他轻轻点了点头。

小七站起来帮着放餐具，她给每个人布好碗筷，接过酒瓶给他们倒上。霍思垣注意到小七将战冷疆面前的酒挪走，换了杯白水。战冷疆一直没有看她，只在她的手递来的瞬间微微一让，恰好空出了一个杯子的位置。两人间看起来极其习惯和自然。

是什么让他们有了这样不假思索的默契？霍思垣心里有点儿明白，又有点儿糊涂，他不愿深究下去。他不错眼地看着小七，她那姿势，那律动，举手投足，仍然活生生的是他的小七。但他觉得她的情调既熟稔又崭新。他想，这一年不到的时间里，在他的小七身上发生了什么？

当然，她一直是使他吃惊的。在他们的相处里，总是不停地被分开，在那一段一段被时间割裂后的重聚里，她总是有所不同。他那次坐牢回来，惊奇地发现她跟原本不共戴天的谷雨处出一种相濡以沫的感情。现在，在这茫茫大海里的一座岛上，面对着那一群亡命之徒，她仍然活得踏踏实实，甚至，一种近似于温柔的东西出现在她身上。

郝大哥举起杯来，先敬了客人，说了几句客套话，说霍公子这次来得巧，一定要好好住几天，等龙王节过完了再走："我保证你玩儿得过瘾，我们的节目可是你在别的地方都看不到的！"

众人便七嘴八舌地谈论起来，人多也有好处，席上绝无冷场。霍思垣谢谢郝大哥的款待，说自己明天就要走，而且要跟小七一起走。他一边说，一边看着小七，她并没有注视他，也很少跟旁人说话。她目光灵活，每上一道菜，她都仔细盯着上菜的人，这无疑是处处埋了陷阱的一顿饭，她依然保持着野兽在陌生环境中那种时时刻刻的警觉。

隔了张桌子，霍思垣视线黏在她身上无法挪开。

"我们可以走了吗？"他的眼睛在问她。

"我们不会这么轻易地就能离开。"她同样用眼神回答他。

"我好想你。"他说悄悄话那样嘴唇轻微开合。

她用微笑告诉他，她明白。

小冷手里的杯子重重落在桌上，满桌人都不由得止住了动作。席间话题火热，小冷一个字也没说，桌上十几道菜，他的面前干干净净，一口也没有动过。

塔叔立刻打圆场："小七我也教了几年，总算有点儿情分，有我在，她吃不了亏，你尽管放心。"

"我不能说放心。"霍思垣说，"从去年到现在，大家都在等她回去。"

郝大哥呵呵笑了两声，说百花岛跟蜈蚣背岛关系一向不错，但现在都知道桂桂上了百花岛，百花岛不能睁只眼闭只眼了，佟子那边还在要人呢。

狍哥接着说，桂桂的事总要解决，霍公子别让我们为难。

几个人绝口不提小七，你一言我一语，认认真真跟他商讨桂桂的事，意思都是他要走，就得留下桂桂。

霍思垣却不想兜圈子，他说，桂桂是我带来的，我就要带她走。我已经找了小七半年多，承蒙各位对她的照顾，我们时间紧迫，只有日后再来答谢。

他把话讲得毫无回旋余地，众人不约而同看向小冷，小冷嘴角撇出一个隐约的冷笑，说了席间第一句话："如果不呢？"

霍思垣觉得他有点儿孩子式的赌气，这不是他想象中的战冷疆。

"如果不，我就在这里陪她住下去。小七是我的未婚妻，我既然找到了她，在这里结婚都行，只不过我收到了江洲的消息，恐怕我们不能多耽搁。"

小七吃了一惊，立刻抬头看他，眼睛都瞪圆了。

"等下告诉你，别担心。"霍思垣轻声说，他温煦的目光抚慰着她的不安。

小冷站起身来，他两指按着眉间，脸色疲惫，因为身量过高而微微佝着背："龙王节船不好分配，人也杂。既然你们坚持，明天中午 12 点，我安排船送你们走。"

他这句话说出来，不仅仅是霍思垣意想不到，塔叔、狍哥等人固然吃惊，连小七也愣了。小冷却已转身走了，似乎不胜厌倦。从始至终，他没朝小七看过一眼，没对她说过一个字。

霍思垣与小七徜徉在沙滩上，看天边云层映衬着下面五颜六色的船只和旗帜。影子落在沙滩上，形成长长的斜线，几个赶海的孩子前前后后欢叫着在他们身边跑动。

"这是我以前一直梦想的画面，跟你在一个这样的地方隐居。"霍思垣说。

他伸出手去，这回他没有落空，她柔顺地俯进他怀抱里，听着他不稳定的心跳。他摸她的头发又摸她的脸，然后是她的肩膀和手。

"梦和老天都没有骗我，这真的是你，你是活着的。"他的声音颤抖了。

他告诉她，自从在岐山镇被个街边卖藕的孩子追上，告诉他见到了小七，他急回头却遍寻不见，便在岐山镇找了个小招待所住下，每天出去在那有限的几条街市和人家挨户寻找打听。后来，他听到了一个传言，是关于一个神秘女孩儿的，据说有个叫霍思垣的人会出巨款去救她。他立刻去找这消息的来源，结果找到了桂桂。虽素不相识，但他仍是救下了桂桂。桂桂是个遭际堪怜，却身世神秘的女孩儿，他问她怎么会知道他，她却绝口不提自己的过往。后来，他进了一批保健药和蜂蜜之类的物品，开始沿岛去兜售，一直找到了这百花岛。

他随意讲来，其中辛苦略过不提。她目中含泪，嘴角带笑，完全懂得他。她想，原来如此。小冷当初对于贾骏的栽赃，却无意间成就了霍思垣和桂桂的一段缘。

她追问他江洲的事，他告诉她韩默愈已去了江洲找谷雨。小七问："他要带谷雨回白桥？"

霍思垣看着她眼中那阵隐约的思虑："回白桥不好吗？"

"回白桥当然好。你不知道，阮姐去了江洲……我不想谷雨受到一点点威胁。"她理着凌乱的心思，下了决心，"明天我们一定要走。"

"战冷疆说明天给我们安排船，你说他可信吗？"

"我不知道……"她说，"我不能确定。"

她想着刚才席间小冷那陌生的态度，小冷认真起来是深不可测的。

"他不想放你走？我不知道他是怎么恢复的，或者，我不该问这个？"霍思垣问。

小七蹙起眉，眼中的思虑又深了一层。这事表面上看没有破绽，而可怕也正在于此。

"你先回去准备，我也要回去跟塔叔交代，明天我们码头见。"她说。

"你晚上来找我吗？"他恋恋不舍地追上一步问。

她回头朝他一笑，握住他的手指："好。"

霍思垣有些愣愣地看着小七转身离开，她还是那样果断干脆，但他却说不上是什么让他心中忐忑。

小七走在夕阳中的样子在很多年后仍在他记忆深处栩栩如生，要到很久以后他才能明白她身上的变化源于何处。然而此刻他还不知道，只觉得她满怀柔情。她海风里飞扬的长发和飘荡于脚踝的长裙，那淡蓝色的摇曳都让他感动，感动而又不安。

恋战龙王节

这晚天空灿烂得出奇,星辰像灯火一样密集。沿着海滩摆起几十米的夜市长龙,啤酒畅饮,海鲜饕餮,各处的吆喝声和碰杯声持续不绝。

小七将自己的东西简单打了包,她原本也没有什么要带的,只是看着那一柜子的衣服有些发愣。这些都是小冷买的,他只要出去晃晃,就会不停地给她买东西。他们在百花岛这些天,他买回来的东西已经要放不下了。

"放不下正好,你就搬到我那里去。"正中他下怀似的。

他房间就在她隔壁,她只要经过他门前,脚步再轻,他也会立时发觉。

"去哪儿?一起。"他笑嘻嘻地拦着她。

小七咬咬唇,这么晚了,小冷的房间始终没有声音。

他房门里漆黑一片,也看不到里面有人。就这样走过他的门前是艰难的……一根看不见的绳索并未套在她的脚上,只在她心上打了个结,她每走一步都似被什么东西拽动了一下。

她伸出手去,又收回来……夜长梦多,多一事不如少一事。

"对不起。"她轻轻说。

她出了大门,向霍思垣的住处走去。穿过热闹非凡的人群,她想,那些人为什么会有那么多的快乐。

霍思垣打开门,有些吃惊地看着门口的桂桂。

桂桂的手上托着药盘:"白天你有没有受伤?让我看看。"

"我没事。"霍思垣仍是坐下了,桂桂细心地卷起他的衣袖。两人都不说话,桂桂的气息温柔地拂到他脸上。

"桂桂……我还是想说，你是自由的。"霍思垣说，"明天我们上了岸，你就去你想去的地方。"

"我没地方去，只要我能平安离岛就谢天谢地了。"桂桂说。

霍思垣皱起眉头，他不是不知道桂桂过往复杂，带着是个累赘，他脑中搜索着什么地方能让桂桂安身。

"要不，我给你介绍工作，我家还有两间工厂，我介绍你去那里。"

桂桂在灯下抬起泛着泪花的眼睛："思垣，我还能这样叫你吗？"见他点头，她说，"别人都说大恩不言谢，我没办法谢你，还总是对不起你……"她嘴唇颤抖着说不下去了，忽然上前抱住了他。

隔着院门，小七看着霍思垣的窗户上映着的两个拥抱的人影。桂桂的姿态是柔情无限的，霍思垣亦没有闪避，温柔地抱住她给以安慰。小七沉吟了一会儿，又转身走了。

小冷的房间仍是黑寂一片。这最后的一晚，她以为小冷会来找她，但竟然没有。他是在怪她，还是恨她？

她抱膝在窗前坐着，没有什么可干的，也不知在等着什么。看着那些灯火一样的星子逐渐变得黯淡，陆续隐到了稀薄的云层后，她仍在那儿坐着。天空的浓度逐渐浅淡，云片后越来越亮，忽而破开，灿金的日光涌了出来。

忽然一声呐喊，紧跟着四处的呐喊声轰然响起，雨点般的擂鼓也随之敲响了，像大战一触即发，百花岛盛名已久的龙王节开始了。

同样一夜没睡好的霍思垣早早结了房钱，他此次是以商人的身份上的岛，货物尚未卖完，他全部送给了店家。店主从没碰到过这么个阔气人，谢了又谢，又要用车送他去码头。

"今天人太多太杂，没人带路走出去都困难。"店主说。

"我还有个同伴，我们一起去码头。"霍思垣说。

店家却说桂桂被叫走了，一大早有人来找她让她帮个忙。

"去哪儿了？"霍思垣吃了一惊。

店家说不清楚，好像是龙王节的剧团。桂桂看着挺不乐意的，不过还是去了。

霍思垣看看表，离开船还有两个小时，他皱眉想了想，便往戏台方向去了。

他拨过一队穿红戴绿的腰鼓队，又是一队黄缎子的舞狮队，人群像海浪一样涌起伏下，那高高搭起的戏台像头怪兽一样盘踞其中。这一片大概有两百来人，这是百花岛的龙王节里人最多、最有看头的一段，果然像那店主说的，没有人带路根本别想走出去。现在看来，不只是台戏，简直是个迷宫。

太阳直射头顶，霍思垣不久便大汗淋漓，无数勾眉画脸的人在他眼前晃动，只觉得人人都戴了面具，他谁也不认识，心中一急，便对着戏台的方向喊："桂桂！"

没有人应他，甚至没有人回头，他的声音淹没在一片锣鼓声中。

他只得又奋力向前挤，一边不停地看表，如果到了时间还没有找到桂桂，他也一定得赶去码头跟小七会合。这样一想他更躁了，又喊了一声："桂桂！"

忽然一个人拉了拉他的衣角："你找桂桂？"

是个年轻姑娘，戴着一头小辫子的假发，上面压着一顶花冠，这是龙女队伍里的装扮。

他忙说是的。

"桂桂被选去当龙女了！要压轴呢！"那姑娘说。

龙女？霍思垣觉得匪夷所思，桂桂今天要离岛走了，怎么还会跑去当什么龙女？

"人家漂亮嘛！"那姑娘撇撇一张涂得鲜红的小嘴。

"你们有几个龙女？"

那姑娘笑得花枝乱颤:"龙王胃口没那么大,他老人家每年只要一个。只有桂桂一个龙女,我们都是在旁边给她做陪衬的。"

"做了龙女会怎么样?"

"上花船,当供品,献给海龙王咯!"

霍思垣呆了几秒,抓住那姑娘的胳膊:"后台在哪儿?带我去!"

龙舟队已集齐,龙舟队员们分别穿着红、蓝、白、青四色服装,有的脸上画了脸谱,在赛道前准备着。岸边摆了几个长条桌,铺上了红布,上面摆着香炉,插着蜡烛,虽然不是端午,但还是放了几色祭品。围观的人热情高涨,有人在抱怨两头离得太远,看了这边的龙舟赛,怕赶不及去看那边的龙女花舟祭龙王。

小七站在略高的地方,这里能看到这一带的全貌,也能看到霍思垣来的方向。密密麻麻的大船、小船排列着,大概所有的船都集中在这一带了,人们不是来比赛的就是来看热闹的。

她手里有一个旅行袋,象征性地装了点儿东西,已攥得手心出汗,而霍思垣仍没有出现。

她的心跳有一些快,她从住处直接来这里,并不想去干扰霍思垣,思垣有他对事对人的处理方法。她告诉自己,无论他会不会带上桂桂,她都接受他的决定。

而小冷仍未出现,他像是又一次藏起了自己,连塔叔也不见了。

不时有人搬着东西经过她,锣鼓、凳子、篮筐、啤酒,她不停地避让,再登上高处去朝四面看。

她忽然在对面的石台发现了一人,是郝大哥手下的,昨天吃饭时他也在,此时一头汗地正指挥着人挂横幅。小七挤上去叫他:"你是不是姓周?你认不认得我?"

那人吓一跳,认出是她忙说:"我是姓周。我认得你,小七姑娘。"

那人态度很恭敬。现在人人都认识战冷疆,而人人都知道小七是战冷疆的祖宗。

"你是来给我们准备船的吗？"

"船？"那人朝四面看看，"什么船？"

"郝大哥告诉我，你们给我准备了一条船送我和我的朋友上岸，就在这里，就是现在。"

那人像看怪物一样看她："今天这里有一百多条船，可没有我们派出去的。"

小七感到脑中一阵轰轰响，她使劲儿把不停冲入耳中的喧闹排出去，抓住眼前人。

"所以郝大哥没有交代过你？你们今天也没有人要出海？"

"姑娘，你看看这个阵势，"那人指一指周围，"我们这几年都没这么忙过，还出海？饭都顾不上吃。"

小七呆呆地站着，心里那点儿不祥急剧扩大。她恨着自己太草率，小冷和霍思垣的战斗怎么可能只是表面的一顿饭、三言两语的交锋就能结束的？小冷怎么会如此轻易就放了她，放过霍思垣？仅凭她的坚决和霍思垣那些寸土不让的话？这些只会让小冷耻笑……他，他有一系列的手段等着对付霍思垣。

她跳下石台，朝着霍思垣的住处跑去。

果然像那姑娘讲的，龙王节的美女队伍人数众多，但选出来做龙女的只有一人。

戏台离地十几米高，这是颇有年头的一个升降戏台，很宽敞。远远就能看到花枝招展的演员们穿着传统服装，红绸包头，同色的腰封和靴子，戏台上的角色扮演者从皇帝、大臣、将军、士兵，应有尽有，不知是哪一出戏，重点是祈雨求平安，然后祭祀献龙女。

霍思垣在人群中张望着，台下群众忽然欢声雷动，只见一群百花女郎，袅袅婷婷，手持宫灯和拂尘，分两边站定，接着一个身段苗条的女孩儿走了出来。

霍思垣被汹涌的人流挤来挤去，他索性跳起来看了两眼，那女郎白衣素鞋，却看不清脸。这是演到推选龙女，跟着就是龙女换上花冠吉服，被送上花船的戏码。

霍思垣又向着台后跑去。戏台后面是临时搭起的一个个休息区，挂着布幔，每掀起一片，便能看到里头坐着几个对着镜子梳妆或喝水抽烟的演员。霍思垣一边道歉一边打听，却仍没见到桂桂。

他心中焦灼又迷惑，实在不明白临行前的这一出是怎么回事。忽然一队人从两边匆匆忙忙跑过去，手里拿着绳绊子。

"船怎么样？"有人低吼。

"挂住了，推不动。"另一人回答。

"那怎么办？回头下不了海！"先头那人咆哮道，"那船有多重？就坐个丫头的分量你还推不动？"

旁边人答应着，说这船本来是现成的，非得临时作妖把底掏空，这不是磨人吗，昨天干了一夜。

"祭祀，祭祀，不真的下海，龙王爷能满意？"领头的笑得不怀好意，"上面讲了，这次就是要玩点儿真的。"

"玩儿大了，真出人命怎么办？船一翻，那可是真的把人掀下海去。"有人小声嘀咕。

"干你球事！快去！"一队人推推搡搡地走了，留下一头冷汗的霍思垣。

他心中的愤怒和后悔到了极点，他早应该看着桂桂不该放她独自一个人，他没想到，光天化日下真的有人会公然作案，把活人推下海只为了"有所交代"。

他揪住一个身边的演员就问："龙女在哪儿？花船在哪儿？"

"花船？花船还没推出来，龙女要到最后才出场。"

霍思垣又向后跑去，那伙人说花船被挂住了推不动，自然是在海滩边，他向着狭窄的出口跑，后面是一道阴暗的供工作人员行走的通道。穿过通道，就是个小港口，他赶了进去，一块厚厚的幕布挡着，他一把掀开。

一个苗条的女孩儿披红挂彩地背对他站着，女孩儿长发披肩，身子有些轻微颤抖。

"桂桂？"霍思垣叫她。

女孩儿回过头，果然是桂桂。她脸上泪水纵横，将油彩洇湿了一片。

"对不起，对不起，"桂桂泣不成声，"思垣，对不起。"

霍思垣看着桂桂脸色由愧悔、悲伤变为惊惶，她忽然被人呼一下推开，霍思垣来不及去扶，已被两个人夹住了胳膊。

郝大哥走了过来。

"霍公子，真是对不住。"郝大哥笑嘻嘻地说，"天气太热，让你跑这么一身汗，换身衣服凉快凉快。"他挥了挥手，又抽出一卷绳子。

桂桂大声惊呼扑了上来："我没有答应你这个！你说过不害他的！"她的喊声被郝大哥一手捂断在嘴里。

两个人应声上前，他们手里托着戏台上用的道具盘子，向霍思垣走来。托盘的垫巾上垂下长长的流苏，盘子上放的是花冠霞帔，一套龙女服饰。

没有人，每个院落都静悄悄的，似乎全岛的人都跑出去参加盛会了，留下一座空城。

小七已找过了霍思垣的住处和她自己的住处，和她预料的一样，没有人，没有霍思垣，没有桂桂。郝大哥、小冷、塔叔，一个也不见。

她心中一片惶急，身上的热汗变成了冷汗，沿着她的额头流下来。这一瞬间她觉得蜈背岛的所有惊心动魄都及不上这一刻的无边无底的恐惧。为什么？为什么？是因为她的对手终于变成战冷疆了吗？

她紧张地想了一会儿，又向培训处跑去。

狗哥大惊失色地看着眼前这个像从水里捞上来一般的小七，她全身被汗浸湿，虚脱一样顺着门框软了下去。狗哥赶忙上前扶她，却被她一把揪住衣领。

"他们在哪儿？霍思垣在哪儿？"她嗓子哑了，声音抖着，狠狠盯住他。

狗哥一向有点儿怕小七，这时被她盯得心虚，说："霍思垣，不是跟你在一起吗，你们不是要走了吗？"

"小冷人呢？"

"少爷……你没见到他？我也不知道……"

"少跟我诓！"她卡着声音对他吼，"小冷在哪儿？"

"他，他去戏台了……"狗哥扛不住地交代。

"去戏台干吗？"

"他说今天要放龙女，他去看热闹……"

小七松开手，她无力地坐在门槛上。小冷去看什么龙女，他最不喜欢看大戏了。

狗哥站在她旁边，见她冷汗淋漓中苍白着脸，不安地说："你进去歇歇吧，今天走不成就走不成，反正又没船……"

"你怎么知道没船？你早就知道没船？"

狗哥自知又失了言，窘了半天，说："少爷说今天只有一条船能走。"

"什么船？"

"那个……送龙女的花船。"

小七脑中轰的一声，她手扒住门框，站了起来，只觉得胸口狂跳，指尖冰冷。

狗哥看着她脸色骤变，看到她眼中电波一样一道道急速流过的震惊、不信、恐惧……她转身就朝外跑，却腿一软又倒了下去。

狗哥上前扶她，她推开他，爬起身朝四处看看，门前停着的仍是那辆被小冷骑坏了的摩托，这车手刹和轮胎都有点儿问题，她也不管了，骑上去就发动。

狍哥吓得连忙上去拽她："这车还没修好……"

一阵轰鸣带起一阵尘土，小七已伏在车身上向前冲去了。

刚跟小七对过话的那姓周的男人仍在码头，忙成陀螺样料理着现场。一只手臂将他从人群中拖了出来，他擦着汗，见面前人是塔叔。

"小七和那位姓霍的先生有没有来过？"塔叔劈头问他。

"小七姑娘来过，姓霍的没见着。"姓周的说。

"今天有船走吗？"塔叔又问。

姓周的看看周围又看看塔叔。

"有的，"他附在塔叔耳边，"我们郝老大说，小冷少爷交代了，要准备一条船。"

"郝老大怎么说？"

"他说小冷少爷交代了，如果小七姑娘来问船，就说没有，今天一条船也没有。"姓周的说。

"那为什么又要准备船？"

姓周的挠着下巴："好像说过了今天才能用。"

塔叔有点儿不明就里，拿出自己的烟，走到人群外，狠狠抽了两口。他疑惑地思索着，看着面前汹涌的人潮正进行着狂欢……塔叔忽然明白了，不由得对着那片起伏的海面大叹了口气。

"小冷，小冷啊……唉，现世报。"

爱极翻成无不舍

人群呼啸，龙舟队破浪而行，比赛已臻白热化。

没等骑到戏台，小七已从车上跳了下来，这车确实毛病多，她歪歪斜斜一路飘了过来，头发、衣服乱成一团。

无数只手臂在她眼前挥动着，一片红、黄、蓝、绿的海洋。她头晕目眩，辨着方向。花船总是要去海边的，她认准一条路又朝海滩跑。

一队舞狮子的忽然舞了过来，狮头摇头晃脑，踩着她的脚跟，她只得向后退让；拿着龙灯的人却又在她身后挡住，她只得再让开，另一只舞狮又过来了……这样，她一步一退，不自觉中改变着方向，当她站稳脚再看时，这队狮子已将她逼上了另一条路。

她心里有了点儿醒悟，虽不知原因，但她依然按着这条路赶了过去。

这里是舞台东面，果然人少很多，路也近一点儿，只见一道用鲜花铺就的长长红毯，逶迤走下来一队人，男人穿着硬纸做的铠甲，女人们长发彩裙，这是护卫龙女的队伍，却不见龙女本人。两边是雨点般的锣鼓声，人们大声欢呼，红毯的尽头赫然是一艘花船，装点得花团锦簇，静静地泊在那里。

小七左右寻找，忽然一个女孩儿冲了过来，揪住她的手臂，竟是桂桂。

"你来了！你终于来了，我不知道怎么找你！"桂桂大声哭着，她脸上被泪水和油彩弄得脏污一片。

"霍思垣呢？"小七颤抖着大声问。

"思垣被抓起来了，他们逼我做龙女，要丢我下海引思垣过来……其实是，其实是他们抓住了思垣来当龙女……"

小七心中黑暗一片，她的恐惧全变成了现实，她不再犹豫，对着花船冲去。

一些手臂上来阻拦她，有人在叫她："咦，你这姑娘，要看戏就好好看戏，闯什么啊！"

小七听而不闻，她左挡右突，到底从人堆里挤出一条缝，她冲着花船跑去，又有人去追她："那里不能去！喂喂，你要下水了！"

小七跳进齐腰的海水里，她蹚着水，一步一拖地向前跑。前方的花船里半垂着纱幔，龙女坐在船舱里，姿态虽娴静，身量却明显比一般女孩儿要高大。船头的人忽然大喊一声，一刀斩向船头系着花球的缆绳，岸上观众齐声大叫，花舟摇摇晃晃被一股浪头推了出去。

小七已追到船边，她头发披散，狼狈不堪。龙女静静坐在那里，长发拂肩，花冠上垂下的珠帘遮住了脸，穿着一身绣了花朵的披风，那个一动不动的姿态像是已这样枯坐了千年似的。

小七就在这瞬间停顿了一下，她像卡碟一样骤然止住……下一秒她又奋然跃起，在众人惊呼声中，她已攀住摇晃的船舷，攀了上去。

她砰地摔在船板上，湿淋淋地摔在龙女那对穿着红云靴子的脚旁。

龙女似乎震动了一下，透过微微颤动的花冠面具，看着面前湿漉漉的女孩儿挣扎爬起，船板上拖出一道长长水线，她又一跤摔了下去。她喘息着，揪住龙女的裙边，撑起身子，一把掀掉了龙女脸上的面具。

一张狭长苍白的少年脸。

她像被点中穴一样不动了。

一双燃烧着冷火的眼睛，在面具后面静静地看着她。

"你终于来了。"小冷说。

所有的呼喊声都停在了风里，所有围观、阻拦的人都被隔断在一片越来越宽的海水那头。花船摇摇晃晃随波漂去，那些热烈、惊叹、诧异、焦灼也随之一起飘散了。

小七剧烈起伏的胸腔仍喘息不定，她一半身子还卧在地上，衣服湿透，腿也受了伤："……霍思垣呢？"

小冷坐着，居高临下地看着她，表情不知是悲是喜。他掀掉了花冠，掀掉了一头长假发，嘴角撇了撇，出来那个熟悉的笑："没有霍思垣，没有别的人，这船就要沉了，我们要死在一起了。"

她看着他那石膏般的脸和失眠后发红的眼眶，而她自己同样是这样一张垂死的脸。

"你安排了一夜，就为了这个计划？让我来找你？"

"重要的是你来了。"他说。

他俩忽然都想起，这话他不久前曾说过一遍。她去许愿树给他许愿，他不知她去了哪儿，他跟自己赌了一回："重要的是你回来了。"

朝暮之间，蜉蝣从生到死。话犹在，却已天壤之别了。

小冷托住她的腰，将她提起来放在他身畔，又将她湿答答的长发理了理。他的动作稳定庄重，带着种仪式感。

"我一直都想跟你坐这个花船，老天毕竟对我不错，又让我如了愿。"他轻轻地说。

小七被他揽在身边，两人一起微微颠簸在这艘华丽而脆弱的船上。这一幅景象是荒谬又悲伤的，纱帘外是越来越远的岸和看似平静却瞬息万变的海洋。

"你让郝大哥去跟霍思垣谈条件，你知道他不会同意，你只是想让他轻敌。"她一边说，一边反省，思路渐渐理顺了。她本已那么了解他，却还是被他蒙了这一天一夜。

"你制造出有人要对桂桂不利的假象，让霍思垣以为桂桂是万分危险的。再制造出混乱，引霍思垣中途去救桂桂。等他来了，你们就对他下手，再做成是他自己撞上来为救桂桂当了替死鬼的样子。"

"霍思垣不是一个尿货。你不喜欢尿货，是不是？"小冷笑一笑说。

"你又威胁了桂桂，让她亲近霍思垣，让这些都落在我眼里。你安排了那么多人，舞狮子的、划船的，还有狍哥，一步步把我引过来，让我亲眼看到思垣为了桂桂而放弃和我上船，你以为这样我就能对他死心。而即使他死了，我也不会怪你。"

这计划着实严密，滴水不漏，是小冷的手笔。

"可是你又怎么确定霍思垣会去找桂桂？他要是直接来找我上船呢？"

小冷又笑了一下，这回的笑有点儿凄凉："霍少爷气魄大，做惯了英雄救美的事。他要是不去救桂桂，你是不是也会失望？"

"所以，他无论去不去找桂桂，都不会影响我对他的判断……"小七的声音开始发颤，"你战冷疆从不出错，从来不会输，但现在为什么是你坐在这里？你把每一个人玩于股掌，不惜两败俱伤，你就是要看看，我对霍思垣到底是怎么样的？"

"你终究还是要霍思垣了。"小冷垂下眼睫毛，他的口气是从没有过的消沉——他常激怒，会不屑，会嘲笑，会淘气，却从不会这样无力，"我一直坐在这里，等着你来，又怕你来。看你不要命地跑过来想救人，我就知道我输了。"

郝大哥拿出绳索，手下人将桂桂押了出去，一边按住挣扎的霍思垣，给他套上龙女的衣裙，戴上花冠。

"霍公子长得英俊，扮女人也美得不得了，难怪女孩子都迷你。"郝大哥笑嘻嘻地说着疯话，又拿出一块布塞住了霍思垣的嘴巴。

"停住。"小冷在后面说。

郝大哥停下手看他："你怎么过来了，你不是要跟小七姑娘上船吗？"

"我是要跟她上船，不过上的是龙王花舟。"小冷说。他看了一眼眼中要喷出怒火的霍思垣，伸手摘下了霍思垣头上的花冠，戴在了自己头上。

"可是这姓霍的就不管了吗，你自己去扮龙女算哪一出？"

小冷对着莫名其妙的郝大哥一笑："你看我长得怎么样？"

"还，还不错。"郝大哥迷惑地说。

"女孩子们会迷我吗？"

郝大哥反应过来，忙说："那是自然，你比这姓霍的强多了，他不能跟你比。你又俊又气派，那些姑娘看到你没有一个还并得拢腿的。"

郝大哥高帽不要钱地送了一堆。

小冷轻轻一笑："我不要那么多，一个就够了。"

他将花冠戴好，又取下龙女的披风围在自己身上。

天色悄悄改变，流云快速地从中心点向四周冲开去，他们已漂行了相当长的一段距离，这花船装饰得金碧辉煌，走开来却不过几米长，他俩又成了茫茫天地中的一小块漂流的荒岩。

"我从小就喜欢船……"小冷说，"大船、小船、捕鱼的、捕虾的、装沙的、坐人的，我都喜欢……如果要死，我愿意在船上死去。"

他口气悠悠的，像一切都没有发生，像每天出工回来，他俩闲散地靠着栏杆，有时候打打闹闹，有时候轻声言谈。他们会送走这个黄昏，再一起迎来下一个日出。

小七抿住嘴，掉开迅速发热的眼眶，她问："这船会漂到哪儿去？"

"哪儿都好，我们还有好多地方没去呢。"他目视前方，喃喃地说，"海这么大，够漂个几十年的，谁都找不到我们。"

小七用力抓住他瘦伶伶的手腕，他顿住了，压住的喉头，声音低得几乎听不见："我想让你跟我走，就这一次也好。就算你要去找他，也不会不顾着我的。"

小七喉头有一点儿哽，一时说不出话来，只抓着他手腕。她身子渐渐弯曲，负担不起重量般，他随着她坠了下去，两人一起靠在甲板上。眼前的半轮落日即将沉入海中心，晚霞开始施展神秘莫测的魔法。

"我是顾着你的，小冷，我没法儿对你说清楚我想怎么样顾着你……"她眼睛发胀，口唇却干涩，"我不想偷偷走，我从昨晚到今早，一直在等你、找你，我想亲口跟你告别。你一直不出现，我心里很难过。"

小冷转过脸，脸颊又凹了下去，小七把他的脸别过来，让他与她对视。

"你知道我必须要保护好霍思垣，但我没有别的办法。在你面前，我不知道该怎么保护他，我怕你伤害他，也怕，我无论怎么做都会伤到你……我不知道顾着谁多一点儿才好。"

"那么你还是喜欢我的是不是？你留下来不走了吧？"希望再一次回到了他心里，他咬住牙终于还是问了出来，"我会好好地送他走，我绝不会动他，你就留在我身边行不行？你不知道你每看他一眼，我都要发疯……"他嘴角有点儿痉挛，嘴里像含着沙，每讲一个字都要磨出血。

她不语，将他骨节崛凸的手包在自己掌心里，不过一夜工夫，他又熬脱了形。

"我宁可不要好起来，我宁可再坐回轮椅，我不能动的话，你会守着我吧？"他眉头跳动着，眼里的火又燃起来了，"我宁可我们再回蜈背岛去不要逃出来，那时候多好，我们不出去，他也进不来，那样多美。"

她将手放到他肩上去，轻轻摩挲那些紧张到僵直的肌肉，这是一个无可回避的时刻："小冷……"

他渴盼的目光上上下下搜索着她的脸。这一刻他又成了个干渴求水的孩子，渴求着一点点希望——那刀尖上起舞的日子，如箭如弦，也如诉如歌。朝夕相对，他们是彼此的依靠。每一天里都紧张地走着计划，每一天里却又安稳地伴着潮汐。有她在，蜈背岛便如天堂。

她心里那一块哽痛从胸腔直抵喉头，她憋着气，似乎一开口身体便要被那痛震碎了。她摩挲着他僵硬的膝盖、痉挛的手指、冰凉的手腕……动作越发温柔，一切她熟悉的他那些身体的小关节，在她手掌里都渐渐回温。

"你大概不知道，要在几年前，这就是我最快乐的时刻，因为能亲眼看着你们为我受苦。"她慢慢说，"思垣昨天一定也想问我这些，他忍住了没问，算是放过了我。"

"我从小爱看流血，喜欢夺走别人的心爱之物，看他们受罪……但现在我变成了这样的人，我得顾着你们，只有你们好了，我才能好，是不是很奇怪？"她对着以前的自己笑一笑，像问自己，也像问他。

小冷片刻无言，他的轮廓在渐渐黑下来的天色里已成了一道剪影。

她接着说了下去："谷雨……她正在危险中。她那个人，太轻信别人，太善良，我不在，她一定受了很多委屈。我得去找到她，不能再让她受一点儿欺负。"

"让我去。"他直直地说，"你的事都让我去做。"

"你父亲就快来了，你不该再把重心放在我这里。你知道，从来没人像你这样，骗我这么厉害，却又这么玩命地保护我，也从来没有人让我有这么多的揪心和累……"

"你为什么累？"他木然地问。

"为什么呢？"她思索着，笑了笑，"你为我做了那么多，我呢，我一直告诉自己，我是遵守着承诺才会陪你、照顾你。而实际上，我为你做的事，已远远超出了我的本分。"

小七的脸映在最后的光线里，她眼中有光，脸像珊瑚一样美而充满柔情。小冷却像礁石一样安静，此刻这块礁石像处在风暴海啸的中心，岿然与碎裂只在一瞬。

"小冷，我为你越界出去的那部分，我不知道那有多少，我本不想改变这么多，但那每一点，都是我自己想给你的，我这样说，你懂吗？我竭尽全力了，但我不后悔，那超出去的每一点都是我自愿的，你懂我的意思吗？"

"你走吧。"他忽然说。

小七怔怔地看着他。

"昨天在集市上，我抱你回去的时候，一路上都在想是杀了他，还是杀了你。我抱你，你也不推开我，是不是只有晕过去你才会这么温柔？"他被她握着的拳头慢慢翻开，包住了她的手，将她的手合在自己的掌心里。

"我一向凭意愿做事，做让自己舒服的事，但不知道为什么我为你做的事都不让自己舒服。"他垂眼看着自己绷紧的手臂，条条青色和紫色的筋络，"你走吧……我以后都不会再舒服了，我一辈子都不会再笑了……"他似乎对自己不满了，摇了摇头，将脸迎向迅猛的海风。

"你走吧……你舒服了我才会舒服。霍思垣，他不会像我这么让你累。"

小七突然抱住他，一股冲动让她几乎失控。她感受着他骤然急促的呼吸，他因回应她而生出的轻微哆嗦。

"我没有骗你，码头真的有一条船是给你留的……"他呓语般地说，"霍思垣现在就在那船上，桂桂也在……你不喜欢我杀人我就不会杀，你想要保护的人我替你去做……也许我只要这条船就够了，我只要这一夜就够了。"

她说不出话，更紧地拥抱着他。他抽了一口气，低下头亲着她的脸，找着她的嘴唇。她承接着他的痛楚，颤巍巍地又将脸埋进他的肩里。他像将死一样紧抱着她，抱得她骨头又咔咔作响。他嘴巴里断断续续说着一些她也听不清，自己也不知所云的话。

"别以为我就这样放了你了，你是顾着我的，你要回来。"

"你不回来我就去找你，你躲到哪里我都能找到。你在哪里，我就在哪里。"

"到了那一天，你就做我的女人。"

"你要是不愿意，就踢我这里。"他又指指自己的头。

她听着他那些叫人又生气又感动的语无伦次的话，没有一句好听，没有一句像样的话。她抱住他深深埋下的头、他纠结的长发、起伏的背脊骨和哑住的喉头，也抱住那里藏住的一声哽咽。

她眼泪流下来了，无声无息落到与天空一样黑的海水里，心里的一点儿光亮也若明若灭，就像那神秘翻腾的海面、幽亮的海洋微生物般起伏着，将最后的光芒闪烁在此生最后的永夜中。

周家花园　多少前尘旧梦中

1　一手握着苹果，一手握着命运

　　船在一片碧蓝的海面上平缓行驶。夏天的海和晴朗的天气，从海风到缓缓泛起鳞片似的海浪，以及渐渐浮现的青山和城市都让人耳目畅快。甲板上有孩子们跑来跑去，一个手拿风车的孩子跑得急了，一头磕向栏杆，栏杆边有两个女孩儿，一个将他一把拽住。那架小风车已脱手被风卷去，漂浮在海面了。

　　将孩子拽住的女孩儿很有手劲儿，将他整个圈在怀里，皱眉说，跑这么快，栏杆都被你撞弯了。孩子快要扁嘴哭出来，指着海面说，风车，风车。另一个女孩儿这时柔声说，风车去找海里的小人鱼玩儿了，姐姐送你颗糖。她真的打开包取出一根棒棒糖来，微笑着递过去。

　　孩子的妈妈赶过来，一边责怪儿子乱跑，一边给两个女孩儿道谢。她们都是正当好年华的女子，一个修眉长眼，轮廓宛深；另一个面容妩媚，娇俏动人。

　　船已准备靠岸，海市是个大码头，岸边各色船只排列齐整。缓缓流动的人潮里夹着那两个女孩儿，她们夏衣清爽，行李简单，偶尔交谈一两句，看起来有明确的目的地，对蜂拥而上来兜售的店家摇头拒绝。

这两人正是小七与谷雨。

她们在百花岛路经蜈背岛，在岐山镇上岸，几乎不停留就又搭上了来海市的船。谷雨被小七救出后，给韩默愈报了平安，老韩已按照小七的计划先一步去了白桥。几个人现在都不愿回江洲。而警方这几年一直在调查战烈集团，经过了去年的江洲大火、战烈入狱、小七失踪，这桩悬案随着谷雨被绑，又有了新的起伏和眉目。

船愈近海市，城市景象已在眼前，仿佛重回人间，两人俱是百感交集。谷雨一路上已哭了多回，她初脱险境，心情尚未平复，重逢小七的惊喜也未过去，立刻又陷进了小七那一段谜一般的传奇际遇里。小七遭遇的种种，受到的罪，还有她们彼此在电话里听到的那两声呼唤，都让她哭成了泪人。

"其实是我连累了你，这一切事都是因我而起。"小七带着负疚安慰她。

"你在江洲仓库里救了我跟小宝才会被塔叔带走，我一直觉得欠了你好多……你一知道我有危险就立刻来找我，你自己也刚刚逃出去……"谷雨说着又眼热鼻酸了。小七和霍思垣去江洲找到了韩默愈，弄明白了事情的起因后，便马不停蹄地重上蜈背岛去救她了。

小七按住她的手，不让她再说下去。谷雨便问："你来蜈背岛找我，为什么要独自上岛，怎么不让霍思垣跟你一起？"

小七说霍思垣本要与她一起上岛，她坚决不肯，让霍思垣留在海市等她，又去找了塔叔同行帮忙，霍思垣才勉强点了头。

谷雨又想起来一件事："还有，战冷疆是不是也去了蜈背岛？他是不是暗中帮了我们，又去许愿树挂了红绸？"

小七眉头轻轻一挑，谷雨恰说中了她的心思。

她在蜈背岛救出谷雨竟是如此容易，而两人从百花岛脱身也是出乎意料地顺畅，乃至于霍思垣将桂桂送去家里的公司安置，皆没有受到阻拦。小七不能不去想到这其中有小冷的介入。

谷雨说："他一定是得知你又要去蜈背岛，不放心你，所以跟着来了。他一定很想你……但他为什么不出来见你？"

小七沉默着，将头转向海面："他不会在这个时候见我。"

谷雨忽然又想起一事来："我被抓去鬼村的时候，那里潜伏着一个神秘的人，他对我说，我会得救的。他就是小冷，是不是？"她简直找不到一个词来形容这个战冷疆，"天下怎么会有这么……这么……这么变态，这么传奇的人！"

她感慨着，同时又有说不清的矛盾和为难。这矛盾和为难都是替小七感叹的。她自己经历了失恋、绑架，也在蜈背岛被囚了近两个月，这段经历同样罄竹难书，这时却几乎不放在心上了。

小七摇了摇头，不知是否定还是不想再说。前方，霍思垣已出现在码头。

霍思垣穿着深色衬衫，清爽挺拔，在混合着海腥味的人流中非常醒目。见了她们，他喜上眉梢，大步过来，张开手臂将她们俩一起拥到怀里去。他在小七额头上吻着，又大力箍着谷雨的肩膀，放开她们看了看，喜不自禁，又一把将谷雨抱起转了半圈。

一股热流涌上谷雨心头，久违的思垣，还是这样暖，这样好。她捶着他的肩，看着思垣眼中满满的喜悦，她就放任自己的眼泪流出来。

"一路上哭个不停。"小七在旁边微笑说，"就是总也长不大。"

思垣拿手帕给谷雨擦着，觉得不够，又把袖子伸过去，一边对小七说："你要肯像谷雨这样哭一哭，多好，我就从没见你这样动情过。"

小七撇撇嘴，思垣脸上清瘦，嘴唇起了泡，明显这几天过得心神不宁。她也有点儿心疼，就说："我走了几天，你都没睡好。"

"哪儿敢睡，生怕你回来了第一眼看到的不是我。"霍思垣说。

谷雨听着不由得一笑，霍思垣现在说情话都是这么赤裸裸的。

　　他们三人对于海市都算旧地重游，小七一年前从这里被阮姐送去蜈背岛，时隔近一年，身边的人与境遇皆天差地远。而霍思垣和谷雨都是为了她来过这里的，三人在海市的街巷里走过，心情皆是一言难尽。

　　经过这一年，塔叔已从阮姐手中夺回不少产业。阮姐却已好久没下落了，以阮姐精明莫测的性格，谁也说不清她的下一步。而阮姐既已知道了小冷装傻扮痴的真相，又对谷雨做出这一出，也预示着阮姐和小冷及塔叔已正式开战。

　　但海市尚是阮姐的天下，他们不能多露面。小七对海市熟悉，找了个僻静的小旅馆，还算干净，后面的巷子却是鱼龙混杂，推开窗就是一片闹哄哄的矮旧民居。小七说，那是当年她跟阿因住过的地方。

　　谷雨听了这话，立刻便奔去了。她在其中流连良久，想着阿因和小七曾住在这里，眼泪便流了出来。霍思垣想到小七曾在这样的底层打滚，受尽困苦，恨不得立刻抱紧她补偿。于是，三人再次百感交集起来。

　　海市的海鲜夜市排档是开到天明的，几人点了一桌子各种海货喝啤酒。他们从傍晚坐到凌晨，庆祝重逢，庆祝小七与谷雨的劫后重生。又聊着很多旧事，说到谷雨当年气势汹汹去学校找小七谈判，又谈到小七和思垣的初见，骗他的钱还给他算命。三人笑得前仰后合，将警方、战烈等人都抛到了脑后似的。

　　霍思垣忽然站起来，他有点儿摇摇晃晃，脸上的笑容收起了，他从衣兜里掏出个小盒，打开，郑重地递到小七面前。

　　小七正拿着酒瓶给自己杯子里倒酒，刹那呆了一下。

　　谷雨本是笑着的，忽见思垣来了这一手，心中也是怦地一跳，她未及看小七的表情，自己先紧张了起来。

　　小七愣愣地看着那枚戒指在灯下闪烁，这戒指于她是不陌生的，她曾拒绝过一次，又接受过一次，未及真正戴上，命运便汹汹而来了。

现在兜了个圈，又回到了她面前。

"物归原主。"思垣说，他神情严肃，嘴角绷紧，明显也紧张着。

小七珍爱地看着那枚戒指，良久，才拿了起来，握在掌心，抬眼看思垣："我，我先收起来，等这摊子麻烦事完了，再……好不好？"

思垣点点头，他的手动了动，似乎想帮她戴上，但又忍住了，俯身在她嘴角吻了一下。

谷雨松了口气，刚才小七拿起戒指的时候，她自己也出了一手心的汗。

海市的夜晚并不平静，那些灯光交织成的长长灯带，一直延展到海边，成了黑海的一道绚丽的裙边。远处的灯塔与船上的灯相互映照，更增添了海的深沉。

海风鼓荡着谷雨的长发和裙摆，小七站在她身后，同样长发飞舞。一时间她俩都不说话，一起看着海面的微光和无尽远的那条海天交界线。

"刚才我真……有点儿害怕。"谷雨说。

小七并不问她怕什么，只说："我也有点儿。"

"你会嫁给思垣吗？"

小七眺望着那黑漆漆的海面，过了一会儿说："这一路来都是说我的事，你自己呢，是不是该对我坦白一下？"

谷雨不自然起来："我哪儿有什么事。"

小七轻轻一笑："别的也不用多说，你告诉我柏雪莱是谁。"

像有噗的一声，谷雨苦苦撑住的秘密便被戳破了。在小七面前她无意隐瞒，只是心酸不已。

小七说，韩默愈报警后，警方查了谷雨的手机信息。近日来有个号码给谷雨发了无数条信，内容大致一样，似乎是说他和她之间有着深刻的误会，请求见面厘清。那个号码的主人，就叫柏雪莱。

"看起来他一直在找你想解释什么，是不是你误会了他？"

谷雨泪盈眼眶，心中一片混乱。柏雪莱像个遥远的梦再度压来，她却觉得愈加不能了解他了。

"老韩怎么说？"谷雨半晌才问这么一句。

"老韩自己讲得并不多。你知道，我也不会多问他。这些事，我只想听你自己讲。"小七说。

"我是个坏女人，老韩对我那么好，我心里还想着别人，他一定很恨我。"

"你是好女人还是坏女人，轮不到别人说。"小七停一停又说，"可是我总得知道是谁欺负了你，日后我去找他，也好有个方向。"

谷雨心中一阵暖，又一阵心酸，她抬起头，眼中一片潮湿的雾。

"你说，这世上会不会有两个阿因？"

第二天霍思垣醒来，见小七若有所思，两个眼窝下陷，便知道她一夜没睡。他不知道谷雨的故事也给了小七同样的震撼，只当小七仍在为他求婚的事挂心，便说："你还在犹豫，是不是？"

小七的手一如既往的稳定，只是有些凉。思垣说："我们要不要出国，离这些是非远一点儿？你不用再隐姓埋名去躲着那些人，战烈……还有战冷疆。"

他说到战冷疆，不由得就留意着小七的反应，但她只是垂着眼帘，似乎在看着心里的念头，又似乎只是有一点儿累。

小七说："思垣，我得去见见那个柏雪莱。"

"柏雪莱？谷雨那个新朋友柏雪莱？"霍思垣对于谷雨的事不甚清楚，好奇却一点儿不减，他问，"我们下一步不去白桥？"

小七摇摇头："我们这两天虽然小心，但海市处处都有阮姐的人。他们在暗处，我不保证没有被他们发现。"她低声告诉霍思垣，她在这里的地址只透漏给了塔叔，塔叔这两天一定会派人来与她接洽。

霍思垣担心起来:"你答应塔叔的事已经了了,以后战烈也好,阮姐也好,别的什么人也好,他们的事都不跟你相干了。"他愈加忧心,抱住小七,"你答应我别再去管那些事好不?"

小七要说什么,门被敲响了。店主站在门口,好奇地看着他们,递上一个信封。

没有邮戳,是直接送来的。霍思垣狐疑地问:"除了塔叔,还有谁知道我们在这里?"

小七去窗边看了看,并没有人。霍思垣拆开信封,里面只有一张便条,他看了两眼,表情变了,又是古怪,又是发愣,还有点儿好笑,说:"说曹操,曹操到,你要见的那个柏雪莱,找上门来了。"

纸条上写着短短一行字:远来是客,非惊勿动。下面签着柏雪莱,另附了一个地址。

你不会消失

远远看到一道人影站在码头,小七刻意放慢了步子。她不让霍思垣陪同,固然因为不愿谷雨的事多让人知道,也是因为,这个柏雪莱究竟是何等人物,她要自己看个分明。

她一边走一边留意四周,这边是个很偏的废旧码头,没有什么船泊在这里。人群三三两两,各行其是。

她的脚步本来很轻,这时更是悄无声息。那人靠海站着,是个年轻的男人背影,有很好看的肩背线条,双腿瘦长有力。他头发被海风吹得略乱了,抬起两根手指抚平,非常文雅的动作。

小七轻轻咳嗽了一声,男人转过了头。

小七心里咯噔一下,她在这一瞬间理解了谷雨的沦陷。不仅仅因为他俊秀的轮廓与明净的眼睛,也不仅是他的洁净。还有,即使是在如此忧急如焚、心如急箭的当下,他看起来仍是不疾不徐。这个柏雪莱看起来确实像阿因。

"你是小七？"柏雪莱问，伸出手去。

小七只点点头，她的冷漠是明显的。

柏雪莱抿了抿嘴，似乎小七的态度是他意料中的。他等了一会儿，见小七仍是不说话，便说："我可以见谷雨吗？"

"你让人送信上门，为什么不亲自过来？"

"我不敢肯定她愿意见我……"柏雪莱说，"她说过，如果她只有一个信任的人，那就是你。"

"你怎么知道我们来了海市？"她直接问。

柏雪莱眼神一闪，说："我离开江洲后，一直试图跟谷雨联络。我在此地有个朋友，帮了我不少忙。我听说你会来海市，我相信如果谷雨有一个地方去，一定是跟你一起。"

他徐徐说着。小七在心里迅速做着判断，柏雪莱看起来教养良好，不是遇事无主意的脆弱之人，他提到谷雨时的神态不似作伪。但正因如此，他消失的原因便更扑朔迷离。她本有一腔怒气，现在疑心却占了上风。

"你愿意来见我，跟我说几句，我很感激。她说过，你是很……"柏雪莱停下想了想措辞，"很直接的。我以为，你会揍我一顿。"他说着笑了笑，柔和里带一点儿厌倦。这神情也颇似阿因，但阿因是天边一朵云，万物不与他相干的飘逸。柏雪莱则更多的是疏离。而小冷呢……小冷是无法归类的另一种生物。

这当口毫无防备地想起小冷，小七胸中登时一酸，她压住这心痛对周围环视着，几对情侣正相拥过来，几个卖瓜子、汽水的小贩也跟着来兜售了。她说："你要真的想见她，就该自己去找她。"

"能帮我带一句话吗？如果她愿意见我，我会在这里等她。"柏雪莱说。

小七已转身走了。

一丝苦笑出现在柏雪莱脸上，他没有追上去，只是长久地看着小七的背影。他眼里有一些奇异的神色，似乎小七也有什么引起了他充分的兴趣。

小七回来后一直想着柏雪莱的样子，那也许是来自她的直觉，柏雪莱那既陌生又熟悉的气息，固然美妙，但他身上另有一种奇怪的东西，让她生出些微不安。

这种感觉她没有告诉霍思垣，但无法对谷雨隐瞒。谷雨问她去哪儿了，小七看着她说："柏雪莱来找你，我去见了他。"

谷雨瞪大眼呆呆看着小七。

"是，他来海市了，他是来找你的。"小七简单地将经过告诉她。

"你怎么不告诉我？他在哪儿？"

"我不想你现在就见他……不能让他想见就见。"

谷雨跳了起来，打开门冲了出去，片刻后又失望地转回来，慢慢在床边坐下，满怀委屈变成了气恼。小七不作声地等着她这阵伤心过去。

"你干吗要替我做主？你怎么知道我不想见他？"谷雨掐着手指，声音闷闷的。

"我不想你受委屈，我觉得他有点儿可疑。"小七对她实话实说，"我们在海市这么小心，这个住处也算隐秘的，柏雪莱竟然有能力找到这里来。还有，他今天约我的地方，一般外地人很少知道。"

"也许他曾经来过海市……"

"还有，我今天在码头看到周围似乎有两个阮姐的人，我不能确定是跟着我的还是跟着柏雪莱的。"

"他不认识阮姐，"谷雨说，"他只是个医生。"

"你不觉得这里面有点儿古怪？柏雪莱怎么和警方的路线那么相似？他的路线就是警方的路线，是同一个线索。你看，警方一直没有放弃过对我们的调查，我回来了，你也回来了，这个时候柏雪莱出现了。"

"你是说……他是警方的人？"谷雨的声音又抖又飘。

"我是说，他实在太隐晦太神秘了。为了接近你，他屡屡做出跟本性不符的事……甚至不惜搭上感情。为什么？你有没有想过？"

谷雨声音颤抖起来："你是什么意思？你是说他从头到尾都在利用我，为了调查我们？你有没有太自以为是！我是没你那么聪明，可是我在他工作的地方住过院，我每天看着他上班下班，他就是个普通人！你干吗把人想得这么可怕！"

她愤怒了，小七就这么轻易地把她视为珍宝的爱情践踏了。

她这样激动，小七就不吭声了，过了一会儿说："也许我多疑了，但怎么解释柏雪莱在海市的畅通无阻？只有两种可能，他要不是警方的人，就是阮姐的人。"

谷雨眼泪夺眶而出，她心里翻江倒海，已决定好好大吵一架。

"你这个人，你就是习惯性的不信任！你不相信你自己，也不相信我，你凭什么那么武断！"她放炮一样一句接一句。

"我没有那么不信任……"

"就是！霍思垣被你考验了那么久才熬出头！"谷雨顶回去，她在小七面前总是有种任性。

小七眉头蹙紧："一码事归一码事，能不能别扯霍思垣？"

"我偏要说！你谁都不相信，当初不信思垣，也不信我跟阿因，现在又怀疑柏雪莱！柏雪莱是甩了我，但我们曾经好过，我们曾经那么好过……"她停下来，有点儿气噎，胸脯一起一伏，"你出去吧，让我一个人待着。"

小七眉心拧起了几根线，谷雨现在的样子，让她想到小时候的谷雨，眼看着心爱的裙子、心爱的角色、心爱的男生被夺走时那种早熟的心碎。她不多说什么了，反身出去，带上了门。

谷雨听到小七是真的走了，才重新哭起来，把头埋到枕头里去。柏雪莱不会是警方的人，他跟她交往不会只是为了套得某些情报。她也曾无数次去分析、猜测，最荒谬的理由她都想出来了，可从没想过他接近她是另有目的。他能有什么目的呢？她一无所有，能给的都愿意双手奉上。

他的爱是真实的，那些触碰、那些颤抖和渴望是不可伪装的。还有他的痛苦，那些小男孩儿才有的梦想和梦想湮灭的悲伤，那些恐惧，都是装不来的。

"你救了我，只有你能救我。这种东西别人给不了我，我也不要别人给我，只要你。"他曾这样说过。他爱过她，毋庸置疑。那爱是存在过的，真真切切的。

只是，那样短暂，像一阵暴烈的雨，刚涨满了池塘，转瞬就干涸了。她忽然一阵疲惫，小七如果是对的，那她再也不能相信男人和这个世界了。

谷雨这一闹脾气闹了整天，她不跟小七说话，也不搭理霍思垣。霍思垣颇为尴尬，她俩争吵的时候他在隔壁听得清清楚楚，但这两个姑奶奶他谁也说不动，只好点了一大桌好吃的劝她俩吃，又说种种笑话，想引她俩说话，但两个女孩儿都默默无语。

到了晚上，塔叔所派的人终于来了，来人是狍哥。

狍哥看到小七，先将她上上下下打量了一番。他不擅伪装，心里的情绪全在脸上，他一脸的犹疑、不信、焦急，还有点儿气恼，以及十万个为什么。

小七忍耐着狍哥的打量，她知道狍哥对她有不解，有意见。她本无可解释，便等着他自己说正事。

狍哥打量够了，才告诉小七，老板出来后，公司很多元老级人物本是半退休了的，这几天忽然纷纷浮出水面，局面已逐步偏向老板这边:"塔叔要我告诉你,警方对你妹妹和你朋友都盯得挺紧的,你们要是被问询调查的话,我们就有麻烦。"

"我会避一段时间。"小七说,又看了旁边一眼。从狍哥来了,霍思垣就沉着脸进了房间,将空间留给他们。

"你是说战烈出来了?"

"出来了。"狍哥点头称是,有点儿兴奋,"老板一出来,小冷少爷可就更威风了,老板手头的事都要给他管了呢。"

"你们少爷……人在哪儿?"

"不知道,我们都不知道。从他下了岛,就没人见过他了。他是做大事的。他交代我们说别找他,他处理完手头的事自己会来的。"狍哥说。

"他下岛,百花岛还是蜈背岛?"

狍哥一下子迷惑了,也有点儿谨慎地说:"你不知道吗?你妹妹被关在蜈背岛这事,后来被他查出来了。"

狍哥告诉小七,阮姐抓了谷雨后,其实早就指示佟子放风,但消息几次传到百花岛,都被郝大哥拦了。郝大哥有私心,刚跟小冷谈妥要合作经营生意,不愿让外事来节外生枝。后来小七走了,小冷自己觉得不对劲儿,硬是找姓郝的问了出来。

"所以他就要自己去蜈背岛救谷雨?"

"我们都劝他不要亲自去,这明明是老板娘的陷阱,专门逮了谷雨姑娘,就为了引他上钩。但他就笑笑说,这本来就是他的事。他就去了,而且他是一个人上的岛,让我留在船上等他。"

小七手扶着墙,慢慢坐了下来,坐在院中冰冷的石墩上,她觉得有点儿透不过气:"后来呢?"

"你上蜈背岛的时候,老板娘的人就一直在等着了。谁料到螳螂捕蝉,黄雀在后,少爷在你来之前,就已把那些埋伏都扫平了,要不你这么容易就能救出谷雨?他在那个山洞外面,都给你料理了。"

"我们从蜈背岛走了以后,他也走了?"

"他看着你们上的船。"狍哥索性全说了出来，"回来后还对大新发了顿大火，他怪大新去通知你，让你冒险。他发起火来真是……大新吓得一声都不敢吱。"狍哥偷眼看着小七的脸色，犹豫一下，终于说，"小七姑娘，他是真的很关心很关心你。"

霍思垣从房间里默默看着院外，他心里有一点儿揪紧，有一点儿不悦，有一点儿无奈。小七跟狍哥一坐一站，已有一个钟头。终于狍哥走了，小七仍坐在原地，愣愣的，不知在想什么。霍思垣几次要出去叫她，又忍了回来。

天空阴云密布，气压格外低，小七慢慢站起来，走了两圈，她眼前有一片晕眩，胸中一片茫茫。她手撑住头，苦苦抑制住的思念，哗然奔泻出来。

阮姐将谷雨放在网中央，本就是跟小冷的博弈。阮姐那么笃定小冷会为了自己出手，蜈背岛上那些粗糙的汉子，提供了这样精准的情报给阮姐。是的，所有人都知道这一点，小冷本就是要让全世界都知道的。

而他……果然就来了。他上了蜈背岛要救谷雨，却无意听到大新去找了小七。大新护友心切，见小七已跟小冷分手，虽知谷雨危险，却不愿再拿这事去刺激小冷。而小冷毕竟是知道了。他知道她一定会来，她要来，他就不走。她要逞强，他就让她逞强；他并不打扰她，他只是暗暗地给她扫清了埋伏。

她在山洞里救出谷雨的时候，她的直觉是对的。腥臭阴冷的气息，长长的走道里，在某个拐弯处，她曾忽然停下，空气里明明有异样……那是他。

他就在那个黑雾浓重的拐角处，紧贴着嶙峋凹凸的石壁。他听到她走过来，她就在他身前半米，他一个伸手就可以碰到她……她听到的窸窣微响里，分明包含着他压住的咻咻鼻息。她是听到的，她是知道的。他们都是在丛林陷阱里生活过的小兽，对于异类和同类有着天然的分辨力。意识超于器官，她感受到了他。

但她终于是一咬牙过去了，在那危险而模糊的空气里。他听着她过去，没有出声呼唤，没有拉住她。她几乎是贴着他的身子过去的，他就让她贴着自己过去了。

他没有拉住她，却挂了一树的红绳。他说过，许愿树站的地方最高，每个女人都会在这里看她们的男人离去，等着他们平安归来。现在事情调了个过儿，事情在他们这里总是调过儿，终于是他再一次看着她离去了。

她将脸捂到手掌里，又将胳膊埋到膝上。小冷再一次放走了她，他自己却消失了。

谷雨从外面回来，远远地看到一个人影坐在那里，是小七。小七浑身松散地靠在那里，看上去又茫然又无力。她的无助让谷雨心里软了，从童年时认识小七以来，小七一直独来独往，敢想敢做，让别人不由自主地想跟随她。小七很少有这样脆弱的时候。

谷雨过去坐在小七身边："我想跟你说……"

"对不起，我向你道歉。"小七比她先一步说，将手臂搭在谷雨手臂上，"我不该随意评价你和柏雪莱的感情，我看人看事太武断。"

谷雨身子略略向她靠了一下，两人手掌相握，她们都释然不少。

"猜我去了哪里？"谷雨问小七。

小七看着谷雨，谷雨脸上一片湿凉，带着海风的气息，满身都是落寞。

"你去了那个码头？他说会在那里等你。"小七问。

"对，我好没出息是不是，我控制不住自己，我想见他，想听他亲口对我解释……"

　　小七听着她语气里沉沉的凉意，她手掌也有些颤抖："……他走了？还是没去？"

　　"那里没有人。我从下午等到晚上，他都没有来。"谷雨凄然地笑了笑。

　　小七皱起眉，想着柏雪莱白天的神情。他明明是满怀迫切，又满怀诚意地请求着，想要见谷雨一面。柏雪莱……她心里的阴霾又深了一层，这个人身上委实有太多谜。

　　小七揽住谷雨，谷雨将头靠在她肩上："你还想见他吗？我去帮你找到他。"

　　"不……我们走吧。"谷雨说。

　　"去哪儿？"

　　"白桥，我们回家吧。"

　　"你决定了？"

　　"决定了。我在码头站了一晚，海风都把我吹干了，可是我心里忽然干净了……他没来，我反而轻松了。我想，我能给他的都已经给完了，现在我要把这段事忘掉，忘得干干净净的。"

　　"你决定了我们就去，老韩是个值得托付的男人，他一直包容着你。"小七说。

　　"你的事呢？"谷雨问她。

　　小七却不回答，谷雨便用肩膀撞她一下："你说呀。"

　　小七摊开手掌，掌心里是那枚戒指。微细的光粒，在灯下折射着光线，是温暖的，但也足以刺伤人。

海知道一切

　　韩默愈确实是个值得托付的男人。她们回白桥后，发现一切能给人安抚的、温暖的东西，他都准备好了。房间打扫一新，杯中有茶，瓶中有花，桌子上半打开的书，茶的温热，好像一切都还在昨天。竹帘子换了新的，细细密密地筛掉了炎炎日光，那些细碎的影子，像昔日一样典雅幽静。水缸里浮着朵朵睡莲，一缸金鱼上下游动。小猎狗阿尔芒兴奋如狂，一刻也闲不住，在几个人身上轮流蹦着蹭着。

在盛夏的艳阳下，韩默愈虽然晒红了脸，却是气定神闲。他穿着中式的白竹布衫子，手里一把常拿的折扇，像个民国走出来的闲散人士，轻轻拍一下谷雨的肩膀，说："我的小姑娘玩儿累了回家了。"

谷雨眼泪一下子涌了出来。她紧紧抱住韩默愈，把眼泪擦在他肩上。这一刻她觉得自己从没有从这里离开过，她只是出去串了个门儿，一转眼就已回来。而这个有着宽阔怀抱的男人，如父如兄，掏心掏肺。他们之间绝没有那九个月的隔膜。她想，自己怎么就会分了心呢。

霍思垣揽着小七的肩，这时加重了分量紧紧一抱："现在是四角俱全，阖家团圆。我要去查查皇历，记住今天。"

这天正是十五，圆月带着金边，像一面澄净的铜镜静静映照。几人在院子里摆了桌子，对月小酌。小七和谷雨两人皆是身心疲惫，白桥像个真正的家，站在从未改变的地方，向她们伸出手臂。

谷雨对韩默愈分外体贴，她本需要个缓冲，理顺心情，在一切稳定后，才能重新进入状态。但身在此时此处，在这个有圆门、雕花窗、天井与曲栏的地方，枝头有鸟，月挂檐角，还有这个山石一样稳定、安之若素的男人，她觉得一切合情合理。

谷雨忽然说："我们就在这里结婚吧。"

韩默愈微微一愣，问她："结婚？现在？"

"就现在，就现在。"谷雨有点儿激动起来，"就这里，这里与世无争，这么安静，我们要住一辈子，不要出去了。"

小七和霍思垣坐在院子里，见谷雨和老韩半天不出来，霍思垣问小七："你猜他们在说什么？"

"算账呗，一走这么久，老韩还有两家店要料理，谷雨自己也有一家小店。房租、进货、出货，不要算账吗？"小七漫不经心地说，给自己倒了杯酒。

霍思垣忍不住笑了，再看看那窗上，两个人影不知何时已停止了交谈，合到了一处，画面静谧甜蜜起来。

小七瞥了一眼窗上的人影，站起来说："今晚结束了，我们该告辞了。"

霍思垣手心滚热，他叫了她一声，满溢的感情带着酒意，已明明白白。小七没有抗拒，无言地将他的手也握了一下，两人便牵手走出了小院。

谷雨临时决定了婚事，虽然匆忙，但婚礼筹备本一直在他们的计划内，所以办酒、订衣服、买戒指等一系列事都是上手就来。霍思垣每天跟着韩默愈一起忙，小七则是从谷雨告诉她决定结婚起，就一直思虑重重。

"很简单的仪式就行了，这里也不需要怎么装修。"谷雨语速很快，颧骨飞红，完全沉浸在一种急迫的情绪里，"我们也不用请什么客人，我不想要别人来打扰。我想要做新娘，想要马上就做新娘。"

"你这么迫不及待，难道不是在害怕？"小七说。

谷雨像被戳了一针似的，她鼓起圆圆的嘴巴，看看满屋的布置、屋子外挂着的灯笼："你别急着戳穿我，你来戳我也没用。这个地方，这个男人，都是老天给我的福气，是我最后的机会了。"

小七叹了口气，站起来踱了两步。有时候没路可选更让人轻松。

晚上霍思垣和韩默愈回来，说酒店已定好，连菜单也订了，韩默愈打开一张纸条大声给两个女人念菜谱，几人笑成一团。

小七也一直笑着，她觉得笑多了脸有点儿僵，但一放松脸颊，便立刻察觉到霍思垣的眼神。从她回来后，霍思垣对她礼貌尊重，非常君子。他看着她时，是灼热、探询，又带着点儿痛，但一旦她看向他，他却掉开眼，这样的逃避也是让她担心的。

她知道她在螟背岛的那些日子，还有百花岛上他自身的经历，在他心里已形成巨大的不安。但霍思垣的自尊和敏感都强于一般男子，这不安感他不会朝向她，便只会内噬着他自己。

甚至于他的吻，还是那样温柔，但更增加了小心。他的身体也是小心翼翼的，每一个动作前他都会有所迟疑，似乎在问：这样可以吗？得到她的回应他才会进行下一步。涨满的热情像被一道闸拦住，有欲裂欲折的危险和委屈。

他的隐忍刺痛了她，她便用更多的柔情去抚慰和回馈。当她敞开时，霍思垣明显地颤抖了，他说："你是想好了吗？"

他在她的上方，头发被汗弄得湿漉漉的，赤裸的背和脖子上也有一层汗。手臂撑起上身，尽量不压到她。

"想好了，真的跟我在一起吗？"他又问。

她的手臂环绕、摩挲着他的背："我们已经这么亲近，你为什么还要怀疑？"

"我怕你做这些只是将就。"他喃喃地说，吻着她的嘴唇和下巴，那些说不出的他都含在动作和眼睛里。

小七的脸搁在柔软的枕头里，枕头也有一点儿湿，他的汗和她的融在了一起。她偏过脸，看着月亮在墙角里反射着光线，一晃一晃的："那天在岐山镇，我看到你在找我，我真想马上就跳下去拦住你……我在岛上的每一天，都想着什么时候能再见到你。"

他抱住她的头脸和身体，无尽地热情爱抚上去。她配合着他，一只手搁在枕下，掌心里握住一枚坚硬的小物。

霍思垣去冲澡的时候，她仍汗漉漉地躺着，觉得身体空困，心也空空荡荡的。她将握住的手掌打开，掌中仍是那枚戒指。近日来她有了这样的习惯，将戒指握在手心，感受那硬度和分量，似乎希冀它能填补某一处空荡。

她慢慢坐起来，那刚刚被思垣亲吻过的嘴唇，仿佛还带着另一种湿润，像百花岛上方的晚霞一样飘摇而又确实存在。那天的晚霞喷薄如火，有个人曾擎指向天，大声说出誓言：我不怕死，我非跟她在一起。他就那样吻过来，那让人窒息的吻和拥抱，那痛至今仍在。以及，她无论如何不能对自己承认的，思垣那比例完美匀称的身体，也让她想起另一具身体，瘦长嶙峋，有时柔弱天真，有时强硬暴力，她对那具身体却一分分、一寸寸都了如指掌，只凭指尖一个小小的触觉便能分辨……

她猛地翻了个身，将硬而冷的戒指狠狠按到嘴唇上去，感到了一点儿刺痛，她心里才舒服了一点儿。

这感觉她会深深埋藏，连谷雨也不会告诉。谷雨忙于婚事，韩默愈又建议她把那小店铺"如意"的生意重新做起来，因此又添了繁忙。但日常相对，两人对彼此的不对劲儿仍是能立即察觉。

"你为什么不高兴？"谷雨问她。

小七摸了摸自己的脸："胡说。"

"你不知道你最近很反常吗？是不是你对我跟老韩结婚不满意？"

"也许你该再考虑……"小七说，有些无力，也有些无奈，"你可以选择你喜欢的，也可以选择合适你的。"

"这话你是对我说的，还是对你自己说的？"谷雨锋利地问。

小七愣了一下才说："自然是对你。"

阿尔芒在楼下叫着，似乎有客人来了。谷雨起身下楼去，一边说："你自己照照镜子。"

桌上的圆镜一亮一亮反射着光，她瞥了一眼。她的人是疲惫、苍白的，但眼睛却似着了火的。这火光是另一个人的，是有另一双眼睛附着在她的眼中，她看着自己便仿佛那人在看着自己。一双永远结着冰、带着火，又是怀疑又是赤诚的眼睛，一双兼具着恶魔和婴儿的眼睛。

他一身毛病，激烈又自负，像狼一样残忍，同时他深沉多诈，比狐狸还狡猾……他是她怀抱里的病孩子，睫毛扑闪，那么纯洁。然而他又那么强大，荒岛与茫茫大海都困不住他，水里火里保护着她。

"我要别人都知道，我是你的。"这是他特有的古怪的声调，那样咔咔的嗓子曾让她不习惯，那时候她并不知道那是他的温柔。

小七将镜子"啪"地反扣在桌上，再想下去，她会做出一些疯狂的、无法挽回的事。她对于自己的审判尚未到来，这一刻她羡慕谷雨的无可选择。

院门外一片笑声，谷雨陪着一个年轻姑娘进来了，两人挽着手甚是亲热。那女孩儿步履轻捷，装扮入时，挎着一只大大的行李包，一头像希腊神话里美杜莎那样勃勃有力的长发。

女孩儿看见小七，也吃了一惊，说："对不起，我以为只有谷雨一个人，我太失礼了。"她耸耸肩，一派明媚，大大方方向小七伸出手，"你好，我叫文菲儿。"

小七愣了一下，她知道文菲儿是谁，谷雨和柏雪莱的故事里，文菲儿是个举足轻重的人物。

文菲儿的握手很有力，像老熟人一样亲热。她认真地打量了小七两眼，说："姐姐好气质。白桥真是好地方，什么灵气的人都孕育得出来。看来我也得住一阵子，修炼一下我这浮躁的心。"说着又看一眼谷雨，哈哈地笑了。

小七给她让座，给她倒了茶。三人便坐在二楼的雕花窗前看着白桥那一派水墨画般的景致，聊着天。菲儿热烈活泼，她不让谷雨有一点儿负担，话题中丝毫不提柏雪莱，也不提江洲，倒是对白桥大感兴趣，对谷雨的店也是兴致勃勃地问了一堆。

小七静静坐在一边。通常有客来，小七总是回避，今天却不离开，也不参与谈话，在一边给谷雨抄着结婚请柬。

最后菲儿说要赶晚班车，起身告辞。她留下一只礼盒，里面是一块女表，说是顺道买的，不知谷雨快结婚了，正好权作贺礼，又看着小七说："这次来得仓促，只准备了一份礼，不过你俩好得不分彼此的，就算是送你俩的吧！"

"没事，你以后还会再来的，是不是？"小七微笑着说。

菲儿一愣，有些不知如何接口，但她是个绝不会让自己尴尬的人，立刻说："当然要来，这里这么美，我都舍不得走了。"

菲儿走后，小七问谷雨："这个文菲儿，怎么会找到这里来？"

"她说她工作路过白桥，想起我说过曾经在这里开店，就顺路绕过来看看，结果真找到了我。"谷雨也有点儿累，任谁这样不歇气地讲上几小时，都会架不住。

小七"嗯"了一声，想着这个跟柏雪莱牵扯不清的女孩儿："你相信她？"

"我们没什么联系，她突然出现，我也吓了一跳。"谷雨说，"我已经告诉她，我快要和老韩结婚了，她答应给我们保密。"

"为个工作路过的，兴趣也未免太大了。你们聊了几个小时，她几乎把白桥的一切都打听遍了。"

"怎么，你什么意思？"谷雨犹豫地问，"你刚说菲儿还会再来……"

小七眉头紧锁，那股不对劲的感觉又来了。谷雨结婚前忽然跑来一个文菲儿，带着的礼物说是顺道买的，更像是早已备好的贺礼。还有一点，她没说出来，文菲儿在跟谷雨聊得最欢的时候，眼神余光也一直没有绕开过她。那点暗暗的气息，她低着头也觉扑面而来。

韩默愈这几天格外忙，他的客栈生意本来只是守住一个成本，但近来景区被重新开发，带着他这里也人气高涨了不少。和人合资的一个画廊，合伙人去年撤了资，韩默愈本想把画廊转手，却忽然有个外地客户表示想和他一起经营。这客户财力甚足，也是甩手掌柜，乐得把大局交给他，自己只抽成。于是韩默愈分身乏术，他请霍思垣来帮他料理，霍思垣也一口答应。

小七每问到霍思垣的公司事宜，他都是一笔带过，不愿多提。她知道霍思垣近一年来为了找她，早把公司搁在一边，基本不打理。现在见思垣这么爽快地同意了韩默愈的邀请，心里更有些明白。而在霍思垣为她付出的种种里，家庭关系是最令她不安的。

"你好久不回家了，父母很生气吧？"她问思垣。

"眼不见心不烦，就这样挺好。"思垣仍是不愿多提的样子。

小七瞒着思垣，联系了他的公司。才知道思垣早已放手，他那个精明强干的嫂子料理着一切。他也不能这样单身一人回澳洲面对父母，思垣家里早就知道有小七这么一个扫把星在，这几年拖累思垣无数，还迟迟不给他一个肯定答复。

思垣从老韩的店里忙回来，见小七一个人闷坐着，她这阵子都是这么懒懒的。他问她："你喜欢白桥，是不是？"

"这里安静。"

"那么，我们也弄一套小房子。"思垣思忖着，露出一个微笑，"租或买都行，也不能总是住在老韩这里。"

小七看着思垣，他无论做什么，都是用这一张温暖的笑脸对着她。她有点儿凝噎，将头掉了过去。

"让我猜猜你在想什么。"霍思垣拥住她后背，下巴蹭在她头顶上。

"什么？"

"你在想，这个姓霍的肯留下做生意，一定私藏了钱，账面不清，以后要好好地查。"

小七笑一笑，两人静静依偎了片刻，看着楼牌上那两个字"如意"。

"如意就是不如意，不如意就是如意。"她喃喃地说。

"什么如意？"他没听清，问她。

小七摇摇头，问："那你知道我现在在想什么吗？"

"想什么？"

"我从没有做过新娘。"她眼里也闪着一点儿幽深的光。

"……你是说？"

小七将拳头打开，她一直盘弄的那枚戒指此时戴在了她手指上，戒指紧密贴合着手指，幽光闪烁。她举起手指，放在他眼前。

吃惊、不信和喜悦糅合在霍思垣的眼里，几乎成了一种恐惧。

"我太急了一点儿，这应该由你给我戴。"她说。

霍思垣愣愣地看着她，终于反应过来这不是一句玩笑。他有一会儿说不出话，忽然抱住小七，眼睛湿了。她温柔地回抱住他。

两个新娘

等到霍思垣和小七向大家宣布婚讯的时候，原本在小七脸上的神情完整地移到了谷雨脸上。

"你们结婚？跟我们同时？"

"你已经问了好几遍了。"韩默愈坐在谷雨身后，温和地提醒她，一边将剥好的橘子递到她嘴边。她下意识地张开嘴，立刻五官皱成一团，"呸"地吐掉，问："为什么那么急？"

"我不想等太久。"小七说。

霍思垣用同样的姿势坐在小七身后，他手里也剥着一只橘子，替小七把话补充完整："我们的意思想和你们一起先办酒，随后去墨尔本见我父母，然后正式注册。"

"中国人嘛，重形式，先办酒再回家也可以。"韩默愈说，"不过谷雨的父母和小宝这几天就到了，我还真有点儿紧张。"他问谷雨，"是不是？"

谷雨机械地点点头，又转眼瞪着小七，小七若无其事地将霍思垣剥好的橘子一瓣瓣放进嘴里。这次橘子买走了手，个个都又酸又苦，她慢慢地一口口咽下去。

于是他们格外地忙起来。白桥虽偏僻，网络却发达，小七的行踪还处在警方的备案里，虽知道瞒不住，她还是一切从简，婚纱照也没有拍。韩默愈又担负起帮他们找房子的任务。

他们看中了一处院子，离谷雨的如意馆不远，绕过一条巷子就到。独门独户，很安静。门前有一棵柿子树，此外是扶疏的草木。只是两人住着太大，后面几乎空了一半。韩默愈去谈了一次，主人却很固执，说这房子本是预备做客栈的，一时空着等投资，并不想租给普通人住。价格谈不下，霍思垣又跑了两趟，仍是压不下价，小七本不在意这些，便打消了念头。

小七跟思垣仍住在谷雨那里，闲时无所消遣，只是养起了看各地新闻的习惯。她各种时讯新闻都关注，也没什么方向性，官方的、民间的、真的、假的，只要是即时的，她都多看两眼。一些人始终无讯息，也是好事，但风平浪静中酝酿的危机更是难以捉摸。何况，本就没有风平浪静的日子，哪怕一些无关的消息也会在她脑中萦绕不去。

在这一片热火朝天里，谷雨发现小七瞒着思垣在偷偷吃药。小七的病没有完全好，只是她自己从不愿意去医院，但她服用的镇定剂更像是自我催眠……小七本不是一个难以自控的人。

一天网上有人拍出一张新疆十几家玉石加工厂被破坏的图片，无人员伤亡，奇怪的是遭受巨大损失的厂方老板也无一人报案。小七停下了手里的活儿，呆呆看着那则报道发愣。

谷雨敏锐地问小七："你在怀疑吗？这事跟他们有没有关系？"

小七这次没有否认，只说："他们怕没有那么快。"

"你在担心他？"谷雨也不说"他"是谁。

这时霍思垣和老韩喜滋滋地将他们订的衣服拿来了，她俩便把话题岔开。

　　过了一会儿谷雨进门，见小七仍坐着，膝上堆着新礼服裙子，小七抚摩着那些雪一样的裙裾，一副神游物外的样子，连谷雨进门也没有发觉。

　　见谷雨正瞪着自己，小七忸怩了，勉强笑道："从来不习惯穿裙子，有点儿别扭。"

　　谷雨不听她那套鬼话，直接戳穿她："那你怎么穿了小冷给你买的裙子？"

　　小七哑然一下，谷雨继续问："霍思垣有没有逼你？"

　　"他不会逼我的。"小七答得简洁。

　　"你这么快地答应他求婚，是怕他不开心吗？"

　　"我不想再等了。"小七匆忙地扔下一句就去忙了。

　　谷雨怀揣一股火坐着，只觉得拳头打在空气上。越是婚期临近，她越是觉得心里有只着了火的猫爪，一下一下地抓着。

　　婚礼的前两天，谷雨父母果然带着小宝来了。谷雨飞奔过去紧紧拥抱他们，她摇着母亲，又摇着父亲，眼泪涟涟。她自觉已比以前成熟得多，这时仍泪流满面，明明比母亲高了半头，却仍需要仰起脸才能把母亲看得清楚。那边小七将小宝抛上抛下，又背在背上，小宝已经是乐得咯咯地胡言乱语了。

　　"我妈妈好美，小七姑姑好美。"小宝说。他坐在新房里，满眼新奇地看着一堆漂亮的东西。

　　房间里已经布置成一个十足的新房。那些光彩流动的、又萌又软的物件，家长里短的琐碎，应有尽有。那些水钻、蕾丝、丝绸、软皮的垫子、五彩的丝线，一切打造出光华四溢的梦境，谷雨一直觉得太欠真实感。镜框中她的脸如月亮一样光洁，一点儿瑕疵也修得看不见，似是不真实的。但小宝来了，每一样无聊的小物件都被他玩儿得妙趣横生，这浮动的新房便因有了小宝而真实、鲜活起来。孩子是一切俗世感情的垫脚石和秤砣，能将一切空虚填实，一切飘拂的都压定。而韩默愈在他们身边，仍然是安然、稳定、一成不变。

"妈妈跟伯伯结婚好不好？"谷雨问儿子。

"好。"小宝点头，亲亲她的脸。

谷雨心里暖化了一片，她抬头看小七，小七也正看着她。四目相对，小七眼里明明有动情、伤感，还有她一直想在小七那里找到的讯息。

两人都明白，情绪已涨到了一个边缘，那种强烈的"要出事"的预感无法消除，那股不安与焦虑已被压得一点就要爆破了，却还是在各自地熬忍着。谷雨知道小七若是逃避起来，那是比自己更要固执一千倍的。她只是逃避着自己的心意，小七却是连"幸福"一起惧怕着。

晚上小宝睡在中间，她俩一左一右地躺他旁边跟他聊天。大半年不见，谷雨又错过了小宝很多精彩时刻。小宝不但会写自己的名字，还会写她的和外公外婆的，还会写小七姑姑的。

"小七姑姑名字简单，会写也没什么了不起。"小七逗他。

小宝不服气地说："我还会画你们。"

小宝在学校还有了自己喜欢的女孩子，是跟他一起上绘画兴趣班的小姐姐，比他大一岁，每逢有画画课那天，小宝都要外婆给他穿上帅帅的新衣服。

谷雨出神地听着小宝的故事，一个字也不敢漏下，小孩子身上有那么多出其不意的东西，还有他们的小心思，这里一点儿，那里一点儿，顺着去看，五花八门又互相牵连，他们可比大人们懂得的多多了。而她自己小时候呢，只有一个长长的、沉睡的梦。

如果没有小七，如果樱桃还活着，自己会有什么样的人生？会不会有小宝？会不会遇到阿因？会不会在这宁静的白桥的夏夜里，在持续的蝉声和水波声里辗转难眠？

小宝闹了半夜，仍是回外婆那房里睡了，谷雨辗转反侧，轻轻起来，下楼去院子里透气。小七已坐在那里，微弱的月光下有一点儿火光一明一灭。

听见谷雨过来，小七说："送过去了？"

"跟他外婆睡惯了，不肯跟我睡了。"谷雨闷闷地说，"给我根烟。"

小七递烟给她，看她点上又说："以后别抽了，你跟老韩还可以再生一个。"

"我不要再生了，生下来也是在这世上受苦，一个小宝就够了。"

小七耸耸肩，不置可否。

谷雨问："你想要孩子吗？"

"随他，思垣如果想要就要。"

谷雨咬咬唇，她心里有一点儿失望，说不清是对谁："你知道吗，跟你谈论这些问题，我觉得好奇怪。你真的也会稳定下来，嫁人生小孩？"

"为什么不结婚呢？"小七说。她心里随即响起一个声音："我可以结婚，也可以不结婚，如果是跟你在一起做这些事，那我就去做。或者，如果需要为你放弃这些，就放弃。"他把一切生死大事都讲得平平淡淡。

她心里顿如被割了一刀，将手里的烟按灭在石桌上。

"霍思垣是我见过最好的男人，没错。"谷雨看着她说，"但是你现在，你现在还来得及懂吗？"

小七低头笑了笑，看着烟头熄灭前的微弱红点："我答应思垣婚后去墨尔本了。"

谷雨心里一团乱，一股失望直涌上来，事情不该是这样，眼前这局面是不对的。但，哪里不对呢？

"可是你明明不想结婚，对吧？"

小七看着她叹了口气："你不能再去做的事，就希望我能替你去做是不是？你让自己收了心，非得我去逃个婚，离家出走一回你才能踏实？"

谷雨被蜇了一下似的，这会儿她真恨小七，小七总是把她无情揭露，对自己的心事却包得严严密密。

"你怎么这么不识好歹！"她心里的那股失望化成了怒气，涌上来就变成了唇枪舌剑，"你这人这点最讨厌！我反正什么秘密都没了，你自己呢？你就一直做鸵鸟吗？"

见她又急了，小七说："喂，喂，你别哭呀。"

"我没有要哭，我是生气！我是……我是真的想跟老韩结婚的！"

"是我不识好歹，"小七哄她，"但我也是真的想跟霍思垣结婚。"

"如果是一年前你对我说这句话，我会立刻高兴得跳起来！"

"我一年前是什么样？"小七静静地问。

"一年前你跟我住在这里，你心如止水，不需要爱情，不需要别人。霍思垣来了，他的爱温暖了你，那时候你心里有他。"

"现在不是吗？"

"现在你心里还是有他，可是你的心乱了。我不知道乱到什么程度……我不想你放弃思垣，可我更不想你以后后悔。"

"谷雨，我最佩服你的一点，就是你的直接。你喜欢的东西，从来不装着不喜欢。你想要的，花样用尽也要拿到手。"

"你呢？你是在装着不喜欢吗？你能不能自私一点儿，像从前一样？你一直是个坏人！"谷雨激动了，"霍思垣给不了你道德负担，你心里明明还想着……还想着战冷疆，不是吗？"

听到这个名字，小七快速站起来，她朝着绰绰树影处走了两步，停下："小冷跟我之间已经翻页了，他有他的事要做，而且他这个人从来都是半真半假，心思比海还深，我们之间也……没什么。"

"骗人！胡说！我要被你气死了！你敢不敢说句真话！"谷雨又怒又伤心，她也不管小七是不是受得了，反正也没什么是小七受不了的。

"战冷疆有多爱你，你不知道吗？如果你跟我说的那些都是真的，那么我从来没见过，没听说过，也没想象过一个男人会这样……这样去爱一个女人！这话说出来我就对不起霍思垣了，我对不起思垣也要把话说清楚！战冷疆他就是，他就是要你啊！他就是只要你啊！他装傻那么多年，只有在你被人欺负时他站了起来，他站起来的第一件事就是杀了欺负你的人！"

谷雨停下喘了口气，小七也似乎被她说傻了，谷雨此时像只小豹子。

"我能承认我爱柏雪莱，你敢不敢承认你爱小冷？你敢不敢承认你也会爱？你也会爱上另一个人？你只知道你会被感化，你不知道你的心也会动、会痛、会变化吗？各种平凡人的感情你明明都有不是吗？你把自己当成谁了呢？你不是那么勇敢的一个人吗，不是谁也挡不住你吗？你为什么不去找他，不去见他，告诉他，你也是很想念他！我爱柏雪莱，被他甩了我不觉得丢脸，因为我们爱过！我抱过他，亲过他，我把自己交给他，我跟他做了一切能让他知道我多么爱他的事！他变了，我没有办法……但我能像看到白纸黑字一样清楚地看到我的心！我不后悔我做的事，他走了以后，我庆幸我曾这样做过！你能为小冷做什么呢？你能为自己做什么呢？"

她眼泪汪汪，说不下去了，这些话说出来多痛快，她眼前的夜色是一片黑茫茫，竟被她一顿脾气发得有了点儿光亮，连蝉声、蛙声也小了一点儿。再看小七，竟也是满面的泪。谷雨有点儿吓住了，她抓住小七的胳膊。

"……你承不承认？"

"承认又能怎么样呢？"

"怎么样？你要去……你总得做点儿什么啊……"谷雨说着声调忽

然弱了下来，她刚才一番分析质问，字字掷地有声，现在忽然底气不足了。

"你觉得我该去找他，找到了又怎么样呢？我跟他之间隔了多少人？我怎么面对战烈？怎么面对阿因？思垣本来是多自由自在的一个人，他为了我什么都没了，他在百花岛上，一个人面对那么多人，那种勇气……我不可能丢下他。我心里想着谁，不重要。你看到的我心里的那点儿多出来的东西，也不过是一点儿妄想而已……不重要了。"

"什么是重要的呢？"谷雨无力地问。

"眼前那个最需要负担的人，就是重要的。对你来说，是老韩，还有小宝。对我……就是思垣。"

她俩都平静下来，两人都觉得倒空了似的。夜深得无边，似乎有一只水鸟贴着水面飞了过去，暗里的微淡白光一闪而过。此外，是无尽的黑暗。

再见，再见

新婚日定在初八，他们翻皇历挑出来的好日子。

谷雨和小七都是一夜没睡，他们并不太讲究仪式，小七已无父无母，谷雨父母便充当了两边的父母。白桥各条小巷相连，两位新郎也只打算开车在白桥外兜上一圈，放了鞭炮，接着便敲门接亲。

黎明不到谷雨就起来了，她穿着白色的长裙子，将头发梳高，露出美好的颈项。小七的头发也是她盘的，小七的头发长了以后就没再剪过，正好可以盘成髻，剪水双瞳略略点染，竟是不可思议的美。瘦瘦的肩架子，穿了白裙子站在那里便觉得马上要飞起一般。

"太美了！"谷雨赞叹说，她眼泪又涌上来。小七朝她走过来，一步一步走近了，她俩面对面站定，看着彼此。她俩都不喜欢大裙箍，裙子只是简洁的薄纱，薄薄一层渺如云烟，隔着里面的人，美好，遥远，又陌生。

就这样了吗？她们的眼睛都在问，就这样了吗？小七摸了摸谷雨的头发，谷雨按住小七的手。两人一时说不出别的话，皆感到呆怔不安。

良久，小七笑笑说："能跟你一起穿婚纱结婚，也是缘分。"

不知名的鸟忽然在窗外聒噪了两声，两人都被惊动，一起朝窗外看去，门被敲响了，是韩默愈和霍思垣到了。

韩默愈进门就抱怨晚了四十分钟，没赶上原定的吉时。白桥外不知怎么来了一群车队将路堵了，大批人马过不来，他跟霍思垣好不容易才突出重围，现在那头仍堵着。

谷雨心里的不安又泛上来了，她颤颤地问："谁来了，为什么会交通堵塞？"

老韩说不知道，那伙人车速太快，里面还有个不要命的，抢道抢得像救火似的，跟人起了冲突。

"动手了？"小七接口问。

老韩说看不清，围得里三层外三层的人，开的车子倒是气派，都是外地牌照。

谷雨心里怦怦跳着，站起来，却一下碰倒了水瓶，她心惊肉跳地弹跳起来。

小七过来替她擦着，小七手冰冷，谷雨的手在她手心里也是微微颤抖着。她俩在对方的眼睛里都看到一种说不清的紧张和惶惑，明明白白都有一种无处可逃。

晚宴设在白桥最大的一家酒店，人虽然请的不多，却还是占了个厅。两位新娘的美丽固然值得称道，霍思垣的气质和韩默愈的稳重却也引起了不少注目。来宾中还有不少是韩默愈的客户，因此韩默愈忙得停不下。霍思垣则隔一会儿就要来看看小七，小七不堪负累地将他推到老韩那边去:"你忙你的就好了,我这边不用照顾。"

霍思垣依言离开,一路回头含笑地看她。

隔着一张桌子,谷雨忧心忡忡地看着这边。

那种爆破前的气息从早晨跟随她到现在。酒宴已至中途,客人还在络绎不绝地来。白桥本是个文艺气息浓烈的地方,又邻旅游区,所以来的宾客未必全是知交亲友,还有相当数量来凑热闹的年轻人。他们把这里当作一个新奇的派对,祝贺新人的同时也给自己找着乐趣。一些新的邂逅正在湿润的空气中进行,一些新的交流、共识关系也正在形成。

服务生大声地一个个叫着名字,那些陌生的名字,谷雨并不认识,但每叫一个她就要向门口急速地看一眼。她只觉得她们面对的是一场喜事,更是一个多事之秋。

"你别这样,"小七对她说,"放松些。"

谷雨转过眼,她眼睁得大大的,盛满惊惶与不安。小七说"不会出什么事",足见小七心中也有同样的担忧。她俩都已喝了几杯酒下去,只觉得幽深的厅门口人影绰绰,服务员的叫声像大喇叭一样。

"新娘子,有人找!"

谷雨悚然而惊,心脏大跳了一下,她摇晃着站起来,脸像被抽了血一般白,像心里一个一直翻腾的声音终于有了回应。她想,来了!

厅门口一片通明,没什么人,门前的服务员见谷雨这个新娘子自己跑了出来,问她有什么需要。她惶惑地摇摇手,一些闪灯在她的两侧转动,把灯影打到她的脸上和身上。

她又向四周看看,马路对面的树荫投出一片阴影,阴影里有一片更深的影子。

她口干舌燥,模模糊糊地走过去,一步一步都像是踩在云端里。

果然是一个人站在那阴影处。看起来已站了很久,穿着白色竖领的衬衫，胸前有一些细密的皱褶，深色长裤，西服外套搭在手腕上，是很正式的着装。月光把他的体形完美地勾勒出来。他头发也是梳理过的，风只带起一点点的乱。他看着她一步步过来，脸上泛起的波动，也跟湖面涟漪一样。

他说："你怎么会出来了？你知道我来了？"

"你叫服务生叫的我。"谷雨做梦般地说，手揪住裙子，裙子上的花丝簌簌地抖着。她不知下一句该说什么，曾经幻想过千百种重逢时的样子，这时一样也用不上。她该骂他，耻笑他，最该做的是转身离去，只将背影留给他，但她嘴巴发苦，膝盖酸软，一点儿动的力气也没有。

"我不敢叫你，我不想打扰你。"柏雪莱苦笑一下，"我一路上想了很多见了你要说的话，没想到还是说得这么笨。我应该夸你美，连这句话我都说不出来。"

"你为什么来？"她直直地问。

柏雪莱深邃的眼中流出明白无误的感情和痛楚，他伸出手去，谷雨退了一步，她的力气只够退这一步。他的手擦过她的发鬓，略略停留，便垂了下去。

但他的手指仍带着昔日的魔力，谷雨被点中一般，摇摇欲坠起来。她伸出颤抖的拳头，在他胸前痛打了一下，他站着不动受着她，她泪如雨下，刚喝的酒便涌了上来。他试着搂住她，她在他的怀中挣扎，又将他胸前的衣服狠命揪着，往后推去。

"你为什么来？"她只有这一句话，"你干吗要叫我出来？一切都晚了，我们结束了！"

柏雪莱伸出的手停在半空，前退都不能地停在那里。

"我想看你一眼……"他说，"我只想远远看看你，没敢叫你，没想到你出来了。也许服务员搞错了，我听说今晚这里不止一位新娘。"

小七有一点儿不安地看着门口，谷雨出去了半天还没有回来，霍思垣又过来了，问："怎么了？谷雨呢？"

"她被人叫出去了，我去找找她。"她说着也起身向外面走去，服务生在门口拉住她，"新娘子，你怎么还在？有人找你，往这边。"

"找我？不是找谷雨吗？"

"不是，找的是你。"服务员指一指走廊近处的一道掩着的门，说了个房间号。

小七又看看大门前，谷雨不在那里，而韩默愈被两个外来的商人缠住了。霍思垣远远地看着她，她做了个"没事"的手势，又看看反方向的走廊，那里两侧都是客房，灯光很暗，长廊幽静无声。

她停在那扇门前，门是掩着的。她抬起手又放下，心中有汹涌的预感。

"请进。"里面的人说。

她心里一激灵，消散在空气中的声音有点儿含混，不易分辨，但绝不陌生。

室内黝黯，落地纱帘下有一张圈椅，有个男人坐在那里。

小七觉得后背一凉，虽看不清脸，但那坐姿无疑是熟悉的。

"啪"的一声轻响，男人自己开了灯，他穿着合体的西服外套，散着衬衫领口，几分雍容，几分倦怠。灯光打在他苍白消瘦的脸上，不年轻的脸，较之上次的见面，又多了几条深深的皱纹。他深深地打量着她，终于嘴角一牵，熟悉的笑流了出来。

"小新娘，你好啊。"

一阵急促的脚步从走廊一路响过来，是霍思垣赶过来了。霍思垣满脸怒色，一把将小七揽过去，他挡在她身前，警惕而愤怒地看着眼前这男人："你想怎么样！"

"放松点儿，我不是来闹事的，我只是看看，贺个喜。"男人说。

"你要怎么样，我都奉陪，战烈。"霍思垣的敌意毫不掩饰。

喜宴只被稍稍打断了一瞬，便又继续杯觥交错，吆五喝六起来。

他俩沿着月下的小道，已走了长长的一段。

谷雨的曳地长裙沙沙地从粗糙的石板路拂过，她有大半个肩背是裸露的，风把她的一点儿细汗吹干了。柏雪莱在她身旁，迈动着两条长腿，小心配合着她的步子。他并不碰她，只在道路难行的时候稍稍扶她一把。

路人纷纷向他俩投来目光，女孩儿的白纱裙和男孩儿的白衬衣，那恰到好处的身高差和一致的步调，使他们般配无比。

"我要回去了，老韩会找我。"谷雨每隔一分钟就要说一次。每回她这样说，柏雪莱便停住脚，一切随她的样子，她便不知怎么又继续走了下去。

柏雪莱说，他听说了她的婚期，实在按捺不住，想看看她过得好不好，想看看她选择的丈夫是怎样的人。

"你知道这都是自欺欺人，我只是想念你。"他又坦然地说。他的表白和以前一样，突如其来，毫无过渡。

她浑身阵阵发紧，牙都要咬碎了。

"骗人……你说不想打扰我，你只是不甘心。"她恨不得咬碎他。她千难万难下的决心，那自我催眠，强迫遗忘，费尽所有力气的逃避，挡不住他的一句话。他只是轻飘飘地来了，招一招手，笑一笑，她就又想抛下一切朝他狂奔而去。她一见到他就成了个贱骨头，被蹂躏到泥里的一颗心又死而不僵地冒出了头。

现在他自上而下看着她，他的目光又成了个透明罩子，将除他俩以外的一切世界隔离开来，她被笼罩在那目光里。

"我没资格不甘心。"他伸手碰了碰她的脸，碰到她柔软的面颊，他的手指也有点儿无措了，"我看着你嫁给别人，我也没资格阻拦一下，我不能为自己做一个字的辩驳。"

谷雨想要冷笑一声，出了口却像一声哽咽："你想辩驳什么？说你为什么不要我了？"

柏雪莱看着自己的鞋尖："离开你的那些日子我都过得很不像人，我没办法解释我去了哪里，做了什么。直到知道你要结婚，我什么也不管地跑来了……我来了，也还是什么都做不了。"

"那么，你现在也不该来。"谷雨冷淡地说。

他看着她站立不稳的鞋跟，脱下了上衣铺在地上。

"坐一坐，好吗？"他小心地问。

她坐了下来，他将一只手搁在她身后的树上，替她裸露的后背隔住粗糙的树干，两人面对着波光粼粼的湖面。

"我跟你说过我是个罪人，我迟早要面临命运的审判。"他缓缓地说。

她不吭声，像是没有在听，也像是等他说下去。

"在我年少的时候，伤害过一个人。他完了，我的一生也就此完了。"他缓慢的调子里带着沉重的痛意，"我多年来漂泊在外，不见家人，直到遇见你……我们经历相似，背负着同样的痛苦……但你却依然这样美好，这样甜蜜，这样……温暖。你鼓舞了我，我以为，我们会好好在一起。"

"来不及了。"她说，眼泪终于涌出她涂了紫色眼影的眼眶，"来不及了。"

她在他的手掌里颤抖着，他看着她的痛，同时看到她眼里自己的痛苦，他替她擦去泪水。

"别哭……是我打破了这一切，我没有这个命，我就认了。别哭，如果你嫁给那个老韩，你能幸福，我也认了。"

谷雨很晚才回家，她筋疲力尽，裙子被拉了两道，高跟鞋也裂了，被她提在手里。她头痛欲裂，浑身都快碎成片了。她已经哭了一整晚，

人都快化成水了，柏雪莱送她回家，她的鞋跟被绊住了，他蹲下替她
拔着，见鞋跟折断，他便将她背了起来。

她伏在他背上晃晃悠悠，月色朦朦胧胧照着他们，似乎又回到江
洲某个喝醉的夜，她这样伏在他肩头，抱着他的脖子，心头像放了一
碗蜜，稍稍一晃便溢了一片。

她迷迷糊糊地伸出胳膊抱住他脖子，感觉到他身体的热量，但他
只是将她又朝上托了托。

"送我回家以后呢，你去哪儿？"

"我也回去了。"他说。

她有半天不说话，过了一会儿，他听到她似乎嘴里念念叨叨，
500，499，498……

他问："你在数数？"

她不答，又数了 100 个数，才说："还能走 400 步，就到家了。"

他心里一痛，叫她："谷雨。"

她说："380，379，378……"

他停住脚，将她放了下来。月光下她大睁着眼睛，神情是孩子般
的执拗。

"谷雨，你看着我。"

她抬眼看他，眼里盛满小女孩儿的茫然，像正做着一个梦却忽然
被摇醒了。

"我们还会见面，你相信我，我们一定会再见。"他郑重地说，将
嘴唇印在她眼皮上，嘴巴里登时尝到了咸味。他觉得心里那道费了很
大力气拉住的闸松开了，带着痛的欲望哗然而出，连带着放出来的还
有那个小恶魔，那一刻他想着，什么也不管了。

他凶猛的吻几乎要将她吻出血，他紧紧地抱着她，迫切又痛楚，
在不能透气的间隙里，他说："如果想跟我走，就来找我，你会来找
我吧？"

现在他痛楚的眼神和语气还在她脑子里轰隆隆地撞击着，但她是在自己的家门口，虚脱地靠着门。直到韩默愈走到她身前，她才两腿一软栽倒在他怀里。

韩默愈将她抱起来，听她轻声说："他走了，我回来了。"

天光大亮了谷雨才醒来，韩默愈走近床边对她俯下身，他脸色有疲惫，但是欣慰的。他说："你什么都不用说，你回来了我很高兴。"

她后脑勺一跳一跳地痛，全身也觉得冷痛，知道自己昨晚受凉伤了身："我妈和小宝呢？"

"他们去旅游区那边玩儿了。放心，他们不知道昨晚的事。"

"小七呢？霍思垣呢？他们都知道了？"

"他们现在暂时顾不上你……"韩默愈神色有点儿古怪，欲言又止地给她盖上被子，"你先好好休息，睡醒了再说。"

她现在也不想见人，等韩默愈出去后，又蒙头大哭了一场，哭得又睡了过去。梦里她仍伏在柏雪莱的背上，晃晃悠悠的，听着他的脚步，似乎只要醒不过来，他便会背着她一直走下去。她睁开眼时，有一会儿不知身在何处。然而满房的家什都是她新生活的印记。那一切是结束了，虽然他的吻还烙在她身上。但她不会再见他了，老天终于让他们有了个还过得去的收梢。他毕竟是来了，他努力过，也挽回过，他心里是有她的。

一直到了晚上，谷雨才觉得舒服了些，小宝和外公外婆已经玩儿了一圈回来，她拖着酸乏的身体带了一会儿小宝，问他："今天有没有去看小七姑姑？"

"他们都不让我去，小七姑姑家里来了客人。"小宝说。

"哦，谁来了？"她问韩默愈。

韩默愈有些难以启齿："那个，战烈回来了。昨晚你出去的时候，战烈来找了小七。"

谷雨惊得直坐了起来。

韩默愈又按住她："现在不要去……"他脸色仍是有点儿为难，也有点儿不解，"小七和思垣留下了战烈，他在这里住下来了。"

狼少年

战烈瘦了不少，本来就清癯的双颊更加凹陷，那只已塌陷的眼窝便落了更深的阴影。

小七站在他面前，叫他，老板。

战烈抬起一只手微微一挥："从前你怎么叫我？"

小七犹豫着，说："叔。"

从她第一次站在他面前，她就这样叫他。然后，他便收下了她。

"这就对了，我已不是什么老板了。"战烈说，"丫头，这就嫁了？"

小七不知他话里含义，她这面对战烈，难免换了个心境，这心境让她不安，又为难。还好，战烈并不提小冷。她问战烈从哪儿来，下一步要去哪儿。战烈说："人老了又死不了，就得有些事要去做。"

霍思垣买了车票，准备了卡，只希望能太太平平把这祸害请出家门。战烈手伸进怀里，掏了一个信封出来，他手指有一点儿轻微的抖颤，他克制着这抖颤，将信封放在她面前。

小七问他："你还在治病吗？"

"治得了病，治不了命。"战烈做了个手势，似乎不愿多谈，"来得仓促，这个权作贺礼。"

小七打开信封，里面是一份已过户的房契。明明白白，正是他们看中却谈不下的那座小院子。

她心中一跳，战烈专拣她结婚的这个喜庆日子出现，自然不是赶巧路过。他送她这一份礼，阔绰还是次要，他什么时候已瞄准他们的每日生活和计划了？她看了看那房契的户主名字，签的并不是战烈，是个姓黄的，一个陌生的名字。

"是我的一个老朋友，见我喜欢，就拿下来了。一个小转手，小事。"战烈说。

他口吻温和，那只单眼却深不可测，而这礼送得真切又隐含威胁。小七想了想，便让他先住两晚，就住在他刚买下的房子里。她想，以不变应万变，先看看他下一步要做什么。

但她没想到，谁也没想到，战烈并没有下一步，他竟真的在白桥住了下来，且一住就有一个月之久。

谷雨来的时候，战烈躺在院子中间的小躺椅上，一只黑猫匍匐在他脚下，一人一猫都又慵懒，又享受。

第一阵秋风已起了，天高云淡，阳光开始疏朗透明。战烈微合着眼，手边一个小茶壶，午后暖洋洋的秋阳摊在他的膝盖上，也像慵懒的猫迟迟不去。看到谷雨进来，他笑眯眯地跟她招呼一下，仿佛眼前不是那个他曾经绑架过的年轻女人，也似乎忘了他曾迫害过阿因。

谷雨本是切齿地恨着他，这时却不由得一怔，不知道该拿什么态度对他才好。

小七从屋檐下走来，走过长长的阴影过道，她手里拿着一个箩筐，里面是一些晒干的白菊花，廊上还铺着好几簸箕。谷雨跟她一起拣着那些菊花，将杂质挑了，再筛到另一个扁簸箕里，一边瞟一眼战烈。谷雨想不通小七竟和战烈建立起一种新的共处关系，尤其其中还夹着一个虎视眈眈的霍思垣。

"那这算怎么回事？战烈这就住下来了？不走了？"谷雨又问。

"不知道，随他吧。"小七答得气定神闲。

"他儿子呢？他不去找他儿子会合？"谷雨忽然想到什么，嘴巴成了一个"O"型，"小冷会不会来这里找他爹？"

小七微微一凛，似乎被说中了心事，她顿一顿说："他不会来，至少现在不会来。"

小七力排众议将战烈收留下来，并且让他住在替他们找下的房子里，自然引起了一阵不满。韩默愈对谷雨说，战烈一天不走，我得一天守着你才行。霍思垣更是差点儿报警，但韩默愈毕竟较之霍思垣要冷静得多，他分析了一下：小七去年失踪，今年谷雨被挟持，这些都是备了案的。如果战烈与阮姐真有一场大战，谷雨和小七免不了再成为靶子。战烈别处不去，偏挑着白桥而来，为什么？战烈出狱后也在警方监控中，所以他在的地方也许反会成为最安全之地。

"你这么说，难道战烈是为保护她们来的？"霍思垣问。

"这个我不敢说，但江洲警方至今迟迟没有动作，也许只因为线还不够长。"

霍思垣狠狠吸着烟，近来他烟瘾很大，他恨恨地问："难道我们两个大男人保护不了我们的女人？要他一个罪犯来插手？"

"你看他现在像不像犯人？我看他像个养生专家。他昨天还教谷雨，不要喝阴阳水。"韩默愈说。

至于霍思垣死活不肯住在战烈找下的房子里，老韩也有另一番道理："小七救了他，又救了他儿子，他们父子俩都欠了她一份大恩。这个恩怎么报？他肯拿钱拿房子来报，就是最省心的办法了。你不接受他的房子，他还不知道又会玩儿出什么花样。"

霍思垣哼了一声，将烟头重重弹走。

这几天谷雨的母亲已经带着小宝回去了，谷雨的小店"如意"重新开张，慢慢地又将人气积攒了起来。她一下子忙起来，也是存心将时间填满，好没有余裕去想柏雪莱。而柏雪莱自从她新婚夜离开后，又是杳无消息。

谷雨仍是每天都到小七这里来，她们又重新熬上了药粥，熟悉的药香、花香再次弥漫在阔大清静的天井里。每天煮茶养花，看着一猫一狗跑来跑去，谷雨恍然觉得和小七两人又回到同处白桥的那两年，仿佛只是打了个盹儿，两人都已是已婚妇人身份。

深秋的柿子树红灯笼一样结了满树的果子，衬着蓝天，条条枝叶像画在蓝色幕布上。谷雨从门外进来，她眼尖，看到大门旁边积着一堆烟头，长长短短，有的只吸了几口就扔了，有的却一直抽到烟尾。她拉着小七去看："霍思垣是不是回来了？干吗不进来，站在门口抽这么多烟。"

小七瞥了一眼那堆烟头，愣了下，又看了一眼，才说："思垣在我面前不抽烟。"

"他心里苦闷，不敢当面对你讲，心里意见可大了。"谷雨说，"我猜思垣心里不痛快不全因为你收留战烈，他是因为战烈是小冷的爹……"

小七"嘘"了一声，谷雨便停了口，战烈正优哉游哉地晃着闲步进来，一边逗着小猫狗阿尔芒。他对动物很有一套，来了两天就让这里的猫啊狗啊围着他跳，撒欢儿得不住。他打水给阿尔芒洗澡，最不爱碰水的阿尔芒在他手里服服帖帖。战烈得意地说："人家说我多厉害，总有人不服气，但调教这些畜生的本事可是谁也及不上我。"

谷雨不由得想，这还是那个战烈吗？那个阴狠、老辣、令人不寒而栗的战烈，竟像彻底消失了似的。

战烈拿一块大布抱住湿淋淋的阿尔芒，把它搁在小竹椅上晒太阳，小七上前抱过去："我来吧，你眼不好，不要动了。"

"你别看我现在一只眼，我看得可比以前清楚呢。瞎子才是看得最清楚的。"战烈说。

小七心里一动，说："我在蜈背岛认识一个瞎子，他也说，瞎子才能看得清楚。"

"俞大叔？他对我挺好的。"谷雨接口说。

战烈呵呵笑了两声："老俞？他还活着哪？"

"还活着。"

"好端端的？"

"好端端的。"

战烈又笑了一声，有什么事心知肚明似的："这辈子也不知道还能不能坐下来喝一杯，听他唱上两曲。"

"他可能唱呢，每晚都对着大海唱。"小七告诉他，俞瞎子每天做饭、喝酒、唱戏，帮人做土法鸡蛋、酿酒、开药方。

"十几年了，没想到他的脾气能磨成这样。你们可不知道，当年谁对他讲话大声一点儿，都要挨他一顿鞭子。"他接着告诉小七和谷雨，俞瞎子和塔叔，当年和他结成三兄弟。他和塔叔都是白手起家的小混混，只有老俞正经是个少爷，家里有一大片祖产，出来前呼后拥，偏偏愿意跟他们混在一块儿。

"你别看他现在与世无争，几个兄弟里脾气最臭的就是他。他发火了，我跟你塔叔都不去招惹他。"战烈嘴巴里呜呜地哼了几句泼戏，和塔叔一样，他只会哼一点儿高潮处的转音，没两句就自己停了下来，"真他妈难听。"说着又自己呵呵笑了。

俞瞎子当年居然是这种人物？小七和谷雨都不由得想到俞瞎子那落拓的样子，荒凉的嗓子，还有那离群索居，与鬼为伴的日子。

"他为什么要住在蜈背岛？他得罪了你，是不是？"谷雨问。

战烈独眼中闪过一道精光，一晃就没了，他又恢复了那副漠然。

"人各有志啊。我处理事情不连累家人。他的家里人，这么多年我也没有亏待她们。"

"他还有家人？"

"人当然得有家人，到了最后，家人才是依靠。"战烈说着叹了口气，"老俞还有个女儿。"

"我认识他这半年多，他都是一个人住。"小七说他住在鬼村边上，天天给鬼唱戏。战烈脸部微微一抽动，目光深邃起来。

"小冷的妈妈就在那里。"他似乎落入往事里，清癯的脸上掠过一阵温柔，"小冷是在我当兵的时候有的。在山里，管得严，他妈妈偷着把他生了下来，就在驻地附近，天寒地冻，吃了不少苦。"

如此自然的，战烈说到了儿子。他这么随随便便，家长里短地谈起来，也让人无法设防。谷雨对于战烈，仇恨已没有那么强烈，但残余的恐惧犹在。这时听他说起从前，也不由得坐下，听故事似的听战烈说往事。

战烈抚摩着阿尔芒，看阿尔芒渐干的皮毛在阳光下晒出稻草黄，停驻了片刻："那孩子也是天生的怪，从小骨头硬，不会哭，那山里有狼，他妈妈一个大意，他差点儿被狼吃了，但也怪，狼没有伤害他。之后还来过几次，远远地在门外看着，差点儿把他妈妈吓死。他倒不怕，笑得欢着呢。我说他上辈子是个小狼崽子投的胎。"

"在山里过了两年，他妈妈带他去了蜈背岛，直到他妈妈去世，小冷才回到我身边。"战烈继续说，"那时候老俞才刚上岛，小冷没有见过老俞。"

谷雨忍不住问："他妈妈为什么离开你，带着小冷去岛上住？"

战烈半天不说话，谷雨自觉莽撞了，便看小七一眼，小七替打圆场："难怪他那么喜欢动物。"

"我儿子这方面跟我就是亲父子。什么动物都喜欢，狗、猫、兔子、鸟、我养的鹰。"战烈说着瞥了小七一眼，"他一直搞不定的那只鹰，居然被你驯服了。说起来，你算是他从小到大唯一敢对他动手的姑娘。到头来，还是伤在你手里。"

他说到"伤在你手里"仿佛带着双关意味，小七一阵轻微地发窘，她想，战烈为什么要特意提起这些事？

谷雨却接着问了下去："所以小冷一直没有女朋友吗？这种酷酷的男孩儿很讨女孩子喜欢呢。"

战烈呵呵地笑，提起儿子，他便跟所有的老父亲一样，摇着头，不以为然，又不由得骄傲，忍不住地絮絮叨叨。

"这小子，我敢说他是个天才。我带他去外面，那些他没见过的花花世界，我那些生意，什么东西他看着就懂，一试就能上手。偏偏他不感兴趣，也不喜欢跟女孩儿玩，除了出去打架鬼混，就是养动物。有一次别人打伤了一条狗，他硬是要过来，在怀里抱了三天，也不知道用了什么法子，居然给救活了。"

谷雨一直手托腮听着，这时忽然"啊"了一声，战烈见她一脸诧异，问："怎么了？"

谷雨表情又惊讶，又怀疑，问战烈："你说的这个人是小冷？你儿子？"

"这种臭性格，难道还会有别人？"战烈说，"我只有一个儿子。"

谷雨脸上微微一红，她绝没有见过小冷，但这些事却明明白白地听说过。她想，一模一样的事，却发生在另一个人身上，这未免太巧。

战烈接着说："你问女朋友的话，也算有一个的，他们现在在一起。"

这又是一个让人措手不及的消息。谷雨飞快地看了一眼小七，小七手上正拣着一把白菊花，手指无意识地用了力，一些小的白花瓣便纷纷坠落。她嘴唇微微有点儿发白，但在这清透的秋阳里，一切并没有异样。

谷雨问："他女朋友是谁？"

战烈又是呵呵一笑，这一笑有点儿神秘莫测的意味，也像是不理解："她跟小冷算是一起长大的，那丫头倒是很迁就他的，可惜小冷一直不开窍。这阵子小冷一直南南北北地跑，我听说那丫头倒有本事找到了他……似乎两个人又重新好上了。"他摇着头笑着，"这小子。"

小七终于开了口，声音有点儿木讷，说："也许他小时候不懂事，大了总会知道谁对他好。"

战烈用那只锋利的独眼看了她一眼。

"孩子们的事，我不该管，也管不了。这小子是老天降下来给我的报应。"他说着轻轻感慨道，"现在有个女人在身边，多少能约束着点儿他。"

小七默默筛着菊花，谷雨也有点儿神思恍惚。一时两人都不说话，只有白菊花那股微苦微涩的气味飘在淡散散的阳光里。

晚上韩默愈请小七和霍思垣来自己这边吃饭，同来的还有一位此地的老居民静姐，五十出头，有一双永远闲不住的腿和停不下的嘴，还有一手通达人脉。静姐对于"如意"的环境和生意都感兴趣，愿意合作，席间宾主相谈甚欢。

小七只略略吃了两口就去了后院。谷雨中途去找她，见她手里仍旧晃着白天没弄完的小白菊，就悄悄问她："战烈今天为什么说那么多，是不是在替儿子向你解释？"

小七一边将多余的杂花瓣筛去，一边说："他不需要解释什么，我已经跟思垣在一起了。"

"你别介意战烈说的那些，我根本不信小冷现在身边会有女人。"

小七开始将筛好的菊花倒进筐里，手头却有点儿欠准，菊花撒了一片。

谷雨看着那些乱糟糟的菊花，说："你放心，就算是真的，也长不了。"

小七飞快地将桌面收拾一番，对谷雨说："你别再说了。"语气竟是有点儿哀求。

"干吗不说，他心里只有你啊！"谷雨过于大声，堂屋那边都惊动了，韩默愈从那头大声问："你俩在说啥？"

小七按住谷雨的手，她手掌心里一把冷汗："你不能再说了，现在我哪怕听一听这些，也是对不起思垣的。"

"所以你就每天这么面对战烈？你就若无其事地天天听他聊他儿子？这对你是安慰还是折磨？"

小七索性停下了手里的活儿，她默然半晌，偏头审视谷雨："你今天也有点儿反常。"

谷雨被她说中心事，一些杂乱的心思她还没有厘清，但她深深记得文菲儿对她提过的柏雪莱的童年。"他不爱跟女孩子玩儿，只跟动物混在一起……有一次，救了一条小狗……"这些听说的事曾给她留下了不可思议的印象，她绝没有记错。

魅如疾风

风呼呼地吹打着院门，阿尔芒忽然狂吠起来，不知是闻见了什么还是听到了什么，绕着院门不停转圈。小七去门前喝住它，在门前站了片刻，摘了几个柿子，跟桌上的红绳一起收进袋里，交给谷雨说："老韩他们快从店里回来了，你回去吧。"

近日静姐帮着谷雨照看"如意"，又进了不少货，还盯着谷雨多打一些手工结，包装精巧了做成礼品放在店里。谷雨依言做了一些，她也不让小七闲着，将活计搬到小七这里来，硬让小七跟她一起打绳结。

小七越来越安静，她这种安静是最让谷雨担心的。

韩默愈画廊那边的生意越来越好，霍思垣也因为有入资，也是收入渐丰，他本是个大手大脚惯了的人，几乎见天地给小七买东西。小七对他的宠溺来者不拒，霍思垣给她带花回来，她便插上，每天换一换水。霍思垣买了新衣服给她，她便换上，朝他笑一笑。有时候去店里等霍思垣，两人一起买菜回家。霍思垣闲时陪她，她便和他挽手在桥头走一走。

小七安静地做着这些事，以前她的眼中尚能看到一点儿欢喜，现在却连那一点儿光彩也收敛了。每逢谷雨看向小七水波不兴的脸，便想，小七有没有一点儿想念呢，她的平静下是否酝酿着暗涌，梦里会不会回到波涛汹涌的海上？小七越来越喜欢坐在夕阳下，满天燃烧的彩霞似乎成了她最爱观望的东西，她的话也越来越少。只有跟霍思垣在一起，她才会努力找一点儿话来讲。她努力地活着，平凡女人渴盼的东西在她那里成了一种忍耐，她是在忍耐着这锦衣玉食的照料和安稳。

于是谷雨便缠着她，让她在那些窸窸窣窣的水晶碎珠与玉块之间磨着时间。手工做活儿本就可调整心态，她自己埋首其中，自觉对柏雪莱的心结也解开了一些。她想，也许小七也能从中得到些许抒发。

小七见她迟疑着不走，又催她："快点儿，老韩快到家了，你老在我这里待着干吗？"

谷雨噘起嘴，不愿意马上就走，她说："你还没给我打如意结呢。"

小七疾步走向桌前，她平时从不编如意结，这时却爽快得很，立刻抽出了两根线，手指不停，这结子细细地编总得四十分钟，她编得敷衍，20分钟就编好了，往谷雨怀里一塞，几乎是赶着她出了门。

她们住处离得不远，谷雨一向独自来去，小七今天却一直将她送到家门口，又嘱咐她晚上早睡别出门。谷雨有点儿疑惑，看着门外那条小路，忽然又有点儿恍惚，说："你看这里像不像冰冻街，我们住过的地方。"

小七淡淡应了一声，看看那条寂静的巷子。风把一些落叶卷起，又飞散到那窄窄的墙面上去。

第二天谷雨来，小七却不在家，谷雨转了半圈，见阿尔芒一直在墙角处嗅，她过去一看，墙角处不知被谁泼了一小堆白油漆。她心里嘀咕，绕着院子看了半天，没有别的异样。等了半晌，小七和战烈都没有回来，她只得又走了。

晚上她一直心中不安，终于还是给小七打了电话，问："你今天去哪里了？"

小七说陪战烈去医院做了个检查。谷雨说："你家门口被人泼了油漆，你看到没有？”

“昨天就看到了，所以把你送回家了。”

“你不需要留心一下吗？你明知道这是……”谷雨将声音压低，“这是被人盯上了！绝对是你家那个瘟神招的！”

“你说战烈？”小七仍是平心静气，“是祸躲不过，没事的。”

“你……”谷雨有些气结，小七竟这样若无其事。

她一夜没睡好，天亮了又过去，看看墙角的标志已经没了，现在被人拿水泥涂了一层。她问小七：“这是你弄的？”

小七说她什么也没弄。

“那是谁？战烈？”

战烈恰在这时候出来了，见她俩说着悄悄话，便对她俩笑一笑又走了，谷雨觉得那个笑也是神秘莫测的。

“你们在搞什么鬼？这事你没告诉霍思垣吧？”

见小七摇头，谷雨又大声说：“他是你丈夫！”

“所以呢，他好好地做他的事就行了。”小七说，“谷雨，你们都是局外人，就当没这事，你就当没看见。”

谷雨心里发怵，她每天都留心着，果然两天后又在墙角发现了白油漆。

这回她也不找小七，直接把战烈拉了来看。

“叔，”她现在跟着小七一起这么叫他，“你看看这个，你认识不？”

战烈猫下腰，眯眼看了看。

“哟。”他说。

“这是什么？”谷雨追问着不放。

战烈直起身，脸上是一派若无其事：“别怕，过路的小蟊贼而已，你们这里没什么可惦记的。”他说着进屋拿了个墨盒，手指蘸着墨汁在墙角画了个奇怪的符号。

“行了，别担心。你要是怕，去派出所报个案。”

谷雨想,也许自己真的该去报个案,她无论如何都不能相信战烈。但小七的话有道理,霍思垣跟韩默愈都是局外人,他们是她们的男人,但他们是无辜的。如果这诡异的现象真的是战烈招来的,自然该由战烈解决。

这些日子战烈跟小七的聊天,双方都有保留。虽然霍思垣一直怀有敌意,韩默愈不动声色地观望,而谷雨一直提醒小七,天下没有不疼儿女的父母,战烈每天这么絮絮叨叨,回忆往事,想必要给儿子当说客。

但战烈对于小冷和小七之间那一段事从不过问,倒是说起霍思垣:"他是个踏实男人,你跟了他比跟那些风吹浪打的男人要好。"

他不说明那"风吹浪打的男人"是谁,小七也沉得住气,因此他俩每每对话更是意味深长。

小七偶尔问战烈近期的打算,要不要回海市。战烈便头往椅背上一靠,说他目前的身份不宜露面回去处理事务,便干脆放手:"孩子长大了,比我有能耐,有办法,我有什么不放心的。"

如此,他深不可测,又云淡风轻。除了吃饭睡觉,他大部分的时间在散步、打坐,或是去景区前面一家中药汗蒸馆泡药澡。他对中医表现出从没有过的耐心和好奇,给自己开方子用药,甚至会去关心邻居。这附近总共也没住几家人,他没几天就全认识了,每天跟人讨论小米粥的熬法、柿子树的嫁接,帮人家小狗接生,还教人家"怒伤肝,忧伤肺,思伤脾,喜伤心"。于是他自己无虑无思、不怒不喜起来,悠闲得像个无所事事的退休老干部。而当他回忆起往事,又是那样透彻、感慨,不带恩怨。

"当年转业后也是一腔热血,想找几个意气相投的人一起厮混,没想到摊子越做越大,竟是没法儿收手。这些年也很少能停下来回头看看,但凡愿意回个头,也走不到今天。"战烈说着又问她,"丫头,你

1472

这辈子最后悔的事是什么？”

小七没有想过这个问题，想了一下，慢慢说：“如果你问我，我后悔当初推了小冷那一把。”

战烈也是一愣，接着呵呵笑了。

“没有那件事，我就不会带着弟弟逃亡，我弟弟也就不会死了……小冷也不至于坐了那几年轮椅。”

“都是注定的。你有了逃亡，才会认识霍思垣，才有今天。”战烈说，“我虽然心疼小冷这几年吃的苦，但他也该有这一番磨炼。其实他一直恨着我，也恨阿阮。他妈妈还在的时候，我已经认识了阿阮……他认为是阿阮害死了他妈妈。这么多年了，我一直记得他第一次见到阿阮时的眼神。我相信，阿阮也一直记得。”

小七想起小冷那张左右不对称的脸和他每次提到他母亲的口气，这时见战烈陷入感慨，就问：“他妈妈是什么样的人？”

战烈蹙着眉，想了想才说：“是跟我截然不同的人。”

小七想，哪儿有女人会跟你一样：“他说过阮姐一直忌惮他。”

“如果你被一个十来岁的孩子成天那样恶狠狠地盯着，恐怕觉也是睡不着的。阿阮一开始很想当一个好母亲，我们都想好好补偿他，可是没有用。小冷长大了一点儿后，就开始想各种坏主意对付阿阮了。你也知道，他当真动起脑子来跟人作对，那人会有多不好过……他欺负阿阮，也欺负阿阮的孩子。而我明明知道，却管不了他，阿阮也是怨我的。”

“所以你觉得，阮姐那样对他，也是他不善在先？”

“我的儿子我了解，他能手起刀落不眨眼，但不会背后捅刀子，这件事阿阮是过分了。”

小七想，阮姐这么多年处心积虑，给自己招兵买马，抢夺战烈的江山，甚至要禁锢战烈，又暗中害他唯一的儿子。这些事在战烈口中居然只是一个淡淡的“过分了”？但她知道战烈一向是睚眦必报的。

他越是说得轻松，越是决心已定。

"等阮姐出现……你怎么做？"她忍不住问。

这本是毫无疑问的事，但战烈奇怪地沉默了，像被问中了一个大难题。

正逢静姐上门，静姐现在来已不单单是找谷雨，她见到小七给谷雨打的两个如意结，赞不绝口："这结子打得这么精致高级，再多打几个，怎么样也要拿去店里撑撑场面，不卖也没关系。"

但小七却无论如何不肯再打，静姐没奈何，又跟战烈话多起来，跟他请教养生。战烈说看静姐是痰湿易胖体质，平时要注意肾脾，又向静姐推荐他常去的中药馆，两人居然聊得十分热络。

谷雨和小七对看一眼，谷雨并不像小七那样淡然，在她心里，战烈仍是那个刚愎狠辣、杀人不眨眼的老大战烈。虽然他在一个避世之所回望当年，像个方外人士一样忘淡恩仇，但这一定是假象。谷雨相信，到了必要的时候，战烈会像睡醒的猎豹一样扑向猎物。

接下来的几天也算风平浪静，谷雨也不由得怀疑自己是疑心太重了。这是个周末，景区人多了起来，谷雨的店里也涌进一批一批的游客。谷雨忙了一阵，嫌吵，便将店丢给静姐，自己跑出来躲懒。她在院外的石凳上坐着，一边喝茶一边看着远处桥上川流不息的人群。

几个女孩儿正挤在店里面，叽叽喳喳的，让静姐把各种手串和水晶之类铺了一柜台给她们选。另外还有个客人，也像是闲晃进来的，独自站在一边，看着跟她们不是一路。谷雨伸头看了一眼，是个清瘦少年，穿着很单薄，头发理得很短。他像是漠不关心，但又极有耐心，眼神缓缓在店里掠过，动作微细得几乎察觉不到。

半晌，那堆聒噪了半天却什么也没买的女孩儿都散了，那陌生的少年才晃到前面去。静姐忙活半天也乏了，她这些天跟战烈常讨教中药养生，学了几招，也开始给自己炖药粥。这时一边给自己盛药粥，一边懒懒地问他:"想看什么?"

少年抬起一只细瘦的手,指了指柜台后的墙面:"那两个。"

语调轻而肯定,似乎是早已看中。静姐顺着看去,就是小七编的那两个如意结,静姐说:"那是不卖的。"

"我加价。"他说。

谷雨好奇心起,又对他看了一眼,这时又有一堆客人一哄而入,顿时将店面又塞满了。少年的背影在挨挨擦擦的人堆里忽隐忽现,瘦而宽的肩架子,四肢都柔软细长,偶尔的一侧脸可见眉骨清癯,脸颊孤清。在满屋子背挎包、戴旅游帽子的拥挤的人里,他像一群画眉中的一只沉默的布谷。

静姐放下碗,从墙上取下一个如意结。少年又说:"两个都要。"

谷雨站了起来,她有点儿急切,不知是什么触动了她,或者是这少年话声虽低,却是似曾相识的。她赶着想进店去,两个戴帽子的游客却挡住了她,她被夹在一个人墙缝里。那少年付了钱,将两个如意结收进前胸袋里,他的脸在一堆喜气洋洋的面孔中火焰一样闪现一瞬。谷雨感到他的肩擦着自己过去了。

谷雨心里一急,使劲儿推开身边的人,挤出一条路又追出去。少年高高的肩膀在人群里上下浮动,步子并不快,但很快隐没了。

谷雨气喘吁吁地在街头张望,这里店面挺多,几家餐馆连着一个中药浴馆,又有两家书店和旅游用品店,每家门前都有一堆人。这时身后有人叫她,是小七回来了。

谷雨挤过去就问:"你看到刚才那个人了吗?"

"哪个?"

"那个男人,他把你的如意结买走了!"

"买了就买了吧。"

谷雨不知道怎么说,她也弄不清自己那股迫切从何而来:"两个都买了!他干吗要全买!静姐已经说了不卖!你认识他?"

小七皱起眉头。前面忽然一阵喧闹，有人嚷起来："谁家的狗？"接着就有人叫谷雨："你家的狗被车撞了！"

她俩脸色都变了，赶上前去。一群人围成一圈，一个邻居从地上抱起一只抽搐的小狗，果然是阿尔芒。

这一带的猫、狗一向是放养在外，整街整巷的石路上、屋檐上都跑着各家的狗和猫，从无人管，也很少出事。目击的众人说，这条金色小猎犬是被一辆摩托撞的，车开得太快，阿尔芒便差点儿做了轮下鬼。

有人说："刚才可是险，这么窄的路还要骑摩托，亏得是撞到狗，要是撞到人呢？"

又有人说："还好那个人身手好，反应快。"

大家告诉谷雨、小七，那辆摩托横冲直撞，突然就撞向阿尔芒，得亏旁边正走过一个年轻人，一个纵身过去，硬是生生从车轮下把阿尔芒捞起来了，要不非轧死不可。

"是谁？我得谢谢他。"小七问。

"大概是游客，过路的，看着像是从你们店里出来的，已经走了。"

谷雨抢着问："那个人是不是穿着黑衬衣，套着深蓝风衣？很瘦很高，背着个黑背包？"

"对，就他。看着弱不禁风的，反应倒是可快了，就那一伸手就不简单。"

谷雨告诉小七，就是那个人买了如意结。她形容不出那人的长相，所用词也就是"古怪"。样子古怪，举止古怪。看着年纪不大，却又冷冷的，独来独往的。

小七静静听着，秋阳把一些湖水的光映在她脸上，她眼里也流动着一点儿光。向晚的风里熙来攘往着很多人，而人群里并没有那张脸。阿尔芒在她怀中悲鸣着，小七说："回去吧。"

断了一条前腿的阿尔芒抽搐个不停，战烈从心疼得直抽气的谷雨手中接过，说："没事，没事，我会一点儿接骨。"

他果然三下两下就弄正了阿尔芒的骨头，固定好了，然后让小七去找药。小七转回来，见战烈在院子外的柿子树下静静站着，垂头像在考虑什么，微微佝着背。从这个角度看，他跟小冷极像，父子俩有着同一副背影。

2　在白桥无尽的永夜里

霍思垣整晚不悦，若有所思。韩默愈的画廊出了状况，客户订的一大批画忽然不要了，眼看要砸手里，忽然徽州又有人说要，但他们得去一趟徽州。韩默愈让霍思垣一同去。

"你去吗？"小七问。

思垣却说："我们什么时候去墨尔本？"

小七思忖着，决定说实话："思垣，我暂时不想走。"

"为什么？你是为了照顾战烈，还是为了想见什么人？"

思垣很少这样尖刻。小七放下碗，走去思垣身边，将脸贴在他肩膀上。她的温柔让他软化了，他将胳膊圈过来抱住她："我不是不相信你，但他们都是亡命之徒。"

"就快结束了，事情过去了我们就走。"小七跟他保证。

霍思垣说："那你答应我去医院检查一次。"

小七自两年前动了手术，没有再去仔细地复查过，霍思垣总是叮嘱她去医院。除了复查，这次还加上了新的内容，思垣想要个孩子。

夜深风凉，快入冬了，小七在院子里独自站了一会儿，只觉得万般思绪都上了心头，她去关院门，却见依稀有一点儿微弱的亮从墙根处闪过。

她眉心一紧，立刻伏低身子，战烈似乎在他的后院里咳了一声，小七转过头，那点亮已不见了。她轻轻贴住墙踮脚走到院门前，无声将门推开，夜色浓如墨汁，只有柿子树光秃秃的枝丫在风里敲打着墙头。

她怔怔站了片刻，不知是什么影子在心里晃动，心中一抽一抽。思垣也从屋里出来，问她："有人？"

"没人。"她喃喃说。

思垣将一件毛线外套给她披上。这对襟外套谷雨也有一件，霍思垣疼起女人有一种面面俱到的关切，给小七买东西时也给谷雨带一份，谷雨已为人妻，霍思垣仍保留了对她的一份照应。

"一向就是个少爷，花钱不知道省，还总喜欢路见不平。"小七总说霍思垣。

"他对你好，你倒像是给他面子，你是不是不满意他对每个女人都体贴？"每逢这时谷雨总是帮着思垣说小七。

柔软的羊毛暖着她冰凉的肩头，小七手指摩挲着，眼神渐渐柔和了："好的，我明天就去。"她温柔地答应了思垣，微笑着看思垣松了口气的脸。

夜深得无边，风吹过来犹如叹息……小七瞬间又抬起头，她不知自己是期待还是警惕。然而仍是只有风声。这长夜最深处的流动无可捕捉。

白桥的清晨漫着乳白色的雾，一夜过去了，有个人慢慢从雾深处走出来，是个一身黑衣的瘦长少年，脸色苍白，两眼疲惫，肩头积霜如雪。他走过那道弯月般的冰冷的石桥，走过落叶翻飞的长长的青石板路，来到镇口。一列车队正等在那里，一个妙龄女子站在车门前，迎着他。

"你一夜没睡吗？看脸色差的。"女子轻轻叹息，"这阵子忙得脚不沾地，好容易能抽出两天让你休息，你还偏跑到这里来，来了也不好好睡觉，出去疯了一夜。"她语气嗔怪中带着甜蜜，轻柔地挽住少年的胳膊，替他打开车门。少年看了她一眼，不说什么，上了车去，闭上眼。

　　第二天小七和霍思垣去医院，谷雨陪着他们一起去了。这是家私立医院，位于一所中学后面，规模也不算小，却仍有些管理混乱，各处也闹哄哄的。

　　医生问询半天，又拍片子、做CT。霍思垣也要做个体检，他比往常兴奋，讲了一路关于要孩子的话。

　　下午他们去拿片子，护士翻了半天，却没有找到小七的片子，又问旁边人，都说没见着。

　　"明明好端端地放在这里，怎么忽然就不见了？"护士有些尴尬，看了看小七的病历，忽然眼睛一亮想起了什么，"对了，刚刚有人来问过你的情况。"

　　霍思垣问是谁，护士说刚有个人也来检查，专门问了小七："看来他认识你啊，是不是把你的片子一起带走了？"

　　小七说："他没有病历，怎么会拿走我们的片子？"

　　护士却说："你叫小七没错啊，他来打听的就是你。"

　　"他自己不是病人？"谷雨问。

　　"他是病人，一个人来的，他情况可比你严重得多。"护士说。

　　谷雨看看小七，小七咬着唇，眼中阴晴不定。

　　医生对小七说："这样，是我们失职了，我去查数据，你再来拿一次。"

　　谷雨却问："那个病人什么时候再来？"

　　霍思垣疑惑地看着她俩。

　　到了晚上，小七接到医院的电话，给她检查的医生说她的片子已经找到了，就放在原来的位置，也不知道为什么当时会突然失踪。鉴于她的情况有一定的可变性，她还得再做两项检查。医生又说你的朋友挺多的，刚又有个人来打听你。这次是个漂亮女孩儿，说是你的朋友。

谷雨与霍思垣二人面面相觑，小七在白桥的朋友也只限谷雨而已。

打着绑腿的阿尔芒烦躁不宁地在窝里叫唤着，半天里苍白的阳光透过堆积的云团射出，也正如小七阴晴不定的心情。战烈正在柿子树下盘腿坐着，看她一眼，说："天凉了啊，你再出门，就得戴上围巾了。"

他语调平缓又关切，小七很久没有听过来自长者的关怀了，又觉得他今天有点儿不一样。她想了想，转去墙角看看，墙角果然又是赫然一摊油漆画的记号。

她回过头，战烈手握成拳，在自己腰上轻轻捶着。二人目光相对，都在对方眼里看到一点儿平静的了然。

"谁来了？"小七问。

战烈笑笑，将拳头松开，他手掌中握着一个卷起的小条，是个小红绸带，有人用墨笔写着几个字：十一月初八，周家花园。

"什么意思？周家花园是什么地方？"

"在寿县。挺有历史，挺美的一个地方，我年轻时去过，民风很淳朴，小吃很不错。"战烈告诉她，那里有不少老宅，有的被保护起来，有的荒废了，周家花园就是其中一座。

"可是这跟你有什么关系？这条子是谁放的？……阮姐？"

"十年了，每年我都收到这么个条子，提醒我这么个约会，定的就是今年的十一月初八。不管我在哪儿，他们总有办法找到我。你猜今年这条子我在哪儿发现的？"他指指那棵柿子树，"就在树上挂着。"

"也许是你往年的仇家……你要去吗？"

"一个约会定了十年，不能让人家白等啊。"战烈说着，进了院子，小七跟着他。在靠惯了的躺椅上,他仰起脸,有点儿疲惫,又有点儿释然,隐隐带着几分危险。

小七想,他这副样子与小冷多么相似,像一条在阳光里打盹儿的蛇,一旦危险来临,这条蛇会用电速跃起,立刻咬住对手,直到咬死为止。

"人活到我这么大,总有很多债要还。我不怕还债,只怕还不清。"战烈瞧着已落光了果实的树枝,突然转了话题,"丫头,你照顾了小冷这么久,我一直没对你说谢谢,你知道是为什么?"他轻声喟叹,"你对小冷是有恩的,对我也一样。我出来后,警方那边查得严,费了好大力气,才见了一次小冷,这小子成熟了不少。我没想到,这辈子还能看到他站起来,活生生地跟我讲句话。"战烈那有着细密皱纹的眼睛眯起来,这时他完全是个普通的父亲了。

"他……在哪儿?"

"你挂念他?"战烈眼神一闪,反问她。

小七咬着唇,她心里实有无数的牵挂:"从我跟思垣从百花岛走的那天起,我就不能再回头了。这么久他没有来找我,我想他是明白的。"

"我儿子是有种的。"战烈说,那只锋利的独眼似乎看穿了她,"你不自己回心转意,他不会强迫你。"

"我不放心他的身体……他好不好?"

"说好也好不了,说不好,他比谁都能撑。你看我这么清闲,就知道他做了多少。他忙个不停,连我也不知道他现在在哪儿。这小子,我现在年轻回去,也未必是他对手。"战烈说着又有了点儿骄傲,"我儿子跟我一样是以危险为食的人。霍思垣就不同了,他在百花岛的表现,我很欣赏,只是人在暗处,他那种君子,防不胜防啊。"

"你是说阿尔芒被车撞伤是有人故意的?是……你那个仇家的一个预警?"

"你心里没有一点儿怀疑?"他反问她。

　　小七思忖着，很多事她早在怀疑了，她说："我今天去了医院，拍的片子无缘无故地找不到了。也许，只是个意外。"

　　"任何巧合后面都有个原因。你们两个丫头在这里，注定安生不了。霍思垣和韩默愈，那两个男人虽好，却保护不了你们。"战烈说着，看着小七清瘦的脸，叹了口气，"丫头，你最近湿热重，去配点儿甘草和海藻，给自己养养。静姐那里有药，你记得去拿。"

　　小七应了一声，她心里有一点儿揪紧，知道战烈是要走了。

　　谷雨这晚心里不安，琢磨着白天医院里的事，谁会那么关心小七，一再地专门去打听，甚至于拿走她的片子。谷雨想了一些理由，都觉得站不住脚，干脆又打电话给霍思垣，霍思垣却告诉谷雨，小七说明天下午她自己去医院，不要他俩陪着。

　　谷雨疑惑着，挂了电话，心里定了主意。

　　第二天下午谷雨便去了医院。她心里有些模模糊糊的预感，得跟去看看，她相信那个暗处关心小七、打听小七病情的人，会继续跟进小七的情况。

　　她直接推开科室门进去，医生正和一个年轻男人谈话，见到她说："哟，又来一个。"

　　男人一回头，跟谷雨不约而同地说："是你！"

　　却是霍思垣。

　　两人面面相觑，都心知肚明。医生说："你俩真是一个好老公，一个好闺密。病人早上已经来过了，她没跟你们说？"

　　霍思垣和谷雨出来，两人都有点儿讪讪的，还有点儿不悦。他们都想打个埋伏看看那暗中的人是谁，不但没看到，小七自己私下改了时间也没告诉他们。

　　谷雨说："你也别怪小七，她不想你担心。"

　　霍思垣说："她是我妻子。"

他口气有些沉闷，谷雨知道霍思垣这阵子日子都不好过，自从战烈来了他便一直在憋屈，小七的心里还有谁，在想些什么，霍思垣多少知道，他的自尊让他一直忍耐着。

"随她吧。如果她想自己处理，就让她自己来。"霍思垣说。

小七果然早上自己去了医院，将检查做完便出了门。她已决定主动，她现在完全把自己摆在明面上，她不用做任何暗示，也不需要任何躲闪。有什么人什么事，不管是冲战烈还是冲她，她都要自己去担着。

她从大门出去，在附近兜了个圈，又从侧门返回医院。医生正跟护士有说有笑，看到她一愣说："你又来干吗，化验单已经被你朋友拿走了。"

"谁拿的？男的女的？"

"是那个小伙子。"

"什么样的？"她急促地问。

"呃，瘦瘦高高的，挺清秀……"医生简单描述了一下，"眉毛长长的、淡淡的，眼睛很有神……话不多，问了问情况。"

小七抽了口气，她像是被强光刺了眼一样掉开脸。她定定神，又问："你上次说他情况严重，是什么情况？"

"他是颅内有瘀血，时间拖久了，并发症很严重。"医生又说，"你俩互相打听，怎么不当面问问？他刚刚才走。"

她脑子里轰地一下。

"他刚走？人呢？"她屏息问。

"从那边刚走……"医生指了个方向。

"啪"一声，小七已跳起推门出去，速度之敏捷让医生也吓一跳。医生对护士说："瞧她，哪儿像个病人！"

混浊的人气热烘烘地扑面而来，长长的走廊人影晃动，满面忧色，步履沉重的人们迎面靠近或从她身后过去，一张一张都是陌生的脸。

小七忽然又站住脚，当事情已如她预料那样展开，她的迫切里忽然有了胆怯。她犹疑了片刻，终于又抬起脚步，在这些陌生人中穿行。

她细细看着墙面，每一扇门，似乎那上面会有什么记号，或在空气里留下某种气息……她扫视着地面，在一个供人吐痰的痰盂旁边，她捡起一根细细的烟头。

留了很长的一截，足见抽烟的人很心急，抽不了两口就将烟头弹走，方向却偏了，没有射进痰盂，而是落在了附近的地上。这个人很心急，几乎是立刻离去了……

她抬起头，仔细听着，这道走廊上有若干个病室，每扇门后都似乎有模糊的耳语，或某个患者所坐的轮椅之声，头顶的走廊也有轻轻的脚步声踏过……那些极细微的摩擦，都在空气中留了痕迹。

她已快走完这道走廊，转一个弯，就要通向外院，这里寂静了很多，阴凉的气息顺着水磨砖地一直传到她脚下。

并没有一丝风在她身后掠过，但她回过了头。

她的发丝无风自扬，在眼前飞扬起来，透过睫毛上阳光的透明度……她分明看到身后走廊尽处的那两道门扇——被刷成淡黄色的楠门似乎有点儿微微晃动，像被某个外来的力量刚刚推过，此时正轻微地惯性启合。在那一开一闭的缝隙里，似乎有一片衣袂闪过，蝶翅般轻，也像一片落叶……她屏息凝注那一点，虽然看不真切，但她相信有一些异动正融进外面的阳光里……

她吸了口气，忽然几大步追了上去，追向那两扇尚在轻轻弹动、即将闭合的门。她积蓄的勇气在这一刻哗然而出——她砰地推开了门。

门外空无一人。

门外是个宽阔的场院，有一排参天榕树，长绳晾着洗净的白床单，在午后的风里飘飘荡荡，显得孤寂。稍远处是围着一圈铺了沙砾的跑道，边上整齐地种植着白杨，几个少年正绕着操场跑步，身影都滤了一层金色。

她怔了片刻，便往那跑道奔过去，她张望着，寻找着，没有那一张熟悉的脸，没有人在意她。

阳光激流般在她眼前飞旋起来，小七呆呆站立着，一滴汗缓慢地顺着额头滑下。

初冬的蝉在竭尽全力发出最后的长鸣，树叶被风刮出一串串的唰啦声。天空似乎有鸽哨的呼啸声，尖利而绵长，一些小片的树叶随之落下，也微微打着旋儿……空气里各方的声音、气流，一道道滑过她的耳膜，也急速地旋转起来，渐渐变成了一片嘈杂。

她敏锐无比，眼球从左至右地滑动，树干上一只金色昆虫颤抖着触须爬了过去，两只嗡嗡飞起的蜜蜂将震荡留在了花瓣上，一只球滚到了她的脚边……这世界的万般纤毫都在她眼里了，却寻不到那一点异动。

她觉得脚下发虚，蹲了下来，她的身影在一圈跑道中，在偌大的操场里，显得格外瘦小。

这个若无其事的世界，空白一片。她垂下眼，看不到林叶深处的簇动里，有一道目光的凝视。她不知道在她身后，那道淡黄色的楠门又被开启了，一个细长的人影像透明的风，无声无息地原路返了回去。

谁在身后凝视

战烈走了。他来得不请而至，离开也是不告而别，突然就消失了。

小七里外看了一圈，房间里一如往常地平静，但她确定战烈是走了，从他昨天说了那番话后，她就知道他会以这种方式消失。他用过的洗漱品、衣物没有一件留下，他甚至将房间都收拾了一番。他把一切做得滴水不漏，谁也不能证明他曾在这里生活过。

"真的就走了？"谷雨问，她憋着一股气找上门，本想质问小七自己去医院的事，看到这番景象又忘了发火，"这么着就走了，也不打个招呼吗？"

"他不用打招呼。"小七疲惫地说。

谷雨朝她脸上看看，担心起来："你脸色这么白，医生怎么说？报告拿到了？"

小七浑身虚弱地坐下来，只觉得关节疼痛，浑身发冷，心里却被掏空了。谷雨不安地看着她，又说："你想想怎么对霍思垣解释吧，他可被你气死了。"

小七撑住头，她耳中还有那一阵阵尖利的鸽哨声，眼前也是一道一道光斑："谷雨，我觉得好累。"

谷雨看着小七那张似乎蒙了一层灰的脸，眼里那种类似于碎裂的神情："你看见了什么人？还是什么人来找了你？"谷雨小心地问。

小七脸上浮出一些模糊的恍惚："我这些日子……一直觉得不对劲儿，很奇怪的感觉，我总觉得，他就在身边，就在这里。"

"他？你说的是战冷疆？"

"……我总觉得我看到了他……或者我是觉得他在看着我……我说不清楚。你知道那种感觉，他就在这里，在一个什么地方……"

谷雨也急切起来："那天我看到的来买如意结的是不是他？救了阿尔芒的是不是他？还有去医院打听，拿走你片子的人是不是他？"

"他来过这里，这小院。你上次在门外捡到的烟头，是他丢下的。"小七从衣袋里取出一个小小的棉纸包，打开，里面是半截烟头。

"就是这个牌子，跟上次的一样。"谷雨就着她手里看了看说，"你说这是小冷抽的？这不是霍思垣抽的？"

"不是思垣，是他……这个是在医院的走廊里捡的。"

"所以他早在这里？他一直就在这里？"谷雨心里也乱成一团，她朝四处看了看，似乎那每一个阴影里都潜伏着一个人似的。这个跟她原无瓜葛的战冷疆，不知怎么也引得她心慌意乱。他一直徜徉在白桥，他像在风里行走，到处是擦肩而过的痕迹，他甚至就站在她们的院门口，却没有让她们捉住一点儿行迹。

"他父亲都说不知道他在哪儿……我虽然疑心，却……不想追究。如果他不想让我找到，我是找不到他的。"小七声音低下来。

"所以呢，你就一直忍了这么久？"谷雨激动了，攥着小七的手腕，"难怪小冷要拿走你的片子！你脑子里究竟在想什么？他肯定也想扒开来看看！"

谷雨忽然住了口，霍思垣正站在门口。他似乎是刚刚进门，正午的阳光在他身后，他脸色阴暗了一片。

小七手扶椅背，勉力站了起来。霍思垣没说什么，去壁橱里拿出一只旅行袋。

两个女人都惶恐地看着他，谷雨嘴巴张了张，也找不到可说的话。霍思垣往袋子里放着简单的行李，谷雨终于问："你要跟老韩去徽州了？"

霍思垣点点头，没有停下动作。他每挪一步，她俩的视线就跟着动一下。

小七咬咬唇，说："思垣。"

他背着身不看她，沉闷地"嗯"了一声。

"我可以解释……"她心乱如麻地说。

"你什么都不用说，如果这件事有人有错，那一定是我。"霍思垣说，"如果你的心不在我这里了，你可以直接告诉我。"

小七看着思垣，那么英俊的一张脸，曾经那样风华正茂，现在却始终笼罩在一层阴影下。她心中一阵抽痛，霍思垣没有任何错误。

她说："你能不能不去？"

他顿了一下："我把时间留给你，等我回来我们好好谈谈。"

他出门了。

小七双腿一软瘫坐下去，谷雨不知所措站了半天，才想起来打电话给韩默愈。韩默愈电话里说，事情很急，徽州那边提前了时间，催他们过去。霍思垣说要回家跟小七商量一下，如果一起去，他会在车站等霍思垣。

"霍思垣回来你怎么不跟我说一声？"谷雨跺着脚发脾气。

韩默愈被她凶得莫名其妙："为什么要跟你说？"

谷雨无言可答，只得叮嘱他一路小心，照顾好霍思垣："霍思垣心情不好，你别让他喝酒，完了事快点儿回来。"

韩默愈笑着说："也不见你这么关心我。"

挂了电话，谷雨心里还是乱糟糟的，眼下是战烈走了，小冷尚未出现，就已气走了霍思垣。她咬着唇想，本来很平静的日子，怎么就会走到了这一步。

"霍思垣讲得一点儿也不错，自从战烈来了，就不太平了，他真是个瘟神。"谷雨气愤地说。

小七没有接口，一些事情模模糊糊地出现在眼前，欲理还乱。她努力地回忆和分析着，这是多日来的第一次，她将心思放得很深地去思索。

谷雨又说："你说战烈是不是去找阮姐了？阮姐一直没动静，他那么厉害的人，当然要先发制人。"

"他走是因为有别人找上门了。你还记得我们墙角的油漆吧？"小七简单讲了战烈去周家花园赴约的事，"他以为他走了，我们就不会成为靶子了。"

谷雨听得满眼惶恐，又给韩默愈打电话，韩默愈告诉她已跟霍思垣上车，正在途中。

两人都心神不宁，无心吃饭。战烈走了，老韩和思垣也走了，他们的时间点几乎是同时。

"可是，老韩他们去徽州这一趟是早就定下来的……"谷雨说着忽然停了一秒，"对了！他们的时间突然提前了！"

小七又撑住头，各种思维与信息，野蜂一样在她脑中乱撞："老韩那画廊一向是放着，原来的合资人为什么会突然撤资？"

"说是嫌生意不好，半途撤了。"谷雨说，"可是霍思垣入资后，他们最近订单源源不断。老白好像很不高兴，都不怎么跟老韩来往了。"老白就是那个原来的合资人。

"我们问问他，为什么会撤资。"

谷雨虽然不解，但她对小七的话一向听从，便去找号码，打电话。老白接了电话，果然余怒未消。原来前阵子老白在与韩默愈合伙经营画廊时，中途忽然有人找他合作酒吧，那人有点儿来头，资金也雄厚，老白便从韩默愈这里撤了资。谁知道那人一面让他撤资，一面自己却跟韩默愈合作起来，竟成了韩默愈最大的买家。老白在电话里气愤地对谷雨说："这是什么意思？这还有点诚信吗！跟这些外地人真是没话好讲。"

小七在一边默默听着谷雨打电话，这时插口："问问他，是个什么老板？多大？哪里人？姓什么？"

老白说那人四十来岁，他只见过一次，山东人。

小七拿过一张纸，七折八弯画了几条线。她给谷雨解释，同时也给自己梳理着这些天来的事。韩默愈这两年守着个不赚钱的画廊，两年收入加起来也没有这两个月多——这几个月忽然做上了路——但是半途老白被劝撤资——于是韩默愈请霍思垣入资——生意忽然好了，老韩他们胃口也大起来，积了很多货——如果对方忽然不要了，这些货就会砸在手里，可是忽然徽州有了展销会——小七一边说着，一边画了一条重重的直线："那么他这时候就非去不可，这一趟是省不了的。"

谷雨脸色雪白："你是说……你难道怀疑……"

小七冷笑一声："有人担心我们日子过得不好，还嫌我们太清闲，给我们送钱上门，还安排项目。这条线埋得好长，好深。"

谷雨呆呆地坐着，只觉这件事细思极恐："有人一早就布置了计划，只为了这时候让老韩和思垣出门？可是老韩不过一个普通生意人，设计他们有什么用？这是调虎离山？还是……"

"如果是以前，我毫不怀疑是战烈干的，这就是他一贯的风格。挖长线，到了你发现的时候已经来不及了……"小七分析着，心里悚然一惊，说不下去了。如果不是战烈，那么谁会秉承战烈的意思？谁会有这样深的心机，把这样精细的计划从几个月前就开始部署？她心里七上八下，不愿指向那一个她最不愿承认，却又可能性最大的人。

"打电话……你快打电话让他们回来！"她急促地说。

谷雨抖着手指去拨电话，却立刻哆嗦起来——电话打不通，陌生女声一遍遍重复着"您所打的电话不在服务区"。

上一次与韩默愈通电话的时间是两小时前。

她俩面面相觑，从对方眼里都看到了恐惧和无措。风忽然把窗户吹开，窗格嗒嗒作响。谷雨向窗外看看，声音也颤抖了："快下雪了。"

天沉得吓人，风寒得触面生疼，眼看即将有一场雪。

这时电话忽然刺耳地响了，谷雨抢着拿起电话，立刻失望得快哭了出来，电话是静姐打来的。

静姐一贯的大嗓门儿，说着最近的生意。谷雨简直想摔掉电话，静姐却又问战烈去哪儿了，在不在。小七接过电话，告诉她战烈去了外地。静姐一声长叹，说最近研究有心得，还准备跟战烈讨教一下瘦身的药方。

"他有没有留什么私家方子给你？你要拿出来分享哦！"静姐说。

小七脑中忽然电火一闪："他说我最近要补，说我可以找你拿药。"

"什么药？"

小七努力搜索战烈说过的每一句话："好像是海藻和甘草。"

静姐在电话那边哗然大笑起来:"海藻和甘草?姑娘,人家坑你呢吧,你肯定记错了。这两样药是十八反呀!混在一起有毒的。"

小七握住话筒,她呼吸有一点儿急促:"你确定?"

"这是最基本的入门常识。"静姐得意地说,"他还让你找我拿药,开什么玩笑。"

"你们拿药在哪儿拿?"小七追问。

静姐说就是景区里的那一家中药药浴馆,老板姓黄,战烈常去。那里可以湿蒸汗蒸,按摩推拿,也管卖药:"药澡排毒养颜效果很好啊!"

小七挂了电话,她心里百感交集,太阳穴突突地跳着,脸色由白转红。她对谷雨说,我要出去一趟。

"去哪儿?"

"找一个人。"

谷雨脸色更紧张了:"找谁?"

小七走近她,安慰地摸了摸她发顶:"我只是猜测,不能肯定。这些事都太巧合,我觉得战烈不会这么轻易地走。你别出门,等我回来。"

谷雨惊恐地望望四周,周围寂静无人。在这不动声色的冷寂中,她似乎已嗅到火药味与血腥味,在这清冷的空气里呼之欲出。

"你要去找谁?"谷雨战栗着问,"难道……难道战烈是阮姐设计支走的,调虎离山?"

"她针对我们没有意义,除非……"

"除非小冷就在这里!"谷雨脱口说。

小七不说话,似乎打了个寒噤。

"我跟你一起去!"谷雨站起来。

"你哪里都不要去!"小七厉声说,按住她肩膀又将她按坐下去,放缓了口气,"你听我说,就在这里等我回来。"

谷雨被她震慑住了。

小七出了门就直奔景区而去，她心里倏忽如电的念头必须马上抓住并追随过去。院外神秘的油漆记号，来的至少有两帮人，一帮人留下记号，另一帮人却消除了它们。这两帮人各不相让，都已做了充足的准备。假设战烈是那个消除暗号的人，他走了，也带走了属于他的危机，但她们仍在被瞄准的射程中。

谁把她们当成了猎物？阮姐并不是那个神秘的约会人，那么是谁？她忽然想起塔叔和小冷都怀疑过，在这场以战烈和阮姐为中心的交战外，似乎还有个神秘的第三方。她对此一无所知，但有个人是她当下要去找的。她希望她的分析没有错误——战烈虽说过不干涉她跟小冷的事，但……父爱良苦，他毕竟还是留给了她一点儿线索。

这些都是她不愿告诉谷雨的，无法预测的事就快来了，那也许是场她从未经历的巨大危险。她只希望不要再多任何一个人牵涉进来，无论是思垣、老韩，还是谷雨。

黄氏药浴馆跟所有的推拿中医馆一样，门牌标着百年老店，墙上画着人体穴位和美女入浴图。装潢考究，几重的院子也比较气派。小七站在院外打量了一番才推门进去。

已是天寒地冻，街头清冷无人，药蒸馆里生意倒还不错。一个黑瘦的中年人缩在柜台里，打量了一下小七："姑娘你一个人来？点一个美容药浴吧，再找个小哥给你按按筋骨。"

小七看看墙上的介绍，目光逐一从那些"排毒养颜，松筋活络""祖传秘方，帝王养生之道"的图片和目录上扫过去。

"我点的药很简单，就怕你配不出来。"

"哪儿有配不出来的，"那人绕口令似的说，"痰湿体质多肥胖，气郁体质多肿瘤，瘀血体质易疼痛。我家在这里几十年，只要你点得出我们就配得出。"

"要个海藻加甘草，泡一泡。"她说。

柜台里的人吃了一惊，重新打量她一番，目光渐渐狡黠起来："姑娘你开玩笑，这两种药不能混用，伤身，我们这里没有。"

小七本来只是试探，见他这表情，心里有了底。从静姐到药蒸馆，这就是战烈的一贯风格，踏雪无痕，每一点线头都自然，每一个连接人都像是局外人，只有把它们连缀起来，才能看到他画了一条多么巧妙而隐秘的线。

她打了一个古怪的手势，这是早年战烈教她的业内暗号。

那人又吃了一惊，慢慢站起来，态度恭敬了："您有什么需要？"

"老板住在这里？"她问，这完全是一句虚诈。

但那人明显信了，犹豫一下，指了指后堂的方向。

忽听脚步嗵嗵，后堂里出来个人，嗓门儿很大地说："老吴，老子腰酸背痛，给来个舒缓中药包！"他接着看见小七，登时愣住了。

又是狍哥。

狍哥脸色尴尬，叫了小七一声，说："你来找，来找……"

柜台里那个老吴见了这景象，又问小七："你找老板？还是老板娘？"不等小七回答又说，"他老板脾气很怪，大概不会见人的。"

狍哥竖眉瞪眼对老吴做了个恐吓表情，老吴知趣地不作声了。狍哥对小七说："那个……我带你进去。"

继承人

药蒸馆除了前面楼里的各种包厢房，后面别有洞天，穿过一个小穿堂，还有个单门独户的小院子。三四间平房，都挂着很厚的棉帘子。院子宽敞安静，中间一棵树已落尽了叶子，一只鸦在晚来欲雪的天色里，孤零零地站在枝头。

　　一个汉子拎着个水盆，迎面晃着过来，一面懒散散地拿木槌捶着腰，一眼看到狍哥身后的小七，便不动了，呆呆地定在了那里。

　　"小七姑娘……"他结结巴巴地说。

　　小七看到他也吃了一惊："大新，你也在这里。"

　　大新比在岛上的时候胖了点儿，虽然还是木讷，倒是面带红光。他看着小七，有点儿喜悦，又有点儿不安。小七问他："你不在岛上了？现在跟着战烈……还是小冷？"

　　大新点点头，有点儿忸怩，说："他刚吃药……我带你进去。"

　　狍哥重重咳嗽一声，大新似乎才反应过来，忙说："要不，你在外面等等，怕他……不太方便。"

　　"他不方便，还是老板娘不方便？"小七问。

　　大新更忸怩了："那个……不是老板娘……"他想解释又词不达意，求救地朝狍哥看，狍哥同样一脸无法解释的别扭样，这两个男人都是粗莽而不善掩饰的。

　　小七站在那间房外，透过那面厚重的帘子，听到大新在里面低声咕哝，接着有一阵笑声飘了出来，笑声轻柔，像是个年轻女子，夹着低低的说话声。在一个长长的间歇后，是一个男子的声音，还是那样低微的调子，模糊又清晰。

　　狍哥站在小七身边，他偷眼看小七，小七面无表情。

　　又过了一会儿，大新在里面开了门，对小七招手。

　　这间房颇大和深，按着酒店套房的布置，前面有一个小小的会客厅，两排木质沙发椅，一张长桌，墙上挂着书画镜框。后面连着一间卧室，此时门半开，门里阴影深重，没有开灯，依稀能看见一个年轻男子坐在床沿。他背朝着门，披着一件衬衫，一个背影窈窕的女孩儿站在他身后，给他轻轻敲打着背。

　　小七停住了脚。那些人没有说错，这里是一个年轻的老板和年轻的老板娘。

听到脚步声，门里那女孩儿又轻轻笑了一下，将身子闪开，坐在床上的年轻男人回过了头。

卧室里很暗，他的脸全在黝黯中。而小七背着门，背后是铅云密布的天空。

大新也悄悄退了出去。半空中簌簌轻响，雪已一片一片落了下来。院子里几无人影，只有风声飒飒，寒鸦偶尔一两声哀鸣。

小七一时间有点儿恍惚，但那确凿无疑是他，那个瘦削的肩膀，那过长的、倔强的下巴，还有那穿过大片幽暗而来的钉子般的眼神。

他对着她的方向看了几秒，像努力迎着光线辨认面前的人。他慢慢站起身，有点儿颤巍巍，卧室到客厅不过十来米，他似乎走了很久。

看不清的时候，她一眼认出了他，但他面目清晰时，她却抽了口气。

他裸着上身，因过于消瘦，披在肩头的衬衫像是挂不住似的，能看见里面嶙峋的骨头。他头发剪得很短，那头永远理不顺的长发已不见了，那不对称的脸庞便完整呈现出来，脸上有几道新旧不一的伤痕，眼中满积着红血丝。

两人默然半晌，小冷笑了笑，说："你找我？"

他仍是高她一头，微微佝下背。

她问："脸上怎么了？"

他摸一摸脸，不在意地说："不是抓的，就是撞的吧。"

她知道一定没有这么轻松。止痛药对他的效果已不显著，他看起来是刚刚发作过，都还没有来得及盥洗收拾。脸色虽疲惫，眼睛却凌厉，那姿态，那神情，活脱脱是个年轻的战烈。

"没想到你会来。"他说着将她从头到脚掠了一眼，又落在她脸上，非常重和直接的目光。

她问他来白桥多久了。

他说没多久，一直在外面跑，回来就住这里。

她注意到他说"回来"，他"回"白桥。

他也注意到了自己的措辞，似乎有点儿局促，说："反正也没家，我爸既然在这里，就把这里当家吧。"

她说："有四个月了。"她的话似乎在说，她也记得时间，记得他们分开了多久。

他说："是，也过下来了。"他似乎在说，没有你我一天也过不下去，几个月却就这么撑过来了。

接下来两人都有点儿语塞，并非千言万语的堵塞，而是要回避的太多，便如黑暗中的深一脚浅一脚，无从得知方向，每一个字都是艰难的。小冷眼里分明有探寻，你好不好？你想不想知道我好不好？这些柔弱的、流动的情绪，凝在一起成了坚硬的一块，哽在喉头，语言无法通过，目光也难以抵达，唯有以沉默呼应。

卧室里有点儿响动，小冷稍稍回头瞥了一眼，那个窈窕的人影在那里，似乎是在收拾着床铺，长发直垂到腰，俨然一个女主人的样子。

他终于移开沉重的目光，这时才想起来要请小七坐下，一边将手臂套进衬衫袖子里去。两人竟是面对面僵立了这片刻。

"你来找我，霍思垣知道？"他问，一面拾起茶几上的烟。

她说霍思垣和韩默愈在谈生意，半途联系不上了。

"哦？所以呢？"

"如果你知道一些什么，请你告诉我。"

他一愕，有点儿好笑似的，目光却冷起来："你是来我这里找男人的？"他眼睫毛轻慢地一垂，似乎是问她，你只是因为担心霍思垣才来找我？

"他们这阵子生意很好，你有没有介入？"

"我没有那么多闲钱。即使我有，也不会支援给霍思垣买裤子。"他不客气地说，眼里的光一闪。

她每句话、每个问题似乎都是错误。她不管来要人，还是寻求帮助，都是这么可笑。如果他不承认，她也没有证据；如果不是他，他更没义务帮她。她来这一趟，自己送上门就是可笑的。

刚刚的局促感从他身上转移到了她这里，她觉得脖颈、脸颊都酸痛，因她决不向卧室方向瞥去一眼而过于挺直身体。他立刻感到了她的尴尬，放下烟问："我爸怎么样了？"

她告诉他战烈已走了。他注意地听着，听到周家花园，他眉头蹙起来："是姓阮的那女人约的他？"

"你不知道那里？"她问。

他说他没去过什么周家花园，那地方不在他们的布置里。

她想，他们果然在准备着战场。但他并不跟她继续说下一步，局面又哑然了片刻。

她熟悉的他是古怪又张扬的，他是嗤笑、不屑、跳脱、喜怒无常的，甚至残酷，那才是他。可这会儿他一点儿戏谑也没有，他的手安静地搁在扶手椅上，从手腕到指尖都是冷静的。

她忽然发现，自己是坐在他的右边，看着他一动不动的右脸。

狍哥和大新进来了，两人弯下腰，轮流轻声说着什么。小冷的态度流畅了，似乎又找到了节奏。他轻声嘱咐他们几句，果断又自如，适才那一点儿艰涩已不见。

她忍不住问："你要去寿县？那个周家花园？"

"如果我爸去了，我自然也得去，这老头儿不让人省心。"他说。

"不知道是谁约了他，不像是阮姐。但阮姐至今没动静，不知道什么时候会动手。"她谨慎着措辞。她知道战烈在警方的监控中，因而不会直接参与，所以这一场仗是小冷与阮姐间的较量。她舌尖上一直搁着"你要当心"这几个字，他的神情却让她吐不出去。

"不管是谁约了他，我爸的事当然是我担着。至于阮姐，那个女人自然不能活着。"他说，"谢谢你来告诉我。"

　　小七感觉没有什么再说下去的必要了。墙壁上的镜子清晰地映出她的样子，也有点儿陌生。她站起来，她不想看到这样的自己。

　　他也随着她站起来。

　　"要走了？"他很快地问。

　　她知道他说的"走"是什么意思："等霍思垣回来，我们就去墨尔本。"

　　小冷有一会儿没有说话，他一边嘴角下撇，脸颊抽了进去——是那个熟悉的表情。

　　"我在这里本来就没有什么事，思垣很久没有见父母了，我也该去见见。"她不知道她为什么要解释。

　　半晌，他才笑一下，重新将烟点上。曾经他的眼里什么都藏不住，现在却是一片空落落的深海，光线落在其上却无法穿过。

　　她忽然问："医院里的人是你吗？"

　　"是我。"他承认，烟雾在他手指间萦绕。

　　"为什么要去？"

　　"当然是挂念你啊。"他笑着，玩味地看着手里的烟。

　　"我挂念你。"他重复道。

　　小七心中一痛，不用再问了，没什么好再去确定的了，他一直在这里，联络着他父亲，也看着她。他不会惊动她，也许是因为不想惊动在某个未知的角落里伺机而动的敌人，也许是因为知道这一切不会有改变，也许是因为卧室里那个等着他的女孩儿——而他对此并无一字解释。

　　她已走到院子里，脸颊寒凉，雪片纷纷扬扬自半空落下，她伸出手，接住了一片非常大而完整的雪花。它端端正正地躺在掌心里，少顷才开始融化。

　　小冷也跟着她走到院子里，他在她身后，隔了一段距离站定，身上仍只有一件衬衫，大新匆匆过来将大衣给他披上。

手机就在这时候响了，那头是谷雨魂不附体的声音："有人打电话来了，说他俩出了车祸，在半路……我马上去车站，只剩最后一班车了，你在哪儿？"

小七大惊。"我马上去找你！你等到我才能走！"她大声地对着话筒说。

"别去。"小冷脱口说，他的表情变了。

"谷雨在等我，我要先弄清情况，他们出了车祸，我们得过去。"她说。

他要说什么，却忍住了。又有几个人匆匆来了，皆轻手轻脚、态度恭敬，他瞬间又成了一个中心。小七已走到那道穿堂前，又回头看了一眼。

他的脸模糊在纷飞的雪片里，一动不动地定了很久。他现在一点儿蜈背岛上的脏兮兮的热血少年的样子也没了，她几乎怀疑蜈背岛、百花岛都是一场幻觉。他站在一个圈子的中心，衣履洁净，头发硬挺，唰唰竖立，狍哥和大新在他身后，他承受着众人的肃迎而面无表情。那些毕恭毕敬，那些遵从都是有分量的，他瘦削的肩膀直直地扛起那压力。他是一个真正的继承者，一个年轻老大的样子了。

她回过身，忍住急速涌出的泪水往外走，雪渐渐积得厚了，她的鞋底发出吱吱轻响，似乎每一步都在踏断着什么。她的步子越来越快，把那一扇扇门帘和他都丢在身后，把那些划痕密布的过往，那个嬉笑怒骂，擎指问天，时而偏执狂躁，时而柔弱安静，时而顽劣，时而深情的少年丢在身后……离开他的每一步，都走出一个水天相隔。她想，这种自己以为不会有的感觉，就叫作心碎吧。

雪越落越大，小院中已白了一片。众人散去，小冷慢慢回了卧室。他步子缓慢，面容无波。

一双手从后面环住他，一个温柔的声音说："你累了，坐下吧。"

他坐了下来，身后的女孩儿轻轻笑道："他们说了什么？下一步你们要干吗？也不知道事儿怎么样了。"她给他捏着肩膀，又去理他的头发。

小冷一偏头，避过那只温柔的手："你也知道我累了，我不想干正经事。"

"那……你想干什么呢？"背后的人又笑着，她是个爱笑的女孩儿。

"当然是不正经的事。"他忽然将她一把推倒在床上。女孩儿咯咯笑着，身子软软躺倒，她伸出胳膊，等着他。

小冷却没有动，他站在床边看了她一会儿，不正经的样子消失了，他的目光渐渐硬起来。

"下雪了，衣服穿起来。"他说了这一句转身又出去了。

女孩儿还躺在枕上，滚热的身子迅速冷却下来。她迅速挪到窗前去看，小冷已走到院子里，大新和狍哥低声跟他说着什么。

女孩儿思忖着，眼里露出了与美丽面容不相符的恨意。

谷雨是在小七走后接到那个电话的，电话里的人告诉她这里是某某医院，说车在路上翻了，韩默愈和霍思垣都受了重伤，他们需要家属签字。对方把韩默愈和霍思垣的衣着、外貌描述得一分不差。

谷雨顿时脸色惨白，仿佛旧日重现，她一下回到一个极可怕的时空里，在她满心欢喜、满心期盼地回江洲去找阿因时，却再也找不到了，而电话响了，电话带来致命的噩耗……她握着话筒的手抖个不住，觉得马上就要晕过去了。

谷雨一边给小七打电话，一边已飞奔在去车站的路上，这里的车次很少，而天已经黑了。她给小七留下一张车票，等小七赶到火车站时，车却已开走，留下的只有那张已没用的票。

现在，小七站在空荡荡的候车室里，她一路奔来，头晕目眩，雪淋湿了她的头发，汗打湿了她的后背。她胸口仍哽着一块硬痛，新的担心和焦虑又将她裹住。谷雨没有等她，是她最害怕的事。

等眼前的光晕渐渐散去，她眼前和脑子逐渐清楚了，便赶向相邻的大巴车站。

这时，"如意"外的那条小路上正飞奔着一个魁梧大汉，他急匆匆跑到小七住的小院前啪啪拍着门，却无人应声，院内一片黑。大汉懊恼地一跺脚："还是来晚一步，明明叫你不要出门的啊！"

夜色深蓝，雪簌簌地从空中落下，无声地融化进白桥的水里，皑皑的拱形桥身在夜里显得明净。白桥此时有种国画里的美，人人都沉入了酣梦。

——一个瘦长的少年站在檐下看着院中的雪，他踏着一层薄冰，呵手捧起雪团，在地上堆了个小小的雪人。雪人憨态可掬，如同在蜈背岛上一样，他拍拍那孤零零的小雪人的头，坐在它的旁边。渐渐地，他沉沉的眼中升起一层光亮。

——小七疲惫的头轻轻碰在车窗玻璃上，她醒了，伸出手指擦去玻璃上模糊的水汽。她看了看手里的票，她没有去徽州，她买的票直达寿县——周家花园。

——急促的铃声在火车的轰隆声中响起，谷雨接起电话。"认得出我的声音不？"电话那头一个略哑的女声在轻柔地笑，"我知道你不会忘了我的。"

谷雨吸了口冷气，死一万遍她也认得出这个声音，她攥着手机的指节僵硬发白。

车飞驰在暗夜里，雪亮的车灯前照出飞蛾一般的纷乱的雪点。这场雪落得广，将邻近的市镇与两侧的群山覆盖出一片白，那些旧时的庭院在幽蓝的夜里仿佛焕发出旧日的精魂。

——其中一座老式宅院里坐着位老人，他捶着自己多年的痛腰，看着絮絮落下的雪，他一只眼合起，剩下的一只眼里满是雪一般的悲凉，喃喃自语："下场雪好啊，不来这一场，明天晴不了啊。"

明天，明天就要来了。

周家花园

徽州境内颇多风景优美的古城，寿县就是其中一座。这里盆地与平原交接，风景与人文皆有。小七第一次来，也感受到它灵秀、妩媚的女性美。

12月的街头，虽是天寒地冻的时分，但游客依然很多，满街都是热腾腾的屉子、蒸锅，卖刚蒸出的包子和热粥。滑溜的石子路左右，一排排老式屋檐下垂下零零落落的冰吊子。街面残雪未融，被人扫作一堆一堆。

广场上停了不少旅游车，其中不少都挂着专业团体和采访的牌子，原来这里正要举行戏剧节。小七问了日期，换算过来，正是十一月初八。

她心里又明白了几分。她和霍思垣、谷雨和韩默愈，被人不声不响地设计了这么久，而在这场谋划深沉、经年累月的计划中，毫无疑问，她跟谷雨是两颗棋子，被人瞄准了用作武器和靶子。既然躲不过去，周家花园有什么秘密，她要自己去发现。

但过了一夜谷雨却没有信息再来。

现在，小七站在周家花园的门外，微微仰头看着这一座大宅。这是典型的徽派建筑，门墙颇为陈旧。稀薄的日光下，匾额上的"周"字年深日久。

像战烈说的，这里有很多老宅院，有的被保护起来，有的就荒废了。周家花园无疑处于这两者之间，占地很大，前后门都颇热闹，有摊点在卖戏剧节的门票。寿县的戏剧节分为了几处，看来周家花园就是一处。

她进了门去，院子很深，山石前、曲桥边、回廊外，处处挂着海报和指示牌。石阶和枝丫上仍积着残雪。每棵树上都弄了花样，挂着灯笼。人不少,非常显眼的一座戏台搭在水榭之侧,上下两层,可以升降,看起来像两个套起来的盒子。工作人员正在匆忙地收拾布置,台下一排排的观众座椅,前排椅背上都贴了姓名标签。

小七对那戏台多看了几眼,蹙起眉头,这戏台也莫名地眼熟。

戏台后结构也颇复杂,看起来戏台后紧靠着一座库房,挂着闲人免进的牌子。有个老太太一边晒太阳一边看管着,说这里是给某剧团租下了摆放道具布景用的。后面还有个冷清的小花园,一个小小的池塘,荷梗凋敝,也没人管。

她又绕着宅子走了一圈,周家花园也像一些有年头但不够文化价值的古宅,一部分承包出去,一部分改作茶坊,茶坊上悬着牌子:"清韵雅筑。"另有一家叫"名家料理"的私人厨房。而这地方虽张灯结彩,但因过大而显得荒芜。战烈与人约会的地点定在这里,实在也是选得不错,这里处处可藏身。

她不停看着手机,谷雨一直没有消息,让她的心又悬了几分。

小七不知道,谷雨此时就在离她不过百步的地方。那家叫"清韵雅筑"的茶坊,院中并无人影,像是早已关门,其实是被人包下了。谷雨坐在最大的一间包厢里,她对面有一位女士,一身长裙,瘦长的脸虽略带沧桑,但美艳依旧,唇边闪烁着微笑,正是久违了的阮姐。

"谷雨,这么久不见,你更漂亮了,我真羡慕你。"

室内暖气充足,老式的炭炉子上,有茶有酒,一派静谧温馨。阮姐还是那样得体、大方,含笑的眼神仿佛她们还在江洲,而这不过是那些日常中的某一天。

谷雨心里冷笑,脸上却和和气气:"你老了一点儿,是不是最近睡不好?"

阮姐摸摸自己的脸:"谁说不是呢,操心的事太多。"

"比如呢?"

"我操心你，谷雨。"

谷雨心里的冷笑浮上了脸："谢谢你操心我，我毕竟没死掉。我只有两小时的换车时间，如果你没有别的事，我要走了。"

阮姐不理她的嘲讽，收起了笑容，认认真真地说："听说你结婚了，无论怎样我都得恭喜你。"说着徐徐拿起茶壶，斟满了两个人的杯子，"这是汀溪兰香，好不？"

谷雨有点儿拿不准应该怎么对付面前的这个女人，她慢慢拿起杯子，却不往嘴边送。她在去徽州的途中接到阮姐的电话，说有重大消息一定要见她一面，反复强调只与她谈上一盏茶的时间。她来了，对方却只是跟她斯斯文文地喝茶。

阮姐不介意她的冷漠态度，说："谷雨，我向你道歉。很多事你已经知道了，还有一些事你不知道，我暂时不能对你解释太多。我不求你宽恕，只求你能体谅一二。"

"宽恕？你害我流落蜈背岛，你想害我最好的朋友！不，我们之间不是宽恕的事。"

阮姐静静地听着谷雨声讨她："所有罪名我都不推卸。这世上的惨烈事，我大多都已经历过了。"她笑得有一点儿凄凉，"20年前我跟家庭决裂，丢了原来的丈夫，跟了战烈，我已经把我全部的退路都堵死了。我全部的身家、感情和未来，都系在他身上，我除了战烈什么也没有。你以为，一个女人背叛她唯一的男人是很轻易的事吗？"

"你们的家务事我也不想关心。你今天找我，如果只是要道歉，那现在我可以走了，我的丈夫还在等我。"

阮姐轻轻一笑："你能中途来我这里，自然明白有过来的价值。就算我们之间已无话可说，你对这里就没一点儿好奇吗？"

她这两句话切中了谷雨的心事。谷雨自从听说了战烈的周家花园之约，再听小七分析了她们的处境，就已对这地方耿耿于怀。小七发信息说暂时不与她会合，她便疑心小七自己先来了寿县。谷雨一手握着茶杯，一手垂在桌下，将手机握在手心里，按下"我在周家花园"几个字，发送了出去。屏幕闪了两下，断了电，她心里一沉。

阮姐徐徐地看着周围，清韵茶坊格调清幽，四壁摆着书籍绘画，古董餐具，悬挂着一些风土老照片，窗外还有两棵石榴树。

"谷雨，你觉不觉得老房子就像人的心？一些人搬出去了，但房子还在，保留着以前的回忆，像是在等某个人回来。而那些漂泊在外的人呢，无论怎样流浪，只要一回头，这房子就像那个旧人，依然静静地等在他身后。"

"我想，你是没有那个等着的人的。"谷雨冷冷地说。

"谁等在你的身后，你不回头，是不会知道的。人一辈子难免走弯路，只要肯回一下头，就不会错过那个最重要的人。"阮姐口气恳切，像昔日一样娓娓道来，也像昔日一样，每句话都似乎有所指。

"你想暗示什么？"

"谷雨，我似乎在某个时候影响了你的决定，又破坏了它。但现在我想恳求你，重新考虑你的人生和选择。你可以怀疑我的立场，但我这一辈子……很少这样低头。"

她忽然将谈话上升到人生的高度，谷雨只觉得背后发凉："为什么这么关心我？我真不懂你，你自己的人生乱七八糟，你不操心战烈和战冷疆，还有闲工夫来操心我的人生？"

阮姐脸上掠过一丝凄然："自跟他在一起的那一天起，我的愿望就是他死之时是我在他身边。对我来说，看着他死，或者让他看着我死，都一样。至于战冷疆那个小崽子？呵呵，只要他敢出现，我会让他跪在我面前。"

她说得这样笃定，谷雨不由得问："为什么？"

阮姐脸上掠过一丝笑："知己知彼，这也是他父亲教我的。"她抬起手腕看了看表，"你再坐一会儿，我还约了个人，现在也该来了，我出去说几句。"

阮姐站起身款款走了出去。

谷雨满心烦乱地坐着，看着炉子上那一壶咕嘟咕嘟的水。她忽然心里一激灵，小七曾说阮姐有多手布置，最擅长培养跟她单线联系的人。阮姐这样胸有成竹，是因为她在小冷身边安插了人。

小七走出周家花园，她顺着街边一路走着，进了一家小吃铺。四周没有见到熟人，没有明显的跟踪。谷雨电话不通，战烈没有踪迹——但战烈一向不留踪迹。小冷……也必然会来，只要战烈和阮姐会在这里出现。

他会何时过来？还有他那神秘的女朋友……他们会一起来吧。那女孩儿就是他从小的恋人吧……他一定喜欢她，他处处顾及她的反应，他那样脾性如火的人，却在她的照顾下安安生生地吃药……他说过，我这辈子只听我喜欢的女人的话。

而那女孩儿似曾相识的背影，似曾相识的笑声……

小七的步子停了停，过了那情绪冲击的时刻，心里便愈发清晰。这时电话急促地响了起来，却是韩默愈。

韩默愈相当焦急，说他跟霍思垣路上遇窃，好容易才把包找回来，但现金和手机都不见了，好在身份证没丢，他们总算还能继续做事。韩默愈问谷雨是不是和她在一起，她们在哪儿。

小七脑中飞速转念，看来韩默愈和霍思垣暂时并无危险，像她所料的那样，不过是别人将他们调离她和谷雨身边而设的局。

"我们俩都挺好，你们放心。"她决定还是先瞒住这两个男人，"你们在那边一切当心，随时跟我联系。"

放下电话，她又将局面想了一遍。无疑所有来周家花园的人都很擅长隐形功夫，而她的出现，会让谁先沉不住气？

一切都未明朗，一切皆有可能，现在最应担心的仍是谷雨。

一阵车马辚辚声从街头传来，是两匹马拖着大车经过，大车上是一些古装戏服道具之类，看来是参加戏剧节的，车后还有两个人跟着步行。小七心中怦地一跳，她手按桌面，跳了起来，敏捷地藏到了窗户后面。

赶车的人竟是佟子，蜈背岛的佟子。

从蜈背岛逃出后，她就一直没再见过佟子。阮姐明明已对佟子生疑，佟子已失去昔日的地位，但这时佟子一脸红光，是刚喝过酒的样子，还是那么张扬，没有一点儿衰相。

难道阮姐又重新启用了他？他出现在这里，自然表明阮姐也到了。

另一个人也从马车后绕了出来，跟佟子并肩行走。小七看到那人，心里冷笑一下。

那是黑背。

黑背敞着羊毛大褂，也是喝得意气风发，两人将马车赶得耀武扬威，一边高声谈笑，一边从窗前走了过去。这个黑背死性不改，果然还是在为阮姐卖命。

小七回到桌前，她心跳有点儿快，那两人的笑声还在一阵阵传过来，街上没什么人喧哗，佟子那一口山东腔便分外刺耳。

她骤然一惊，山东人？找老韩合作的外地老板就是个山东人。

一切如此巧合……是谁说过，所有的巧合后面都有个原因。

阮姐已出去良久，谷雨左右寻找，竟无一个插座。她试图将手机重新开机，自然没成功。

一小团一小团的细雪又柳絮一样飘了下来，她站起，又坐下，一阵轻微的脚步声自她身后传了来，很均匀的步子，沙沙的，踏着地面的细雪，没有一点儿忙乱，这优柔的节奏是她熟悉的……那脚步在外面的玄关处顿了顿，又继续走进来。

谷雨的心忽然提了起来，她循声望向玄关处——

宛如一幅旧的水墨画，一个人撑着把黑长伞出现在门口，伞面上的滴水顺着雨布落下来，将他的面目淅得模糊，像隔着一面毛玻璃。

谷雨一瞬间头晕眼花，伞下的年轻人已向她疾步而来。

"谷雨！"

谷雨喘着气，努力调匀呼吸，她手扶桌面看着眼前人。

"为什么是你？柏雪莱，为什么是你？"

车声辚辚，两个男人沉浸在自己的高谈阔论中，浑然没发觉后面多了个人。小七把步子放松，她从那小吃铺追出来的时候就顺手抽了把也不知道是谁的伞，硕大的伞面给了她很好的掩护，她像猫一样轻灵，跟在马车后面，目光盯牢前面的佟子和黑背，同时机警地打量着身边，一旦情况不对，她会立刻改向另一条路。

佟子和黑背赶着车马也并不耽误工夫，车在一座大院前停下，两人开始卸货。小七远远望着那座大院，高檐黑瓦，墙石泛青，这是周家花园的后门。

兜了一个圈，她又来到了周家花园。

归来，双肩皆雪

晶莹的细雪纷纷扬扬，柏雪莱的黑色大衣的肩头，一点儿雪花正在慢慢融化。他像是老式庭院里的翩翩公子，眼中也凝结着仿佛老唱片般的旧日情怀。

"你真的在这里，真好。"他轻轻说。

他坐在阮姐适才的位置上，而屋外是簌簌而下的柳絮般的雪，一切都像一首老情歌。

谷雨竭力挣开她心中那飞蛾扑火般的感情。不，不，这一切都是假象，这房间、这热茶、这熏人的花香……这都是他安置给她的幻象。她逼视着他，一直以来的怀疑即将破云见日。

"……是阮姐叫你来的？"

"是。"他承认。

"所以，你是……"她终于明白了，"你是阮姐的……"

"她是我母亲。"他静静地说，不打算再隐瞒了。

"她是你母亲？你竟然是阮姐的儿子？"谷雨心中又怒又痛，又是凄楚。她真是瞎了、傻了，柏雪莱如果不是阮姐的儿子，阮姐为什么会对他和她的事诸多关切，为什么如此不惜身份、不惜代价地全程支持？教她种种方法，送她红宝石……阮姐说那是送儿媳妇的。

她甩开他的手："所以阮姐是为了你才去的江洲！你们在江洲早就母子团圆，可是一直装着不认识，一起瞒着我！"她心思开了闸，那些原本想不通的事也急速涌出，"所以你把我一再丢下，所以你才能在海市那么容易地找到我们，海市本来就是你们的地盘！小七早说了你要不就是警方的人，要不就是阮姐的人！"

他放开她，叹了口气："小七真的是很聪明。"

"你妈和你……你们好狠的心！放好长的线！"

"你别这样！"他又抓住她紧张的手，试图让她放松些，"你相信我！我妈认识你的时候，小七已经去了蜈背岛，我妈开始确实是反对的，但她相信了我是真的喜欢你！否则她怎么会现在把你约到这里来见我，你相信我！"

她使劲儿挣开他，心像崩塌的土块，一块块碎裂、下坠："你骗我这么久，不过是配合你妈妈一起谋划……"

"不是的。"他急了，又来抓她，她上身后仰，使尽力气往他脸上挥了一巴掌。啪！响得似乎周围都有了回音。他站着不动，受了她这一掌，他脸色灰白，她也脸色灰白，他仍抓着她的肩。

"只有这一点不是！谷雨！我是真的喜欢你！否则我不会再去找你！"他的脸也变了色，因为她的不信任与心痛，他从没有这样的惶急。

"我离家几年，没和他们联系过。我妈来江洲，她发现了我和你的事，她也一直忍着不来打扰我，她知道我不愿意见她……直到出了那件事！你相信我！我没有别的选择！我已经做好了所有准备要跟你订婚，就在世界杯决赛那一晚，你记得吗？我们约好了见面，我一直在等着你！就在那一晚，小七和小冷从蜈背岛逃走了。我妈直接受到了威胁，就在那一天，塔叔的人也找上门了！她不得不来找我！她又怕又急又痛苦……我已经很久很久没见过她了，在此之前我甚至不知道她来了江洲！这是真的！"

"你知不知道我被他们关在蜈背岛？"

曾经在他眼里出现过的悲怆再次出现了，那么深、那么重的痛和悔。

"我一直在陪着我妈，战烈出了狱，她一直瞒着我，我后来才知道你在蜈背岛。我立刻要上岛找你，可那时你已经跟小七离了岛，我又去海市找你们，可是我一旦露面，有人马上就会有所行动……不仅仅是我妈……"他用力握着她，摇着她，她的泪珠被他摇得纷纷洒在他手背上。

"你以为我眼睁睁看你嫁给别人是什么心情！"他眼中出现怒火，"我一趟一趟去找你，又一次一次不得不离开你！"

她的手在他手掌里发着抖："所以你跟战冷疆是……"

"他是我弟弟，我们是没有血缘关系的兄弟。"他有点儿木然地说。

"你之前说的那个弟弟，那个又野又管不住的弟弟，原来就是小冷……"她下意识地重复他之前的话，他掏出手帕去擦她两颊的泪水。

她忽然将头一让，心中骤然而起了另一个念头。

"菲儿！文菲儿！"她脱口而出。

黑背和佟子手脚很快，从马车上搬下来的除了道具，还有些木板、架子，还有个箱子，四周被帆布捆得紧紧的。从门里又出来两个人，帮着他们把这些东西搬了进去。

小七藏身在街角看着他们忙活,一直以为约战烈的另有其人,难道就是阮姐?战烈也没想到这一点吧。

雪渐渐大了一点儿,树顶的雪有一些落了下来,冰冷的雪水流进她衣领……她仍站在那里,虽目睹了这一切,但事情依然不对劲儿。战烈这个约会从十年前就开始收到,而十年前小冷尚未受伤,他们夫妻尚未反目,如果是阮姐,她这盘棋到底有多大?

一只手忽然拍上了她的肩头,她悚然一惊,立刻反手勾去,那人侧头,嘘了一声,她已看清眼前人,竟是狍哥。

"可找到你了!"狍哥气喘吁吁地说,"少爷叫你别出门,我赶去通知你,还是晚了一步,你已经走了。"

狍哥告诉她,她那天从中药馆走后,小冷立刻让狍哥去找她。狍哥找到"如意",见门扉紧闭,他再赶到车站时,小七已经走了。狍哥这回学聪明了,费力查到小七买了来寿县的车票,便一路追了过来。

"少爷叫我保护你,不让你这几天乱跑,他说你是肯定待不住的。"狍哥喘着气说。

小七心里一酸,问:"他已经来了?在这里?"

狍哥说不知道,小冷心里的主意谁也不知道,他似乎还有些事要办。

小七沉吟着,狍哥必然还知道些事,眼下的疑点扫清一个是一个。

"你告诉我一件事,关于一个人……"小七说。

这时她怀里的手机震了一下,她掏出来,抹去雪花,看着上面的信息。

"菲儿怎么了?"柏雪莱问。谷雨的表情像是发现了侏罗纪怪兽,他心疼地整理着她乱糟糟的头发,试图让她放松。

谷雨呆呆地站着,半空的雪片大起来了,适才的温馨已一扫而空。她想着他们之间这诡异的关系,这些出乎意料的事实连缀在一起,她喃喃自语："菲儿一直在你身边，但她……是战冷疆的女朋友……"

她觉得自己正站在一个阴森森的峡谷前，那满满的阴谋气息已扑面而来。

"阮姐呢？你妈妈呢？"

雪莱说阮姐只跟他定了时间让他来这里，他来了后只见到了谷雨，而没有见到阮姐。

"她说她还约了人。"谷雨说着就往前冲，跑了两步，只觉得眼前阵阵发黑，天旋地转起来，雪莱赶上来扶住她，她吸口气又跌跌撞撞跑向前厅。

今天阮姐是把这家茶坊包下了。透过那面雕花的窗子，果然看到阮姐在另一间包厢里，对面还有个人，两个人喁喁而谈。谷雨冲了过去，一把推开门，立刻呆住了。

阮姐手捧茶壶，对面的人长发垂肩，巧笑倩兮，正是文菲儿。

阮姐和菲儿一起转头，看着站在门口气喘吁吁、瞠目结舌的谷雨。

"谷雨，我们又见面了。"菲儿甜甜地跟她打招呼。

谷雨喃喃地问："你到底是战烈的人，还是阮姐的人？"

她的声音轻得近似自言自语，菲儿笑着皱眉："你说什么？"

阮姐则看向谷雨身后的柏雪莱，看着他和谷雨拉在一起的手。一种欣慰的神情出现在阮姐脸上，这神情谷雨并不陌生，她自己看着小宝时便会有这眼神，一个母亲真正的爱和心疼。

"你们谈得怎么样？"阮姐微笑着问雪莱，"还好菲儿帮我出了这个主意，才能让你在这里约到谷雨，你该谢谢菲儿。"

雪莱脸色变了几分，似乎也没想到会在这里见到文菲儿。菲儿却是神情自若："阮姨，我跟雪莱感情这么好，何必见外呢。"

谷雨忽然大声说："你还要演戏？你根本不是柏雪莱的女朋友！"

菲儿忽闪着大眼睛，冲她做了个狡黠的鬼脸："我一直都跟你说我不是啊。"

"你是战冷疆的女朋友！你跟他才是一起长大的。你一直对我说的雪莱小时候的故事，其实都是小冷的故事。"谷雨只觉得头越来越沉，她忍住强烈的眩晕继续往下说，"那时候我向你打听雪莱，你一时编不出来，就拿小冷来搪塞。什么从小打架，什么只爱跟动物在一起玩儿，什么救了一只小狗，这些统统都是小冷，因为小冷的那些事你都深深地记在心里，因为……你真正喜欢的人是小冷。"

菲儿静静听着，脸上的笑容收了起来："还有呢？"

战烈的话一句句都被谷雨回忆了起来："小冷受伤后，你离开了他。小冷复原后，你又回到了他身边。你究竟是为战烈服务还是为阮姐？"

阮姐看着谷雨，又看看菲儿，眼里已有了一点儿疑惑。

"你把我们骗到这里来，那么把霍思垣和韩默愈骗出去的也是你？"谷雨声音发颤，她向前走了两步，却膝盖一弯跌了下去。

雪莱急忙伸臂捞住她软绵绵的身子，她脸色苍白，勉力抬起头，费劲儿地抓着雪莱的胸口。

"是她，是文菲儿……"谷雨气若游丝，失血的嘴唇只能发出一点儿声音，"她骗阮姐说给我和你定一个约会，其实约阮姐和战烈的人也是她……她把你们都弄到周家花园来……"她眼一黑，头垂了下去。

雪莱急声叫着谷雨。

菲儿笑了笑，说："她听不到了。你一个做医生的，看不出这药的分量吗？"

雪莱急怒地盯着菲儿："你做了什么？"他搭着谷雨的脉，想扶起谷雨，但自己的头也沉了，跌坐了下去。

阮姐不可置信地看着菲儿："菲儿是你？周家花园的约定，是你布的局？"她伸出手似乎想抓住菲儿，却伸到半途落了下来。

菲儿的眼神变了，她一贯的亲切没有了，此时的菲儿显得又得意，又不屑。她看着自己脚下这三个中了迷药的人，他们的脸色都像被抽了血一样白，身体像断线的木偶一样无法直立。

"菲儿，你到底要什么，现在可以告诉我吗？"阮姐无力地问。

"阮姨，我知道你要怪我的。"菲儿换了一副撒娇的调子，"这里很安静，不会有人来打扰你们，谢谢阮姨把这里包了场。"她俯下身，飞快地将他们几个人身上的手机都掏了出来，揣进自己口袋里，"你们且歇歇，晚上请你们看大戏。"她轻轻拧身出去了，把门也轻轻带上。

三个被迷倒的人面对面瘫软在椅子里，雪莱兀自抱着谷雨。菲儿心思缜密，拿走了他们的通信工具，下的药刚刚好让他们动弹不得，连说话也费力气。

阮姐眼中有着分明的愤怒和不甘，枉她一生精明，竟看不出多年来一直在她面前乖得像个小兔子的文菲儿，居然是个这么厉害的角色。但文菲儿一个小姑娘，如何能有这样大的能耐，何况，为什么？

雪莱则一直看着谷雨。她昏迷未醒，在他怀里像纸片一样单薄。

窗外已有一些喧闹声、热烈的锣鼓声和杂沓的脚步跑动声，戏剧节快开始了，此时正紧锣密鼓地做着准备。但没有人来叨扰他们，正像菲儿说的，阮姐包下了这里，无论外面的世界怎样欢腾，他们这间屋里却是死寂一片。

天色已迅速幽暗下来，空中忽然腾起了几朵烟花。

墙外有了一些动静，像小动物的窸窣声，从墙角探过来，有人在轻轻敲击墙面，一个低低的女声在问："谷雨，你在里面吗？"

雪莱的身体一抽搐，他认出了这个声音，瞬时有了些精神，他想呼叫，声音却化在空气里。他绝望地看向阮姐，阮姐表情复杂，又是焦急，又是愤恨。

无人发得出声，他们眼睁睁听着那敲击声一路过去了。

柏雪莱轻轻将谷雨放下，他费力挪了两步，忽然用尽力气跃起，撞向近处那只尚未熄灭的小炭炉，"咚"一声闷响，炉子连着一壶滚水一起翻了。

阮姐无声地惊叫了一声，看着柏雪莱肩头洇出的一大片水渍，阮姐眼里急怒交加，又是痛心焦灼，她身子躺在地上，竭力地向雪莱爬去，眼皮和嘴唇一起颤抖着。

响声果然惊动了屋外的人，远去的脚步又折返了，这回步子和拍击声更加谨慎，那人敏捷地来到了窗下，老式的木格窗，里面有一层玻璃，那人敲了敲："谁在里面？"

屋里几人一起瞪着外面，空气里涨满了无声的呼喊。

外面的女孩儿似乎感到了什么，她停止了敲击，握住窗棂摇了摇，是从里面拴住的。接着清脆的一声响，她不知用什么将玻璃破开一个洞，就着仅有的一点儿微光，小七的一双眼出现了。

她俯眼在窗孔对内察看，看到了趴在一边的阮姐，接着是倒在地下的柏雪莱，旁边是……昏迷不醒的谷雨，她的手被握在雪莱的手掌里。

小七的瞳孔瞬间收缩了一下，她顾不上问什么，开始环顾四周，寻找路径。

但这老式窗户异常坚固，墙与门都锁得很死，小七努力了一会儿无果，对窗里说："你们照顾好她，我去找个人。"

柏雪莱急切地看着小七，他口唇做型，虽是声音细微得根本听不到，但他缓慢张合，发出几个字形。

隔着一扇破碎的窗、阴沉的光线，小七紧紧盯着柏雪莱，盯着他努力打出的信号。

她心头亮了，这正是她要对应上的人和线索。她点了点头，又转了个圈，将带着残雪的树枝树叶捡了一把堆在窗上，遮住刚被她破开的玻璃。

柏雪莱心里定了一点儿。谷雨微微醒了，见她睁开眼，他对她笑了笑。别怕，他无声地对她说，因心疼和烫伤而灰白的脸上有了一点儿欣慰。

谷雨的眼泪夺眶而出……屋外已有了脚步声，这回是好几个人，窸窸窣窣地正拿钥匙开门。

门呼啦开了，几个人走了进来——那里面没有小七。谷雨更是惊得呆住了，她从没有想过，离开蜈背岛以后，还能再见到那岛上的人。

3　决战即将来临

小七领着狍哥赶来时，只见地面一摊积水，水壶、炉子翻倒，并没有什么打斗痕迹。谷雨、柏雪莱、阮姐，都像是忽然消失在风里。

她呆呆站着，心中一片黑暗，深恨自己大意。她收到谷雨的短信"我在周家花园"后，便让狍哥去继续跟着黑背与佟子，自己则立刻来寻谷雨。但离开不过片刻工夫，这里已是人去楼空。周家花园说大不大，说小不小，他们会被藏在哪里？

身边渐渐热闹了，寿县的戏剧节分了好几处，周家花园是其中一处，与道路相接处有一个颇大的广场，此刻已搭了台子，人们纷纷往那广场而去。

她交代狍哥："八成就是佟子和黑背干的，我去找他们。"

狍哥忙把她拦住："有什么事你交代我去做，你歇着就好。"他急急地说，"少爷不让你乱跑。"

"你一个人能做什么！"她一甩手，"小冷究竟是怎么说的，怎么计划的？"

狍哥被她刀锋般的眼睛瞪出了一身汗，说小冷让他先来，务必找到小七，护她周全，别让她乱跑乱动，下一步他会再通知。

"真的没有骗你，这事我也编不出来。"狍哥急慌慌地说。

"乱跑乱动？他怕我跑去哪儿……他不是要你保护我，他是要你看住我，是不是？"她心思急转，她会做出什么让小冷为难的事？难道他又想对付霍思垣或者阮姐？对付阮姐有什么好让他为难的！

狗哥跟不上她的思路，又不敢问她，只得重复："反正他不让你乱跑，他说他到了会找我。"

他会怎么来？她看着那一路路的戏剧人马，心里亮了一瞬。

"狗哥，你听我说，现在我们都不知道小冷在哪儿，也不知道老板在哪儿，但是刚刚阮姐和谷雨分明是被关在这里，现在她们一起不见了。如果这事是老板或者小冷做的，没必要避开我们。你想一想，"她吸一口气，"你好好想一想，这里一定还有另一拨人埋伏着，我不知道他们是谁，在哪儿，但他们最后的目标一定是老板和小冷。"

狗哥也抽了口气。他是个脑子直又一心一意的人，逢到为难之事往往便听从于信任的人："那我们怎么做？"

"我们现在分两路去做。我去找谷雨，你去找小冷，或者让小冷找到你。"她看着灯火热闹的那一片地带，人们喧哗着，火树银花，"我相信小冷已经到了。"

"你一个人太危险了！"狗哥追了两步，小七已向着那片繁盛地带而去了。

周家花园已各处亮起了灯，人比下午多了很多，也有保安和武警维持着秩序。那硕大的戏台灯火通明，人们已纷纷找着座位，隆重的大戏就要开始。

小七在人群中穿梭，她用渐渐模糊的视力一寸一寸地找，都是游客、观众、表演者、工作人员……她察觉到另有几个人，有男有女，没穿制服，看着闲散，却是目光机警、手脚利落，梭巡在四处……那些人明显也注意到了她，却是故作不见。她明白了一些，这地方人马众多，除了战烈和阮姐，以及那神秘的约会者外，警方便衣也有控场。

她毫不怀疑这就是动手之地。战烈和小冷仍未露面，佟哥等人已在这里布置。这里本该是阮姐的战场，所有线索都指向阮姐，但阮姐自己却先着了道儿——着了文菲儿的道儿。

她已从狍哥那里问得清楚，小冷身边的女人，就是文菲儿。刚刚雪莱对她口唇做信，那四个字是：当心菲儿。

菲儿以及她背后的人，就是那个始终在暗处的神秘力量，精密布置好了一切，等着他们入瓮。菲儿到底是谁？是谁？她是小冷的女朋友，却长期跟阮姐互通着消息，如果她早已投入阮姐麾下，为什么关键时候却对阮姐下手？

战冷疆，你看不看得到？你想要怎么做？

她深吸口气，闭上眼，让那些乱糟糟的念头和片段一格格暂停、理顺、反推、逆想。这是小冷教她的方法："沉住气，去看，事实就在你眼前。谁最得益？他会怎么做？那些事在一开始发生的时候就把线索告诉你了，现在你要做的只是去看清楚。"小冷真的教了她很多。

锣鼓和梆子接连响过，生、旦、净、末、丑都纷纷登了台。小七对这些本无兴趣，但还是看了两眼。她忽然眼前一亮，戏台一侧有一个奇怪的道具，看着竟像是百花岛过龙王节的那艘花船。那当然不是一艘真正的船，但模样、大小、高度都很相似。

她心中大震，是谁做了这艘道具船？谁把那出戏搬来了这里？眼前这一切，这满眼的狂欢，汹涌的人潮，又多么像百花岛过龙王节的那一幕。又有人要借戏作妖，再来一出戏中戏？

她又重新将思路理了一遍。仔细地分辨，想在台上、台下看到一张熟悉的脸。不管是谁，大新或者郝大哥，然而都没有。

她相信小冷必然会来，每个地方他都可能会突然出现。在这么个完全陌生的地方，她仍觉得处处有他的影子。以他的性格，不可能不有所策划。百花岛那回他也是始终不露面，却暗中布置了一切。现在，他又以那可怕的冷静，藏住了头尾。甚至，连她都不能发现他的行踪。

小冷，你在害怕什么？你又在回避什么？

台上正唱一出很怪的戏，演员们打扮得古怪，个个都戴着面具。调门也很怪，苍凉，奇特，让人感觉心里别扭，却莫名地又引起心酸。

小七停下步子，挤在人群里听了听。她听着那些颠发如狂，一步三折，听着一个个鼓点里的心碎。

身边有听不下去的人已开始离场，也有听得入迷的老人跟着点头晃脑。小七问那老人："这是什么戏？讲的是什么故事？"

那老人见她一脸恳切，便告诉她，讲的是一个世家公子被兄弟出卖，家破人亡，背井离乡，继而改头换面，忍辱负重，开始设计复仇的故事。

"这故事很有名的，只是没什么年轻人听了。"老人说着递过来一份演出单，她看到那出戏是《割袍》。

她愣了……轰然一声，一些五彩的灯笼升上了天空，和烟花一起将天空照亮。人们欢呼起来，纷纷仰头去看。那不是寻常的孔明灯，那些六角形的灯笼像雪花，像钻石，像水母，飘飘洒洒，亮灼灼地往上升去。

烟花与灯圈照在她的眼里……她胸中血液沸腾，手脚却一片冰冷，她只觉得愤懑又悲痛，有种想大声呼喊的冲动。

她全明白了。这戏台莫名的眼熟是什么，她知道了。这唱词，这故事是什么，她也知道了。只有一个人，会这样不分白天黑夜地唱着戏，遭受过背叛，从死亡里爬出来的人，才会唱出这样悲凉的曲调，还有，只有一个人会放这样的灯，一盏一盏，形如鬼火。他说过他的灯不放给活人看，那么，他想给谁看？

小七辨认着那些灯笼的方向，疾步绕过戏台往后而去，她背心又汗湿了，心里已有了方向……可是，她多希望自己的判断是错误的。

戏台后面是那个旧仓库楼，其实也是戏台的一部分，有翘起的飞檐和木质门板。戏台便像是仓库楼上临空再搭出的一段。仓库楼后面连着那个荒废的小花园和池塘，这里不复台前那繁盛的景象，没什么人，闲人止步的牌子仍立着。库房前也点了几盏红灯笼，在积了雪的天色下，发出幽凄的暗红色，说不出的诡异。

小七去推了推仓库后门，门关着。她转去窗前试了试，竟然是掩着的，她推开半扇，轻手轻脚翻了进去。

库房里一片黑暗，她眼前模糊，凭直觉慢慢辨认着方向。她进的是后门，往前便是直通戏台，可听见鼓乐声声，亮光在上方。而在那黑暗的纵深处，似乎也有一点儿隐约的灯光。

这一派黑暗是瘆人的，她又吸口气，走了下去。这条路越走越是往下，似乎是下陷的一处通道，这深深的大屋，果然另有机关。

她一步步往里走，越来越明白，这地道是老宅以前的主人修的，可用来藏东西、藏钱、藏粮食，也能藏人。这通道一直通到戏台的下层，戏台在地面上是二层的升降舞台，地下却别有洞天，便是这一层地库。这里阴湿，纵深，身边堆满了一堆堆的道具和箱子。

而地库深处似乎仍有建筑，模样像个小亭子，规整地建在地底，也像是巨大的盆景。

她走了过去，看清楚那是一座小厅，雅致古旧，暗木色的门扇，是那些古老的故事里才有的典雅厅室。此刻却荒唐地跻身于这地库内，砖木结构，镂花窗格，典型的江南韵味。下贴着地缝，上面的木橼贴上了横梁，虽小却五脏俱全，甚至还有着一块牌匾，上面题着字。她睁大眼分辨——俞园。

俞园？这里明明是周家花园。

小七手心冒汗，背心却凉得像贴着一块冰。那不能解开的所有结、所有疑团，都在这里。

谁在这地库里又藏了一座房子？像地底的陵墓。谁会住在这里，在这万人瞩目的戏台之下？她又推了推那木质的房身，吱呀呀的，并不算牢固。这座小厅的一切都如此精致，却仿佛脆弱得很，一触就倒似的。

她又蹲下来查看，那道窄窄的门槛几乎无灰尘，贴于地面的那一端洁净光滑。

她忽然明白了，身体不由得战栗起来，此刻身前无人，却像有一柄匕首抵住了后心，那冰凉尖利的恐怖直透心窝。

——这精致的小厅堂不是原来就有的，这是有人运来了木料、砖瓦、牌匾，一砖一木，一框一椽……在这地下，重新拼搭起了一间陵墓般的厅堂。

小七抬起头，她的眼睛一瞬不瞬地睁着，指甲掐进手心。在扑面而来的恐怖、寒冷如大雪般袭裹全身之时，她哗地推开了这扇脆弱又精致的木门。

里面红烛高照，映得红艳艳一片，在那一道道拼接而成的檩、椽下，也有一个小小的戏台，一位老人披着戏服，身如老松，指如枯竹，正唱得如诉如泣。

离他们头顶几尺便是大戏台，寿县的戏剧节正进行至高潮。这潮湿阴暗的地下，却有人正唱着自己的独幕剧。那头顶的满台锣鼓声都影响不到他，他旁若无人地唱着，一咏三叹，那苍凉的调门，沉抑处如大海落潮，昂扬处如冲天白浪，听不懂的人也会被他催下眼泪。

小七背靠木门，她的冷汗将衣服弄湿了一片，此时却镇定了。她静静看着，听着，一如往常。

那老人唱得兴起，完全沉浸其中，他一口气把一段词唱完了，方才起范儿，徐徐停下，手势与身姿都萧索着，仿佛天地亘古以来便是这么寂寞。

小七鼓了鼓掌："这一出唱得好，俞大叔。"

那老人抬起一双眼白凸出的眼，把那只完好的眼睛朝向她，哑哑地笑了。

"好啊，丫头，你真的找来啦。"

多少前尘旧梦中

红烛静静燃烧，一道道烛泪披流下来，堆积出钟乳石柱的形状。这封存的空间里，无风，无人打扰，只有两人孤零零的影子。一根蜡烛忽然熄了，一线青烟袅袅升起，俞瞎子走近烛台，换了一支。

小七说："我以为你永远不用点灯。"

"夜太长，没点儿光不行啊。你不在上面看大戏，到这底下来干什么？"

"他们没有你唱得好。"小七一面说，一面慢慢踱步，不动声色地留意着脚下。这小厅也是铺满了木板的，颜色暗旧，木构件上有仙人、仙桃，花鸟的木雕，亦栩栩如生。

"我在外面看到了你的灯，那是你放的，是不是？"

俞瞎子呵呵地笑："我一辈子的愿望，就是能回家，唱一出。"

"这里就是你的家？周家花园？"

"不，我的家只剩下了这么一点儿。"俞瞎子摸了摸身边的隔板、窗框和门，枯瘦的手指慢慢摩挲着那些精美的雕刻，像抚爱着孩子的头顶一般。

"俞园？这些材料……怎么搬来这里的？"

"周家跟我没有关系，我只是找到了这个老鼠洞……我花了很多工夫，一块一块木板，一块一块砖头，能剩下多少我就搬了多少，再一块块搭起来……好在还能搭这一间房，让我能在里面安安生生唱上两句。"

俞瞎子缓缓脱下了身上的戏服，他里面还是那件老旧的袍子，不同的是，头发、身上都很洁净。

他的手势庄严、端然，一副不像"俞瞎子"的神气出现在他脸上，这一刻他矜贵、自持、威严。

"丫头，你不是一般人，我第一次见你时就知道。我暗中帮了你们那么多，就为了今天，我们能好好说说话。"

"你帮我是为了让战烈和阮姐两方面能平衡。你帮我还为了在关键的时候，要我还你这份人情。"小七说。

俞瞎子凹陷的脸映在烛光里，火苗在他脸上和眼中一摇一摇的："说下去。"

"你就是那个第三方。我跟小冷在岛上虽然经历了很多险境，但很多地方都化险为夷，有些事做起来未免太容易。是你在暗中操纵，是你让佟子放了我们一马。佟子表面是阮姐的人，其实……他是你的人。"

"他的命是我救的，钱也是我给的。那个姓阮的女人，她能得什么人心。"俞瞎子轻蔑地说。

"可是除夕夜来抓我跟小冷的人也是你指示佟子派来的。"

"我要弄清楚小冷的病是真是假。人老了，疑心就大一点儿，不探探你们的虚实我不放心哪。"

"你从一开始就知道小冷是谁？你看出来他是战烈的儿子？"

俞瞎子又呵呵一笑："小冷那张脸……他像谁你看不出来吗？他生下来时，我就抱过他。他身上哪一块肉像他老子，哪一块骨头像他妈，我都清清楚楚。要不是念着故人之情，我会由着他在岛上兴风作浪？"

"你处心积虑，从十年前就开始布置，你要把战烈和阮姐约到这里？你们有什么仇？"

俞瞎子仰起头，让高处的烛光在脸上洒了一片，他似乎进入了回忆里："丫头，把你的心换到我这里，让你感受一下我记忆里的事，你就知道我跟战烈之间，不是一个'仇'字就能解决的。我把他当成过命的兄弟，他是怎样对我的？他怎样任由那个女人污蔑我和他妻子？到了最后，我的家产都被他吞了，我父亲因此而死……呵呵，你说他有什么对不起我？"

一幕幕不可知、不可说的往事，从落潮的海水里显露……像鬼村那终年不散的雾，积了多少年的荆棘于沼泽之下，是不可目睹、不忍深挖的昔日创痛。

"鬼村，鬼村，"俞瞎子仰着脸，喃喃自语，"他们战家，就只有这一个好人。她死了，也好，还是岛上干净。"

"小冷的妈妈在蜈背岛去世，你一直住在蜈背岛，不是因为战烈把你拘在那里，是因为……你在陪着……小冷的妈妈。"

"丫头，你知道的比我想的还要多，都是怎么看出来的？"俞瞎子问。

"是你女儿让我想到的……"小七慢慢说，"你女儿，文菲儿。她应该叫俞菲儿。"

俞瞎子静静站着，烛光暗了一下，他的背又佝了下来。

"菲儿是你的女儿。战烈说你有个女儿的时候，我只奇怪我跟谷雨在岛上都跟你相处过，为什么没有发现你跟女儿有联系。你平时不出门，只有固定的邮包，有人给你按时寄中药和老唱片，这几样东西谷雨在江洲亲眼见过菲儿采购。这是你们的联系方式。"

"只凭这个，你就断定她是我女儿？"

"我跟谷雨的消息你在岛上全都清楚，是菲儿告诉你的。小冷刚复原，菲儿就去找了他，回到他身边，他们自小在一起……我本来想不通菲儿一个年轻姑娘，能有多大仇恨，又有多大能耐，能甘冒危险一步步设计、策划，找来这许多人听她的？现在我都明白了。"

俞瞎子轻声一笑，说："这丫头从小就有主意。至于男女那些事，我管不着。她喜欢谁，都随她去。"

两人说话之时，小七已在这小厅里踱了一个圈，将环境看得明白。她心里忧急，这里位置隐蔽，在这里交手外面不会听到，发生了什么事，只怕一年半载后也没人知道。

她问俞瞎子："战烈还没有来，你根本找不到他，能怎么对付他？"

"既然你找来了，就留下来一起看出戏吧。"俞瞎子说，"瞎子久不登台，今晚要献丑了。你在外面有没有看到那艘花船？你猜猜我要唱什么戏？"

"割袍，那是你的戏，那是泼戏。"小七说着，一股寒意兜头而下。不管战烈，还是小冷，看到那艘花船和那出戏，必会上前一看究竟。

"不错。那出戏是我当年唱过的，不容易啊，今天又要登台了。你再猜那船里是什么？"俞瞎子温和地问。

小七不说话，俞瞎子便接着说了下去："一满船的炸药，战冷疆在百花岛玩的那手引鱼上钩的戏中戏挺帅啊，今晚我就借鉴了。"

小七紧闭的牙关也嗒嗒响了："你恨战烈，恨阮姐，可是战冷疆得罪过你什么？你在蜈背岛上尚念着故人之情，你女儿对他也钟情，你忍心连他一起对付？"

"战冷疆，呵呵，他自以为了不起。我本想给他一条活路，可是他出了岛之后，做的事实在太多，有他在，实在会碍到我很多。至于菲儿……"俞瞎子笑了，"你不了解我这女儿。"

"还有那些观众呢？他们又得罪了你什么？"

"老天爷只收那些需要报应的人。台下的人嘛，就看他们的造化了。"俞瞎子阴恻恻地说。

小七忽然回身向厅外跑去，却又立刻站住，佟子正站在那里，堵住了她的路。她停步，回过身，手一挥，手里赫然有一个打火机和一小瓶汽油。

俞瞎子又笑了："行啊，丫头，果然还藏了一手。可你这么做，是要自己作死啊。"

"既然我走不了，就点了这里。"小七的手紧握，圆睁的眼一眨不眨盯着俞瞎子，"这老房子不经烧，你这些戏服、木板，一点就着。"

俞瞎子阴沉地一笑："烧了这里，他们自然会看到。你自己呢？陪着我老瞎子一起死？"

小七不说话。

"丫头，我以为你是聪明人，没想到你倒是个情种。你这么做是为了谁？战冷疆？"

小七仍不作声。

"可惜，大戏唱到这个程度，必须要唱完了的。"俞瞎子手一挥，又是一阵啪啪脚步声响起。黑背从那暗处的过道里转了出来，他手里抓鸡一样抓着一个女孩儿，一丢，就将她丢在了地上。

小七惊呼一声，那是谷雨。

谷雨双手被绑，摔在了地上。她神志清醒，看到小七，登时满脸都变了色。

一丝类似于不忍的表情出现在俞瞎子苍老的脸上，他走近谷雨，伸出手去，谷雨往后躲了躲。

"唉，你是个好姑娘，我其实真不想把你卷进来。"俞瞎子放下手说。

谷雨大眼睛里满是惊惶，看看俞瞎子，又看看小七。

"你要怎么选择？"俞瞎子问小七。

小七咬咬牙，将手中东西丢下，快速奔去谷雨身边，扶她起来，检视着她。

谷雨牙齿咯咯作响："我都听见了，菲儿竟然是他的女儿。"

"先别管那些，你怎么样？有没有受伤？"小七低声问她。

谷雨摇摇头，立刻又紧张起来："雪莱受伤了，他和阮姐被带走了，不在这里……"

一阵轻柔的笑声响了起来，伴随着高跟鞋的踢踏声，一张美丽的妙龄脸庞出现了。

"哟，小七姐姐也来了，人齐了。"菲儿脸上还是那种活泼的笑，她轻盈地转了半个身，开始数落俞瞎子，"船都推上去了，你不赶紧换衣服弄脸上台去，还有心情跟两个小狐狸精聊天。"

在他们头顶的舞台上，有大道具轮辙轰轰，正缓缓滚动过去，是那艘花船。

谷雨看见菲儿，恨意全冲到了眼里："柏雪莱呢？"

"想他了？"菲儿俏皮地说，"你放心，你俩会死在一起的。"

菲儿过来帮俞瞎子重新披上戏服，又在他脸上戴了个面罩。俞瞎子晃晃头："泼戏难唱，却不难做，人人戴着面罩去演，也是一出人骗人的戏。"

"唱了一辈子了，临了你还抱怨上了。"菲儿噘起嘴说，"赶紧着吧，小冷也快到了，我倒要看看，他这个属狼的、比狐狸还贼的小子，到底藏在了什么地方。"

从这俞园小厅后再往上有一道升降梯，黑背和佟子没费什么事，就将小七双手也绑住带了上去。戏台本是仓库楼前凸出的一个大平台，所有演员另有一处通道，俞瞎子这条暗道直达地底，却是做得尤为隐秘。

俞瞎子长袍披风，头发束起，脸戴面具，上了台去。他果然是这出戏的主演，台上几个已演了片刻的配角也都戴着面具，手持拂尘和马鞭，见他来，便让了位置给他。

小七和谷雨被押在后台，佟子和黑背看守着她们。这里没什么闲人经过，既然是俞瞎子的戏，满台演员也都是他的人了。只见灯火煌煌，阵阵彩声，雪亮的射灯下，满台披红挂彩，两边锣鼓丝弦，正演到高潮。那艘花船也已被推到台中央。

"好像拍电影，是不是？"菲儿赞赏地说，她又瞟着小七，靠近小七的耳边，"小冷跟我好了，你不会很介意的吧？我回来后，天天跟他在一起。他已经答应我带我去岛上，我们会在那里结婚。"

小七双眼不看她，紧盯着戏台与花船："既然他跟你好了，你为什么要帮着你父亲对付他？"

菲儿住了口，被戳了一针似的。小七说："好歹你们也相识一场，为什么要害他？"

菲儿哈哈笑了，眼中却殊无笑意："我得不到的人，会让他落到你手上？不只是小冷，柏雪莱我也不会让他落到别人手上。节目就要开始了，你们猜今晚的龙女是谁？龙王又是谁？"

花船上的帷幕已被某个台上的角色掀了起来，朝着她们的方向。朝着观众席的那面船身是花团锦簇，朝着后台的一面却是挖空的，她们同时看见了里面。

船身里塞着的人神情委顿，双手反绑，正是阮姐和雪莱。

谷雨直跳了起来，后面佟子早有准备，一把捂住了她的嘴。菲儿目不转睛地看着戏台，又看看小七，一丝笑意又在唇边升起。

"不让我好过的人，一辈子也不会好过。你别想跟我玩花样，我手里的牌多得很。"菲儿说着又转向谷雨，"时间差不多了，你俩好好多看几眼吧，一会儿就见不到了。"

小七脸色惨白，一颗心不断下沉，脑中无数念头升起又落下，像沉入大海般徒然打捞着碎片。她不知道战烈和小冷在哪里，但她跟谷雨已在俞瞎子手上，俞瞎子多了她跟谷雨这两张牌，小冷无论怎样都没有胜算，而这花船里的秘密更没有人知道。等知道了，已经晚了，阮姐和雪莱、战烈和小冷，还有这满场观众……都完了。

空中仍飘着一盏盏灿如鲜花的明灯，照出下面雨点般的光晕里观众们模糊的脸、高举的手，他们的脸有瞬间的沉醉。

一道光闪电般劈在小七眼里，她刹那做了决定。

她跃起来，肩头对着谷雨撞去，谷雨正在佟子手上挣扎，被她这一撞，连着佟子一起翻了下去。黑背本是看着小七的，见此吓了一跳，忙伸手去够。菲儿皱起眉："搞什么鬼？"

俞瞎子一板一眼地在台上做着身段，调门苍凉又浑厚，似人生最后一出戏一般忘我，两个手持拂尘、脸戴面具的配角一左一右配合着他。

黑背在升降梯旁将佟子和谷雨找到，几人又回到后台，找着小七，小七却已不见了。

观众席里忽然有人发出惊呼声，谷雨一抬头，登时吓呆了，她魂不附体地发出尖叫。

"不要！"

小七不知何时已爬上戏台的顶层。

没有人防备她，满台人都在自己的戏眼上。小七双手仍被绑在身后，却无声无息站上了升降台，这里也是那仓库楼的最高处，翘起的飞檐下悬着匾额，离地有相当的距离。她站在那摇摇欲坠的隔板上，稍稍一歪身就能掉下去。

谷雨泪水汹涌，已全明白，小七撞她那一下，不过是吸住佟子他们的视线，同时不让谷雨耽误她做这傻事。

菲儿抢上一步，低声对小七吼道："你可想清楚！你这一跳下去，立刻就会摔死，神仙也救不了你！"

小七对谷雨看了一眼。

"告诉他……"她无声地说。

"不！不可能！我不要听你说的！我不要听你的话！"谷雨头发散乱，对牢牢挡着她的佟子又打又踢。她眼里涨满了黑暗，又是头发和泪水，一片又痛又痒里几乎失明。

她管不了那些了，只要小七跳下去，在场的保安和武警会看到，所有人都会看到，阴谋也就会完结。小冷会得救，她会得救，柏雪莱、阮姐……所有人都会得救，而小七……

"求你下来跟我说！你要找谁，你自己去跟他说！"佟子见势不妙又来堵她的嘴，但她嗓子已没有人声了，虚弱地往下滑去。小七似乎低头对她笑了笑，脸在强烈的射光中被照亮一瞬。

谷雨仿佛看到小七在江洲仓库的火中，救出她和小宝后那一笑，那安慰的、告别的一笑。

"你下来！不管是谁，也不能是你！我求求你下来！"谷雨的脸在被佟子紧紧按住的手掌后，她的呐喊只是一些模糊的呼声，"就当是可怜我行不行！就当是可怜霍思垣行不行！求求你下来！"

她忽然又用力跳了起来，像个复仇的女鬼般凄厉，学着小七的样子，也一头向佟子撞去，佟子猝不及防，竟被她撞了开去，刚发出一声咒骂，谷雨已跌跌撞撞向上赶去。小七就在此时跳了下去，像一只大鸟自云层俯冲下来，这个姿势跟她在百花岛上不顾一切跳上那艘花船是一样的。

她从没告诉任何人，她从不说出这件事，那一天，在跳上船的那一刹那，她已辨认出龙女面具后的人不是霍思垣而是战冷疆……但她仍是跳了上去。

双重人格

谷雨已吓得魂飞魄散，现场观众一阵骚动，纷纷站了起来。小七已坠了下去……谷雨眼前一黑，也瘫了下去。

一道人影忽然从台底的阴影里跃了出来，他动作异常快速，将手上一包东西冲着小七坠落的方位砸了过去，那包东西砰然在地面散开了，是库存的一大捆麻布包着的爆竹烟花。那人接着飞扑而来，抱住了小七，两人一起滚在地上，滚在那包麻布与烟花上。

观众们又是一阵叫声，有的往后撤散，更多的是向前拥来要一看究竟，保安们开始纷纷赶上前来，一边吹着哨子，一边扒着人堆。

台上的演员们也停了下来，锣鼓声与动作一起凝固了，佟子与黑背匆匆赶了下去。

只见那个抱住小七的不速之客仍躺在地上，躺在雪色皑皑的戏台前。小七被他抱在怀里，他一手护住小七的头，另一手将绳套从她手上解下来。

是个清瘦的少年，矫捷、突兀。他头发上落了一层雪，一些冰碴子沾在发尖，黑衣在夜里只有一点儿微光，眼神却是亮得瘆人。这人不知从何而来，像是从黑暗的角落里忽然涌出的一团火，鹰一般果断，狼一样萧索。

他托起小七的头，目光盯在她无知觉的脸上，手在她胳膊上、腿上按着检查，急促地叫着她："我来了！我来了！我找到你了，你没事了！看着我！"

但小七紧闭的眼和垂落的手臂一动不动，少年的脸因巨大的恐惧而扭曲了，他手指插进她满头的乱发中，捧住她的脸："睁开眼睛看看我！你一点儿事也没有！看看我……是我错了！我不该放你走！是我错了！求你看看我！你听到了吧！我来了，我就在这里！我不会让你死的！求你看看我！"

汩汩而来的力量直击入她知觉深处……小七睁开眼，她的脸雪一样白，四肢的骨骼都似裂开一般。眼前那一张变形的脸，写满情急关心，声声呼唤，如在梦中："我们是一体的！还记得吗？没有谁能丢下另一个先走，你记得吧，现在睁开眼睛看着我！"

这感觉是真切的，他怀抱的热量、他手臂的分量，还有他瞪着她，目眦尽裂的样子……她伸出手指去将他的眉抚平，指尖触到他脸的温度和他眉毛上的雪："小冷……"

小冷耸然一颤，大松了口气，眼里瞬间逼上了泪，他一下将她满怀抱住，抱得那么不要命，似乎从来没有松过手，也不会再松手。然而下一秒他已暴怒起来，他扳住她的肩，把她狠命攥住，表情又狰狞了。

"你怎么不听我的话！啊？你傻到这个程度！你什么意思？你想死？你胆敢丢下我去死？"他对她吼着，原本哑着的嗓子越发颤抖，他死死卡着她的脸，半点儿余地也不给她，恨不得要把她一口吞下。她稍稍一挣，他便加重力道，将她牢牢地捆缚在自己的双臂里。

"好好看着我不许动！你忘了我的话了吗？我怎么告诉你的，无论什么人让他来找我！你怎么不听话！你凭什么替我担事？你想要我的命就直接给我一刀！"他这一刻真是恨她入骨，他每一眼都要盯穿她一样，将勃发的怒与痛统统泄在她身上，"你什么意思？你又想自己做饵让人家杀了你？你就不能等等我吗！你想让我永远都看不到你了，你做梦！你想不要我，想躲开我，你直接对我说！你休想寻死来摆脱我！"

他喉咙忽然堵住了，眼泪夺眶而出，将她紧紧卡到他怀中去。她本已负伤的骨骼要被他捏碎了似的，眼泪也被他摇了出来。

"我一直在找你……"她小声说，努力地动了一下身子，在他满满的掌握里透了口气。

小冷不说话，脸颊贴住她的脸，又将嘴唇埋进她头发里去。

忽然，啪啪几声响过，全场的灯都灭了，音响也沉寂了，现场一片黑暗，只有空中飘着的几盏灯，兀自缥缥缈缈，光色迷离。

本已被扰乱的观众又乱声呼叫着，全站了起来。不知是谁喊了一声，人们开始蹿身撤离。几个保安本已冲上来，这时又被新的危机牵动，忙着去疏散人群，顾不上看台前。人群混乱，在他们身边穿来穿去，落下雨点般的脚步。

青色的夜暗了，忽然就幽冷一片。俞瞎子的一群人无声地包围上来，踏着满地的宣传单、凌乱的海报、人们匆忙中丢下的东西、翻倒的椅子……在小冷和小七周围站了一圈。

谷雨仍卧倒着，手扒着戏台边，她浑身冷汗淋漓，只觉得一点儿力气也没了。小冷，小冷终于来了。

身后忽然伸出一只手托住了她，她落进了一个温暖熟悉的怀抱，她回过头，对上柏雪莱满是心疼和歉意的眼睛。谷雨愣了一瞬才泪如雨下，捶着他："你没事……"

"我没事，没事的，"柏雪莱拥住她，"我一会儿跟你解释。"

菲儿、佟子等人都一瞬不瞬地盯着小冷。他视而不见，在熄灭的灯光里暗下去的脸此刻又是一片青色。他怀抱着小七，像哄婴儿一样把她搂到胸前，嘴里咕哝着一些什么。小七仍伏在他手臂里，不说话，也不动。这是小冷的怀抱，那么瘦却那么有力，动荡却又安稳。还有他喉头那呜咽不清的声音，那独属于他的、奇异的温柔。

"你从哪儿来？一直藏在哪儿？"她终于问道。他身上比她还脏，脸上一道道痕迹，还沾了点点的花炮彩屑。

"一直就在戏台边，我打埋伏可是一把好手。我不能露面，就让狍哥看住你，没想到就赶上你跳楼。"他说着又气急败坏了，"我要去剁了狍哥，那个王八蛋没一点儿用。"

小七忍不住一笑，他这副彻底的病态，喜怒无常的无赖气，也只有她接得住。果然，她一笑，他满腔的火便都熄了。他抽口气，低下头就去吻她。他不让她动一下，将满腔的情感和哽住的话都堵在她脸上、唇上、头发上。

"你自己呢？有没有受伤？"她在那些间隙里挣扎着问他。

"我没事，我耐摔得很。"他的唇好不容易才离开她的脸，双眼仍是湿的，表情却是喜气洋洋，又像个淘气的少年了。

菲儿冷笑了一声："好恩爱，你们表演完了没有？"

小冷正扶着小七站起来，两人身上都沾了雪泥积水。小冷搓着小七的手臂，将她冰冷的手凑到自己唇边呵着，又揣到他怀中。

旁边众人虎视眈眈，他却一眼也没向周围看。这样的旁若无人，他果然还是那个小冷。

菲儿不由得发抖了，强烈的恨和不甘全浮在了脸上："你打定了主意，要跟我作对？这个丫头不过服侍你几个月，我跟你认识那么多年，你一点儿旧情也不讲？"

小冷终于抬头看了菲儿一眼，他这时的笑像针尖儿一样讥诮："你要算账的话，我就跟你算一算，不要说你做的那些事，就凭你对她说话的态度，我就能杀了你。"

菲儿脸色由红转白，几乎和雪一般透明了，她举起颤抖的手，佟子等几个人围住了小冷。

"别逼我动手，你可只有一个人。"

小七扯了扯小冷："谷雨还在台上……还有柏雪莱。"

小冷脸上掠过一阵奇异的神色，他轻声说："交给我。"

局势已在不知不觉间发生了转变，花船的顶篷已被掀掉，柏雪莱和阮姐的绳索都已解开，柏雪莱拦在谷雨身前护着她。阮姐身后尚有一排人。俞瞎子果然是极其老辣厉害的，小冷刚救了小七，俞瞎子便放了阮姐，阮姐在这场地中本也是布置了人手的，这时已迅速召集起来，眼下又是三方鼎立，小冷却成了最势单力薄的那一个。

雪色凄冷地反射着，场地一片幽蓝的光。小冷逐个地对周围的人看过去，看到谷雨时，他似乎微微一笑。谷雨觉得心里一跳，毫无疑问，他们曾在另一个情景下见过。那时他涂染了脸，披挂着一身的爬墙虎，潜伏在鬼村里。

但小冷的目光并未停留，缓缓地，他目光定在了柏雪莱身上。

柏雪莱也正看着小冷，不知是悲哀还是释怀，他握着谷雨的手加重了力道。

"答应我一件事。"他低声说，"别去求小七，别让他们为难，也……别让我为难。"

"什么……什么？"谷雨听不懂他的话，她看看雪莱又看看小七，再看小冷，小冷的神情也是无法解释的。

小冷鹰一样亮的眼睛瞪着雪莱，良久，慢慢地，嘴角下撇，那个笑又出来了。

"你好啊，哥哥。"

柏雪莱身子轻微震动了一下："小冷，很多年不见。"

"我可一天都没忘记你。"小冷说。

阮姐的眼中明显出现了恐惧，她将手一挥，高高矮矮的十来个人，无声逼近了小冷。

小七身子晃动一下，小冷按住她的肩："你别动，你歇一下，看着我打坏人。"他柔声安慰她，接着手伸到后腰，一串轻微的窸窣声后，他解下了一条长长的细锁链。

小七心中一凛，认识这么久，头一回见他认真地拿武器。

菲儿的眼睛亮了，她眼中一片渴望的狂热，俞瞎子的独眼也发出了光。

"你别动手，"柏雪莱对阮姐说，"他找的是我，这次你别再管我。"

阮姐头发也有些散乱，一贯的优雅不见了，她又惶急又无奈，眼里带着狠毒："他是个魔鬼！你多少年不能回家，吃了这么多苦都是因为他……"

小冷轻轻地说："你儿子为什么不肯回家，不肯见你，你是他亲妈，你不知道原因吗？"

阮姐身子也是一震，她嘴唇哆嗦着："他是我儿子……无论他做了什么，他都是我的孩子！"

一些不能置信的事实正在涌来，小七看看小冷："你上次说你被一个最信任的人伤害了，就是柏雪莱？他做了什么？"

"他头上的伤是我打的。"雪莱平静地说，他像面临审判般，转向谷雨，"对不起，谷雨，对不起。那致命的一击来自我，不是小七，不是任何人，是我。在你把他推下楼梯后，他受的只是普通外伤，你逃走后，我正进门，我看到了他躺在血泊中……然后，我给他补了一棍子。"

阮姐呻吟了一声，身子软了下去，雪莱在她旁边，一伸手就托住了她的腰。

"妈，这事你早就知道，是不是？你猜到了，是不是？"

阮姐死命揪着雪莱胸前的衣服，似是揪着救命稻草般，她眼睛却是失神的，看着黑暗的深处："他受伤的那天，你正从学校回来，忽然又走了，一句话也没留下，我就知道不对劲儿……"

"医生诊断我头上的伤有两处不同，你买通了那医生，换了报告。"小冷说，"为了保护你儿子，你不惜背叛我父亲，想尽办法一定要干掉我。"

"你活着，我儿子就会一直身处危险之中，你父亲是怎样的人你知道。"阮姐喃喃地说。

小冷站在小七身前，手向后握住她的手："你把我推下楼梯后，我撞伤了。然后，我睁开眼就看到我这位哥哥，我想对他呼救，结果呢，他拿着棍子就对我招呼下来。"

——在他丧失意识前，透过被血模糊的视线，最后的影像就是他哥哥。

"你在岛上那样照顾我，保护我，你对我歉疚，觉得是你伤了我。我那时候一直想告诉你，可是我不敢。"小冷紧握着她的手，"我不知道能不能活着找到他，也怕你知道后……不会再对我那么好。"

——蜈背岛的海风吹起小冷的头发，他眼里有一点儿思索，有一点儿黯然："瞒着你的还有件事……你以后会知道的。"

小七身子摇晃，上前一步，谷雨眼里一片深渊般的黑暗。两人目光相接，互相看到对方的无措、震惊和恐惧。

柏雪莱双眼仍直视着小冷，也感到了谷雨的绝望："谷雨，这就是我最大的秘密。你现在都知道了，你可以任意审判我。"

"为什么？为什么！"谷雨崩溃得叫出来。

"我跟着我妈嫁过来，但那个继父战烈……没有对我好过一天。他防着我，只因为我是个男孩儿。小冷并不稀罕他拥有的一切，我，更不在乎。我跟我妈，只想相安无事地过日子，可是如果你见过这么个孩子是怎样折腾我妈的，你也会恨他。如果没有他，也许我们会活得好一点儿。对不起，那时我的世界就是那样的。"

"所以你觉得我能懂你？因为我恨过我姐姐？所以你一直研究脑外科，你……你想治好他？"

——在片片桃花瓣飞舞的春风里，柏雪莱的白大褂显得特别宁静：

"我学医，想转学神经外科，我想治好一个人。"

谷雨终于完全明白了柏雪莱。这个双重人格的可怜人，表面理性从容，内心却饱受往事和噩梦的折磨。他离家出走，不认母亲，也不愿面对自己。年复一年，他奔逃在命运的丛林，迷失着灵魂。

一声一声缓慢而沉重的掌声，来自观看了很久的俞瞎子："好得很，好得很，我以为我是唱戏的，没想到还能看到这一出。老天有眼！你们战家出的这些事都是报应！"他问小冷："大仇就要报了，你动不动手？你是不是你老子的儿子？"

一片沉寂，战冷疆与柏雪莱相对而立。谷雨浑身颤抖，小七眼望台上，身着戏服、戴着面具的俞瞎子和他的手下，一副隔岸观火、渔翁得利的样子。而阮姐直盯着小冷，只要他有一点儿动作，她手下十来个人就会扑上去。台上台下人数加起来总有二十来人，却无一人说话。

终于，菲儿冷笑了一声："你高看了他呢，有两个小狐狸精在，他俩打不起来。为了这两个小贱人，他俩不惜跟我翻脸，你还等什么？"

"俞叔，你的戏这么精彩，我想看完再说，还有没有下一出？"小冷慢慢地说。

"你想看戏，好得很，只怕你招架不住。"菲儿用同样慢的声调说，眼光从小冷身上转到小七那里，"你俩刚才生离死别地演了一场，好感人是不是？你以为这个女人好爱你，宁可自己死了也要救你？我倒要看看她真正在乎的人是谁。"

菲儿拍了拍掌。一直注意着他们动向的佟子走到了幕后，片刻，又拖了个人出来。是个年轻男人，面目英俊，但双眼紧闭，不知死活。

修罗场

小七眼前一花，脑中轰的一声，谷雨已叫了出来："霍思垣！"

被绑缚的人竟是霍思垣。

小冷也不由得呆住了。这一瞬间像有炸雷同时在小七和他的头顶炸了一响。

菲儿睁大眼，目光流动，欣赏着小七和谷雨的表情："你们两个贱人，家里有个男人，外面吊个男人，以为全天下的男人都会爱你们是不是？想不到姓霍的会落在我手上吧，他本来要跟那个姓韩的一起来找你们，半路上姓韩的跑了，我就顺便请他也来喝个茶，看个戏。"她对自己满意地笑了，"你们不是想联手吗，不是觉得我可怜吗？现在是谁更可怜，谁会看着谁死？"

"你还是不是人！"谷雨嘶声对菲儿吼着，就要冲过去，"你恨我，恨小七，对着我们来啊！霍思垣有什么错？跟你有什么关系？"

菲儿轻轻一笑："他最大的错，就是喜欢了小七。你也一样，柏雪莱凭什么喜欢你？"

谷雨双臂挣扎，柏雪莱扶不住她，她愤怒悲痛得腰都直不起来了："就是你！你一直胁迫着柏雪莱！你明明想着小冷，却要连雪莱一起抓在手上。他不爱你，你就恨他，你藏起了那根棍子，就是拿他当年的事来威胁他！他不受你的胁迫，你就要毁了他！"

——寄到家中的快递，那根沾着血的棍子，柏雪莱忍耐而坚决的态度……谷雨现在全想明白了，菲儿一定是通过什么途径，也知道了柏雪莱当年的事，而她一直紧握着这一点去胁迫雪莱。

阮姐慢慢转向菲儿，眼中的光慢慢由不可思议变成了狠毒："那根棍子是被你收去的？也是你寄过去的？"

菲儿冷笑一声，却不屑于作答，她重新将眼逼紧了小七："你选个人吧，我不想再等了。对了，别指望着装可怜，让你旁边的男人出手帮你，战冷疆是属狼的，不是属乌龟的。"

小七已半天不说话，她直直地站着，看着霍思垣。霍思垣的身体蜷缩着，身上穿的仍是他离家的那件外套，此刻单薄得在帷幕前一掀一掀的，他的手和脸一样死白僵直。

小七说："你让我看看他。"

菲儿露出一丝笑："想耍什么花样？"

"我要看看他。"小七木然地说，"他是我丈夫。"

菲儿的大眼睛转动了一下："可以，只能你一个人上来。"

小七向前走去，她目光有点儿空洞，步子也是迈得直直的，像是被抽光了力气。戏台离地有两米高，她跃了一下却是没攀住，掉了下来。战冷疆一个箭步过去，接住了她。她不说什么，他也不说什么，手臂一抬将她托上了台。

谷雨闭了闭眼，这一刻她不忍看小七的脸，也不忍看战冷疆的脸。

"你想想办法，快……"她簌簌地推着柏雪莱。柏雪莱紧抿着唇，快速扫了眼四周，阮姐的人都在台下，刚才一起下去准备对付小冷了，他悄悄向着戏台挪了几步。

小七走到霍思垣身边，跪了下来，握住他的手，思垣的手跟她的一样冰凉。她摸摸他的脸，他仍昏迷未醒。

佟子站在近旁，密切留意着她的一举一动，提防她突然发难。

"看你这么可怜，我就改改主意，给他一条生路……"菲儿又说，"不想霍思垣死，就让小冷给我跪下。你不是肯为小冷死吗？小冷不是为了你什么都不顾了吗？"

小七垂着头，一眼也不看台下。台上台下的人都盯着她，她却只是给霍思垣理着衣服。戏台上还站着几个俞瞎子的人，适才戏未唱完，他们面具未摘，衣服也没换，小七扯过一件戏服给思垣盖上。

小冷忽然放声笑了，他手中的锁链发出轻微的"叮叮"响声："你要我跪下？你觉得这很难吗？你知道我这几年怎么过来的？我被人乱喂药，隔两天就要被拖起来揍一顿，人家直接把脚踩到我脸上，塞我一嘴土和沙，我都咽得下去！你就只是要我跪下？"

他笑得猖狂又不屑，他同样没有去看小七，旁边的人却不由得都扭过了脸，没人愿意去看他这时候的眼睛。

"你看到了，她选择的人是谁……我要你给我跪下，答应做我的人，再也不离开我，永远不背叛我，一心一意地疼我。"菲儿说。

"做你的狗是吗？没问题。你下来，我现在就好好疼疼你。"小冷将一只手臂朝菲儿伸去，"来。"

他态度难辨真假，菲儿却明显犹豫了一下，她望了一眼俞瞎子，又望了一眼佟子，佟子愣了一下，张口想问话……戏台两边那两个戴面具的人，手中本来执着一柄拂尘，忽然掉了下来，千丝万缕的拂丝扫到了佟子脸上。

就在这一瞬间，小七已跳起，她手里还拿着那件戏服，兜头便向着佟子挥了下去，接着一巴掌抽在菲儿的脸上。

菲儿痛叫一下，佟子已极快地反应过来，他一把掀掉那戏服，一柄匕首已从袖子里冒出朝小七捅了过去……眼前一闪，一件冰凉的东西闪电一样迎面抽了过来，缠住他刚递出去的手腕，从脸至肩，一阵痛彻骨的凉意。那是小冷手中的锁链。佟子眼前一片血红，是他自己的血。他在倒下去之前已明白是怎么回事了，他只是不明白小冷怎么会来得这么快。

所有人这才纷纷赶上台去，谁都没看清小冷是什么时候跃上去的，他挡在了小七面前。小冷又俯下身一把扛起霍思垣，接着一手将那艘花船的顶盖砰地掀开，将霍思垣塞了进去。

"这船里有炸药……"小七说。

"那就炸死他拉倒！"小冷对她吼道，接着不由分说抱起她，将她也塞进船里去。

霍思垣苍白的脸上忽然有了血，一滴一滴，身上也溅了一片。小七抬起头，见血正从小冷的脸上和肩上不停地渗出，佟子那鱼死网破的一刀毕竟还是伤到了他。

小七心中大痛，伸手去捂，小冷将她手夺住，摔了回去。

"我死不了！你看着他，待在里面等我。"他将船盖挡在她和霍思垣身前，眼如冷火，"我不来，你不许动。要是想我死，你就尽管走。"

台上已打成一片，透过船板缝也可看见无数个人影在晃来晃去。趷跄的脚步和飞扑，粗重的喘息和他们只隔一线间。小七时而能听见小冷的锁链刷过花船顶蓬之声，知道他一直在这船周围卫护。她扶住霍思垣，心分成若干片，如煎如割。她不知道小冷怎么样了，谷雨又怎么样了，而霍思垣在她的怀里，已发出轻微的呻吟。

忽然轰的一声巨响，来自较远处，远处似有人群爆发出一阵狂呼，一阵火光激烈膨胀起来，连这边的人都感受到了那扑面而来的火硝味。

小七掀开船板，探出半个身子，她不能再忍耐。只见满台狼藉，俞瞎子的人却倒了大半。谷雨仍被柏雪莱护在身后，阮姐已站直身体，冷冷地睨着俞瞎子和菲儿。

俞瞎子哈哈长笑，笑声中有无限苍凉："这里就要炸了，大家一个也活不了，只可惜该忏悔的人仍然逍遥。"

"你说错了，该忏悔的人，夜夜都在自罪。"一个人说。

刚才那手拿拂尘的人慢慢摘下了面具，露出一张清癯的脸。

战烈。

谷雨一声惊呼，众人都寻他千百遍，万万料不到战烈竟早已在这戏台上。

战烈身边的同伴也摘下了面具，那是塔叔。

他俩都穿着泼戏《割袍》里的戏服，戴着滑稽的面具。泼戏的面具类似于京剧脸谱，身份、个性都在面具上画得明明白白。战烈的面具红中带恶，如夜叉。塔叔的面具白中泛青，如无常。

战烈看了看手中的面具："兄弟做了一辈子，这出戏，不能不陪你唱完。"

俞瞎子也摘下了面具，他乱发虬结，独眼中精光闪现："战烈，你也只有一只眼了，这滋味好不好？"

"我没了一只眼，看得比以前更清楚。你倒是相反，认不出故人。"

战烈说，"你一向心智都在我之上，你在蜈背岛运筹帷幄，暗中既帮着我又帮着阿阮，谁短了一处你就给我们补上，精心调配出这个三足鼎立的局面，就是想好好战一场。"

"草长长了割起来才痛快，你俩作的孽不分先后，都是一样要死。"俞瞎子淡淡地说。

"你这出戏唱得太大了，也忘了自己。"塔叔说。

"人生本就是戏，看你骗人还是骗自己。"俞瞎子说着看了看小冷，"你忍上几年算什么，可知道瞎子我已等了多久？"

小冷脸上一道长长的伤口，流的血已将半边肩都染红了。他手中绷紧那条锁链，锁链上滴滴答答一路滴着红，脸上的表情却仍是若无其事的："俞叔当初败了，过了这许多年，还是看不透。"

战烈和小冷一样表情淡然，塔叔却不像他俩那样沉得住气。塔叔那踌躇满志的样子，一望而知，他们已控制了局面："我们早就到了寿县，这几天一直在跟着你排戏，你却没认出我们。我们要是想下手，早就做了你了。我们带来的也有几十人，这台上却一个也没有。你不奇怪吗？我们在这里站了这么久，这周家花园，这戏剧节，是有公安控场的，到现在一个也没来，你不奇怪吗？"

火光渐渐冷却了，不知何时雪花又缓缓落了下来，无声地落到积了薄冰的地面上。

俞瞎子仰头望天，原本狂热的脸也冷却了下去，他喃喃地说："那天就是这样的雪，这样的冷，冻得人都麻木了。我跪在我父亲的床前，他咽气前的最后一句话就是要把我们的东西拿回来，包括这口气。"

战烈也怆然起来："当年我只想着翻盘，我生意亏了那么多，我以为兄弟的就是我的。这事确实对不住你，是我太无耻了。"

"你对不住的不是我，"俞瞎子缓缓地说，"我们歃血为盟时就说过同年同月死、祸福同享这些话，难道是白讲的？我的家产都可以跟你分享，但你，你自己对不起敏瑶，还听了这贼女人的话，把脏水泼到我跟敏瑶身上。"他不见表情的脸抽搐起来,"敏瑶死了,你俩十年来过得可还安生吗?没做噩梦吗?"

俞瞎子提起往事,战烈便像是蔫了一截,他似乎在自责,又像是要解释:"我没有真的怀疑敏瑶……"

"够了!你住口,不许提我妈!"小冷对战烈厉声喝道。

战烈愣了一下,真的就住了口。他像个疲惫的帝王,摆了摆手,慢慢转向阮姐:"你怎么说?"

阮姐仍有些气喘吁吁,自从战烈摘下面具后,她一直没有说话,这时忽而"哈哈"狂笑起来。

"真相大白!一家团聚!"她说,"我一步走错,满盘皆输,好痛快,是不是?"

战烈说:"这些日子我想得很清楚,多年来我们一家人一直在互相伤害。其实我把雪莱一直当成自己的儿子,我只是不知道怎么让你相信。"

"是吗?是吗!这些我都不想了……可是我还是个母亲,一个合格的母亲,不能看着我的孩子受一点儿欺负。"

阮姐忽然转身扑向了菲儿。众人未及反应,已听到菲儿的惨呼,她和阮姐一起倒在地上,而她们之间还有一个柏雪莱。

刀尖划破了雪莱的手腕,接着又刺进菲儿的胸口。柏雪莱拽着阮姐的胳膊,阮姐手中的刀便刺浅了几分。

血从菲儿的胸口涌出,俞瞎子大声呼喝,向菲儿扑去,谷雨则扑向柏雪莱。

菲儿倒下的位置正是戏台中央那艘花船附近,她忽然滚动了一下,靠近了花船,她不顾伤口,挣扎着在怀中掏出一个火机,向船中扔去。

小七立刻扑向船舱,她速度极快,仍看到那一袋鼓鼓的炸药已被火舌舔中。小七将身子压上去,压住那火苗,同时将霍思垣往外推去。

"快走!"她对谷雨和雪莱吼道。

呼啦一声，一个人影扑了过来，将霍思垣一下就推了出去，接着倾身满抱住了小七。

只听砰然声大作，震耳欲聋，同时碎片横飞，一块块木板倒了下来，哗啦声、迸裂声不绝于耳，戏台的台板整个塌了下去。他们原本的立足之处，连带着那艘花船，成了一堆废墟。

硝烟弥漫，呛得人难以睁眼，扑鼻的火硝味。硝烟过后，战烈、塔叔、阮姐、俞瞎子……愣愣地看着眼前。

戏台整个儿塌了，像一座大坟墓，埋住了所有。小冷、雪莱、小七、谷雨，还有菲儿……都不见了。

尖锐的警笛声忽然由远至近而来，划破了黑夜。一直没有响起过的呼喝和哨声，全都响起来了，脚步声杂沓，向着这边涌来。

阮姐嘶声大叫，向着那堆废墟扑去，战烈一伸手将她拽住："别冲动！"

"我儿子在里面！你不管我儿子，也不管你儿子？"阮姐疯狂地跟他厮打着，"你要我的命只管拿去，我儿子要是死了，我做鬼也会跟着你！"

一队警察已涌到身前，围住了他们，却奇怪地没有去抓战烈。警察中有个粗眉粗眼的壮汉，正是大新。他对战烈说："老板，我们来得迟不迟？按说好的，等他们行迹全露了我们再来，小冷少爷这一手真是漂亮！"他说着四处找着，"小冷少爷呢？小七姑娘呢？"

"都在下面。"战烈沉着声音说。

"赶紧救人！几个孩子全被埋在下面了！"战烈又对为首的队长说，这队长正是江洲警局接待过韩默愈的那一位。警长也吃了一惊，立刻拿报话机通话。

俞瞎子又狂笑起来："炸不死老的，炸死小的也好！可惜了我那么久的布置，倒是便宜了小东西们一个痛快。你们本该忏悔，你们本该在忏悔中慢慢饿死……"他转向阮姐和战烈，"没关系，你们作的孽，就让孩子替你们担着吧。"

"菲儿也在下面！她是不是也替你担着！"战烈对他大吼。战烈的章程也乱了，冷静也不见了。

俞瞎子颤抖了一下，不知是笑还是泪，他慢慢坐倒，仰面看天，喃喃地说："我的孩子我知道……他们出不来的，出不来的……那里只能进去，出不来。"

警员过来看住了他，他对于问询一概不回答，闭上眼唱起了自己惯唱的词："此年此处，应是良辰好景重设。便纵有千种风情，更与何人说？更与何人说？"

4 你在哪里，我就在哪里

眼前一片漆黑，鼻中充满了沙尘，嘴巴也似乎被堵住了。小七从一片混沌中打捞起意识，她顾不上前因后果，只觉浑身散痛，头下硬冷，不知枕在哪里，胸口却有条手臂紧紧地箍着她，有个人伏在她身上护着她，她不用多触碰也分辨得出那是谁的怀抱。

刚才的一幕回到了小七的脑子里，菲儿点着了炸药，戏台塌了，千钧一发之际，小冷扑了过来，推出了霍思垣，抱住了她。

她顺着那条手臂向上摸去："小冷？"

那条手臂动了动，将她更牢地抱住，那个哑哑的嗓子正贴在她耳边："我不要他跟你一起死，要死也是我跟你死在一起。"

小七胸口一热，喉头便哽住了，这一片黑暗里谁也看不清她的表情。她试着坐起来，一阵呼啦之声，灰石纷纷落下，小冷护着她的头，两人互相支撑着，费力坐起，都不由得哼了几声，腰腿都像断了一样痛。他们互相摸索着对方，头、肩、背、手臂和腿脚，确保完好和自由。小七手上沾了一点儿温热，知道他还在流血，她紧张又心痛，说："你的伤怎么样，让我看看。"

"你看也看不到，你看不到最好。"他像释然又像赌气，声音有点儿弱。

几声呛咳声忽然在他们身边响起，小七吓了一跳，立刻听了出来。

"谷雨？谷雨？"她急忙伸出手去，每摸一处，便有一阵泥沙落下，又扑得他们满头满脸。

一只手摸了过来，与小七相握，手掌宽大，却是只男人的手，小七一愣，男人说："是我。"

"柏雪莱？"小七问，尚未得到回答，小冷已一掌将雪莱那只手打了下去："别碰她！"

雪莱没有接腔，只听得窸窸窣窣之声，雪莱似是在做着什么。片刻，呛咳声又响起了，是雪莱在照顾着谷雨。谷雨咳了一阵，终于能带着哭腔说话了："这是哪儿？我们在哪儿？"

"是戏台下面那个地库，记得吗？"小七一边咳一边说，"我们是从这里上去的。戏台塌了，我们被埋在下面了。"

"小七？"谷雨听到她说话，登时振奋了很多。她摸过来，小七接住她，说："别怕，外面的人会找到我们的。这里还有条路，我就是从那条路进来的。我们要找到那条地道，就能走到地库的外面去。"她讲得言之凿凿，只盼能给谷雨安慰。

雪莱说："谁有火？小手电？我要检查你们有没有受伤。"

"小冷有伤。"小七的话刚说完，小冷已接口说："我不用他看。"

雪莱说："眼下这种情况，谁知道这里还有什么埋伏，你能不能不幼稚……"话音未落，呼的一声，小冷一拳打了过去，他力气虽弱，动作却快。接着"啪"一下，他的手被小七接住了，小七看来早防备着他这一手："雪莱说得对，眼下生死未卜，你能不能不幼稚！"

小冷收回了手，小七扶着他，他像冰块一样凉。刚才一场恶斗，小冷失血不少，再掉入地库，实在是精力、体力早就不济了。她心里忧急，扳过他的身体，让柏雪莱给他检查。

刺啦几声，雪莱撕下了衣服给小冷包扎。黑暗中看不到雪莱皱起的眉头，只听到他话声凝重："这伤可不轻，我们休息一下就找路，越快出去越好。"

小冷挣了一挣："说什么废话。"

雪莱按住他："我知道你恨我，不会放过我。你没错，但等我们出了这里，你有了力气再好好对付我。"

"你刚才太不要命了。"小七忍不住责备小冷。虽然状况险恶，对方人数众多，但小冷招招是不要命的打法，思之后怕。

小冷却不回答，听小七又在谢雪莱，便不满地问："你觉得他好？"

谷雨正帮忙扶着小冷手臂，闻言忽然手上加了劲儿，小冷忍不住哼一声，谷雨说："有种别哼！"

雪莱捏了捏谷雨的手，她知道雪莱不介意，也捏了捏他，另一只手伸出去找小七，小七也正找她，两人手掌握住，摇了一摇。

几人互相扶持着站起，摸索着找方向。这地库相当大，他们从坍塌的戏台上落下来，通向戏台口处早已被填封，不时一阵阵的灰石落下，无法委身在那里等待。小七说："谷雨跟着我。"她拉着谷雨走在前面，两人心思相通，都想让那兄弟俩多相处片刻。

小冷却不愿受雪莱照顾，紧走了两步，抢在前头。小七在小冷手腕上握了一握，接着又放开，将他丢给了柏雪莱。

这地库里阴黑闷热，目不见物，他们需要摸索出方位。小冷兀自不放心，又随上去："让我来找路。"听小七跟谷雨两人喁喁说着什么，又忍不住问："你们在说什么？"小七回头对他低喝："你安静点儿！别逞强！"

雪莱对小冷说："你省点儿力气吧，你还没看出来吗，她俩关系比跟我俩好。"

小冷一下住了嘴。谷雨和小七在前面听到这话，虽在这严酷的环境中，仍忍不住一笑。

　　小七对谷雨悄声说着这一路来的局势。老韩曾打电话来，他和霍思垣半路分开，一定是另有办法来找她们。她们虽然眼下被困在这地洞里，战烈和塔叔都不会不管她们，阮姐也会急着救儿子，她们一定会脱险。

　　谷雨仍是惊魂不定，但小七既然如此说，雪莱也在身边，她总是安心不少，又说："老韩来了，他看到这个场面，这一堆人，他会怎么想？霍思垣在外面不知道怎么样了。"

　　她俩声音虽轻，后面两人还是听到了"老韩、霍思垣"这些字眼儿。小冷的呼吸重了一点儿，步子也重了一点儿。雪莱涩然笑了笑说："这两个女人，都是愿意跟我们一起死，却不愿意跟我们一起好好活着的。"

　　小冷哼了一声："那就一起死。"

　　谷雨脚下忽然绊了一下，不知有什么东西横在地上一动不动，被谷雨一绊，竟发出了一声呻吟。

　　谷雨吓得一声尖叫，雪莱和小冷已赶了上来。谷雨伏在雪莱怀中，小冷已认出来躺在地上的人是谁了，他问："文菲儿是你？"

　　那人咳了两声，又没了声息。文菲儿被阮姐刺伤，又跟着他们一起掉下来，比他们醒得要晚。这时无声无息，像是又晕了过去。

　　雪莱犹豫一下，向着菲儿的方向摸了过去。谷雨听着他簌簌的步子和拍打的双手，知道他正在找菲儿的方位，她问："你是要救她吗？"

　　雪莱停下来，有些艰涩地说："是我妈刺伤她的，她是罪有应得，但我是个医生。"

　　谷雨不作声了，雪莱已摸到躺在地上的菲儿，将她翻了过来，搭着她的脉。菲儿昏迷未醒，胸前血已凝结，雪莱吸一口气，将她抱了起来。

　　"她怎么样？"小七问。

　　"她需要保暖，伤口不是要害，但也够她受的。"雪莱说。

　　小七摸过去，小冷将她拉住，接着一声不吭地将自己的外套脱下来，对着雪莱和菲儿的方位一丢，正罩在了菲儿身上。

几人跌跌撞撞，又加了个不省人事的菲儿，行动更是迟缓，摸索了一阵，才进了俞瞎子那搭建出来的"俞园"。他们都筋疲力尽，便在俞园里席地坐下。

小七曾来过这里，知道大体方位，让雪莱将菲儿搁在那个小小的戏台上，又让谷雨和小冷坐下。小冷却不肯歇息，明明脚步虚浮，仍是这里拍拍，那里听听，他摸着那些雕刻、门闩、窗棂，又蹲下去摩挲地砖，黑暗中他一双眼闪闪发亮："俞瞎子这个人，心思太可怕，竟能花这么大功夫在这老鼠洞里造这么所房中房。"他气力不继，喘了口气，接着又去查看戏台、栏柱、椽顶。

谷雨正照料着未醒的菲儿，这时问："我不明白，既然船里的炸药炸了，我们怎么会没有被炸伤，只是被塌陷的戏台埋了起来？"

小七已想到这件事，她解释给谷雨听："战烈他们既然戳穿了俞瞎子，一定偷偷把炸药换掉了。"她说着，站起身想去找小冷。后面一双手接住了她，小冷已来到她身边。他俩都有一套听风辨位的本事，在这伸手不见五指之处也对对方的位置明明白白。

"百密一疏，俞瞎子启动的是戏台角落里的机关，还是把我们炸进了这老鼠洞里……"小冷摇摇晃晃，咳着说。

"你坐下歇歇好不好？"小七柔声对小冷说。小冷手心已由冷变得滚热，她最担心的就是这个，小冷虽凶悍，但他的病发作起来却更可怕。

小冷不理会，手握紧她的手："我把霍思垣塞进那船里，我知道那里面没有炸药。"

"我知道，我知道。"小七只想他不要再用力。他呼吸粗重，声音有些断断续续，却仍攥着她的手解释："俞瞎子……我是早有一点儿怀疑了。在蜈背岛上第一次见面时，他一边给我搭脉，一边说起我妈妈，我就存了个疑心，他是在试探我。这事我没有想要瞒你，我一直不敢说，也不敢确定是他，毕竟他帮过我们，戏又演得好……"他没有说完，就栽倒了下去。

小七扶住他坐下，雪莱与谷雨也赶了上来。这回小冷没有推开雪莱，他气力衰竭，呼吸越来越弱。

"他怎么样？"谷雨急问。

柏雪莱不说话，将外套脱下来盖住小冷，然后嘱咐小七："你跟他说说话，别让他睡。"

小七便轻轻摩挲着小冷，他额头已像一团火，身体也烫起来。她也将外套脱了，包住小冷，一面轻声哄他讲话。

"你离了岛后，菲儿回来找你，你才真正确定是俞瞎子在搞鬼？"她问他。菲儿再次回头找小冷，小冷一定是早已察觉，但依然收留了她，不动声色地配合着她。

"她去新疆找到了我，又跟着我来白桥……我一指头也没碰过她，你相信我……"他说。

小七眼睛发胀，她摸着他短短的发楂儿，麻麻痒痒刺着她的手心："所以这半年你一直在白桥？"

他的头在她手掌里安安生生地靠着："我跟我爸会合后，天南地北跑了一圈，我走得越远就越是想你，但那时候局势不明，我不能离你太近……可是他们说你要结婚了。我当时就疯了，谁也拦不住我了，什么我也不管了。"他含含糊糊地、半昏迷半清醒地跟她说着话，"我发了两次病，最后他们要拿绳子捆住我。我爸没办法，说他来找你，让我等着。我……等不了，我还是来了，我干脆就在白桥住着，看你能怎么办……我挡不住你嫁给他，我就看着你嫁给他，我让你看着我，看着我看着你嫁给不是我的男人。"

他语音模糊，语序凌乱，用词乱七八糟，但她都听懂了。她咬住嘴唇，眼睛先湿了："我住的那个房子是你买的？你托了中药馆那姓黄的老板买的？"

他不回答她，像做梦一般呓语着："……你白天如果不在家，就是去如意帮忙了……有时候你去那个画廊等着霍思垣，我就看着你和他走过去……有一次我在你门外坐了一夜……你看不见我更好，我想看着你多久就看多久。"他微弱的调子里忽然有了一点儿强硬，"你跟他结婚，就结婚好了。我还是要看着你，你没我怎么行，有多少人埋伏在你附近，你昨天是好好的，今天呢？明天呢？后一天呢？我走了又回来，我说了一辈子都要看着你，你现在这会儿不要我，明天呢？明年呢？每一年呢？"

俞园小厅里一片沉静，只有小冷含糊又固执的声音，每个人都听得目瞪口呆，又肺腑酸柔，连呼吸都舍不得落下去似的。"我这回不会那么客气了，我一定要带你走，我会听话，绝不惹你生气……"他用力抓住她的手，身子火烫，已有些神志不清，"我们还要回岛上种花、看日落的……你要是想放过俞瞎子和菲儿，我就放过他们，我保证什么都听你的。我剪了头发，你不在，我不让别人再碰我的头……"

小七别过脸，眼泪汹涌而出，落在他脸上，小冷伸手摸索着，往上抚摩着她的脸。

"别哭……"他喃喃地说，"你是不会哭的……直到我死，你也不会为我流一滴眼泪。"

黑暗里只听到轻微的啪嗒声，是他的伤口又崩开了，她的泪和他的血，一点一滴，落在两人的身上、地上。

一直在旁静静听着的谷雨忍不住哽咽出声，她狠狠推着柏雪莱："我们快去找出口。"

呼啦一声，黑暗中忽然爆出的声音像是一道撕裂黑暗的闪电。

小七仍抱着小冷，雪莱已一跃而起，他们心里都掠过一声"糟糕"！他们全神贯注在小冷身上，竟不知菲儿何时已醒了，趁他们不备竟悄悄爬去了门边。

菲儿用力从外面关上了门。门外，她的声音微弱却是阴恻恻的："到了这个时候，你们还想着拯救我？你们配吗？你们想找路，告诉你们，谁也别想从这儿出去。"

谷雨摸到门边，在门上撞了一下，也顾不得疼了，雪莱赶过来扶住她，跟她一起敲打着门。

小七轻轻放下小冷，她心里已了然。俞瞎子用这么多年布了这个局，不会只为自己躲起来唱戏，他是存心拿来做陷阱。这房子只能从外面进，里面却是出不去的。

雪莱放下了敲击的手，默默将谷雨拉到怀中去："谷雨，对不起……我还是没保护好你。"

谷雨搂住雪莱的脖子，像末日最后一秒一样紧紧抱着他。她不记得已有多久没有这样抱着他了，忘了天地，忘了时间，忘了自己。

如意

此时洞外局面也是一片混乱。警方已迅速控场，跟警方一起来的还有韩默愈。韩默愈与霍思垣自从被骗去徽州，明白中计之后，两人意见分歧，霍思垣立刻要去找小七，韩默愈却认为要赶紧报警，于是两人兵分两路。

战烈赴约之前便已决定不再卷入仇杀，他与塔叔在周家花园找到俞瞎子，神不知鬼不觉地潜伏了两天，等到小冷来了，便报了警。警方在周家花园外埋伏了半夜，虽知里面闹得地动山摇，却沉住气不进场，也是因为已设好这局。

霍思垣已被救醒了，救援队也已到来，将那一堆堆的废墟搬移。战烈与阮姐都不肯走，眼睁睁看着救援队行动。阮姐几次要自己上前去搬，都被警员拦住。

阮姐怒发冲冠，揪住一名警员："我儿子在里面！你快去把我儿子救出来！"

战烈说："里面还有几个姑娘……"

那警员说:"你俩别碍事!"看了看战烈和阮姐又说,"你俩一家的?"

战烈沉着脸,将胳膊一伸,阮姐不由自主靠了过去。

"你让他们把救护车开过来!等我儿子出来了,说不定要抢救。"她带着哭腔说。

战烈将她喝住:"你少说话!别只想着儿子!你怎么不想想,那两个姑娘要是死了,这两个儿子还活得了吗?"

洞里的空气已渐渐稀薄,谷雨将头靠在柏雪莱腿上,雪莱轻轻拍哄着她。小七怀抱着小冷,他已半昏迷,安静得像只猫。

柏雪莱轻轻笑了一下:"早知道绕了这一大圈,竟然是这样跟你在一起,我还费那么多事,浪费那么多时间做什么。我熬了又熬,总以为要做完很多事才能安安心心来找你,补偿你。我……我的计划拖沓又没用,但一切计划的最后一步,都是找到你,好好地跟你在一起。"

谷雨伏在他膝上,也微微笑了。几人忽然都安宁了,世界这样大,这样复杂,这样遍地选择,因而无从选择,此时却留给了他们这一方绝境,别人进不来,他们出不去,没人会再逼他们,害他们。所爱之人就在怀中,绝境便成了天堂。

死就一起死吧。他们双手互握,身体紧贴,半昏沉中都想着这个念头。

谷雨迷迷糊糊中,忽然哼了两句词出来:"人生自古伤离别,更那堪,冷落清秋节。"

发音跌宕忧伤,却是俞瞎子惯常唱的那阕词。

唱到第二段,小七也轻声和了进去,两个女声合在一起,曲子更多了几分凄迷。

雪莱静静听了一阵,问:"这曲子他改动了几个地方?"

她俩都一愣:"什么改动?"

"这词好怪，你俩是跟他学唱的是不是？"雪莱说，"晓风残月，他为什么要唱成晓残风月？此去经年，他唱成了此年此处……还有，良辰好景虚设，他为什么唱成好景重设？"

他这么一说，她俩也想起来了，俞瞎子确实将这阕词唱错了好几处，但她们一直以为他是由情生感，故而刻意改动，是以从不纠正他，也跟着他错了下去。

小冷忽然说："你们再唱一遍。"他不知何时醒了。

小七心里一动，知他想到了什么，便依他所说，按俞瞎子平时的唱法唱了一遍。小冷默默听着，等小七唱完，说："至少有四个错误，是不是？"他咬牙撑着气，慢慢坐了起来。

"这厅里的布置，有连续的画面，是四季，还有人物，"小冷在黑暗中画着方位，喘了口气，才又说下去，"门从里面打不开，因为有机关隔住。门扇有四扇，位置是打乱了的……"

"你是说那些词是他故意唱错，和这房子是有联系的？"雪莱顺着他的思路讲下去，"好景重设，也许是故园再建的意思……晓风残月，风和残对调了，那我们……"

"我们把中间两幅木雕换一下位置！"小七接口说。

雪莱开始费力地搬动木雕，小七和谷雨帮着他一起搬。那些木刻本是搬来重新叠起的，像机括精密的玩具盒子，两人一起使力，真的轧轧移动了位置。

"这个对了！"谷雨也叫道，"此年此处，那不就是指这里？"

小七手托在小冷腋下，感到他重新灌注了力量，他身子虽摇摇欲坠，手却重新坚定起来，说："俞瞎子半辈子都在设计这房子，心里想得太多，不知不觉也带进了歌词里去。"

如同咒语解开，咔咔咔的几声连响，门忽然开了一线，接着一扇木雕缓缓倒下。雪莱吃了一惊，立刻反应过来，他赶到小冷身边，将他背起来："快走！"

几人赶出门去，这空中楼阁似的俞园仿佛是被抽走了主心骨的动物，正在慢慢走向死亡。牵一发而动全身，俞瞎子用半生心血搭建的厅堂，缓缓垮成了一堆废墟。

然而，俞园的倒塌也将通往戏台的路再次堵住了，他们唯有通往地库的后门这一条路。

雪莱忽然说："文菲儿在俞园那一头，她受了伤走不太远的，房子塌了，她会被埋住。"

"她难道不该死？"谷雨恨恨地说。

小七一猫腰，从那堆废墟旁绕了过去，片刻后又回来了，背上背着个灰头土脸、死活不知的文菲儿。小七手上还有个小手电，是从菲儿怀里摸到的："她是罪有应得，带她出去，交给法律吧。"

雪莱将菲儿从小七背上卸下来，扛上自己肩头。这幽深的库房，一条幽长曲折的暗道越走越深，越走越往下，蜿蜿蜒蜒一直通向前去。小手电在漆黑的暗道里照出一束微弱的白光。

小冷步子有些蹒跚，走在前面。他似乎有满腔歉意，搂住小七："我刚刚想让你跟我一起死……是我错了，你要好好地活着。"

她不知道他为什么又讲这个，他也不多解释，脸像刀把一样硬。谷雨悄悄对小七说："他不看着你平安出去，是不会倒下去的，他可是战冷疆。"

一线亮光在眼前浮动了……他们已听到焦急的呼声。

出口处一阵舒适的凉意，满天细雪正絮絮地落着，在地库出口处有韩默愈，也有霍思垣，他们守在那里，急声喊着小七和谷雨。

小七和谷雨不约而同站住了，她们愣愣地站着。自由、安全和亲人都在几步之外，然而这几步她们却跨不出去。

小冷握住小七的手又狠捏了一把，那么用力，要将她手掌捏碎一般。小七手掌剧痛，心像被刀绞了一下。小冷接着将小七朝前方推去，他放开了她，自己往后退了一步。小七回头，小冷的脸在阴影中，他深深地看着她，脸部痉挛了一下，几乎可以看作那是一个笑容。

战烈与阮姐全迎了上来，雪莱将肩上的菲儿放了下来，对上前的警察说："她受了伤……是我刺伤她的。"

谷雨大惊，失声叫了出来，她赶上两步要去阻止雪莱，却被一只手拉住——韩默愈拉住了她，将一条毯子披在了她肩上。

"好险！好险！我就知道这里要出事，还好我报了警！还好我们来得及时！"

谷雨哑口无言，欲哭无泪地转向小七。小七肩上也有一条毯子，却已站了起来，她不敢发声喊叫，摇摇晃晃向四处张望寻找，只见周围人影幢幢，很多人在走动，警方和医护人员正紧张地问询和施救。

小冷果真不见了。

雪疏疏朗朗，稳定而持续地下着，将万物模糊了界线，刚流出来的血和泪，已被静默封存。

雪下了几天，传言中的雪灾并没有来，唯有她们心上的茫茫无措化成了漫长无边的寒冷。

谷雨和韩默愈、小七和霍思垣几人，自周家花园以来，连续多天配合警方做着笔录。这案子查了又查，终于还是结了案。这一场绵延多年，牵涉几代人和好几个家庭的事件也算终于告下一段落。

战烈集团根系长，时间久，但他这次出狱后表现实在良好，跟一些旧人接头也没做任何违法之事，手中没握过武器，更能配合警方破案，因此竟是干干净净。当年江洲的纵火案小七只说是不慎引起。严重点儿的是阮姐，她涉嫌绑架和故意伤害，但柏雪莱站出来，说菲儿是他所伤，原因是菲儿移情别恋。

阮姐虽不肯承认，但雪莱说得合情合理，刀上也有他的指纹，菲儿尚在养伤中，她父亲俞瞎子代为做了证。

警方对几人审了很久，到底还是柏雪莱担了下来。阮姐的其余情况仍是麻烦，拖得时间最久。谷雨每天要去跑一趟，想替雪莱做证，雪莱却是铁了心一般。这时文菲儿做了一件令所有人都吃惊的事，她将自己的伤归于自己与雪莱之间的玩笑失手。

也许菲儿是想双方各放一马，对俞瞎子能稍有利。俞瞎子的情况复杂得多，无论怎样也撇不出去，只能少一点儿是一点儿。谷雨想，也许菲儿到了最后，两次为雪莱等人所救，终于有了点儿良心发现。谷雨不知道究竟是哪一种，眼下乱糟糟的事太多，想不通的事也太多，而最令她诧异的却是战烈。

原来战烈等事了后，便找了律师去帮着阮姐打官司，而塔叔得了战烈的指示，也不知是去安排什么了，完全不知所终。

小七想战烈走到这一步，也有了宽恕和平静的心，确实难得。他和阮姐的半生恩怨，也该由他俩自己解决。谷雨想起阮姐曾说的："自跟他在一起的那一天起，我的愿望就是他死之时是我在他身边。"她只觉世事之缘分实在出人意料。

这些人事似乎已跟了她们一生，但又像这场雪一样，虽那样深厚和漫长，却又在一夜之间化了去。

白桥又已到了家家挂灯笼的时候。

除夕夜几人匆匆吃了一顿饺子加上江南特色的八宝饭，这顿南北合璧的年饭，嚼来别是一番滋味，让几人都有片刻的沉默。

经过这事，霍思垣和韩默愈两人都埋怨自己轻信上了当，以致女人们受苦受惊吓。小七与谷雨只有默默无语。这两个男人为了她俩近年来不胜疲惫，她们尚不知如何回报，此时又拖累他们遭受极大危险。谷雨心中打鼓，知道小七心中更不好受。她毕竟还知道柏雪莱在哪里，小冷却是又一次失了踪。

那日从地库中出来小冷便趁乱不见了，想来他跟战烈早有默契，现场中有不少他们的人，小冷就那样消失，留给小七的，只有临别那一笑。

他真的就放过了阮姐？放过了柏雪莱？放过了俞瞎子和菲儿？他又真的就这样离开了她？

小七又找到那家药蒸馆，她想着小冷那不要命的招式，那古古怪怪的话，那最后的一笑，她心里有了一个念头，是疯狂的，又是安静的。世事与感情无法两全，她已明白她该向何处去了。

药蒸馆那个姓黄的老板告诉她，小冷早就走了，他在白桥本来也没什么事，做了个检查，身体正常，没什么毛病，就走了。老板讲得头头是道，见她不信，便将小冷留下的病历和片子拿出来给她看。

小七拿着病历的手颤抖起来，她丢下病历就向外跑去，本该松弛的日子被她一分一秒地拽紧，她刻不容缓地找寻，终于被她找到了大新。

"他在哪儿？他的病怎么了？"她直接问。

"那个，他就是头痛，并发症，没啥大事，现在处理老板的事去了，好多事等着他去做呢。"

小七将那份病历递到大新眼前："他写自己的名字总是少写一画，这签名不是他的。他走得急，只能交代你们去办这事是不是？"她声音像冰柱一样，又冷又脆弱，"大新，他瞒着我的事，你必须告诉我。"

大新被她戳穿，却释然不少，他脸色重得马上要落雨一样，告诉小七，小冷的情况实在很不好，他来白桥后，也去医院查过一次，医生给出的答复是再不手术，就只有半年的命。若是手术，成功率也不过20%。"那时候我就在他身边，他总说时间不够，一切都要加紧完成，他还说实施最后审判的是老天。"

小冷居然会信天意。

"他不想告诉你呢。他本来也不怕死，可是他又不舍得你，他想找到你。"大新笨拙的口舌，只能说出这一句。

小七如坠冰窖，她又把手搁进掌心，这个动作已成了她的习惯动作，似乎小冷的体温仍留在她掌心里。他是不能没有她的，他的身体只让她碰，只在她的手心里安眠。她嫁给别人，他就在她的枝子下收起脚爪，像无主的小兽，蜷缩起身子静静伏卧在她的荫蔽下，栖留在与她气息相闻的地方。他更要时刻保护她，他眼看着八方的风雨就在她周围，他一步也不能离开，一眼也不能放下。

她跟他在一起，老天是不是真的要收走他？那日在药蒸馆里他对她那么冷淡，不完全是因为菲儿在旁，他是真的想推开她。他曾说死了也要跟她埋一个坑，但当他真的要死了，他第一个推开的就是她。

霍思垣站在她不远处默默抽着烟，他拉开了窗帘，天边的烟花一朵朵坠下来，拉出千万条闪耀的光线，继而碎成一颗颗零落的星星，又重新溶解在黑夜里。

两人都彻夜不眠，一种类似于瘤瘤的东西长在了他们心上。

小七第二天出现在车站，她已下定决心。票务人员看了她的身份证，告诉她已有人给她订过票，订票人是霍思垣的号码。

霍思垣同时留下的还有一封信：

我总以为，这样的日子可以和你一直过下去，在你经历过那些惊涛骇浪后，我想你需要的是平静，我想把世界上所有好的东西都捧到你面前来……我曾日夜不停地找着你，以为找到你就是归宿。可是在百花岛看到你，你吃了那么多苦，陪着一群亡命之徒，在那样的环境里你竟焕发出来生命之美。波光粼粼的你穿着蓝色裙子走在海浪里的样子，那种美让我恐惧。我终于发现，我的爱无法让你的心灵停泊，你生来是属火的，燃烧才能让你安稳。即使粉身碎骨，化成了灰，但那也许正是你的生命存在的方式。我试想你是那一只没有桨的船，你只是漂浮着，路过了我。幸好，我还来得及把最好的给了你。感谢你曾经来过。

小七在车站赶上霍思垣的时候，霍思垣眼里的清朗一如他们初遇的那天。思垣温柔地拥抱着她："替我谢谢小冷，周家花园那天，他救了我。"

小七也拥抱着思垣，她轻声说："愿你心灵也有所依。"

去向百花深处

谷雨问："你是要去找小冷了吗？他在哪儿？"

"我会找到的。"小七说，她眼里浮上一点儿梦幻，"我这辈子第一次，自己给自己拿这个主意。我清清楚楚地看到我想要什么，我想去争取这一回。"

"你说过你的心不习惯幸福，现在呢？"谷雨问。

"我从生下来，家里人就说我不祥，我妈妈、我弟弟、我最亲最爱的人都没有善终。我总觉得我过不了安生的好日子，我谁也不需要，离开可以称为幸福的东西，他们才不会被我破坏……有了小冷以后我才发现我的脆弱，但是我不怕了，跟他在一起总是好的，连那些危险都让我觉得甜。"

谷雨抱住小七，两人在春风摇曳的桥边，静静地拥抱了一会儿。

韩默愈在条桌上铺开宣纸，手腕稳定有力，从容地写下"如意"两个字。

"那块匾旧了，换块新的。"韩默愈说。

谷雨拈起一角看着，韩默愈字如其人。

"如意。"谷雨慢慢地说，"小七说，如意就是不如意，不如意就是如意。"

"是吗？你说说看。"

"我活到这么大，经过这么多，才知道盈满则亏的道理。人一旦事事如意，就负不起那重量。而那么多如意，都是从不如意里来的。"

韩默愈久久看着谷雨，一点儿温暖的笑出现在他眼里："小丫头，这幅字我送给你，还有一件事想要跟你商量。"

　　静姐恰在这时跑来了，一边叫着谷雨，一边气喘吁吁地将手里一个纸包递给她。

　　"我拍了半天门！刚有人找你，丢下了这个。"

　　谷雨打开来，是一个小小的纸船，再展开，画着一个提着破碎的裙子奔跑的小女孩儿。

　　她心中大跳，问："人呢？"不待静姐回答她便追了出去。

　　如洗的日光清新而细致，一缕缕地均匀铺在桥上。柏雪莱正在桥头，他停步转身，看着谷雨向他奔来。

　　"我是想来跟你告别，也不知道怎么了，在门口绕了几圈也不敢敲门。我就是这么没勇气。"他说。他在桥墩上坐下来，舒展着两条长腿。他新理了头发，气色恢复了，跟她初遇他时一样清新，只是消失了那份她看不透的神秘。

　　她站在他面前，胸口尚在起伏，脸上一阵晕红："你要去哪儿？"

　　"我妈跟战烈一起走了，这真是很奇怪，但又似乎很合理……我妈的事，不知道该怎么谢你。"

　　她摇摇头，她在证词里放过了阮姐，她并不想听他的感谢。

　　他也不再说下去："我一直有一个四海为家的理想，一直没有达成。在之前的那些年里，我也去过不少地方，但很难待得久。你知道。现在我想试试还可不可以。"

　　她自然懂。柏雪莱流亡了那么久，现在，他终于可以轻装上阵，将那些逃亡之路以崭新的步伐再走一遍。

　　"在此之前，我得去找小冷。"他说。

　　"小冷？他在哪儿？"

　　"他的手术风险很大，我不会放弃的。不知道有没有一天，我们四个人能一起坐下来，喝杯酒，聊聊从前。"他说着沉默了片刻，像在畅想那个画面。

"我还想去所有你走过的地方看看，看看你这么个小女孩儿，是怎么长大的，我想更靠近你一点儿。"他抬头看着她，"我心里只有一个挂念，我想带上你一起上路。"

她明白他的意思。她的心无论在哪儿，都总有一块是牵在他手里的，而他无疑知道这一点。

他拉住她的手："谷雨，你也只是个小小的姑娘，为什么有这么大的能量。"他温柔清亮的眼神，春雨一样洒落在她脸上，他低头将她的手按到唇上去。

她有些发颤，他总有令她颤抖的能力，他的每一个动作、每一个微笑，无不在她心里激起反应。

"很奇怪，你跟小七，你们就这样治愈了我们。你知道我跟小冷，我们心里都有一些死结，那些黑暗的地方，我以为永远不会有人能达到。我是，他也是，可是你们俩，像温柔的手，解开了我们心里的结。"

他眯起眼，像在回忆什么，然后站起来："得走了。"他低头吻了吻她的头发，"我会记住这条通向你的路，有一天我会再来敲你的门。"

他的背影消失在春风桥头，谷雨的泪掉了下来，她是那么地爱过他，现在依然爱着他。是不是怀念比相聚更好？在此之前，她只知道一意跟随自己的热情，从来没有学会放手地爱。

小七走了以后，又有相当长的时间没有消息。谷雨对此倒也不急，她想，小七本也是个传奇的人，命运真像存心不让她安生似的，注定不能平庸度日。而这是第一次，小七的离去不是因为被迫流亡或自我放逐。

每每想到小七是因为追随自己的心意而去，她都会心情轻盈，似乎从内到外都会笑出来。

旁边人奇怪地看着她情不自禁又笑开的脸，说："你俩也是奇怪，明明好成这样，也不说打个电话或发个邮件什么的。"

"她会有消息来的。"谷雨手指上套着绳结，自从学会打如意结，她便常常编上一个，打好就挂在院子里的树上。渐渐地，也有了些规模，虽不及蜈背岛上那棵许愿树那样壮观，也像一排小风铃似的，随着春风摇晃。

她又想到蜈背岛上那满树的红绳，如熊熊腾起的火焰一样壮烈。那真是一种可怕的感情，但人之所以有血肉，也是因为心之不死。

树上的如意结挂了长长一排的时候，小七终于有了消息，还是大新带来的。谷雨这时已搬了家，离开了原来的房子，难得大新竟能找到。大新说到吴老太太身体尚硬朗，勺子开始上学认字，最后说到小七与小冷，却又支吾起来。

"怎么了，你说啊！小七找到小冷没有？他们在一起了吗？"

大新本不擅言，被她一逼，更加磕磕巴巴了。他说，小冷从周家花园离开后，将手头事完结了就上了岛，他是决定在蜈背岛死去的。

谷雨听到这里就想哭了，她说："他妈妈在那里，那里有他的童年，还有和小七一起生活的回忆，还有他们的许愿树，所以他选择在那里终结。"

大新为难地说，他发作的周期越来越密，视力退化得厉害。不仅仅如此，他失去的还有部分记忆力，时而清醒时而糊涂，连说话都不太利索了。医生也说不好，又说有希望，又说随时都会没命。但他的手术也很难做，希望特别小。

"后来呢？小七什么时候上岛的？"

大新又磕巴半天，说："是岛上花开的时候，那天桃树全开了花。"

小七上岛那天，春风和美，海水已逐渐变蓝。她从岐山镇坐了船，一路往蜈背岛而去，刀锋般峭立的岛一如往昔。

还是那座半山腰的房子，兰居。一路草绿风清，春的气息已弥漫而来，船只也都静静停泊。

狍哥几个人愣愣地看着她，嘴巴都张得合不上了，等到反应过来，却都是满面喜色。狍哥将她拉去一边，像有重大机密要告诉她一样，但最后只是说，你来了，太好了。

小七往山上走去，她已看到远远的许愿树，仍像千军万马般在风中卷起烈焰似的马鬃。那片耀眼的红云下有一个影子，还是那样固执、那么孤独地站着。宽而瘦的肩架子，侧面看只是薄薄的一片，微微地弓着背，头略低着。

她走过去的时候，他正合起手点一根烟，小七的步子猫一样轻软，他却好像听见了，偏过头。他眯着眼，日光流泻，不知是照在他的头顶还是她眼睛的错觉，他头发白了一片。

他有些发愣的样子，眼睛有点儿直，看着一个影子模糊地朝他走近，一步一步，树枝的阴影从她脸上道道流过。

小七已到了他面前，他仿佛不认识眼前的这个人，手慢慢放下，烟还含在嘴里。

她伸手将那根烟拔下来，他没有躲闪，也没有挪转视线，目光直直的，随着她移动。

她伸手抚摩他的鬓角，手指碰到他的刹那，他眉头跳了一下，眼皮也跳了跳，像被灼了一下。

"我是谁？"小七问。她手指轻轻掀动，让他柔软的头发缓缓流过她的指缝。

他面孔有些松弛了，原本凝结的目光也有点儿融化，他慢慢伸出手去，动作有点儿迟缓。小七拉住他的手，将那只发僵的手掌按在自己脸上。

他的眼神像关在笼子里的鸟，忽然开了笼门，扑棱棱地飞出来，同时自己找到了方向，急切地在小七身上上下扑打着。

"我是谁？"小七又问。

他停在她腰上的手忽然有了分量，变得热而有力，他直直地、有力地握住她。她的肩膀、脖子和脸，尽在他手掌中了，他凶狠地捧住了她的脸。

"你最好客气点儿，得罪了我，小心老天收了你。"小七说。

战冷疆的手颤抖了，她的脸在他的手掌里也颤抖起来，他不肯放下哆嗦的手，眼神像冰上的火，轰然地烧起来，他手背沾到了小七的泪水。

他眼皮跳得厉害，斜过手掌，看了看手上的那滴泪。

"哭什么？"他模糊又清晰地问。

"有个人骗了我，他忘了他说过的话，我要自己来问他。"她用浓重的鼻音说。

"什么话？"

"你在哪里，我就在哪里，活着就睡一张床，死了就埋一个坑。"泪水涌出她的眼眶，顺着脸颊流下来了，"你还记不记得这话？还算不算数？"

他嘴唇抖颤着，肺腑里的强烈震动使他一时说不出话来，他将手握成拳，捶了捶自己瘦骨嶙峋的左胸。

"那好，我答应了。你这辈子都要跟我拴在一起了，你甩不开我了。"

她用含笑带泪的眼睛看着他，看他的意识渐渐凝聚，领悟到这句话，看他不能置信的神情，从一个疑问渐渐变成了肯定。

"你喜欢我，喜欢我？"他声音哑得几乎听不见。

她的手握着他的手，又捧住他的脸："是的，小冷，我回家了。"

"你喜欢我？"他仍是重复地问。

小七眼里的泪水不断涌出，已是流了满脸。她没有去擦一把，沉沉的鼻息扑在他脸上："是的，是的！我一直都喜欢你，我真的好喜欢你。我爱你，战冷疆，我们一起生活吧，有一天我们就好好地过一天，有两天我们就好好地过两天。"

他屏住了呼吸，慢慢侧过脸，像一头孤独的狼从深沉的梦里醒来，听着自然的跫音。他盲人般的黑眼睛，像神秘的天穹开了一线，星辰与万物的颜色漏了下来。他慢慢将脸落在她手掌里，将嘴唇印在她掌心里。

"爱……"他用不利索的唇齿说。

小七抱住他瘦凸凸的后背："你跟我说吧，你从没说过的话，我好想听。我要你每天都跟我说，用一辈子跟我说。"

"爱……"他说。

她将嘴唇贴上他的唇，火烫又细腻地吻着他。他大颤了一下，接着背脊骨骤然地强硬起来，他迅速直起身子，双臂重新注满力量，瞬间占据了主动，她被他捧在双掌间。

"爱！"他重重地发出这个音，低下头，将全部分量压在她唇上。

四周寂静无人，许愿树的红绸带絮絮地垂在他们身上。

"后来呢？"谷雨听得入了神，但狍哥、大新这些糙汉子都不是擅于表达的人，场景再令人震惊，到了他们嘴里也不过只言片语。

谷雨只能自行去想象那画面，她仿佛看到那天的蜈背岛，纷飞的许愿绳下，那对紧紧相拥的人影，赴死一样地拥抱，紧到骨节咔咔作响。因过于疯狂，让周围的眼睛都无处躲藏，只得默默地离去。

谷雨想，世间本有至情至性之人，遇不到那注定的人，则默默地活过这一生。遇到了，像两颗星的相撞，便激发出排山倒海的能量。小冷与小七，他们皆以为自己生来无情，除了保全自己，体贴亲人，不会再有什么真心分给另一个人，但他们终于是相遇了，经过了那么远、那么难、那么漫长的路，他们终于遇到了彼此。

遇到了，才明白自己是谁，还可以怎样活着。

后来呢？谷雨依然追问着。无从得见，她遍寻了她能找到的所有跟蜈背岛、岐山镇有关的人，询问小七和小冷的消息。似乎每个人都得见了一星半点儿，但是谁也说不周全，那些断断续续、词不达意的描述，转述再转述，到了她这里，又是另一番景象了。

有人说小冷最后还是接受了手术，但并不成功，他依然一天一天丢失着身体机能。也有人说，小冷根本没有去做手术，他拒绝了所有风险，把所有安定的时间都留给了小七。

说这话的人相当肯定，因为他说，他亲眼在岐山镇见到了小冷和小七。

——鱼市上，小七牵着小冷走着，自从小七回到小冷身边，他们几乎是寸步不离。小七面前有一箩筐的鱼干，一个头发卷卷的胖小子绕着她跑来跑去，而那个瘦削的青年静静坐在一旁。他一动不动，除了那点儿微薄的呼吸，几乎像座冰冷的石雕。

隔着那一道摊子形成的流水线，一些人停下来跟小七讨价还价。小冷就在这时回过了头，他的样子是看不到任何东西的。这是个盲了、聋了、哑了的小冷，但他脸上仍有警觉，他侧耳像在倾听。

隔着那大动物一般的小冷，小七与那些渔民买卖交涉。她的手掌不时地捂在小冷头上，每逢小七的手落在小冷面颊上、头发上、手上，他黑沉沉的眼里便落进一点儿微光，面容也柔和起来。

但谷雨不信这一幕，谁说的她也不信。这一定是别人编出来的，小冷不可能这么惨，小七也不可能放任日子这样地过。谷雨一遍遍告诉自己，无论怎样，小七走的路是她自己决定的路，而小七如果真心渴望幸福，老天是不可能不满足她的。

另一个从临近岛回来的人证实了她的猜测。

"小冷？他不是好了吗？我看到他还下了海。"

那人说，天气暖了后，他去蜈背岛进货，远远看到一个瘦瘦高高的青年在海浪里，他紧紧牵着一个美丽的女孩儿，两人不顾海水依然寒冷，在海岸线上尽情嬉戏。那人是参与过郝大哥领头的那次著名的与小冷的战役的，所以他一眼认出来，那就是小冷。

"样子是变了一些，听说他生了一场大病。可是看他又跑又跳的样子，哪儿有一点像病人！"

于是这幅画面便作为小冷病愈的铁证被谷雨一遍遍在脑中播放着——长长的海岸线上，两个人影紧紧牵在一起，他们沿着海滩奔跑，海水从脚缝里涌进涌出，天与海连成了一片。

虽然所有的传言都是传言，谷雨执拗地只信着她愿意去信的。

5 （尾声）百花深处有相逢

在花瓣纷飞的日子里，谷雨在窗下给小七写信，她不知道小七现在何处，因为那些传言越来越离奇。

谷雨最近检查出来有孕，又将小宝接了过来。小宝每天最大的兴趣，就是趴在她小腹上，对着未来的弟弟或妹妹说悄悄话。谷雨自己编了一些故事，除了童话里那些说烂了的，她还把自己和小七小时候的事说给他们听。

有人说小冷和小七又离了岛，携手闯荡去了。有人说那其实是治病去了，小冷要做的手术不止一样，他还要接受一系列的治疗。又有人说，他们回来了，因为有一天有渔民听到婴儿的哭声，千真万确，是从兰居里传出来的。

"房子空了很久，突然亮了灯，还有婴儿哭，不是他们回来了，难道出了鬼吗？"

这个传言让谷雨又哭又笑，她觉得自己不能再这样坐等下去了。但日渐沉重的身体，她不得不等到自己临盆后。

但谷雨坚定地信着缘分和奇迹——是的，奇迹。她的爱人此时正在她身后，安安静静地煲着一锅药粥，她只要回过头就能看到他——柏雪莱正给她收拾着满桌的红绳，他抬头给她一个微笑。

她想着老韩送给她那幅字的那天。

"如意。"老韩说，"你知道，我是个不愿冒险的人，我在你这里已经好好地浪漫了一回，是把你还给你自己的时候了。我想得很清楚，我的下半生不该再有这些动荡和不安。小丫头，愿你跟随心意，一切如意。"

雪莱回来那一天，他真的如他所说，再度敲开了她的门。他风尘仆仆，眼神安静地问她："有没有什么给我解渴，什么都可以，我走了很久才回到家。"

她毫不犹豫扑进雪莱怀里。风烟俱净之时，他们又找到了彼此。

谷雨在信上写道：

给小七：

我们都是被下了符咒的人，命运注定不能平静。我不再逃避，也不再害怕，我会依照心意走下去。此刻我很平和。爱着我所爱的，献出我能献出的，不再把任何人当作护身符。

她忽然觉得，通信不便反而挺好，书信来往是多么妥帖温暖的事。

雪莱无微不至地照料着她，他们的婚礼简单又温暖，只是没有小七和小冷，是一个很大的缺憾。

"总有一天他们会回来，"谷雨对雪莱说，也对自己说，"我们四个人，一定会坐下来好好喝上一杯，把酒言欢。还有孩子们，会在我们身边跑来跑去，唱着歌。"

"到了那一天，我们就跟他们订个娃娃亲。"看着谷雨始终不改的娇憨，雪莱微笑着说。

花季悄悄地来，又悄悄地去了……不知多少个日子后，像候鸟的一个轻轻展翅，他们的信箱里出现了小七的信。

给谷雨：

在无后路可退的时候，只觉得每一条都是路。在这一日日的度过中，我终于体会到心意的融合，竟燃起对生命淡淡的爱的火焰……我不知道哪一天是尽头，但我爱着每一天。我无所求，也无所惧。一切的靠近和距离都很好，就像与你分隔虽远，也知会如此相伴一生。

（完）